Un linaje oscuro

VICTORIA VÍLCHEZ

UN LINAJE OSCURO

LAS CRÓNICAS DE RAVENSWOOD

I

TITANIA

Argentina • Chile • Colombia • España
Estados Unidos • México • Perú • Uruguay

1.ª edición Mayo 2022

Copyright © 2022 *by* Victoria Vílchez
All Rights Reserved
© 2022 *by* Ediciones Urano, S.A.U.
Plaza de los Reyes Magos, 8, piso 1.º C y D – 28007 Madrid
www.titania.org
atencion@titania.org

ISBN: 978-84-17421-74-8
E-ISBN: 978-84-19251-38-1
Depósito legal: B-4.758-2022

Fotocomposición: Ediciones Urano, S.A.U.

Impreso por: Romanyà-Valls – Verdaguer, 1 – 08786 Capellades (Barcelona)

Impreso en España – *Printed in Spain*

A todos los que, en algún momento, os habéis encontrado solos incluso rodeados de gente, y a aquellos que no han dudado en brindaros un poco de luz en vuestra oscuridad.

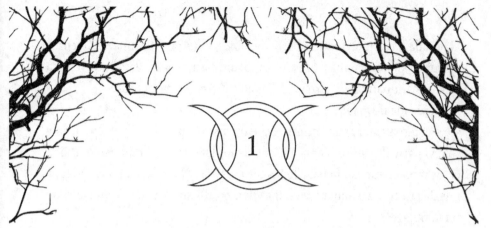

1

—¿Estás segura de esto? —preguntó Dith, a pesar de que deseaba tanto como yo que pisara de una vez el acelerador.

Asentí.

Conocía las consecuencias de lo que estábamos a punto de hacer. Había reflexionado sobre ello durante mucho tiempo, quizás demasiado teniendo en cuenta lo impulsiva que solía ser por norma general. Sabía que iba a cruzar una línea (uno de los muchos límites que se me habían impuesto) desde la cual no habría vuelta atrás, no sin un castigo severo. Y no quería imaginar cuál sería en el caso de que nos pillaran.

—Tengo que hacerlo —murmuré, y mis dedos se cerraron en torno a la llave que se encontraba ya en el arranque.

Dith se encogió de hombros, libre de preocupaciones, como si aquello no fuera más que una de nuestras múltiples travesuras, algo como saquear la cocina de madrugada o realizar algunos de los hechizos reservados solo para los profesores. En ocasiones me habría gustado ser como ella. ¡Oh, sí! También Dith sufría las consecuencias de sus actos, pero no era algo que le importara en absoluto. Tenía una vena sádica que no sabía de dónde había sacado.

—Pues dale duro, nena —repuso con más de esa tranquilidad.

Solté una risita histérica y la miré. Ni siquiera se había abrochado el cinturón de seguridad y no era probable que lo hiciera. El bajo de su vestido blanco se arrugaba en la parte alta de sus piernas (mucho más largas que las mías, ya que yo apenas si llegaba al metro sesenta) y se había subido la cremallera de la chaqueta de cuero que llevaba puesta. El color rojo cereza de la prenda hacía juego con su barra de labios, y sus ojos, de un azul eléctrico perturbador, destellaban con un brillo antinatural. Mi vida estaba repleta de cosas antinaturales, pero yo había crecido rodeada de ellas.

Rodeada de magia.

Suspiré para darme ánimos. Eché un vistazo por el espejo retrovisor, y solo vi parte del muro blanco de uno de los laterales de la mansión Abbot, el lugar en el que había pasado los últimos años de mi vida. En realidad, a mis dieciocho, casi había vivido más tiempo allí que con lo que quedaba de mi familia.

Durante un instante me permití recordar el rostro de mi madre y el de Chloe, mi hermana pequeña. Sin embargo, un codazo de Dith me arrancó de mis sombríos pensamientos.

—¿Nos vamos o qué? Me voy a hacer vieja sentada en este coche.

Pensé en decirle que no se haría vieja ni ahora ni nunca, aunque ella ya lo sabía. Meredith (o Dith, como yo la llamaba) había *pertenecido* a mi abuela y a una larga lista de mujeres de mi familia antes de eso. Tras la muerte de mi abuela a sus setenta y cinco años, la misteriosa magia que rodeaba el traspaso de familiares había decidido saltarse a mamá y asignármela. Y ahora me pertenecía a mí, aunque a veces parecía que fuera al revés. Los familiares eran brujos o brujas que en algún momento de sus vidas habían muerto tras ser maldecidos por cometer algún terrible acto en contra de su propio linaje o aquelarre o contra el propio consejo que regía a la comunidad. Su apariencia quedaba congelada, lo que venía a significar que Dith lucía apenas como una veinteañera a pesar de tener algo más de un siglo y medio de edad.

Se suponía que los *familiares* (que se transmitían dentro de un linaje y se encargaban de proteger a su descendencia) acumulaban sabiduría y poder para aconsejar a sus protegidos, pero Dith, la mayoría de las veces, no parecía más que una adolescente con las hormonas revolucionadas y una única cosa en la cabeza.

Aun así, era todo lo que tenía, mi única amiga de verdad.

—Tengo hambre, deberías hacer una parada en el pueblo —sugirió, y yo resoplé.

—Tendremos suerte si llegamos hasta allí. Nada de paradas.

—Pero...

Acallé sus protestas girando la llave en el contacto. El sonido del motor hizo aparecer en su rostro una sonrisa diabólica. A veces no sabía muy bien de qué parte estaba, la verdad; nunca se comportaba como se suponía que tendría que hacerlo.

—Allá vamos —dije, aunque no hice nada para hacer avanzar el coche.

Percibí su mirada expectante sobre mí mientras mis ojos se aventuraban a través del terreno que nos separaba de la entrada principal. Más allá de un césped salpicado de enormes árboles centenarios, cuyas ramas se mecían cada vez con más fuerza, se alzaba una verja casi tan vieja como ellos y rematada con afiladas puntas de hierro. Para atravesarla tendríamos que alcanzar una velocidad considerable con el coche, y ni siquiera así sabía si sería capaz de llevármela por delante y conseguir salir al camino. Desde él podríamos llegar a Dickinson, el pueblo más cercano, y de ahí seguiríamos hasta..., bueno, lo más lejos posible de aquel lugar.

—¡Joder, Danielle, pisa ya el maldito acelerador! —me urgió, y estuve a punto de pedirle que se transformara y dejara de ponerme nerviosa.

Su contestación a eso sería una mueca obscena y algún improperio; Meredith tenía todo un arsenal de maldiciones muy imaginativas que empleaba siempre que podía.

—Pisa a fondo —me instigó de nuevo.

—Si me paso, ya sabes dónde acabaremos. Se rumorea que ellos no cuentan con ninguna clase de barrera que evite las visitas indeseadas.

—Mejor eso que quedarnos aquí encerradas.

No estaba muy segura de que llevara razón.

Al otro lado del camino, justo enfrente de la mansión Abbot, se alzaba otra finca de semejantes dimensiones, pero mucho más siniestra: Ravenswood. Al contrario que mi *hogar*, Ravenswood no contaba con una verja o un muro que la rodeara y, por lo que yo sabía, sus estudiantes tenían vía libre para entrar y salir de ella a placer. Pero, para alguien como yo, Ravenswood no era un sitio en el que quisieras acabar. Aquel lugar representaba el mal, todo lo opuesto a lo que se nos enseñaba en Abbot. Nosotros éramos la luz; ellos, la oscuridad.

—No lo dices en serio —murmuré, girándome para mirarla.

Sus cejas se elevaron y otra de aquellas sonrisas maliciosas se apropió de su boca.

—Ellos sí que saben divertirse.

Sí, seguro que sí, no tenía dudas sobre eso, pero había una parte de mí (esa que había recibido una disciplinada y conservadora educación mágica) que se sintió horrorizada por su comentario. La otra parte, la que se había deslizado de puntillas a través de los pasillos de mi escuela en plena noche y estaba ansiosa por largarse de este lugar, puede que se emocionara más de la cuenta con la idea de ir a parar a Ravenswood.

Eso no iba a pasar. No podía pasar. Las escuelas de la luz y de la oscuridad, a pesar de la escasa distancia que las separaba, nunca se mezclaban. Ni siquiera sus alumnos, cuando acudían al pueblo, se acercaban demasiado los unos a los otros. La tradición estaba tan arraigada en nosotros que, aunque casi hubiéramos olvidado el momento en el que la comunidad de brujos se había escindido en dos dando lugar a las actuales, la idea de confraternizar con una bruja o brujo del otro bando resultaba impensable; una herejía.

Si me pasaba dándole potencia al coche, si atravesaba la verja demasiado rápido y, en vez de girar hacia el sendero, terminaba en los terrenos de Ravenswood, las cosas se pondrían muy muy feas para nosotras.

—¡Por todos los Good! —se quejó Dith, más irritada de lo que la hubiera visto nunca. Que mencionara a nuestros ancestros era prueba de ello—. ¡Pisa el puto acelerador de una vez!

Mi pierna se movió por sí sola y la planta del pie acarició el pedal sin que yo lo pensara siquiera. Luché con la fuerza invisible que empujaba hacia abajo.

—¡Dith! —grité, olvidándome de que alzar la voz no era buena idea.

Lo estaba haciendo. Dith me estaba lanzando directa al desastre y eso era mucho incluso para ella. El olor a papel y polvo que siempre desprendía cuando hacía uso de su magia saturó el interior del habitáculo y me confirmó lo que ya sabía.

—¡Me estás obligando!

Nuestros ojos se cruzaron. Los de Dith, brillantes y turbulentos; los míos, de un azul mucho más deslucido, menos intenso y, aun así, parecidos en cierto modo. Había una clara determinación en su mirada, casi como si fuera nuestro destino (mi destino) estar en ese coche y a punto de atravesar una puñetera verja de hierro reforzado de cinco metros de altura.

El aroma a libro viejo se disipó, pero mi pie no se apartó del acelerador, sino que se hundió en él. El motor se revolucionó y salimos propulsadas hacia delante. Solo entonces aparté la mirada de ella.

—¡Mierda! —farfullé. No tenía ni idea de si lograríamos siquiera alcanzar el camino, pero estaba decidida a salir de allí y no me permití aflojar—. ¡Mierda, Dith!

—Cruza esa jodida puerta —replicó ella, y su voz fue volviéndose más aguda conforme hablaba.

Lancé una mirada rápida al asiento del copiloto mientras el coche avanzaba a toda velocidad hacia la verja.

—¡Saco de pulgas traidor! —le grité, agarrada al volante con tanta fuerza que mis nudillos carecían de color—. ¡No te transformes!

No sirvió de nada. Un nuevo vistazo me bastó para descubrir una gata de pelo blanco y sedoso sentada en el lugar que había ocupado hasta hacía unos segundos mi familiar.

—Puta gata —mascullé, jurando vengarme si salíamos de esta.

Dith maulló lastimeramente en el momento exacto en el que alcanzábamos la entrada. El parachoques se estrelló contra el hierro y el capó comenzó a plegarse mientras mi cuerpo era catapultado hacia delante y tan solo retenido por el cinturón de seguridad. Me gustaría decir que pensé en mi acompañante y en las muchas posibilidades que había de que su pequeño cuerpo felino atravesara la luna delantera y acabara con todos los huesos del cuerpo rotos; sin embargo, mi único pensamiento fue que íbamos muy rápido.

Demasiado rápido.

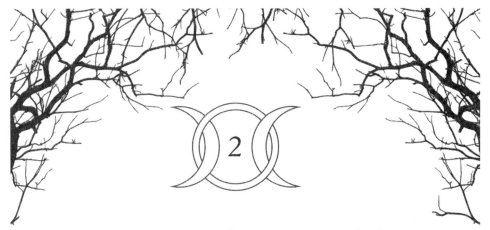

2

La inconsciencia me abandonó tan despacio que mis sentidos despertaron de forma paulatina. Primero escuché un murmullo al que no logré encontrar sentido; solo alguna palabra suelta caló en mi mente, pero estaba tan aturdida que ni siquiera me esforcé por comprenderla. Poco después, percibí el tacto suave de un tejido bajo mis dedos y también envolviéndome. La reconfortante sensación duró un breve instante; acto seguido, el dolor lo invadió todo.

Mientras los pinchazos se sucedían, exhalé un quejido que se transformó muy pronto en un gruñido. Estaba jodida, más incluso que aquella vez, con tan solo trece años, en la que Dith había logrado convencerme para que saltase desde uno de los balcones de la segunda planta de la academia. Había jurado que, si yo no era capaz de convocar un hechizo que frenase mi caída, ella me sostendría antes de que alcanzase el suelo. Pero la realidad fue que se había quedado mirando mientras me rompía varios huesos del cuerpo y terminaba llena de cardenales y magulladuras.

Para ser mi protectora, Dith apestaba. Y lo peor era que la quería de todas formas.

No abrí los ojos; ese era un esfuerzo que no estaba preparada para acometer aún. Intenté hablar para pedir agua, pero mi garganta se negó a articular ningún sonido más allá de un gorjeo incoherente. No hubo respuesta, claro que había sido una petición lamentable.

Reuní valor y levanté los párpados.

—¡Joder! —mascullé con algo más de claridad esta vez.

Había tanta luz...

Parpadeé hasta que mi visión comenzó a enfocarse, aunque tuve que mantener los ojos entrecerrados. Un giro de cabeza y nuevas maldiciones abandonaron mis labios; Dith se habría sentido orgullosa de mí.

«¡Mierda, Dith...!».

Lo habíamos hecho. Nos habíamos lanzado contra la maldita entrada de Abbot y la habíamos traspasado para acabar, al parecer, en un hospital. La habitación de paredes blancas e impolutas, la cama reclinable y dotada de barras laterales, la aguja clavada en el dorso de mi mano y que apenas si me atrevía a mirar; todo indicaba que así era.

«Al menos has salido de la academia», me dije.

—¿Dith? —gruñí, llamándola.

Sabía que no estaba muerta. El único modo de acabar de verdad con la existencia de un familiar era empleando magia para hacerlo, por lo que un simple accidente de tráfico no podía terminar con su vida. Y estaba segura de que, si no estaba allí, era porque ni siquiera habría sufrido un rasguño. Conociéndola, la muy traidora habría saltado a través de la ventanilla en cuanto impactamos con la verja.

—¡Joder, Meredith! ¿Dónde te has metido? —masculló, dolorida y preocupada.

La necesitaba. Tenía que salir de ese sitio antes de que Hubbard, el director de la academia Abbot, apareciera para llevarme de vuelta. O lo que era peor aún, que lo hiciera mi padre. No tenía ni idea del tiempo que llevaba inconsciente, así que tal vez ya estuviera al tanto de mi situación. Si mi padre había tenido que esperar a que me despertara, sería muy propio de él no estar a mi lado velándome. Era más probable que se encontrara fuera, colgado del teléfono mientras fumaba un cigarrillo tras otro e intentaba hacer algo que considerase más productivo con su tiempo.

Hice amago de levantarme, pero cada uno de mis músculos se retorció y protestó en respuesta. Estaba más que jodida, la hostia había tenido que ser épica.

El esfuerzo debió de hacer que perdiera de nuevo la consciencia. En algún momento (una hora o un día después, quién sabe) la recuperé y me encontré cara a cara con el rostro de una mujer que se inclinaba sobre mí.

—Le duele. —No era una pregunta.

No podía tener más de cuarenta años, o tal vez fuera la melena cobriza que caía sobre sus hombros y las largas pestañas que enmarcaban unos ojos color miel los que la hacían parecer más joven. La fluidez y precisión de sus movimientos, mientras comprobaba el estado de mi rostro y la parte superior de mi cuerpo, me hizo pensar que podría tratarse de una doctora a pesar de que no llevaba ninguna bata o uniforme que la identificara como tal.

Puso la mano sobre mi frente y el contacto me provocó un escalofrío.

Tuve un mal presentimiento.

—¿Dónde... Dónde estoy? —pregunté a duras penas.

La mujer no me dedicó una sonrisa amable ni tranquilizadora, y tampoco contestó. Durante unos pocos segundos, todo lo que hizo fue observarme y manosearme la frente. ¿Es que no tenían termómetros en este hospital?

«¡Ay, no! No, no, no».

El murmullo que había escuchado al despertar no había sido una conversación o el sonido de la televisión (ni siquiera había una en la habitación), sino un cántico, y eso solo podía significar una cosa: magia de curación.

—Está usted en la enfermería, querida —dijo ella entonces, y lo que tendría que haber sido un apelativo cariñoso sonó áspero y despectivo en sus labios. No tardó en añadir—: En la mansión Ravenswood.

El mundo se había ido definitivamente al infierno. Había acabado en el único lugar peor aún que Abbot y encima estaba impedida y sin posibilidad de defenderme. Para colmo de males, Dith se había esfumado, tal y como solía hacer cuando de verdad la necesitaba.

—Invadió el terreno de la escuela de una manera bastante... —hizo una breve pausa— peculiar.

La temperatura de la habitación descendió varios grados. Su voz carecía de cortesía o de la más mínima calidez; era como acero gélido atravesando el espacio que nos separaba y apuñalando mis oídos.

—Emm... —Me aclaré la garganta. Me hubiera gustado ser capaz de sentarme; sin embargo, el dolor seguía ahí, algo más difuso, pero aún persistente—. No era eso exactamente lo que pretendía.

Un tic en la comisura derecha de su boca me hizo pensar que iba a sonreír. Me equivoqué.

—Descanse. Ya hablaremos de lo que vamos a hacer con usted cuando se recupere.

Aquello sonó tan amenazador como supuse que la mujer había pretendido. Acto seguido, me dio la espalda y me vi obligada a reclamar su atención de alguna manera antes de que se fuera. Puede que ella hubiera terminado conmigo, pero yo necesitaba saber más sobre mi azarosa intrusión.

—¡Ey! —la llamé. No se había presentado, aunque empezaba a sospechar de quién se trataba—. Mi fami... Una chica iba... estaba... —Me atropellé con las palabras, decidiendo sobre la marcha qué revelar y qué no—. ¿Encontraron a alguien conmigo? —pregunté finalmente.

Ni siquiera se volvió para mirarme.

—No. Solo estaba usted, señorita Good.

Aquello era Ravenswood y estaba claro que sabía quién era yo. Además, Dith estaba desaparecida. Ninguna de esas tres cosas era motivo de celebración, así que cerré la boca. Cuanto más rápido se fuera, antes podría encontrar una manera de salir de allí. Pero la mujer no se movió. Sus dedos rodeaban el pomo dorado de la puerta y la tensión de sus hombros dejaba entrever que no había acabado aún.

Esperé, más tensa incluso que ella.

—A estas alturas, todos mis alumnos deben de ser conocedores del asalto que hemos sufrido —dijo, confirmándome su identidad. Era, con toda probabilidad, Mary Wardwell, la directora de Ravenswood. Giró y clavó su mirada inquisitiva en mí—. Aun así, sería preferible que, por ahora, el hecho de que pertenece usted a una de las principales familias de brujos blancos permanezca entre nosotras. No son ustedes bien recibidos aquí y le recuerdo que este tipo de intromisión constituye una infracción del pacto y se castiga de forma implacable.

Sus palabras hicieron eco en la habitación y reverberaron en mis oídos. No había nada en su expresión seria que diera a entender que no pensaba aplicar ella misma dicho castigo. Los Good constituían un linaje de brujos ampliamente conocido en nuestro mundo y contaban con cierta relevancia; y la muerte de mi madre y de Chloe, aun no teniendo una causa mágica, tampoco había hecho nada por brindarnos menos atención que la que ya se nos dedicaba debido a nuestra *peculiar* historia familiar.

Un dolor sordo se extendió por mi pecho, y no tuvo nada que ver con las secuelas del accidente; aquella era una herida antigua que aún sangraba de vez en cuando. Traté de apartarlo de mí y empujarlo hasta un rincón profundo de mi interior, lejos de la superficie, y me concentré en lo que había dicho.

—¿Infracción? —inquirí, titubeante.

Wardwell asintió y su impaciencia resultó evidente.

—Del mismo modo que mis alumnos tienen prohibido pisar los terrenos de Abbot, ustedes, bajo ningún concepto, pueden atravesar los límites de esta finca.

Bueno, por poder... Yo estaba allí, así que no sabía muy bien hasta qué punto se habían esforzado por hacer cumplir esa norma. De ser así, hubieran desplegado todo tipo de hechizos para protegerse de visitas indeseadas, tal y como sucedía en Abbot. Si yo había podido eludir los que albergaban los muros de mi escuela, había sido gracias a Dith; puede que mi familiar fuera una bruja caída en desgracia, pero sabía lo que hacía.

—Thomas ha reclamado su devolución —añadió, ladeando ligeramente la cabeza, y no sé qué me sorprendió más, si que tuteara al director de mi escuela o que hablara de mí como si fuera un paquete de Amazon en mal estado—. He declinado su propuesta, claro está.

Fruncí el ceño. No terminaba de comprenderlo. Estaba allí, herida, y ella había dejado claro que me había saltado alguna clase de pacto del que no tenía verdadero conocimiento (más allá de la norma no escrita que decía que los brujos blancos y los oscuros no debían confraternizar). Y, aun así, no parecía que pensara *devolverme* en un futuro inmediato.

—¿Por qué? —inquirí, y no tuve que especificar a qué me refería.

Fue la primera vez que la vi sonreír y podría haber vivido perfectamente sin ello. No resultó en absoluto agradable, más bien fue siniestro y perturbador.

—Porque ahora tenemos algo que ellos quieren, señorita Good. Es usted nuestra invitada.

Dos cosas: pronunció mi apellido como si se tratara de un insulto y, ni de coña, la palabra «invitada» tenía el mismo significado para mí que para ella.

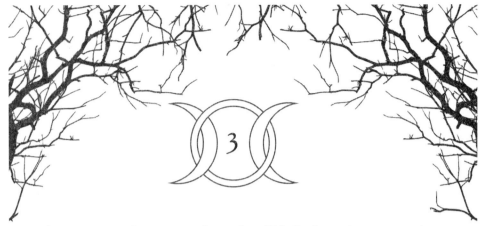

3

La directora insistió en que empleara el apellido Beckett mientras estuviese allí. También dijo que enviaría a alguien para *ocuparse* de mí y yo no tenía demasiadas esperanzas de que se refiriera a revisar mis heridas o traerme comida. Mi estómago había empezado a rugir desde el momento en que me había quedado sola y mi mente daba vueltas y más vueltas valorando las implicaciones de haberme convertido en una rehén de Ravenswood.

Siglos atrás, las distintas academias para brujos repartidas por el mundo seguían una misma corriente en lo referente a la formación de sus alumnos; no existían escuelas para brujos oscuros y otras para brujos blancos. No había un Ravenswood ni un Abbot que representara a cada uno de los dos bandos, ni tampoco otras escuelas menores que dependieran de las directrices que estas les marcaban, como sucedía en la actualidad. Pero un importante hecho histórico precipitó la división: los juicios de Salem. La mayoría de los que presentaron acusaciones en dichos juicios fueron brujos blancos, empujados por el creciente horror que les provocaba la actuación de algunos nigromantes y su práctica de la magia de sangre. Al menos eso era lo que nos habían contado en Abbot sobre nuestra historia.

Siempre había pensado que todo aquello (las torturas y muertes que se produjeron siglos atrás) se les había ido un poco de las manos, más aún cuando todos sabíamos que un tipo de magia no podía existir sin el otro. No había luz sin oscuridad, ni bondad sin maldad, y el equilibrio que, de forma insistente, nos recordaban nuestros mayores que era imperativo mantener se había visto alterado con la muerte de brujos y, mayormente, brujas oscuras. Después de aquello, sin embargo, habíamos adquirido una nueva estabilidad, una marcada por la división, en la que los brujos de uno y otro lado no habían vuelto a relacionarse. Ravenswood existía y seguiría existiendo porque así debía ser. Pero que yo hubiera terminado tras sus muros...

En algún momento, con esa y otras preocupaciones en mente, con el dolor resistiéndose a desaparecer y el estómago reclamándome una hamburguesa grasienta (de esas que apenas si tenía oportunidad de comer en Abbot) o, en su defecto, un mísero sándwich, creo que, más que dormirme, me desmayé.

Al despertar, el dolor había remitido y pude incluso incorporarme. Supuse que el hechizo que habían empleado para curarme habría continuado actuando durante las horas que había pasado inconsciente. Me quedé sentada sobre el colchón y observé lo que me rodeaba. La habitación estaba tan bien equipada que no me extrañaba haber pensado que me encontraba en un hospital. Rodeando la cama, había varias máquinas, ahora apagadas, y recé para que eso significase que estaba fuera de peligro. La aguja clavada en el dorso de mi mano y la botella de suero habían desaparecido y en su lugar solo quedaba un trozo de esparadrapo que me arranqué de un tirón.

No tenía ni idea de si la puerta estaría cerrada con llave, aunque, dado el comentario de Wardwell, era muy probable que así fuera. Pero aún no me sentía con fuerzas como para levantarme y comprobarlo. Todo lo que pude hacer fue deslizarme hacia un lado y salir de debajo de las sábanas. Ni siquiera traté de poner los pies en el suelo; no estaba muy segura de que mis piernas fueran a sostenerme.

Cuando la puerta se abrió minutos más tarde, yo seguía sentada al borde del colchón, con las piernas colgando y la mirada fija en la sombra de un cardenal que abarcaba parte de mi rodilla izquierda y se extendía hacia el muslo. Una chica se asomó a la habitación y sus ojos se dirigieron de inmediato hacia mí. Lucía una media melena de un rubio cobrizo perfectamente peinada, a juego con la pulcritud del que yo ya sabía que era el uniforme de Ravenswood: camisa gris oscuro y falda y jersey negros; los calcetines, también grises, le llegaban por encima de las rodillas, y la estrecha corbata se anudaba en torno a un cuello estilizado.

—Mira, la bella durmiente por fin ha decidido despertarse —soltó con evidente desprecio. Avanzó en dirección a la cama con una bandeja entre las manos y la dejó caer en una mesa con ruedas que se encontraba a un lado—. Así a lo mejor ya no necesita una sirvienta.

Enarqué las cejas.

Estaba claro que no le gustaba demasiado tener que *ocuparse* de mí, pero ignoré la malicia de su comentario. Necesitaba información, más de la que Wardwell me había dado, que no era demasiada.

—¿Cuánto tiempo llevo aquí?

La chica levantó la tapa de uno de los platos y, sin pudor alguno, atrapó una patata frita y se la metió en la boca. Se dedicó a masticarla mientras me observaba y mi estómago volvió a rugir. Olía de forma deliciosa, aunque tenía tanta hambre que, de no haber sido así, no creo que me hubiese supuesto ninguna diferencia.

—Un par de días —dijo finalmente—. Los hechizos de curación no son la especialidad en Ravenswood.

Por supuesto que no lo eran. Mientras que en la academia Abbot nos formaban sobre todo en magia de creación, en Ravenswood estaban más interesados en todo lo relacionado con destruir y aniquilar. Invocación y magia de sangre, esas eran sus especialidades. De ahí que en mi escuela no necesitáramos una habitación como aquella. Si había algún percance, solía solucionarse con el correspondiente hechizo reparador. Era la primera vez que me clavaban una aguja y me suministraban suero, claro que nunca antes me había lanzado en plan kamikaze contra una verja de hierro.

Aun así, me sorprendió que admitiera abiertamente que había algo que no se les daba bien.

—Come —me ordenó entonces—. Luego vístete —señaló el armario empotrado en una de las paredes junto a la puerta—. Alguien vendrá a buscarte para un *tour* de presentación.

¿Iban a enseñarme la academia por dentro? Había pensado que me mantendrían allí encerrada hasta que..., bueno, hasta que decidieran lo que quiera que fueran a hacer conmigo. Tal vez pidieran un rescate, tal vez me sacrificaran en algún ritual a saber para qué propósito siniestro. Lo que de verdad se hacía o no en Ravenswood era una incógnita para mí y supuse que también para toda la comunidad de brujos blancos. O al menos para aquellos que no estaban en la cúspide de la jerarquía de brujos o pertenecían al consejo.

El pensamiento no resultaba muy reconfortante.

La chica se marchó sin darme opción a preguntarle nada más y sin decirme siquiera su nombre. Tampoco me preguntó el mío. Resultaba obvio que no iba a hacer grandes amigos allí. No es que los tuviera en Abbot. Salvo Dith, mis días en la academia resultaban bastante tediosos. Solo Cameron Hubbard compartía conmigo algunos ratos muertos y secundaba gran parte de mis absurdas maquinaciones; curiosamente, era el hijo del director. Creo que estaba tan harto como yo de vivir encerrado allí.

No me detuve a pensar más en lo que podría ocurrir a partir de ese momento. Devoré la comida como si aquel fuera mi último almuerzo (algo que podría no estar muy alejado de la realidad) y me vestí con el uniforme de Ravenswood que encontré en el armario de la habitación. Aunque me hacía tanta gracia verme con aquellas ropas como con las de mi propia escuela, cualquier cosa era mejor que la bata fina de algodón que había llevado durante esos días; ni de broma iba a pasearme por aquel sitio con la espalda y el culo al aire.

Aún había ciertos movimientos que me dolía realizar y mi piel lucía varios arañazos y cardenales, pero me encontraba en relativa buena forma teniendo en cuenta que era muy posible que hubiera estado a punto de morir. Agradecí no recordar nada del accidente, aunque mi preocupación por Dith no hacía más que aumentar. Mientras me prometía que encontraría la forma de dar con ella, revisé cada rincón de la habitación en busca de cualquier cosa que pudiera emplear como arma.

Ese era otro de los grandes problemas de haber acabado en Ravenswood. Días atrás, después de una diferencia de opiniones con uno de mis profesores, se me había aplicado el consiguiente castigo por «desafiar a la autoridad y mostrar un comportamiento inapropiado»: anulación de mis poderes durante diez días. No me había parado a pensar en ello al tratar de escapar de Abbot. Tenía a Dith a mi lado y el hechizo de supresión al que se me había sometido para atar mi magia terminaría por desvanecerse pasado ese tiempo, sin importar dónde me encontrara.

Claro que no había previsto terminar justo en Ravenswood. En este lugar iba a necesitar cualquier ventaja disponible y, sin magia, estaba totalmente desprotegida. Solo podía contar con mis habilidades físicas y la ayuda de Dith, lo que me llevaba de nuevo al mismo punto: tenía que encontrar a mi familiar.

La puerta se abrió a mi espalda. A pesar de que me habían avisado de que alguien vendría a buscarme, me pilló tan desprevenida que pegué un salto y me alejé de la entrada. Bajo el umbral había otra alumna de Ravenswood (a juzgar por el uniforme que vestía) más o menos de mi misma edad. Se quedó mirándome con las cejas levemente arqueadas. Eran de un rubio muy muy claro, al igual que la melena que se le derramaba sobre los hombros formando ondas, y la dulzura de su expresión parecía fuera de lugar en un sitio como aquel.

—¡Hola! —me saludó. Avanzó hasta quedar en medio de la habitación y yo agité la mano en un gesto ridículo desde el otro lado de la cama—. Vengo a por ti.

Por su tono no parecía que se tratara de una amenaza, pero no pensaba fiarme de nadie. Si había algo que dominaban los brujos oscuros era el engaño y la persuasión.

—Soy Maggie. Maggie Bradbury.

—¡Oh! —Fue todo cuanto se me ocurrió decir.

La historia de la familia Bradbury resultaba casi tan escabrosa como la de la mía. Una de sus antepasados había sido acusada de brujería en los juicios de Salem, pero escapó para evitar ser condenada, abandonando a su suerte al resto de su aquelarre. Aunque más tarde regresó a Massachusetts y se reintegró en la comunidad oscura, nunca se lo perdonaron del todo. Su linaje, aun siendo muy poderoso, quedó marcado y su lealtad fue severamente cuestionada a lo largo de los siglos posteriores. Lo seguía siendo a día de hoy. Pero eso no evitaba que aquelarres menores continuaran interesados en contraer matrimonio con alguno de sus miembros. El poder era poder, y al parecer eso era lo que más ansiaba cualquier brujo oscuro, no importaba si eso les suponía padecer el desdén de los suyos.

—¿Y tú eres...? —inquirió.

«Temeraria y estúpida», me reprochó mi mente, pero no lo dije en voz alta. Pensé en la advertencia hecha por Wardwell sobre revelar mi identidad a sus alumnos; puede que fuera lo único en lo que estaba de acuerdo con la directora de Ravenswood. Se suponía que ahora era Danielle Beckett, pero me limité a decir:

—Dani.

Nadie me había llamado así desde la muerte de mi hermana; en realidad, nadie me llamaba así salvo ella. Tal vez Dith, en alguna ocasión, cuando estaba cabreada y no pensaba demasiado en lo que suponía que se refiriera así a mí. Quizás darle a aquella chica ese nombre fuera una manera de pagar por mi estupidez.

A pesar de no haber mencionado mi apellido, Maggie no mostró demasiado interés por conocerlo. Cualquier otro brujo hubiera insistido, dada la importancia que tenía la familia en nuestro mundo, pero supuse que ella mejor que nadie debía saber lo que era que te juzgaran por tu linaje.

—Vamos, Dani. —Hizo un gesto elegante con la mano y me invitó a atravesar el umbral.

No sonrió, aunque tampoco encontré en su expresión el desdén con el que me había obsequiado su compañera, pero me recordé que no podía confiar en nadie mientras me retuvieran allí. Salí al pasillo dispuesta a hacer gala de una prudencia poco común en mí y a encontrar a Dith cuanto antes.

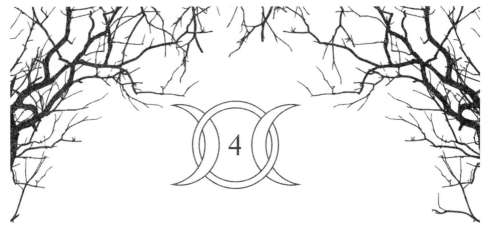

4

Más de una vez había jugado a imaginarme cómo sería el interior de Ravenswood. Desde la ventana de mi dormitorio en la cuarta planta de Abbot, contaba con una espléndida panorámica de su fachada y, cuando me aburría (que era a menudo), me dedicaba a observar qué ventanas se iluminaban y a qué horas lo hacían. Si lo pensaba bien, resultaba un poco siniestro, pero la academia de los brujos oscuros siempre había despertado una curiosidad insana en mí.

Mis suposiciones no podían haber estado más alejadas de la realidad. El interior era magnífico. La madera oscura de sus suelos y paredes no ensombrecía el ambiente, ya que había lámparas cuajadas de brillantes cristales y dispuestas a intervalos regulares que lo iluminaban todo a su alrededor. A su vez, los cortinajes de color borgoña que caían desde el techo colgaban a ambos lados de ventanales amplios, y los rayos de sol que se colaban por ellos se entremezclaban con la luz cálida que brotaba de las lámparas.

No había oscuridad allí, no como la había imaginado.

El suelo alfombrado, también en tono borgoña, casi engulló mis pies cuando me sitúe en mitad del corredor. Había flores frescas en jarrones diversos, todos de aspecto antiguo, y retratos y paisajes decorando las paredes. Las molduras del techo no eran lisas, sino que se retorcían y formaban intrincados diseños. Aunque el conjunto podría haber resultado recargado y opresivo, tuve la sensación de que los alumnos de aquella escuela debían de sentirse reconfortados.

En Abbot todo era más... aséptico y frío, un lugar de estudio y disciplina. Nunca había sido un hogar para mí.

—Ven conmigo —me pidió Maggie. Aunque no dijo «por favor», de algún modo consiguió que sonara como una petición cortés.

«No te confíes», me recordé.

Maggie me llevó a través de varios corredores mientras me hablaba de la historia del edificio. Me trataba como a una nueva alumna que acabara de incorporarse a sus estudios en Ravenswood en vez de como a una... enemiga, su rival fuera de estos muros y lo único que podía llegar a interponerse entre ella y el poder que suponía que todo brujo oscuro ansiaba más que ninguna otra cosa.

Tal vez no conociera mi procedencia, pensé para mí, pero Maggie no tardó en mostrarme lo equivocada que estaba.

—Toda esta zona del edificio da a los jardines delanteros de Ravenswood. Yo estaba aquí cuando entraste en ellos dando vueltas de campana con el coche. Fue bastante espectacular.

Capté la sombra de una sonrisa en sus labios, aunque desapareció enseguida.

—Gracias. Supongo. —¿Era aprobación lo que veía en su expresión?

Bueno, no sería tan extraño. Seguro que las normas en Ravenswood no eran tan estrictas como las de Abbot. O sus alumnos ni se molestaban en cumplirlas.

Continuamos con el recorrido por una escalera imponente que descendía con elegancia hacia el primer piso y llegamos a la entrada del edificio. La puerta principal, dotada de dos hojas de madera trabajada con tanto mimo como lo estaban en su parte exterior, se encontraba al fondo de un recibidor que albergaba una buena cantidad de butacas y sillones tapizados. La decoración era similar a la de la zona que habíamos dejado atrás y la estancia estaba presidida por un gran retrato: la familia fundadora de Ravenswood.

Me demoré contemplando la pintura. La expresión altiva del hombre y el oscuro brillo de sus ojos contrastaba con los delicados y suaves rasgos de su esposa. Frente a ellos, dos niños de corta edad se miraban el uno al otro, algo curioso para tratarse de un retrato. Sus perfiles eran tan similares que casi parecía que un único niño estuviera observando su reflejo en un espejo; solo el color distinto de su pelo (de un negro profundo en un caso y prácticamente blanco en el otro) me hizo suponer que se trataba de mellizos.

—La familia Ravenswood —confirmó Maggie al verme contemplar el retrato con tanta atención—. Sigo sin entender que llamaran a sus hijos Raven y Wood.

—Orgullosos de su apellido, por lo que veo —murmuré, sin dirigirme a nadie en particular.

El linaje de los Ravenswood resultaba otro gran misterio. En las clases de historia de Abbot nos habían hablado de ellos y sabía que era una de las familias más poderosas que existían, pero nunca fueron perseguidos ni condenados en Salem. En realidad, y a pesar de que se los consideraba los instigadores de la rebelión de los brujos oscuros y su consiguiente escisión del resto, no había ningún dato o registro de que hubieran formado parte de los juicios. Eran como fantasmas, aunque todos sabíamos que habían estado allí, casi como si hubieran borrado cualquier rastro de su pertenencia al aquelarre residente en Salem en aquellos días.

—Por aquí —me instó Maggie, dirigiéndose a la parte trasera del edificio—. Por ese pasillo encontrarás el comedor y la cafetería, así como la biblioteca. Tanto los despachos como las dependencias de los profesores y la directora están en este edificio. Es, digamos, la zona administrativa.

Me pregunté a qué se refería. Mientras que en Abbot existía una construcción aparte en la que residía el director y su familia, y otra que se empleaba como sede de nuestro consejo, Ravenswood carecía de cualquier otro anexo. Era más grande, sí, una mole de madera y ladrillo que se alzaba en una extensa finca y que incluía incluso parte del bosque, pero no había otras construcciones en ella.

No tuve que esperar mucho para descubrir que, en realidad, yo no tenía ni idea de lo que hablaba. Un amplio corredor nos llevó hasta el arco acristalado que daba paso al jardín trasero. Maggie abrió la puerta y me cedió de nuevo el paso. Sus modales sobrepasaban con mucho los míos; de conocerla, tal vez mi padre preferiría que la enviaran a ella de vuelta en vez de a mí.

—Bienvenida a Ravenswood —dijo, ceremoniosa.

Mi mandíbula cayó, desencajada, ante la visión de lo que casi parecía una ciudad en miniatura. El hecho de que el acceso principal de Ravenswood, aquel por el cual yo había hecho mi entrada triunfal, no contara con ningún tipo de protección cobraba ahora sentido. Lo que en realidad protegían era también lo mismo que nos ocultaban.

Frente a nosotras se extendía un césped surcado de caminos adoquinados que partían en diversas direcciones. A la izquierda se alzaba un edificio de aspecto más moderno que la mansión y con la fachada rojiza cubierta de ventanas, la mayoría de ellas cerradas en ese momento. Más allá de este se agrupaban varias calles con multitud de casitas, todas de ladrillo oscuro, en las que brillaban carteles como los de las tiendas de Dickinson, el pueblo más cercano. Aunque solo me permitían visitarlo una vez al mes, estaba bastante segura de que el trazado era similar, si no el mismo. Muy cerca de esa zona había otras casas dispersas, pequeñas mansiones más bien, rodeadas de jardines con parterres de flores e incluso algunos árboles.

No podía dejar de pensar en lo mucho que se parecía todo aquello a los campus de las universidades que Dith y yo habíamos buscado en internet mientras soñábamos con la posibilidad de que se me permitiera asistir a una de ellas.

—Es imposible —farfullé, desconcertada.

Yo había observado mil veces Ravenswood desde mi ventana y conocía cada giro de su fachada, cada muro... No había nada más en aquel terreno que la mansión, lo hubiera visto desde mi habitación e incluso desde la verja de entrada o el camino que compartíamos y que llevaba al pueblo. La potencia de un hechizo que ocultara y protegiera algo así no podía...

—¿Cómo? —inquirí, volviéndome hacia Maggie.

Ella se limitó a sonreír. No la culpaba; estaría loca si compartiera esa clase de información con una alumna de Abbot. Seguramente, ni siquiera ella conociera dicho secreto.

—Te alojarás en la zona *vip* —me explicó, lanzándome una mirada que no fui capaz de descifrar: curiosidad, diversión..., expectación tal vez.

—Todo un detalle —repuse, mientras ella echaba a andar por uno de los senderos y yo me apresuraba a seguirla.

No había alumnos a la vista y tampoco nos habíamos cruzado con nadie en el interior de la mansión. Por la hora, supuse que se hallarían todos en el comedor.

—Tu compañero... —Un momento de titubeo me puso en alerta—. Ellos son... No te darán problemas. Espero.

Creo que no pensó que hubiera escuchado lo último, pero obvié esa parte, y también el hecho de que hubiera pasado del singular al plural, y me concentré en otro detalle.

—¿Él? ¿Un chico?

En Abbot había dos alas separadas de dormitorios; chicas y chicos no compartían pasillo y mucho menos habitación. Las clases no estaban segregadas por sexo y creo que en realidad lo último que les preocupaba era que *confraternizáramos*. De ser así, cada alumno tendría su propia habitación. A pesar de las estrictas normas que regían nuestras vidas, no les importaba demasiado si dos chicos o dos chicas dormían juntos ni lo que pudieran hacer. En realidad, sus esfuerzos en ese aspecto se centraban en que ninguna alumna terminara embarazada. El embarazo de una bruja resultaba delicado y conllevaba cierto riesgo, y siempre era una decisión muy meditada en cualquier pareja. Y Hubbard, como director del centro, no quería tener que comunicar a ningún padre o a la comunidad algo así. Se nos proveía de remedios y hechizos anticonceptivos y se nos hablaba del sexo seguro incluso antes de que supiéramos a qué demonios se referían con eso de «hacer el amor». Mantenernos separados no evitaba del todo las escapadas entre un ala y otra durante la madrugada, ni las relaciones sexuales entre alumnos, pero nos asegurábamos de ser cuidadosos. O los demás se aseguraban de serlo, más bien. No era como si yo tuviera demasiado de lo que preocuparme.

Después de pasar media vida entre aquellos muros, toda mi experiencia sexual se resumía en una torpe primera vez con Cameron Hubbard. Con él había compartido también mi primer beso, más llevados por la curiosidad que por el deseo. Años más tarde, habíamos planeado acostarnos como una más de nuestras travesuras conjuntas. Nada de romanticismo, aunque sí que existía cierta atracción, y tampoco nos juramos amor eterno antes de entregarnos el uno al otro. Fue más como... un experimento. El resultado no había sido digno de mención y nunca repetimos.

—*Él* —replicó Maggie, devolviéndome a la conversación, y durante un instante no supe de qué hablaba— es una celebridad en la escuela, aunque nunca se mezcla con el resto de los alumnos. Creo que Wardwell no se lo permite. Resulta sorprendente que la directora haya decidido que te alojes con Luke.

Su afirmación no me tranquilizó en absoluto. Yo, por mí misma, ya contaba con una tendencia natural al desastre y no necesitaba que nadie me ayudara con ello; estar en Ravenswood ya era una catástrofe de por sí, no había razón para añadir a un alumno maldito a la mezcla. Quizás lo único que la directora buscaba era mantenerme también a mí alejada del resto. De saberse que era una Good, las cosas podían ponerse bastante feas.

Mi familia gozaba de un gran prestigio dentro de la comunidad de brujos blancos, algo a lo que mi padre (Good por matrimonio) había contribuido en buena medida con su decisión de dedicarse a la política y mejorar con ello tanto nuestro bienestar como el de la gente no mágica. La historia de mi linaje contaba con algunos puntos negros que nadie recordaba mejor que los brujos oscuros.

Los Good no siempre habíamos sido brujos blancos.

En Salem, Sarah Good había sido una de las primeras y principales acusadas de brujería. Dorothy Good, su propia hija (a la que también se había acusado), la había delatado, aunque por ese entonces toda la familia pertenecía a un aquelarre de nigromantes. En pocas palabras: la habían traicionado y abandonado a su suerte mientras los demás miembros de la familia Good buscaban refugio en un aquelarre de brujos blancos. Aunque nuestra sangre apenas si albergaba ya restos de la oscuridad que un día la había llenado, no resultaba fácil cambiar de bando, por no decir que era algo imposible. Pero los Good se habían esforzado al máximo, renegando de sus orígenes y convirtiéndose en un ejemplo de rectitud desde entonces.

Sí, éramos traidores.

Se decía que la magia no olvidaba, que las familias cuyos miembros habían permanecido en la oscuridad durante siglos estaban dotadas de una marcada tendencia al mal; era su propia naturaleza, su legado. Sin embargo, los Good suponíamos una excepción, y todo brujo oscuro que se preciara de serlo nos odiaba por ello. De ahí, probablemente, que Wardwell insistiera en mantener mi apellido en el anonimato. Supuse que me consideraba una rehén valiosa y no debía querer que me ocurriera nada... de momento.

—Es esa. —Maggie señaló una casa de dos plantas con tejado de pizarra a dos aguas y muros de piedra negra—. La mayoría de estudiantes tienen sus dormitorios en el edificio Wardwell —explicó, volviéndose hacia el anexo plagado de ventanas que habíamos dejado atrás—. El resto de residencias de esta zona solo suelen ocuparse con visitas relevantes o familiares de los alumnos.

La casa a la que nos acercábamos estaba ligeramente apartada del resto. Su jardín, rodeado de una valla blanca que resultaba algo incongruente comparada con todo lo demás, era el doble de amplio que los del resto y contaba con un árbol enorme cuyas ramas se mecían suavemente con la brisa. A pesar de que en aquella época del año las temperaturas aún resultaban agradables, el otoño había empezado a hacer mella ya en él y diversos tonos de ocre coloreaban tanto las hojas de las ramas como las que se acumulaban sobre el suelo.

Maggie abrió la puerta de la valla y me invitó a avanzar. En cuanto me moví hacia delante y uno de mis pies tocó la tierra de la parcela, un escalofrío reptó por mi espalda y sacudió todo mi cuerpo. Me entraron ganas de echar a correr en dirección contraria; lejos, lo más lejos posible de allí. Al girarme me encontré a Maggie inmóvil, todavía con los dedos agarrados a la madera de la puerta. No parecía tener intención de seguirme.

Sus ojos chispearon con un brillo divertido, como si fuera consciente de mis pensamientos. Me había caído bien, quizás porque no me esperaba su amabilidad ni su trato cordial. Pero ahora dudaba si no estaría jugando conmigo, lanzando un ratón directo hacia el gato.

—¡Suerte! —dijo a continuación, y por primera vez sonrió de verdad. A pesar de mi inquietud, pensé en lo bonita que era su sonrisa y en lo mucho que armonizaba con sus rasgos—. Búscame si en algún momento te permiten salir. A Luke no le entusiasma que nadie ronde por aquí, aunque intentaré visitarte más tarde para comprobar que no os habéis matado o algo por el estilo.

Dicho eso, me señaló la puerta y echó a andar por el sendero por el que habíamos venido. Me pregunté cómo estaba tan segura de que obedecería y entraría en la casa. Solo que cuando estiré el brazo para alcanzar la portezuela de la valla, y tal vez abrirla y lanzarme tras mi nueva amiga, mi mano topó con una barrera invisible.

—¡Ay! —me lamenté, agitando los dedos doloridos por el golpe—. Putos hechizos.

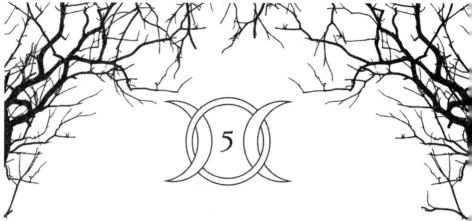

5

Permanecí un rato en el jardín, indecisa, mientras luchaba contra la necesidad de rascarme la nuca con ambas manos. Tenía alergia a varios tejidos sintéticos y, desde el momento en el que me había vestido, el cuerpo había empezado a picarme. Sin magia, no había manera de paliar sobre la marcha la sensación ni evitar la aparición del consiguiente sarpullido, aunque nunca había sido capaz de realizar un hechizo lo suficientemente eficaz para librarme del todo de mi afección. Reaparecía al poco tiempo hiciera lo que hiciese.

En Abbot, el director se había encargado de que tuviera un uniforme hecho especialmente para mí, pero no creía que fuera a tener tanta suerte en Ravenswood. Tendría que preparar algún remedio en cuanto dispusiera de ingredientes. Pasearme desnuda por el corazón de la magia negra parecía tan buena idea como hacerlo con la bata de algodón con la que me había despertado un rato antes.

No sabía lo que iba a encontrarme al entrar en la casa, pero tampoco tenía muchas opciones. El hechizo que rodeaba la parcela parecía similar al que aislaba Abbot, aunque más potente incluso que este; aún me dolían los dedos. Estaba encerrada.

«¡¿Qué demonios?!», me dije, y avancé hasta la entrada con decisión.

La puerta no estaba cerrada con llave y no me planteé llamar. Accedí al interior y me encontré en un pequeño recibidor que me llevó hasta otra estancia mucho más amplia e iluminada. El mobiliario allí tenía un toque moderno del que carecía la mansión, aunque el borgoña y el negro se mantenían en toda la decoración. Las paredes eran de un blanco brillante y dos sofás enormes ocupaban el centro de la sala; parecían cómodos, la clase de sofás en los que podría dormir una siesta sin miedo a echar de menos un colchón. En la zona de la derecha había unas escaleras que ascendían hasta la planta superior y, en la pared del fondo, una televisión descomunal lanzaba imágenes de alguna clase de videojuego.

Sentado en el suelo, con las piernas cruzadas y de espaldas a mí, descubrí al que supuse que era mi anfitrión. No estaba segura de que se hubiera percatado de mi presencia.

—Ponte cómoda —me dijo tras unos pocos segundos, aunque no me había movido ni hecho ruido alguno.

Me lanzó una rápida mirada por encima del hombro y apenas si tuve tiempo de echarle un vistazo a su rostro. Lo único que veía de él era la mata de pelo negro que alcanzaba la base de su nuca y la forma en la que su espalda se encorvaba. No parecía mayor que yo, tal vez incluso le sacara unos años.

—¡Wood! ¡Baja tu culo aquí! —gritó el chico, volviendo la cabeza hacia las escaleras—. ¡Ha llegado nuestro angelito!

—¿Perdona? —inquirí, irritada—. No soy nada vuestro.

No prestó atención a mis protestas. Me situé junto a uno de los sofás y apoyé la cadera contra la parte posterior del respaldo; los brazos cruzados sobre el pecho, a la defensiva. Una vez más, tuve que esforzarme para no arrancarme la blusa y liberarme de los picores.

El muchacho continuó dándome la espalda.

—¡Wood! —volvió a gritar—. ¡Baja de una vez!

—Mira, será mejor que me indiques mi habitación y así podré desaparecer en ella.

En la casa no se escuchaba nada que no fuera el sonido de la televisión, que además estaba muy bajito, y empezaba a preguntarme si aquel tipo no tendría desdoblamiento de personalidad o algo por el estilo. O quizás convivía con un fantasma, no era raro entre los suyos contar con esa clase de poder.

—¡Wood!

—¿Te importaría dejar de gritar?

Me estaba sacando de quicio, pero él no se giró ni me contestó, y allí no parecía haber nadie más. Cuando abrió la boca, probablemente para lanzar otro de esos molestos alaridos, me precipité hacia él y le arranqué el mando del videojuego de entre las manos.

—¡Joder! —masculló al verme lanzarlo sobre el sofá más cercano. El chisme rebotó en un cojín y terminó cayendo al suelo.

Tal vez me había pasado. Un poco, solo un poco. El chico, aún sentado en el suelo, alzó la cabeza para mirarme y sus labios se curvaron con una lentitud exasperante. Parecía encantado con mi arrebato.

—Maggie me ha traído aquí. —No sabía qué más decir y no me gustaba cómo me estaba mirando.

Sus ojos eran de un azul pálido que me hicieron pensar en finas láminas de hielo quebrándose bajo la presión. Le caían mechones de pelo negro sobre ellos y en torno al rostro, y sus labios se mantenían curvados en una sonrisa desconcertante.

—Maggie es cortés. Y hermosa —agregó, incorporándose, mientras yo me obligaba a no poner los ojos en blanco.

A pesar de que había creído que era casi un niño, cuando se irguió del todo me di cuenta de que debía rondar al menos los veinte años. Me sacaba una cabeza y había toda una variedad de músculos estirando la tela de su camiseta.

—Tú también eres hermosa.

Ahora sí que puse los ojos en blanco. No era que no agradeciera el halago, pero no estaba acostumbrada a que me dijeran ese tipo de cosas, mucho menos uno de los suyos.

—Mi habitación —insistí.

Necesitaba estar sola y urdir alguna clase de plan. Tal vez Dith apareciera cuando no me encontrara acompañada.

—¡Ya era hora! —El chico había dejado de prestarme atención y miraba por encima de mi cabeza. Supuse que el maldito Wood se había dignado a aparecer.

Al girarme, se me escapó un gritito que estaba segura de que me avergonzaría más tarde. Pero lo peor fue que, de un salto, prácticamente me acurruqué contra el chico que se encontraba a mi lado.

A los pies de la escalera había aparecido un descomunal lobo blanco. El animal mostraba los largos colmillos y un gruñido me advirtió de que no parecía que yo le cayese demasiado bien. Sus ojos eran de un azul desvaído idéntico al de mi anfitrión.

—¿Un familiar? —inquirí, sin quitarle la vista de encima al animal.

Hice amago de separarme del chico, pero él enredó los dedos en torno a mi muñeca y me mantuvo en el sitio.

—¿Qué has dicho?

Fruncí el ceño, pero me volví hacia él y repetí la pregunta.

—¿El lobo es tu familiar? —Recé porque así fuera, no tenía ganas de convertirme en comida para perros.

Empezó a reírse y la bestia blanca aulló de una forma extraña. ¿Se estaban burlando de mí?

Fulminé al animal con la mirada, pero, en cuanto las risas cesaron, el muchacho reclamó mi atención con un suave golpe de sus dedos sobre mi hombro.

—No es mi familiar —explicó, y su voz resonó grave y algo gutural, áspera, aunque no por ello desagradable—. Es mi hermano, Wood, y yo soy Raven.

La imagen del retrato que había visto en la entrada destelló en mi mente. Eran Raven y Wood, los mellizos Ravenswood. Ese cuadro tendría más de trescientos años, ya que se trataba de los fundadores de la academia, por lo que ambos no podían ser otra cosa que familiares entonces.

Volví a mirar al lobo. Se había acercado un poco a nosotros y no dejaba de observarnos.

—Pero si ambos sois familiares... —farfullé para mí misma. Recibí otro toque en el hombro. Empezaba a resultar irritante—. ¡¿Qué?!

El lobo gruñó de nuevo, pero no aparté la vista de Raven. Su expresión adquirió una extraña tensión y los ojos se le aclararon. Sus dedos resbalaron de mi muñeca mientras, a mi espalda, su hermano continuaba gruñendo. Incluso sin verlo, percibí el momento exacto en el que el lobo blanco comenzó a transformarse. El ambiente de la estancia crepitó, cargado de magia en estado puro, y un denso y sensual aroma a savia y canela llenó el aire.

Pocas veces había presenciado algo así. Estaba acostumbrada a recibir pequeños chispazos de energía cuando Dith cambiaba de forma, pero aquello era muy diferente, y revelador, teniendo en cuenta que mi propia magia se hallaba fuera de mi alcance y seguramente no debería haber notado nada.

Me volví para ver a Wood tomar forma frente a mis ojos. El muy capullo había decidido hacerlo totalmente desnudo, algo innecesario y que hizo que se me calentase la cara. Debí enrojecer hasta la raíz del pelo, pero no fui capaz de apartar la mirada. Sus huesos crujieron una última vez y todo su cuerpo (y cuando digo «todo» es *todo*) quedó a la vista, perfectamente formado. Dith hubiera aprovechado para darse un homenaje con aquella visión, pero yo me obligué a mantener la mirada alta, lejos de las hileras de músculos que atravesaban su estómago y de otras zonas por debajo de esa.

Los ojos de Wood también estaban fijos en mí y parecía arder en deseos de asesinarme lenta y dolorosamente. Una furia helada campaba en ellos, y su pelo, tan blanco como el pelaje mullido que lo había cubierto unos segundos antes, caía en mechones sobre su rostro de manera idéntica a como lo hacía sobre los ojos de su gemelo.

—Mi hermano es sordo, imbécil —me espetó, y sus palabras fueron como furia ácida brotando de entre sus labios—. Y si se te ocurre volver a gritarle, te arrancaré los brazos y las piernas con mis propios dientes y te arrastraré al fondo del bosque para que te devoren cosas aún más aterradoras que yo.

Me encogí al escucharlo. No por miedo a su amenaza, que a decir verdad era bastante perturbadora, sino por mi propia estupidez. Me sentí fatal por haberle gritado a Raven y no haberme dado cuenta antes de que no podía escucharme.

Avergonzada, me giré hasta quedar cara a cara con él.

—Lo siento.

Raven se encogió de hombros.

—No podías saberlo. No hagas caso a Wood, no voy a dejar que te coma —dijo. Aunque fue una declaración algo absurda, resultó alentador. Yo tampoco quería que su hermano me comiera—. Puedo leerte los labios si me miras al hablar, así que no te preocupes. Y tú —añadió, dirigiéndose a su gemelo—, sube a ponerte algo de ropa encima. No necesitamos verte el rabo. —Ahogué una carcajada, tenía su gracia. Raven me regaló una sonrisa espléndida y se centró de nuevo en Wood—. Avisa a Alexander.

¿Alexander? ¿Cuántos más había de ellos? Maggie había mencionado a un tal Luke, y yo había supuesto que él era el brujo al que ambos protegían.

Con un último gruñido, una clara advertencia dirigida a mí, Wood se marchó escaleras arriba. Procuré no mirar... No, no es verdad, me recreé a placer con las vistas. El tipo tenía un humor de mil demonios, pero había que reconocerle que su culo era increíble.

—Wood es demasiado protector —comentó Raven. Aparté la vista del trasero de su hermano y me centré en él—. Así que tú eres el angelito que se ha lanzado de cabeza al infierno.

Una buena metáfora, supuse, aunque yo no era un ángel en absoluto, por muy bruja blanca que fuera. La comunidad de la luz tenía... principios, pero no creía que fuésemos perfectos. Decidí ignorar el comentario y también quise pensar que no había terminado en el infierno. Por mi bien.

—Y tú eres un familiar. Un lobo, ¿no? Como tu hermano.

Sería lo lógico. No era común que nacieran brujos gemelos y, si por alguna razón estos morían y pasaban a convertirse en familiares, lo normal era que adoptaran la misma forma. Wood era un lobo blanco y no creía equivocarme al pensar que el pelaje de Raven sería negro.

—A Alexander no le vas a gustar —comentó, y se desplomó con desgana sobre uno de los sofás. Palmeó el asiento a su lado, invitándome a sentarme. Me di cuenta de que no vestía el uniforme de Ravenswood, aunque tampoco Dith solía llevar el de Abbot—. No te lo tomes como algo personal. A Alex no le gusta nadie —agregó, cuando me acomodé a su lado.

—No tengo intención de quedarme.

En realidad, no parecía que fuera una decisión que yo pudiera tomar, pero pensar que así era me ayudaba a mantener la calma.

Observé el rostro de Raven con mayor atención que antes y me pregunté si, de haber contado con mis poderes, el aura que emanaría de él resultaría tan oscura como se suponía que debía ser. No parecía un mal tío.

Solo para que estés avisada: Alex ladra mucho, pero muerde solo cuando es necesario —dijo, y una sonrisa juguetona le cubrió los labios.

La afirmación no era muy esperanzadora, pero, aun así, sentí deseos de devolverle la sonrisa.

—Un momento... Sois los gemelos Ravenswood —señalé, incorporándome de repente, aunque eso era algo obvio—. Entonces, eso significa que ese tal Alex...

—Significa que yo soy Luke Alexander Ravenswood —terminó por mí otra voz masculina, una muy diferente a la de los gemelos, profunda y cadenciosa, casi musical.

Mi cabeza giró de golpe hacia las escaleras, como un látigo que alguien agitase con dolorosa precisión, y allí, a mitad de camino entre una planta y otra, estaba el brujo oscuro al cual Raven y Wood protegían y por el que sabía que darían su vida de ser necesario: el mismísimo heredero del linaje Ravenswood.

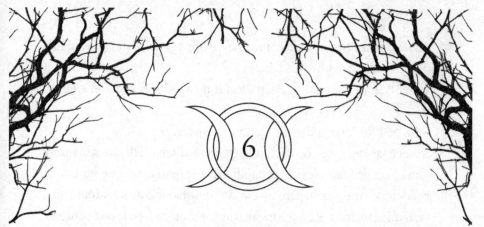

6

El vello de todo el cuerpo se me erizó en cuanto mi mirada se posó sobre el rostro de Luke Alexander Ravenswood. Ahogué el sonido de sorpresa que brotó de mi garganta al descubrir la oscuridad que se acumulaba en uno de sus iris, completamente negro. El otro era de un azul similar al de los gemelos, pero aún más intenso. La diferencia de color entre ambos ojos resultaba tan perturbadora como la dureza de sus rasgos, la línea recta de su mentón y su nariz y el músculo que palpitaba en su mandíbula. No había amabilidad en su rostro, increíblemente hermoso por otro lado, aunque estaba segura de que una sonrisa le añadiría atractivo; si fuera capaz de sonreír, algo que a primera vista no parecía demasiado probable.

Pese a todo, no podía dejar de mirarlo.

Tampoco él vestía el uniforme de Ravenswood, sino unos viejos vaqueros rotos a la altura de las rodillas y una camiseta aún en peor estado. Iba descalzo y se hallaba apoyado contra la pared, un pie en un escalón y el otro en el siguiente, como si se hubiera detenido de forma involuntaria en mitad de su descenso. Parecía aún más alto que Raven y el ancho de su espalda se asemejaba al de un nadador profesional.

En medio del caos de pensamientos, me pregunté si habría piscina allí; en Abbot no había y nadar había sido una de las pasiones de mi infancia.

—Puedes dejar de mirarme —escupió, y su voz fue como frío acero que lo cortara todo a su paso.

—¡Ah, cuánta hospitalidad! —repuse. Aun abochornada, podía ser incluso más imbécil que él—. No pretendía hacerte sentir incómodo —añadí, y lo que hubiera podido sonar como una disculpa se convirtió en verdadero ácido saliendo de entre mis labios.

«Capullo», pensé para mí, pero decidí no añadir ese detalle a mi réplica.

—No podrías incomodarme, aunque quisieras.

Arqueé las cejas. Ser borde con la gente resultaba fácil, yo sabía muy bien que lo difícil era mostrar amabilidad y empatía. Así que no estaba impresionada. O tal vez sí, pero no era él el destinatario de mi admiración.

Cedí mi atención a Raven e incluso me permití dedicarle una sonrisa.

—¿Podrías enseñarme mi habitación?

Raven desvió la mirada hacia Luke, Alexander o como fuera que se refirieran a él. Este asintió.

—Vamos, ven conmigo —me pidió el gemelo, y me tomó de la mano con delicadeza.

Desprendía calidez y, aunque había mil motivos para no ir por ahí de la mano con el familiar de un brujo oscuro, no hice nada para que me soltase. Empezamos a subir juntos las escaleras. Alexander no se había movido y se mantuvo inmóvil mientras nos acercábamos a él. Me llegó un aroma a bosque antiguo y salvaje, primitivo, casi cruel... Tan delicioso como aterrador.

—Dale la habitación del fondo del pasillo —le dijo a Raven, cuando este se detuvo brevemente frente a él. Me sorprendió lo distinto que sonó al dirigirse a su familiar, con una suavidad y una cortesía de la que no lo hubiera creído capaz. La cosa cambió bastante cuando me miró a mí—. No entres en mi habitación y ni se te ocurra tocar nada. No eres bienvenida aquí.

Le guiñé un ojo y a punto estuve de sacarle la lengua. Aunque infantil, estoy segura de que Dith habría estado orgullosa de mi actitud irreverente frente a aquel idiota. Yo ni siquiera quería estar allí, y no iba a dejarme amedrentar por un Ravenswood ni por cualquier otro de aquellos brujos oscuros.

Al contemplar mi reacción burlona, Raven casi se ahoga tratando de disimular la risa.

El lobo me caía cada vez mejor, pensé conforme avanzábamos por un largo pasillo de la planta superior. Mientras que sus pisadas apenas si hacían ruido alguno, mis pies resonaban al encontrarse con la madera del suelo. Raven andaba de una forma muy particular, casi deslizándose, y supuse que era parte de la naturaleza de su otra forma. De hecho, Dith se movía con el sigilo de un felino y solía disfrutar asustándome con apariciones repentinas siempre que podía.

«¿Dónde estás, Meredith?», la llamé mentalmente, aunque no había manera de que me escuchara. De haber contado con mis poderes, tal vez hubiera sido capaz de invocarla. No era algo que pudiera hacer en realidad, pero, en alguna ocasión, cuando la había necesitado, ella había aparecido ante mí. Como si de alguna forma supiera que la estaba llamando.

Deseé que solo estuviera escondiéndose para evitar llamar la atención sobre su presencia en Ravenswood. Ojalá se encontrase bien y fuese capaz de llegar pronto hasta mí.

Nos detuvimos frente a una puerta. Había al menos media docena más a lo largo del pasillo, pero aquella se encontraba al fondo, tal y como le había indicado míster Capullo a Raven. Este la abrió, pero me detuvo antes de que pudiera deslizarme en el interior.

—Ese es mi dormitorio. —Señaló la puerta que quedaba justo enfrente y luego una al principio del pasillo—. Y esa es la madriguera de mi hermano —rio, sus ojos yendo y viniendo de las distintas habitaciones a mi rostro—. Al lado tienes a Alexander.

Mis cejas salieron disparadas hacia arriba. ¿Me había asignado la habitación contigua a la suya? Bueno, siempre podría ponerme a dar golpes y a hacer ruido si seguía comportándose como un imbécil, aunque tal vez solo consiguiera que enviara a Wood a desayunar conmigo. Y no me refiero a tomar tostadas y huevos revueltos juntos, más bien a darse un festín a mi costa. Estaba bastante segura de que el lobo blanco estaría encantado de servir a su protegido de esa forma.

La mano de Raven voló hasta la mía y me la apartó del cuello. Me había estado rascando la nuca de manera compulsiva y ni siquiera había sido consciente de ello.

—¿Estás herida aún? Déjame ver. —Sus dedos se colaron por el borde de mi camisa y tiraron de la tela para retirarla antes de que pudiera negarme.

Se inclinó sobre mí y acercó el rostro a la zona. No sabía si era buena idea dejar que un lobo hundiera la cara en mi cuello, pero le permití echar un vistazo. Retrocedió un instante después, irguiéndose de nuevo.

—No es una herida —me dijo, aunque eso yo ya lo sabía—, pero tienes la zona enrojecida y muy irritada.

Había genuina preocupación en su expresión, lo que hizo que me olvidara un poco de dónde me encontraba y quién era él. El azul limpio de su mirada no parecía albergar ninguna clase de malicia. No podía ser más diferente de su gemelo; solo unos minutos en su presencia habían bastado para ver que el lobo blanco no era ni la mitad de ingenuo que Raven.

—Tengo alergia a los tejidos sintéticos —confesé, asegurándome de mirarlo para que pudiera leerme los labios y a pesar de que mostrar cualquier clase de debilidad resultaba una idea aún peor que ofrecerle la garganta a un lobo. Era el enemigo, por muy cortés que se mostrara.

Pero a Raven se le iluminó el rostro con la inocente alegría que solo podría transmitir un niño y el gesto me ablandó más de lo que ya lo estaba.

—¡Alexander también! —afirmó—. Espérame dentro. Te traeré algo de su ropa para que puedas cambiarte.

Se metió en la habitación de al lado con tanta rapidez que no me dio tiempo a decirle que esa era la peor idea de entre todas las pésimas ideas, y eso que en los últimos minutos habíamos tenido unas cuantas entre los dos. Alexander había dejado claro que no quería que estuviese allí y menos aún que tocara sus cosas. Vestirme con su ropa... Puede que el brujo me lanzara un hechizo y me convirtiera en comida para perros, así evitaría que Wood lo dejara todo manchado de sangre; no creía que aquel tipo gruñón y maleducado fuera de los que les gustaba esa clase de desorden, ni ningún otro ya puestos.

Pero Raven no titubeó cuando regresó con una pila de ropa entre las manos. Me la tendió con amabilidad, muy satisfecho de sí mismo, y no me vi capaz de rechazarla.

—Todo seda y algodón. Hay un par de camisetas, una sudadera y algunas prendas más —me dijo—. Pero no te preocupes, hablaré con Alex y te conseguiremos algo adecuado lo más pronto posible.

Su mirada descendió por mi cuerpo muy despacio, perezosa, y se entretuvo en unas zonas más que en otras. Cuando alzó la vista de nuevo, había una media sonrisa instalada en sus labios acompañada de dos encantadores hoyuelos. Incluso cuando sabía que acababa de darme un repaso descarado, Raven Ravenswood me parecía el chico más tierno que hubiera conocido jamás.

—Creo que podré acertar tu talla —añadió, guiñándome un ojo.

No sé por qué, pero pensé en Dith. Se merendaría a alguien como Raven en cuanto la soltasen en la misma habitación que él, y disfrutaría mucho haciéndolo.

—Muchas gracias, Raven.

Se apoyó contra el marco de la puerta y bajó la barbilla, repentinamente avergonzado. ¡Dios! Era dulce incluso sin intentarlo.

—Me alegra mucho tener una cara nueva por aquí.

Le toqué el hombro para atraer su atención, sin olvidar que necesitaba leerme los labios. Empezaba a creer que Raven no tenía ni idea de quién era yo y casi sentí pena al formular la siguiente pregunta. No quería que se metiera en líos por mi culpa.

—Tú... ¿sabes lo que soy? —inquirí, aunque un rato antes me había llamado «angelito». Había supuesto que se refería a mi pertenencia a la comunidad de brujos blancos, tal vez no fuera así.

—Sé exactamente quién eres y no me importa —aseguró, y continuó hablando antes de que pudiera pedirle que especificara si se refería a qué o a quién era yo. No era lo mismo, ni por asomo. Nadie podía saber que era una Good—. Pero ten un poco de paciencia con Alex. No está acostumbrado a tener visitas.

—Maggie dijo que era bastante popular —tercié. Lo lógico sería que un Ravenswood fuera el alma de aquella escuela, por algo llevaba su apellido.

Raven negó con un movimiento de cabeza y mechones de pelo negro salieron disparados en todas direcciones.

—Todos respetan su linaje y se lanzarían por un acantilado si él así se lo ordenara. —Me estremecí al pensar que esa fuera la clase de peticiones que realizaba a sus visitas, aunque no sabía si Raven estaba hablando de una extraña devoción o del poder que Alexander podía ejercer sobre la gente—. Pero no es eso lo que yo quiero para él, ni creo que sea lo que Alex desea.

De la última parte no estaba tan segura, la verdad, pero no dije nada. Incluso habiendo coincidido con él tan solo unos pocos minutos, mi opinión sobre el brujo no era demasiado buena. Que alguien como Raven, al que no conseguía encajar como parte de un aquelarre oscuro por mucho que me esforzara, tuviera una buena opinión sobre su protegido hubiera debido de contar.

Sin embargo, acababa de conocerlos. Llevaba apenas media hora en la casa y ya me estaba olvidando de cualquier precaución. Era la primera vez que me relacionaba con miembros de aquelarres rivales y tanto Wood como Alexander habían cumplido con creces las expectativas que tenía de ellos. Pero Raven... Ese chico era otro cantar.

—¿Y qué es lo que quieres para él? —pregunté con verdadera curiosidad.

Él había vuelto la cabeza hacia el comienzo del pasillo y miraba en esa dirección como si creyese que alguien iba a aparecer en lo alto de las escaleras en cualquier momento. Esperé pacientemente hasta que me di cuenta de que no podía escucharme y no me estaba mirando. Le di un golpecito con los dedos sobre el pecho y aún tardó unos segundos más en posar sus ojos sobre mí.

—¿Qué es lo que quieres para él? —le repetí.

Se encogió de hombros, un gesto que, a lo largo de los siguientes días, descubriría que hacía a menudo.

—Que deje de comportarse como un capullo —afirmó, y tuve que reírme porque eso era lo que yo había pensado de Alexander. Raven sonrió, pero la alegría no llegó a sus ojos en esta ocasión—. Y que nadie vuelva a tratarlo como a un animal rabioso. Aislarse no es bueno para él, solo que Alexander es incapaz de comprenderlo.

No había rastro de engaño en sus palabras, solo una sinceridad tan brutal como inocente, y no entendía por qué había decidido contarme todo aquello precisamente a mí, una recién llegada que además no era de los suyos.

Me convencí de que solo actuaba así llevado por una ingenuidad que resultaba evidente para cualquiera que hablara con él más de dos minutos seguidos; muy posiblemente, tuviera una visión sesgada de su protegido.

En toda manada de lobos había un alfa, y esa misma ingenuidad que irradiaba Raven no le permitía darse cuenta de que el alfa de aquella casa no era él ni tampoco su hermano, sino Luke Alexander Ravenswood.

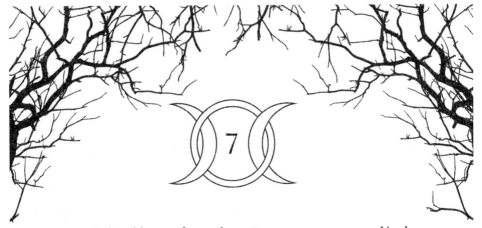

7

Me arranqué el maldito uniforme de encima en cuanto me quedé sola.

Había una cama tamaño industrial en mitad de la habitación y, sobre ella, un dosel de fina tela negra salpicado de estrellas doradas, casi como un cielo nocturno visto desde lo más profundo del bosque. Las cortinas eran de la misma tela y, aunque se hallaban corridas, la luz de la tarde las atravesaba y proyectaba la sombra de pequeñas estrellas por todos lados. Una cómoda, un armario y una butaca, todos de madera blanca, completaban el mobiliario, además de un tocador de líneas redondeadas y elegantes sobre el que había dispuesta una fila de frascos decorativos con líquidos de distintos colores en su interior.

Mi dormitorio en Abbot era una cueva comparada con aquello, y yo, el ogro que no lograba mantener el orden en ella.

La puerta estaba cerrada, pero no contaba con pestillo ni ningún pasador, aunque, de haberlo, no detendría a un brujo que quisiera entrar en la habitación; la apertura de cerraduras era de primero de magia elemental y, a pesar de que en Abbot no lo enseñaban oficialmente, era algo que todos dominábamos desde muy temprana edad. Yo ni siquiera había tardado tanto en aprenderlo como el resto; vivir en una escuela desde los diez años, y no a partir de los catorce como los demás, te convertía en una alumna aventajada. Y Dith había sido una maestra excelente en ese aspecto.

La ropa interior que me habían dejado junto con el uniforme picaba tanto o más que el resto y ya me había provocado un sarpullido en partes mucho más íntimas que el cuello y la cadera. Dudaba mucho que Raven hubiera podido sustraer unas bragas de los cajones de Alexander, así que fue la única prenda que no me quité por el momento. Rebusqué entre la pila de ropa y saqué una camiseta de algodón en la que probablemente cabrían dos como yo.

—¡Ay, Dios! —farfullé, atragantándome con mi propia saliva, al descubrir un bóxer negro también de algodón. La etiqueta aún colgaba de un lateral.

Bajé la vista hacia mi abdomen, imaginando lo que había llevado a Raven a incluirlos. ¿Lo había sabido? ¿Lo mucho que me irritaría también la ropa interior? Quizás estaba acostumbrado a que Alexander se quejara a todas horas...

Pero no podía pasearme por la casa con los calzoncillos de míster Capullo, así que seguí desdoblando la ropa hasta que di con un pantalón corto de deporte que contaba con una tira para apretar la cinturilla; podría apañarme con él.

En ese momento escuché pasos en el pasillo, nada que ver con el andar silencioso de Raven, por lo que supuse que se trataba de Alexander. Desterré el bóxer a un lado y me desnudé del todo con rapidez y más alivio aún.

Cuando iba a introducir un pie en la pernera del pantalón, se oyó un portazo. Las paredes retumbaron con tanta intensidad que me pregunté si Alexander acababa de descubrir que Raven me había dado ropa suya. Por si acaso, me puse el pantalón lo más rápido posible, no fuera que viniera a exigirme que se lo devolviera. Era tan estirado que seguro que no querría saber nada de la ropa que ya hubiera rozado mi piel, no fuera que le pegara algo.

No llegué a alcanzar la camiseta. La puerta de la habitación se abrió de par en par con tal fuerza que rebotó contra la pared. Al volver hacia el marco, un Alexander furioso la detuvo antes de que le golpeara en la cara. Hubiera sido algo digno de ver si no fuera porque me había pillado con las tetas al aire.

Lo primero que alcancé fue la colcha que cubría la cama. Tiré de ella y me tapé el torso. La fría seda endureció mis pezones de inmediato y di un respingo, pero la mantuve bien sujeta.

Alexander cruzó el umbral, pero se detuvo antes de llegar a mí con los labios entreabiertos y la rabia transformándose en algo totalmente distinto. Parecía que fuera a decir algo, pero no recordara qué, claro que no debía de acostumbrar a encontrarse chicas semidesnudas por su casa. O quizás sí. A saber. Raven había dicho que todos allí harían cualquier cosa que les pidiera, así que todo era posible.

Emanando de su persona, potentes oleadas de furia barrieron el dormitorio mientras me observaba a pesar de que su rostro ya no mostraba dicha emoción. Me fijé en los bordes de su figura y descubrí que echaba chispas, literalmente. Chispas púrpuras.

¡Vaya! Eso sí que era poder, uno oscuro y traicionero, impredecible como una ola que primero te atraía con suavidad para luego hundirte hasta el fondo y ahogarte.

Apreté la colcha contra mi pecho con más fuerza.

—No tienes nada que no haya visto antes —señaló, con los dientes tan apretados que a punto estuve de bromear sobre su capacidad ventrílocua. Claro que no dije nada. No creía que fuese el momento adecuado para hacer uso de mi sarcasmo.

—Eso no significa que vaya a enseñártelo.

—Ya es un poco tarde para eso, ¿no te parece? —siseó, y de pronto me recordó a Wood, abajo en el salón, cuando se había deslizado hacia mí con el andar de un depredador que acecha a su presa.

Me estremecí, pero me dije que se debía solo a que tenía la espalda al aire y una corriente fría se colaba a través de la puerta abierta. Solo eso, me repetí, y me esforcé por recuperar la compostura.

Me erguí y saqué pecho.

—Entonces, ¿por qué tu respiración se asemeja al rebuzno de un burro?

—Le dediqué una sonrisa mezquina, lo reconozco, y me encantó descubrir que mi comentario lo había cabreado aún más.

—Tienes la lengua muy larga para ser un angelito.

Ya estábamos de nuevo con lo del ángel. ¿Era así como se referían a nosotros?

Mi enfado aumentó. Debería haberlo echado de la habitación en el mismo instante en que había puesto un pie en ella.

—Y también afilada —repliqué—. Así que, si quieres conservar todas las partes importantes de tu cuerpo, te sugiero que te largues de inmediato.

Sus cejas formaron un bonito arco y, solo entonces, recordé lo amable que había sido Raven conmigo. Todo lo que él me había pedido a cambio era que tuviera paciencia con Alexander.

Suspiré.

—Compartimos alergia. Ese es el único motivo por el que Raven me ha dado algo de tu ropa. No lo culpes, él es... amable. —«No como tú», pensé añadir, pero me mordí la lengua. Eso no iba a mejorar la situación.

Alexander parecía haber recuperado el aliento, o bien lo estaba conteniendo y empezaba a asfixiarse, eso explicaría el color sonrosado que estaban adquiriendo sus mejillas.

—No vuelvas a hablar de Raven. Sé perfectamente cómo es. Y mantente alejada de él —añadió, dirigiéndose hacia la puerta—. Aléjate de todos nosotros.

Salió al pasillo y dejó la puerta abierta tras de sí. Yo aproveché para volverme de espaldas y hacerme con la camiseta que había dejado sobre la cama y que ahora estaba tirada en el suelo.

—Pues no ha ido tan mal —proclamé en voz alta.

Mientras vigilaba la puerta, me pasé la prenda por la cabeza y, durante unos segundos, peleé con el agujero del cuello para acomodarla en su sitio.

—Mira que eres burra... —La voz de Dith, a pesar del insulto, fue como música para mis oídos.

Tiré de la tela hacia abajo con brusquedad y giré con tanta rapidez que a punto estuve de caer de bruces. De algún modo, Meredith se había colado en la habitación y se encontraba recostada en el colchón, sana y salva, relajada y sonriente.

Quería matarla por desaparecer, pero eso podía esperar.

Corrí a cerrar la puerta y regresé para lanzarme sobre ella. Dith me atrapó entre sus brazos y me apretó contra su pecho con tanta fuerza que, durante un breve instante, todo estuvo bien.

—¡Dios, Rav! ¡Es que le has dado mi ropa! —No quería que sonara a reproche. Era incapaz de regañar a mi familiar, al menos a aquel en concreto.

Resoplé y me dejé caer en el sofá, frente a él. Wood, a mi lado, nos observaba sin mucho interés. Siempre nos sentábamos así, era la mejor forma de que Raven no tuviera que andar girando la cabeza de un lado a otro para poder seguir la conversación.

De todas formas, yo estaba bastante seguro de que entre ellos se comunicaban de un modo silencioso, una conexión que no entendía del todo y que suponía que provenía de su vínculo como gemelos.

—Es alérgica a ciertas telas, como tú, pero aún peor. Tenía toda la piel enrojecida y no paraba de rascarse.

—¿*Toda* la piel? —intervino Wood, que de repente sí que nos prestaba atención—. ¿La has visto desnuda?

No, Raven no lo había hecho, pero yo sí. O semidesnuda al menos. Y no había estado preparado para una visión así en absoluto. Toda esa piel cremosa y de aspecto suave ante mis ojos, y la curva de sus senos apretados contra la colcha, *mi* colcha, no importaba que aquella habitación no se hubiera usado jamás.

Todo allí me pertenecía, aunque nunca hubiera sentido que fuera dueño de nada.

—Tiene una piel preciosa —señaló Raven, defendiéndose ante su hermano—. Pensaba llevarle una cataplasma que aliviara el escozor, tal vez algo con manzanilla y mimosa. ¿Puedes prepararla tú, Alex?

«No, ni lo sueñes. No quiero tener nada que ver con esa chica», quise decirle, pero negarle algo a Raven hacía que me sintiera como un auténtico capullo.

—Lo haré, pero dile que es cosa tuya.

Raven sonrió y todo su rostro se iluminó al hacerlo. Tenía el físico de un tío de veinte años, y los siglos que en realidad acarreaba a sus espaldas no habían dejado la más mínima huella en su carácter. Continuaba sor prendiéndome lo diferente que era de Wood a pesar de que, en lo que respectaba a su aspecto exterior, su única diferencia era el color del pelo. La bondad, su inocencia..., no eran características que los Ravenswood apreciaran; por no hablar de su sordera.

La pérdida de audición de su mellizo seguía atormentando a Wood a día de hoy. Era muy consciente de ello porque también a mí me atormentaba.

De los tres, Raven era, con toda certeza, el único que no merecía estar allí encerrado, pero él jamás abandonaría a su hermano y tampoco se alejaría de mí intencionadamente. Estábamos atados de tantas formas diferentes que su labor de protección como familiar solo representaba una de ellas, ni siquiera la más importante. Los mellizos prácticamente me habían criado; en mi caso, el amor y la lealtad feroz que les profesaba pesaban mucho más que cualquier otro vínculo, y sabía que para ellos era igual.

—No quiero que intiméis con esa chica.

—Dani. Se llama Dani —terció Raven—. Bradbury me ha enviado una nota para pedirme que nos portemos bien con ella.

Wood soltó una carcajada.

—Bradbury está tan necesitada de amistad que se encapricharía del mismísimo fundador de Abbot si siguiera vivo.

—Eso ha sido cruel e innecesario —intervine, y le lancé una mirada de advertencia a Wood. A veces parecía imbécil; también su hermano necesitaba amigos al margen de nosotros.

Wood ignoró el reproche de mi mirada.

—Define «intimar» —repuso, en cambio, retomando el motivo por el que los había reunido allí.

Se recostó sobre el respaldo y cruzó los brazos por detrás de la cabeza. Por su expresión, supe exactamente la clase de pensamientos que estaba teniendo.

Me froté las sienes. El dolor de cabeza iba a más. Según Wardwell, nuestra casa era el mejor lugar para acomodar a una bruja blanca, y yo, el más adecuado para controlarla y supervisar su estancia allí, dado que era el brujo más poderoso de Ravenswood. Como si ella misma —o alguno de los profesores— no fuese capaz de rechazar cualquier intento de una chiquilla joven e inexperta, fuese una blanca o no.

Al final, había accedido solo debido a mi lealtad para con la escuela y por la insistencia abrumadora de Raven. Pero desde ese momento la ansiedad amenazaba mi control con un ímpetu furioso. Y todo había ido peor en el instante en que había visto a aquella chica en mitad de mi salón, demasiado cerca de Raven para mi gusto.

Al escuchar la pregunta de Wood, Raven hizo un ruidito apagado, una especie de gruñido suave que sorprendió a su gemelo tanto como a mí.

—Si estáis pensando en mear a su alrededor —gruñí, exhausto—, olvidadlo. No va a quedarse mucho tiempo y no quiero que os acerquéis a ella más de lo necesario.

Wood sonrió como si lo que yo quisiera le importara una mierda; probablemente, así era. Raven, en cambio, mostró una expresión desolada que me partió el corazón. ¿Cómo podía negarle la novedad de hablar con alguien que no fuera su salvaje gemelo o yo mismo, que la mitad de los días ni siquiera decía más de dos palabras seguidas?

—No va a quedarse —insistí, aunque Raven no parecía de acuerdo—. Pertenece a Abbot. Es una extraña y no es de fiar.

—En este sitio nadie lo es.

En eso Raven llevaba razón. Incluso Wood asintió ante su comentario. Pero no podía dejarlo acercarse a... Dani. Era un error y terminaría mal. Mataría a cualquiera que le hiciera daño a Raven, y no hablaba por hablar. Nadie que le provocara sufrimiento a uno de mis cachorros viviría para volver a ver la luna brillar en el cielo.

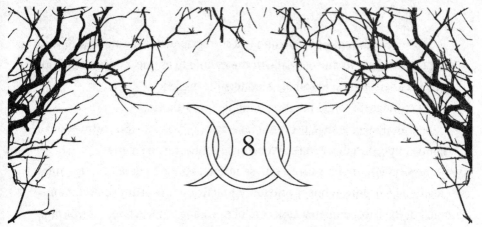

8

—Ven conmigo. —Meredith me tendió la mano e insistió en que bajásemos a cenar con nuestros anfitriones.

Mi respuesta fue dudar de su cordura. Si salía de la habitación, sería para echar a correr hacia los límites de Ravenswood y luego... tal vez hacia el pueblo. Abbot continuaba sin ser una buena opción. No sabía cómo se estaría tomando mi padre mi *secuestro*, pero, de los dos, estaba bastante segura de que yo era la única genuinamente preocupada, lo cual resultaba bastante triste.

Traté de no pensar en ello.

—¿Tienes miedo de un Ravenswood? —me picó a sabiendas.

Habíamos pasado el rato tiradas sobre la cama. Dith me había contado que había acudido varias veces a la habitación en la que me habían mantenido durante los últimos días. Yo me había encontrado inconsciente en las pocas ocasiones que había conseguido deslizarse en su interior sin ser vista, pero al menos había podido asegurarse de que me estaba recuperando. Luego, no le había quedado más remedio que esconderse por la mansión a esperar hasta que despertara y Wardwell me liberase, en el campus de Ravenswood o fuera de él. Era evidente que, al final, la directora había decidido mantenerme allí.

A su vez, yo también le había relatado mi encuentro con la directora y el breve paseo de camino a la casa acompañada de Maggie Bradbury, y todavía estaba esperando una disculpa por su parte por dejarme tirada la noche del accidente. Tratándose de Meredith, no era como si eso fuera a suceder.

—Son tres Ravenswood, no uno —la corregí, pero luego sonreí de forma maliciosa—. Pero lo que en realidad me da miedo es que a míster Capullo le dé un aneurisma si lo someto a mi terrible presencia.

Hizo un gesto con la mano, restándole importancia.

—¡Bah! Rav es genial, un verdadero cielo. Y Wood... —Su rostro adquirió una expresión divertida—. Wood hace cosas que no creerías.

Ni siquiera quería saber a qué se refería, aunque podía hacerme una idea. Me incorporé sobre el colchón y prácticamente gruñí como un animal. Por lo visto, compartir casa con lobos estaba empezando a afectarme, y eso que acababa de llegar.

—Espera... ¿Estás diciéndome que ya los conocías? —la interrogué, y ella asintió—. ¿Y se puede saber por qué no lo has dicho antes?

—No has preguntado. Además, una chica tiene derecho a guardar secretos.

Le lancé un almohadón a la cara. Necesitaba liberar la frustración.

—¿Una chica? Pero ¡si eres una abuela!

Dith llevaba ya más tiempo muerta que viva. Bueno, más o menos. No estaba muerta en realidad, pero había tenido que morir para convertirse en familiar. Muerta y maldita, esas eran las dos condiciones indispensables para la transición, aunque no conocía el resto de los detalles. Preguntarle a un brujo sobre los motivos concretos por los que se había convertido en familiar se consideraba de mala educación y Dith nunca había querido contarme qué era exactamente lo que había hecho. Teniendo en cuenta su carácter, cualquiera podría suponer que habría desafiado una importante directriz del consejo o algo similar; sin embargo, siempre que el tema salía a colación, la expresión de profundo dolor que asomaba a sus ojos me hacía suponer que se trataba más bien de alguna clase de traición a nuestro linaje. Dudaba mucho que molestar a los estirados brujos que regían nuestra comunidad le causara sentimientos tan perturbadores.

Un suave golpe en la puerta la salvó de la avalancha de preguntas que ya se había desatado en mi mente. Supe enseguida que debía de ser Raven; ni Alexander ni el lobo blanco se molestarían en llamar.

—¡Adelante!

La puerta se entreabrió y...

—¡Rav! —gritó Dith, y echó a correr hacia él. Saltó y se colgó del chico, y él la alzó y la hizo girar sin esfuerzo alguno—. ¡Dios, Rav! Cada día estás más guapo.

Raven rio a carcajadas mientras la sostenía entre los brazos y su risa terminó por hacerme sonreír a mí también.

—¿Cuándo has llegado? —preguntó él, depositándola en el suelo con cuidado. Sus ojos pasaron de Dith a mí y luego regresaron a mi familiar—. Veo que os habéis encontrado.

Dith sonrió mientras asentía y, aunque Raven no había preguntado en realidad, aclaró:

—Danielle es mi protegida.

Y ahí se iba mi intención de no dar demasiadas pistas sobre mi linaje. Si sabían quién era Meredith, no tardarían en sumar dos y dos y descubrir que yo era una Good.

El gemelo malvado apareció en el umbral, seguramente atraído por nuestras risas.

—¡¿Que ella qué?! Vamos, Dith, ¡no me jodas! —exclamó, claramente horrorizado.

Meredith, en cambio, no lucía demasiado preocupada por la situación.

Ya solo faltaba que apareciera Alexander y nos echara uno de sus sermones. Pero no, no dio señales de vida ni en ese momento ni después, cuando nos reunimos en torno a la mesa del comedor dispuestos a disfrutar de la cena, así que no tuve que preocuparme de provocarle una migraña o acabar convertida en comida para Wood. Dith me aseguró que eso no era algo que ningún brujo pudiera hacer, pero no supe si creérmelo. Alexander daba un poco de miedo, aunque no pensaba admitirlo en voz alta.

Al menos nadie hizo ningún comentario acerca de la ropa que vestía. Dith bien podría haber preguntado delante de todos si llevaba ropa interior y de dónde la había sacado; le encantaba lanzarme a los lobos, algo literal en este caso.

—Te he echado de menos —comentó Wood dirigiéndose a ella, y después se metió en la boca un trozo de carne que, por su tamaño, podría haber sido un filete por sí solo.

Sin embargo, más sorprendente que su capacidad para tragar comida resultaba lo amistoso que se estaba comportando con Meredith.

—He tenido mucho trabajo —replicó esta, y Wood me lanzó una mirada de lo más significativa.

—Me puedo hacer una idea.

—Mira que eres imbécil —le espeté al lobo, indignada, aunque con la barbilla baja para que Raven no pudiera leerme los labios; no quería que supiera lo mal que me caía su gemelo.

—Meredith nos visita a menudo —explicó él, ajeno a la tensión entre su hermano y yo.

—Aunque no somos capaces de hacer que confiese cómo se salta las guardas tanto de Abbot como de Ravenswood —prosiguió Wood.

Me di cuenta de que aquello se asemejaba bastante a una reunión de viejos amigos. Bueno, en realidad, ellos sí que eran viejos, muy viejos. Yo solo era un bebé en comparación. ¿Compartían de verdad su tiempo y sus secretos? ¿No deberían estar... peleándose, o algo así, por el honor de sus protegidos? Resultaba un poco surrealista lo bien que se llevaban, aunque en los últimos días todo lo había sido.

—Así que es aquí a donde vienes cuando te escapas de Abbot. Pensaba que, no sé, salías a hacer cosas de gato... —comenté.

Raven ahogó una risita y se metió un puñado de patatas fritas en la boca; los lobos parecían tener muy buen apetito.

Por la cara que puso Dith, supe que iba a soltar alguna barbaridad.

—Hacer cosas de gato es divertido, ¿verdad, Wood?

Habría dudado de que fuera posible abochornar al lobo blanco, pero si había alguien capaz de hacerlo era Meredith. Wood carraspeó, aunque no hizo ningún comentario al respecto.

Continuaron lanzándose pullas los unos a los otros durante toda la cena y yo no supe si enfadarme con Dith por ocultarme lo cercana que era su relación con los Ravenswood o alegrarme por ello. No tenía muy claro cuánto tiempo pensaba mantenerme Wardwell allí o si Dith ya había ideado un plan de fuga. Tampoco era el mejor momento para preguntárselo.

—No montéis escándalo —advirtió Raven a su gemelo y a Dith una vez concluida la cena, y me dio la sensación de que no era la primera vez que les dedicaba esa frase—. Alex se cabreará y hoy estaba muy cansado.

Meredith rio.

—Apuesto a que Danielle lo ha sacado de quicio.

—De los putos nervios lo ha puesto —intervino Wood, y advertí que su mano se deslizaba bajo la mesa en dirección a ella.

¿De verdad se estaban metiendo mano delante de nosotros? La sola idea me dio arcadas.

Dith dijo algo sobre ser silenciosa como un gato y Wood compuso una expresión que no quise saber lo que significaba. No podía creer que aquellos dos estuvieran liados.

Raven me tocó con suavidad el hombro para que lo mirara.

—¿Te tomas el postre fuera conmigo?

Acepté de inmediato en previsión de que la parejita empezara a montárselo sobre la mesa delante de nosotros si no los dejábamos a solas. Birlamos un par de vasitos de pudín de chocolate del frigorífico y nos sentamos en el escalón de la entrada.

El campus de Ravenswood resultaba incluso más impresionante de noche. Las ventanas del edificio Wardwell (bautizado así en honor a algún antepasado de la directora, supuse) estaban casi todas iluminadas y varias luces se hallaban también encendidas en la última planta de la mansión; los alumnos y los profesores debían de estar ya en sus dormitorios, aunque aún se veían algunos chicos y chicas recorriendo los senderos adoquinados que se extendían frente a nosotros.

Ninguno se acercó demasiado. La casa estaba alejada del resto, aislada, y me pregunté si sería una simple coincidencia o había algo más detrás de esa separación. No se escuchaba nada, ni siquiera el sonido de los grillos o el crujir de las ramas del bosque. Sin embargo, estaba bastante segura de que se debía a la burbuja que creaba el hechizo de contención.

59

Raven y yo devoramos el postre en silencio y con rapidez. Era obvio que le gustaba el chocolate tanto como a mí.

—Me encanta la oscuridad de la noche.

El comentario no me habría sorprendido viniendo de Wood o de Alexander, pero el caso era que, a pesar de que acababa de conocerlo, me daba la sensación de que había más luz en Raven que en muchos de mis compañeros de Abbot. Nosotros, los brujos blancos, éramos eminentemente diurnos, mientras que se decía que la academia de Ravenswood contaba con una actividad nocturna preocupante, y a Raven parecía gustarle.

—Hay calma en ella —murmuró—. Algo hermoso.

Miré las estrellas que titilaban sobre nuestras cabezas, visibles desde allí gracias a que las luces empleadas para iluminar los senderos estaban enfocadas hacia el suelo y no hacia arriba. Era una bonita vista. Me recordó el precioso dosel que había en el dormitorio que me habían asignado.

—Alex dice que vas a irte pronto.

Asentí. No quería engañarlo. Era reconfortante sentir que alguien deseaba que me quedara allí a pesar de que ni siquiera hacía un día que me conocía. Yo no creía necesitar más tiempo para asegurar que Raven no era una persona normal, sino alguien muy especial, y no podía dejar de preguntarme cómo un brujo como él podía ser miembro del linaje Ravenswood.

—No pertenezco aquí.

En realidad, no sentía que perteneciera a ningún sitio, no desde la muerte de mamá y de Chloe; ellas siempre habían dado sentido a la palabra «hogar». Luego... Luego todo había cambiado y solo había quedado dolor y amargura. Su ausencia había creado un vacío en mi pecho que no encontraba la manera de aliviar.

—Podrías. Si quisieras... —agregó de forma precipitada—. Podrías pertenecer.

Quizás se refería a su escuela o tal vez hablara de aquella casa, que en realidad parecía encontrarse en algún punto intermedio, fuera de todo. Pero no quise preguntar. Sabía que no podía quedarme y no entendía muy bien por qué una parte de mí se lo estaba planteando siquiera.

Dith se asomó a la entrada y me evitó tener que dar más explicaciones. Señalé en dirección a ella para advertir a Raven de su presencia.

—¡Ey, chicos! —nos dijo—. Vamos a poner una peli, ¿os apuntáis?

—¿Puedo elegirla yo? —preguntó Raven, entusiasmado.

La expresión de Dith se suavizó y le sonrió con una ternura que jamás había visto en ella. Creo que Raven sacaba lo mejor de cualquier persona que se le acercase, fuera cual fuese su procedencia o naturaleza.

—Por supuesto —aceptó. Hice un gesto con la cabeza que solo ella pudo ver, y Dith comprendió enseguida lo que necesitaba—. Dejemos un rato a solas a Danielle. Necesita descansar.

A pesar de lo agradable que resultaba la compañía de Raven, recordar la muerte de mi madre y mi hermana siempre me desequilibraba. Necesitaba un momento para recomponerme, y Dith me conocía tan bien que era muy consciente de que debía de haber estado pensando en ellas.

Raven dudó un instante, pero luego me brindó una de sus luminosas sonrisas y se inclinó para besar con suavidad mi mejilla.

—Buenas noches, Dani —susurró en mi oído con tanta dulzura que casi me pareció estar escuchando a Chloe.

—Buenas noches, Rav.

Se metió con Meredith en el interior y yo me quedé allí sentada, con las piernas apretadas contra el pecho, los brazos rodeándolas y un dolor sordo en el corazón del que me llevaría un buen rato deshacerme.

Alexander

La cabeza estaba a punto de explotarme. Era muy consciente de que no debería haberme dejado vencer por la rabia horas antes, mucho menos alterarme por una chiquilla estúpida. Sin embargo, la aparición de Meredith Good había conseguido que la situación tomara un rumbo... peculiar. Desde mi habitación, había escuchado las quejas de Wood acerca de la protegida de Dith, y eso solo podía significar que Dani era en realidad una Good.

Interesante.

Me froté las sienes por enésima vez, tratando de deshacerme de las punzadas de dolor que me sobrevenían de forma continua. Me entraron ganas de reír por lo patético de la situación. Un simple hechizo podría haberme aliviado. Aunque la magia curativa no era una de las principales materias de estudio en Ravenswood —ni en ninguna otra escuela de magia negra—, yo no era un brujo cualquiera, y ese hechizo en concreto me hubiera resultado de lo más sencillo.

Pero no se hacía magia en aquella casa, era mi única norma. Bastante grave era habérmela saltado para bloquear cualquier intento de nuestra invitada de abandonar el lugar y, si lo había hecho, era solo porque no la quería corriendo por el bosque. Wardwell había insistido en que era prioritario mantenerla a salvo mientras se decidía qué hacer con ella. Lo último que necesitábamos era que Abbot exigiera que fuera devuelta y no supiésemos dónde estaba; los brujos blancos no necesitaban nuevos motivos para perseguirnos aún con más ahínco.

Durante un momento, pensé en bajar a la piscina y hundirme en el agua hasta que la falta de oxígeno hiciera arder mis pulmones y esa quemazón me obligara a olvidar el dolor que sentía. Cambiar un dolor por otro era mi especialidad.

Me acerqué hasta la ventana y eché un vistazo al jardín trasero. El vapor formaba una neblina baja sobre la superficie de la piscina. Raven se había empeñado años atrás en que la necesitábamos para vivir y, como siempre, siendo él quien lo pedía, no había podido negarme a que la instalaran.

Más allá de ella, los árboles del bosque de Elijah parecían inclinarse en dirección a la casa, entretejiendo sus ramas, sus hojas susurrando los secretos de una familia que ocultaba más de lo que mostraba: la mía. Los Ravenswood habíamos hecho mucho más que promover la creación de dos bandos separados tras los juicios de Salem, aunque muy pocos fuera de nuestro linaje tuvieran conocimiento de ello. Y el bosque... Aquel bosque había estado ahí desde antes de que los padres de los mellizos fundaran Ravenswood, y seguiría estando cuando todos ardiéramos y nos convirtiéramos en polvo y cenizas.

Resultaba curioso que Dani, que no era otra que Danielle Good, hubiera acabado entre estas paredes. Durante los juicios de Salem, Sarah Good había sido acusada por su propia hija, y esta y el resto de la familia se habían *reformado* y convertido en brujos blancos. Nadie se había opuesto a ello, como si la sangre de ese linaje no hubiera estado impregnada de la misma oscuridad que la del resto de nuestra comunidad... Y nada había salvado a Sarah de su destino, aunque yo sabía que los Ravenswood habían actuado desde las sombras para aliviar en cierto modo su sufrimiento. Habían mostrado compasión, algo inaudito entonces, antes y después; un hecho único en la historia de mi familia y que resultó tener una razón muy concreta.

Y ahora aquella chica estaba en mi *prisión*...

«Y también está en tu jardín», me dije, al verla doblar la esquina por uno de los laterales de la casa.

Percibí la sorpresa que transformó sus facciones al descubrir la piscina. Se detuvo un instante con los ojos fijos en el agua y luego su mirada se desvió a la puerta trasera y de ahí ascendió por la fachada. Me escondí tras la cortina para evitar ser descubierto y maldije al verme convertido en alguna clase de mirón. Sin embargo, era ella la que había invadido mi territorio, no yo. Así que volví a asomarme lentamente y la observé con el convencimiento de que no había nada malo en vigilar a una extraña; cualquiera que fueran sus intenciones al asaltar Ravenswood de la forma en la que lo había hecho, no podían ser buenas.

La espié mientras vagabundeaba por el borde de la piscina. Había hecho uso de la ropa que le había llevado Raven y estaba vestida con una de mis camisetas negras de algodón, además de un pantalón de deporte del mismo material. Parecía diminuta enfundada en aquella ropa, casi como si pudiera perderse en su interior. Tendría que haber resultado ridícula y, sin embargo, lucía... vulnerable de una forma encantadora.

Pero no había nada débil o frágil en ella. La actitud altiva que había mostrado en mi presencia casi podría haberla hecho pasar por una Ravenswood y, a pesar de que había detectado algo que mantenía su magia recluida en un rincón profundo de su interior, estaba convencido de que Danielle Good era una bruja excepcionalmente poderosa.

Por un momento pensé que iba a regresar al interior, pero entonces se agachó junto al agua y metió los dedos en ella. Los agitó de un lado a otro, trazando formas que no fui capaz de descifrar, y poco después se dejó caer y quedó sentada sobre el mismo borde. Lo siguiente que supe fue que se estaba quitando unos gruesos calcetines (también míos) y sumergía una de sus piernas.

El agua le lamió la piel y sus párpados cayeron hasta que los ojos se le cerraron por completo. Cierto alivio se reflejó en su expresión y el rubor cubrió sus mejillas, como si estuviera disfrutando de la caricia de un amante y eso aliviara la tensión en su interior.

Puede que me acercara un poco más al cristal cuando ella se decidió a introducir la otra pierna, y casi pude imaginármela deslizándose por completo dentro del agua, con la ropa húmeda y pegada a la piel, gotas diminutas recorriendo su rostro y muriendo en sus labios después de haberse sumergido...

De repente, alzó la mirada directamente hacia mí y nuestros ojos se encontraron durante unas décimas de segundo. Me aparté de la ventana apresuradamente y me pegué a la pared. ¿Me había visto? ¿Sabía que había estado observándola todo el tiempo? La luz empeoraba mi dolor de cabeza, por lo que había mantenido la habitación a oscuras; no, no debería haber sido capaz de verme, aunque yo hubiera terminado casi con la nariz pegada al cristal.

«Métete en la cama. Ahora», me dije, pero estaba más alterado incluso que antes y las manos me cosquilleaban; toda mi energía, mi magia, rogando por ser liberada...

Danielle

Luke Alexander Ravenswood era, además de un capullo, un pervertido. O eso fue lo que pensé al descubrirlo observándome desde la ventana de su dormitorio.

Estaba convencida de que se trataba de él, a pesar de no haber atisbado más que una figura oscura tras el cristal. Wood debía de estar ocupado con Dith, y Raven no se escondería, simplemente se hubiera asomado para saludarme o hubiera bajado a hacerme compañía. Además, por el lugar que ocupaba, aquella tenía que ser su habitación.

Casi había gemido de satisfacción al descubrir la existencia de la piscina. El calor se arremolinaba en forma de vapor sobre la superficie y varias luces iluminaban el fondo. Resultaba tan tentador que a punto había estado de arrancarme la ropa y lanzarme desde el borde, pero era muy consciente de que Alexander estaba al acecho, probablemente buscando alguna excusa para lanzarse enfurecido sobre mí de nuevo.

Una vocecita impertinente me recordó que ya había visto parte de lo que ocultaba mi ropa (*su* ropa) y que, quizás, contemplarme nadando desnuda no haría otra cosa que aumentar su irritación. Yo no era una invitada allí, sino más bien una rehén de Wardwell, y ya había comprobado que el hechizo que rodeaba la casa no me permitía salir por mis propios medios.

Suspiré, pensando en todas las preguntas que tenía para Dith y para las que no encontraría respuesta esa noche.

El agua formó remolinos en torno a mis piernas cuando las balanceé adelante y atrás. Meterme en una piscina cargada de cloro no ayudaría a mejorar mi alergia; mi piel continuaba enrojecida en distintas zonas, sobre todo en el cuello y en partes donde era más fina y delicada, como el pecho y la zona alta de los muslos. Pero mi lado más rebelde, y seguramente estúpido (el mismo que me había empujado a huir de Abbot), ansiaba deslizarse en el interior de la piscina y sumergirse en el agua.

Cedí al impulso. Me dejé ir y mi cuerpo resbaló por el borde para introducirse de golpe en el agua. Estaba más caliente de lo que había esperado. La camiseta se me pegó al pecho y me volvió más pesada, aunque eso no enturbió la sensación tan agradable que me envolvió.

Solté un suspiro y, con cierta torpeza, nadé hacia el centro. En Abbot no había piscina y yo no había estado en una desde antes de la muerte de mi madre y Chloe. Recordaba a mi hermana riendo mientras ambas chapoteábamos y ella trataba de alcanzarme. Le encantaba el agua, pero también la aterraba. Yo le había jurado que no le pasaría nada. Nunca.

Sin embargo, no había estado con ella el día de su muerte. Se suponía que ambas íbamos a pasar la tarde en casa de una de mis amigas mientras mi padre resolvía algún asunto urgente en su oficina, pero Chloe se había negado a ir en el último momento y mamá le había permitido quedarse en casa con ella. En vez de animarla a venir conmigo y asegurarme de que supiera que no la excluiría solo porque era más pequeña que nosotras, yo me había marchado con Dith y la había dejado atrás, y eso era algo que jamás podría perdonarme.

Me coloqué boca arriba, extendiendo todo el cuerpo sobre la superficie, y cerré los ojos. Horribles imágenes se apropiaron de mi mente sin que pudiera hacer nada por evitarlo. Nuestra casa de la ciudad, decorada con la elegancia y el buen gusto de mi madre, había quedado destrozada aquella noche. Todo había estado revuelto. Espejos rotos, como si el responsable no hubiera querido ver reflejada su atrocidad en ellos. Cojines apuñalados, cortinas desgarradas, libros caídos y abiertos sobre un suelo cubierto de esquirlas de cristal y trozos de cerámica. Caos y muerte. Y, en medio, el cuerpo inerte de mi hermanita pequeña sin un solo rasguño; víctima de una muerte natural, habían dicho. De terror o de pena al saberse sola con el cadáver desangrado de su madre.

Chloe había muerto de miedo.

Lo que quiera que hubiera sucedido ese día, debía haber pillado a mamá totalmente desprevenida, porque de otro modo habría empleado su poder para defenderse y defender a Chloe.

Las arcadas sacudieron mi estómago y el sabor ácido de la bilis me llenó la boca. Podía percibir con claridad la mano de mi padre, floja en torno a la mía, mientras contemplábamos paralizados por el horror el cuerpo de Chloe tendido sobre el suelo. Parecía estar descansado, como cuando jugaba a hacerse la dormida los domingos por la mañana y yo tenía que hacerle cosquillas para destapar su engaño. Pero no había sido así.

Iba a vomitar.

Me moví para colocar los pies sobre el fondo. Estaba demasiado profundo y, durante un instante, el pánico se apoderó de mí y me hundí, pero conseguí regresar a la superficie. Braceé a duras penas hasta llegar a la zona donde no me cubría. Cuando por fin la alcancé, temblaba, aunque el frío no provenía del exterior, sino de un lugar profundo por debajo de mi piel y mi carne.

—¿Estás bien?

Alexander se hallaba de pie a unos pocos metros del borde, con la espalda tensa y los brazos colgando a los lados del cuerpo. El ritmo acelerado de su respiración rivalizaba con el mío. La oscuridad se arremolinaba en su ojo derecho y succionaba la luz a su alrededor, mientras que el izquierdo resplandecía azul.

No contesté. No podía. Me ardía la piel y la garganta; la una por los sarpullidos, ahora aún más irritados, y la otra por las lágrimas que me forzaba a tragar para no derramarlas frente al brujo oscuro.

—Si no sabes nadar, convendría que te mantuvieras alejada de la piscina —dijo, y la frialdad de su voz fue lo único que me empujó a rehacerme un poco.

—Sé nadar.

—No lo parece.

—Ven aquí —hice un gesto con la mano y le dediqué una sonrisa cargada de malicia— y estaré encantada de demostrártelo. —«Y de ahogarte en el proceso».

Su expresión seria y distante no varió y me pregunté si sonreiría alguna vez. No parecía probable.

—Sí, apuesto a que serías muy capaz de demostrarlo. —Cruzó los brazos sobre el amplio pecho.

Ya no cabía duda de que su bien formada espalda se debía a horas y horas de ejercicio en el lugar en el que yo me encontraba ahora. ¿Salía de aquella parcela en algún momento? La burbuja que evitaba que lo hiciera yo, ¿le afectaba también a él? ¿A los gemelos? Si Dith no sabía la respuesta a esa pregunta, era probable que Raven no tuviera problema en contármelo.

—Será mejor que entres —dijo después de un momento en silencio.

Giró sobre sí mismo y se encaminó hacia la puerta trasera, y yo me agarré al borde para alzarme y salir del agua.

—Te he visto antes. Me estabas mirando.

—Entra en la casa —repitió de espaldas a mí, ignorando mi comentario—. Rav te ha dejado algo en tu habitación. Aliviará la quemazón y hará que tu piel mejore con mayor rapidez.

—Le daré las gracias mañana —repuse, en un infantil intento de decir la última palabra. ¿Por qué no dejaba que se marchara de una vez?

—Hazlo. —Ladeó la cabeza y me observó por encima del hombro—. Y luego aléjate de él.

Meredith no estaba en la habitación cuando regresé y, seguramente, no era porque le hubieran asignado otra para ella sola. Que estuviera liada con el gemelo malvado de los Ravenswood hacía que me diera vueltas la cabeza, aunque me alegraba que al menos una de las dos tuviera vida social (y sexual) más allá de los muros de Abbot.

Una gruesa toalla negra y una bandeja con un cuenco me esperaban sobre la cama. Olía a flores; manzanilla, tal vez, y también mimosa, además de algún otro ingrediente que no lograba identificar a pesar de mis amplios conocimientos de botánica.

«La botánica se te da como el culo», me reí de mí misma, en un intento de deshacer el ánimo sombrío que arrastraba tras mi incursión en la piscina.

La puerta seguía abierta a mi espalda y esperaba escuchar en cualquier momento los pasos de Alexander dirigiéndose hacia su dormitorio. No sabía por qué demonios había bajado, si para informarme del remedio que Raven me había preparado o para darse la satisfacción de echarme de la piscina, pero decidí no darle más vueltas. Me envolví en la toalla para evitar continuar empapando la alfombra y me marché en busca del baño.

Lo encontré a mitad del pasillo, después de evitar abrir las puertas que correspondían a dormitorios ocupados. La estancia podría considerarse la octava maravilla del mundo, todo mármol blanco veteado de dorado, con un espejo que ocupaba casi una pared completa, un estante repleto de toallas esponjosas y dobladas pulcramente y un exquisito aroma a flores flotando en el ambiente; todo estaba reluciente y ordenado. Cualquiera diría que en la casa solo vivían tíos y dos de ellos eran en parte *animales;* tal vez los tres.

Me di una ducha rápida y, tras secarme, me apliqué el ungüento. El alivio fue tan inmediato que se me escapó un suspiro de satisfacción. Mientras me desenredaba el pelo con los dedos, me pregunté qué habría sido del exiguo equipaje que había llevado conmigo en mi precipitada huida de Abbot. ¿Seguiría en el maletero? El coche, desde luego, ya no estaba en el acceso a Ravenswood y tampoco había señales de que se hubiera producido un accidente allí; lo había comprobado esa misma mañana durante la visita guiada de Maggie.

Esperé en el baño hasta que mi piel hubo absorbido el tratamiento de Raven y regresé a la habitación cubierta solo por la toalla. No había llevado ropa conmigo, pero por suerte no me crucé con nadie y tanto las puertas de los gemelos como la de Alexander estaban cerradas. Me vestí con otra de las camisetas de algodón de míster Capullo y no me quedó más remedio que usar también el bóxer, al que arranqué la etiqueta y me esforcé por no mirar demasiado. Acto seguido, me deslicé entre las suaves sábanas de seda negra. Me hice un ovillo y el aroma a bosque, madera y musgo proveniente de la camiseta se me metió en la nariz en cuanto me coloqué de lado; tentador... tan tentador y exótico. Ningún tío podía oler así de bien.

Gemí para mí misma y me pregunté cómo había acabado metida en aquel lío. Aunque esa era una pregunta a la que sí podía responder: me había llevado la verja de Abbot por delante como una demente huyendo de su propia locura.

Cerré los ojos y me lancé de cabeza a la inconsciencia. Mañana todo se aclararía, Dith sabría qué hacer. Ella sabría cómo sacarme de allí.

10

—No tengo ni idea de cómo hacerlo —expuso Dith durante el desayuno.

Estábamos las dos solas en la cocina. No había rastro de los lobos ni de su protegido. Dith me había comentado que, aunque no lo hicieran de forma habitual, los gemelos sí que salían de la casa. Podía imaginarme a Raven trotando por el bosque en su forma animal, corriendo en libertad con algo similar a una sonrisa en los labios (o más bien en el hocico), aullando de alegría mientras su gemelo malvado acechaba a algún conejito indefenso o algo por el estilo. Seguro que Wood disfrutaba cazando y alimentándose como un lobo.

—Pero ¡tú entras y sales de aquí todo el tiempo!

—Tú no eres yo.

—Eso está claro —refunfuñé, mordisqueando una tostada.

Aunque nadie nos acompañaba, alguien había dejado el desayuno preparado: huevos revueltos, beicon, zumo y tostadas. También café. Todo recién hecho.

—¿Cuánto hace que te relacionas con los Ravenswood? —inquirí.

Dith suspiró con dramatismo y tuve que reprimir el impulso de zarandearla para obtener respuestas.

—Conozco a los gemelos desde hace más de un siglo. —Bueno, eso sí que era una *laaarga* amistad—. Pero eso no es de lo que quería hablarte en este momento. Ahora... Ahora hay algo que deberías saber, Danielle. —Su breve silencio me puso en alerta, era capaz de soltar cualquier barbaridad—. Tu madre también venía aquí a veces.

Perpleja, la miré desde el otro lado de la isla en la que nos habíamos sentado a desayunar. Estaba segura de que no había dicho lo que yo había entendido.

—Beatrice visitaba Ravenswood —señaló al percibir mi suspicacia.

Dith tenía que estar equivocada, eso no tenía ningún sentido.

—¿Por qué iba a venir aquí? —Negué con la cabeza—. Además, estoy segura de que toda la zona oculta de Ravenswood cuenta con guardas. Si yo estoy aquí es porque Wardwell debe de tener alguna clase de plan retorcido para mí... —No sabía si aquello era una afirmación o una pregunta; estaba demasiado desconcertada—. Mi madre no tenía nada que hacer aquí. ¡Era una bruja blanca!

—Sus razones tendría, Danielle, mírame a mí.

No me gustó lo que estaba insinuando. Estaba bastante claro lo que Dith había pasado la noche haciendo; durmiendo seguro que no. Puede que ella se relacionase íntimamente con uno de los Ravenswood, pero de ninguna manera mamá haría algo así.

—No te creo. —Nunca pensé que le dedicaría esas palabras, no tratándose de algo tan serio.

Dith se lamentó con un nuevo suspiro, uno que sonó demasiado resignado para mi gusto. Solté el tenedor y aparté el plato a un lado. Había perdido el apetito.

—Mi madre jamás pisó este sitio, Meredith.

—¿Ahora soy Meredith?

Hice un aspaviento con la mano, exasperada, y me levanté y fui hasta la ventana. La idílica visión de la piscina y el bosque tras ella no me tranquilizó en absoluto.

—No he querido insinuar que Beatrice... engañara a tu padre.

Giré en redondo y la fulminé con la mirada.

—Sí, sí que querías.

—Mira, ella venía al menos una vez al mes. Rav me lo confirmó tiempo atrás, aunque yo lo sospechaba desde hacía años.

¿Años? ¿Mi madre había mentido a mi padre durante años? Y, no solo eso, ¿había estado traicionando a toda nuestra comunidad? ¡Imposible!

—No puede ser, Dith...

No había nada que mi madre tuviera que hacer en Ravenswood. ¡Dios! Aquella escuela era uno de los principales núcleos de poder de la magia oscura y el mayor aquelarre de la zona, por muy jóvenes que fueran la mayoría de sus residentes. Mi madre era una bruja de luz; la rectitud y la disciplina (¡la bondad!) eran la única forma de vida para ella.

—No puede ser —repetí, confusa.

Dith se acercó a mí. Se había puesto muy seria, algo totalmente impropio de alguien que se tomaba la vida como una gran broma, y esa fue señal suficiente para que la creyese. Me dio un apretón en el hombro y, al momento siguiente, me rodeó con los brazos.

Me acurruqué contra su pecho como había hecho cientos de veces a lo largo de mi vida. Sin embargo, cuando se separó de mí, supe que había más.

—¿Qué? ¿Qué pasa?

—Danielle —titubeó. Dith no dudaba nunca al hablar, era dolorosamente directa, y eso me asustó—. El accidente... El robo en el que murieron Beatrice y Chloe —aclaró, y no me gustó el tono en el que lo dijo.

Comencé a negar. No hablábamos de aquella noche. Dith sabía lo mucho que me costaba convivir con ese recuerdo, nunca lo mencionaría en voz alta.

—No —farfullé, pero no se detuvo.

—No creo que fuera fruto de la casualidad, Dani.

—Dith —exhalé su nombre con labios temblorosos, rogando para que parase.

—Lo que le sucedió no fue ningún accidente. ¡Tu madre habría usado su magia para evitarlo! Alguien la quería muerta, estoy segura. Y algo me dice que sus visitas a Ravenswood tienen mucho que ver...

Incluso cuando no quería prestar oídos a nada de lo que estaba diciendo, sabía que había muchos detalles extraños en todo lo que había sucedido aquel día. ¿Una bruja experimentada como mi madre muerta durante un robo en su propia casa? Por muy difícil que me resultara aceptar que Dith pudiera tener razón, estaba claro que había algo que no cuadraba.

Cuando rato después los gemelos aparecieron en la cocina, yo aún tenía las mejillas húmedas y los ojos enrojecidos. Dith había calmado mis sollozos lo suficiente como para que pudiera hablar, pero no me había atrevido a decir ni una sola palabra. No dejaba de darle vueltas a nuestra conversación y preguntarme qué podría haber traído a mamá a Ravenswood. ¿Qué era tan importante para que traicionara a nuestra comunidad, a su propia familia?

Mientras luchaba contra el dolor y el sentimiento de decepción y traición que la revelación de mi familiar había despertado en mí, la determinación de descubrir el porqué de los actos de mi madre fue apropiándose poco a poco de mi voluntad. No iba a escapar de Ravenswood sin más; no sin antes saber qué la había llevado hasta allí y... si era eso lo que le había costado la vida.

—¡Buenos días, chicas! —nos saludó Raven, y la alegría en su voz fue como una patada en la boca del estómago.

Estaba encorvada sobre la isla central, los hombros hundidos y la cabeza baja, pero me erguí un poco para mirarlo. Tanto él como su hermano iban sin camiseta. Por la capa de sudor que les cubría la piel, resultaba obvio que habían estado haciendo ejercicio.

En otro momento, la visión de dos ejemplares como los que tenía frente a mí hubiera resultado estimulante; todo músculos tonificados y piel morena salpicada de algunas cicatrices, los ojos azules brillantes de excitación. Pero no en ese instante.

Raven se situó a mi lado y, con la yema de los dedos, me rozó el dorso de la mano; su forma de atraer mi atención para que lo mirase a los ojos y de expresar preocupación, supuse.

—¿Qué tal tu alergia? ¿Estás bien?

Me pareció que no preguntaba solo por el estado de mis sarpullidos. ¿Lo sabía él? Dith había dicho que había sido Raven quien le había confirmado las visitas de mi madre a Ravenswood. ¿Lo sabían todos? ¿Creían que mi madre era una... traidora? «A veces, la historia se repite», pensé.

No era mi padre el que había aportado el apellido «Good» a mi familia, sino mi madre. En los matrimonios entre brujos se mantenía el linaje más importante, que no tenía por qué ser el del hombre. Ella era una Good, no él. Pero, aun así, mi madre era pura luz, siempre lo había sido. No quedaba ni rastro de magia oscura en sus venas, no importaba quiénes fueran sus antepasados. Sus visitas a Ravenswood tenían que ser por otro motivo...

—Estoy bien —murmuré, pero eso no pareció convencerlo.

Pasó dos dedos bajo mi barbilla y empujó con suavidad.

—Tienes que mirarme al hablar...

—¿Qué está pasando aquí? —La voz grave y amenazante de Alexander resultó aún peor que la alegría mostrada por Raven a su llegada.

También él estaba cubierto de sudor y sin camiseta. No tenía nada que envidiar a los lobos en lo que a músculos se refería; tampoco en cuanto a viejas heridas. Una en concreto le cruzaba parte del abdomen y otra el hombro derecho, y lucía también una marca de nacimiento color café sobre el pecho, justo a la altura del corazón, suponiendo que tuviera uno.

Todos se quedaron inmóviles. Wood mantenía las manos apartadas de Dith (solo Dios sabe por qué extraña razón), y esta había estado observándonos a Raven y a mí en un silencio aterrador tratándose de ella; nada de bromas. Hizo amago de contestar, pero yo me adelanté.

—Nada que te incumba —solté, y la amargura se reflejó en mi voz.

Raven continuaba sosteniendo mi barbilla y tuve que mover la cabeza para que me soltase. No había pretendido despreciar su interés, pero el contacto amable de su mano resultaba doloroso en aquel momento.

Pareció herido por mi gesto.

La advertencia de Alexander sobre mantenerme alejada de Raven (y de todos ellos) resonó en mi cabeza, pero en ese momento no tenía fuerza ni ánimo suficiente para pelearme con él.

—Maggie está fuera. Ha venido a buscarte —dijo a nadie en particular, aunque era obvio que se dirigía a mí.

Su arrogancia me enfureció aún más.

Mientras nos fulminábamos con la mirada, Wood se mantuvo a la expectativa, la cadera apoyada contra la encimera y los brazos cruzados sobre el pecho desnudo. Sus ojos se movieron entre los presentes con tanto interés que parecía esperar que se desatase una pelea en cualquier momento. Tal vez tuviera suerte.

—¿Os vais? —inquirió Raven, y el tono entristecido de la pregunta casi consiguió apagar el fuego que rugía en mi interior. Casi—. ¿Te marchas ya?

¿De verdad solo llevaba un día en aquella casa? No me lo parecía, no cuando de Raven se trataba. ¿Con qué clase de poder contaba para ablandarme de tal modo?

Todas las familias tenían una especialidad y la de los Good era supuestamente la sanación y un poder calmante que yo, desde luego, no parecía ser capaz de manejar. Además, todo brujo estaba ligado a un elemento en concreto; el agua en mi caso.

No sabía cuál era la especialidad de los Ravenswood, pero la empatía que mostraba Raven hacia el dolor ajeno... Casi parecía capaz de percibir todo lo que se acumulaba bajo mi piel. Era delicado y amable, cortés más allá de cualquier prejuicio. Ojalá hubiera más personas como él; no me importaba si era el familiar de un brujo oscuro o no.

—¿Por qué tiene que irse? —continuó protestando, pero esta vez se dirigió a Alexander.

—Wardwell quiere verla. No importa el motivo. Y, de todas formas, te advertí que no te encariñaras con ella. Mejor que se vaya y pronto. ¡¿Es que no lo entiendes?! —le espetó con una furia apenas disimulada y de la que Raven fue perfectamente consciente.

Alcé la cabeza y redoblé la intensidad acusadora de mi mirada.

—Tu hospitalidad me conmueve, pero no vuelvas a hablarle a Rav así.

Resultaba irónico que fuera precisamente yo, que le había gritado a Raven a mi llegada, la que le reprochase su tono al dirigirse a él.

Alexander tuvo la decencia de parecer arrepentido. Se acercó hasta donde se encontraba su familiar, aparentemente para disculparse, pero este no le dio opción. En ese momento, su expresión no era la del chico amable que yo conocía, sino dura y despiadada.

Un zumbido resonó y el aire de la habitación pareció consumirse con un chasquido mientras un olor dulzón se apropiaba del ambiente. Un segundo después se había transformado en el lobo negro que yo aún no había tenido ocasión de contemplar. Y era... era grandioso. De mayor tamaño incluso que su gemelo. El largo pelaje oscuro relucía, y sus iris, de un azul pálido, estaban tan repletos de matices que no parecían los de un animal.

Gruñó, un sonido ronco, gutural y terrible, y le enseñó los colmillos a su protegido. Alexander no dijo nada. Apretó los labios y fue la primera vez que mostró ante mí alguna clase de emoción en aquellos dos ojos, distintos entre sí, que no fuera rabia o desdén. Estaba claro que el brujo quería a Raven de la misma forma en que yo quería a Dith; estaba segura de eso. Lo amaba de una manera feroz, y en ese momento se despreciaba por haberlo herido.

El lobo lo rodeó, pasó rozándome las piernas y se marchó trotando de la cocina. En el silencio posterior creo que todos suspiramos, cada cual por sus propios motivos.

Me volví hacia Alexander.

—Mira, de verdad que lo siento… —comencé a disculparme, porque aquello había sido en parte culpa mía.

—Vete con Maggie. Solo… vete. A Wardwell no le gusta esperar.

—Pero…

—¡¡Vete!! —gritó, y trasladó su atención a Wood—. Búscalo. Habrá ido al bosque.

Wood asintió. No parecía más contento de lo que lo había estado Raven. Me sorprendió que no se transformara allí mismo y echara a correr tras su hermano.

—Vamos, Danielle. —Dith me arrastró en dirección al salón.

—Era esto lo que trataba de evitar —murmuró Alexander antes de que abandonáramos la cocina. Eché un vistazo sobre mi hombro y lo vi con las manos apoyadas en la encimera, la cabeza baja y el cuerpo inclinado hacia delante. Parecía a punto de derrumbarse—. Cuando Rav se transforma así… Tardará días en volver a ser él mismo.

Quise decirle que el lobo negro también era *él*, también era Raven. Las formas animales de cualquier familiar eran una parte indivisible de ellos; no había un lobo y un chico, sino un todo que vivía, sentía y, de ser necesario, moriría para mantener a salvo a su protegido.

Pero qué sabría yo… Apenas si conocía a Raven, apenas conocía a ninguno de los Ravenswood.

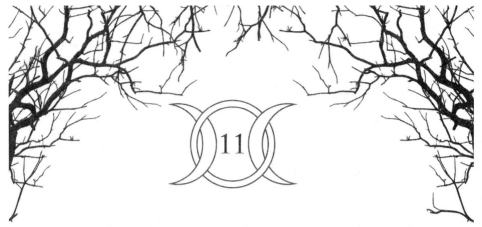

11

—Es un gilipollas —salí murmurando de la cocina. Meredith no me dio ni me quitó la razón.

Maggie Bradbury me esperaba junto a la valla. La sonrisa le ocupaba toda la cara y deseé que eso no significase que la habían enviado para que me llevara a la horca. Hacía mucho que no se ahorcaba a una bruja, pero, con mi suerte, podían haber decidido reinstaurar la tradición.

Estaba tan enfadada con Alexander y conmigo misma, y tan abrumada por todo lo sucedido en las últimas horas, que ni me preocupé por ir vestida como una mamarracha: una sudadera del maldito Luke Alexander Ravenswood, que me llegaba hasta casi las rodillas, y un pantalón de chándal que se me iba resbalando al caminar.

Maggie me miró de arriba abajo, pero fue tan amable como para no preguntar al respecto.

—Wardwell quiere verte. Te acompañaré hasta su despacho.

Cuando quise darme cuenta había atravesado la barrera invisible sin que esta me retuviera. Dith no estaba a mi lado y miré hacia atrás, pero no había salido al porche ni se encontraba en el jardín. Supuse que su presencia allí continuaría siendo un secreto para el resto de Ravenswood.

—Está bien. Vamos.

Fuera lo que fuese que habían decidido hacer conmigo, lo afrontaría. Lo único que me preocupaba era que, si iban a dejarme ir, no tendría ocasión para descubrir qué había traído a mi madre hasta Ravenswood. Y tampoco podría despedirme de Raven. A Alexander, en cambio, podría vivir sin volver a verlo jamás. Era un idiota, arrogante, maldito y estúpido capullo.

—¿Qué tal se han portado los chicos? —me preguntó Maggie con cierta cautela; parecía muy consciente de mi pésimo humor.

—Bien —murmuré, tratando de no mostrar mi enfado; ella no tenía la culpa de nada. Decidí aprovechar la oportunidad—. ¿Salen alguna vez de esa casa? ¿O el hechizo de contención solo se debe a mi presencia?

—¿Qué hechizo?

Estaba segura de que ella lo había *visto*. Me había dejado atrapada allí el día anterior, pero, cuando insistí en su existencia, Maggie me dijo que posiblemente era cosa del imbécil de mi anfitrión, aunque ella no lo llamó «imbécil», eso era cosa mía.

—En realidad, Luke ya ha terminado sus estudios. O algo así. —Quise preguntarle a qué se refería con «algo así», pero continuó hablando. Hablaba mucho y de forma atropellada—. Se dice por ahí que los gemelos de vez en cuando vagabundean por el bosque, pero Luke no abandona jamás la casa, apenas si se le ve nunca rondando el jardín o la piscina. Si yo tuviera esa piscina a mi disposición, no saldría de ella.

No quise decirle que estaba equivocada. Alexander había bajado la noche anterior a la piscina, y dudaba mucho que hubiera hecho una excepción por mi causa. Su cuerpo era prueba suficiente de que sí que hacía uso de ella. Tal vez le gustara nadar de madrugada; esconderse de sus congéneres parecía ser un modo de vida para él.

—¿Qué edad tiene?

Los brujos solían terminar de estudiar en torno a los diecinueve años; esa era la edad a la que se nos consideraba preparados para salir al mundo exterior y ser útiles para nuestro aquelarre. La mayoría de los brujos blancos nos mezclábamos con los mortales y los ayudábamos aquí y allá con pequeños detalles que no desestabilizaran el equilibrio natural de las cosas y que no consumieran nuestro propio poder; los brujos oscuros, por el contrario, eran puro caos. No sabía cuáles eran sus instrucciones una vez que abandonaban la academia, aunque podía imaginarlas.

—Tiene veinte años, aunque se rumorea que su manejo del fuego está muy por encima de lo que es normal para un brujo de su edad. —Así que ese era el elemento de los Ravenswood, el más destructivo de todos; al menos a Alexander, le pegaba—. Y que es capaz de hacer temblar la tierra. —Maggie se tapó la boca con la mano—. ¡Ay, madre! Perdón, no era... No quise decir...

¿Dos elementos? ¿Alexander era capaz de manejar dos elementos y obtener poder de ellos? Bueno, estaba definitivamente impresionada, eso era realmente poco común. Era un completo y poderoso capullo entonces.

—Tranquila, haré como si no te hubiera oído.

Pareció aliviada.

Mientras nos acercábamos a la mansión Ravenswood por uno de los senderos, nos cruzamos con un grupo de chicas, todas adecuadamente vestidas con el uniforme de la escuela. Sus carcajadas se escucharon altas y claras incluso antes de que llegásemos a su altura. Aunque en un primer momento no la reconocí, no tardé en descubrir que la chica que me había llevado la comida durante mi convalecencia era una de ellas.

—¡Ey, mirad! —exclamó ella con una risotada—. Ahora la basura de Abbot termina aquí.

Maggie se encogió como si desease que la tragara la tierra, y también como si no fuera la primera vez que se metían con ella, aunque estaba claro que lo de «basura» iba por mí.

—¿Es que no os dan ropa en tu escuela? —continuó burlándose—. ¿A quién se la robas? ¿A tu hermano mayor?

No tenía hermano mayor, pero sí había tenido una hermanita. Y, dado lo delicado que se consideraba un embarazo para los nuestros, aquella bruja de pacotilla bien podía mostrar un poco más de tacto antes de bromear con algo así. Tuve que hacer un esfuerzo para no lanzarme sobre su cuello.

—Mira, hasta te han puesto a una acompañante adecuada a tu estatus, una Bradbury.

Eché un vistazo a Maggie. No se había movido de mi lado y parecía haberse encogido aún más al escuchar su apellido pronunciado con tanto desprecio.

Me encaré con aquella indeseable, hirviendo de rabia.

—Cierra la boca, idiota.

Pero ella continuó riéndose.

Agité los dedos y murmuré un hechizo antes de recordar que no contaba con mi magia. Un conjuro adecuado para cerrar una herida seguramente podría sellar la raja que esa idiota tenía por boca. A pesar de estar *seca*, el aire vibró y, durante unos segundos, la chica fue incapaz de despegar los labios. No duró mucho, pero incluso así me sorprendió que hubiera sido capaz de realizarlo. Tal vez el baño en la piscina me había ayudado a *recargarme* y mis poderes estuvieran comenzando a desatarse.

—¿Eso es todo lo que os enseñan en Abbot? —volvió a reír.

Odié esa risa. Sin embargo, mis recursos eran limitados en ese momento y no había mucho más que pudiera hacer.

—Te buscaré en unos días si sigo por aquí y entonces vas a arrepentirte de no haber cerrado la boca.

No conocía ningún hechizo ofensivo, pero la magia era manipulable, como bien había demostrado al convertir un intento de curación en algo muy diferente. Me las apañaría.

—Vamos, Maggie.

—Búscame cuando quieras. ¡Pregunta por Ariadna Wardwell! —gritó a nuestra espalda.

Genial, la hija de la directora. No sé por qué no me extrañaba.

Maggie respiró aliviada cuando tiré de ella en dirección a la mansión y me acompañó en silencio hasta la última planta.

—No debes venir aquí sin permiso. Esta zona está prohibida para los alumnos —me informó cuando por fin recuperó el habla.

Bien. Yo no era una alumna de Ravenswood y probablemente tampoco estaría allí mucho tiempo.

No podía haber estado más equivocada.

—El director Hubbard ha declinado nuestra propuesta de intercambio —me explicó Mary Wardwell poco después—, así que permanecerá usted en esta escuela y asistirá a clase como una alumna más.

¡Venga ya! ¡Tenía que ser una broma! No ya por el hecho de que el director de Abbot, responsable de mi seguridad, hubiera negado a Ravenswood mi rescate —lo cual resultaba de por sí preocupante—; pero ¿de verdad pensaba Wardwell permitir que me enseñaran magia negra? ¿Qué pretendían? ¿Convertirme en una de ellos?

—Tendrá algo con lo que entretenerse y, además, puede que eso le haga ver las cosas de otro modo.

Resoplé. Si con *cosas*, se refería a la magia oscura, dudaba mucho que mostrarme lo que se les enseñaba a sus alumnos pudiera hacerme cambiar de opinión. La luz era luz, y ellos eran oscuridad. No había otra forma de verlo.

—¿Qué ha pedido como rescate?

La directora se limitó a sonreír. Sus largas uñas tamborilearon sobre la madera del escritorio. Me había recibido sentada tras él, en un despacho repleto de estanterías con cientos de libros antiguos. Me hubiera gustado saber qué clase de grimorios acumulaba allí.

Era evidente que Warwell no pensaba contestar. Pero yo ya había decidido que no me marcharía de Ravenswood sin respuestas, y si la directora o el mismísimo consejo me estaban dando la oportunidad perfecta para quedarme allí y una excusa para vagar por el campus, bueno, era perfecto para mis planes.

Decidí no insistir por ahora y, aunque no tenía garantía alguna de que contestara con sinceridad, le pregunté lo que de verdad quería saber:

—¿Usted conoció a mi madre? ¿Estuvo alguna vez aquí?

El cambio de tema pareció sorprenderla; también a mí, en realidad.

—¿En Ravenswood? ¿Por qué iba Beatrice Good a pisar siquiera los terrenos de esta escuela?

Eso era lo mismo que me preguntaba yo, y no se me escapó la inquina con la que pronunció el nombre de mamá, pero no había forma de saber si me estaba mintiendo o no. Tal vez no supiera nada de aquellas visitas... O tal vez sí.

Lo que parecía obvio era que no iba a contármelo. Tendría que encontrar otra manera de descubrirlo. Y lo descubriría, fuera como fuese. No cedería a la idea de que Beatrice Good era simplemente una traidora. Me negaba a creer algo así.

Me obligué a decir algo que apartara a mi madre de su mente; bastante evidente había sido ya al preguntarle directamente por ella.

—Es consciente de que no puede obligarme a emplear magia oscura, ¿verdad?

—Y de sangre —señaló ella, complacida. La situación era cada vez más rara—. Y sí, sí que puedo. Esta es mi escuela y puedo hacer lo que quiera, señorita Good.

¿Trataba de corromperme? Sí, seguro que era eso. O quizás todo aquello no era más que alguna clase de retorcida tortura para recordarme los orígenes de mi linaje. Yo no era un ejemplo de rectitud, pero lo de ponerme a hacer sacrificios o maldecir a alguien me quedaba aún muy lejos. El caos que a mí me gustaba era otro, uno mucho más inocente; humano sin duda, aunque yo no lo fuera del todo.

—La quiero el lunes en clase. Con el uniforme.

No me molesté en explicarle lo de mi alergia, no creí que le importase. Mi silla se deslizó hacia atrás por sí sola y la puerta del despacho se abrió con un gesto de su mano. Aire, ese debía de ser el elemento de los Wardwell. Y ni siquiera había necesitado recitar un hechizo.

—Regrese con los Ravenswood, señorita Good —me dijo, dando por concluida la conversación—. Espero que la estén tratando como se merece.

Sí, claro. Se la veía muy preocupada...

Antes de irme le pregunté por mis cosas, las que había dejado en el maletero del coche. Aseguró que me las harían llegar en algún momento y, por su expresión, fue como decir que me fuera olvidando de ellas.

Maggie me estaba esperando junto a las escaleras y se ofreció a acompañarme de regreso. En esta ocasión había alumnos por todas partes. La mayoría se quedaba mirándonos sin reparos, cuchicheaban entre ellos e incluso una chica nos lanzó un siseo cuando pasamos a su lado.

Sí, señor, eran todo amabilidad y buen rollo.

—Siento lo de antes. Ariadna es...

—¿Mala? —terminé la frase por Maggie—. No te disculpes. Tú no tienes la culpa de que sea una víbora.

Debería haber pensado que esa misma maldad también era algo innato en mi acompañante, como bruja oscura y de una familia de relevancia, además, aunque no fueran conocidos por los motivos que a un brujo oscuro le gustarían. Pero cuanto más tiempo pasaba en Ravenswood, y lejos de Abbot, más irracional me parecía la división entre brujos blancos y oscuros; peor aún, que el linaje determinara la pertenencia a uno u otro bando. No importaba lo que ninguno de nosotros quisiéramos. Raven no tenía opción y tampoco Maggie. Éramos lo que nuestros padres habían sido; nunca otra cosa. Y aunque los Good habían constituido una excepción tiempo atrás, dudaba mucho que la historia fuera a repetirse.

—¿Quieres entrar? —le propuse a Maggie al llegar al límite que marcaba la valla blanca.

—No creo que a Luke le gustase.

—Sí, bueno, claro... Esta no es mi casa. No debería haberte invitado —me disculpé.

Maggie sonrió, aunque fue una sonrisa triste. Sus compañeros la trataban casi peor que a mí, como si ella tuviera la culpa de lo que hubieran hecho sus antepasados. Me hubiera gustado que entrase y poder presentarle a Dith. Pero tenía razón, a Alexander no le haría la más mínima gracia. Ni siquiera debería haberlo sugerido. Probablemente la había hecho sentir peor.

Comenzó a desandar el camino; su larga melena rubia, recogida en una coleta alta, oscilaba con cada uno de sus pasos.

—¡Maggie! —la llamé—. ¿Podrías venir el lunes a buscarme para ir juntas a clase?

Seguía sin asimilar que, pasado el fin de semana, tendría que ir a clase con un montón de brujos oscuros. Contar con Maggie sería de ayuda, aunque esperaba que eso no empeorara las cosas para ella.

Por la forma en la que su rostro se iluminó, supuse que no le preocupaba que la vieran conmigo.

—¡Claro! Vendré a por ti un rato antes de las nueve.

Se despidió con un gesto alegre de su mano y yo me volví. La fachada de ladrillo oscuro se alzaba justo frente a mí, más imponente incluso que la primera vez.

«Allá vamos de nuevo».

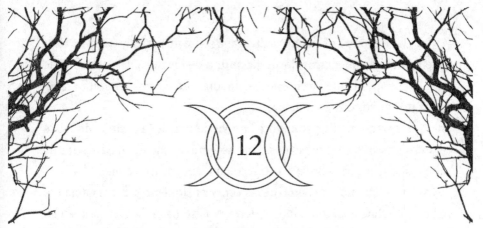

12

En el interior de la casa no había nadie esperándome.

Recorrí las dos plantas antes de darme cuenta de que había una tercera, un sótano al que se accedía desde una puerta bajo las escaleras. La sala era diáfana y una parte del suelo estaba cubierta por una extensa colchoneta; por todos lados había máquinas de entrenamiento, pesas y demás parafernalia. Alguien lo había convertido en un gimnasio en toda regla, y supuse que era allí donde habían estado todos haciendo ejercicio esa misma mañana, antes de que todo se fuera al infierno con Raven en la cocina.

En mi vagabundeo por la casa, las únicas puertas a las que no me atreví a llamar fueron las de Wood y Alexander. No se escuchaba ruido en su interior, y supuse que el lobo blanco podía estar aún en el bosque, buscando a su gemelo, pero su protegido tampoco se encontraba en el jardín ni la piscina e imaginé que por fuerza estaría en su dormitorio, seguramente trazando algún plan diabólico para dominar el mundo.

Y Raven seguía sin aparecer.

Me preocupaba dónde se encontraría. Era un lobo, y además brujo, así que con toda probabilidad estaba perfectamente. Pero no sabía si su sordera influía en el resto de sus capacidades o lo colocaba en desventaja en su forma animal. No podía evitar sentirme culpable por haber precipitado su marcha. Alexander, Wood y él formaban una pequeña familia (su propio aquelarre), y yo había alterado ese equilibrio. Les habían impuesto mi presencia y, aunque Alexander había sido de todo menos hospitalario, mi actitud no había ayudado en nada.

En algún momento, mientras divagaba sobre mi parte de culpa en todo aquello, debí de quedarme dormida en uno de los sofás del salón. Desde luego, mis suposiciones acerca de lo cómodos que eran para dar una cabezadita no habían sido infundadas.

Al despertar, me llegaron voces provenientes de la cocina. Me estiré para desentumecer los músculos y me aseguré de que no tenía rastros de babilla alrededor de la boca; algo que, según Dith, ocurría a menudo.

Avancé siguiendo el sonido de las voces, ansiosa por saber si había novedades de Raven, pero no hubo suerte. No estaba en la cocina, ni en su forma animal ni en la humana; solo se trataba de Dith y Wood preparando el almuerzo.

Un momento... ¿Dith sabía cocinar? ¡Oh, Dios! Eso sí que era una revelación.

Carraspeé para hacerme notar.

—¿Se sabe algo de Raven?

Wood me lanzó una mirada sombría que resultó tan significativa como la sonrisa forzada de Dith.

—Volverá cuando quiera hacerlo —sentenció una voz a mi espalda.

No me giré. Sabía que era Alexander quien estaba detrás de mí. Mi poder continuaba escondiéndose en alguna parte muy profunda de mí, aunque lo sucedido con Ariadna me hacía pensar que tal vez el hechizo comenzaba a deshacerse, pero percibía la presencia de Alexander como una fuerza que tiraba no solo de mí, sino de todos en la habitación. También sabía que estaba muy muy cabreado sin ni siquiera verle la cara.

—Estaré arriba —dije a todos y a nadie en particular.

—La comida casi está lista —terció Dith, dando un paso en mi dirección.

Negué con la cabeza. No, no más enfrentamientos. Estaba demasiado cansada para eso y Alexander no parecía muy dispuesto a aflojar la tensión que salpicaba cada una de nuestras conversaciones.

—Voy a descansar un poco.

Dith no trató de detenerme. Esquivé el muro que formaba el cuerpo de Alexander, que estaba justo en el lugar en el que sabía que estaría, y me marché a la planta superior sin mirarlo siquiera.

Una vez en el dormitorio, tuve tiempo de sobra para pensar de nuevo en lo que había dicho Dith sobre mamá, y también en el hecho de que Thomas Hubbard y mi padre fueran a permitir que me retuvieran allí. Asaltar Ravenswood no era una opción para ellos, sería como declararles la guerra, pero ¿qué podría haberles exigido Wardwell que no pudieran entregar?

«Cualquier cosa».

Con los brujos oscuros nunca se sabía. Tal vez, incluso, sacrificar a un par de alumnos a cambio de entregarme sana y salva. O un salvoconducto para campar a sus anchas por el mundo. Yo, desde luego, no era tan valiosa; ni siquiera para mi padre. Y tampoco permitiría que se pusieran otras vidas en peligro por mi causa.

Me centré en el hecho de que, lo que quisiera que durara mi estancia allí, tenía un objetivo que cumplir. Y no solo se trataba de saber cuáles habían sido los motivos de mi madre para visitar la sede principal de los brujos oscuros, sino que tenía que encontrar un modo de descubrir si dichas visitas habían tenido que ver algo con su muerte y la de Chloe.

Cuando, horas más tarde, alguien llamó con suavidad a la puerta del dormitorio, grité un «¡Pasa!» entusiasmada, convencida de que sería Raven, ya que parecía que era el único con modales en aquella casa.

Pero no era él.

—¿Vas a quedarte por más tiempo? —preguntó Alexander en cuanto puso un pie en el interior de la habitación.

La decepción al ver que no se trataba de Raven aplacó mi ánimo y no fui capaz de replicar con la mordacidad acostumbrada.

—Eso parece.

Alexander frunció el ceño, pero no dijo nada más; tampoco él debía de tener ganas de pelea. Los segundos fueron pasando y el silencio se convirtió en una tercera presencia en la habitación, una presencia muy incómoda.

—¿Quieres algo más? —dije al fin, y puede que sonara más fría de lo que había pretendido.

Se envaró y todo su cuerpo reflejó la tensión y el desagrado que tan afines parecían a su persona. ¡Ay, Dios! Lo siguiente sería que empezara a lanzar fuego por la boca, puede que literalmente.

Su mirada descendió desde mi rostro hacia el resto de mi cuerpo.

—Tienes… ropa nueva y más adecuada en el armario.

Me había sentado en el borde del colchón y tan solo tuve que echar un rápido vistazo a mi cuerpo para descubrir lo que estaba mirando. Al llegar me había deshecho del chándal y, aparte de la camiseta, lo único que llevaba era… ¡el bóxer negro! La prenda no me cubría más allá de la parte alta de los muslos, aunque eso casi era lo de menos.

—La ropa nueva… —se apresuró a añadir, sin quitarme la vista de encima, y un rastro de calor comenzó a ascender desde mi cuello hasta mis mejillas—. Fue cosa de Rav.

La puerta se cerró de golpe tras la mención del lobo negro. No hubiera tenido importancia de no ser porque Alexander se encontraba en mitad de la habitación y no se había movido, ni tan siquiera había hecho un gesto con la mano. Tampoco parecía estar respirando; casi parecía una estatua, ahí plantado.

Sin embargo, al escuchar el portazo, se acercó enseguida a la entrada y tiró del pomo. La puerta no se movió y él continuó forcejeando mientras yo lo observaba sin saber muy bien si debía intentar ayudarlo o no.

—No se abre —dijo, claramente alarmado.

—Bueno, estoy segura de que en Ravenswood os enseñan a abrir una sencilla cerradura. Lo haría yo, pero… —Me callé antes de terminar la frase; Alexander no tenía por qué saber que no contaba con poder alguno en ese momento.

—No voy a usar la magia para abrir una puerta —gruñó, mientras los forcejeos iban en aumento.

A ese paso, arrancaría la puerta del marco y se acabaría el problema.

Hubo un plop y… Alexander se giró hacia mí. ¡Oh, vaya! No había arrancado la puerta, pero sí que tenía el pomo en la mano. Durante un instante se quedó mirándolo como si el objeto pudiera contarle qué demonios estaba sucediendo, pero enseguida reaccionó y se dirigió hacia la ventana. Por más que trató de abrirla, esta también se negó a colaborar.

—Tiene que ser cosa de Wood —farfulló entre dientes, cada vez más alterado.

Tal vez tuviera claustrofobia o algo por el estilo.

—Oye, que esto se arregla con un hechizo...

No pude terminar la frase. En un segundo se paseaba de un lado a otro de la habitación y al siguiente lo tenía sobre mí. No llegó a tocarme, porque reaccioné tan rápido como él y me eché hacia atrás, casi tumbándome sobre la cama, pero todo su cuerpo se inclinaba peligrosamente sobre el mío; su rostro a pocos centímetros y la boca tan cerca como para que pudiera sentir la calidez de su aliento revoloteando sobre mis labios. Sus ojos ardían; el oscuro lo consumía todo a su alrededor y supe que, de permitirlo, esa oscuridad podría tragarme entera. El calor, no sé si debido a la rabia o a otra cosa, emanaba de él en intensas oleadas que se estrellaban contra mi pecho. Devorándome. Consumiendo piel, carne y músculos.

Puede que yo también hubiera dejado de respirar.

—Nada. De. Magia. —El sonido ronco de su voz, de algún modo, hizo temblar los cristales de las ventanas y también mis huesos.

Comenzó a retirarse muy poco a poco y juraría que vi pequeñas lenguas de un fuego oscuro lamiéndole los dedos. Algo debía de estar muy mal en mi cabeza, porque recuerdo que pensé que lamer esos dedos largos y elegantes tenía que resultar de lo más excitante.

Cuando logré apartar de mi mente las imágenes perturbadoras que el pensamiento había traído consigo, reaccioné retrocediendo sobre el colchón hasta que mi espalda topó con el cabecero y ya no hubo a donde ir.

Alexander, erguido junto a la cama, había cerrado los ojos y su pecho subía y bajaba a un ritmo endemoniado, fuera de control. El dolor que parecía sentir, y que yo no podía distinguir de dónde procedía, le desfiguraba las facciones.

—¿Alexander?

—Dame... Necesito un minuto.

Cerré la boca. En otro momento hubiera aprovechado para meter baza, pero decidí que estaría mejor calladita.

Inspiró y soltó el aire varias veces muy despacio. Ya no parecía tan seguro de sí mismo, ni tan distante y capaz. En realidad, lucía como un muchacho asustado, dolorido y exhausto. O quizás alguien muy mayor, un anciano que llevara toda la vida peleando con demonios que solo él podía ver.

Sentí deseos de acercarme y abrazarlo, calmar su sufrimiento de alguna forma, pero no creía que eso fuera mejor recibido que mis comentarios sarcásticos. Y era Alexander, así que definitivamente no iba a abrazarlo ni de coña.

—Tendremos que esperar a que los demás regresen —dijo después de una eternidad, con la voz aún desgarrada y temblorosa.

—¿Regresar de dónde?

—Wood y Meredith han vuelto al bosque para seguir buscando a Rav.

Suspiró y se apoyó en la pared junto a la puerta. Deslizó la espalda hasta quedarse sentado en el suelo y la cabeza se le fue hacia atrás y golpeó los ladrillos... Eso había tenido que dolerle, aunque no pareció que él lo notara.

El día no hacía más que mejorar. Primero, la revelación de Dith sobre las visitas de mi madre. Después, la bronca en la cocina y la huida de Raven; luego, el encuentro con las Wardwell (madre e hija). Y ahora me quedaba encerrada con un brujo oscuro con un claro problema de autocontrol. Y Dith, para variar, desaparecida. Aunque me alegraba saber que estaba buscando a Raven y no revolcándose con su gemelo malvado.

Ni Alexander ni yo hablamos durante largo rato. Él continuaba en el suelo, con los ojos cerrados, y yo me había acurrucado sobre la almohada. Creo que ambos estábamos igual de tensos, aunque Alexander parecía como si solo estuviera echándose una siesta.

—Lo siento. No debería de haberos gritado a Raven y a ti esta mañana, no tendría que haberme puesto así —dijo mucho rato después.

«Bueno, algo es algo», pensé para mí. A lo mejor solo era medio capullo y no un cretino integral.

—Fue culpa mía —intervine, porque parecía que le estuviera costando articular cada palabra. Estaba claro que no acostumbraba a disculparse.

—No, no lo fue. No del todo al menos. Tiendo a exagerar cuando se trata de Rav. —Abrió los ojos y me miró.

Aunque lucía mucho más calmado y sus ojos ya no hacían cosas raras, seguía sin acostumbrarme a la disparidad de su mirada. Me sobrecogió la intensidad con la que me observaba, como si pudiera atravesarme y ver más allá de mí, o tal vez en mi interior. Sin embargo, la heterocromía, de alguna manera, armonizaba con sus rasgos. Encajaba.

—Tú no eres... —«No eres una de nosotros», parecía querer decirme, aunque no llegó a concluir la frase.

—No voy a hacerle daño a Raven —expuse con total sinceridad.

Apreté las piernas contra el pecho y, cuando volví a ser consciente de mi semidesnudez, tragué saliva. ¿Era eso lo que había desatado su furia? ¿O la mención de la magia? Una parte retorcida de mí casi deseó que fuera la visión de mis largas (no tan largas) piernas.

¡Dios! Estar en aquella escuela estaba acabando con mi sentido común. No quería que Alexander se fijara en mí, no de esa forma.

De ninguna, en realidad.

Nop.

—Tienes ropa en el armario —me recordó, como si supiera exactamente en lo que estaba pensando.

Tenía que aprender a poner cara de póquer, eso estaba claro. Pero como no iba a cambiarme con él allí, desvié la conversación hacia terreno más seguro, uno que no estuviera relacionado con la escasa tela que cubría mi piel ni conmigo desnudándome frente a un brujo oscuro.

—Sí que salís de la casa.

Él no tardó en confirmar lo que ya me había contado Dith.

—Los gemelos lo hacen, aunque menos de lo que les gustaría y solo al bosque.

No dijo nada de sí mismo y lo interpreté como un «Yo no salgo». Tras unos segundos callado, y más de esas miraditas que no sabía lo que significaban, me obligué a hablar de nuevo para evitar aquel tortuoso silencio.

—Raven volverá, ¿no?

Un nuevo suspiro le acarició los labios entreabiertos, rellenos y sensuales, antes de que realizara un gesto afirmativo.

«¡Deja de pensar en él así!», le grité a mi lado malvado.

—Estás preocupada por él —replicó, ajeno a mi debate interno; y no era una pregunta, así que traté de no ofenderme por lo desconcertado que había sonado.

—Lo estoy. Sé que no hace ni veinticuatro horas que lo conozco. —Me reí, ¿qué otra cosa podía hacer? Era de locos. No solo acababa de conocerlo, sino que Raven pertenecía a un antiguo y poderoso linaje de brujos oscuros—. Pero Rav se hace querer con mucha facilidad.

—No por todos. En realidad, creo que tú... le gustas.

No supe si se refería a gustar de una forma romántica o bien solo iba en plan «Le caes bien».

—Él también me gusta —dije de todas formas.

Y entonces ocurrió lo imposible. Sus comisuras temblaron durante un breve instante y, poco después, se curvaron hacia arriba para dar forma a una media sonrisa, un gesto nuevo y desconocido viniendo de él y que, a pesar de no ser una sonrisa completa, le transformó el rostro en su totalidad. La línea de su mandíbula se suavizó, perdiendo la dureza que le confería a sus facciones, y su mirada adquirió un brillo intenso. El iris negro se le aclaró y se fundió hasta tomar un precioso color plateado, casi como un charco de plata líquida. Incluso desde donde estaba, acurrucada sobre el colchón, pude ver diminutos puntos de luz destellando en ambos ojos, como estrellas chispeantes.

El aire se me atascó en algún punto entre los pulmones y la garganta. Alexander de pronto parecía mucho menos sombrío e increíblemente atractivo, lo cual resultaba todo un récord en una casa llena de tíos buenos. Era una pena que, salvo en caso de encierro, se comportara como un verdadero imbécil.

Como era de esperar, el gesto no perduró. Supuse que había sido tan solo un breve instante de debilidad; sin embargo, no creía ser capaz de poder olvidar en mucho tiempo la fugaz y preciosa sonrisa de Luke Alexander Ravenswood.

13

Alexander

—Un momento —dijo Danielle, mientras se deslizaba sobre el colchón y se acercaba al borde.

La había acorralado en ese mismo lugar tan solo un rato antes como si yo fuera uno de los lobos y estuviera a punto de despedazarla. El calor que emanaba de ella hubiera resultado agradable de no ser porque me había convertido en un maníaco y casi... casi había cedido a mis más bajos instintos.

Y por lo de despedazarla, eso supongo que tampoco hubiera estado bien.

Durante un segundo, mi mente imaginó otro tipo de cosas que no tenían nada que ver con desmembrar o mutilar, aunque sí con perder parte de mi arraigado control.

Nunca una chica se había vestido con mi ropa, y recordaba haber presenciado sorprendido que, cada vez que Dith, en una de sus visitas, se paseaba por la casa con una de las camisetas de Wood, a él solo le había faltado mearle alrededor para marcar su territorio. No era como si Raven o yo fuéramos a prestarle a ella esa clase de atención, pero el lobo blanco no solía tardar en arrastrarla de nuevo a su dormitorio y encerrarse en él con su *gatita*.

Ese tipo de comportamiento solía darme ganas de vomitar.

Hasta ahora.

Danielle llevaba una de mis camisetas. Y, aunque no había vestido otra cosa que no fuera mía desde su llegada, cada vez resultaba más difícil no quedarme mirando. El aroma de su piel mezclado con el mío había sido casi como una bofetada, una que me había empujado más cerca del abismo que de costumbre.

Carraspeé para aclararme la garganta y Danielle pareció regresar de su propia ensoñación. ¿Estaría ella pensando en lo mismo que yo?

No, ni de coña.

—Estamos encerrados —prosiguió—, pero ¿mágicamente encerrados?

—No lo creo. No se hace magia en esta casa.

Los gemelos tenían mucho poder y eran capaces de realizar un truco tan sencillo como sellar una habitación, pero no lo habrían hecho bajo ninguna circunstancia.

Danielle puso una cara rara al escuchar mi comentario, aunque me fue imposible saber lo que pensaba. Supuse que había esperado una escuela llena de gente lanzándose hechizos unos a otros y realizando conjuros oscuros y perturbadores. No le faltaba razón, pero no era así para los Ravenswood que allí vivíamos.

—Es que estaba pensando que eres un cretino —señaló, y estuve a punto de echarme a reír. No era eso lo que había esperado oír.

—¡Vaya! Muchas gracias por este momento de sinceridad.

Sacudió la cabeza de un lado a otro, pero fui muy consciente de la sombra de la sonrisa que asomó a sus labios y que se esforzó en ocultar.

—No, no. Es que esto parece una encerrona y sería algo muy propio de Dith.

—¿Con qué finalidad? —pregunté. No tenía ni idea de a dónde quería ir a parar.

—Tú adoras a Rav, y a mí la verdad es que me cae muy muy bien. Él me cae bien, no tú —especificó, aunque no hacía falta. Decidí no decir nada al respecto—. Quizás Dith quiera... que nosotros dos limemos asperezas. Estoy segura de que ella también se preocupa por Raven.

—¿Cómo sabes tú que yo quiero a Rav? —pregunté. De todo lo que había dicho, puede que fuera lo que más me había sorprendido.

—¿Lo dices en serio?

Su mirada se suavizó y parte de la hostilidad con la que normalmente se enfrentaba a mí desapareció. Había cerrado las manos y mantenía los puños apretados sobre su regazo. Traté de no mirar en esa dirección, más que nada porque no había mucha tela cubriéndola.

—Yo también protegería a Dith con mi propia vida —afirmó, y me hizo gracia pensar que, en teoría, la función de Meredith era precisamente protegerla a ella. Pocos brujos daban mucha importancia a las vidas de sus familiares—. Igual que tú morirías por ellos, por los dos.

No podía estar más de acuerdo. De los gemelos, Wood podía parecer el más... capaz; emanaba agresividad y mordía antes de preguntar. Pero el más fuerte, el realmente poderoso, era Raven. El lobo negro siempre había sido diferente, tal vez porque su inocencia le permitía ver cosas que el resto no veíamos. Fuera como fuese, Danielle estaba en lo cierto: nunca permitiría que ninguno de los dos sufriera ningún daño, aunque eso supusiera mi propia desgracia o perdición.

—Son los únicos que han estado siempre conmigo desde que nací. Son mucho más que familiares para mí. —No tenía ni idea de por qué estaba contándole todo aquello a ella, precisamente a ella, una bruja blanca—. ¿Crees que Dith nos ha encerrado aquí?

Se encogió de hombros.

—Puede incluso que haya sido Wood. Cualquiera de ellos. O los dos.

Tampoco Wood había estado muy contento esa mañana. Había discutido con él largo rato después de la marcha de Raven y, por supuesto, Wood estaría encantado de arrastrarme más allá del límite de mi control, encerrándome con Danielle solo para ver si explotaba y la convertía en cenizas; así se acabaría el problema.

Lo que Danielle decía tenía sentido.

—¿Y ahora qué? —inquirí. Estaba agotado y la magia no era una opción—. ¿Tenemos que sentarnos en el suelo a hacernos trencitas en el pelo o algo así?

—¿Eh?

—Todo hechizo tiene un punto ciego, Danielle, una forma de deshacerlo.

—¿Con otro hechizo? —sugirió, y yo negué.

La magia es parte de este mundo, algo tan natural como el agua que corre por un arroyo o la brisa suave que toca tierra desde el mar. —Ella me miró como si me hubiera salido una segunda cabeza. Decidí ir al grano y dejarme de estúpidas metáforas—. Siempre hay una manera de quebrarla y devolver todo al estado inicial. Regresar al equilibrio.

Eso no era del todo cierto. Ciertos conjuros y maldiciones no podían ser revertidos. Pero un bloqueo sí. Tan solo era una burbuja, similar a la que había rodeado la casa para evitar que Danielle escapase y acabara vagando por el bosque o algo peor; esa era la única magia que me había permitido realizar en mucho tiempo, y solo mientras ella estuviera allí.

—Hay algo que podemos hacer juntos para arreglar esto —agregué, por si no lo había entendido del todo.

—No pienso tocarte ni con un palo.

Una carcajada brotó de entre mis labios y sorprendió a Danielle tanto como a mí. Se quedó observándome con las cejas arqueadas y la curiosidad reflejada en aquellos grandes ojos azules. Sentada al borde del colchón y con las piernas colgando, comenzó a balancearlas y agitó los dedos de los pies de una forma peculiar. Mi mirada ascendió desde estos hacia las rodillas y luego un poco más arriba...

Olvidé lo que había dicho y si se suponía que debía contestar algo. Me estaba costando concentrarme con toda esa piel expuesta y no dejaba de preguntarme si sería tan suave al tacto como parecía, y si la de sus muslos, aún más pálida y delicada...

—¡Eh, tú! —me llamó, y levanté la cabeza de golpe—. ¿Qué ha sido eso?

¿Había dicho lo de su piel en voz alta? Hice un esfuerzo para dominar la expresión de mi rostro y no delatarme.

—¿Qué ha sido qué?

—Ese ruidito que has hecho con la garganta —señaló, y estuve a punto de volver a gemir, esta vez de vergüenza—. No sé qué crees que tenemos que hacer para salir de aquí, pero la respuesta es no. Quítatelo de la cabeza.

Doblé la rodilla y apoyé el codo en ella, inclinándome un poco hacia delante.

—¿Tan desagradable te parezco?

«No vayas por ahí, Alexander», me dije, pero me veía incapaz de parar. De alguna manera tenía que aplacar el jodido fuego que me estaba devorando por dentro.

—No te haces una idea —contestó, sin apartar la mirada.

—Entonces, ¿a qué viene el rastro de color de tus mejillas?

¿Ira?, me planteé cuando ella no respondió. ¿Miedo tal vez? Dudaba que fuera eso; no parecía tener miedo de mí, aunque seguramente debería.

No supe en qué momento me puse en pie, pero ya estaba avanzando hacia la cama cuando Danielle alzó la mano para pararme. Me detuve en el acto y maldije. No entendía por qué demonios me estaba comportando de una manera tan irracional con ella.

—El punto ciego. Sé cuál es —barbotó atropelladamente. Bueno, eso era lo que queríamos, lo que *yo* quería, ¿no? Así podríamos salir de la habitación de una maldita vez—. Tira la puta puerta abajo.

Pues sí que estaba desesperada.

—Eso es un poco drástico, ¿no te parece?

—Pero puedes hacerlo. —Hizo un gesto con la mano que abarcó mi figura de pies a cabeza—. ¡Oh, vamos! No finjas que no sabes de qué te hablo, con todos esos músculos.

Las comisuras de mis labios temblaron por propia iniciativa.

—Así que te has fijado, ¿eh? Y mucho, al parecer.

Puso los ojos en blanco, pero juraría que no estaba tan molesta como quería dar a entender y, en realidad, se estaba divirtiendo tanto como yo. En mi caso, ni siquiera recordaba la última vez que eso había sucedido, aunque tampoco era que hablara con mucha gente. Y mucho menos que esas escasas conversaciones fueran divertidas.

—Es difícil no fijarse estando en una casa repleta de tíos cachas.

La mención de los lobos disparó una alarma en mi interior y algo muy similar a los celos se retorció de forma desagradable en el centro de mi pecho. Eso me hizo recordar que, aparte de músculos, había otra cosa bajo mi piel. Y no creía que Danielle quisiera descubrir de qué se trataba.

—No funcionará.

—Prueba —me animó, reprimiendo la risa—. Tal vez el golpe te deje inconsciente y estar aquí encerrada contigo ya no será una tortura.

—Tú sí que sabes hacer sentir bien a los demás.

—Vamos, inténtalo —me animó con una sonrisa maliciosa en los labios—. Me gustaría poder ir a buscar a Raven yo también.

La diversión se esfumó al escucharla. Casi había olvidado que Rav continuaba en el bosque. La última vez que el lobo había perdido el control y se había transformado, había sido al menos un año atrás, después de una discusión particularmente virulenta con su gemelo. Habíamos tardado dos semanas en conseguir que regresara a casa y otra más para lograr que volviera a su forma humana.

—No puedes salir de esta casa. —A menos que yo quisiera.

No la quería vagando por el bosque de Elijah, no cuando un montón de aspirantes a brujos lo empleaban como campo de pruebas y lugar de reunión; no cuando existían fuerzas allí de las que no podría protegerse. Pero mi preocupación por su seguridad no era algo que fuera a compartir con ella. Además, solo la mantenía a salvo por Rav; él le había tomado cariño de una manera absurda.

—Tendré que salir para ir el lunes a clase.

Me costaba creer que Wardwell fuera a obligarla a asistir a clase. ¿O era Danielle la que lo había propuesto? No terminaba de comprender qué hacía en Ravenswood, y eso avivó mi determinación; no podía fiarme de ella.

Me ahorré darle una respuesta, lo cual, al parecer, hizo resurgir su hostilidad.

—Entonces, ¿qué propones? ¿Que continuemos aquí encerrados? Porque ya te digo yo que de lo de hacer algo *juntos* ya te puedes ir olvidando.

Por supuesto que no. No le gustarían los resultados, aunque la verdad era que no había sido eso lo que yo había tratado de sugerir. Aquella chica tenía la mente muy sucia...

—Vamos a esperar —afirmé, dando el tema por zanjado.

A pesar de su desesperación, Danielle no trató de realizar ningún hechizo, y no era tan estúpido como para creer que era porque de repente respetaba mis normas. No, no era de las que agachaban la cabeza; no era dócil ni obedecía solo porque alguien dijera que así eran las cosas. Lo que me hacía suponer que de verdad sufría alguna clase de bloqueo que no le permitía acceder a su magia. Podría haber *tanteado* su interior, echar un vistazo rápido sin que fuera consciente de ello para saber qué la retenía, pero, de nuevo, aquello implicaba que yo mismo empleara mi poder.

Y eso no iba a pasar.

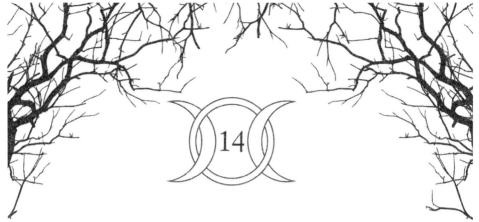

14

Seguro que estaba alucinando, porque no había otra manera de explicar que me encontrara encerrada con Alexander y no nos hubiésemos matado ya. No solo eso, sino que el tipo sabía bromear. ¡Incluso había sonreído! Recurriendo al chiste fácil: parecía cosa de magia.

Pero él no quería ni hablar de tumbar la puerta empleando un hechizo y tampoco a patadas, por lo que allí seguíamos.

Según él, Wood lo buscaría nada más regresar del bosque, hubiera encontrado a Raven o no, así que no tenía sentido ponernos a aporrear las paredes para llamar la atención. Estábamos solos y así continuaríamos.

¿De verdad creía Dith, o Wood, que aquello funcionaría? En honor a la verdad, tenía que admitir que parecíamos haber avanzado, pero era muy probable que, una vez libres, los cuchillos comenzaran a volar de nuevo entre Alexander y yo.

—¿Y si no vuelven en todo el fin de semana? —aventuré. Me recorrió un escalofrío al pensar en pasar dos días allí con él—. ¿Y si nos vemos obligados a alimentarnos el uno del otro? Ya sabes, como en esa peli antigua... Esa en la que hay un accidente de avión y se estrellan en la nieve...

¡Joder! Mira que tenía imaginación... Pero cuando me ponía nerviosa y no tenía nada que hacer, resultaba difícil que me quedase callada. Dith solía seguirme el rollo y soltar barbaridades aún peores que las mías; Alexander, en cambio, creo que empezaba a preocuparse por mi salud mental. No podía reprochárselo.

—Nadie va a comerse a nadie —aseguró, aunque sus ojos hicieron esa cosa rara de chispear e iluminarse desde el interior.

—Habla por ti, yo soy de las que sobreviven a toda costa.

Enarcó las cejas. Posiblemente se hubiera planteado llamar a un loquero si no fuera porque ninguno de los dos teníamos un móvil a mano. En Abbot no eran muy partidarios de las nuevas tecnologías, aunque mi padre me había conseguido uno, seguramente para calmar los remordimientos que le producía no visitarme casi nunca. Sin embargo, mi teléfono estaba con el resto de mis cosas, las mismas que no parecía que Wardwell se planteara devolverme en un futuro inmediato.

Si Alexander hubiera querido emplear su magia, no hubiera habido problema en hacer llegar alguna clase de mensaje de socorro a cualquier persona de la que conociera su paradero. Pero ese no era el caso.

Me mordisqueé el labio inferior, preguntándome por qué se negaba a ello. Su mirada bajó y se posó sobre mi boca, pero apartó la vista enseguida.

—Así que vas a ir a clase —comentó, desde el otro lado de la habitación.

Seguía junto a la puerta, en el suelo, y yo había acabado por bajarme de la cama y sentarme en la pared opuesta con las piernas estiradas frente a mí. Continuaba medio desnuda por principios; no correría a taparme ni mostraría vergüenza.

¡Dios! A veces era una auténtica cabezota.

—Wardwell quiere que sea una alumna más —comenté, citando a la directora.

—Está loca.

No supe cómo tomarme eso. Sus ojos estaban fijos en los tarritos de cristal que decoraban el tocador, aunque Alexander parecía mirarlos sin verlos en realidad.

—¿Siempre has vivido aquí? —me atreví a preguntar un rato después. No quería parecer una cotilla, pero el silencio me estaba poniendo de los nervios.

Alexander volvió la cabeza hacia mí.

—Desde que recuerdo, sí.

¡Vaya! Eso sí que era deprimente. Al menos yo había tenido un verdadero hogar hasta los diez años.

—¿Tú...?

—¿Yo qué?

—¿Conociste a mi madre? —inquirí. Si la pregunta le sorprendió, no hizo demostración alguna de ello.

—Sé quién era, pero no la he visto nunca.

—Murió —dije sin más, en un susurro que abandonó mis labios casi contra mi voluntad. Continué hablando solo para no dejarme llevar por la tristeza—. Dith dice que venía aquí a veces, y Raven también sabe lo de esas visitas.

—¿A Ravenswood?

—Pensaba que tú también lo sabrías.

—No tenía ni idea. Ni Rav ni Wood me lo cuentan todo. Tienen sus propios secretos.

¿Eso era lo que tenía mamá? ¿Secretos? ¿Otra vida aparte de la que compartía con papá, Chloe y conmigo? Según Dith, era solo una vez al mes, tal vez solo visitaba a alguien o qué sé yo... No tenía ni idea, las posibilidades eran infinitas y mortificantes.

—¿Crees que Raven me contará lo que sepa sobre ella?

No podía decirle a Alexander lo que yo sabía o creía saber. No me fiaba de él, eso no había cambiado por mucho que estuviésemos allí manteniendo una conversación en apariencia civilizada. Y tampoco iba a contarle que Dith estaba convencida de que la muerte de mi madre no había sido como siempre había creído, a pesar de que la policía hubiera dicho que se trataba de un robo que había salido mal.

«Que había salido mal». Parecía cruel decir algo así, como si fuera un simple error sin importancia y no la muerte de las dos personas que más quería en el mundo.

—Aunque te quedes por un tiempo, no deberías acercarte a Raven.

«Allá vamos de nuevo», me dije, aunque en esa ocasión al menos no había empleado el tono despreciable que yo tanto odiaba. Quizás Alexander solo estaba preocupado por su familiar y no trataba de ser desagradable o un borde.

—No eres buena para él —apuntilló acto seguido.

Sí, sí que era eso lo que intentaba, y se le daba de maravilla. Era como un jodido superpoder o algo así. Si no fuera por Raven, pensaría que la especialidad de los Ravenswood era ser unos gilipollas arrogantes.

—¿Y eso eres tú quien lo decide? ¿Tú sí eres bueno para él? —repliqué, y él apretó los labios hasta que de su boca solo quedó una línea estrecha y tensa. Desde el otro lado de la habitación, escuché sus dientes rechinar—. Ni te molestes en contestar.

No lo hizo. Pasamos horas allí, tantas que la luz que entraba por la ventana fue menguando y yo tuve que levantarme, entumecida y hambrienta, para trasladarme a la cama. Mi estómago rugió alto y claro, seguro que Alexander lo habría escuchado. Tal vez sí tuviera que comérmelo después de todo; la idea de hincarle el diente no me resultó del todo desagradable por motivos en los que no quise pensar.

—La cama es lo suficientemente grande —admití de mala gana. En realidad, era *su* cama—. Yo me quedo en esta esquina —señalé el lado más cercano a la ventana— y tú en la otra.

Sobraría un montón de espacio en medio. No íbamos a tocarnos accidentalmente ni, por supuesto, de forma premeditada.

—Da igual —farfulló—, estoy bien aquí.

Un rato antes yo había encendido la lamparita de una de las mesillas y esa tenue luz mantenía parte de su rostro en sombras, pero no alcanzaba a ocultar su cansancio e incomodidad. Su trasero ya debía de haber dejado una marca en el suelo. No sabía qué trataba de demostrar.

—No voy a rogarte que te metas en la cama conmigo si eso es lo que esperas. —Hubo un silencio extraño después de mi comentario, así que me obligué a aclarar—: No me estaba refiriendo a *eso*.

—Ya, lo has dejado muy claro, ángel.

Por el tono que empleó al pronunciar el estúpido apodo, podría haberse limitado a llamarme «demonio infernal» y hubiera venido a ser casi lo mismo.

—Cualquiera diría que te molesta que así sea.

¡Dios! Si aquel intercambio de pullas se alargaba, entraríamos en bucle de nuevo y yo me moría de agotamiento. Tenía los músculos agarrotados y la preocupación por la ausencia de Raven, y ahora también de Dith y Wood, estaba terminando con todas mis energías.

—Está bien —cedió por fin, aunque no se lo veía muy entusiasmado.

Me deslicé aún más cerca del borde del colchón mientras él se ponía en pie, se descalzaba y avanzaba hacia la cama. Mi movimiento lo hizo resoplar.

—No voy a tocarte, Danielle. No soy de esa clase de tíos.

—Eres un brujo oscuro, sacrificáis vírgenes todo el tiempo —traté de bromear.

A pesar de haber insistido, que se metiera en la cama conmigo me ponía más nerviosa de lo que pensaba admitir. Lo de las vírgenes era un mito, no así la parte de los sacrificios. O eso se rumoreaba en Abbot.

Bajó la vista y, durante unos segundos, sus dedos se enredaron en el dobladillo de su camiseta. ¡Ay, madre! ¿Iba a desnudarse?

Titubeó un momento, pero, finalmente, soltó la tela y apartó la colcha hacia atrás. Terminó por tumbarse vestido y yo no supe muy bien si alegrarme o sentirme decepcionada. Lo había visto sin camiseta en la cocina esa misma mañana, aunque casi parecía hacer una eternidad de eso. El caso es que yo no era capaz de recordar lo que había desayunado, pero mira por dónde sí que tenía una imagen bastante nítida de cada línea de su torso, las cicatrices en su abdomen y su hombro, la marca de nacimiento en su pecho y las hendiduras a los lados de las caderas que la cinturilla demasiado baja del pantalón había dejado al descubierto. Mi memoria era bastante selectiva cuando le interesaba.

Una mierda, vamos; era de míster Capullo de quien estábamos hablando.

—¿Te estás ofreciendo? —Debió de darse cuenta de que no sabía de qué me hablaba porque enseguida añadió—: Para el sacrificio de vírgenes.

—¡Ja, ja! Eres tronchante.

¡Pobre! Llegaba un poco tarde. Cameron y yo ya nos habíamos encargado de eso un año atrás, pero no era un detalle que fuera a compartir con él.

Una vez tumbado, Alexander dobló un brazo y se lo pasó por detrás de la cabeza para apoyarse en él. Yo me acomodé también boca arriba mientras él se dedicaba a escudriñar el dosel cubierto de estrellas. O el techo, no estaba muy segura.

—Mira, los brujos oscuros no...

—¿Sois tan malos?

—No, muchos no lo son. —Hizo una pausa—. Tal vez yo sí.

Me reí a carcajadas por lo dramático de su afirmación, pero enseguida descubrí que era la única que se estaba riendo. ¡Ay, señor! Lo había dicho en serio.

Ladeó la cabeza y luego su cuerpo también giró hasta quedar de lado. Sentí sus ojos sobre mí. La intensidad de su mirada me abrasaba la piel, pero me tapé con la colcha hasta el cuello y me tumbé de costado, cara a cara con él.

Apartar la mirada, o apartarme del peligro, no iba conmigo.

—Asegúrate de mantenerte en tu zona de la cama. Esta noche me conformo con eso.

Cerré los ojos y, rato después, de alguna manera conseguí dormirme.

En algún momento de la madrugada, cuando aún estaba oscuro, desperté sobresaltada. Me mantuve inmóvil, sentada sobre el colchón, esperando escuchar la voz de Dith o algo que me indicara que Wood y ella habían regresado; o Raven, tal vez. Pero la casa continuaba sumida en el silencio típico de cualquier noche tranquila.

Eché un vistazo a Alexander para comprobar que no se había movido ni un milímetro. Estaba acurrucado de lado y su respiración pausada y regular me confirmó que se hallaba profundamente dormido. Aun así, la tensión no había desaparecido del todo de su rostro, aunque sí se había suavizado. Parecía casi un crío y, de algún modo extraño, también mucho más vulnerable de lo que jamás habría pensado de él en cualquier otra circunstancia.

Un sonido muy similar a un gruñido llegó desde el pasillo, pero luego se hizo de nuevo el silencio. Me bajé de la cama y fui hasta la puerta. Alexander había dejado el pomo en el suelo, justo junto a la marca imaginaria de su culo, pero tal vez el hechizo no funcionara ya. Empujé la puerta para ver si conseguía que rebotara contra el marco y se abriera, pero no se movió.

Suspiré decepcionada.

Un segundo después, algo empujó desde el otro lado y, simplemente, la madera cedió. Quedó una rendija de apenas un dedo y me apresuré a tirar hacia mí para abrirla del todo. Antes de poder asomarme y echar un vistazo al pasillo, la sombra de un lobo se coló en la habitación, un lobo completamente negro.

El alivió me inundó.

—Raven —susurré, pero él ya avanzaba hacia la cama.

¿Estaba mirando a su protegido? ¿Preguntándose qué hacía metido en mi cama? Alexander había dicho que yo le gustaba a Raven y tal vez...

¡Ay, Dios! No pensaría que había pasado algo entre nosotros, ¿no?

Aquello amenazaba con convertirse en la situación más incómoda por la que hubiera tenido que pasar desde que había llegado a Ravenswood, y eso ya era decir.

El lobo emitió un quejido, una especie de lloriqueo muy débil, y luego volvió la cabeza hacia mí. No había manera de saber lo que estaba pensando y, desde luego, en su forma animal, él no iba a decírmelo, pero me alegraba que estuviera allí, sano y salvo.

Me arrodillé y terminé sentada sobre mis piernas. Le tendí el brazo, lo cual podía ser un poco temerario dado que estaba segura de que aquella boca, repleta de afilados dientes, podría arrancármelo de cuajo. Apreciaba mi brazo (mis dos brazos), pero aun así no titubeé. Raven repitió aquel sonido lastimero mientras me observaba y, poco después, se acercó a mí. Ignoró la mano que le tendía y llegué a pensar que lo siguiente que vería sería su mandíbula desgarrándome el cuello. Sin embargo, me dio un golpecito en el pecho con el hocico y luego lo apoyó sobre mi hombro.

Visto que no iba a atacarme, le acaricié el costado de forma cautelosa. Cuando exhaló un gruñido de aparente satisfacción y ladeó la cabeza, me permití hundir los dedos en su pelaje. Era tan suave, tan agradable que no sabía muy bien quién de los dos estaba disfrutando más de la caricia.

Tras unos minutos de mimos, me eché hacia atrás para que pudiera verme la cara.

—¡Ey! Gracias por volver —susurré—. Estábamos preocupados. Alexander estaba muy muy preocupado. —Quería que entendiera eso a pesar de haberse encontrado a su protegido durmiendo allí, aunque no sabía muy bien por qué demonios me estaba esforzando tanto para justificarlo.

Raven casi parecía estar sonriendo y supuse que eso era una buena señal. Me lamió la cara, haciéndome reír, y volvió a buscar refugio en el hueco de mi cuello. Al final, de algún modo, terminé apoyada contra el lateral del colchón, con Raven tumbado a mi lado y su enorme cabeza sobre el regazo. El lobo había cerrado los ojos, pero mientras lo acariciaba emitía una especie de gruñido suave y constante que resultaba tranquilizador.

—Estás cansado, ¿verdad? —dije, aunque no creía que pudiera oírme ni que fuera a contestarme—. No pasa nada. Descansa.

Y allí me quedé, en el suelo de una habitación extraña en Ravenswood, en mitad de la noche, acunando a un lobo gigantesco mientras este se dormía. No podía esperar para ver qué más iba a depararme la impulsiva decisión que había tomado... Ni a dónde me llevaría todo aquello.

15

Alexander

Al abrir los ojos, me encontré con un puñado de estrellas doradas sobre un fondo negro y tardé un poco en situarme, hasta que recordé dónde estaba. Aquella no era mi habitación, sino la que ocupaba Danielle. Pero ella no se encontraba al otro lado de la cama, a unos dos kilómetros, que era donde se había acurrucado para dormir bien lejos de mí.

No podía culparla y, seguramente, lo mejor era mantener las distancias con ella.

Me incorporé sobre los codos y me di cuenta de que la puerta estaba abierta. ¡Por fin! Fui a poner los pies en el suelo y los retiré de inmediato antes siquiera de sacarlos del colchón. ¡¿Qué demonios...?! Acababa de encontrar a mi *invitada*. Y también a Rav. La oleada de alivio que me recorrió el cuerpo fue tan intensa que tuve que tumbarme de nuevo. Tardé unos segundos en recuperarme y asomarme al borde del colchón para asegurarme de que no me lo había imaginado.

Raven estaba estirado en el suelo, y Danielle, acurrucada contra su cuerpo, tenía la cabeza apoyada sobre el costado del lobo. Uno de sus brazos le rodeaba el cuello y sus dedos se hundían en el denso y sedoso pelaje negro de mi familiar.

El lobo tenía los ojos abiertos y me estaba mirando.

—Me alegra que estés de vuelta —le dije. Todavía quedaba la parte de transformarse, pero ya llegaríamos a eso. Señalé a Danielle—. Ella te gusta, ¿no es así?

Raven me enseñó los dientes, aunque no de forma amenazante.

—No, a mí no me gusta. No de esa forma.

Ladeó la cabeza y casi parecía estar diciéndome: «Entonces, eres idiota».

Le sonreí. No era un gesto que yo hiciera a menudo, pero Raven bien lo merecía.

—Me comporté como un gilipollas. Lo siento.

Su cabeza osciló de izquierda a derecha todo lo que el abrazo de Danielle le permitió. Estiró el cuello y le rozó la frente con el hocico.

—Sí, también me he disculpado con ella.

Me deslicé sobre el colchón hasta el lado opuesto de la cama y, ya de pie, la rodeé. Permanecí un momento observando la escena. Se me encogió el corazón al contemplar los dedos de Danielle entremezclados con el pelo negro de Rav y la ternura y el cuidado con el que ella, incluso dormida, se agarraba a él.

Raven rozó de nuevo su rostro, esta vez en la mejilla. Sus ojos azules e inteligentes se alzaron entonces hacia el lugar que yo había ocupado momentos antes en la cama y después se posaron sobre mí.

—¿Quieres que la suba a la cama?

Un ligero asentimiento con la cabeza.

—No debería tocarla, Rav —le dije, pero de todas formas terminé por ceder a su petición.

Haciendo uso de la colcha para no rozar su piel de forma accidental, me arrodillé junto a Danielle y retiré sus manos del cuello del lobo con suavidad. Acto seguido, la envolví con la tela y me incorporé cargando con ella. Era menuda y ligera y, a pesar de haber estado a saber cuánto tiempo durmiendo en el suelo, desprendía calor gracias al abrigo que le había brindado el pelaje de Raven.

Su cabeza cayó contra mi pecho y murmuró una ristra de palabras sin sentido, pero no se despertó. Aunque tendría que haberla dejado enseguida sobre las sábanas, la mantuve un poco más de lo debido entre los brazos. El contacto estaba desatando la oscuridad de mi interior de tal modo que tuve que emplearme a fondo para contenerla; ni siquiera recordaba la última vez que había estado tan cerca de alguien que no fueran los gemelos.

Raven se alzó sobre las patas traseras y colocó las delanteras en el colchón, observándome en todo momento como si quisiera asegurarse de que no la dejaba caer o la lanzaba de mala manera sobre la cama. Pues sí que tenía fe en mí...

La acomodé sobre el colchón y la tapé con la colcha bajo su atenta supervisión, y ambos nos quedamos mirándola durante un rato. Sin ni siquiera pensar en lo que hacía, me incliné un poco y le aparté un mechón de pelo de la cara con cuidado de no tocar su piel.

Raven lloriqueó a mi lado. Chasqueó los dientes en dirección a Danielle y luego de nuevo hacia mí.

—Sí, sí que es guapa.

Había pasado tantos años junto a los gemelos que no me costaba mantener aquel tipo de conversaciones; ambos resultaban casi más fáciles de leer en su forma animal que en la humana. Y en el caso del lobo negro, sus ojos eran tremendamente expresivos.

Raven se retiró a unos metros de la cama y, cuando me giré hacia él, dobló las patas delanteras y agachó la cabeza.

Negué en respuesta a su gesto.

—No necesitas pedirme perdón.

Por un momento pensé en animarlo a que se transformara, pero sabía que esa decisión dependía solo de él y que lo haría cuando estuviera preparado para hacerlo. Raven asimilaba el sufrimiento de forma muy lenta y su parte más salvaje le ayudaba a atenuarlo. Además, no controlaba del todo el cambio en según qué estado emocional se encontrase. Sus ritmos eran solo suyos y yo no quería presionarlo en ese aspecto. Que yo deseara hablar con él cara a cara no implicaba que eso fuera lo que él necesitaba.

Se acercó trotando hasta mí y yo me acuclillé para quedar a su altura. Me empujó en el hombro con el hocico y se retiró. Al no obtener respuesta, repitió el gesto. Sabía lo que significaba y tuve que hacer un esfuerzo para mantener la calma.

—No, Rav. No. —La negativa abandonó mis labios en un doloroso susurro. Giré la cabeza y observé el pecho de Danielle subir y bajar. Suspiré y le devolví la atención al lobo. Me miraba fijamente, implacable—. Eso no va a pasar, pero tú sí puedes ser su amigo.

Lo agarré del cuello para abrazarlo. Le susurré al oído medio docena de motivos por los que estar cerca de Danielle era una pésima idea y deseé que eso bastara para convencerlo. A pesar de su sordera, sabía que, en su forma animal, su percepción se veía modificada y era capaz de escuchar ciertos sonidos e incluso voces. No podía entender las palabras, pero sí el sentido general de estas. Aun así, también era muy consciente de que daba igual lo que yo dijera, porque eso no cambiaría lo que fuera que Raven pudiera haber visto.

Cuando me retiré, su expresión no había variado.

—Olvidémoslo —le dije, aunque era probable que no surtiera efecto.

Raven tenía múltiples capacidades, al igual que Wood, aunque no eran las mismas para los dos hermanos, pues ni siquiera el elemento esencial del que extraían su poder coincidía; algo atípico tratándose de gemelos, ya raros de por sí. Pero Raven, además, veía cosas en la gente que nadie más podía ver: uniones, hilos entre personas, conexiones. Veía posibilidades... Sin embargo, yo hacía tiempo que había agotado las mías.

Su mirada regresó a Danielle durante un instante y luego volvió a mí.

—Vas a quedarte con ella hasta que despierte, ¿no es así? —Un suave gruñido como respuesta—. Sí, de verdad que puedes ser su amigo. Y, sí, yo intentaré dejar de comportarme como un imbécil —añadí cuando gruñó de nuevo en un tono más profundo y me mostró los colmillos.

Le regalé una última caricia en el lomo y él saltó sobre la cama y se tumbó pegado al costado de Danielle. No pude evitar sonreír a pesar de lo mucho que me inquietaba la situación. A Raven se le daba mejor que a mí juzgar a las personas y pocas veces se equivocaba, pero me aterraba pensar que se sintiera tan protector con alguien a quien acababa de conocer. Sin embargo, yo mismo le haría más daño si no le dejaba elegir a quién se acercaba.

No era su dueño y no tenía derecho a dirigir su vida; no me importaba lo que las normas que regían a los familiares dijeran al respecto.

—¿Quieres un poco?

Raven apartó el hocico con evidente desagrado.

Estaba con él en la cocina, comiéndome un sándwich con un montón de ingredientes que no pegaban nada entre sí. Delicioso, según mis estrafalarios gustos.

Una hora antes, había despertado encima de la cama con Raven acurrucado junto a mí, aunque estaba segura de que me había quedado dormida en el suelo. No pude preguntarle al respecto dado que continuaba manteniéndose en su forma animal. De Alexander, por otro lado, no había ni rastro.

La puerta trasera, la que daba a la piscina, se abrió en ese momento y Dith y Wood entraron en la cocina hablando entre ellos en voz baja. La conversación que mantenían quedó interrumpida en cuanto se percataron de nuestra presencia.

—¡¿Qué demonios, Rav?! —explotó Wood.

Se abalanzó sobre su gemelo y sentí el impulso de interponerme entre ellos, pero Dith me agarró del brazo y me detuvo. En cuanto Wood llegó hasta su hermano, capturó la cabeza del lobo entre las manos y apretó la frente contra la suya al tiempo que exhalaba un suspiro cargado de alivio que me partió el corazón.

—¡Joder, hermanito! —maldijo sin soltarlo.

Se quedaron un momento así, unidos el uno al otro y sin moverse, y estoy segura de que se dijeron un montón de cosas, aunque ni Dith ni yo pudiésemos entenderlos. Raven emitía sonidos lastimeros y Wood se agarraba a él como si no terminara de creerse que fuese real.

—No vuelvas a asustarme así —murmuró, y luego bajó aún más la voz y ya no pude escuchar lo que le decía.

Lo dejó ir poco después a regañadientes, y tuve que admitir que el gesto y su evidente preocupación por la integridad de Raven hizo sumar puntos al gemelo malvado.

Raven soltó un potente ladrido y su hermano rio a carcajadas, fue hasta el frigorífico y sacó un chuletón crudo. Se lo lanzó al lobo y él lo atrapó al vuelo entre los dientes. Wood no apartó los ojos de Raven mientras lo devoraba.

—¿Cuándo ha regresado? —me preguntó Dith, apoyándose en la encimera junto a mí.

Tenía barro en los pantalones y un montón de hojas y pequeñas ramitas enredadas en el pelo y la ropa, además de la sombra de unas considerables ojeras bajo los ojos. Wood no lucía mucho mejor, aunque descubrir que su hermano estaba de vuelta en la casa creo que había conseguido que parte del cansancio se esfumara.

—De madrugada.

—Con razón no dábamos con él en el bosque.

Dith me contó en voz baja que habían pasado toda la noche de un lado a otro, siguiendo rastros del aroma de Raven que su hermano encontraba y perdía constantemente. Cuando quería, Rav sabía muy bien cómo cubrir sus huellas.

Wood debió de decidir por fin que su gemelo estaba de verdad allí y no desaparecería de nuevo, porque se apartó de él y nos dijo que iba a darse una ducha. Dith pareció un poquito demasiado entusiasmada con la idea de acompañarlo, pero lo dejó marchar y se quedó conmigo en la cocina.

—Bueno, ¿qué tal estás? —preguntó con cierta cautela—. ¿Has dormido algo?

Me reí.

—Sé lo que hiciste. O lo que Wood hizo —señalé, y ella arqueó las cejas.

—No sé de qué me estás hablando.

Le eché un vistazo a Raven. Seguía concentrado en su comida, de la que apenas quedaba ya más que el hueso, y de todas formas supuse que no podía escucharnos. Aunque, en realidad, él ya sabía dónde había pasado la noche su protegido.

—Me encerraste con Alexander en la habitación.

—No te sigo —replicó, desconcertada, pero yo sabía que Dith era una actriz excelente; sus convincentes actuaciones me habían sacado de más de un lío en Abbot.

—Mira, da igual. Funcionó. O eso creo. Alexander y yo nos peleamos un poco, pero luego...

—¡Ey! Para, para, para. ¿Alexander y tú?

Le hablé del encierro y de todo lo demás, y alucinó. Juró que ella no había tenido nada que ver y también estaba bastante segura de que no había sido cosa de Wood. Habían pasado toda la tarde y la noche fuera, en el bosque.

Un gruñido a nuestros pies llamó mi atención. Ambas bajamos la mirada para encontrarnos a Raven observándonos y, solo un instante más tarde, Dith se echó a reír.

—Fue él. —Señaló al lobo—. Arriesgado pero efectivo, Rav —le dijo, con una inclinación de cabeza.

Raven dio un par de ladridos. Levantó la pata y se tapó los ojos con ella en un gesto más humano que animal. ¿Estaba avergonzado? ¿Y cómo demonios había entendido lo que decíamos? No sabía que nos hubiese estado prestando atención.

Me agaché junto a él, tomé un mechón de pelo negro entre los dedos y le di un suave tirón.

—Alexander debe de estar cabreadísimo —prosiguió Dith, y la miré por encima del hombro—. Por todo ese rollo de «nada de magia en esta casa».

—¿Sabías eso?

Dith asintió.

—No le gusta. Me lo prohibió la primera vez que puse un pie aquí.

—¿Y sabes por qué?

Raven deslizó el hocico bajo mi mano y empujó, supuse que buscando una respuesta a su disculpa. Hundí los dedos en su cuello y lo acaricié mientras esperaba una explicación de Dith. El lobo gimoteó. Me pareció que trataba de decirme algo, pero era imposible saber qué.

—Ni idea, pero yo que tú no lo mencionaría siquiera. Se pone como un loco cada vez que se habla de magia.

Recordé cómo Alexander se había lanzado sobre mí en el dormitorio, el fuego de sus ojos y el de su piel, y el recuerdo trajo consigo un calor similar al que había sentido entonces.

Me aclaré la garganta y continué acariciando a Raven.

—¿Sabes, Dith? Me hubiera venido bien saber ese detalle mucho antes.

Poco después, Meredith se fue dando saltitos hacia la escalera, no sin antes anunciar que esperaba encontrar a Wood aún desnudo y en la ducha, algo que yo no necesitaba ni quería saber. Demasiada información.

Durante el resto del fin de semana, Raven continuó transformado en lobo y apenas se separó de mí. Dith y Wood pasaron más tiempo con nosotros que en el dormitorio de este, pero Alexander casi no salió de su habitación. Las pocas veces que nos cruzábamos me trató de forma correcta, por decirlo de algún modo. No hubo intercambio de pullas ni encontronazos, y tampoco volvió a advertirme que me mantuviera alejada de Raven.

Se podría decir que las hostilidades entre nosotros habían cesado de forma temporal, pero a una parte de mí aquello le cabreó aún más. Era como si, simplemente, me tolerase. Sabía que no podía imponerle mi presencia ni obligarlo a que le cayese bien, más aún teniendo en cuenta que a veces no me soportaba ni yo misma. Pero esa falta de energía (de pasión) y el hecho de que Raven continuaba sin transformarse ensombrecía no solo mi ánimo, sino el de todos.

Para cuando llegó el domingo, casi ni recordaba mi obligación de asistir a clase al día siguiente. En parte había sido como pasar un fin de semana de escapada con los amigos. O al menos así era como imaginaba que me sentiría de haber tenido amigos y una vida en la que las escapadas fuesen algo normal. Pero después de sentarme a ver pelis antiguas con Dith, Wood y Raven; de descubrir lo que era el *Minecraft* y construir todo un pueblo bajo la vigilancia permanente y tranquilizadora del lobo negro; de nadar en la piscina e incluso hacer apuestas sobre quién podía comerse una pila de tortitas más rápido. Después de todo eso, e incluso cuando resultara patético lo poco que se necesitaba para hacerme sentir parte de algo, parecía perturbador salir de aquella casa e ir a clase. A clase con brujos oscuros. Era de locos. Todo era de locos en Ravenswood.

Pero no pensaba dejarme amedrentar porque, por muy descabellado que pareciera todo, aquello era justo lo que me daría una oportunidad para buscar información sobre mi madre y sus visitas a aquel sitio. Estaba dispuesta a descubrir cuál era el motivo de su secreto y, cuando lo supiera, encontraría la manera de abandonar Ravenswood y no miraría atrás.

Resultó curioso que aquella noche, en la cama, tuviera que repetirme esa cantinela varias veces para recordarme que ese era mi objetivo: irme cuando descubriera la información que necesitaba para desentramar aquel misterio. Irme de allí para siempre.

16

La mañana del lunes entré en la cocina como un torbellino, indignada y murmurando maldiciones al aire. Había tal despliegue de comida sobre la isla central que en otro momento hubiera provocado que los ojos me hicieran chiribitas, pero estaba demasiado cabreada para eso.

Wood levantó los ojos de su plato y una sonrisa maliciosa se extendió por su rostro.

—Se la van a comer viva —le dijo a Dith, sentada en un taburete a su lado—. Me juego veinte pavos a que alguno intenta algo con ella antes siquiera de que llegue a clase —continúo burlándose el lobo blanco. El muy capullo... Parecía que la tregua no pactada con Alexander, y que también había afectado a la actitud de Wood conmigo, estaba llegando a su fin.

—¿Esto es cosa tuya? —inquirí, y tiré del bajo de la falda que llevaba puesta, si es que aquella cosa podía llamarse así.

Formaba parte del uniforme (cien por cien algodón) que había encontrado en mi armario junto con un montón más de prendas de tejidos naturales y, por tanto, aptas para mi piel. Alexander había dicho que Raven era el responsable de que me hubieran conseguido ropa nueva, pero no creía que fuera él quien me la había jugado de aquel modo.

Wood alzó las manos y negó, aunque se le veía realmente entusiasmado con mi enfado.

—Pues yo creo que estás encantadora—intervino Dith, demasiado sonriente—. Los colores de Ravenswood te sientan genial.

Raven me había seguido desde la planta superior y mostró su acuerdo con un ladrido.

Los colores no eran lo que me preocupaba, sino el hecho de que la falda apenas me tapaba la parte alta de los muslos. Ni siquiera podía decirse que fuera corta, más bien parecía un cinturón ancho. Y lo decía yo que era de las que le daba una vuelta a la cinturilla de la de Abbot.

Si se me ocurría inclinarme hacia delante con esta, enseñaría hasta el ombligo y todo lo que quedaba en medio; no hablemos ya de las corrientes de aire y lo que podían hacerle a aquel trapo.

—No puedo ir así a clase.

—Ese va a ser el menor de tus problemas —señaló Alexander.

Ni siquiera me había dado cuenta de que se encontraba allí. La rabieta había evitado que me fijara en él. Estaba a un lado, junto a la puerta trasera, con la cadera apoyada en la pared y la mirada baja. Llevaba unos vaqueros colgando muy bajos de las caderas y una fina camiseta. Iba descalzo, lo que parecía una costumbre en él, y el aspecto revuelto de su pelo indicaba que acababa de salir de la cama. Aun así, tenía un aspecto increíble; yo, en cambio, me levantaba como un extra de *The Walking Dead*. La vida era muy injusta.

El brujo sostenía un libro abierto con una mano mientras que con la otra se llevó una taza a los labios y le dio un sorbo. Me observó un instante a través de sus largas y espesas pestañas y luego volvió a concentrarse en la lectura. Hubiera jurado que estaba intentando no reírse.

—Veinte pavos —insistió Wood.

Dith se inclinó hacia él y chocaron los cinco, sellando la apuesta.

—¡Ey! ¡Se supone que estás de mi parte!

—Estás preciosa —trató de camelarme ella, y me tendió una taza humeante como ofrenda de paz.

Se la arrebaté de entre las manos solo porque me moría por un poco de cafeína. Bebí un trago largo y me volví hacia Alexander. Seguía inmerso en el libro. No había hablado con él (hablado de verdad) desde la noche del encierro, y no parecía que eso fuera a cambiar. Por algún motivo, su actitud me fastidiaba casi tanto como la jugarreta del uniforme.

—¿Has sido tú? —exigí saber.

Él levantó la vista, le lanzó una mirada rápida a Raven, que se había echado a los pies de su gemelo, y luego volvió a concentrarse en mí.

—Te conseguiré otro. —Fue todo lo que dijo.

Pero yo tenía ganas de pelea. Me ardía la piel y no tenía nada que ver con mi alergia. Un insistente y molesto hormigueo me recorría las piernas y los brazos, y la calma fría de Alexander lo empeoraba todo aún más. Me desconcertó comprender que había resultado... divertido pelear con él, dijera lo que dijese eso de mí y de mi cordura. Mucho más divertido que aquella forzada y sombría pose que había mantenido durante todo el fin de semana.

Raven ladró dos veces y Alexander volvió a mirarlo. El brujo hizo un leve movimiento de cabeza, negando, y otro ladrido reverberó en las paredes de la estancia, esta vez con mucha más fuerza.

—¿Qué pasa? —inquirí.

Alexander no contestó. Raven se incorporó y fue hasta él y le rozó la pierna con el hocico. Uno, dos y hasta tres toques. Alexander apartó el libro, lo depositó sobre la encimera y se pinzó el puente de la nariz. Dejó escapar un suspiro que pareció llevarse algo más que el aire de sus pulmones, pero fue Wood quien dijo:

—Rav cree que Alexander debería acompañarte a clase, aunque probablemente eso sería aún peor. —El lobo negro contestó con un gruñido al comentario de su gemelo—. ¡Ey! Tranqui, colega. Solo digo que si Alex... Bueno, ya sabes cómo va el tema...

Dith, de repente, parecía muy interesada en el rumbo que estaba tomando la conversación. Yo también lo estaba, la verdad. Me moría de curiosidad por saber por qué Alexander no abandonaba nunca aquellas cuatro paredes.

—¿Qué pasa si viene conmigo? ¿Se va a acabar el mundo o algo así? —bromeé. No es que tuviera ningún interés en que Alexander me acompañara, pero estaba claro que él se mantenía, o lo mantenían, aislado por alguna razón. Algo grave, supuse.

—Hay un motivo por el que no salgo de casa —dijo por fin, y era evidente lo mucho que le estaba costando pronunciar cada palabra.

—¿Y bien? —intervino Dith—, ¿Cuál es?

—No es asunto vuestro. Es así, y punto.

Raven retomó su concierto de gruñidos y ladridos.

—Se supone que tu familiar no te empujaría a hacer nada que pudiera dañarte. —Me sentí como una estúpida recordándole aquello, más que nada porque no olvidaba lo del salto por la ventana de Abbot en el que Dith había tenido una participación muy activa. Tal vez mi razonamiento tuviera un par de lagunas.

—Te veo muy interesada en mi compañía, Danielle. —Alexander pronunció mi nombre en una especie de susurro bajo que me erizó la piel.

—Sigue soñando.

Nuestras miradas se enredaron, y sus ojos... Sus ojos eran como un espectáculo de fuegos artificiales; oscuros y brillantes al mismo tiempo.

Alguien carraspeó. Dith, o tal vez fuera Wood, pero Alexander y yo continuamos fulminándonos con la mirada. Algo se agitó en mi interior y una chispa de energía se encendió en mi pecho y recorrió todo mi cuerpo. Durante un instante saboreé una pizca de mi poder, pero fue solo un breve destello; al segundo siguiente la magia se había retirado de nuevo fuera de mi alcance.

—A Wardwell le daría un infarto si te presentaras en una clase —apostilló Wood, cruzándose de brazos, totalmente centrado en Alexander—. Apuesto a que sí. Pagaría por verlo.

Aquel chico tenía un serio problema con el juego.

Alexander seguía callado, pero la tensión de sus hombros me decía que estaba a punto de explotar.

—No puede ser tan malo... —lo azuzó Dith, y me giré hacia ella.

—¿No puedes venir tú?

—No quiero que nadie sepa que estoy aquí y, además, voy a... salir.

—¿De Ravenswood? —pregunté, y ella asintió—. ¿Vas a irte?

Notaba los ojos de Alexander fijos en mí, taladrándome la nuca de una forma corrosiva. Aparte de fastidiarlo un poco con mi impertinencia, ¿se podía saber qué le había hecho yo ahora?

Procuré no prestarle atención, aunque resultaba difícil. Desde la esquina en la que el brujo había permanecido todo el tiempo, el calor barría la estancia como una manta cálida y asfixiante. No parecía furia, sino otra cosa, algo más oscuro y seguramente mucho más peligroso.

Tuve que esforzarme por ignorarlo.

—Quiero comprobar algo. En la ciudad —añadió Dith, con un tono sombrío que no me pasó desapercibido.

—¿Vas a ir a casa?

No veía qué otro motivo podía tener para mencionar la ciudad con tanta cautela. Mi padre vivía en la ciudad, ni siquiera había valorado mudarse de casa a pesar de los recuerdos dolorosos que albergaban aquellas paredes.

Meredith confirmó mis sospechas con un leve asentimiento.

—Bradbury está ahí fuera. —La voz de Alexander fue como un trueno retumbando en la habitación. Profunda y ronca, casi inhumana—. Sal.

Me estaba poniendo de los nervios. Aunque tal vez yo fuera responsable en parte de su enfado. «Siembra vientos...», solía decir mamá. Iba a terminar recogiendo tempestades y me estaría bien empleado, pero no pude evitar saltar.

—¡¿Se puede saber qué demonios te pasa?! ¡Deja de decirme lo que tengo que hacer y de comportarte como un idiota!

—Sal ahora, Good. Ya —me ordenó, inflexible, y yo me reí en su cara. ¡Dios! A veces era una gilipollas.

Llevaba días enfrentándome a él de forma continua, pero, pese a que resultaba obvio que la furia que había ido acumulando estaba a punto de desbordarse, seguí insistiendo en mis burlas. Supongo que tocar las narices hasta el aburrimiento era mi superpoder.

—¿Ahora vas a empezar con ese rollito de los apellidos?

—Yo que tú me piraría —señaló Wood, sonriendo como un maníaco, aunque había una preocupación en su mirada que no había estado ahí antes—. O puede que no te guste lo que pase a continuación.

Abrí los ojos como platos, pero no por el comentario de Wood.

Alexander estaba rodeado de una aureola de llamas negras, pura oscuridad arremolinándose en torno a cada centímetro de su piel y su pelo, siguiendo sus contornos y extendiéndose más allá poco a poco. Su expresión se había transformado por completo y era terrible y cruel, aterradora, y también hermosa de una forma retorcida.

Poder, aquel chico tenía poder para lanzarnos de cabeza a la oscuridad y no dejar de nosotros más que cenizas; tal vez incluso a todo Ravenswood si se lo proponía.

«¡Jooooooder!». Y yo había estado jugando a cabrearlo.

Raven empezó a lloriquear. Estaba junto a su protegido, observándolo como si se propusiera acercarse y volver a tocarle las piernas con el hocico para llamar su atención o reconfortarlo. La idea de que los zarcillos de oscuridad que emanaban de Alexander lo rozaran me aterrorizó.

Sin pensarlo, fui directa hacia ellos. Escuché a Wood maldecir, pero nadie me detuvo.

Raven, por supuesto, no tenía collar, pero cerré los dedos en torno a un mechón grueso de pelo y tiré de él para alejarlo. El lobo cedió y retrocedió un par de pasos conmigo.

Aunque inmóvil, Alexander continuaba convertido en algo que parecía haber salido del mismísimo infierno, y a mí se me escapó una risita desquiciada al agacharme junto a Raven y rodearle el cuello con los brazos para mantenerlo lejos de él. Me lamió el dorso de la mano y se quedó mirándome como si tratara de hacerme comprender algo.

Ninguno de los presentes abrió la boca. Pero, tras un largo minuto en silencio, parecía evidente que Alexander no tenía intención de explotar. Por ahora.

Miré a Wood.

—Vale, ¿cómo... lo apagamos?

Dith ahogó una carcajada y a Wood casi se le salieron los ojos de las órbitas, pero parte de la tensión del ambiente se evaporó.

Me erguí, aunque no me separé de Raven. Estábamos aún demasiado cerca de Alexander, tanto que podía ver que ahora sus dos ojos eran del mismo color, negros como el pozo más profundo y carentes de ningún rastro de blanco. Si estiraba la mano, podría alcanzarlo. Y justo eso era lo que parecían tratar de hacer conmigo las lenguas de oscuridad que emanaban de su cuerpo. Conmigo y con Raven.

Me retiré un poco más.

—No os habéis puesto a gritar —comenté en alto, aunque le hablaba a Wood—, así que entiendo que esto es algo normal en él.

Normal normal no podía ser para nadie. Resultaba perturbador. Había escuchado historias sobre brujos que terminaban consumidos por su propio poder, casi siempre brujos oscuros a los que ningún hechizo o conjuro les parecía demasiado arriesgado, que no sabían cuándo o cómo parar. Pero nunca había visto nada como aquello.

—Digamos que no es la primera vez que le pasa —repuso Wood.

Me volví y vi que había colocado a Dith tras él, cubriéndola con su cuerpo. ¡Vaya! Entre aquellos dos parecía haber algo más que sexo y desenfreno. No era el momento de pensar en eso, así que hice a un lado el pensamiento y lo archivé para cuando no estuviéramos hasta el cuello de mierda.

—Pero lo está controlando bastante bien —continuó Wood—. No se ha...

De forma repentina, el ambiente se cargó de electricidad y se escuchó un fuerte chasquido. Ocurrieron dos cosas: Alexander se derrumbó y, al mismo tiempo, el aire de la habitación fue succionado hacia él mientras caía. Me ardieron los pulmones, reclamando oxígeno, y por los jadeos que escuché, a los demás debió de sucederles lo mismo.

Tras unos segundos eternos, el aire volvió a llenarme los pulmones con normalidad. Alguien tosió, pero no me volví para ver de quién se trataba. No podía apartar la vista de Alexander. Yacía desmadejado sobre el suelo y una de sus piernas estaba en una posición antinatural; rota, con total seguridad. No había rastro de aquel fuego oscuro ni ninguna otra señal de lo que acababa de suceder.

De los presentes, Raven fue el primero en reaccionar. Comenzó a lamerle la cara a su protegido y a apretar el hocico contra su pecho de forma alternativa, como si tratara de despertarlo. De hacerlo regresar a casa.

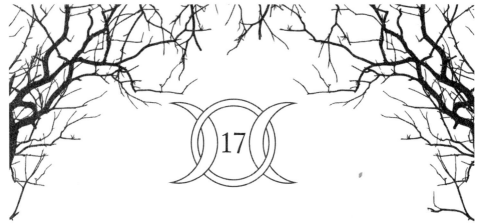

17

Durante los siguientes días, Alexander no abandonó su dormitorio ni para ir al baño, lo que hubiera resultado asqueroso, y algo perturbador, de no ser porque me enteré de que su habitación contaba con uno propio.

Incluso con el drama del lunes por la mañana, no me salvé de acudir a clase, y Dith, por su parte, tampoco desistió de su viaje a la ciudad. Me aseguró que todo iría bien y que regresaría lo más pronto posible. Iba a realizar un hechizo de localización antes de ir a casa para comprobar que mi padre no estuviera allí. Yo pensaba que, teniendo en cuenta mi *secuestro*, él se encontraría en Abbot. Eso sería lo lógico, dado que el consejo tendría mucho que decir sobre cómo proceder a continuación y era en la academia donde se reunían. Aun así, no las tenía todas conmigo.

Dith no me dijo qué pretendía ni por qué debía irse justo ahora, aunque supuse que su viaje tenía mucho que ver con lo que me había contado acerca de mamá. Me fiaba de Dith, más que de ninguna otra persona, pero no podía evitar pensar que estaba ocultándome algo.

Con ella fuera, y Alexander recluido, solo quedaron los gemelos. Raven repartía su tiempo entre su protegido y yo. Pasaba largos periodos del día y de la noche velándolo en su dormitorio, cuidando de él, y cuando no estaba con Alexander me perseguía por la casa o se acurrucaba a mis pies en el salón. Mientras que Wood... Él estaba algo más taciturno de lo normal. Todo lo que hizo fue dedicarse a limpiar como un loco, como si hubiera entrado en modo asistenta o algo similar, sin dejar de murmurar por lo bajo que «aquella mierda siempre le tocaba a él».

Las clases en Ravenswood no fueron ni mejor ni peor de lo que las imaginaba. Maggie me acompañó en las que compartíamos. La gente cuchicheaba a mi paso y nadie se acercaba mucho a mí. No me lanzaron ningún hechizo (no directamente), pero perdí la cuenta de las veces que mis cosas salían volando de la mesa, la silla se apartaba cuando iba a sentarme o algún papel se incendiaba por sí solo cerca de mí.

Era como regresar a los primeros años en Abbot, cuando todos estamos sobreexcitados por la idea de que por fin fueran a enseñarnos cómo utilizar nuestros poderes; solo que mis actuales compañeros no eran críos, sino brujos creciditos con intenciones más que cuestionables.

Se me asignaron un puñado de asignaturas, casi todas teóricas, cosas como historia y botánica. ¡Botánica! ¡Ja! Aquello parecía un chiste. Pero no me obligaron a presenciar nada que los comprometiera demasiado, así que mi temor a tener que sacrificar a un cachorrito resultó infundado. Aunque uno de los días, a final de semana, salí pitando de una clase al entrar y encontrarme un altar en mitad del aula. Wardwell se cabreó, pero, además de un sermón y algunas amenazas, no parecía poder hacer mucho salvo suspenderme. Y, sinceramente, eso me importaba de poco a nada.

Ariadna, su hija, sonreía con suficiencia las veces que nos cruzábamos, como si supiera algo que los demás ignorábamos; era muy probable que así fuera. Al menos, el martes por la mañana, al ir a vestirme, el uniforme había ganado misteriosamente los centímetros que le faltaban.

Todo era raro. Muy raro, la verdad.

En la casa de los Ravenswood las cosas estaban tranquilas, pero era la clase de calma que precede a una tempestad. Estaba convencida de que, cuando la tormenta se desatara, sería de órdago. Las veces que pregunté a Wood qué tal estaba Alexander, me contestó con un escueto «bien». Y lo peor era que Raven continuaba prefiriendo ser un lobo que una persona; aunque no podía culparlo.

Me sentía sola, más aislada que nunca, y la cuestión era que, por eso, en parte, había huido de Abbot. Además, tampoco estaba más cerca de descubrir algo sobre mi madre, y mi magia seguía en *stand by*. Resumiendo, todo era una mierda.

Mi único alivio provenía de la piscina, donde pensaba pasar las siguientes horas ahora que por fin era viernes y las clases de la semana habían acabado. Una ducha me hubiera servido para relajarme, pero nadar hacía que me sintiera cargada de energía y me ayudaría a pensar en qué momento mi vida se había vuelto tan surrealista.

Y me hacía falta pensarlo. Con urgencia.

—Bueno, ¿qué tal llevas todo... esto? —se interesó Maggie, mientras recorríamos la zona ajardinada tras la mansión Ravenswood.

Seguía maravillándome todo lo que habían ocultado de aquella escuela. ¿Serían conscientes en Abbot de la pequeña ciudad de la que disponían nuestros rivales? El director Hubbard, así como el consejo, seguramente sí, y tal vez los profesores, pero estaba segura de que los alumnos andaban tan a ciegas como lo había estado yo. De todos modos, no era que yo hubiese descubierto mucho, pues aún no me había adentrado en lo que ya había bautizado como «la zona comercial». Por lo que sabía, los profesores no solían ir por allí, y tardarían en enterarse de cualquier enfrentamiento que se produjera. Así que no me arriesgaría a visitarla hasta que contara con mi magia de vuelta, lo cual estaba tardando más de lo normal en suceder.

—Estoy convencida de que en cualquier momento me despertaré en Abbot y todo esto no habrá sido más que un sueño —solté sin más.

—¿Un sueño o una pesadilla?

La elección de mis palabras puede que hubiera sido solo algo aleatorio. O no. No lo tenía muy claro. Maggie era callada pero observadora, y también curiosa, aunque tenía el presentimiento de que no había malicia en ella. Eso, estando en Ravenswood, resultaba sorprendente; aunque ya me había planteado que quizás no todo fuera como me lo habían contado y que entre el blanco y el negro había un amplio abanico de grises que yo apenas había empezado a atisbar.

Le sonreí a mi nueva amiga y me encogí de hombros, sin saber muy bien cómo responder a aquel dilema, pero ella no me presionó.

Mientras recorríamos uno de los senderos adoquinados de camino a la casa de los Ravenswood, un chico atravesó el césped y se dirigió directamente hacia nosotras. Me preparé para lo peor, pero, conforme se acercaba, descubrí que Maggie también lo había visto y le estaba sonriendo.

—¡Ey, Maggie! —la llamó, aunque ella ya se había detenido para esperarlo.

El chico no llevaba el uniforme y parecía un poco mayor que nosotras. Era bastante mono, de piel morena, grandes ojos castaños y una mata de pelo marrón chocolate. Abrazó a Maggie con evidente cariño y la mantuvo brevemente entre sus brazos, todo ello sin dejar de sonreír. Por fin alguien que no la trataba como una apestada. Maggie no contaba con demasiados amigos allí, aunque a mí su nivel de popularidad no me importaba en absoluto.

—Dani, te presento a Robert Bradbury. —¡Oh! Eso lo explicaba todo. Era otro Bradbury—. Robert, ella es Dani.

—Encantado. Soy el primo de Maggie —aclaró él, ofreciéndome la mano—. Y tú debes de ser la chica de la que todos hablan.

—No muy bien, eso seguro —dije, pero le devolví la sonrisa a pesar de todo.

—He oído cosas... interesantes. —Maggie resopló ante el comentario de su primo, se colgó de su brazo y echamos a andar de nuevo—. Pero no les hago demasiado caso. La gente aquí se aburre mucho.

¿Aburrirse? ¡Allí no tenían ni idea de lo que era el aburrimiento! Por lo menos contaban con tiendas e incluso una heladería. El principal entretenimiento en Abbot era deslizarse por la barandilla escaleras abajo o planear un asalto a las cocinas a medianoche; en el mejor de los casos, a veces tentábamos a la suerte llevando a cabo hechizos que se suponía que no debíamos realizar hasta después de nuestra graduación, y si nos pillaban los castigos eran de lo más imaginativos y severos. Pero era eso o buscar a alguien con quien liarte para pasar el rato.

—Aunque, dado que te estás alojando con los Ravenswood, supongo que no les faltan motivos para hablar —añadió Robert un momento después.

Le lancé una mirada de soslayo. ¿Trataba de sonsacarme o era simple curiosidad? No me fiaba de nadie allí. Tal vez de Maggie, pero tampoco a ella le había contado lo sucedido con Alexander.

—¿Los conoces?

—Todo el mundo conoce a los gemelos y a Luke —repuso—, pero nadie ha entrado en esa casa desde..., bueno, probablemente desde nunca. Tienen que sentirse muy solos ahí encerrados.

No contesté, no tenía intención de airear los trapos sucios de mis anfitriones. Tampoco él debía de esperar una respuesta porque enseguida continuó hablando:

—Me he enterado de que hay una fiesta este sábado. Uno de esos bailes de máscaras que tanto le gustan a Wardwell. —Maggie gimió y comenzó a negar con la cabeza—. Vamos, primita. Yo pienso asistir y tú tienes que venir conmigo. No dejes que unos idiotas pretenciosos te aparten, tienes tanto derecho como ellos a ir. Además, seguro que Dani también quiere venir.

No, en realidad no.

Vale, no era verdad. No había fiestas ni bailes en Abbot —así de triste había sido mi adolescencia—, por lo que mi parte más frívola se moría de ganas de asistir a uno. Ya casi podía imaginarme vestida con un traje de época y un elaborado antifaz cubriéndome el rostro...

—Nadie va a invitarme, Robert —se lamentó Maggie.

—¿Es necesario pareja? —intervine.

Nos acercábamos a la casa y me pareció ver una sombra tras el ventanal del salón. ¿Habría salido por fin Alexander de su dormitorio y había vuelto a su rutina de acosador?

—Podemos ir los tres juntos —terció el primo de Maggie, y se inclinó sobre ella para darle un beso en la mejilla—. Seré la envidia de todos.

Maggie murmuró algo sobre ser el hazmerreír en vez de eso y a continuación preguntó:

—¿No ha venido Ray contigo?

La sonrisa de Robert decayó.

—Ya no estamos juntos.

Por su tono resultó evidente que, fuera quien fuese el chico con el que había estado saliendo, la ruptura era reciente y aún le resultaba incómodo hablar de ello. Maggie, normalmente toda sonrisas y amabilidad, se había puesto roja de furia y apretaba los labios como si temiera las palabras que pudieran escapar de su boca.

—Era un poco gilipollas —soltó poco después, arrancándole una carcajada a su primo.

—Sí, sí que lo era —coincidió él—. Por eso tienes que venir conmigo a esa fiesta.

Se detuvo y le agarró las manos a Maggie mientras esbozaba tal expresión de cachorrillo abandonado que me dieron ganas de abrazarlo hasta a mí. Maggie no tenía nada que hacer.

—Está bien. Iré contigo —cedió ella, y luego ambos se volvieron en mi dirección. Ahora eran dos los cachorros que me observaban.

Me eché a reír y levanté las manos.

—A mí no tenéis que convencerme.

—Decidido entonces —concluyó Robert.

Habíamos llegado a la valla blanca que aislaba a los Ravenswood del resto del campus. La sombra de la ventana había desaparecido, pero ahora había un lobo negro sentado en el umbral de la puerta principal esperándonos.

—¡Vaya! ¡Joder! Es un ejemplar... magnífico —barbotó Robert a duras penas, encandilado—. Nunca había visto a unos de los gemelos... así.

—Yo tampoco —dijo Maggie, igual de impresionada.

Raven descendió el escalón de entrada y se acercó hasta la valla sin apartar la vista de nosotros.

Traspasé la barrera invisible que rodeaba la casa y me arrodillé sobre la tierra. El lobo me rodeó, frotando uno de sus costados contra mí, y luego se volvió hacia los Bradbury. Supuse que sería una buena idea presentárselos.

—Este es Raven, chicos. Rav, creo que ya conoces a Maggie. Él es su primo, Robert Bradbury.

Sin traspasar el límite de la propiedad, Raven se situó frente a ellos y olisqueó el aire. Sus ojos se posaron primero brevemente sobre Maggie, y luego, con lentitud, se movieron hasta detenerse en el rostro de Robert. Se quedó mirándolo un buen rato y me pregunté si estaría planeando saltar sobre él y despedazarlo, pero entonces Robert hincó una rodilla en el suelo e inclinó la cabeza.

Raven no se movió y yo contuve el aliento. Me daba la sensación de que, de algún modo, aquello era importante. No solté el aire hasta que el lobo bajó también la cabeza. La mantuvo así unos segundos.

—¡Ostras! —Fue todo lo que dijo Robert.

Sí, eso resumía bien el hecho de que un lobo enorme te presentara sus respetos. La verdad, no había esperado que ninguno de los gemelos se inclinara ante nadie, salvo ante Alexander quizás.

—Es realmente precioso —apuntó Maggie, mientras Robert y Raven continuaban observándose.

El lobo giró la cabeza hacia ella y lanzó un ladrido cargado de orgullo, lo cual confirmó mis sospechas de que, incluso sin leer los labios, en su forma de lobo Raven podía captar muchos detalles de las conversaciones que tenían lugar a su alrededor. Ahora mismo parecía encantado de que se reconocieran sus cualidades, y me imaginé que también era agradable para él poder relacionarse con otras personas.

Esperaba que aquello no despertara de nuevo la ira de Alexander o lo que fuera que habitaba dentro de él. Con una vez ya había tenido suficiente.

18

Después de despedirme de los Bradbury, entré en la casa junto con Raven. Me acompañó hasta la cocina, pero no tardó en marcharse trotando escaleras arriba y dejarme preparándome un sándwich de mantequilla de cacahuete y mermelada. Me lo comí sentada en uno de los taburetes que había junto a la isla.

Wood apareció antes de que tuviera ocasión de terminármelo y marcharme a la piscina. Abrió el frigorífico y, entre gruñidos, empezó a lanzar comida sobre la encimera.

—Eres todo alegría hoy —señalé.

El lobo blanco no parecía tomarse demasiado en serio nada, pero se diría que la ausencia de Dith (cada día que ella pasaba lejos) lo estaba volviendo más y más huraño. Me fulminó con la mirada y continuó apilando víveres suficientes para alimentar a una persona normal durante al menos una semana.

Como no me contestó, ni saltó sobre mí para arrancarme la cabeza, me arriesgué a preguntarle por Alexander. No sabía mucho acerca de lo que había sucedido en aquella cocina. Nunca había visto algo igual en toda mi vida; tal concentración de poder sin que él siquiera pareciera haberlo convocado. Los brujos podían encontrar fuentes alternativas de energía para realizar determinados hechizos, pero aquello... Aquello no era normal.

—¿Vas a contarme qué es lo que le pasa? —No mencioné su nombre, pero era evidente a quién me refería.

Wood apartó la vista de la comida y su atención recayó por fin sobre mí.

—¿Me preguntas a mí?

Con un gesto de la mano, abarqué toda la estancia.

—¿A quién si no? —Tomé aire y me esforcé en suavizar el tono, aunque solo fuera porque era el gemelo de Raven—. Tu hermano no puede contármelo por ahora.

—¿Y piensas que él te lo diría si pudiera?

Lo observé mientras se tragaba medio pastel de carne sin pestañear. Mi sándwich parecía un almuerzo bastante pobre después de eso.

—Sí, lo creo. —Por alguna extraña razón, Raven confiaba en mí. Al menos eso era lo que yo pensaba—. O Dith. ¿Lo sabe ella?

Wood negó.

—Alexander nunca había tenido una crisis con ella presente. Suele... evitarla cuando está aquí. Hasta ahora.

Que Dith los visitara con regularidad aún me resultaba sorprendente, pero no era eso de lo que quería hablar con él. Ya retomaría ese tema cuando mi familiar regresara.

—¿Una crisis?

No tenía demasiadas esperanzas de que Wood fuese a confesarse conmigo; no le caía bien y era algo mutuo, pero él soltó el tenedor y resopló.

—Mira, soy el primero al que le gustaría no tener que estar aquí encerrado, pero esta situación tiene su razón de ser.

—¿Y cuál es?

Se debatía entre darme largas y contarme más, podía verlo en su expresión y en el modo en el que sus dedos tamborileaban nerviosos sobre la madera. Por muy salvaje que fuera, Wood no era de los que perdían el control o daban muestras de inquietud, pero el tema lo ponía nervioso.

—Lo único que necesitas saber es que Alexander es más que un simple brujo.

—¡No me digas! —repliqué con un más que evidente sarcasmo.

—No te hagas la listilla conmigo. —Me señaló con el dedo e hizo una pausa tan larga que pensé que no diría nada más—. Sus poderes son inestables y tener extraños a su alrededor no ayuda.

Me callé el detalle de que todos serían siempre extraños si no les permitían acercarse.

—Wardwell lo sabe, ¿verdad?

Asintió, más serio de lo que lo había visto nunca.

No lograba entender por qué la directora me había alojado con Alexander a sabiendas de que eso podría desestabilizarlo.

—Así que esto es una especie de castigo —me aventuré a suponer, señalándonos a ambos, aunque no especifiqué para quién; seguramente, mi estancia allí era un castigo para todos.

Wood retomó su almuerzo a un ritmo algo menos desenfrenado que el inicial.

—Más bien, Wardwell esperaba que Alexander te mantuviera controlada y vigilada, además de protegida, aunque Raven fue quien de verdad lo convenció para que aceptase. Pero yo que tú no contaría con salir bien parada de Ravenswood. En cuanto el consejo tenga constancia de que estás aquí, algo que probablemente ya sepan, estoy seguro de que tratarán de sacar el máximo provecho de ello.

Arqueé las cejas.

Tenía que reunir toda la información posible sobre mi madre y abandonar aquel lugar cuando antes. Y teniendo en cuenta que en Abbot y al resto de mi comunidad no les preocupaba demasiado lo que me sucediera, solo podía contar con Dith.

—Rav también haría por ti cualquier cosa que le pidieras —señaló, y me di cuenta de que había dicho lo último en voz alta.

—¿Y eso te molesta?

Wood se inclinó hacia mí. El lobo resultaba intimidante incluso en su forma humana, pero no retrocedí.

—Es mi hermano. Mi lealtad y mi amor son para él y para Alex —afirmó, y no pude evitar sorprenderme al escucharlo mencionar la palabra «amor»—. Mataría y moriría por cualquiera de los dos. Si sufren algún daño por tu culpa...

—Lo sé. Y nunca le haría daño a Raven.

—Pero ¿y a Alex? Tal vez él te lo haga a ti, incluso sin querer, y entonces tú te defenderás. Lo que hay dentro de él... —No concluyó la frase, pero no hizo falta. A Alexander le pasaba algo; algo siniestro.

—¿Qué hay dentro de él, Wood?

—No estamos del todo seguros —replicó, aunque me pareció que solo trataba de evadir la pregunta—. Pero lo que se desata bajo su piel empeora con otros brujos cerca y es muy peligroso.

Me extrañó que me contara tanto. Parecía cansado de aquel encierro, quizás esperaba que pudiera ayudar de alguna manera, aunque a saber qué podría hacer yo para cambiar algo de todo aquello.

—¿Por qué me lo cuentas?

—Tú has preguntado —contestó con una sonrisa burlona.

—Vamos, Wood. No te caigo bien, ambos lo sabemos. No tenías por qué responder a mis preguntas... Un momento, ¿has dicho «otros brujos»? Pero yo no...

Me detuve. No había hablado con nadie de la casa sobre mi bloqueo mágico y no era algo que quisiera compartir precisamente con él.

Raven entró en la cocina en ese momento y me salvó de tener que improvisar una mentira. Tras rodear la isleta central, se acercó hasta mí y se restregó contra mis piernas. El gesto hizo brotar un gruñido desde lo más profundo de la garganta de Wood. Me observaba fijamente y estaba claro que el cariño que me mostraba su gemelo no resultaba de su agrado.

—No tengo con quién entrenar —dijo tras un momento—, y tú pareces necesitar un poco de ejercicio. Estás blandita.

¿Blandita? ¿Me acababa de llamar «blandita»?

La forma física de sus alumnos no era una prioridad en Abbot y, por tanto, no contábamos con un programa específico. Sin embargo, tanto Cameron como yo hacíamos uso del gimnasio del centro de manera regular. Thomas Hubbard había puesto a disposición de su hijo un tutor después de que Cam le diera la lata durante semanas, y yo me colaba en sus clases en multitud de ocasiones.

Para nada estaba *blandita*.

—Bien, vamos —acepté—. Te enseñaré lo blandita que estoy.

¿Cuándo aprendería a no ser tan bocazas?

Una hora después había descubierto que tal vez sí que estaba algo baja de forma, aunque no tanto como Wood esperaba. Pero incluso habiendo sido entrenada en distintas disciplinas de lucha, no era rival para él.

El lobo blanco peleaba de una forma feroz, como era de esperar, y yo había terminado con la espalda contra la colchoneta más veces de las que podía contar. En las dos primeras ocasiones en las que eso había sucedido, Raven había gruñido desde el lugar que ocupaba en una esquina del sótano y le había enseñado los dientes a su hermano; gracias a Dios, Wood había moderado su entusiasmo a partir de ese momento.

Lo peor era que me estaba haciendo morder el polvo de todas formas.

Me arranqué la camiseta, y el top deportivo que llevaba debajo quedó a la vista. No sabía de dónde había salido la ropa que llenaba mi armario, pero, si era cosa de Raven, había pensado en todo. Sequé el sudor de mi frente con la camiseta y la lancé a un lado. Wood solo llevaba puesto un pantalón corto. Era todo músculo y se movía con una precisión que asustaba.

No, yo no era rival para el lobo blanco.

—Haz lo que te he dicho. —Señaló mis piernas, que a esas alturas ya flojeaban—. Dobla las malditas rodillas. No puedes encajar los golpes y mantener el equilibrio con las piernas tiesas como palos.

Sonrió a pesar de la rudeza con la que me ladraba las instrucciones; el muy cabrón estaba disfrutando muchísimo de todo aquello.

Apenas llegué a colocarme antes de que se lanzara sobre mí. Un golpe en el hombro, un brazo en torno a mi cintura y ya estaba volando de nuevo. Mi espalda golpeó el suelo y casi no atiné a colocarme de modo que no terminase con los huesos rotos.

—¡Joder! —mascullé, dolorida. No sabía por qué continuaba tratando de detener sus ataques, estaba claro que eso no iba a pasar.

Wood me tendió la mano y tiró de mí para ponerme en pie.

—Creo que es hora de parar —farfullé, rindiéndome.

Se acercó a uno de los laterales y alcanzó dos botellas de agua de una pequeña nevera. Acto seguido, me pasó una de ellas; un gesto casi demasiado considerado para tratarse de él.

Raven aparentemente dormitaba en una esquina.

—Gracias.

—¿Por torturarte? —rio—. Un placer. Cuenta conmigo para esto siempre que quieras.

Le lancé un puñetazo directo al hombro sin previo aviso, pero él se apartó y no llegué siquiera a rozarlo. Sus carcajadas reverberaron por toda la estancia.

—Blandita —se burló.

—Capullo.

Me tragué media botella de agua y estuve tentada de tirarme el resto por encima. No obstante, tenía una idea mucho mejor: la piscina.

Wood estaba distraído secándose el sudor de la nuca con una toalla y, durante un momento, tuve oportunidad de observarlo sin que fuera consciente de ello. A pesar de que no era mi persona favorita ni de lejos, entendía que Dith se sintiera atraída por él. Resultaba muy atractivo con ese aire salvaje y fiero. Su pelo, tan blanco como lo era en su forma animal, contrastaba con sus ojos azules y rasgados. Era idéntico a Raven salvo por el color de su cabello, pero el aura que lo rodeaba resultaba tan diferente que a primera vista podría dudarse de que fueran gemelos.

Aun así, estaba segura de que tenía que haber algo de la bondad de su hermano en él y también de que había algo de esa ferocidad suya en el lobo negro. El propio Alexander lo había dicho: Raven era implacable.

—Si no dejas de mirarme así, angelito, voy a pensar que te gusto.

Simulé una arcada y juro que escuché a Raven reírse, lo que hizo que me volviera hacia él. Lo observé con la cabeza ladeada, pensativa, y el lobo imitó el gesto.

¿Por qué no había vuelto a transformarse todavía? ¿Serviría de algo que le preguntara al respecto? Me acuclillé frente a él y lo acaricié detrás de las orejas; eso parecía encantarle.

Su gemelo avanzó hasta nosotros y Raven levantó el hocico en su dirección. Emitió un gemido lastimero, como si tratase de decirle algo.

—No quiere, Rav, y no va a ceder —le dijo Wood.

—¿Qué está diciendo? —intervine, pero Wood no dejaba de negar. Alzó las manos y retrocedió, ignorando mi pregunta.

—Inténtalo tú si quieres. A mí no me hace caso.

Alterné la mirada entre los dos. Había quedado claro que, incluso con Raven en su forma animal, eran capaces de comunicarse, pero yo solo comprendía la mitad de la conversación.

Wood no me explicó que quería su hermano ni tampoco nada más sobre el encierro de Alexander. Dio por terminada la humillante sesión de entrenamiento y se marchó a su habitación. Yo hice lo mismo, pero solo para ponerme un bañador (otra de las prendas que habían aparecido en mi armario) y llevarme una toalla. Apenas unos minutos después estaba ya metiéndome en la piscina.

Exhalé un vergonzoso gemido de satisfacción mientras el agua me envolvía. Mis músculos se aflojaron y la tensión de brazos y piernas se suavizó. La sensación no podía compararse con ninguna otra cosa; resultaba liberadora y revitalizante.

Floté sobre la superficie con el rostro vuelto hacia el cielo y los ojos cerrados, meciéndome con la misma suavidad con la que lo había hecho mi madre incluso cuando yo era ya demasiado pesada para alzarme en brazos. La echaba tanto de menos... Y también a Chloe; ella no había tenido la oportunidad de crecer, de asistir a Abbot y aprender a emplear su poder, de enamorarse, de vivir. ¿Por qué ellas? ¿Por qué mi hermanita?

Sentí un tirón familiar en el estómago. El agua se agitó y se formaron pequeñas ondas concéntricas a mi alrededor. Se levantó una brisa que parecía proceder de todas partes y de ninguna, y un buen puñado de nubes comenzaron a amontonarse sobre la parte del cielo que quedaba encima de la finca Ravenswood; nubes oscuras y cargadas de lluvia.

Inspiré hasta llenar mis pulmones.

Ojalá aquello fuera una señal de que el hechizo que ataba mis poderes se estaba deshaciendo. Me sentía tan bien flotando libre de ataduras, tan ligera que casi podía percibir la magia restaurándose en mi interior.

Recité un sencillo hechizo en voz baja y... no pasó nada.

—¡Mierda!

Un ladrido me hizo volver la cabeza. Raven estaba sentado en el césped, cerca del borde de la piscina. Seguía sorprendiéndome cada vez que lo miraba. Era realmente enorme; la longitud de sus colmillos debería haberme resultado perturbadora, pero no tenía miedo de él.

—¡Ey! ¿Tú no te das un chapuzón?

Otro ladrido. No se movió, así que supuse que eso era un «no».

Pasé la siguiente media hora haciendo largos a pesar de estar agotada tras el entrenamiento con Wood. Cuando me decidí a salir, eché un vistazo rápido a la ventana de Alexander y me envolví de forma apresurada en la toalla. No estaba muy segura de si el brujo me estaba evitando, no se encontraba bien o solo estaba descansando después de su *crisis*, y tampoco sabía cuándo abandonaría su dormitorio y se dejaría ver de nuevo por la casa. Pero yo tenía una fiesta a la que acudir al día siguiente y también algo parecido a un plan.

Según Maggie, la última planta de la mansión estaba vetada para los alumnos, pero era ahí donde estaba el despacho de Wardwell. Por lo que sabía, llevaba años siendo la directora de la escuela y yo estaba convencida de que no se le pasaba por alto nada de lo que ocurría en Ravenswood. Aunque no esperaba encontrar un registro de las entradas y salidas de mi madre, su despacho era un buen sitio para empezar a buscar cualquier pista que me llevara hasta la verdad. Además, quizás también pudiera averiguar qué habían exigido a mi comunidad para entregarme. Y, con suerte, hasta hacer una llamada. Tal y como sucedía en Abbot, allí tampoco eran muy partidarios de los teléfonos móviles, pero Wardwell seguro que contaba con algún modo de ponerse en contacto con el mundo exterior.

No estaba segura de querer llamar a mi padre ni qué podría decirle si lo hacía, pero ya tomaría una decisión al respecto si lograba mi propósito. Iba a resultar complicado colarse en la habitación teniendo en cuenta que no disponía de mi magia. Sin embargo, Dith me había enseñado algunos trucos; era lo bueno de contar con un familiar al que le encantaba saltarse las normas.

—Necesito un vestido, Rav —le dije al lobo—. Y una máscara.

Raven ladeó la cabeza en un gesto que había aprendido a interpretar muy bien: estaba pensando.

—¿Tienes alguna idea?

Soltó un ladrido, se incorporó y trotó hasta mí. Tras darme un tirón del bajo de la toalla, se dirigió hacia la puerta trasera de la casa. Igual sí que tenía una idea.

Fui tras él y terminamos frente a la puerta de su gemelo, donde se puso a arañar la madera y a lloriquear.

—Dudo mucho que Wood pueda prestarme un vestido —dije riendo, pero la puerta se abrió y Rav se coló en el dormitorio—. ¡Joder, tío! ¿Es que no tienes camisetas? —gruñí en cuanto puse la vista sobre el gemelo malvado.

Una toalla en torno a sus caderas era todo cuanto cubría su cuerpo. Aún tenía el pelo mojado e iba descalzo. El uso de calzado era algo poco común en aquella casa.

—Acabo de salir de la ducha y, además, eres tú la que ha llamado a mi puerta. También estás envuelta en una toalla, he de añadir.

—En realidad, ha sido Raven quien me ha traído hasta aquí. Cree que puedes conseguirme un vestido para el baile de máscaras de mañana.

Wood frunció el ceño.

—¿Vas a ir a un baile?

Dicho con el tonito irritante que había empleado, y dada mi situación, sonaba bastante frívolo. Pero, aunque no iba a contárselo a Wood, mi idea era escabullirme en cuanto pudiera, aprovechando que todo el mundo estaría allí. No tendría una oportunidad mejor.

—Sí, ¿por qué?

Por un momento pensé en recordarle que yo no estaba recluida en aquella casa, pero eso hubiera resultado cruel. La verdad era que me entristecía la situación de los gemelos y de Alexander. No importaba lo mal que me cayera el lobo blanco ni mi anfitrión; sabía muy bien lo que era vivir encerrada. Para mí no había habido vacaciones en las que regresara con mi padre. Abbot había sido mi única casa desde los diez años y una escuela nunca podría ser un hogar.

—Por nada —gruñó Wood.

Me dio la espalda y se metió en su habitación. Supuse que era lo más parecido a una invitación a pasar que iba a recibir.

Al entrar, me lo encontré manteniendo con Raven lo que parecía otra de sus conversaciones silenciosas.

—¿Qué pasa? —pregunté, pero ninguno de los dos me prestó atención.

El dormitorio de Wood estaba más ordenado de lo que había imaginado; incluso la cama estaba hecha. Había estanterías repletas de DVD, una pantalla de televisión tan grande como la del salón y otra consola, además de una buena colección de espadas, dagas y todo tipo de armas colgando de las paredes. Las horas debían de hacérseles eternas encerrados allí, pero lo de las armas resultaba un poco escalofriante como decoración.

—Alexander se cabreará, Rav.

La mención del brujo por parte de Wood me devolvió a la conversación entre los gemelos.

—¿Qué es lo que va a cabrear a Alexander? —pregunté, pero Wood desechó la cuestión con un gesto de la mano.

Raven gruñó, significara eso lo que significase.

—No es una buena idea —dijo Wood, con los brazos cruzados sobre el pecho y la mandíbula apretada—. Además, está claro que no estás en condiciones.

Hubo un chasquido y la atmósfera de la habitación onduló junto con la figura del lobo negro. En el ambiente flotó un aroma dulce ya familiar, y Raven (el Raven humano) apareció ante nosotros. Gracias a Dios, y a diferencia de su gemelo, lo hizo vestido.

—¡Rav! —Me lancé sobre él sin pensarlo siquiera y Raven me recibió con los brazos abiertos y me alzó en vilo, riendo a carcajadas.

Cuando me soltó, se giró hacia Wood, que, a juzgar por su expresión, era evidente que tenía mucho que decirle.

—¿En serio, hermanito? ¿Me paso una semana rogándote que te transformes y tú decides hacerlo para asistir a un puto baile con ella?

—Los celos no te sientan bien —le reprochó Raven, con un tono suave pero divertido.

Reprimí la risa.

Wood estaba fuera de sí, aunque una parte de su enfado era más bien perplejidad. Cuando me miró, advertí algo muy similar a gratitud en sus ojos.

Avanzó hacia Raven y se fundieron en un abrazo. El lobo blanco podía llegar a ser un verdadero incordio, pero, cada vez que contemplaba el modo cariñoso en el que se relacionaba con su mellizo, casi podía olvidarme de lo irritante que se mostraba conmigo.

Me escabullí a hurtadillas de la habitación para darles intimidad a pesar de que me moría de curiosidad por saber si era cierto que Raven quería acompañarme al baile. Los gemelos necesitaban un momento a solas y la fiesta podía esperar.

19

Durante esa tarde y toda la mañana siguiente, la casa estuvo tranquila de una manera inquietante. El regreso de Raven a su forma humana no me proporcionó la compañía que tanto había anhelado. No había ni rastro de él ni del gemelo malvado y Alexander continuaba recluido en su habitación. Esperaba que alguien le estuviera llevando comida, porque no había abandonado su dormitorio en casi una semana.

También echaba de menos a Meredith, pero todo lo que podía hacer era esperar su regreso.

Después del almuerzo estaba en el salón, tirada en el sofá, cuando escuché a alguien llamarme desde el exterior de la casa. Al abrir la puerta principal me encontré con Robert Bradbury en el límite de la propiedad. Nos observamos un momento sin que ninguno de los dos hiciera nada por avanzar hacia el otro, y finalmente fui yo la que tuve que adelantarme hasta la valla. ¿Es que nadie se atrevía a adentrarse en la finca de los Ravenswood? ¿O era la burbuja de protección la que los dejaba fuera?

—Buenas tardes, Dani —me saludó, e inclinó la cabeza con un refinado ademán.

Aquellos eran los modales que a mi padre le hubiera encantado que mostrase. El chico era todo elegancia y educación, tal y como se suponía que debía ser un brujo de alta cuna, incluso uno cuyo apellido despreciase todo el mundo.

—Esto es para ti. —Me tendió la caja que llevaba consigo; una alargada y bastante grande.

—¿Qué es?

Sonrió y sus dientes blancos perfectamente alineados destellaron.

—Será mejor que lo descubras por ti misma. Raven Ravenswood se ha tomado muchas molestias para que lo consiguiera.

Arqueé las cejas, sorprendida.

—¿Rav?

Robert asintió.

—Me dio instrucciones muy precisas sobre lo que quería.

Sopesé la caja. Empezaba a imaginar lo que contenía, pero continuaba perpleja. A Robert, en cambio, la situación no parecía extrañarle en lo más mínimo. Parecía complacido.

—¿Raven te ha encargado que me compres un vestido? —aventuré.

—Así es. Todo un detalle por su parte, si me permites decirlo. Y no es un vestido cualquiera.

A pesar de lo amable que se había mostrado Raven desde el primer momento, y de que yo misma se lo había pedido, no podía creer que hubiera hecho algo así por mí.

Bajé la mirada hacia la caja. Era totalmente blanca, sin marcas ni ningún otro distintivo que indicara su procedencia.

—¡Vaya! Gracias.

—No me las des a mí. Si alguien como Raven Ravenswood te pide un favor, simplemente accedes sin hacer preguntas.

Me pareció que quería decir algo más, quizás sobre Rav, pero debió de cambiar de opinión y yo decidí no insistir sobre el tema.

—Maggie y yo pasaremos a por ti a las ocho.

—Respecto a eso, creo que Raven tiene planeado acompañarme.

Mi afirmación debió de pillarlo desprevenido, porque la sorpresa inundó su rostro y se reflejó con claridad en su expresión.

—¿Raven? ¿En la fiesta? —Asentí—. ¿Estás segura?

Teniendo en cuenta que Alexander no abandonaba nunca la casa y que los gemelos solo salían para ir al bosque, no pude culparlo por su suspicacia.

—Eso ha dicho, aunque no sé qué hará finalmente.

Percibí su decepción ante mi comentario, aunque fue lo bastante cortés como para no decir que probablemente me hubiera imaginado la presunta asistencia al baile de uno de los gemelos Ravenswood. No pude tomármelo a mal.

Me sonrió y, con una leve reverencia, se despidió y se marchó paseando de regreso al edificio Wardwell.

Corrí al interior con la caja entre los brazos, ansiosa por ver qué clase de vestido había elegido Raven para mí. Deposité la caja con cuidado sobre el sofá y me quedé mirándola un momento. Los regalos no habían sido una constante en mi vida, salvo los que me hacía Dith, que siempre me sorprendía en el día de mi cumpleaños y también en Navidad, aunque no era una fecha que los brujos celebrásemos del mismo modo que el resto de los mortales. Sin embargo, a ella le encantaba despertarme ese día antes siquiera de que el sol asomara por el horizonte y sentarse conmigo a desenvolver los regalos que habíamos pedido vía Amazon. Mi padre, en cambio, todo lo que hacía era enviarme un sobre con dinero en efectivo que tampoco tenía muchas oportunidades para gastar.

Que Raven se hubiera tomado la molestia de buscarme algo para el baile era todo un detalle, tal y como había señalado Robert.

Levanté la tapa y aparté el papel de seda negra que envolvía la prenda.

—¡Oh, Dios mío!

Desplegué el vestido y lo alcé frente a mí. Era de un blanco reluciente, con el cuerpo de pedrería que destellaba bajo la luz de las lámparas del techo. El escote, en forma de corazón y sin tirantes, estaba bordeado con el mismo encaje que cubría la falda. Era precioso, puede que lo más bonito que hubiera visto jamás.

Pero había más cosas en el interior de la caja: un antifaz blanco y con piedras rojo sangre engarzadas y unos zapatos también rojos. Bajo el papel de seda, encontré una larga capa de terciopelo negro, suave y cálido.

Se me llenaron los ojos de lágrimas sin que pudiera hacer nada por evitarlo y cuando quise darme cuenta estaba sollozando con el vestido entre las manos. No era solo por lo hermoso que era. La preocupación de

Raven, el interés y la amabilidad que había mostrado conmigo, a pesar de ser técnicamente su enemiga, resultaban conmovedores.

—No te gusta. —Me giré hacia la escalera. Raven me observaba desde la parte alta con el ceño fruncido y expresión desolada—. No pasa nada, podemos conseguirte otro.

—No. No, Rav —me apresuré a decir. Había terminado en el suelo, de rodillas frente al sofá. Me puse en pie y me acerqué al pie de las escaleras—. Es perfecto.

Le sonreí y estiré la mano. Raven descendió hasta llegar a mí y entrelazó los dedos con los míos.

—Se puede cambiar —insistió, pero yo volví a negar.

Lo tomé de los hombros y me aseguré de que podía leerme los labios.

—Es maravilloso, realmente precioso. Y creo que la talla me irá bien.

Debió de creerme, porque me regaló una de sus cálidas sonrisas y me dijo:

—Te quedará perfecto.

No quise preguntar cómo había sabido qué talla llevaba o qué número calzaba, pero ya había acertado con el resto de la ropa; estaba convencida de que también lo había hecho con aquello.

—Gracias, Rav. Gracias por hacer esto por mí y por todo lo demás.

—¿Qué más?

—¿Cómo?

—Has dicho «y todo lo demás».

—Bueno, por el resto de la ropa, el ungüento para mi alergia...

—Eso también fue cosa de Alexander —me interrumpió, y parecía feliz, como si estuviera encantado con los actos de su protegido.

—¿Bromeas? —Un movimiento negativo con la cabeza—. ¿Alexander me consiguió la ropa?

—Y preparó el ungüento. Yo se lo sugerí, pero él no lo hubiera hecho de no haber querido. No hace magia. Nada de magia —aclaró—. Ni pociones ni hechizos. Ni tan siquiera ese tipo de cataplasmas calmantes. Y... el vestido también lo ha escogido él.

Por la sonrisa que exhibía, que Alexander hubiera transgredido sus propias normas no le preocupaba en absoluto. Sinceramente, no sabía si creérmelo del todo, pero no tenía sentido que Raven me mintiera al respecto.

El estómago del lobo negro rugió de forma audible.

—¿Has comido? —me preguntó entonces.

—Sí, hace un rato. Pensaba que vosotros estabais... —Señalé el piso superior—. ¿Alexander se encuentra bien?

Antes de contestar, Raven me guio hacia la cocina y me acercó un taburete mientras él rebuscaba en el frigorífico. Tenía la sensación de estar sufriendo un *déjà vu*, salvo que, en vez de Wood, era Raven quien apilaba una considerable cantidad de comida en la encimera.

—Está bien, pero es demasiado obstinado. —No era eso lo que había esperado, pero él continuó hablando—: Hacía mucho que no tenía una crisis. Suele tardar un poco en recuperarse, pero en un par de horas ya estaba en forma. —Resopló—. Solo que siempre se vuelve... —Hizo una pausa, buscando la palabra adecuada—. ¿Triste? No, gruñón —se corrigió con un nuevo resoplido y un tono resignado que me hizo sonreír—. Un idiota gruñón.

Ya había amontonado una cantidad nada despreciable de alimentos sobre la encimera. Supuse que aquella forma de devorar comida obedecía a su metabolismo animal o algo por el estilo. El apetito de Raven no era menor que el de su hermano, y a mí me parecía imposible que tragaran de esa manera y estuvieran en tan buena forma física, por mucho ejercicio que hicieran en el sótano.

Lo observé comer durante un rato, aliviada por tenerlo de vuelta y poder comunicarme con él.

—¿Puedo hacerte una pregunta?

Asintió mientras devoraba el segundo sándwich, aunque teniendo en cuenta el tamaño equivalía al menos al cuarto o quinto de los normales.

—¿Conociste a mi madre? Se llamaba Beatrice.

Raven sonrió y su expresión se tornó soñadora, como si evocara algún recuerdo agradable. No pude evitar sentir cierta esperanza.

—Beatrice Good —señaló, risueño—. Ella me dijo que vendrías.

—¡¿Qué?! ¿Te habló de mí? —¿Meredith sabía aquello?—. ¿Dith lo sabe?

—Siempre era muy amable conmigo —prosiguió, entre bocado y bocado, sin contestar a mis preguntas—. Ella quería que cuidara de ti cuando vinieras.

—Pero ¿cómo? ¿Cómo lo sabía?

Mamá había muerto ocho años atrás, era imposible que adivinara que yo huiría de Abbot y terminaría en Ravenswood; Raven tenía que estar equivocado.

—Las visiones...

—¿Visiones? —Me sentía estúpida repitiendo sus palabras, pero no comprendía nada de lo que me estaba diciendo—. ¿Mamá tenía visiones? Nunca nos dijo nada.

Él prosiguió comiendo con una calma de la que yo carecía, pero no quería presionarlo, no a Raven. No podía enfadarme ni exigirle respuestas a gritos a pesar de la desesperación que se iba apropiando de mí.

—Su poder era deficiente —señaló, y tuve que contenerme para no interrumpirlo y defender a mamá. No había malicia en su tono, solo la certeza de un hecho comprobado—. Nunca llegó a dominarlo del todo ni supo cómo funcionaba, pero... —Tomó un bocado y lo masticó con tanta lentitud que a punto estuve de perder los nervios—. Te vio aquí.

Esperé y esperé, pero Raven no continuó hablando.

—¿Vio algo más? ¿Sabes tú por qué venía a Ravenswood?

Se bebió media botella de zumo de un trago y, a continuación, se limpió la boca con una servilleta de papel. Luego me sonrió.

—Te quería muchísimo, Dani. Y también a Chloe.

La humedad amenazó con desbordarme los ojos al escucharlo mencionar a mi hermana. Mamá le había hablado a Raven de Chloe y de mí, y le había pedido que me cuidara.

—¿Recuerdas que te dijera algo más, Rav? Es muy importante. Ella... —Titubeé un instante. No estaba segura de si él sabría cómo había muerto mi madre y no quería alterarlo.

Empezaba a comprender que la mente de Raven funcionaba de una forma diferente a la del resto y no me perdonaría a mí misma si volvía a transformarse o huir por mi culpa. Raven era, con toda probabilidad, una de las personas más bondadosas que hubiera conocido jamás. Decidí no decirle nada por ahora; acababa de recuperarlo.

—¡Oh, sí! Sí que hay algo. Hablaba mucho con un profesor. Corey, era Samuel Corey.

Lo conocía. Era mi nuevo profesor de Botánica, especialista en pociones y magia oscura. Un hombre mayor, de al menos sesenta años, que no me había prestado demasiada atención ni había hecho referencia a mi incorporación a su clase y tampoco a mi procedencia. ¿Sabía él quién era yo en realidad? ¿O Wardwell también le estaba mintiendo al profesorado? Durante las clases, todos habían empleado el apellido que ella me había indicado que usara, uno de un aquelarre menor y apenas conocido: Beckett, pero no podía estar segura de si era para encubrir la tapadera que la directora me había asignado o porque desconocían el verdadero.

—Iré contigo al baile. Seré tu pareja esta noche —terció Raven entonces. El cambio de tema me pilló desprevenida y parpadeé, aturdida; apenas sabía qué responder, aunque él no pareció percatarse de ello—. Yo puedo protegerte mientras recuperas tu poder. —¿También sabía eso?—. Tranquila, creo que ni Wood ni Alexander saben nada sobre tu nula capacidad para emplear la magia.

Enarqué las cejas ante su sinceridad descarnada, pero no se lo tuve en cuenta.

—No sé si es una buena idea, Rav.

No quería sembrar aún más discordia en la casa, y estaba segura de que a Alexander no iba a gustarle que Raven se mostrara de forma tan abierta en público; después de todo, había dicho que solo salían al bosque.

Pero Raven no estaba dispuesto a ceder.

—No necesito permiso para esto —me dijo. No parecía enfadado ni molesto. Raven era una contradicción andante en lo referente a sus emociones—. Sé lo que tengo que hacer.

—¿Qué es, Rav? ¿Qué tienes que hacer?

Una enorme sonrisa iluminó su rostro.

—Acompañarte. Y bailar, podemos bailar juntos. —Le devolví la sonrisa a pesar de la frustración—. Podrás hablar con Corey. Seguramente estará allí con Wardwell y los demás profesores —agregó, sacudiéndose las manos. Luego me rodeó con los brazos y me estrechó con una suavidad abrumadora—. Con suerte, Alexander también hará lo que tiene que hacer.

Después de eso no pude sacarle una palabra más, ni sobre mi madre ni sobre a qué se refería al hablar de Alexander. Era como si me lanzara piezas de un puzle que yo no era capaz de encajar. Quizá, en algún momento, lograría encontrarle sentido a algo de lo que decía.

20

Resultó que el vestido me quedaba perfecto. Parecía hecho a medida para mí, al igual que los zapatos. ¡Si hasta podía caminar con ellos sin torcerme un tobillo! Y eso, en mi caso, sí que era algo mágico.

Nunca había llevado algo tan bonito.

Giré sobre mí misma y la falda onduló a mi alrededor. Era ligeramente más corta por delante que por detrás, donde la tela formaba una discreta cola que apenas alcanzaba a acariciar el suelo. El corpiño se ajustaba a mi torso sin llegar a resultar agobiante y dibujaba una curva en mi cintura que no sabía que tuviera. Era sencillamente magnífico.

No tenía ni idea de por qué se habría tomado tantas molestias Alexander. No le caía bien y no me quería allí; creo que me soportaba solo por Raven y tal vez por orden de Wardwell. Pero aquel era un misterio que iba a tener que esperar. Alexander continuaba recluido y yo iba a asistir a un baile repleto de brujos oscuros para bailar con un lobo.

«Todo bien, gracias».

—Dani, ¿estás lista?

Raven estaba en la puerta de mi habitación; ni siquiera lo había oído llegar. Aún me resultaba extraño que me llamaran así, pero en sus labios me recordaba a Chloe y resultaba reconfortante, familiar, casi como estar en casa.

—¡Vaya! —exclamé. Puede que a mí me sentara genial el vestido, pero Raven estaba increíble—. ¡Estás muy guapo!

Llevaba puesto un esmoquin, camisa roja y corbata negra. Se había recogido el pelo con una cinta, aunque se le escapó un mechón cuando inclinó la cabeza con timidez por el halago. Su profunda mirada azul, carente de malicia, convertía su hermoso rostro en el de un verdadero ángel.

—Tú sí que estás realmente hermosa, Danielle Good.

Me estremecí al escuchar mi apellido saliendo de sus labios. En Abbot era frecuente que los profesores se refirieran a mí empleándolo, al igual que hacían con el resto de mis compañeros, porque nuestro linaje hablaba de quiénes éramos, lo significaba todo en nuestro mundo, pero en Ravenswood hasta ahora había sido solo Dani o Danielle, o Danielle Beckett, en el peor de los casos.

—Gracias, Raven.

—Espera. —Se acercó, tomó la máscara de encima de la cama y se situó a mi espalda. La colocó sobre mi rostro y ajustó los cordones—. Perfecta, angelito.

Tuve que sonreírle.

La presencia de Raven en aquella fiesta llamaría la atención. Él ni siquiera llevaba antifaz, pero hubiera dado igual de ser así. Dudaba mucho que pudiera pasar desapercibido, aunque quisiera.

En la planta baja, Wood estaba enganchado a la consola, sentado en el suelo en el mismo sitio e idéntica postura que Raven a mi llegada aquel primer día. De no ser por su pelo blanco, cualquiera podría confundirlos.

Se giró para observarnos y esbozó una mueca.

—Hermanito...

—Lo sé —lo cortó Raven—. Todo irá bien.

Wood no dijo nada más, pero resultaba obvio que la idea de que su gemelo vagara por el campus no le hacía mucha gracia.

—Cuidaré de él —lo tranquilicé, aunque miré a Raven para asegurarme de que también comprendiera lo mucho que me preocupaba por él. Si algo tenía claro, con magia o sin ella, era que no permitiría que le pasara nada.

Pero mi afirmación solo consiguió que Wood estallara en carcajadas. Rav, por su parte, parecía estar haciendo serios esfuerzos para no echarse también a reír.

—¡¿Qué?! ¿Os parece gracioso?

Wood asintió con una vehemencia ofensiva, mientras que Raven negaba de forma cortés.

—Me preocupas más tú que él —señaló Wood—. Mi hermano sabe cuidarse solo.

No pude desaprovechar la oportunidad para meterme con él.

—Así que te preocupas por mí. Eso es nuevo. E inquietante —me reí, pero Wood no contestó a mi pulla. Su atención se desvió hacia la parte superior de la escalera.

Cuando levanté la vista, no había nadie allí. Había esperado que Alexander hubiera abandonado por fin su cautiverio y no supe si sentirme aliviada o decepcionada al darme cuenta de que no era así. Pero solo unos segundos después el brujo apareció justo allí y no tuve duda alguna de que los gemelos presentían a su protegido.

Ninguno de nosotros dijo una palabra. Alexander se veía tan serio e imponente como de costumbre; no parecía enfermo ni cansado, aunque sí aprecié un leve rastro oscuro bajo sus ojos. Llevaba unos vaqueros desgastados por el uso y una sudadera gris, y el pelo alborotado suavizaba la habitual dureza de sus rasgos.

El silencio se extendió durante tanto rato que me planteé decir algo, cualquier cosa. Tal vez Alexander también se reiría de mí si aseguraba que Raven volvería sano y salvo. O quizás ni siquiera eso. En el tiempo que llevaba allí nunca lo había escuchado reír de verdad; aquella única carcajada en parte cínica no contaba.

Cuando estaba a punto de soltar una de mis tonterías, Raven se adelantó hasta el pie de las escaleras y le dedicó a Alexander una respetuosa inclinación de cabeza, muy similar a la que me había dedicado a mí un rato antes, solo que en este caso parecía casi un juramento silencioso entre ambos.

—Procura regresar viva, chiquilla —intervino Wood—. Dith me matará si te ocurre algo y... —Le lanzó una rápida mirada a Raven—. Vuelve.

Cualquiera diría que marchábamos a una batalla en vez de a un baile. Aunque dado que estábamos en Ravenswood, a saber qué clase de rituales se llevaban a cabo en un evento como aquel. No obstante, ya era tarde para echarme atrás.

Me colgué del brazo que Raven me tendía y salí con él al exterior. Alexander quedó a nuestra espalda, pero percibía sus ojos clavados en mí. No dijo nada y, sin embargo, su voz retumbó en mi mente repitiendo el «vuelve» pronunciado por Wood momentos antes. No dejé de oírlo hasta que nos reunimos fuera con Maggie y Robert Bradbury.

A mi llegada a Ravenswood, días atrás, había descubierto que la escuela resultaba ser un poco menos tétrica de lo que había imaginado, pero sus alumnos, en cambio, sí que desprendían un halo siniestro. Nos cruzamos con muchos de ellos mientras nos dirigíamos al baile y descubrí muy pronto que despertábamos su atención por multitud de razones. Además de la altura y el atractivo de Raven, mi vestido era como un puñetero faro de luz en la oscuridad; nunca mejor dicho, porque todos vestían en tonos que iban del gris oscuro al azul noche o el negro. Todos salvo yo. ¿En qué demonios había estado pensando Alexander al elegirlo?

Para mi sorpresa, tras el edificio Wardwell se alzaba otra construcción, el auditorio, y también un nuevo conjunto de viviendas unifamiliares. Aquel campus cada vez parecía más grande, y Abbot, ridículo en comparación.

—Otra antigua contribución del linaje Wardwell a la academia Ravenswood. Está claro por qué uno de sus miembros acabó dirigiendo la escuela —explicó Robert, siguiendo la dirección de mi mirada.

Él también llevaba un esmoquin, pero sin un solo toque de color, y su máscara negra carecía de adornos. Maggie, por el contrario, lucía un vestido gris humo con un lazo borgoña ciñendo su cintura y el escote de gasa. Su antifaz hacía juego con el lazo.

Tanto ella como su primo parecían intimidados por la presencia de Raven. Aunque habían visto al lobo el día anterior, ahora caminaban junto al Raven humano, y la verdad era que en sus dos formas impresionaba por igual.

Me adelanté para girarme y que quedáramos formando un círculo. No quería que a Raven le costara seguir la conversación.

—¿Hay algo que deba saber sobre los bailes aquí en Ravenswood?

No tenía ni idea de qué esperar. Nunca había estado en un baile. Que mi bautizo en lo que a fiestas se refería fuera a producirse justamente allí, resultaba cuanto menos irónico; una bruja blanca cayendo en la oscuridad.

Maggie pareció animarse con mi pregunta. Se lanzó a explicarme detalles de lo que consideré una fiesta normal: música, bailes, parejitas dándose el lote en las esquinas mientras los profesores miraban hacia otro lado y alumnos aprovechando para derramar de forma *accidental* cualquier cosa con alcohol en el ponche.

—A Wardwell le gusta aparentar cierta normalidad en estas ocasiones —concluyó, poniendo los ojos en blanco—. No está permitido hacer magia en el interior del auditorio. Hay hechizos de bloqueo para evitarlo.

El camino que llevaba hasta el edificio rebosaba actividad. Había grupos y parejas por todas partes, pero las conversaciones se habían ido apagando a nuestro paso y habían dado paso a susurros y cuchicheos. Estar allí plantados, a la vista de todos, tampoco ayudaba demasiado.

—Todos te están mirando, Raven —dijo Robert.

—No, la miran a ella —repuso él, señalándome—. Al fin y al cabo, Danielle es pura luz rodeada de oscuridad.

Sus comisuras se curvaron, pero su expresión adquirió una dureza que me recordó a su gemelo. Entonces cuadró los hombros y me ofreció de nuevo su brazo con tanta elegancia que lo hizo parecer mucho más que un muchacho de veinte años. Claro que Raven Ravenswood contaba con tres siglos de antigüedad... Resultaba milagroso que nada le hubiera restado ingenuidad a su carácter; aunque, si creía lo que Alexander había dicho de él, Rav podía llegar a ser un verdadero lobo, feroz e implacable.

—Así que esto es un baile —murmuré una vez dentro del edificio, observándolo todo a mi alrededor.

El enorme salón del auditorio había sido decorado con una distinción siniestra, si es que algo así existía. Desde el alto techo colgaban largas cortinas de terciopelo rojo que cubrían las ventanas. El suelo de mármol veteado relucía, al igual que las lámparas de aceite que constituían la única fuente de iluminación y que a mí me parecieron ligeramente excesivas, aunque iban muy bien con el resto de la decoración. Había un bufé frío, copas con bebidas de todos los colores y un buen número de camareros asistiendo a los invitados. Wardwell supervisaba la escena desde el fondo de la sala, junto con algunos de los profesores, pero Corey no estaba entre ellos.

Mientras avanzábamos y contemplaba embelesada cada detalle, en mi infinita fortuna tuve que ir a tropezarme con Ariadna, la hija de la directora.

—Disculpa —murmuré antes de saber de quién se trataba.

A diario, los alumnos de Ravenswood se mantenían a una distancia prudencial de mí, como si rozarme pudiera contagiarles la peste, así que el hecho de chocar con alguien me dejó aturdida durante un momento. Raven apareció detrás de mí y me colocó una mano en la parte baja de la espalda para equilibrarme.

—Vuélvete a Abbot, estúpida —me espetó Ariadna—. ¡Oh! Es verdad, que allí tampoco te quieren.

A la vista estaba que su madre le había hablado de mi situación. Y, aunque todavía me resistía a creer sus palabras sobre la negativa de Hubbard y de mi padre a pagar mi rescate, la verdad era que nadie había venido a por mí ni pensaba que Wardwell tuviera motivos para mentirme al respecto. Así que tenía que darle la razón a su hija. Y si quería tener la oportunidad de escabullirme para hablar con Corey o de tratar de acceder al despacho de la directora, debía comportarme con la mayor discreción posible.

Pero morderme la lengua resultaba casi imposible tratándose de aquella arpía.

—Cállate, Wardwell.

Sus amigas formaron un semicírculo tras ella, como buitres esperando su turno. Raven les sonrió a todas.

—Señoritas, discúlpennos. Vamos a bailar.

Las mandíbulas de las brujas se descolgaron conforme Raven y yo avanzamos hacia la pista de baile. Lo habían reconocido; muy pronto, todos sabrían que uno de los Ravenswood se encontraba entre ellos.

Raven se situó justo en el centro de la sala, sobre un grabado de color borgoña que representaba el escudo de su familia y también de la academia: un cuervo con las alas desplegadas, a punto de alzar el vuelo, y varias plumas enlazadas con una filigrana de oro. Pensé en señalarle lo que estaba pisando, pero seguramente él ya lo sabía. Tomó una de mis manos y colocó la otra sobre mi cintura. Sonaba una música lánguida y un poco deprimente, pero Raven no dejaba de sonreír.

—¿Estás contenta de estar aquí? —me preguntó mientras nos balanceábamos con suavidad entre otras muchas parejas.

También Maggie y Robert bailaban a unos pocos metros de nosotros.

—Nerviosa más bien —confesé en voz baja.

No necesitaba mi poder para percibir la energía que flotaba en el ambiente. Todos aquellos brujos rebosaban magia y también una buena cantidad de hormonas a juzgar por la forma en la que algunas parejas se restregaban.

Yo notaba la piel tensa sobre los huesos y el pulso latiéndome en las sienes acelerado.

—No tienes por qué inquietarte. Esta sala está protegida. Cada director que ha pasado por Ravenswood ha cubierto el edificio con hechizos que inhiben el uso de magia.

Al menos no tenía que lamentar la ausencia de mis poderes ni andar vigilando mi espalda por si Ariadna, o cualquier otro brujo, decidía abandonar las amenazas y pasar a la acción.

—Incluso si no fuera así, no tienes de qué preocuparte —insistió Raven.

—¿Cómo es que has venido conmigo? No me malinterpretes —me apresuré a añadir, mirándolo en todo momento—; me encanta que estés aquí, pero creía que nunca os dejabais ver en público.

Antes de contestar me hizo girar sobre mí misma y, de nuevo entre sus brazos, me inclinó hacia atrás al finalizar la canción. Raven bailaba bien, con movimientos suaves y bien medidos y una destreza apabullante. Supuse que había tenido décadas para perfeccionar la técnica.

—Alexander no debe estar cerca de ellos. Su poder es inestable e impredecible y se alimenta de la magia de otros.

—¿Qué? —Era la primera vez que oía hablar de algo así.

Ciertos brujos, sobre todo los que se nutrían de oscuridad, podían drenar poder de determinados objetos: reliquias o lugares con historias largas y macabras, pero ¿absorberlo sin más de otros brujos?

—Está empeorando —continuó explicándome—, y lo que les sucedería a ellos no sería agradable.

Que se mostrara tan vago respecto a las consecuencias dijo mucho de lo fatales que debían de resultar.

—El otro día, cuando explotó en la cocina...

Raven no apartaba la vista de mis labios, atento a cada palabra.

—No llegó a explotar. En realidad, lo controló bastante bien, lo cual resulta sorprendente. La última vez tuvimos que reformar todo el porche de la casa después de que le prendiera fuego. —Hizo una breve pausa—. ¿Quieres comer algo? Ven.

Sus cambios de tema habían dejado de sorprenderme. Me dejé llevar hasta uno de los laterales y, de inmediato, nos asaltaron al mismo tiempo dos de los camareros y la directora de Ravenswood. Wardwell espantó a los hombres con una simple mirada.

—Señor Ravenswood —lo saludó la mujer.

—Raven, soy Raven —terció él, y me sorprendió descubrir que no había ni un ápice de amabilidad en su rostro. El lobo negro rezumaba hostilidad, algo extraño en él.

—Pensaba que no tenía usted ningún interés en los actos sociales de nuestra comunidad.

Raven se encogió de hombros en un ademán despreocupado, pero sus labios continuaron formando un línea recta y apretada.

—¿Qué puedo decir? Me encantan las fiestas.

No le dio más explicaciones. Aunque Wardwell no parecía muy satisfecha, no se atrevió a echar a Rav del salón a pesar de que probablemente era lo que deseaba hacer.

Aunque no habían dado muestras de ello, me pregunté si Raven o Wood contarían con algún poder similar al de su protegido. Los linajes solían mantener cierta homogeneidad en lo referente a su elemento esencial y sus poderes. Por eso había resultado tan extraña la mención por parte de Raven sobre las visiones de mi madre; no había ningún vidente en la familia Good.

De ser la capacidad de Alexander algo que se hubiera ido desarrollando generación tras generación a lo largo del linaje Ravenswood, no sería de extrañar que Wardwell estuviera tan nerviosa por la presencia de Raven.

—Su gemelo, el señor Wood, ¿también está por aquí? —preguntó la mujer.

—Si así fuera, usted ya lo sabría —afirmó Raven, dedicándole una sonrisa siniestra.

Acto seguido, apartó la mirada de ella, dando por terminada la conversación. Suponía que todos estaban al tanto de su sordera; si no era así, la atención de Raven recaía de todas formas ahora en la pareja que se aproximaba a nosotros desde la pista de baile: los primos Bradbury.

Wardwell ni siquiera se esforzó en esconder su animosidad frente a los recién llegados. Les brindó un tosco saludo con la cabeza y se marchó de vuelta al rincón oscuro que había ocupado hasta entonces.

Ahora entendía de dónde había sacado su hija su *encantadora* actitud.

—Nada como un Bradbury para alejar presencias indeseadas —bromeó Robert.

Al contrario que Maggie, a él no parecía afectarle el desprecio que le mostraban los miembros de su comunidad. Claro que él ahora estaba allí de visita y Maggie tenía que continuar viéndoselas a diario con aquel tipo de conductas.

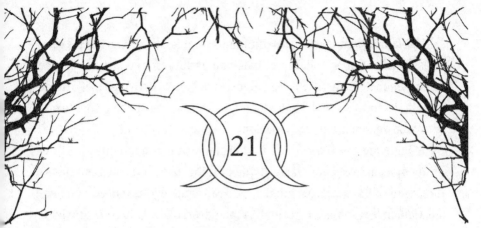

21

Tras deshacernos de Wardwell, asaltamos el bufé entre los cuatro y nos retiramos a un lateral, donde varios bancos tapizados permitían a los asistentes sentarse a comer o charlar. Raven no tuvo ningún problema en encontrarnos un hueco; la gente salía disparada a su paso como si su mero contacto pudiera hacerlos estallar en llamas, y yo empezaba a creer que tal vez así fuera.

Me senté con Maggie, mientras que Raven y Robert se acomodaban juntos. El brujo todavía parecía un poco intimidado por la presencia de un Ravenswood, aunque en cuestión de minutos empezaron a hablar entre ellos al tiempo que compartían los canapés de uno de los platos. Yo seguía atenta a las idas y venidas de los profesores. De no aparecer Corey, quizás pasara al plan inicial: asaltar el despacho de Wardwell.

Sinceramente, mi estrategia hacía aguas por todos lados, pero no tenía ninguna idea mejor y no pensaba quedarme sentada esperando a que algo ocurriera.

—Aún no puedo creer que esté aquí —dijo Maggie, refiriéndose a Raven—. A Wardwell parecía que fuera a darle un infarto.

No tenía muy claro que los alumnos de la academia conocieran todos los detalles del encierro de los Ravenswood y no pude evitar sentirme dividida, sin saber muy bien hasta dónde podía hablarle a Maggie de lo que los gemelos me habían confesado sobre Alexander, lo cual resultaba irónico porque yo era la extraña en aquel lugar.

Decidí llevar la conversación a terreno seguro, comentando detalles banales sobre el baile y un poco sorprendida por mi incipiente lealtad hacia el extraño aquelarre de los tres brujos oscuros.

Hablamos un rato mientras comíamos y bebíamos algunos de los coloridos cócteles. Robert y Raven se hallaban enfrascados en alguna clase de debate, el uno con la vista fija en el rostro del otro; claro que en el caso de Rav era del todo normal. Lo de Robert, en cambio, resultaba evidente que se trataba de una intensa fascinación.

Maggie me contó que tenía un hermano ya graduado que había decidido apartarse del aquelarre al que pertenecía su linaje y mantenerse al margen de la magia. No era del todo raro que algo así sucediera, pero sí difícil de llevar a cabo. Al final, la magia aparecía en tu vida quisieras o no.

—Lo pasó fatal aquí —me explicó—. No quiere saber nada de su legado.

No me extrañaba. Los Bradbury habían recibido el rechazo de la comunidad de brujos oscuros durante los siglos posteriores a los juicios de Salem (incluso en Abbot sabíamos eso), y el rencor que se les guardaba aún siglos después, por la huida de Mary Bradbury de la cárcel y su posterior abandono a su aquelarre, continuaba vigente en la actualidad. Los rumores iban desde la posibilidad de que uno de los brujos blancos hubiera dejado escapar a Mary hasta que esta lo había sobornado para que le permitiese huir. Lo que estaba claro era que ninguno de los suyos olvidaría que solo se había preocupado por salvar su propio pellejo.

—¿Y entonces? ¿Cuáles son tus planes cuando te gradúes?

Maggie sonrió con timidez.

—Me iré a vivir con Robert a Nueva York. Su aquelarre es mucho más comprensivo en lo referente a nuestra... procedencia.

—Es majo —señalé, echándole un breve vistazo a su primo.

Acababa de conocerlo.

—Es mejor que la mayoría de los Bradbury. Muchos de ellos se empeñan en demostrar su lealtad a base de... —Titubeó una vez más. Al parecer, no era la única de las dos que deseaba confiar en la otra, pero temía equivocarse—. Bueno, digamos que sobreactúan en su papel de nigromantes para dejar claro que son fieles a la comunidad.

Pude imaginarme a qué se refería. También los Good habían tendido a esforzarse mucho a lo largo de los años para dejar claro de qué lado estaban.

Mi padre, en concreto, a pesar de ser un Good por matrimonio y no por linaje, llevaba ese tipo de actitud al extremo. No había momento o situación en la que no tuviera que demostrar que era un ejemplo de rectitud dentro de la comunidad blanca.

—Lo entiendo —admití con un suspiro—. No necesitas darme explicaciones ni contarme nada de lo que no quieras hablar. No te preocupes.

Me mostró su agradecimiento con una de sus bonitas sonrisas. Maggie me caía cada vez mejor y, en cierto modo, había puntos en común en nuestra historia que me hacían sentir cerca de ella. Además, creo que ambas estábamos más solas de lo que nadie desearía.

Una vez más, repasé los rostros enmascarados de la estancia. Resultaba complicado distinguir a los pocos alumnos con los que había tratado y de los que sabía su nombre, algo menos en el caso de los profesores, ya que estaban todos pululando en las proximidades de Wardwell. De todas formas, no tendría que ser muy difícil encontrar a un sexagenario algo rellenito en aquella marea de brujos jóvenes.

Continué rastreando la sala sin descanso, cada vez más impaciente, hasta que un rato después Raven estiró la mano hacia mí y la colocó sobre mi pierna. Presionó mi rodilla y detuvo el taconeo rítmico e involuntario que la sacudía.

—Baila conmigo —me dijo.

Se puso en pie y Robert lo imitó, colocándose en su campo visual para que pudiera leerle los labios.

—¿Qué tal un cambio de pareja? —sugirió este.

Raven me miró a la espera de una respuesta. Me cedía la decisión.

—Está bien —accedí, y Maggie también se puso en pie.

Sin embargo, Robert agarró a Raven de la mano y se lo llevó hacia la pista de baile antes de que ninguna de las dos dijésemos nada más.

Arqueé las cejas, divertida por su audacia.

—Tu primo va directo a las partes interesantes.

Maggie soltó una risita y me tendió la mano.

—No suele mostrarse tímido cuando alguien le gusta. Si ha aguantado tanto es porque Raven lo intimida. ¿Él y tú...?

Me apresuré a negar, sabiendo lo que me preguntaba. Raven no me interesaba de esa forma, aunque probablemente fuera la clase de chico que podría hacer feliz a cualquiera sin ni siquiera proponérselo. Había una bondad innata en él de la que muchos brujos blancos carecían.

Maggie me arrastró con ella tras los chicos. La música era ahora algo más animada, pero eso no parecía importarle a Robert, que bailaba bastante cerca de Raven. Nosotras, en cambio, nos pusimos a girar y dar saltitos mientras reíamos, olvidándonos de las miradas que atraíamos y también de dónde estábamos.

Durante un rato solo fui una chica en un baile, pasándolo bien con sus amigos. Muy pronto Robert y Raven se unieron a nosotras y entonces ya nada nos diferenció del resto de los grupos que se divertían a nuestro alrededor.

Resultaba curioso que me sintiera tan cómoda en aquel lugar, rodeada como estaba de mis supuestos rivales. Rodeada de todo lo que me habían enseñado que debía temer y despreciar.

—Necesito beber algo —dije rato después.

Maggie se ofreció a acompañarme hasta la mesa de las bebidas. La atención que los otros alumnos nos prestaban había decaído en parte, y los que todavía nos observaban estaban más pendientes de Raven que de mí. Parte del profesorado se había marchado y, para mi decepción, Corey ni siquiera había llegado a hacer acto de presencia. Tal vez fuera el mejor momento para escabullirme y buscar respuestas en otro lado.

Me hice con una copa y me la bebí a sorbitos. No llevaba alcohol, por supuesto, pero el ambiente estaba ya algo cargado y empezaba a marearme. Maggie, en cambio, se tomó su bebida de un solo trago.

—¿Tienes un plan? —me preguntó tras devolver la copa vacía a la mesa.

—¿Qué?

—Llevas toda la noche buscando algo, o a alguien, y ahora pareces a punto de salir corriendo de aquí. Supongo que hay un motivo por el que viniste a Ravenswood.

Era observadora, de eso no había duda.

—En realidad, acabé aquí por accidente. No era esa mi intención. —Alcé la vista hacia el techo. Una de las lámparas de aceite se balanceaba con suavidad de un lado a otro. Parecía vibrar con los tonos graves de la música—. Soy un pequeño desastre en potencia —añadí, bajando la mirada hasta su rostro, aunque no me arrepentía del arrebato que me había llevado hasta allí.

Maggie rio.

—Tranquila, yo... —comenzó a decir, pero enmudeció de repente.

La diversión de su rostro se esfumó y su mirada se desvió hacia algún lugar por encima de mi hombro. Lo siguiente que supe fue que alguien me empujaba con tanta fuerza que resbalé y a punto estuve de caer sobre la mesa. Me agarré al borde en el último momento.

Un rugido de dolor ahogó el sonido de protesta que abandonó mis labios. Al volverme me encontré a Raven arrodillado, con la cabeza inclinada hacia delante y un ardiente rastro de aceite descendiendo por su nuca y colándose bajo el cuello de la camisa. La chaqueta de su esmoquin estaba totalmente empapada.

—¡Oh, Dios! —murmuré, y me dejé caer junto a él—. Raven. Rav —lo llamé, pero no me contestó.

Ni siquiera podía leer mis labios. Tenía la cabeza baja, los ojos cerrados con fuerza y los músculos tan tensos que su chaqueta parecía a punto de desgarrarse en las costuras.

«¡Mierda! Haz algo, Danielle», maldije para mis adentros.

Traté de retirar el aceite con las manos desnudas y la piel me ardió en cuanto lo toqué, pero no me detuve. Me limpiaba las manos en el vestido y luego repetía el proceso, y aunque Maggie intentó detenerme, me zafé de ella. Gracias a Dios, el aceite se enfrió con rapidez, pero Raven continuaba inmóvil; el daño ya estaba hecho.

Deslicé una mano por su nuca y colé la otra bajo el cuello de su camisa. No había nada que pudiera hacer. Aunque hubiera podido acceder a mi poder, ningún hechizo funcionaría en el interior de aquel edificio. Pero eso no me detuvo. Busqué en mi interior y reclamé la energía de mi elemento; la frescura del agua limpia y pura, que podría sofocar el ardor de su piel.

Sin más ingredientes no sabría si podría curarlo del todo, pero tiré y tiré del núcleo de mi pecho en el que debería haber palpitado la magia y la forcé a atravesar no solo la prisión que la mantenía fuera de mi alcance, sino también el hechizo que protegía aquel lugar.

Recité en voz baja un hechizo de curación una y otra vez.

Raven no respondía a nada de lo que hacía. Parecía paralizado. Percibía su dolor con claridad en la tensión que emanaba de su cuerpo. Debería haber estado gritando, pero sus labios formaban una línea apretada de la que no escapaba sonido alguno. A nuestro alrededor, todos habían enmudecido y la música se había detenido.

Continué recitando el hechizo sin darme tregua apenas para respirar, y mis manos, sobre las que ya empezaban a formarse pequeñas ampollas, comenzaron a temblar por el esfuerzo que requería tirar de mi magia desde lo más profundo de mi pecho. Todo mi cuerpo temblaba, pero no cedí a pesar de los pinchazos que aguijoneaban mis sienes y de que, probablemente, no conseguiría nada salvo agotarme.

Y, sin embargo, un momento después, la tensión en los hombros de Raven comenzó a disminuir. Yo redoblé mis cánticos. Ni siquiera era demasiado consciente de la gente que se agolpaba en torno a nosotros ni de que alguien me estaba hablando; seguramente, Robert o Maggie. Lo único en lo que podía pensar era en que Raven me había apartado para protegerme del aceite hirviendo destinado a caer sobre mí. Él había recibido el golpe por mí como si fuera mi propio familiar, y yo, el protegido al que debiera mantener a salvo a costa incluso de su propio sufrimiento.

Sabía que no era una herida mortal ni mucho menos y que solo la magia podría acabar con la vida de un familiar (era la magia lo que creaba a los familiares y también lo único que podía destruirlos), pero las heridas físicas los lastimaban de igual modo que a cualquier otra persona.

Seguí susurrando el hechizo en una dolorosa letanía y Raven gimió muy bajito, solo un suspiro abandonando sus labios ahora entreabiertos. Funcionaba, estaba segura de que estaba funcionando... *Tenía* que funcionar.

Raven levantó la cabeza y me miró. Sus rasgos estaban contraídos por el dolor.

—¿Rav? ¿Estás bien?

Era una pregunta estúpida. No podía estar bien, pero de todas formas asintió. Se irguió un poco y, de forma lenta y calculada, se puso en pie, llevándome consigo. Fue entonces cuando descubrí a Ariadna Wardwell a pocos pasos de nosotros. Estaba tan pálida que parecía a punto de desmayarse y no dejaba de restregarse una mano contra la otra.

Su madre, la directora, se hallaba justo a su lado.

—Tú has hecho esto —dije, dirigiéndome a la bruja más joven.

Dio un respingo y sus ojos pasaron de Raven a mí mientras negaba con la cabeza. Deseé saltar sobre ella y arrancarle su bonita cabellera cobriza pelo a pelo, pero su madre se interpuso en mi camino a tiempo mientras que Raven, a su vez, me agarraba del brazo para detenerme.

—Ha sido un desafortunado accidente —afirmó Wardwell.

No había compasión y tampoco una pizca de pesar en su voz.

Raven ladeó la cabeza y permaneció en silencio. Observó a la directora de tal manera que parecía capaz de atravesarla con la mirada para alcanzar a su hija, escondida tras ella.

—Yo lo he visto todo y no ha sido accidental —proclamó Robert, situándose al otro lado de Rav.

—Señor Bradbury, ¿es eso una acusación formal? —terció la mujer.

Si en algo se parecía Ravenswood a Abbot, realizar una acusación de ese tipo contra otro miembro de la comunidad era algo muy serio. Aun así, Robert parecía muy dispuesto a confirmar su versión. Pero Raven se le adelantó.

—Ha sido solo un malentendido —expuso. Le lanzó una breve mirada a la lámpara sobre nuestras cabezas, ahora apagada y vacía—. Es obvio que el linaje de los Wardwell no es lo suficientemente poderoso como para sortear las protecciones de todos los directores de este lugar.

La directora sacudió la cabeza como si la hubieran abofeteado.

—Así es —confirmó la mujer entre dientes.

Raven acababa de menospreciarla a ella y a todos sus antepasados, y se había asegurado de que no pudiera replicar nada al respecto si no quería perjudicar a su hija.

—¿Qué ha pasado? —La exigencia de una voz grave y masculina retumbó a lo largo de toda la estancia.

Todos se volvieron hacia la puerta y un pasillo se abrió de un lado a otro. Bajo el umbral, Luke Alexander Ravenswood se erguía en toda su altura, imponente y sombrío, además de claramente furioso. Junto a él, un lobo blanco enseñaba los dientes y gruñía de forma amenazadora. En la sala no se oía ni un susurro a pesar de lo inquietante de la escena. O tal vez justo por eso.

—He preguntado qué demonios ha pasado —insistió Alexander; los bordes de su figura desdibujándose y oscureciéndose por momentos.

Llevaba la misma ropa con la que nos había despedido horas antes y también continuaba descalzo. Estaba claro que, de alguna forma, tenía que haber percibido el sufrimiento de su familiar y había salido a la carrera de la casa.

Acababa de romper sus propias normas por Raven.

Al no obtener respuesta, Alexander avanzó a grandes zancadas hacia nosotros. Wood lo siguió sin dejar de gruñir y los alumnos retrocedieron a su paso. Alexander, en cambio, ni siquiera los miró; sus ojos estaban fijos en Raven.

Wardwell ya no se veía tan segura de sí misma y Ariadna parecía aterrorizada. Raven las rodeó para adelantarse y Wood trotó hasta él y se frotó contra sus piernas en ademán protector. Cuando Alexander los alcanzó, agarró a Raven por los hombros y lo acercó a él. Unieron sus frentes mientras se susurraban algo que no pude oír. Un momento después, el brujo se separó de Raven y se encaró con la directora, aunque su mirada se posó antes brevemente en mí.

—¿Qué ha pasado? —repitió una vez más, y la furia helada en su voz fue tan patente que me provocó un escalofrío.

Los hechizos que convertían el lugar en terreno neutral no parecía que tuvieran mucho efecto sobre él. La oscuridad se arremolinaba sobre sus hombros y también le cubría los dedos. Sus ojos conservaban la disparidad de color, pero había una sombra amenazante en ellos.

Si perdía el control otra vez, podía suceder cualquier cosa. Estaba bastante segura de que lo que yo había visto de él no era más que una parte muy reducida de todo lo que en realidad se escondía en su interior.

—Todo va bien, Alex —aseguró Raven, respaldando lo que todos sabíamos que era una mentira.

Wardwell recuperó en parte la compostura al escuchar su afirmación y se apresuró a intervenir.

—Eso es. Ha sido un lamentable accidente...

Alexander siseó para hacerla callar. La verdad era que daba bastante miedo; no me veía tratando de intervenir si intentaba arrancarle la cabeza a la mujer. De algún modo, con hechizo protector o no, estaba bastante segura de que Ariadna había conseguido volcar la lámpara y verter el aceite sobre Raven, aunque lo que deseara en realidad fuese hacerme daño a mí. De no haberme apartado Rav...

La silueta de Alexander vibró de nuevo en los bordes mientras fulminaba a Wardwell con la mirada. ¡Ay, Dios! Aquello iba a ponerse muy feo de un momento a otro, y la actitud de Wood no ayudaba a tranquilizar los ánimos; no dejaba de gruñir y lanzar dentelladas en todas direcciones mientras permanecía junto a su gemelo.

Raven me lanzó una mirada suplicante y no tardé en darme cuenta de lo que me estaba pidiendo. Avancé hasta Alexander y me planté frente a él.

—No quieres hacer esto.

—Sí, sí que quiero —replicó el brujo con una voz distorsionada y cruel que ni siquiera parecía la suya.

—Pero Rav, no. Así que vas a salir con él de aquí ya. —No se movió, y su piel emanaba calor en oleadas cada vez más intensas—. Necesita que lo curen.

El comentario lo hizo reaccionar por fin. Perdió el interés en Wardwell y observó con atención a su familiar. Solo entonces, Raven avanzó de nuevo hacia él. Apoyé las manos en el pecho de Alexander con cierta cautela y le di un pequeño empujón en dirección a la salida que, gracias a Dios, surtió efecto. Wood nos siguió solo cuando comprobó que su gemelo también se dirigía al exterior.

En cuanto todos estuvimos en marcha, Alexander me lanzó una mirada que me puso los pelos de punta.

—No vuelvas a tocarme.

Me dieron ganas de empujarlo contra Wardwell, sacar las palomitas y sentarme a esperar que todo ardiera a mi alrededor, pero me recordé que Raven necesitaba que le echaran un vistazo a su herida, así que me tragué el orgullo y continué caminando.

22

Alexander

El camino entre el auditorio y la casa se hizo tortuosamente largo. Conservar la calma había requerido de mí una fuerza de voluntad que no sabía que tenía. Por muchos hechizos que rodearan el edificio, dudaba que hubiera alguno que pudiera contenerme del todo si me dejaba arrastrar por la oscuridad. Aun así, su existencia me había ayudado a mantener el control. Y, de alguna extraña manera, también lo había hecho la presencia de Danielle; algo sobre lo que no pensaba pararme a reflexionar en ese momento.

La bruja blanca caminaba por detrás de mí, junto a Maggie y Robert, quienes al parecer también habían decidido dar por terminada la fiesta. Percibía la preocupación de todos por Raven flotando en el aire, y ese detalle me impulsó a acelerar el paso para llegar cuanto antes; no estaba muy seguro de cómo procedería si descubría que el lobo había sufrido algún tipo de daño.

En el momento en que Wood había detectado que algo iba mal con su hermano, ni siquiera tuvimos que intercambiar una palabra antes de salir de la casa e ir en su busca. No hubo dudas por mi parte al atravesar el límite de la propiedad; no cuando se trataba de uno de los gemelos.

—Tienes que calmarte, Alexander —murmuró Raven, apresurando el paso para mantener mi ritmo. Incluso después de lo que quiera que le había sucedido en aquel salón, era él quien estaba preocupado por mí.

Gruñí a modo de respuesta del mismo modo en que había estado haciéndolo Wood. El lobo blanco no se había transformado de nuevo, sino que trotaba junto a su hermano con los dientes al descubierto y listo para saltar sobre cualquiera que osara interponerse en nuestro camino.

Comprendía su actitud. Una parte de mí ansiaba regresar a ese edificio repleto de brujos y drenar de ellos hasta la última gota no solo de magia, sino de vida. Tanto poder concentrado en una sola estancia ejercía sobre mí un poderoso influjo que me era muy difícil ignorar. Incluso la energía que emanaba de los Bradbury caminando a pocos metros a mi espalda me hacía replantearme todas las promesas que me había hecho a mí mismo.

Al menos la magia de Danielle permanecía *apagada*, y eso era probablemente lo único que había permitido su estancia en nuestra casa. De cualquier manera, percibía lo poderosa que era bajo ese entramado de obstáculos que recluía su poder.

—No ha sido culpa de Dani —continuó murmurando Raven—. No quiero que te enfades con ella. Y no quiero que regreses al auditorio cuando creas que todos estamos durmiendo.

Raven me conocía bien y estaba seguro de que podía adivinar el rumbo que habían tomado mis pensamientos.

—Tenía que protegerla —prosiguió, y me entraron ganas de reír.

—Se basta sola para eso —afirmé, y eché un vistazo rápido por encima de mi hombro para asegurarme de que no nos estaba escuchando—. Es mucho más poderosa de lo que demuestra.

La curiosidad se reflejó con claridad en las facciones de Raven.

—¿La has... tocado?

Negué.

Cuando tocaba la piel de un brujo solían pasar cosas muy desagradables. La oscuridad de mi interior se filtraba a través de mi carne, reclamando tomar lo que daba por sentado que era suyo: más y más poder. Las únicas excepciones eran los brujos y brujas pertenecientes a mi linaje, ya que la magia de los Ravenswood ya me pertenecía y no era necesario que la robara. Daba gracias por ello; de otra forma, no podría haber mantenido a los gemelos cerca de mí.

Mi salida de la casa había sido una temeridad, pero al menos me había contenido para no tocar a nadie.

Un escalofrío me recorrió al recordar la sensación de las manos de Danielle empujando sobre mi pecho. El toque había sido muy breve, y tenía suerte de que la tela de mi camiseta se hubiera interpuesto entre nosotros.

—Entonces, ¿cómo sabes que es poderosa?

—Lo sé, créeme —repliqué—. No necesito tocarla para estar seguro de que lo es.

A pesar de su historia, los Good eran una de las principales y más reconocidas estirpes de brujos blancos. Pero en el caso de Danielle no solo se trataba de eso. Algo me decía que, una vez que escapara de su bloqueo, mostraría una habilidad considerable en cuanto al manejo de su poder. Era de esa clase de brujos para los que la magia resultaba algo sumamente natural, una extensión de sus dedos y manos; tanto como lo era para mí.

Solo que yo, además, lidiaba con otra clase de fuerzas que pugnaban por hacerse con el control de mi cuerpo.

—Sufre alguna clase de bloqueo, quizás un hechizo inhibidor —susurré, y Raven asintió como si ya estuviera al tanto—. ¿Lo sabías?

Asintió una vez más y yo suspiré. No tenía sentido que me enfadara con él. Raven siempre juzgaba por sí mismo qué secretos revelar y cuáles guardarse; lo había estado haciendo a lo largo de los años que llevábamos juntos y, seguramente, desde mucho antes de que yo naciera.

—Podrías ayudarla —sugirió, y mi necesidad de refugiarme en el único lugar al que podía considerar un hogar no evitó que me detuviera bruscamente para mirarlo.

—¡¿Te has vuelto loco?! —exclamé, intentando no alzar la voz.

Raven me tomó del brazo y me obligó a seguir caminando. Ni siquiera me molesté en comprobar si el resto del grupo estaba pendiente de nuestra conversación.

—No te alteres. Solo digo que podrías echarle una mano y así no estaría desprotegida.

Resoplé, incrédulo por su petición. Tenía que estar de broma.

—No sabes lo que me estás pidiendo, Rav. Además, cuando eso pase, Danielle va a tener que salir de la casa.

Hasta ahora había soportado la presencia de la bruja con cierto estoicismo, pero eso cambiaría en el momento en que ella recobrara su poder y se convirtiera en una tortura constante para mí. Incluso ahora, cada vez más lejos del auditorio Wardwell, un hambre feroz me devoraba por dentro; las palmas de las manos me picaban y tenía la garganta seca. Cada célula de mi cuerpo exigía que la saciara.

—Eso no será necesario. Los Ravenswood y los Good siempre se han mantenido en buenos términos, y Danielle y tú no seréis distintos de vuestros antepasados.

No quise discutir más con él. No se equivocaba al afirmar que ambas familias habían evitado los enfrentamientos directos durante siglos a pesar de pertenecer a bandos diferentes, quizás porque los Good no habían olvidado lo que Benjamin Ravenswood había hecho por Sarah Good durante los juicios de Salem. Puede que finalmente no consiguiera salvar a la mujer de ser ahorcada junto con otras cuatro brujas, pero su familia tenía que saber lo mucho que Benjamin había luchado por liberarla; algo que ellos ni siquiera habían intentado.

Estaba tan ansioso por regresar al interior de la casa que ni siquiera me molesté en negarme cuando Raven invitó a entrar a los Bradbury. Si había podido resistir rodeado de brujos en el auditorio, incluso furioso como estaba, podría aguantar un rato más con ellos dos cerca.

Me dirigí directamente a la cocina. Rellené un vaso con hielo y me serví de la jarra de agua que teníamos siempre en el frigorífico. El líquido helado me ayudaba a calmar la ansiedad y la sed como ninguna otra cosa podía hacerlo. Me tomé dos vasos seguidos antes de pararme a escuchar la conversación que los demás mantenían en el salón.

Con la espalda encorvada y las manos estiradas sobre la encimera, metí la cabeza entre los hombros y permanecí en silencio para captar las distintas voces. Al parecer, Ariadna Wardwell se las había arreglado para derramar una de las lámparas de aceite del auditorio sobre Raven, algo que no conseguía entender cómo había conseguido. Pero Robert la había visto y, lo que era aún más revelador, también el propio Raven se había percatado de que el aceite caería sobre Danielle y la había apartado para que no sufriera ningún daño; muy propio del lobo negro sacrificarse.

Continué escuchando las distintas versiones de lo sucedido de boca de los presentes, intercaladas con los gruñidos que emitía Wood de vez en cuando. El lobo blanco había optado por no regresar a su forma humana, tal vez porque él también estaba valorando la posibilidad de volver al auditorio y hacerle pagar a Ariadna el dolor sufrido por su gemelo.

—Pero ¿cómo te has saltado las protecciones? —La pregunta de Maggie se alzó por encima del resto de voces—. ¿Cómo has podido curarlo?

Aquello me hizo alzar la cabeza de golpe.

A través del hueco de la puerta, atisbé la silueta lobuna de Wood yendo de un lado a otro, en actitud inquieta. No pude ver a Danielle desde donde me hallaba y, aunque la escuché responder a la pregunta, bajó tanto la voz que no entendí bien lo que decía.

¿Ella había curado a Raven? Yo ni siquiera me había atrevido a pedirle a mi familiar que me mostrara si había sufrido algún tipo de daño; no estaba preparado para conocer la respuesta ni lo estaría hasta que me calmase del todo. Si descubría siquiera una gota de sangre en su ropa o sobre su piel, no podía asegurar que no perdiera el escaso control con el que contaba. Ya había visto a Raven sangrar antes y dudaba mucho que pudiera perdonármelo nunca.

Todo lo que podía hacer en ese instante era respirar hondo, tratar de recobrar la compostura y mantenerme alejado de los brujos ajenos a mi linaje. La alternativa pasaba por dejarme dominar por la locura y... el resultado no sería agradable para nadie, ni siquiera para mí.

Rígido y dolorido, esperé hasta que los Bradbury se marcharon y Raven se retiró a su habitación. Wood se marchó con él, escoltándolo, como si creyera que el peligro aún no había pasado o que su gemelo podía desmayarse en cualquier momento. El afán protector de Wood con su hermano rivalizaba con el mío, aunque ambos supiéramos lo capaz que era el lobo negro de defenderse por sí mismo. Supongo que, en el fondo, lo que intentábamos era proteger su inocencia a toda costa, ya que la nuestra se había arruinado mucho tiempo atrás. Raven aportaba esperanza a nuestro aquelarre y queríamos que continuara siendo así.

En cambio, yo...

Arruinado. Así era como me sentía. Arruinado y roto.

En el salón solo quedó Danielle. Aunque no podía verla, sentía el poder que habitaba en su interior de forma sutil pero inconfundible, una llamada extraña por lo diferente que era de la que percibía procedente de otros brujos.

Continué esperando inmóvil, apoyado en la encimera y con los ojos cerrados, pendiente del instante en que desapareciera escaleras arriba y se encerrase en su dormitorio; entonces yo podría subir a ver a Raven.

Pero eso no llegó a suceder. Un momento después escuché el rumor de sus pasos adentrándose en la cocina.

Suspiré profundamente incluso antes de que ella abriera la boca.

—¿Estás bien? —inquirió.

Su preocupación sonó genuina y me pilló con la guardia baja; cualquier otra pregunta o una de sus habituales pullas me hubieran sorprendido menos.

Abrí los ojos y la miré, entre perplejo y curioso. Conservaba puesto el vestido que Raven me había obligado a elegir para ella. El lobo me había pedido ayuda (la cual estaba seguro de que no necesitaba y solo era parte de sus estratagemas para acercarme a Danielle) y al final había terminado delegando la decisión en mí. Había sido más fácil ceder y no tener que ponerme a discutir con él por una tontería así; una vez más, no había podido decirle que no.

Haber pasado casi toda mi vida encerrado en aquella casa no había evitado que se me instruyera en todas las costumbres y tradiciones del mundo exterior. Mis padres me habían asignado diferentes tutores para las aún más variadas materias, incluido el protocolo para cualquier fiesta o evento. Al parecer, no podían permitir que existiera un Ravenswood que no supiera desenvolverse en sociedad de forma adecuada. Habían esperado que, para cuando hubiera completado mis estudios, fuera capaz de controlar la oscuridad de mi interior. Todo ello sin hacerse cargo de mi educación directamente.

Sus esfuerzos (o más bien los de mis profesores) dieron sus frutos en la gran mayoría de aspectos, pero yo seguía siendo incapaz de manejar el poder que me había sido legado. El resultado era que había preferido aislarme antes que arriesgarme a, no sé, hacer arder el mundo tal vez.

Al menos había acertado con el vestido de Danielle. Incluso ahora, arrugado y cubierto de manchas de aceite, se ajustaba a sus curvas con la suavidad que se esperaría de las caricias de un amante entregado, dibujándolas con una sensualidad que consiguió que se me secara la boca. Mis ojos descendieron por el corpiño hasta alcanzar su estrecha cintura. Las palmas de las manos comenzaron a picarme, no sé bien si porque mi magia trataba aún de encontrar un camino para salir al exterior o por un motivo totalmente distinto, pero igual de alarmante.

Me obligué a levantar la mirada antes de perderme en la redondez de sus caderas, pero topé con sus hombros desnudos. Llevaba la capa negra sujeta alrededor del cuello, aunque se la había echado hacia atrás, y tuve que hacer un esfuerzo para no ir hasta ella y retirarla del todo solo por el placer de admirar la piel suave y pálida de su espalda. Algo se removió en mi estómago, una sensación extraña y perturbadora, desconocida, y el aire a mi alrededor crepitó.

—¿Alexander? ¿Estás bien? —insistió ante mi silencio.

Asentí con lentitud, no demasiado seguro de estar diciendo la verdad.

—Estoy bien —me obligué a decir en voz alta, solo para convencerla y convencerme a mí de paso.

No creo que se lo tragara.

También ella me estaba observando con atención y, de una forma absurda, me pregunté qué era lo que veía. Nunca me había preocupado demasiado mi aspecto, mi inquietud solía centrarse en lo que podía hacerle a los brujos y brujas que se acercaran a mí. Irónicamente, al parecer resultaba inocuo para los humanos, pero mis padres habían querido que viviera en Ravenswood y, aunque ya tenía edad para decidir por mí mismo desde hacía algunos años, había decidido permanecer aquí.

Ravenswood era mi legado; los brujos que allí estudiaban habían sido protegidos durante siglos por mi linaje, y estar cerca de ellos, y emplear mi poder para protegerlos si llegaba a ser necesario, era la única forma que tenía de sentir que yo también estaba haciendo honor a esa responsabilidad. Más allá de eso, y en el fondo, era muy consciente de que alejarme de este lugar también sería como aceptar que no formaba parte de la comunidad. Y, aunque no me relacionara con nadie tampoco aquí, al menos estaba rodeado de los míos.

—Siento lo que ha...

—No ha sido culpa tuya —la interrumpí, y yo fui el primer sorprendido por la aclaración.

Resultaba fácil cargar sobre sus hombros la culpa de lo sucedido con Raven, pero no hubiera sido justo. Aunque yo me hubiera negado, él hubiera acompañado a Danielle al baile porque eso era lo que creía que debía hacer. Y nadie apartaba al lobo de sus obligaciones.

Lo que quiera que Raven hubiera visto al mirar por primera vez a la bruja tenía que ser esclarecedor, aunque yo no estaba muy seguro de querer saberlo.

—Raven sabe lo que hace —añadí, porque estaba claro que Danielle se sentía responsable.

En el silencio posterior a mi afirmación permanecimos mirándonos con algo menos de hostilidad de la que solíamos emplear para hacerlo. Resultaba obvio que Danielle Good era una bruja indomable y feroz a pesar de su juventud. Comprendía en parte que Raven sintiera esa compleja afinidad hacia ella, aunque no era tan estúpido para creer que no había algo más tras ese sencillo interés.

—¿Puedo hacerte una pregunta? —inquirió, acercándose hasta la isla que se interponía entre nosotros.

Se apoyó en ella y su cansancio resultó evidente. No entendía por qué no se marchaba a su habitación de una vez por todas.

—Puedes, pero puede que yo decida no contestarla.

Asintió, como si creyera que era lo justo.

—¿Por qué, fuera de esta casa, todos te llaman Luke?

Se me escapó una carcajada no exenta de cierto cinismo. Estaba claro que, en cuanto a qué preguntas hacer, las prioridades de aquella chica no tenían ningún sentido.

—Olvídalo —añadió entonces, descartando el comentario con un gesto de la mano, y se dispuso a abandonar la estancia.

—Alexander fue el nombre que mi madre eligió para mí —solté sin pensar cuando ya se había dado la vuelta y caminaba hacia la puerta—. Mi padre nunca quiso llamarme así, más que nada porque él fue quien eligió mi primer nombre en honor a su abuelo y quería hacerlo valer por encima de la elección de ella, del mismo modo en el que su apellido era más importante. Siempre se ha creído mejor que mi madre en todos los aspectos, como si lo único que tuviera valor en una persona fuera la cantidad de magia que corre por sus venas y el resto fuese algo banal. No quieres saber lo que piensa de los humanos —comenté, porque, para mi padre, las personas no mágicas eran poco más que animales—. Así que exigió que se refirieran a mí como Luke. Y así es como todos me llaman aquí.

—Todos salvo Raven y Wood —murmuró sin darse la vuelta.

Ni Meredith. Ni ella, al parecer. Y escucharlo de sus labios siempre me provocaba un escalofrío.

—Ellos saben lo que quiero. Conocen mis anhelos —confesé.

Estaba hablando de más. Pocas personas tenían acceso a mi mente, aún menos que a mi persona. Y aunque ese pensamiento podría haber sonado esnob, la realidad era que, en el fondo, resultaba triste y amargo. Estaba solo.

Danielle echó a andar de nuevo. En un movimiento rápido e involuntario, me planté frente a ella y le bloqueé el paso. Tuve que concederle que no retrocedió ni se mostró amedrentada a pesar de que le sacaba una cabeza y mi corpulencia duplicaba la suya. Puede que Danielle Good fuera una bruja blanca y menuda, pero no me tenía miedo. O al menos se esforzaba mucho para no dar muestras de ello.

—¿Por qué estás aquí?

—Porque no puedo irme —se apresuró a contestar.

—Eso no es verdad. Puedes irte de esta casa cuando quieras, nada te retiene.

Cruzó los brazos sobre el pecho, a la defensiva, e irguió la espalda tratando de lucir un poco más alta e imponente. Puede que no lo supiera, pero no lo necesitaba. Aquella bruja se merecía mi respeto, aunque solo fuera por el modo en el que me plantaba cara. Sabía que Raven le había hablado de mi poder y Wood también había confesado haberle contado algunas cosas. Ella misma me había visto en mi última crisis y, aunque no hubiera perdido el control del todo en esa ocasión, sabía lo perturbador de la imagen que le había mostrado.

Aun así, allí estaba, decidida a no retroceder. Y eso resultaba muy... interesante.

—Hay un hechizo —argumentó a duras penas, aunque era obvio que esa no era la razón.

Ese hechizo apenas si había estado ahí un par de días. Además, aunque yo lo hubiera mantenido, se le había permitido entrar y salir libremente cada vez que iba a clase. Una vez que Wardwell le había dado vía libre para estar por el campus, podía haber peleado con ella para alojarse en otra casa o en el edificio donde residían el resto de alumnos. Claro que Wardwell la quería aquí, protegida, pero eso Danielle no tenía por qué saberlo. Y, lo que era aún más sospechoso, no había intentado largarse de Ravenswood. La barrera que mantenía ocultas casi todas las instalaciones del campus, salvo la mansión, la mantendría dentro, pero lo lógico era que hubiera intentado encontrar algún modo de salir de allí al menos una vez... Una bruja blanca estaría lo suficientemente desesperada por salir de allí como para probar cualquier cosa.

—No. No lo hay. Lo eliminé hace días —expliqué, y me extrañó que no se hubiera dado cuenta. Claro que seguía *bloqueada*—. Por norma general, no es necesario; nadie se acerca por aquí. Solo lo puse para evitar que salieras corriendo los primeros días y acabaras vagando por el bosque.

—¡Serás imbécil! ¿Por qué no lo habías dicho? —me espetó, tan indignada que resultó incluso divertido.

—No preguntaste. —Ladeó la cabeza y me fulminó con la mirada—. Además, cuando se te permitió salir de la casa para ir a clase, no intentaste largarte de Ravenswood. No es como si pudieras hacerlo en realidad, pero da la sensación de que no quieres irte de todas formas. Lo que me lleva a mi pregunta inicial: ¿Qué haces aquí?

Reafirmó su postura desafiante, con la barbilla alta y los hombros hacia atrás; lo cual, por cierto, me ofrecía una estupenda perspectiva de su tentador escote (pero no sería yo quien señalara ese detalle; prefería recrearme un poco con las vistas).

Sin embargo, se desinfló frente a mis ojos poco a poco mientras parecía estar valorando qué respuesta darme. Decidí echarle una mano.

—Quieres quedarte en Ravenswood por tu madre, ¿no? No crees que su muerte fuera un accidente.

—¿Cómo lo sabes?

Casi sonreí. *Casi*. No recordaba muy bien cómo hacerlo y tampoco solía tener motivos para ello.

—Sé muchas cosas.

—Pero te pregunté si la conocías...

—Y yo no llegué a conocerla jamás. —Raven me había contado algunas de las preocupaciones de Danielle. No todas, seguramente; solo lo que él creía que yo debía saber—. Siento mucho su muerte.

Frunció el ceño, sin saber cómo encajar mis condolencias. Creo que mi actitud la desconcertaba. No me extrañaba, yo mismo lo estaba. No era habitual que hablara con nadie más de lo necesario; con Wardwell, algunos de los profesores y, solo a veces, con el personal encargado de traernos comida y lo que necesitásemos. Poco más, y en contadas ocasiones.

—No llegarás muy lejos sin magia —señalé—. Puedo ayudarte con eso. Eliminar lo que sea que te contiene.

«¿Qué demonios estás haciendo, Alexander?», me pregunté. Que Raven lo hubiera sugerido no lo convertía en algo adecuado. Es más, resultaba una idea pésima. ¿Por qué estaba yo brindándole mi ayuda? Era muy consciente de que, si se le ocurría acceder y yo ponía una mano sobre su piel, las cosas podían ir cuesta abajo con rapidez.

A pesar de ello, me descubrí ansioso por conocer su respuesta.

23

El ofrecimiento de Alexander me dejó momentáneamente sin palabras. No me lo esperaba en absoluto. Tampoco tenía muy claro cómo pensaba ayudarme a deshacer un hechizo que ni siquiera yo conocía. A decir verdad, y aunque lo hubiera hecho, empezaba a creer que había algo más tras mi bloqueo que el simple castigo que se me había aplicado en Abbot, pues este ya tendría que haber desaparecido por sí solo.

Pero aquella era una oportunidad que no sabía si podía rechazar. Lo sucedido en el baile había resultado ser un conveniente golpe de realidad. No estaba allí para socializar o asistir a fiestas, ni para convertirme en alumna de Ravenswood. Tenía que descubrir lo que pudiera sobre mi madre y luego abandonar el lugar fuera como fuese. Para colmo, Dith continuaba desaparecida, y esa era otra preocupación que añadir a una lista ya demasiado larga.

El vínculo que se establecía entre un familiar y su protegido no permitía que pasaran mucho tiempo el uno lejos del otro. Como era obvio, no había manera de que Meredith pudiera protegerme si se encontraba a kilómetros de mí, pero no era eso lo que echaba de menos ni por lo que la quería de vuelta.

A lo largo de los años que habíamos pasado juntas, Dith había ejercido de madre, hermana y amiga, y era la única persona en la que de verdad confiaba. Sabía que ella se sentía de igual forma respecto a mí, así que Meredith tenía que haber esperado encontrar algo muy importante para marcharse y dejarme sola en un sitio como Ravenswood.

Alexander continuó observándome con su intensidad característica. Sus ojos estaban fijos en mi rostro y su expresión permanecía impasible, aunque minutos antes el tipo me había dado un repaso nada disimulado que, muy a mi pesar, había despertado en mí una serie de bochornosas sensaciones. Aquellos dos iris de colores diferentes parecían ser capaces de arañar la superficie de mi piel y alcanzar mi interior, tragarse mis emociones y masticarlas para luego escupir los restos. Y mientras descendían por mi cuerpo, de sus labios había escapado de nuevo ese ruidito grave a mitad de camino entre un gemido y un gruñido que no sabía muy bien cómo interpretar.

—¿Y bien? —insistió al ver que no contestaba.

Me pareció ligeramente ansioso, pero no creí que tuviera verdadero interés en ayudarme. Quizá todo lo que quería era perderme de vista de una vez por todas.

—¿Por qué harías algo como eso por mí?

Sus cejas se elevaron hasta quedar cubiertas en parte por rebeldes mechones de pelo rubio. Sentí deseos de apartarlos, pero me contuve.

Resultaba equivocado desear tocarlo. Muy equivocado.

—¿Necesito una razón?

—Sí. —Ni siquiera dudé al contestar.

No iba a recordarle lo desagradable que se había mostrado conmigo desde mi llegada. Aunque, si lo pensaba bien, se había molestado en conseguirme ropa y en prepararme el ungüento para mi alergia. Eso lo había hecho sumar algunos puntos, pero su cuenta continuaba en números rojos.

Se inclinó levemente hacia mí, sin llegar a tocarme, pero invadiendo mi espacio personal tal y como había hecho la vez que nos habíamos quedado encerrados en el dormitorio. Podía sentir su aliento revoloteando sobre mi mejilla y la calidez que emanaba de su cuerpo, así como ese olor salvaje y primigenio que desprendía. Su presencia lo ocupó todo durante un instante y me dejó completamente aturdida.

—Raven te ha tomado mucho cariño —susurró con un tono bajo y algo más ronco que un momento antes—. Va a ponerse en peligro por ti las veces que sean necesarias, y no quiero que le pase nada. Sería más fácil si pudieras defenderte por ti misma, ángel.

Que volviera a dirigirse a mí de esa forma me arrancó de mi ensoñación más rápido de lo que podría haberlo hecho cualquier otra cosa. Era un magnífico recordatorio de quién era yo y quién él.

—Así que lo haces por él.

Retrocedió lo justo como para poder mirarme a los ojos. Una de sus comisuras se curvó de forma muy sutil, tan solo un movimiento mínimo, pero bastó para ponerme nerviosa. Estaba segura de que el mundo se iría al infierno el día que pudiera contemplar una sonrisa de verdad en sus labios.

—Claro que lo hago por él. Si le pasara algo, nunca me lo perdonaría.

Ya, bueno, no era como si yo hubiera pensado que estaba preocupado por mí. Que Alexander quisiera de vuelta mi poder parecía algo lógico dada la situación; en realidad, solo protegía a su aquelarre. A su familia.

—¿Y cómo vamos a hacerlo? —La pregunta empujó su otra comisura hacia arriba y el iris más oscuro redobló su negrura; parecía estar absorbiendo la luz de la habitación. Supe de inmediato en lo que estaba pensando—. Tienes la mente muy sucia, Ravenswood.

—No soy yo quien está pensando en cosas sucias, Good.

Crucé los brazos sobre el pecho como una barrera que separara nuestros cuerpos. Ni de coña iba a retroceder ante él.

Establecimos una pequeña competición de miradas desafiantes que ninguno parecía dispuesto a perder. Con la casa en completo silencio, todo lo que escuchaba eran nuestras respiraciones y el golpeteo rítmico de mi corazón taladrándome los oídos. Se me había acelerado el pulso sin motivo y un escalofrío me sacudió los hombros en cuanto me percaté de que Alexander estaba de nuevo inclinándose en mi dirección. No le costó mucho volver a ganar los centímetros que yo había interpuesto entre nosotros.

Temiendo que mi voz me traicionara, me aclaré la garganta antes de hablar de nuevo.

—¿Cómo piensas deshacer un hechizo que no conoces? —especifiqué esta vez.

Alexander se humedeció el labio inferior con la punta de la lengua y mi traicionera mente aprovechó para imaginar cosas muy pocos adecuadas tratándose de él. Al parecer, sí que tenía la mente sucia. ¿Por qué demonios estaba pensando en él de esa manera? Aquel tío era un imbécil con mayúsculas, eso sin contar con que se trataba de un brujo oscuro con serios problemas de autocontrol y poderes que ni él mismo parecía conocer del todo. Una cosa era tontear con Cameron Hubbard —aunque fuera el hijo del director de Abbot— y otra muy distinta hacerlo con un Ravenswood. Tenía que salir de allí cuanto antes, porque era muy probable que el ambiente perturbador de aquella academia me estuviera afectando más de lo que creía.

—No necesito conocer el hechizo —me habló al oído, murmurando cada palabra con una cadencia suave y provocadora que me puso los pelos de punta. También le hizo otras cosas extrañas a mi cuerpo—. Puedo absorberlo sin más. Solo necesito... tocarte.

La voz se le quebró al pronunciar la última frase y algo en mi interior se rompió también, provocando una súbita descarga que descendió por mi columna vertebral hasta alcanzar una zona mucho menos noble de mi cuerpo. La temperatura de la habitación había aumentado de repente, el corpiño del vestido se ciñó con más fuerza a mi pecho y el aire se me atascó a mitad de camino entre la boca y los pulmones, todo a la vez. Por un momento pensé que me estaba ahogando o que Alexander empleaba alguna clase de poder sobre mí...

Hasta que comprendí que era algo totalmente distinto, algo mucho más prosaico.

—¡Ni de broma vas a tocarme! —exclamé, echándome hacia atrás para separarme de él.

El exabrupto logró que él también retrocediera y, durante un segundo, me pareció que su expresión reflejaba cierto dolor, o quizás fuera amargura; desapareció tan rápido que no fui capaz de discernirlo.

Se mantuvo erguido frente a mí, sus ojos oscurecidos paseándose por mi rostro y sus manos abriéndose y cerrándose en puños apretados de forma alternativa. Llamas purpúreas lamieron la curva de sus hombros tensos y los envolvieron en oscuridad; a continuación, descendieron y fueron a parar a las palmas de sus manos. También me percaté de que, a lo largo de sus brazos, las venas se le marcaban bajo la piel como un árbol de raíces negras y múltiples ramificaciones.

¿Lo había ofendido? ¿Era eso? Porque era bastante improbable que le molestara mi rechazo. Tal vez había mostrado un poco más de vehemencia de lo que se podía considerar cortés, pero es que no había nada cortés en la relación que manteníamos.

En realidad, ni siquiera existía una relación.

—Vete a tu habitación —me ordenó con una voz que no era del todo la suya.

¡Joder! Estaba perdiendo el control de nuevo.

Sin embargo, como nunca he sido demasiado sensata, me quedé plantada frente a él. Lo de que la curiosidad mató al gato no era algo que se pudiera aplicar solamente a Dith.

—Vete —gruñó de nuevo—. ¡Ahora!

A pesar de su grito, tampoco entonces me moví, solo Dios sabrá por qué. Me mantuve frente a él en actitud desafiante.

Su rostro se asemejaba a una máscara tallada en piedra; los labios ligeramente entreabiertos, dejando escapar un aliento irregular, y su mirada fija en mí. Las emociones se reflejaban tan solo en sus ojos y se sucedían con tanta rapidez que me era imposible descifrarlas con acierto. Lo único evidente era que no estaba acostumbrado a que lo desafiasen, aunque, con la clase de vida que llevaba, eso tampoco era de extrañar.

—No me gusta que me digan lo que tengo que hacer —dije entonces.

¡Oh, sí! Estaba claro que me encantaba meterme en problemas.

Él soltó otra de esas carcajadas aterradoras que no se parecían en nada a una risa verdadera. El sonido resultó cruel y su eco reverberó en las paredes de la estancia, cada vez más pequeña. El ambiente estaba cargado de algún tipo de electricidad, como si una tormenta fuera a desatarse en cualquier momento. Lo gracioso fue que, en realidad, no era Alexander quien contaba con dicha capacidad. El agua era mi elemento. Yo era quien, de tener acceso a una fuente suficientemente poderosa, podría llegar a convocar una lluvia torrencial incluso bajo techo. En honor a la verdad, no lo había logrado nunca y mucho menos lo conseguiría ahora, sin acceso a mi magia. Así que no tenía ni idea de qué demonios estaba sucediendo en aquella habitación, solo sabía que el vello de la nuca se me había erizado y una serie de escalofríos reptaban arriba y abajo por mi espalda como sinuosas serpientes.

—Tu instinto de supervivencia deja mucho que desear, Danielle Good —gruñó, y el aroma a bosque antiguo que emanaba de él, el de su magia, se intensificó.

Me encogí de hombros.

—Bueno, estrellé un coche contra una verja de hierro a toda velocidad... Supongo que me van los riesgos.

La oscuridad de sus venas seguía propagándose y asomaba ya bajo el cuello de su camiseta. En vez de sentirme horrorizada por lo que estaba sucediendo frente a mis ojos, me quedé embobada admirando la macabra red de dibujos que se formaba sobre su piel. Ni siquiera fui del todo consciente del avance de Alexander; sin embargo, mi cuerpo reaccionó por sí solo y empecé a retroceder al tiempo que él se adelantaba.

Cuando quise darme cuenta, el borde de la encimera se me clavó en la parte baja de la espalda y ya no hubo a dónde ir.

El calor que emanaba del brujo me envolvió y, aunque las lenguas de fuego que cubrían sus manos no alcanzaban a tocarme, temí estallar en llamas en cualquier momento.

—Solo tengo que tocarte —repitió él, como una cantinela aprendida que no pudiera sacarse de la cabeza.

Para mi horror, me lancé a imaginar otra clase de caricias que, probablemente, no tenían nada que ver con lo que le pasaba a Alexander por la cabeza. Definitivamente, mi instinto de supervivencia era una mierda y yo estaba muy necesitada de cariño; no había otra manera de explicarlo.

Me recliné hacia atrás tanto como me fue posible a pesar de haberme propuesto no ceder ante él. Por suerte, Alexander se mantuvo a unos pocos centímetros de mí, sin llegar a rozarme en ningún momento. No tenía ni idea de lo que sucedería si lo hacía.

—Deberías... deberías subir a tu... habitación. Ahora mismo —masculló con evidente esfuerzo, y su mirada adquirió por un momento una repentina lucidez.

—Hubiera creído que un Ravenswood tendría algo más de autocontrol.

Sacudió la cabeza de un lado a otro, negando desconcertado.

—No tienes ni puñetera idea de con qué estás jugando.

—Me parece que tú tampoco.

Eso me había contado Wood, que no sabían a ciencia cierta qué era lo que le pasaba a Alexander. ¿Tan poderoso era su linaje para dar como resultado a alguien como él? Yo no sabía prácticamente nada de sus padres, salvo el dilema de los dos nombres de Alexander y que estaba claro que su padre y el mío tenían un temperamento similar. Pero yo al menos podía relacionarme con todos en la academia, mientras que Alexander solo contaba con los mellizos. ¿No deberían al menos visitarlo o insistirle para que se incorporara al aquelarre familiar? ¿Brindarle algo más de apoyo aunque él quisiera permanecer aquí?

—No voy a poder aguantar mucho tiempo —farfulló a continuación, ignorando mi pulla. Sus ojos descendieron entonces hasta mis labios y un molesto cosquilleo se apropió de ellos—. Será mejor que te vayas.

A juzgar por cómo se habían comportado Wood y Raven durante la última crisis de Alexander, había pensado que él no tenía ningún tipo de control sobre lo que le sucedía. Sin embargo, y a pesar de mis provocaciones, era muy consciente de la manera en que luchaba para no dejarse dominar del todo por la oscuridad. Debía concederle eso al menos.

—Si te toco... —murmuró.

Apretó los dientes y un músculo palpitó en su mandíbula. Alzó los brazos y apoyó las manos en la madera, a los lados de mi cuerpo, dejándome totalmente encerrada y a su merced.

En un acto reflejo, y sin pensar en lo que sucedería si me tocaba, llevé las manos hasta su pecho para hacerlo retroceder. En cuanto las yemas de mis dedos rozaron su camiseta, una descarga me atravesó la piel y de mis labios escapó un jadeo. No era una sensación del todo desagradable, sino extraña e inquietante, desconocida; no era comparable con nada que hubiera sentido antes.

Haciendo honor a mi falta de sensatez, estiré por completo las manos sobre su pecho. Alexander tomó aire de forma brusca y sus ojos buscaron los míos con una avidez que me preocupó más que el hecho de estar siendo recorrida por una intensa corriente. ¿Qué demonios estaba pasando?

Las piernas se me aflojaron, repentinamente débiles, y supe que acabaría dando con el culo en el suelo. Pero enseguida me vi rodeada por unos brazos fuertes y firmes que no permitieron que eso sucediera. Alexander masculló una maldición mientras me sostenía con una delicadeza impensable en él. Envuelta en sus brazos y embriagada por la intensidad de su aroma, permití que me estabilizara e ignoré las decenas de pequeñas descargas que me atravesaban la piel.

Un segundo después, me soltó de forma tan precipitada que me golpeé la espalda con la encimera. Las maldiciones que salieron de mi boca no resultaron nada agradables, pero Alexander se hallaba ya a varios metros de mí, casi en la entrada de la cocina, y ni siquiera parecía haber escuchado mis improperios. Me miraba como si me hubiera salido un tercer brazo y estuviera azotándome yo misma con él.

—Eh... ¿Todo bien por ahí? —pregunté, haciendo un esfuerzo por recomponerme.

Había perdido la locuacidad en algún momento de nuestro fugaz abrazo, eso estaba claro.

La piel me hormigueaba allí donde sus manos me habían sostenido y percibía esas mismas zonas a una temperatura muy superior al resto de mi cuerpo. Al menos mayor que en ciertas partes; otras, en cambio, iban por libre. El corazón estaba a punto de asomárseme por la garganta y, para mi vergüenza, Alexander me había dejado temblando como un potrillo asustado.

—Necesito... un momento —afirmó. O más bien suplicó.

Su voz... Su voz no era la suya en absoluto. Tal vez *eso* que lo poseía aún no había desaparecido del todo, aunque sus venas no mostraban ya rastro alguno de oscuridad y las llamas se habían esfumado. Pero su voz sonaba rota y más áspera de lo normal, profunda y antigua. Me acarició los oídos y la piel, y provocó en mí un nuevo estremecimiento.

—Pues ya somos dos —mascullé de mala gana.

Continuaba agarrada a la encimera de una manera bastante patética. No creía ser capaz de sostenerme por mí misma si me alejaba. Aproveché el silencio en el que se sumió Alexander, y que no me estaba mirando, para recuperar un poco de la dignidad perdida.

Mis esfuerzos se alargaron durante un minuto eterno en el que él mantuvo la barbilla baja y los puños apretados. Luego, sin más, se dio media vuelta y se marchó, dejándome con las piernas temblorosas y la sensación de haber perdido alguna clase de batalla en la que no supiera que estaba participando.

Por alguna razón desconocida, estaba segura de que el brujo acababa de jugármela.

24

Ravenswood amaneció al día siguiente bajo una niebla espesa y deprimente que apenas si permitía ver los alrededores de la casa desde las ventanas. El clima parecía haberse aliado con mi estado de ánimo. Las pocas horas que había pasado en la cama me habían dejado casi más cansada de lo que lo había estado al acostarme. No podía dejar de pensar en lo sucedido con Raven en el baile, como tampoco logré apartar de mi mente el posterior encontronazo con Alexander. Para lo único que había servido aquella noche era para renovar mi determinación. Visto que Dith no daba señales de vida, tendría que plantearme asaltar yo sola el despacho de Wardwell; no podía pedirle a Robert ni a Maggie que se arriesgaran por mí, y mucho menos a Raven.

En el baile había empleado mi magia, aunque nadie supiera cómo había logrado saltarme el potente hechizo que salvaguardaba el edificio y tampoco pudiéramos comprender cómo lo había hecho en primer lugar Ariadna. Al parecer, además del gran salón donde se había celebrado la fiesta, en el auditorio había otras salas más pequeñas destinadas a reuniones *diplomáticas*. En ellas se resolvían las disputas entre los brujos de la comunidad oscura de nuestra región con la mediación de los miembros del consejo. La prohibición de emplear magia durante las negociaciones correspondía a una medida de seguridad; nadie quería que, alterados, los implicados se dedicaran a lanzarse hechizos y maldiciones para conseguir salir vencedores.

De alguna forma, yo me había saltado no solo las protecciones creadas por Wardwell, sino por sus predecesores en el cargo de directores de Ravenswood; protecciones que se superponían unas a otras y que se iban acumulando con el tiempo. Lo único que se me ocurría era que Ariadna hubiera debilitado dichos hechizos previamente para salirse con la suya al atacarme. O incluso que su madre la hubiera ayudado.

Pero, aun así, ¿cómo demonios había logrado yo acceder a mis poderes? No lo sabía, aunque esperaba que la suerte me acompañase en mi incursión en el despacho de Wardwell. Quizás la necesidad fuera todo cuanto hiciera falta para romper aquel estúpido bloqueo o tal vez el hechizo de contención se estuviese debilitando por fin y esta solo fuera otra muestra más de ello.

Al abandonar mi habitación, me encontré a Raven sentado en las escaleras que descendían hasta el piso inferior. Su espalda reposaba contra la pared y tenía las piernas completamente estiradas y cruzadas a la altura de los tobillos, ocupando el largo de uno de los escalones. Estaba mirándose las palmas de las manos con la curiosidad de un niño que descubre el mundo por primera vez.

La imagen me hizo sonreír.

Me acuclillé en el escalón inmediatamente superior para terminar sentada en él; los brazos rodeando mis piernas, que apreté contra el pecho. Esperé hasta que dejó caer las manos sobre el regazo y me miró.

—Buenos días, Raven. ¿Cómo está tu espalda?

Sus labios se arquearon hasta formar una espléndida sonrisa que iluminó el oscuro salón. Desde el exterior apenas si entraba luz; la niebla lo cubría todo en el campus de Ravenswood.

—Alexander y tú hablasteis anoche —respondió él, ignorando mi pregunta sobre sus heridas.

Pensé en decirle que Alexander y yo habíamos hecho algo más que hablar, pero, dado que no sabía muy bien lo que había sucedido en la cocina, me guardé el pensamiento para mí.

—Eh... Algo así —murmuré, no muy segura de a dónde quería ir a parar.

Su sonrisa se hizo aún más amplia.

—Y no explotó.

—Eso es discutible.

Alzó un poco más la barbilla.

—¿Te tocó?

El calor inundó mis mejillas. ¿Nos había visto? ¿O Alexander le había contado algo de lo que había pasado? La conversación se estaba volviendo bochornosa por momentos.

—¿Importa eso? —tercié, y me removí sobre el suelo, incómoda.

—Sí.

Pues vale. No parecía que fuera a dejarlo pasar, así que me obligué a responder:

—Resbalé y él me sujetó, solo eso.

Wood apareció en su forma animal en la parte alta de las escaleras y mi incomodidad se multiplicó por mil. El lobo se sentó sobre sus cuartos traseros y se quedó observándonos.

—Un momento, hermanito. Necesito resolver esto —le dijo Raven.

Wood ladeó la cabeza y juraría que puso los ojos en blanco. Irradiaba cierta irritación, pero Raven lo ignoró y volvió a centrarse en mí.

—Quería... Decía que quería ayudarme a desbloquear mi magia. ¿Se lo contaste?

Raven se encogió de hombros.

—Él ya lo sospechaba. Alexander es capaz de percibir un montón de cosas sobre los poderes de la gente, y también de tomarlos. Un solo roce y se bebe tu magia —aclaró, y no dio muestras de que aquello le perturbara demasiado.

—¡Vaya! —Fue cuanto se me ocurrió decir.

—Pero se está controlando bien contigo. —No sé por qué, pero eso no me hizo sentir mejor al respecto—. Tú lo calmas.

Se me escapó una carcajada. Proveniente de lo alto de las escaleras, un gruñido ahogado, que más bien parecía una risa, me hizo saber que Wood tampoco estaba muy de acuerdo con las palabras de su gemelo.

—Lo saco de quicio, Rav. Ha estado a punto de explotar ya en dos ocasiones por mi culpa.

—Pero no lo ha hecho —señaló, guiñándome un ojo.

Un escalofrío me recorrió la nuca y, de alguna forma retorcida, fui consciente de la presencia de Alexander incluso antes de volver la vista hacia arriba y encontrarlo de pie junto a Wood. Iba sin camiseta y un pantalón de deporte hacía equilibrios sobre sus caderas, apenas si alcanzaba a cubrir la parte inferior de las hendiduras en forma de V a los lados de estas. Mis ojos siguieron el rastro de vello que descendía desde su ombligo y se perdía bajo la tela y terminaron reposando en el único lugar que estaba segura de que no debía mirar fijamente.

¿Me lo estaba comiendo con la mirada? Sí, definitivamente, eso era lo que estaba haciendo. Y sin pudor alguno.

Me obligué a bajar la vista hasta sus pies descalzos y dejarla ahí para esconder mi rostro de sus astutos ojos.

Alexander se aclaró la garganta, pero yo seguí observando sus tobillos como si fueran la cosa más fascinante del mundo, lo cual era una estupidez porque sus abdominales seguro que estaban mucho más arriba en esa lista.

—No te he dado las gracias por lo que hiciste ayer por Raven —dijo entonces—. Siento lo de anoche. No era... yo mismo.

¡Vaya! ¿Se estaba disculpando y mostrando agradecimiento? ¿Todo a la vez? Eso sí que era una novedad tratándose del brujo. Lo mejor era que no parecía haber escuchado nada de mi conversación con su familiar.

Un intenso alivio me recorrió.

Raven me tocó el brazo y me volví hacia él.

—Wood y yo vamos a salir al bosque a correr, hace mucho que no damos un paseo juntos. ¿Te vienes con nosotros?

—No creo que sea una buena idea, Rav —intervino Alexander antes siquiera de que yo pudiera abrir la boca.

Alcé la mirada hacia él. Sabía que Raven no podría leerme los labios en la posición en la que nos hallábamos, pero no había manera de que lo dejara pasar.

—Dijiste que podía largarme cuando quisiera.

Alexander asintió de nuevo con esa expresión impasible que estaba empezando a odiar. Casi prefería sus arrebatos de furia que aquella actitud contenida y cruel. *Casi*.

—Pero... —comenzó a decir.

—Iré. Me vendrá bien algo de aire fresco.

Wood descendió a la carrera las escaleras, saltó por encima de su gemelo y de mí y aterrizó en la parte baja de estas. Fue espectacular, la verdad, y sospeché que lo había hecho solo para lucirse. Fanfarrón.

Raven se puso en pie y me tendió la mano, pero era a su protegido a quien miraba.

—Tú también podrías venir, Alex.

—Voy a cambiarme —murmuré por lo bajo. No quería ser testigo de su discusión.

Ascendí y pasé junto a Alexander sin mirarlo, aunque percibí cómo se apartaba y se pegaba a la pared para alejarse lo máximo posible de mí. Para alguien que la noche anterior había parecido obsesionado con tocarme, resultaba obvio que hoy no era su intención rozarme siquiera.

Bien, no era como si yo lo estuviera deseando.

Una vocecita se rio de mí desde el fondo de mi mente, una muy parecida a la de Dith. La regañé como hacía habitualmente con mi familiar y, como remate, le hice una peineta mental para que me dejara en paz. Estaba segura de que todas aquellas tonterías que Alexander me provocaba eran fruto solo de la adolescente de hormonas enloquecidas que había en mí. Lo dicho, estaba necesitada de cariño. O tal vez de emociones algo más intensas.

Me vestí con unas mallas, una camiseta sin mangas y una sudadera con el escudo de Ravenswood en la espalda; el escudo de Alexander, ahora que lo pensaba. También me calcé unas zapatillas de deporte. Toda la ropa era negra, por lo que parecía que fuera a emprender por fin mi carrera delictiva en vez de ir a hacer algo de ejercicio. No había vuelto a acompañar a Wood en uno de sus entrenamientos y una parte de mí echaba de menos el esfuerzo físico; la otra, la más vaga, resoplaba mientras me dirigía al piso inferior.

Salimos por la puerta trasera, directos al bosque de Elijah. Finalmente, Alexander no nos acompañaría. Con una taza de café en la mano y una expresión sombría en el rostro, se limitó a observarnos mientras, uno a uno, atravesábamos el umbral de la puerta. Intercambió una mirada con Wood que me puso los pelos de punta y por un momento me pregunté si no me estarían llevando al bosque para... librarse de mí o algo por el estilo.

Aparté el pensamiento, sabiendo que Raven no lo permitiría. Confiaba en el lobo negro.

—Voy a transformarme —me avisó él cuando alcanzamos la primera línea de árboles.

La niebla se enredaba alrededor de los troncos y en torno a las copas, y la humedad saturaba el ambiente. Inspiré con una sonrisa en los labios. A pesar de lo tétrico del paisaje, el agua, en cualquiera de sus formas, siempre me ponía de buen humor. Percibía el poder que emanaba de ella recorriéndome la piel como una caricia sedosa y reconfortante.

Wood aulló ante las palabras de su gemelo y temí que aquello se convirtiera para Rav en otro par de semanas atascado en su forma animal. Pero él parecía más sereno que nunca.

—¿Estás seguro? —pregunté de todas formas, articulando las palabras con cuidado para que pudiera entenderme.

—Tranquila, lo tengo todo controlado. Y Alexander —volvió la cabeza hacia la casa, y al seguir su mirada descubrí la figura del brujo en el porche— nos acompañará dentro de un rato.

Arqueé las cejas.

—Eso no me tranquiliza —dije, sabiendo que no se lo tomaría a mal.

—No te hará daño. Incluso cuando creas que podría herirte... —Sacudió de un lado a otro la cabeza, y no supe si negaba o si trataba de deshacerse de algún pensamiento—. Va a ayudarte.

No tuve oportunidad de preguntarle qué tipo de ayuda pensaba que me prestaría Alexander. El aire que nos rodeaba chisporroteó y la energía brotó de él como una ola repentina, así como ese olor dulce, similar al del algodón de azúcar, que desprendía su magia.

Sonreí cuando el aroma inundó mis pulmones y contemplé maravillada cómo se operaba el cambio.

En cuestión de décimas de segundo, me encontré frente al imponente lobo negro.

Wood volvió corriendo hacia nosotros y se frotó contra el costado de su gemelo. Enlazaron los cuellos y pequeños quejidos brotaron de sus gargantas. Raven le dio un lametón en la cara al lobo blanco que me hizo reír, y un largo aullido por parte de Wood acompañó mis carcajadas.

Era maravilloso ser testigo de algo como aquello. El cariño que se profesaban los hermanos resultaba tan palpable que sentí un poco de envidia de ellos. Wood podía comportarse como un gilipollas en muchas ocasiones, pero, en lo referente a su gemelo, estaba claro que daría la vida por él si fuera necesario. Lo adoraba, y era difícil no hacerlo. Raven era capaz de despertar ternura incluso cuando su forma fuera la de un depredador salvaje y feroz.

Ambos me miraron y soltaron sendos aullidos que interpreté como el aviso de que iban a echar a correr. Me preparé para lanzarme a la carrera tras ellos. No era tan ilusa como para pensar que podía seguirles el ritmo, pero lo intentaría.

En cuanto se pusieron en marcha, lancé un último vistazo a la casa antes de ir tras ellos. Alexander seguía plantado en el porche, semidesnudo a pesar de la baja temperatura, y me pareció ver la sombra de una sonrisa asomando a sus labios.

Eché a correr para no quedarme atrás y me convencí de que solo habían sido imaginaciones mías.

25

Tal y como había esperado, me resultó imposible seguir el ritmo de los gemelos. No solo porque los lobos eran capaces de alcanzar una velocidad con la que yo ni siquiera podía soñar, sino porque a ratos me quedaba embobada observándolos deslizarse entre los árboles con un sigilo y elegancia sobrecogedores. Me sentía una auténtica privilegiada al poder contemplarlos trotando y echando carreras cortas, jugando entre ellos a perseguirse bajo el cielo plomizo, enredándose en la niebla y apartándola a su paso, como si el poderío de los hermanos en aquella forma la hiciera retroceder.

A pesar de su superioridad, parecían decididos a no dejarme atrás, sobre todo Raven. El fastidio brillaba en los ojos de Wood cada vez que su hermano retrocedía para volver junto a mí.

—Ve —le dije al lobo negro cuando mi respiración irregular evidenció lo agotada que estaba. El sudor empapaba mi ropa y mi aliento formaba volutas blancas al atravesar mis labios.

Raven ladeó la cabeza y me observó con la lengua colgando entre los dientes, dudando.

—Vamos, ve con Wood. No te preocupes por mí. Estaré bien. —Le imprimí a mi voz una firmeza que no estaba muy segura de sentir.

Había oído multitud de historias sobre ese bosque y el uso que hacían los alumnos de Ravenswood de él. Sobre el mal que impregnaba sus árboles, el suelo, el aire..., fruto de cientos de hechizos e invocaciones realizados al abrigo de sus sombras a lo largo de los siglos. Se decía que debía su nombre a Elijah Ravenswood, un antepasado de Alexander y los gemelos, un nigromante obsesionado con la magia de sangre que había intentado despertar la clase de fuerzas oscuras con las que ningún brujo debería tratar por muy poderoso que fuera, esas que no podían ser dominadas. Como ocurría con todo el linaje Ravenswood, no había muchos datos sobre él; nadie sabía qué le había ocurrido o si sus intentos habían tenido éxito. Pero ese bosque... El bosque había sido durante muchos años el refugio de Elijah.

Con un último aullido, Raven se despidió de mí para acudir al encuentro de su gemelo. Apoyé la espalda en el tronco más cercano e hice lo posible por recuperar el aliento. La calma que me rodeaba resultaba tan tétrica e inquietante como el aspecto del bosque.

Mis pensamientos comenzaron a divagar y me planteé si los gemelos estarían cazando. ¿Comerían lo que cazaban en su forma animal?

—¡Puaj! Espero que no —murmuré en voz alta.

Un crujido llamó mi atención y me hizo levantar la cabeza, alerta. Aunque era difícil de discernir, me había parecido que provenía de mi espalda. Asomé la cabeza por el lateral del tronco que me servía de apoyo y observé el paisaje. La niebla continuaba baja, acumulándose en determinadas zonas y clareando en otras, moviéndose de una forma en la que casi parecía tener vida propia. No era capaz de ver nada más allá de unos pocos metros, así que afiné el oído en busca de cualquier otro sonido. Si aquello era alguna clase de broma por parte de Wood, lo mataría; lo creía muy capaz de haber regresado sobre sus pasos para darme un susto.

Esperé y esperé, y ya había comenzado a relajarme cuando otro crujido, esta vez más cercano, resonó a través de la quietud del bosque.

—¿Rav? ¿Wood? —los llamé, tensa y totalmente alerta.

Tenían que ser ellos; no quería pensar en otra posibilidad. Después del incidente de la noche anterior con Ariadna, no creía que la estima del resto de alumnos por mí hubiera aumentado. Lo último que deseaba era encontrarme allí con alguno de ellos.

—¿Wood? —volví a llamar al lobo blanco, alzando un poco más la voz. Dudaba que, incluso siendo capaz de percibir algunas vibraciones o sonidos, Raven pudiera saber que lo estaba llamando.

Confiaba en que los lobos no se hubieran alejado demasiado y regresaran enseguida.

No obtuve respuesta alguna y tampoco escuché nuevos crujidos, pero la inquietud no me abandonó. Sentía una extraña presión en el pecho, tal vez debido a la ansiedad, o quizás fuese algo totalmente distinto.

Cuando me giré hacia el lugar por el que los hermanos se habían marchado, parte de la niebla que se extendía frente a mí onduló empujada por una suave brisa, apartándose y creando algo similar a un camino al final del cual atisbé un árbol solitario. El ejemplar se alzaba a medias sobre el terreno y a medias sobre un pequeño arroyo, su tronco dividido y cada parte anclada en una de las orillas.

El agua ejerció su influencia sobre mí y, antes de darme cuenta de lo que hacía, avancé varios pasos. Me detuve en el acto, consciente del extraño comportamiento de la niebla y del aspecto siniestro del árbol. La copa se elevaba hacia el cielo y sus ramas, aún cargadas de hojas de color verde oscuro, se hallaban retorcidas y rematadas en puntas afiladas. Pese a todo, no dejaba de resultar hermoso, pero no iba a dejarme arrastrar por nada de lo que viera allí; la magia (sobre todo la magia oscura) tenía formas muy atractivas de manifestarse.

Reuní toda mi fuerza de voluntad y retrocedí varios metros. Esperaba que la niebla volviera a arremolinarse y cubrir el camino, pero eso no ocurrió. Y la cuestión era que, en cierto modo, el árbol me resultaba familiar... como si ya lo hubiera visto antes.

—¡¿Wood?! —grité una vez más, decidida a emprender el regreso a la casa si no daba con los lobos.

No estaba segura de poder llegar sola, aunque nuestra carrera se había desarrollado prácticamente en línea recta. La escasa visibilidad no iba a ayudar en nada y, de igual forma, algo me decía que el propio bosque sería capaz de retenerme si así lo deseaba.

Una nueva mirada a mi alrededor me confirmó que no había rastro de los gemelos. ¿Dónde demonios se habían metido?

Le di la espalda al árbol y comencé a andar despacio en la dirección que creía correcta, sin dejar de echar rápidos vistazos sobre mi hombro.

—¡Quieta!

La advertencia llegó demasiado tarde y, al girar la cabeza hacia delante, mi cara se estampó contra lo que me pareció una sólida pared de ladrillo y que no era otra cosa que el pecho de Alexander. Mi pie izquierdo, aún en movimiento, resbaló sobre el terreno y me hizo perder del todo el equilibrio.

—¡Joder!

Alexander me estabilizó y luego apartó las manos de mí con rapidez. Apenas si fui consciente del breve toque de sus dedos sobre las caderas, aunque mi cara (y otras partes de mí) continuaba apretada contra su cuerpo.

Al menos se había puesto algo de ropa...

Durante un momento ninguno de los dos dijo nada y, cuando me atreví a levantar la barbilla para buscar sus ojos, me encontré con que la disparidad de color de estos se había acentuado. El iris oscuro se veía más negro que nunca, y el azul, pálido y casi transparente. Además, débiles volutas de color violáceo emanaban de su cuello y su cabeza.

Podría decir que me había acostumbrado a verlo así, pero no hubiera sido cierto. Cada vez que lo contemplaba rodeado de oscuridad no podía evitar que mi respiración tropezara y algo se encogiera en mi pecho. Resultaba inquietantemente atractivo, lo cual decía mucho del escaso sentido común que poseía y de mi particular y preocupante gusto para los hombres.

—No deberías haberte separado de los gemelos —dijo al fin, y yo tragué saliva a pesar del apretado nudo que se había formado en mi garganta—. Ese árbol...

La mención hizo que volviera la cabeza hasta dar con el extraño ejemplar.

—No es un árbol normal —repuse, aunque parecía una obviedad señalar algo así.

Por un momento creí que se reiría de mi comentario, pero no lo hizo; claro que Alexander no solía reír a menudo. Nunca en realidad.

—Es parte de la historia de mi familia. O de la de Elijah Ravenswood para ser más exactos.

Esperé a que me diera alguna clase de explicación más elaborada. Curiosamente, ninguno de los dos había retrocedido para separarse del otro. Cuando no dijo nada, volví a mirarlo creyendo que estaría observando el árbol, pero me miraba a mí.

—¿Y bien? —lo animé.

«Este sería un buen momento para dar un paso atrás», me dije, pero no me moví. Algo me mantenía anclada a su pecho, algo similar a la atracción que la presencia de agua en cualquiera de sus formas solía ejercer sobre mí; extraña e inexplicable.

—Tienes que volver a casa —dijo él, ignorando mi curiosidad por su antepasado—. Una alumna ha muerto.

Pensé que lo había escuchado mal y durante un instante no reaccioné a sus palabras, hasta que calaron en mi mente y comprendí su significado.

—¿Qué has dicho?

Alexander retrocedió por fin y el aire entre nosotros se enfrió con rapidez. De repente, fui consciente del sudor helado sobre mi piel y el beso gélido de la brisa en el rostro. Me estremecí.

—Abigail Foster ha muerto.

Por la forma en que lo dijo, supe de inmediato que no había sido un accidente o una muerte natural.

—¿Qué ha sucedido?

—Volvamos. —Lanzó una nueva mirada en dirección al árbol a mi espalda—. Te lo contaré en casa.

—Pero ¿y Raven y Wood?

—Saben cuidarse solos y, además, es probable que ya sepan lo que ha pasado —repuso, y estiró la mano para indicarme el camino—. La muerte tiene un olor demasiado característico para que los lobos lo hayan pasado por alto.

Un nuevo estremecimiento me sacudió.

Mientras me apresuraba y avanzaba junto a Alexander a través de aquel bosque oscuro, tuve el extraño presentimiento de que, de algún modo, mi llegada a Ravenswood había puesto en marcha... algo.

Solo que no sabía qué.

Danielle caminaba unos pocos pasos por detrás de mí en completo silencio. Ni siquiera me había lanzado alguna de sus observaciones sarcásticas acerca de las lenguas de fuego que me lamían la piel y mi evidente falta de control. Últimamente, con ella allí, aquello parecía pasarme con demasiada frecuencia.

Durante años me había esforzado para domar el poder que me había sido legado. No había alcanzado un control perfecto sobre él ni mucho menos, pero había aprendido a reprimirlo en mi interior de forma más o menos conveniente.

Inhalé profundamente mientras continuaba avanzando hacia la casa y me esforzaba para no echar la vista atrás y mirarla.

—Ese árbol... me resulta familiar —murmuró en voz tan baja que no tuve claro si hablaba conmigo.

—Debería. Estoy seguro de que habrás visto uno muy similar o te habrán hablado de él. Existe un gemelo del árbol de Elijah Ravenswood.

—¿Y por qué se supone que tendría conocerlo?

No pude evitar que las comisuras de mis labios se curvaran ligeramente hacia arriba al escuchar su tono desafiante; aquella chica no confiaría en nada de lo que yo dijera ni aunque su vida dependiera de ello.

—Tal vez porque ese gemelo crece junto a la tumba de uno de tus antepasados: Sarah Good.

Escuché el abrupto cambio en su respiración y, solo entonces, me detuve y le permití alcanzarme.

—¿Bromeas? —repuso, y me vi obligado a negar.

—¿Sabes algo sobre la historia común de nuestras familias?

Las carcajadas que le provocó mi pregunta resonaron a lo largo y ancho del bosque.

—No hay una historia *común* entre nuestras familias.

—Sí, sí que la hay. Por mucho que eso te moleste.

No había planeado contarle nada de todo aquello y, por norma general, me hubiera mantenido en silencio hasta llegar a la casa, pero su escepticismo había espoleado mi poco habitual verborrea. Le gustara o no, los Good y los Ravenswood se habían relacionado desde hacía mucho tiempo.

—Es una larga historia —le advertí— y puede que haya una parte de leyenda en ella, pero, por lo que sé, la mayoría es verdad.

Mientras regresábamos a la casa, a un paso más lento del que me había propuesto, comencé a narrarle la historia de Elijah Ravenswood. Mi antepasado se había visto seducido por la parte más oscura y peligrosa de la nigromancia. Durante años, había recurrido a la magia de sangre en busca de un poder mayor del que ya albergaba mi familia. Y puede que sus intentos se vieran recompensados, porque, aunque Elijah había desaparecido poco después de los juicios, el linaje de los Ravenswood se había fortalecido de una manera poco natural. Raven y Wood habían nacido en mil setecientos y mostraron desde muy temprana edad un talento innato para los hechizos ofensivos, así como otros dones; no solo eso, sino que cada uno de ellos era capaz de manejar su elemento esencial y, en caso de necesidad, también el de su hermano. Dos siendo uno, eso eran los gemelos.

Y yo... Yo probablemente era uno solo convertido en dos.

—El árbol que has visto, al contrario que en el caso del que crece en la tumba de Sarah, nunca aparece dos veces en el mismo sitio —proseguí explicándole a Danielle mientras ella trataba de no parecer demasiado interesada—. Y no suele mostrarse ante cualquiera. Sobre las raíces de ese árbol era donde Elijah realizaba los sacrificios e invocaciones destinados a fortalecer su poder.

—¿Sacrificios? —inquirió, y yo balanceé la cabeza de un lado a otro, negando.

—No quieres conocer esa parte, y no es algo de lo que a mí me guste hablar.

Danielle asintió, aunque no supe si era capaz de comprender de verdad a lo que me refería.

Siempre había pensado que la herencia de mi familia había recaído sobre mí con la forma de aquella extraña maldición; un poder demasiado tosco y brutal para ser moldeado o domado. Y estaba convencido de que Elijah había sido la causa de lo que quiera que yo fuese.

—Pero ¿qué tiene eso que ver con Sarah Good?

La niebla continuaba tan baja que apenas veía dónde ponía los pies. Reprimí la necesidad de ofrecerle la mano a Danielle, consciente de lo poco adecuado que era y de las consecuencias que eso tendría. La oscuridad había retirado sus tentáculos de mi piel, pero no podía relajarme cuando parecía que a lo que habitaba dentro de mí le gustaba tanto la bruja blanca... Aquella tregua no era más que una ilusión, eso lo tenía muy claro. Afloraría de nuevo cuando menos lo esperase.

Me limité a hacerle un gesto para que no se alejara de mi lado antes de responder a su pregunta con otra.

—¿Sabías que Sarah estaba embarazada cuando la encarcelaron?

Danielle asintió.

—Dio a luz en prisión, aunque la niña murió poco después.

—No, no murió —solté sin contemplaciones. De esa parte de la historia sí que estaba seguro—. A petición de Elijah, Benjamín Ravenswood sacó al bebé de la cárcel y se lo entregó a este, que luego desapareció y lo mantuvo oculto para que nadie sospechara. —Esperé por si tenía algo que decir al respecto, pero Danielle se había quedado repentinamente callada, me creyera o no, así que continué—: Nadie en mi familia sabe la clase de pacto que hicieron Elijah y Sarah ni qué pudo ofrecerle Sarah para que salvara a su hija, pero Mercy Good no murió. Es más, en mi familia se rumorea que su linaje se perpetuó más allá que el del resto de los Good... Así que es posible que tú desciendas de ella. —Por su expresión suspicaz, imaginé que no estaba creyendo una palabra de lo que le decía, pero no me detuve—. Y ¿sabes qué es lo mejor? ¿A que no imaginas cuál es la segunda especialidad de Samuel Corey, ese profesor con el que tan interesada estás en hablar?

En cuanto mencioné a Corey, se detuvo y permaneció totalmente inmóvil, como si un hechizo hubiera anclado sus pies a la tierra.

—Es botánico —señaló, aunque había un deje de duda en su voz.

—Sí, es experto en herbología, pero también un ferviente estudioso de los linajes de brujos de más renombre, incluidos los de la comunidad blanca.

Danielle me fulminó con la mirada. Supongo que había esperado que le contara todo aquello mucho antes; sin embargo, yo no había sido conocedor de su interés por Corey hasta la noche anterior, cuando había acudido a la habitación de Raven para comprobar su estado y este me había puesto al corriente del contacto continuo que parecía haberse establecido entre el profesor y Beatrice Good.

No quería decirle a Danielle que, con toda probabilidad, mi familiar conocía aún más detalles de los que le había contado a ella e incluso a mí. Raven hablaría cuando estuviera preparado para ello o cuando pensara que era necesario hacerlo, lo cual resultaba irritante pero inevitable.

Raven era... simplemente Raven.

—¿Insinúas que mi familia desciende directamente de Mercy? ¿Que eso era lo que mi madre buscaba confirmar en sus encuentros con Corey?

Me encogí de hombros.

—Es una posibilidad. Si lo visitaba regularmente es muy probable que fuera porque, de alguna forma, tu madre se había enterado de que Mercy no había muerto y estuvieran investigando juntos.

Su mirada se perdió más allá de los troncos de los árboles que nos rodeaban. Casi podía escuchar su cerebro trabajando a marchas forzadas, valorando la posibilidad de que lo que le estaba diciendo fuese cierto.

—Alguien la mató —afirmó tras un prolongado silencio.

En el instante en que pronunció la última palabra, una fina lluvia comenzó a caer, llevándose consigo parte de la niebla. La inesperada llovizna no tardó en transformarse en un aguacero en toda regla, pero ni siquiera entonces Danielle se movió. Su ropa empezó a empaparse enseguida, al igual que la mía.

Me sentí culpable por haberle soltado toda esa información con tan poco tacto. Mis dotes sociales estaban francamente oxidadas y me había dejado llevar por la irritación constante que su presencia despertaba en mí. Raven diría que me estaba comportando como un capullo, y seguramente llevaría razón.

—Danielle, ¿estás bien?

Se volvió hacia mí con expresión desconcertada y no supe si se debía a lo que acababa de contarle o al hecho de que estuviera mostrando algo de amabilidad con ella. De ser lo último, tenía que reconocer que resultaba lamentable por mi parte.

Desoí la voz de la razón y le ofrecí la mano.

—Vamos, te estás empapando. Puedo contarte el resto de la historia cuando lleguemos a casa.

Pero Danielle negó lentamente con la cabeza e ignoró la mano que le tendía. Chica lista.

—El agua no me molesta, es parte de mí —replicó, y di por sentado que ese era su elemento esencial, la base de su poder—. Quiero saberlo todo. Ahora.

26

No podía creer lo que Alexander me estaba contando. La historia de Sarah Good era la historia de la huida de mi familia, la de nuestra traición a la comunidad oscura. Pero, además, por decirlo de algún modo, había precipitado la escisión en dos bandos tanto como el cruce de acusaciones que llevaron a la condena de un montón de brujas oscuras en Salem.

El fallecimiento de Mercy Good en prisión siempre había sido motivo de vergüenza para mi linaje. Al renegar de nuestros orígenes no solo abandonamos a Sarah, sino que permitimos que una recién nacida muriera y nos unimos a los responsables de esa muerte. Mis antepasados nunca habían exigido venganza; claro que no era eso lo que se esperaba de una respetable familia de brujos blancos, y nosotros habíamos estado a prueba durante varias décadas después de los juicios. Así que ese hecho se silenció y cayó en un conveniente olvido.

—¿Crees que lo sabía? Mi madre... ¿Crees que ella pensaba de verdad que descendíamos de Mercy?

Alexander volvió a encogerse de hombros y no pude evitar que me recordase a Raven. Me pregunté dónde estarían los lobos.

—¿Supondría alguna diferencia? —terció el brujo oscuro.

¿La suponía? Tal vez no, seguiríamos siendo Good después de todo. Pero Mercy habría sido criada por un nigromante, uno que además parecía haber perdido cualquier atisbo de humanidad y se había abandonado a fuerzas oscuras y terribles. Si mi madre se había empeñado en descubrir la verdad acerca de nuestra procedencia...

—Ella... —titubeé, tratando de ordenar mis pensamientos—. Alguien mató a mi madre, ¿crees que está relacionado con sus investigaciones?

Alexander me lanzó una rápida mirada. A pesar de haber compartido conmigo lo que sabía sobre mi familia, comenzaba a pensar que había algo más que se estaba callando. Los Ravenswood eran famosos por sus secretos; ellos eran, en sí mismos, todo un misterio en nuestro mundo.

—Tu madre visitaba con regularidad este lugar —repuso, como si ese dato lo aclarara todo. Cuando no añadió nada más, me dije que tendría que descubrirlo por mí misma.

—Tengo que hablar con Corey.

Al contrario de lo que esperaba, él asintió con seriedad.

—Puedo arreglarlo. Le haré llegar un mensaje para que venga a casa.

Tardé unos segundos en aceptar la oferta, no estaba acostumbrada a que se mostrara amable ni colaborador.

—Gracias.

Sus cejas se arquearon por toda respuesta.

—Cuanto antes encuentres lo que has venido a buscar, antes te marcharás de aquí.

¡Vaya! Estaba claro que ser sutil no era lo suyo y que perderme de vista era una prioridad para él.

Echamos a andar de nuevo y nos mantuvimos en silencio la mayor parte del camino. Una densa cortina de lluvia había sustituido a la niebla, pero él no parecía dudar mientras avanzábamos. Por segunda vez en cuestión de horas, el brujo se había saltado la norma de no abandonar la casa, y tuve que preguntarme cómo había sabido Raven que eso era justo lo que haría su protegido. Había dicho que Alexander se nos uniría y así había sido.

Al menos el brujo parecía haber recuperado el control; ya no mostraba asomo de las lenguas de fuego ni había rastro de la oscuridad que se adueñaba de sus venas.

Tragué saliva antes de volver a hablar.

—¿Sigue en pie tu ofrecimiento de devolverme mis poderes?

Su andar perdió seguridad y uno de sus pies tropezó con una raíz y a punto estuvo de caer de bruces. Resultaba obvio que no había esperado que sacara ese tema de nuevo.

Reprimí la risa, aunque el humor me abandonó cuando se giró hacia mí y pude contemplar su expresión.

La oscuridad había regresado.

—¿Me estás pidiendo que te toque, Danielle Good? —inquirió con esa voz que era y a la vez no era la suya; grave, profunda y antigua de un modo perturbador.

Dicho así, cualquiera diría que acababa de desnudarme frente a él y hacerle algún tipo de oferta sexual.

Me obligué a no retroceder y crucé los brazos sobre el pecho; sus ojos, brillantes y a la vez oscuros, descendieron por mi cuello hasta mi torso. Tras unos segundos, regresaron a mi cara.

—De todas formas, ¿cómo funciona exactamente? Antes... Antes me has agarrado de la cintura. —El bochorno se apropió de mi rostro y las mejillas me ardieron como si fuera una chiquilla. Me sentí una imbécil por sonrojarme de esa forma—. Me has tocado. Y también lo hiciste anoche.

Alexander tardó unos segundos en responder y yo intenté no desviar la mirada hacia sus muñecas, donde la oscuridad había convertido su piel de nuevo en una red siniestra.

—Necesito entrar en contacto directo con tu piel; la ropa suele actuar como una barrera eficaz, siempre que no haya perdido por completo el control de... esto.

No quería preguntar cómo había llegado a esa conclusión. ¿Había absorbido el poder de algún brujo en el pasado? ¿Lo habría matado tal vez? Supuse que ese sería un buen motivo para permanecer aislado del resto de Ravenswood. Del mundo.

En realidad, de ser así, tenía que haber resultado desolador para él crecer de esa manera, condenado a mantenerse alejado de todos y sabiendo que cualquier contacto le estaba prohibido.

Alexander estaba aún más solo que yo.

—¿Y crees que podrás controlarlo? El hechizo debe de ser fuerte. Debería haber desaparecido hace días.

Una de sus comisuras se elevó y apenas si esbozó una medio sonrisa.

—Creo que podré con él.

Sí, yo tampoco tenía muchas dudas sobre eso. La cuestión era si podría detenerse una vez que empezara y no terminaría dejándome seca. Pero, ahora más que nunca, necesitaba mi magia de vuelta. Empezaba a ponerme muy nerviosa la ausencia de Dith. ¿Y si le había sucedido algo y yo no era capaz de sentirlo? Allí mismo, en la escuela, había muerto una chica...

—Abigail Foster. ¿Qué es exactamente lo que le ha pasado?

La expresión de Alexander se ensombreció aún más, si es que eso era posible con aquella maraña de oscuridad drenando sus venas. Aunque había alcanzado la parte superior de sus antebrazos, parecía haberse detenido ahí. Por ahora.

—No conozco todos los detalles —farfulló de una manera que me hizo pensar que volvía a ocultarme algo—, pero no has contestado a mi pregunta. ¿Quieres o no tu magia de vuelta, Danielle Good?

La quería, claro que sí, no había nada que anhelara más salvo el regreso de Dith, pero no contesté. Me limité a observarlo, a contemplar la manera en la que la oscuridad de uno de sus iris parecía consumir la luz del otro y la curva, casi inapreciable, que asomaba a sus labios. Hubiera dado lo que fuera por saber en qué demonios estaba pensando.

—¿La quieres? —insistió, y de repente lo tenía a tan solo un suspiro de distancia.

Se había movido tan rápido que no fui capaz de retroceder. Colocó las manos sobre mis caderas sin dejar de observarme en ningún momento y yo mantuve la mirada en su rostro inexpresivo. Alexander era como una maleta que alguien hubiera cerrado a la fuerza después de meter demasiado equipaje en su interior; solo que, en vez de prendas de ropa, lo que había dentro de él era poder. Toda su magia se hallaba bajo la superficie, pero estaba convencida de que en algún momento aparecerían grietas en su piel y terminaría filtrándose al exterior.

Fuera como fuese, yo quería mi propio poder de vuelta. Necesitaba ser capaz de defenderme si las cosas comenzaban a torcerse. Ya había pasado demasiado tiempo en manos de un destino que no creía que me deparara nada bueno; no si continuaba en Ravenswood.

—¿Seguro que puedes hacerlo? —insistí, y la pregunta, a pesar de no ser más que un susurro, produjo un extraño eco en el bosque que nos rodeaba.

Un leve temblor agitó las comisuras de sus labios y estuvo a punto de sonreír. Había cierta condescendencia en la mueca.

No supe muy bien cómo tomarme esa seguridad en sí mismo teniendo en cuenta que se había prohibido realizar cualquier clase de magia. Debía de estar desesperado por deshacerse de mí.

—¿Cómo vas a ser capaz de... absorber el hechizo, *solo* el hechizo?

Sus dedos se movieron hacia mi cintura. Aunque mi camiseta se alzaba como una barrera entre nosotros, percibí el rastro de calor que dejaron tras de sí. Un hormigueo despertó en mi piel y fue extendiéndose por todo mi cuerpo. ¿Era su poder lo que percibía? ¿Su magia tratando de llegar hasta la mía? ¿O solo era una reacción de mi cuerpo a la caricia?

—¿En Abbot no os enseñan a distinguir la procedencia de un hechizo? —replicó, burlón—. Cuando te toque, seré capaz de reconocer tu magia y solo me llevaré la correspondiente al hechizo, la que no sea tuya.

En realidad, eso sí lo sabía. La magia de cada brujo tenía sus particularidades y dejaba su propia huella, una marca diferente para cada individuo. Por eso, la de Dith desprendía un olor a papel y libro antiguo; la de Raven, en cambio, tenía un aroma dulzón. La de Wood..., bueno, la de Wood olía a savia y canela, era feroz y sensual (algo que de ninguna manera le confesaría), mientras que la de Alexander era una mezcla de bosque y hierba húmeda, algo primitivo y... salvaje, de un modo aterrador y atractivo a la vez. Lo complicado de todo aquello era que yo no sabía cómo olía ni qué sentían los demás cuando hacía uso de mi poder. Dith me había dicho en más de una ocasión que era algo similar a un arroyo de agua fresca, como un manantial brotando de la tierra en lo más remoto de las montañas.

Pero ¿tan poderoso era Alexander como para poder distinguirlo a ese nivel? ¿Y si se equivocaba? ¿Y si no podía parar una vez que empezara?

Había visto solo una parte de lo que acechaba bajo su piel, ¿de qué no sería capaz si perdía el control?

—No confío en ti —admití.

A través de la tela, sus dedos se clavaron en mi carne durante un breve instante para luego relajarse, aunque no me dejó ir. En algún momento nos habíamos acercado aún más y ahora podía sentir la calidez de su aliento acariciándome la sien. Cerca, estábamos demasiado cerca.

Sus manos se movieron de nuevo. Ascendieron por mis costados y arrastraron la tela de mi camiseta. Mi estómago quedó al descubierto y la brisa me acarició la piel, aunque no fue suficiente para refrescarme. A pesar del aguacero y de la humedad que saturaba el ambiente, la temperatura de mi cuerpo no hacía más que aumentar.

—No tienes que confiar en mí para permitir que te ayude.

Negué; eso ni siquiera tenía sentido.

—¿Has hecho esto antes?

Una de sus cejas se elevó. El iris azul se le empañaba cada vez más y había adquirido el tono de un cielo tormentoso, y la oscuridad se propagaba por sus brazos de tal modo que no había un centímetro de piel libre de ella a la vista.

—No es eso lo que quieres preguntar, Danielle. Vamos, no seas tímida. No te pega.

—Podrías matarme —dije entonces, pero él permaneció impasible.

—Eso no es una pregunta.

Sus manos se aventuraron más y más arriba por mis costados y alcanzaron la curva de mi pecho. Me estremecí y él lo percibió, pero no se detuvo. Su mirada se desvió hacia la piel desnuda de mi cuello mientras sus dedos proseguían el tortuoso camino que se habían marcado.

—Lo que en realidad quieres saber... —comenzó a decir; su voz baja y ronca, antinatural—. Lo que no dejas de preguntarte es... si alguna vez he perdido el control por completo.

Alexander ni siquiera parecía estar de verdad allí. La mirada turbia y ausente, las sombras que rodeaban su rostro y desdibujaban el contorno de su figura, el hambre voraz que parecía consumirlo. Nada de aquello estaba bien.

Por norma general yo solía ser imprudente y temeraria, y cometer locuras era mi segunda naturaleza (algo a lo que Dith me animaba solo Dios sabía por qué razón), pero no me gustaba lo que Alexander me hacía sentir en ese momento. Una parte de mí estaba encantada con la idea de ofrecerse a él, como si de un sacrificio se tratase, pero la otra no dejaba de gritar que diera media vuelta y saliese corriendo. Aquello era más que una temeridad. Era un suicidio.

Para cuando ese pensamiento se estableció en mi mente, las yemas de sus dedos ya habían dejado atrás cualquier tela que me cubriera y alcanzaron el lateral de mi cuello. La caricia fue apenas un leve roce, pero la piel se me erizó y mi cuerpo respondió a su toque. La espalda se me arqueó y mi cabeza cayó hacia atrás, todo sin que, aparentemente, fuera yo la que controlaba dichos movimientos.

—Nada de eso importa —farfulló, y por un momento ansié darle la razón a pesar de que todo aquello estuviera equivocado—. Puedo hacerlo... Sé que puedo.

Estábamos tan sumidos el uno en el otro que no fuimos conscientes de que alguien se acercaba a nosotros. Un potente gruñido reverberó a lo largo y ancho del bosque, y Alexander me soltó y retrocedió de forma tan brusca que a punto estuve de derrumbarme sobre el suelo.

Mantuve el equilibrio a duras penas, aturdida y desorientada, y mis ojos barrieron los alrededores hasta que di con el causante de la interrupción. Wood, con el pelaje blanco erizado y los colmillos al descubierto, se encontraba a pocos metros; las patas delanteras ligeramente flexionadas y listo para atacar.

Pero no era a mí quien acechaba. Estaba preparándose para saltar sobre su protegido.

Emitió un nuevo gruñido, una advertencia clara, y sus dientes chasquearon en el aire con fuerza. Dirigí la mirada hacia Alexander y mis piernas volvieron a fallar.

—¡Oh, joder! —exclamé.

La oscuridad había engullido sus brazos y trepaba ya por su cuello. Aunque la camiseta le cubría el pecho, estaba bastante segura de que todo su torso no era ahora más que un lienzo tétrico. Llamas púrpuras bailaban alrededor de su figura, y sus ojos... ¡Santo Dios! Sus ojos se habían convertido en dos pozos insondables; no había iris ni pupila, solo negrura abarcándolos por completo. Una sombra infinita que le nublaba la mirada.

Su expresión se transformó en una mueca cruel cuando me descubrió observándolo. Fuera lo que fuese lo que lo consumía, iba más allá de todo lo que yo conocía respecto a la magia oscura.

El lobo blanco avanzó hacia él y estuve a punto de gritarle para que se detuviera, pero entonces el aire que lo rodeaba se inundó del característico aroma a canela de su magia, en unos pocos segundos, Wood se había transformado. En esa ocasión lo hizo vestido, al menos de cintura para abajo, aunque dadas las circunstancias ni siquiera me hubiera importado si aparecía totalmente desnudo.

Wood se interpuso entre Alexander y yo, dejándome a su espalda; su atención fija en el brujo.

—¿Qué mierda haces? —inquirió el lobo sin rastro de su habitual humor. Alexander tampoco apartaba la vista de él, pero no le ofreció ninguna respuesta, ni siquiera parecía entender lo que le decía—. Alexander, tienes que controlarlo.

El brujo ladeó la cabeza y sonrió, pero la sonrisa no tuvo nada de agradable. En realidad, resultó bastante espeluznante.

—Puedo hacerlo —repitió, y se inclinó hacia un lado, buscándome con la mirada.

Wood dio un paso lateral para ocultarme con su cuerpo.

—De eso nada, imbécil. No vas a hacer una mierda. Dith me arrancará las pelotas si le pasa algo a Danielle, y les tengo mucho cariño. Así que vas a mantenerte alejado de ella.

No estaba demasiado segura de que se pudiera razonar con Alexander en ese momento, y era muy consciente del modo en el que Wood me mantenía fuera de su vista. Por su postura, resultaba obvio que estaba listo para lanzarse sobre su protegido si este hacía el más mínimo movimiento en mi dirección.

Agradecí que a Wood le importara tanto Dith como para preocuparse por mí, aunque fuera solo por no disgustarla, y me prometí no volver a cuestionar nunca la relación entre mi familiar y el lobo.

—Vas a dejar que se vaya. ¿Me oyes? —insistió Wood en un intento de ganar de nuevo su atención.

En el bosque apenas si se escuchaba ningún ruido. Ya no llovía, pero la niebla había regresado aún más espesa que horas atrás. Cubría el suelo como una alfombra y se me arremolinaba en torno a los tobillos. No creía que fuese natural, aunque tal vez eso fuera lo menos importante en aquel momento.

—La dejarás marchar o me transformaré y tendré que romperte unos cuantos huesos. —Wood hizo una pausa y echó una mirada por encima de su hombro para dirigirse a mí—. Tú, empieza a caminar hacia la casa —me dijo, y señaló a su derecha, supuse que en dirección al campus de Ravenswood—. No se te ocurra echarte a correr. Ve muy muy despacio.

Teniendo en cuenta sus instrucciones, empezaba a dudar de quién de los dos Ravenswood era el depredador; si él (que no dejaba de ser en parte lobo) o el brujo. Cualquiera diría que Alexander era ahora una bestia rabiosa, y tal vez fuera así. Como si de una confirmación se tratase, de su garganta brotó un gruñido de desaprobación que sonó más animal que humano.

—No me obligues a hacerte daño, Alex. Por favor... —suplicó entonces Wood. De todo lo que estaba pasando, ese ruego por parte del lobo quizás fue lo que más me impactó—. Sé que tú lo querrías así y que luego me darás las gracias, pero yo voy a sentirme como una mierda por no poder protegerte de ti mismo.

Me pareció detectar un cambio en la oscuridad que rebosaba de los ojos de Alexander, algo muy sutil, apenas apreciable, y supuse que esa era mi señal para largarme.

Retrocedí con lentitud y sin perderlos de vista. Alexander permaneció inmóvil, con los puños cerrados y hermosas llamas oscuras lamiéndole la piel, y Wood inclinado hacia delante, listo para interceptarlo si se le ocurría atacar.

—Sigue caminando y no mires atrás —me ordenó el lobo.

No tuvo que decírmelo dos veces.

27

No muy lejos ya del lindero del bosque, Raven estuvo a punto de provocarme un infarto al aparecer de repente entre los árboles.

—¡Mierda, Rav! —exclamé, con las manos sobre el pecho y el pulso acelerado. El majestuoso lobo agachó la cabeza a modo de disculpa—. ¿Dónde te habías metido?

No era como si pudiera contestarme; sin embargo, el aroma a algodón dulce me llenó los pulmones y no tuve que esperar demasiado para tener al Raven humano ante mí. Se acercó y, con delicadeza, me apartó un mechón húmedo de la frente.

—¿Qué ha pasado?

—¡¿Que qué ha pasado?! —inquirí, atragantándome con las palabras—. Alexander. Eso ha pasado. Él... casi me deja seca.

Raven enarcó las cejas. Esa fue toda su reacción, y me pregunté si creería que le estaba mintiendo o simplemente no estaba entendiendo bien lo que le explicaba.

Continué, cada vez más alterada, pero asegurándome de que podía leerme los labios:

—Dijo que me ayudaría a deshacer el bloqueo. Él se ofreció a hacerlo...

—Así que me ha hecho caso. Fui yo quien se lo sugerí.

Sacudí la cabeza de un lado a otro, perpleja por su afirmación.

—¡¿Por qué harías tal cosa?! ¡Casi me mata!

—¿Ah, sí?

Sentí el deseo de sacudirlo para ver si así comprendía la gravedad de la situación, pero sabía que debía tener paciencia con Raven. Inspiré profundamente y dejé salir el aire con toda la lentitud de la que fui capaz, aun a sabiendas de que esa mierda de la meditación jamás funcionaba conmigo.

—Estaba a punto de perder el control cuando ha aparecido Wood. —Hice una pausa—. Él... Eso que tiene dentro...

—Te asustaste —terminó él por mí.

Eso se quedaba corto. Aunque, si lo pensaba bien, no me había sentido asustada mientras sucedía. Más bien lo había dejado hacer y había disfrutado demasiado en el proceso. Tal vez Alexander hubiera ejercido algún tipo de influjo para mantenerme calmada. Quizás yo solo había estado en *shock*.

O a lo mejor era que había algo en mí que no funcionaba como debería.

—Wood dijo que iba a romperle los huesos. ¡Le dijo a Alexander que se lo agradecería!

Raven tiró de mí y me envolvió con los brazos, brindándome el calor de su pecho como un refugio que no era consciente de necesitar con tanta desesperación. Durante un rato todo lo que hizo fue acunarme con delicadeza y ternura, y luego soltó la bomba:

—El dolor le ayuda a recuperar el control. A veces, Wood o yo tenemos que hacerle daño para que regrese.

Tuve que echarme hacia atrás para mirarlo a la cara.

—¡¿Qué?! —Eso era... era... Se me revolvió el estómago. Ni siquiera tenía palabras para describirlo.

—El dolor le ayuda... —comenzó a repetir, pero yo negué para evitar que continuara.

La imagen de Alexander tendido en el suelo de la cocina, poco después de mi llegada, regresó a mí. Recordaba haber escuchado un crujido y luego él se había desplomado. Su pierna... su pierna había quedado en un ángulo forzado y antinatural. Pero nadie lo había tocado, y días después, cuando había abandonado su reclusión, no había dado señales de tener siquiera molestias. Así que yo había pensado que me lo había imaginado todo.

—La última vez, en la cocina...

Raven asintió, como si supiera en lo que estaba pensando.

—A veces, si no ha perdido del todo el control, él mismo se lo provoca.

—¡Joder! —mascullé, negándome a aceptar lo que eso suponía.

Alexander se rompía los huesos —o en su defecto lo hacía uno de los gemelos, los mismos que debían protegerlo— para no ceder ante lo que fuera que se apoderaba de él.

—Ni siquiera sé qué decir.

—No tienes que decir nada —repuso Raven.

Pero yo estaba... devastada.

No importaba lo desagradable que hubiera sido Alexander conmigo o que me hubiese querido fuera de la casa en el mismo momento en que puse un pie en ella; es más, ahora comprendía que fuera así. Había estado incordiándolo de todas las maneras posibles.

Aquello era inhumano.

—¿Y no hay otra manera? ¿Algún hechizo de contención? ¿O incluso uno que lo deje inconsciente?

Cualquier cosa, lo que fuera antes que hacerle esa clase de daño. El chasquido del hueso al romperse se repetía en mis oídos y no podía quitarme de la cabeza la imagen de Alexander derrumbándose sobre el suelo como un muñeco de trapo.

—Lo hemos probado todo. Todo —remarcó, y no quise saber lo que eso significaba. «Todo», en el caso de brujos del linaje Ravenswood, seguramente era mucho. Demasiado.

—Pero, entonces, ¿por qué demonios le sugeriste que me ayudara?

No lograba comprenderlo. ¿De qué serviría provocar a Alexander? Aquello casi parecía más propio de Wood, pero había sido Raven quien nos había empujado hacia esa situación.

—Porque tú, Danielle, necesitas tu magia ahora más que nunca. Todos la necesitamos. Y porque no creo que Alexander vaya a hacerte daño, ni siquiera si pierde del todo el control.

Me dieron ganas de reírme, aunque no porque lo encontrara gracioso. No tenía ni idea de cómo contestar a eso. Probablemente, Raven subestimaba a su protegido; puede que nunca hubiera visto lo que esa cosa le hacía a Alexander.

—¿Alguna vez *eso* ha salido del todo al exterior?

Cuando una tristeza infinita y desoladora se apropió de sus ojos azules, supe la respuesta incluso antes de que contestara.

—Sí. —Fue todo lo que dijo.

No hablamos más durante el resto del camino. Avanzamos el uno al lado del otro, sumidos en un tortuoso silencio. Pero cuando alcanzamos la parte trasera de la casa, Raven me agarró del brazo y me detuvo.

—Trajeron a Alexander aquí a los cinco años, después de un... incidente. —Tragué saliva al comprender que, a pesar de haber sido tan escueto conmigo momentos antes, había decidido darme una explicación—. Él ni siquiera recuerda su vida fuera de este lugar, era demasiado pequeño, pero creo que no ha podido olvidar lo que sucedió justo antes de su traslado aquí.

»Como todos los brujos, Alexander nació sin ninguna clase de poder, pero, en su caso, no fue adquiriéndolo poco a poco, a medida que era capaz de controlarlo. Poco antes de su quinto cumpleaños su magia brotó de pronto, sin previo aviso y de una forma... brutal. Pilló a sus padres totalmente desprevenidos.

Raven hizo una pausa y su mirada se perdió en algún punto de la casa que se alzaba ya a pocos metros de nosotros, aunque, en realidad, me daba la sensación de que sus pensamientos estaban muy lejos de allí.

—Su madre... —prosiguió relatando Raven—. Melinda se llevó la peor parte. Alex estuvo a punto de consumirla. Ese día se agarró a ella con sus pequeñas manos y... casi la mata. —Imaginé a un Alexander mucho menos huraño e infeliz. Un niño, solo eso. Se me partió el corazón—. Melinda no es una Ravenswood de nacimiento, sino por matrimonio, por lo que es susceptible al poder de Alex a pesar de que él también lleva su sangre.

Emití un quejido apenas audible, sin saber muy bien qué decir, y los ojos de Raven regresaron a mi rostro. Había una profunda tristeza en ellos y, al mismo tiempo, el cariño puro e incondicional que yo sabía que le profesaba a su protegido.

—¿Ella... está bien? —inquirí con cierto miedo a la respuesta.

—Sí, conserva parte de su magia, pero nunca ha vuelto a ser la misma desde entonces. Tobbias, el padre de Alex, se puso como loco. Nunca había sido un padre muy entregado, pero eligió culpar a su hijo aunque él solo fuera un niño. En teoría, lo trajo a Ravenswood para que lo ayudaran, pero la verdad es que todo lo que quería era mantenerlo lejos de Melinda. Tobbias cree que Alexander es un monstruo.

Sin detenerse ni darme tiempo a procesarlo, Raven continuó contándome lo que habían sido aquellos años para Alexander. Un crío con un poder inmanejable creciendo lejos de su familia, con tan solo dos lobos para cuidar de él. El sótano, la sala que ahora era un gimnasio, había sido por aquel entonces el aula en la que varios tutores trataron de educarlo y enseñarle algo de autocontrol.

—Incluso en esas sesiones Alexander permanecía aislado. En mitad de la habitación había una mampara de vidrio reforzado con una decena de hechizos. Alex se mantenía a un lado y su tutor al otro. Resultaba...

Coloqué la mano en su antebrazo y le di un apretón de consuelo. Su expresión en ese momento era la de alguien que ha vivido mil vidas, años y años de sufrimiento e impotencia, y me sorprendió que por norma general no mostrara esta otra faceta suya, tan dolida, repleta de heridas sin cicatrizar. Tal vez su bondad provenía de ese sufrimiento o tal vez no; lo que no podía negarse era que, pese a todo, Raven elegía ser amable.

—No tienes que continuar hablando de ello si no quieres, Rav —le dije, porque era muy consciente de que estaba sufriendo al recordar.

Pero él negó con la cabeza y prosiguió.

—A los catorce años, Alexander había aprendido a controlarse, la mayoría de las veces al menos. Su profesor en ese momento, un pariente del linaje Ravenswood, lo instó a emplear el elemento tierra. Le dijo que la sesión no terminaría hasta que consiguiera provocar una vibración que sacudiera el suelo y las paredes del sótano. No quería que usara un hechizo, solo su poder bruto...

Contuve el aliento, consciente de que estaba a punto de contarme algo horrible.

—Alexander estaba cansado, y Wood, que supervisaba la clase desde el lado del profesor, aún más. Mi hermano animó a Alex a que se soltara del todo... Wood contaba con que los hechizos que cubrían la mampara resistirían y todo quedaría en un susto para el profesor, una especie de broma pesada. Y en cierta forma así fue. La mampara resistió, pero la vibración que provocó Alex también produjo una onda acústica y el techo del sótano no estaba bien aislado. Yo me encontraba en ese momento en el salón, justo encima...

Comencé a negar, horrorizada, a sabiendas de a dónde iba a parar todo aquello. Me había preguntado muchas veces a qué se debía la sordera de Raven y había dado por sentado que, dado lo bien que hablaba, no podía ser de nacimiento. Podía estar equivocada y que Raven hubiera aprendido a hablar con esfuerzo y constancia, ya que no era algo imposible, pero mucho me temía que no había sido así.

—Me perforó los dos tímpanos en su totalidad y sin posibilidad de curación. Ninguno de nosotros pudo hacer absolutamente nada para revertirlo. Ni siquiera con magia. Tal vez... Tal vez la magia de Alex arruinó aquel día algo que no debía ser reparado...

Se me llenaron los ojos de lágrimas al escucharlo. No solo por la sinceridad y la tranquilidad con la que hablaba Raven, sino porque el cariño con el que lo hacía no había desaparecido en ningún momento de su voz. Era evidente que no le guardaba ninguna clase de rencor a Alexander a pesar de ser el responsable de su sordera.

—Alexander tiene una cicatriz en el abdomen y otra en el hombro de ese día, ya que Wood tuvo que emplearse a fondo para hacerlo regresar. El tipo que le daba clases había salido corriendo.

—Las he visto —murmuré, totalmente ida.

La expresión de Raven perdió intensidad durante un instante y se volvió juguetona, curiosa.

—¿Ah, sí?

Por algún motivo, enrojecí hasta la raíz del pelo. No parecía el momento adecuado para que saliese a la luz que me había fijado en el brujo oscuro más de lo debido.

—Siento lo que te pasó, Rav —farfullé a duras penas, obligándome a mirarlo para que pudiera leerme los labios.

No pude evitar preguntarme si las cicatrices que portaban los lobos también se debían a *encontronazos* con el propio Alexander.

—No te preocupes. —Se encogió de hombros y esbozó una sonrisa que me rompió aún más el corazón; su lealtad resultaba envidiable—. Yo no lo hago. Pero Alex prohibió practicar cualquier clase de magia en la casa desde ese día. En cuanto a mi hermano... Creo que sigue culpándose por lo que sucedió. Aun así, Wood piensa que Alexander nunca controlará su poder del todo si no lo deja salir. Yo antes no estaba muy seguro de ello...

Sus palabras calaron en mí; todo lo que me había contado.

Una vez había pensado que el brujo oscuro y yo nos parecíamos, que ambos habíamos crecido solos en una escuela en vez de en un hogar. Ahora comprendía que ni de lejos era así. En mi caso, no solo había tenido a mi lado a Dith y, a pesar de no ser la persona más sociable del mundo, contaba con mis escarceos con Cameron, algunas charlas con otros alumnos... Me relacionaba con compañeros y profesores. Además, cada cierto tiempo me escapaba a Dickinson y durante unas horas podía sentirme casi parte del mundo de los humanos. Y mi padre no era precisamente cariñoso, aunque tampoco me odiaba. Pero, sobre todo, no temía tocar a alguien y que este... muriera.

En cambio, Alexander solo tenía a los lobos. Había hecho daño a su propia madre y también herido a Raven. No podía mezclarse con los alumnos de Ravenswood, y su familia, su linaje, los únicos que podrían habérsele acercado sin preocuparse de que absorbiera su magia, parecían haber renegado de él.

Para colmo, la directora Wardwell había enviado a su casa (su único refugio) a una extraña, una bruja blanca irritante, cabezota y bocazas. ¡Dios, qué imbécil había sido todo este tiempo!

Sin embargo, había algo que no lograba asimilar de todo aquello.

—Pero ¿por qué querías entonces que me ayudara, Rav? —pregunté con toda la delicadeza que pude.

Seguía sin entender lo que le había llevado a sugerirle a Alexander que empleara aquel poder maldito conmigo si conocía las consecuencias. Si le había hecho algo a su propia madre que la había cambiado para siempre, ¿por qué arriesgarse a que lo repitiera conmigo?

—Yo nunca he querido que él se abandonase a esa parte oscura que lo posee a veces. No estaba de acuerdo con Wood en eso —explicó, desconcertándome aún más. Cada vez entendía menos—. Hasta que supe que venías... Y él... Él... —añadió, con la mirada perdida más allá de mí, ausente—. Él estará cubierto de oscuridad, totalmente liberado, y por fin se convertirá en el Luke Alexander Ravenswood que necesita ser...

Fruncí el ceño. No entendía nada de lo que me estaba diciendo. Además, puede que Alexander se encontrara a sí mismo cuando se abandonara del todo, pero yo no pensaba prestarme voluntaria para que me pasara por encima en el proceso.

—Rav, eso no tiene mucho sentido —dije en un intento de encontrar una explicación lógica.

Raven se limitó a sonreír, una de esas sonrisas luminosas y cargadas de inocencia. Señaló hacia la casa y dijo dos cosas sin aparente relación entre sí:

—Alexander no te hará daño, Danielle. Dith ha vuelto.

28

Alexander

No podía decir que Wood estuviera disfrutando de nada de aquello. En esta ocasión, no se había transformado en lobo siquiera. Había optado por desencajarme las articulaciones de los dos hombros en vez de romperme un par de huesos, y para ello había necesitado emplear las manos. Ahora estaba apoyado en el tronco de un árbol, observándome. Esperando.

Ahogué un quejido y empujé el dolor fuera de mi rostro para evitar que él lo apreciara. Desde el suelo, tumbado boca arriba sobre el barro, yo también lo miraba. Sabía lo mucho que odiaba hacerme daño, y yo odiaba hacérselo a él.

—Deberías regresar. Esto me va a llevar un buen rato.

Prefería que se fuera y me dejara solo, pero de todas formas Wood no lo haría, lo conocía demasiado bien. No, se quedaría allí, torturándose a sí mismo por algo sobre lo que no tenía ningún control.

Se encogió de hombros y mantuvo la boca cerrada, aunque era cuestión de tiempo que explotara. Y yo quería que lo sacara fuera. Todo. La oscuridad había retrocedido y ya no había rastro de aquel veneno negro en mis venas ni llamas devorándome la piel; ahora todo lo que me consumía era la vergüenza.

Mis músculos volvieron a protestar. Me retorcí sobre el barro, pero aguanté. El sufrimiento mantenía a raya mi poder y, a la vez, me ayudaba a sanar. Muy muy lentamente. Esa era una parte de mi magia que también hubiera podido evitar; descartarla y dejar que mi curación fuese natural, como la de cualquier otra persona. Pero no quería atormentar más a Wood, y cada segundo que pasaba tirado en el suelo del bosque era una tortura para él.

—¡¿En qué demonios estabas pensando, Alex?! —estalló por fin—. ¿Qué pretendías? ¡¿Te has vuelto loco?! ¡¿O es que esa chiquilla te saca tanto de quicio que de verdad querías matarla?!

Las preguntas abandonaron sus labios, entremezcladas con gruñidos de ira y frustración. Me limité a negar con la cabeza, pero incluso ese leve movimiento dolió como el mismísimo infierno.

—Y de todas formas... ¿Qué os pasa con Danielle, maldita sea? —continuó renegando. El aroma de su magia, brutal y salvaje, lo envolvió de tal forma que pude detectarlo desde donde me encontraba—. Primero Raven y ahora tú. ¡Joder! Es solo una Good, una traidora. ¡Sus antepasados nos vendieron y se pasaron al otro bando!

A Wood, en realidad, le importaba una mierda los bandos y los linajes, prueba de ello era su relación con Dith. Pero estaba enfadado. Y tenía todo el derecho a estarlo.

—No es solo una Good —farfullé, mientras me esforzaba por completar la curación de mis hombros.

Aparté a un lado la descarga de dolor que me recorrió ambos brazos y me concentré en mi familiar.

—Es Rav, ¿no? Ha visto algo.

Asentí a pesar de que no estaba seguro de lo que el lobo negro había vislumbrado sobre Danielle ni qué relación podía tener con los Ravenswood.

—Ella... A Danielle se le ha presentado el árbol.

No tuve que explicarle a qué árbol me refería; solo había uno en todo aquel bosque del que ninguno de nosotros quisiera tener noticias. La expresión de Wood no sufrió variación alguna, pero un renovado interés relució en sus pálidos ojos azules.

—¿Cuándo?

—Justo antes de que la encontrara. Yo también lo vi.

Wood sacudió la cabeza de un lado a otro. La aparición del árbol de Elijah no era un buen augurio. Durante años, había germinado y crecido a expensas de los sacrificios del nigromante, y su único sustento había sido la sangre de las personas que Elijah se había dedicado a asesinar.

—La muerte visita Ravenswood y... ¿a Danielle se le aparece ese maldito árbol? No creo que sea una coincidencia.

—Nada lo es.

Intenté mover los hombros y, a cambio, un doloroso calambre me recorrió de arriba abajo. Aparté la mirada de Wood y me tomé unos segundos para observar la franja de mi estómago que había quedado al descubierto. Parte de una cicatriz asomaba bajo la tela de mi camiseta, una que yo no había permitido que mi magia curara; un recordatorio de un día muy concreto de mi vida.

Los ojos de Wood se desviaron a ese mismo lugar. Como si supiera lo que estaba recordando, apretó los dientes, pero no dijo nada. Durante los siguientes minutos ninguno de los dos habló, y supuse que aquello era todo lo que pensaba decir al respecto.

Estaba equivocado.

—Va a peor...

«Desde que Danielle está en la casa». Eso fue lo que no dijo, pero sabía (todos sabíamos) que era así.

Los músculos y los tendones continuaron soldándose, regresando a su sitio con una tortuosa y agónica lentitud. Un poco más, solo un poco más de tiempo y podría mover de nuevo los brazos.

—Creía que estabas a favor de que lo dejara salir.

Me fulminó con la mirada pese a que yo llevaba razón. La teoría de Wood siempre había sido que no controlaría mi poder hasta que permitiera que me consumiera por completo.

—No así. No con ella como conejillos de indias. No te lo perdonarías, y Raven tampoco lo haría.

—Fue él quien me propuso que ayudara a Danielle.

Sus cejas se arquearon por la sorpresa. Descruzó los brazos y se adelantó para arrodillarse a mi lado. Se le veía exhausto y no tenía nada que ver con haber estado recorriendo el bosque como un lobo a la búsqueda de su siguiente presa. No, no se trataba de eso.

—Raven también se equivoca a veces, y tú podrías tener ahora las manos manchadas con la sangre de esa chica.

Algo muy dentro de mí se encogió y se retorció ante esa idea.

«No», retumbó esa otra voz en mi interior, ajena y distante. Antigua.

—¿No me crees capaz de controlarlo?

Era una pregunta injusta y de inmediato lamenté haberla hecho. ¿Creía yo siquiera poder manejar mi oscuridad? Había pensado que estaba manteniendo el control de mis actos cuando había tomado a Danielle de la cintura, incluso con el fuego devorándome de pies a cabeza como nunca antes lo había sentido, bebiéndose mi cuerpo y mi alma. El hambre, la necesidad. La oscuridad rodeándome y rodeándola. Reclamándola también a ella.

En realidad, no tenía control sobre una mierda.

Sí, había creído poder deshacer su bloqueo, quizás porque la noche anterior, cuando Danielle había estirado las manos sobre mi pecho, había sentido un deseo abrumador, y este no había sido de la clase que terminaba con ella convirtiéndose en una cáscara vacía. Muerta.

Había sido... diferente, y aterrador también. Durante un instante casi había pensado que...

—No puedo soportar esta mierda por más tiempo, Alexander. No puedo —escupió Wood, y un sufrimiento profundo, fruto de una herida que llevaba abierta años, se reflejó tanto en su voz como en sus ojos.

Hubo un nuevo silencio entre nosotros, uno que dolía mucho más que el de mi cuerpo recomponiéndose a sí mismo.

—Yo... Lo siento.

Ojalá hubiera podido devolverle su libertad. Su vida. Pero, de un modo u otro, los familiares estaban ligados a sus protegidos de formas que ni siquiera la magia oscura podía romper, y bien sabía yo que ninguno de los lobos me abandonaría, aunque pudiésemos disolver ese lazo. Su lealtad estaba por encima de todo, al igual que la mía para con ellos.

Wood suspiró tras realizar un leve asentimiento con la cabeza. A pesar de lo vacía que resultaba mi disculpa, de lo poco que significaba, la aceptaba igualmente.

Siempre protegiéndome, siempre a mi lado.

Palpó uno de mis hombros con dedos expertos pero delicados para comprobar el estado de músculos y ligamentos. Nadie hubiera dicho que alguien como él fuera poseedor de unas manos tan amables, pero yo sabía que Wood no era como la gente creía, igual que su gemelo tampoco lo era.

—¿Danielle lo sabe? ¿Sabe lo de Raven?

Negué, aunque me sentí en la obligación de aclarar:

—Cree que fue su madre quien advirtió a Rav de que ella vendría.

—¿Una Good vidente? —resopló él, y me lanzó una aguda mirada que dejaba bien claro lo ridícula que le resultaba la idea.

—Tampoco sabe lo tuyo —añadí—. ¿Se lo has contado tú a Meredith?

Pasó a revisarme el otro hombro y yo esperé con paciencia su respuesta.

—Sí, claro. Le dije: «¿Sabes, Dith? No dejo de ver los putos muertos que se me aparecen día y noche. Llevo siglos haciéndolo y me había olvidado de contártelo».

El sarcasmo de su tono me arrancó una carcajada. Conociendo a Wood, y aunque sabía que no le gustaba airear esa parte de su poder, cuando se decidiera a hablarle a Meredith de su peculiar capacidad emplearía justo esas palabras. No había nada gracioso en ello y desde luego no resultaba agradable, pero al menos en la casa ningún fantasma lo molestaba. El bosque... El bosque era diferente. Muchos habían perdido la vida y la razón allí; no eran pocos los que vagaban sin rumbo entre sus árboles.

—¿Crees que puedes levantarte? —inquirió una vez terminadas sus comprobaciones.

El dolor no había retrocedido ni un ápice, pero asentí de todas formas. Podía haberle pedido ayuda y, sin embargo, mantuve la boca cerrada; no por orgullo, sino para ocultarle el alcance de las consecuencias que aquello tenía para mí.

Wood no tenía que sufrir más de lo que ya lo hacía.

Me atacó un mareo al incorporarme y a punto estuve de caer de nuevo, pero apreté los dientes y afiancé los pies en el suelo. El barro me cubría casi por entero, aunque mejor eso que la sangre de otras ocasiones. Suponía que Wood había sido consciente de que aquel bosque no era el sitio más adecuado para derramarla. Menos aún con la reciente aparición del árbol de Elijah.

Echamos a andar de vuelta a Ravenswood. Wood tuvo la deferencia de no apresurar el paso y yo sabía que permanecía atento a cada uno de mis movimientos, a la más leve señal de malestar. Me aseguré de no dar muestra alguna de lo dolorido que estaba. Mantener las emociones fuera de mi rostro se había convertido en un verdadero arte para mí, uno que dominaba a la perfección.

—¿Qué sabes de Abigail Foster?

Por la mención a la muerte que había hecho un rato antes, resultaba obvio que era consciente de lo que había sucedido.

—No he visto su fantasma, si es eso a lo que te refieres —aclaró—, pero me he acercado hasta el límite del bosque para echar un vistazo y he escuchado a varios alumnos hablar de lo ocurrido. Parece que su amistad con la hija de la directora le ha salido cara.

Le lancé una rápida mirada.

—¿De qué demonios estás hablando?

—La encontraron en el dormitorio de Ariadna Wardwell, en su cama. Aunque ella no estaba. No sé todos los detalles, pero parece ser que le han destrozado la garganta.

Maldije en voz baja.

—¿Crees que podría tratarse de él? —No quise pronunciar su nombre en voz alta, pero Wood me entendió de todas formas. No era la primera vez que aquello ocurría y, teniendo en cuenta que el árbol había aparecido de nuevo, ninguno de los dos necesitábamos mucho más para deducir lo que estaba pasando.

—Después del encontronazo de ayer en la fiesta... —replicó, y el agotamiento se apropió de su voz una vez más—. Si Abigail estaba por algún motivo en la habitación de Ariadna, pudo confundirla con ella. Quizás... Quizás quería hacerle pagar lo que hizo y erró el objetivo.

El bosque se tragó nuestros siguientes pensamientos. Antiguo y malicioso. Cargado de secretos; tantos como albergaba el linaje Ravenswood. Solo cuando los muros de nuestra casa comenzaron a atisbarse entre los viejos troncos, Wood volvió a hablar por fin.

—Estamos de mierda hasta el cuello, Alexander.

No fui capaz de discutírselo.

29

Encontré a Dith recostada tranquilamente en uno de los sofás del salón. Una sonrisa perezosa bailaba en sus labios y no aprecié rastro de preocupación en su mirada. Era la viva imagen de la serenidad. A mí, en cambio, se me amontonaban en los labios las preguntas que no había podido hacerle en su ausencia.

—Si vuelves a irte, te mato —dije, lanzándome sobre ella.

Dith rio mientras me devolvía el abrazo. Por la fuerza con la que me estrechó, supe que me había echado de menos tanto como yo a ella.

—¿Tan aburrida has estado? —bromeó cuando por fin la solté y me senté a su lado.

Asentí a pesar de que era probable que yo tuviera que contarle tantas cosas como ella a mí, incluido lo sucedido en el bosque poco antes. Pero aparqué ese tema por el momento. Necesitaba saber lo que sentía yo misma al respecto antes de poder explicárselo. Y también estaba demasiado ansiosa por conocer el motivo que la había llevado lejos de mí.

—¿Dónde te habías metido? ¿Has visto a... mi padre?

Su sonrisa perdió brillo casi de inmediato.

—Tenemos que hablar.

Desvié la mirada hacia el arco que separaba el salón de la cocina. Raven se había quedado allí, apoyado en la pared, observándonos.

—Será mejor que vayáis arriba —dijo él, regalándole una sonrisa cargada de cariño a Dith. Ella le guiñó un ojo en respuesta—. Mi hermano y Alexander no tardarán en volver.

—¿El brujo gruñón ha salido de la casa?

Raven me señaló y le lanzó a Meredith una elocuente mirada, lo que hizo que ella se volviese hacia mí.

—Yo no he tenido nada que ver —me defendí, pero Dith ya me arrastraba escaleras arriba.

—Vamos, quiero que me cuentes todo lo que me he perdido.

Apenas nos encerramos en mi habitación, y antes de lanzarme a interrogarla acerca de su viaje, me fue imposible esperar para preguntarle:

—Tú... ¿sabías que Mercy Good no había muerto?

Dith era muy vieja, por mucho que su aspecto fuera el de una joven que apenas si alcanzaba los veinticinco, y su actitud, la de una adolescente atolondrada por las hormonas. Había acompañado a varias mujeres de mi linaje a lo largo de los años, las había protegido y aconsejado, y probablemente también las había corrompido solo por diversión, tal y como se empeñaba en hacer conmigo. Así que, si alguien podía saber algo de la relación entre los Ravenswood y los Good, era ella.

Frunció el ceño, supongo que intrigada por lo repentino de mi interés, pero contestó de todas formas.

—No con seguridad, pero creo tu abuela Florence lo sospechaba. Ella nunca aprobó lo que pasó en los juicios, ni que los Good dieran la espalda a Sarah —aseguró con un tono no exento de pesar que revelaba que tampoco a ella le enorgullecía lo sucedido—. Siempre decía que, algún día, Mercy encontraría la manera de hacernos pagar.

Los brujos podían ser muy vengativos si se lo proponían, sobre todo los pertenecientes a linajes oscuros. En ocasiones, incluso después de muertos hallaban la forma de regresar. O ni siquiera llegaban a marcharse y permanecían anclados a este mundo hasta ver convertidos sus deseos de venganza en realidad. Estaba segura de que los juicios de Salem, con todo lo que conllevaron para la comunidad oscura, habían sido una fuente inagotable de maldiciones hacia los que no perecieron en ellos.

—Pero la abuela era una bruja blanca. Ella... estaba de acuerdo con nuestra elección. —Todos los Good en realidad. Ningún miembro de mi linaje parecía albergar duda alguna sobre nuestra traición.

Dith se encogió de hombros.

—Todo el mundo tiene un lado oscuro, Danielle. Los Ravenswood no son los únicos que esconden secretos.

Antes de que pudiera preguntarle a qué se refería, Dith se levantó de la cama y tomó su mochila del suelo. Yo ni siquiera la había visto hasta entonces, como tampoco la bolsa de tela que se encontraba bajo ella.

—Te he traído algo.

Permanecí en silencio mientras, de espaldas a mí, rebuscaba en el interior de la bolsa. Sus hombros cayeron y un tenue suspiro le atravesó los labios y llegó hasta mis oídos. Se tomó su tiempo para sacar lo que quiera que buscaba, y no fue hasta que se volvió que entendí el porqué de la súbita tristeza que le desfiguraba los rasgos.

No pude evitar jadear cuando estiró las manos en mi dirección.

—El grimorio de mamá —farfullé, tropezando con las palabras.

La humedad me empañó la mirada, pero, aun así, reconocí de inmediato el hermoso diseño de la cubierta. Dos medias lunas unidas en el centro por un círculo completo. El símbolo de la triple diosa: doncella, madre y anciana. Y, bajo él, el triángulo invertido que representaba el elemento agua; aquel del que mi madre extraía su poder y también yo el mío.

El grimorio de cada brujo era, seguramente, su posesión más preciada. Aunaba la colección de hechizos de toda una vida. Se le entregaba el día de su graduación en la academia, al inicio de su vida adulta de brujo, y lo acompañaba allá donde fuera. Cada hechizo en su interior, cada conjuro tan específico que solo podía ser recitado de forma efectiva por su creador y dueño o bien por alguien muy cercano de su propio linaje, aunque a veces ni siquiera eso alcanzaba. La magia era así de personal, era intrínseca a cada brujo. Las palabras empleadas, el tono, el cántico, los ingredientes que se añadían a veces para potenciarlo... Todo llevaba la marca de ese brujo. No había dos brujos iguales y, por tanto, no había dos hechizos iguales. Solo, en ocasiones, afinidades muy específicas permitían emplear un conjuro de otro con las debidas *adaptaciones*.

Aparté los ojos del libro, que Dith había depositado sobre la cama casi con reverencia, y la miré a ella. Hice un esfuerzo por mantener mi voz firme al preguntar:

—¿Cómo?

—Tu padre lo había ocultado en su despacho.

El despacho de mi padre era la única habitación en la que nunca, bajo ningún concepto, se nos había permitido entrar a Chloe y a mí. Mientras que mamá nos animaba a visitar su estudio de la segunda planta, aquel en el que se dedicaba a pintar tanto como a dar rienda suelta a su magia y en el que mantenía una buena colección de ingredientes, traídos de todas partes del mundo, en pequeños tarritos de cristal diligentemente ordenados, mi padre jamás nos dejó poner un pie en el suyo.

Tras la muerte mi madre, y antes de que mi padre me arrastrara hasta Abbot, yo había buscado aquel grimorio por todas partes. Lo quería. No ya por los hechizos que pudiera contener, que quizás nunca llegara a poder ejecutar por mí misma, sino porque era de mamá. Porque lo había rellenado con su bonita y elegante letra. Por las anotaciones o dibujos que a veces hacía en los márgenes o en cualquier otro hueco que quedase libre. Porque estaba impregnado del aroma de su magia... De *su* aroma.

Ya casi había olvidado como olía mi madre.

Adelanté las manos y rocé el grabado en el cuero de la cubierta. Líneas sencillas pero repletas de poder. Casi esperaba escuchar el cierre de metal saltando, listo para permitirme acceder a los secretos que pudiera contener. Pero no pasó nada. El grimorio solo respondería ante mi madre; la huella de su magia era la única llave para aquella cerradura.

La decepción se extendió por mi pecho y me clavó sus uñas amargas en el corazón. Al parecer, no había ninguna afinidad entre mamá y yo, nada que me permitiera echar un vistazo al trabajo de toda su vida sin obligarme a emplear la magia para tratar de forzar la cerradura, a sabiendas de que eso podría llegar a destruirlo.

—Tal vez... una vez que recuperes tu poder —señaló Dith, y una chispa de esperanza despejó brevemente la oscuridad de mi interior.

Quizás mi bloqueo era el único culpable de que el grimorio no me reconociera. Nunca lo había hecho, en realidad, pero ahora que mamá ya no estaba... tal vez...

Otra buena razón para recuperar mi poder cuanto antes.

Giré el libro entre mis manos y advertí algo en lo que no había reparado hasta entonces.

—¿Qué es esto? —inquirí, y apenas si había terminado de formular la pregunta cuando comprendí de qué se trataba.

Mi cabeza se alzó con la rapidez de un látigo y clavé la mirada en el rostro de Dith.

—¿El colgante? —aventuré, aunque sabía que se trataba precisamente de eso.

No me atreví a tirar de la fina cadena de plata que asomaba entre las páginas amarillentas por miedo a dañarlas. El propio colgante, una réplica del grabado de la triple diosa que aparecía en la cubierta del grimorio, no quedaba a la vista, pero estaba segura de que tenía que ser el amuleto de mi madre. Nunca se lo quitaba. Jamás. Sin embargo, no lo había llevado puesto cuando papá y yo la encontramos... Cuando la encontramos muerta.

No podía entender qué podía haberla empujado a separarse de él y dejarlo allí, como si de un vulgar marcapáginas se tratase.

—Sabía que lo querrías contigo —dijo Dith, la voz suave y temblorosa, tan emocionada como yo—, aunque en realidad me marché para buscar el colgante. Teniendo en cuenta todo lo que está sucediendo, necesitas toda la protección que puedas obtener.

El grimorio era una joya, un recuerdo que quería conservar a toda costa, aunque nunca me permitiera acceder a su interior. Pero el colgante... Esa reliquia familiar me hubiera sido legada de un modo u otro. Una protección extra y una fuente de poder añadida a la mía propia; la de mis antepasados. El linaje Good.

Después de aquello estuvimos un rato en silencio. Creo que ambas lo necesitábamos. Dith no había sido familiar de mi madre, sino que había pasado de proteger a mi abuela Florence a hacerlo conmigo. Pero había adorado a mi madre como si fuera la suya y, por tanto, también ella necesitaba a veces volver a llorar su pérdida. Daba igual los años que hubieran transcurrido desde su muerte, Beatrice Good había dejado un hueco en el corazón de cada persona que la había conocido.

Ahora, con todo lo que estaba pasando y lo que había descubierto sobre ella, ese hueco parecía haberse expandido de nuevo en mi pecho y amenazaba con cortarme la respiración. Y Chloe... Sí, ella también se encontraba entre las páginas del grimorio, en la plata oscurecida del colgante; también mi hermanita estaba allí conmigo en ese momento.

—No me veo capaz de tirar y sacarlo —dije después de no sé cuánto tiempo—. Podría estropear el grimorio o romper el colgante.

Las páginas estaban desgastadas por el uso y eran delicadas, y yo no estaba dispuesta a destrozar nada que hubiera pertenecido a mi madre, no cuando era todo lo que me quedaba de ella.

Dith situó una mano sobre la mía y me dio un apretón de consuelo. Supuse que mis emociones debían de estar por toda mi cara. Eso nunca me había preocupado con ella, pero me obligué a rehacerme para evitar que las lágrimas se derramasen sobre mis mejillas.

—¿Te fuiste solo para traérmelo? —pregunté para apartar de mi mente las últimas imágenes que había tenido de mamá y Chloe.

A pesar del valor que tanto el grimorio como el colgante tenían para mí, no creía que Dith se hubiera marchado para ir a buscarlos. Al menos, no solo para eso.

Exhaló otro suspiro pesado y supe que aquel regalo era lo único bueno que traía consigo después de tantos días fuera. Meredith nunca se mostraba dramática sin una buena razón. Supongo que había visto y vivido las más variadas situaciones y otorgaba a cada una de ellas la importancia justa que tenían. Ni más, ni menos.

—Poco antes de... morir, Beatrice me interrogó acerca de nuestro linaje. Así que quería revisar de nuevo su estudio, buscar algo que pudiera ayudarnos a comprender por qué visitaba Ravenswood. En su momento no le di mucha importancia a sus preguntas, pero ahora... Pensé que tal vez habría algunas notas o una pista sobre qué era lo que de verdad perseguía descubrir. Sin embargo, no había nada en la habitación. Solo los muebles. Tu padre debió de vaciarlo por completo después de llevarte a Abbot.

No podía olvidar lo que había dicho Raven de las visitas de mamá a Ravenswood. Alexander, además, había aportado su propio granito de arena sobre Samuel Corey y su especialidad.

—Se reunía con el profesor Corey. Al parecer, es algo así como un experto en genealogía.

Aquello no sorprendió demasiado a Dith.

—Tu madre también estuvo en casa de Florence en repetidas ocasiones.

—¿Crees que estaba buscando algo?

La abuela Florence había sido ya bastante mayor cuando tuvo a mi madre, y yo apenas la había conocido en realidad, pero no era un secreto que tenía una parte *diógenes* que la empujaba a acumular toda clase de trastos, libros y cosas a las que nadie, salvo ella, parecía encontrar utilidad. Además, la antigua casa solariega en la que había vivido hasta el fin de sus días contenía muchas de las reliquias de la familia, incluso objetos anteriores a los juicios. Esos, especialmente, eran los que ningún Good quería en su propia casa. El desván era lo más parecido a un oscuro baúl de los recuerdos de mi linaje.

—O quería esconder algo allí —terció Dith—. Puede que descubriera qué fue lo que sucedió en realidad con Mercy Good.

Si así era, no habría un lugar mejor para esconder cualquier cosa que no desearas que nadie encontrara. La casa se había cerrado tras el fallecimiento de mi abuela, unos años antes de la muerte de mamá y Chloe, pero la propiedad continuaba en manos de la familia, así como todo lo que había en su interior. En realidad, ahora que lo pensaba, esa casa había pasado directamente a ser de mi propiedad. Me pertenecía. Mi padre no formaba parte oficial de la herencia Good.

—¿Fuiste hasta allí?

—Aunque esa era mi intención, no pude; no quería dejarte tanto tiempo sola. Perdí demasiado en esperar a que tu padre abandonara la casa para poder buscar el colgante. Encontrar también el grimorio fue providencial.

Al parecer, mi padre no estaba en Abbot, tal y como había pensado, negociando junto con Hubbard y el consejo mi rescate de Ravenswood. No, nada de eso. Porque mi padre ni siquiera tenía conocimiento de que yo me encontraba solo a unos metros de mi propia escuela. Por alguna razón que no llegué a comprender, Dith sospechaba que nadie sabía que mi huida había acabado en Ravenswood, y aquel había sido otro de los motivos que la habían llevado a realizar el viaje. De todos modos, tras comprobarlo, y tampoco sin darme razones de aquello, no se había molestado en poner al corriente a nadie de mi situación.

—No tienen ni idea de que estás aquí, Danielle.

—¿Por qué no se lo dijiste? ¿Por qué no hablar con él y contárselo todo?

—Porque es muy probable que, de saberse que Wardwell te está reteniendo aquí, las consecuencias... no serían buenas para nadie. El consejo acabaría enterándose, y nosotras tampoco saldríamos bien paradas.

Wardwell había mentido. No le habían negado un rescate porque ella nunca lo había pedido. Sus planes para mí no pasaban por devolverme a Abbot; solo ella sabría cuáles eran en realidad.

—Maldita bruja mentirosa y rastrera —masculló.

Dith me dedicó una larga mirada que no presagiaba nada bueno y se encogió de hombros.

—Sí, supongo que eso se acerca bastante.

30

A pesar de mi ropa húmeda tras el paseo por el bosque y lo lamentable de mi aspecto, Dith y yo continuamos charlando durante largo rato acerca de lo sucedido en su ausencia. Ella quería saberlo todo y, aunque empezaba a entrever en su rostro a la amiga despreocupada que conocía, aún había en sus ojos un brillo turbio de inquietud que me perturbaba.

Tumbadas sobre la cama, traté de relatarle todo lo sucedido lo más fielmente posible: mi reciente amistad con Maggie Bradbury y su primo, la decepción (y el alivio) porque las clases en Ravenswood no fueran como yo había imaginado, el amago de entrenamiento en el sótano con Wood, el baile de máscaras y el incidente con Ariadna Wardwell que había terminado con Raven herido y conmigo tirando de lo más profundo de mi poder para ayudarlo. Alexander saliendo de la casa para acudir en su ayuda...

Por algún motivo, dejé para el final lo que acababa de suceder en el bosque. Supongo que me avergonzaba un poco no haber mostrado ningún amago de defenderme y permitirle a Alexander... tocarme.

Dith escuchaba cada palabra con atención y una expresión neutra que me resultó preocupante. No hubo pullas ni las interrupciones que yo hubiera esperado, tan típicas de mi familiar cuando le narraba alguno de los líos en los que me metía, y me pregunté qué era lo que la inquietaba tanto como para mantener su mente solo a medias en nuestra conversación.

Traté de pasar de puntillas sobre todo lo que rodeaba a Alexander, no profundizar demasiado; sin embargo, Dith era como un perro al que le hubieran ofrecido su hueso favorito y luego tratasen de arrancárselo de entre los dientes.

—Un momento, vuelve a la escena de la cocina —me pidió, esbozando una sonrisa malévola.

Sabía a qué momento se refería: Alexander inclinado sobre mí después del baile de máscaras, acorralándome contra la isla central y ardiendo como el jodido infierno.

—No hay mucho que contar.

Ella rio y sacudió la cabeza, negando.

—Te tocó. ¿Qué hay de eso de que no debería tocarte?

Lo pensé un momento. En realidad, Alexander no me había tocado. Había sido yo la que le había manoseado un poco el pecho... Con camiseta de por medio, pero manoseado al fin y al cabo.

—No funciona así. Él puede controlarse si no hay contacto directo. Piel con piel —expliqué, y Dith empezó a sonreír como una loca.

—¡Vaya! Así que si estuvierais desnudos...

—No te montes películas. Eso no va a pasar, Dith —señalé, y me enorgullece decir que no hubo rastro de titubeo en mi voz.

Ella hizo un gesto con la mano, desechando mi afirmación.

—Admite que Alexander está tremendo.

Hice un ruidito vergonzoso con la garganta al recordar otra ocasión, también en la cocina, en la que Alexander había aparecido vestido tan solo con un pantalón de deporte; todo carne expuesta, músculos cincelados y piel reluciente y dorada.

—Lo está —coincidí, porque no estaba ciega y podía admitir que el brujo era bastante atractivo. Mucho en realidad. De haber formado parte de Abbot, seguramente hubiera babeado a su paso por los pasillos.

Pero no estábamos en Abbot, sino en Ravenswood, y Alexander era un maldito brujo oscuro, gruñón, arrogante y a saber con qué clase de mal habitando en su interior. Eso sobrepasaba por mucho mis límites.

Dith tan solo me observó con esa mirada que empleaba a veces y que me hacía sentir como si pudiera rebuscar en mi interior y arrancarme cualquier confesión que desease obtener.

—Volvamos a la parte en la que tú lo tocabas.

Resoplé. ¿Es que no iba a dejarlo estar?

—Había ropa de por medio —le recordé, pero no sirvió de nada.

—Tal vez... —Hizo una pausa, reflexionando—. El núcleo de poder de cualquier brujo está en su pecho, en el interior, pero son las manos las que transmiten esa magia al exterior. Salvo algunos brujos de cierto nivel, cualquier hechizo medianamente potente requiere el empleo de las manos, su movimiento... Quizás tú sí puedas tocarlo a él, tocarlo de verdad. Y también él a ti, mientras no emplee las manos para ello. —Lo último lo dijo con un tono socarrón que evidenció el rumbo que estaban tomando sus pensamientos.

—No puedo creer que estés pensando en sexo, Dith. ¡Él ni siquiera me gusta!

—Solo digo que existe una posibilidad, por si te interesase. Y, ya que estamos, tal vez eso implique que puede ayudarte con tu bloqueo.

Eso sí que despertó mi curiosidad, aunque tras lo sucedido en el bosque no veía cómo podría Alexander absorber el hechizo que me limitaba sin emplear las manos. Sin contar con el hecho de que podría llevarse también el resto de mi magia; tal vez algo más.

—El resultado es el mismo. Su idea no es la de deshacer el hechizo, sino absorber la magia de este para eliminarlo —insistí, por si de repente había olvidado esa parte.

—Pero has dicho que sus manos son lo primero que se... *corrompe* —señaló y casi podía ver los engranajes de su cerebro girar tratando de encajar las piezas para encontrar una solución. Se golpeó la barbilla con un dedo, perdida en sus pensamientos. No podía salir nada bueno de todo aquello; las *fantásticas* ideas de Dith siempre terminaban conmigo pagando los platos rotos—. Raven aseguró que Alexander no te haría daño.

—No confío en Alexander.

—Pero ¿y en Rav? ¿Confías en él?

No quería responder a esa pregunta. El lobo negro tenía algo que me hacía creer que podría poner mi vida en sus manos, tal y como haría con mi propio familiar, incluso con todos los líos absurdos a los que Meredith me arrastraba siempre. Sin embargo... Raven era el familiar de Alexander, era un Ravenswood, parte de un linaje oscuro, desconocido y muy muy peligroso. En última instancia, Raven le debía lealtad al brujo. Yo no era nada para él y, aunque sus intenciones fuesen nobles en lo que respecta a mí, quizás se equivocase y Alexander sí me haría daño si yo se lo permitía.

—¿Confías tú en Wood? —pregunté a su vez.

Dith abrió la boca, pero no emitió ningún sonido. La cerró.

Cualquiera pensaría que la relación entre el lobo blanco y ella era puramente física. Una cuestión de conveniencia: Wood no podía abandonar Ravenswood, y para Dith..., bueno, aunque había unos pocos alumnos más con familiares en Abbot, estaba convencida de que no eran exactamente su tipo, y Wood había estado todos esos años justo al otro lado de la carretera. Eso lo convertía en el candidato perfecto para sus escapadas.

Pero no se trataba solo de eso. Lo sabía por cómo la miraba él cuando pensaba que nadie estaba prestando atención, por la forma en que se había interpuesto entre Alexander y Dith, cubriéndola con su cuerpo aquel día en la cocina. Ahí había mucho más que un simple lío de sábanas revueltas; no importaba lo que Meredith pretendiera hacerme creer o creerse ella misma.

—*Touché!* —dijo finalmente.

Dith confiaba en Wood, pero ¿le confiaría mi vida? ¿A cualquiera de ellos? No, definitivamente no. Su lealtad hacia mí estaba por encima de todo y todos, al igual que debía estarlo la de los gemelos respecto a su propio protegido.

El pensamiento le molestó y le hizo fruncir ligeramente el ceño.

—Sigo creyendo que tiene que haber una manera de romper tu bloqueo.

—Yo también quiero creerlo —repliqué, y era verdad.

Aún continuaba rememorando en mi mente lo sucedido en el bosque. Alexander había parecido tan convencido de que podía controlarse, y yo había querido dejarme llevar a pesar de todo. No estaba segura de en qué lugar me dejaba eso, sabiendo lo que sabía de los Ravenswood, pero la cuestión era que también había un montón de cosas que desconocía de ellos.

—Ya están todos en la casa —me hizo saber Dith.

Yo no había escuchado ni un solo ruido que me alertara del regreso de los demás, pero no dudé de que así fuera. Los sentidos de Meredith, incluso en forma humana, estaban mucho más agudizados que los míos.

Recordé entonces la razón por la que se suponía que Alexander se había aventurado a entrar en el bosque: una chica había muerto. Estaba convencida de que, incluso en un sitio como aquel, no era algo que sucediera a menudo. Tanto Abbot como Ravenswood eran zonas seguras para los brujos, al menos para los alumnos que pertenecían a cada una de ellas. ¿Había cambiado eso con mi llegada? ¿O no tenía nada que ver conmigo? Suponer que mi irrupción en territorio enemigo hubiera alterado de alguna manera la paz establecida entre las escuelas quizá fuera demasiado pretencioso por mi parte, pero, fuera como fuese, quería saber lo que había ocurrido.

—Deberíamos bajar.

Dith asintió. Se deslizó sobre el borde del colchón con un movimiento perezoso pero elegante. Pude ver al felino que había en ella; las garras escondidas bajo una apariencia frágil e inofensiva. No podía dejar de preguntarme qué delito habría cometido para ser maldecida. Si esas uñas, invisibles ahora, reflejaban parte de sus pecados. Meredith no hablaba de ello, nadie de la familia lo hacía.

—¿Dith? —la llamé, y ella giró la cabeza para mirarme por encima del hombro—. Hay algo más.

Me levanté y me acerqué para contarle en voz baja la forma en la que los gemelos *ayudaban* a Alexander a salir del trance oscuro en el que a veces se sumía. Dolor, eso era lo que necesitaba el brujo para regresar, y me parecía más y más macabro conforme pensaba en ello. Era horrible y descorazonador, y no podía imaginar lo que aquello le estaba haciendo a los lobos.

La expresión horrorizada de Dith me hizo saber que pensaba lo mismo que yo; ella, que nunca se tomaba nada en serio y que siempre parecía tener un motivo para sonreírle a la vida.

—¿Wood no te lo dijo?

Dith negó.

—Yo jamás había visto a Alexander... transformarse. Siempre se ha cuidado mucho de mantenerse alejado de mí cuando los visito.

Wood ya me había comentado que Alexander se mantenía alejado de ella cuando los visitaba, lo que no tenía tan claro era si se veía afectado por su mera presencia en la casa o era el uso de su magia lo que lo hacía. Dith no solía emplearla a menudo, salvo para adquirir su forma animal y para realizar algún que otro truco sin importancia. Yo siempre habría creído que sus reticencias tenían algo que ver con lo que la había llevado a convertirse en familiar. Dith solía repetirme que nunca debía subestimar el precio a pagar por un hechizo de verdad, aquel que iba más allá de un sencillo juego de manos que cualquier novato podría realizar. «La magia siempre tiene un coste y tienes que estar dispuesta a pagarlo», afirmaba Dith en los pocos momentos en los que trataba de ejercer como la guía que se suponía que debía ser para mí.

Al margen de que la magia nos debilitara y requiriera de nosotros un esfuerzo físico y mental, había ciertos hechizos y conjuros que iban más allá de eso. Un pago justo, uno que muchas veces no se podía prever, para mantener el preciado equilibrio.

Al parecer, el dolor era el precio que le era requerido a Alexander para no ceder al poder que lo habitaba. Resultaba toda una contradicción.

—Puede que deba tener una conversación con Wood.

—Suerte con eso —le dije, porque dudaba que el lobo blanco estuviera dispuesto a exponer los secretos de su protegido.

Sin embargo, a Raven no le había importado contármelo. ¿Podía de verdad confiar en él?

Suspiré. No tenía una respuesta para eso.

Mi ropa aún estaba húmeda después del aguacero, y mi cuerpo, exhausto. Pero acompañé a Dith a la planta baja de todas formas. Quería saber lo que le había pasado a Abigail Foster a pesar de que, después de todo lo sucedido y de la llegada de Dith, me sentía agitada y confusa. Habían pasado tantas cosas en tan poco tiempo...

Encontramos a los Ravenswood en el salón. Alexander, con la cabeza inclinada y la vista fija en el suelo, se hallaba sentado en uno de los sofás, aunque más bien parecía que se hubiera desplomado sobre él. Tenía la ropa mojada y cubierta de barro y el pelo totalmente alborotado. No había rastro de oscuridad en su piel, nada de lo que había mostrado en el bosque. Aunque me inundó el alivio, yo sabía lo que eso suponía. Lo que tenía que haber hecho Wood para poder traerlo de vuelta.

Mi mirada se desvió hacia el que había considerado como al gemelo malvado. Estaba apoyado en el umbral del arco que daba paso a la cocina, alejado de los demás, como si no se atreviera a acercarse a su protegido. Una expresión sombría le endurecía los rasgos; había pena, dolor y una insana desesperación que no me costó comprender de dónde procedía. Había sido él. Wood le había hecho daño a Alexander para traerlo de vuelta y era obvio que ahora buscaba una manera de reconciliarse consigo mismo y con sus actos.

Aunque mantuvo cierta distancia, Dith se plantó frente a él. Y solo entonces Wood hizo un esfuerzo para ocultar las emociones que llevaba impresas por todo el rostro.

—Has vuelto —dijo él. Sin moverse, sin tocarla, aunque daba la impresión de que quería hacerlo.

—He vuelto —replicó ella con una dulzura inesperada.

¡Oh, sí! Entre ellos había algo serio.

Intercambiaron una larga mirada cargada de decenas de palabras que no alcanzaron sus labios, pero ninguno hizo nada más por eliminar la escasa distancia que los separaba. Un acuerdo tácito, quizás; era probable que Wood no soportara que nadie lo rozara siquiera en ese momento.

Los dejé hablándose en silencio y me concentré en Raven. Se encontraba delante de Alexander, con una rodilla hincada en el suelo y los brazos rodeando las piernas del brujo en ademán protector.

—¿Estás bien? —le preguntó.

Alexander no levantó la cabeza para mirarlo cuando respondió:

—Sí. Iré a darme una ducha.

Pero no se movió. Sonaba agotado y dolorido, aunque a primera vista no aprecié ninguna herida o... hueso roto. Quizás no había sido necesario dañarlo, pero ¿por qué se mostraba entonces Wood tan abatido?

Raven se inclinó sobre el oído del brujo y le susurró algo que no llegué a entender.

«Los Ravenswood y sus secretos», pensé para mí misma.

Antes de que pudiera plantearme qué le habría dicho Rav, Alexander clavó sus inquietantes ojos en mí. El vello de la nuca se me erizó y la piel del cuello, allí donde me había rozado apenas con la yema de los dedos, comenzó a arderme. Casi pude sentir de nuevo la leve caricia de su mano.

¿Habría podido llegar a hacerlo? ¿Despojarme de mi magia? ¿De mi alma quizás? Si Wood no hubiera aparecido...

—Bueeeno —intervino Dith, arrancándome de mis pensamientos—. Entonces, ¿quién decís que se ha muerto?

Su falta de tacto me hizo girar la cabeza de golpe hacia ella. Se había vuelto en mi dirección, los brazos cruzados sobre el pecho y muy pendiente del intercambio de miradas entre Alexander y yo. Suspicaz y curiosa. Comprendí de inmediato que su aparente crueldad no era más que una forma de concedernos una tregua, una distracción de lo que fuera que flotaba entre nosotros.

Me froté el cuello en un intento de eliminar el extraño hormigueo de mi piel y me prometí que se lo agradecería más tarde.

—Eres toda suavidad y buen gusto —le reproché de todas formas, pero ella sonrió.

Alexander, ya en pie, pasó a mi lado y se dirigió a las escaleras. No cojeaba y tampoco había ninguna herida visible, pero resultaba evidente que cada movimiento requería un gran esfuerzo por su parte. No dijo una palabra mientras ascendía por las escaleras hacia el piso superior. Tampoco miró atrás.

—Iré con él —murmuró Raven, y se apresuró a seguirlo.

Wood dejó escapar un profundo suspiro que atrajo la atención de Dith.

—Estás hecho una mierda —señaló esta, y Wood le dedicó una medio sonrisa carente de humor—. Yo subiré a echarles un vistazo.

Tampoco entonces Wood dijo nada, pero de algún modo supe lo profundamente agradecido que le estaba a Dith por ese ofrecimiento. El hecho de que ella se preocupara por las dos únicas personas que parecían importarle de verdad al lobo blanco representaba todo un mundo para él. Algo que nunca olvidaría.

En cuanto Wood y yo nos quedamos a solas, quise preguntarle qué había sucedido después de que los dejara a solas en el bosque, pero no me dio opción. Me rodeó y fue directo hacia la puerta que llevaba al sótano. Probablemente yo era la última persona de la casa con la que querría hablar; sin embargo, lo seguí de todas formas.

Una vez abajo, sus pasos lo condujeron hasta la pared del fondo, donde se acumulaba una gran variedad de material deportivo. El lugar estaba en realidad muy bien surtido, pero Wood, después de un momento de duda, no recogió nada del equipamiento. Se fue hasta el saco de boxeo que colgaba del techo en una de las esquinas y, sin molestarse en emplear ningún tipo de protección, comenzó a golpearlo con todas sus fuerzas.

Después de unos minutos observándolo descargar su ira, resultó bastante evidente que no se detendría hasta reventar el saco o sus manos, lo que primero que sucediera.

—Wood...

—Lárgate —me espetó sin ni siquiera mirarme, y los golpes se recrudecieron.

Estuve a punto de ceder y dejarlo a solas. Sin embargo, haciendo honor a mi conocida falta de sentido común, me quedé allí. Fui lo suficientemente inteligente como para permanecer en silencio mientras él continuaba aporreando el saco y me dediqué a curiosear todo el material deportivo que acumulaban. Cuando mis ojos tropezaron con un par de vendas protectoras, no lo dudé ni un segundo. Me envolví las manos con ellas y las ajusté hasta que quedaron bien apretadas. Sí, seguramente era una temeridad...

Me acerqué a él por el lateral del saco para entrar en su campo de visión.

—Lárgate antes de que te hagas daño —gruñó entre dientes—. O de que te lo haga yo.

No era muy inteligente por mi parte buscar pelea con un tipo que me sacaba más de una cabeza y para el que ya había demostrado que no era rival, pero supongo que yo no actuaba con inteligencia demasiado a menudo.

—Pelea conmigo.

Soltó una carcajada que habría hecho huir a cualquiera con un poquito de sensatez. Yo no debía de ser ese tipo de persona.

—¿No has tenido suficiente con lo del bosque? —repuso con otro gruñido.

—¿Y tú?

Apartó los ojos del saco y me fulminó con la mirada. Sí, definitivamente, aquello era una temeridad y posiblemente estaba a punto de recibir la paliza de mi vida.

Retrocedí hasta el medio de la sala y le hice un gesto con la mano para que se acercara. La sonrisa que asomó a sus labios fue... diabólica. Un aviso.

Pero ya era tarde para echarse atrás.

31

A pesar de mis suposiciones previas, Wood fue particularmente *delicado* conmigo, lo cual resultaba sorprendente dado que tenía el aspecto de alguien dispuesto a arrancarle la cabeza a cualquiera que se cruzara en su camino. Yo era menuda, y a su lado aún lo parecía más, pero la agilidad de la que me dotaba mi tamaño no hubiera sido suficiente para esquivar todos sus golpes.

Era evidente que el lobo, pese a la frustración, la rabia que emanaba de él y el evidente odio que sentía hacia sí mismo, se estaba conteniendo. Llegué a pensar que tal vez necesitaba una forma de probar que sus manos podían hacer algo más que provocar daño y sufrimiento. Quizás fuera la parte de Raven que habitaba en él; igual que en su hermano habría un feroz y salvaje lobo. Quizás ninguno de los dos fuera lo que parecía en absoluto.

La cuestión fue que Wood no me machacó. ¡Oh, sí! Me hizo perder al menos un par de kilos en sudor y moverme como nunca había pensado que fuera capaz; y también me llevé varios golpes de los que provocan cardenales casi al instante de recibirlos. Pero, contra todo pronóstico, no se ensañó conmigo y también él recibió unos cuantos puñetazos de los que me sentí vergonzosamente orgullosa.

Supongo que, de algún modo, sentía que se lo debía por haber aparecido en el bosque justo en el momento adecuado. Comprendía la impotencia que debía provocarle que su única forma de ayudar a Alexander fuera ir en contra de todo lo que se suponía que representaba. Los familiares estaban destinados a protegernos de cualquier amenaza, incluso a costa de su propio dolor o existencia. Matarlos siempre implicaba el uso de magia para hacerlo, pero eso no significaba que fueran inmortales o que no sufrieran por las heridas físicas como cualquier otra persona. Y, desde luego, estaba convencida de que Wood preferiría sucumbir a la muerte antes que hacerle daño a su protegido. Pero no tenía elección.

—Sigues estando blandita —me gruñó. Era lo primero que decía desde que habíamos empezado a danzar el uno alrededor del otro por el sótano.

—Y tú sigues siendo un capullo.

La sombra de una sonrisa asomó a sus labios. Aún tenía manchas de barro en las piernas y algunos rastros por el pecho y los brazos, pero la tensión de sus hombros, el peso que parecía acarrear sobre ellos cuando había bajado al sótano, había ido aligerándose de forma paulatina mientras peleábamos.

—Blandita —repitió, burlón—, pero no está mal del todo. Podrías patear algunos culos si te lo propusieras.

¡Vaya, vaya...! Wood Ravenswood me estaba dedicando un cumplido. Ahora sí que lo había visto todo.

—Estoy segura de que acaba de helarse el infierno.

—No te lo creas demasiado —replicó al tiempo que me lanzaba un gancho de derecha que esquivé por los pelos.

—Cállate, anda. No lo estropees.

No supe cuánto rato pasamos así, lanzándonos pullas y golpes por igual, pero cuando fue evidente que yo no me mantendría en pie durante mucho más tiempo, Wood me envió escaleras arriba murmurando algo sobre mi olor corporal y la necesidad de que me diera una ducha.

La sugerencia me sonó a música celestial.

Lo dejé golpeando el saco con algo menos de hostilidad y me arrastré hacia el piso superior. Mis tripas rugieron cuando avancé por el pasillo, pero estaba demasiado cansada incluso para comer.

«Ducha, siesta y un almuerzo tardío», me dije.

Fui directa al baño y me desnudé a duras penas mientras cada músculo de mi cuerpo protestaba. La estancia tenía el tamaño de un dormitorio. Nada de un aseo diminuto con una ducha, no; contaba con una bañera de brillante mármol con capacidad para dos o tres personas y con un montón de chorros a diferentes alturas. Los muebles eran todos de madera blanca, y sobre una estantería se apilaban esponjosas toallas negras con el escudo de los Ravenswood.

El agua caliente resultó una bendición y confieso que me arrancó más de un gemido de satisfacción. El hormigueo de mi cuello se había debilitado hasta casi desaparecer, aunque el mero hecho de pensar en los dedos de Alexander deslizándose por mi piel lo reavivó y trajo consigo una extraña sensación de presión en la boca del estómago. Algo que no iba a pararme a pensar en lo que significaba.

No quería pensar en el brujo. Todo lo que se suponía que debía preocuparme, ahora que Dith había regresado, era conseguir hablar con el profesor Corey, descubrir lo que fuera que escondía mi madre y salir de aquel sitio cuanto antes. Si mi padre ni siquiera sabía dónde estaba, tenía que estar preocupado por mí, ¿no? No estar del todo segura de ello era una auténtica mierda, aunque me alegraba que Dith no lo hubiera puesto al corriente. Necesitaba más tiempo para intentar descubrir más detalles acerca de mi madre y lo último que necesitábamos era que se desatara una batalla entre las dos comunidades.

Sin querer, mis pensamientos se desviaron de nuevo hacia Alexander, sus padres y lo que le había sucedido a su propia madre. Su familia había renegado de él, y casi podía llegar a entender que les asustara lo que Alexander podría llegar a hacer, pero... eran sus padres. No creía que mi madre me hubiera abandonado nunca, sin importar lo mal que se pusieran las cosas. Mi padre, por lo que parecía, era otra historia. Pero aun así...

Me envolví en una de las toallas y me acerqué al espejo situado sobre el lavamanos. Casi esperaba encontrarme una marca en el cuello, algo oscuro retorciéndose bajo mi piel o... qué sé yo. Tal vez una huella que indicara que no me lo había imaginado y de verdad Alexander había llegado a tocarme.

Pero no había nada.

Sintiéndome ridícula, resoplé y abandoné el baño sin molestarme en secarme el pelo; no tenía voluntad ni energías para preocuparme por el aspecto que iba a tener mi melena después de la siesta que planeaba echarme.

De camino a la habitación, me detuve un momento en el pasillo. Todas las puertas estaban cerradas y el silencio que reinaba era casi antinatural. Supuse que, o bien Dith y Raven continuaban con Alexander en el dormitorio de este, o bien se habían encerrado cada uno en el suyo. Tal vez estuviesen todos tan confundidos como yo. O tan frustrados como Wood.

Me preguntaba si Alexander habría permitido a Dith que lo ayudara o habría desdeñado su amabilidad como solía hacer. Sinceramente, el Alexander que había vislumbrado en el salón ni siquiera parecía él mismo. Contenido y serio, sí, pero demasiado derrotado para tratarse de alguien que apartaba a todo el que intentaba acercársele. Claro que yo no tenía ni idea de lo que había pasado después de mi huida del bosque.

Me deslicé en mi habitación y cerré la puerta tras de mí. El dosel oscuro que adornaba la cama debería haber resultado siniestro, pero las estrellas doradas lo convertían en una pequeña maravilla, uno de esos detalles que hacían de la estancia un lugar donde era imposible no sentirse a gusto. El dormitorio apenas si guardaba parecido con el que yo tenía en Abbot. Primaba el lujo, pero también la comodidad; era... bonito, muy bonito.

Sin querer, me encontré cavilando sobre cómo sería el de Alexander. O su cama.

«¡Oh, vamos! Deja de pensar en él».

No había motivo alguno para las preguntas de ese tipo. ¿Qué me importaba su dormitorio? ¿Ni el aspecto que tendría su cama? Las sábanas revueltas y un montón de almohadones rodeando su cuerpo...

—¡Argh! —protesté en voz alta.

La culpa era de Dith y sus turbias insinuaciones. No pensaba tocar a Alexander ni dejar que él lo hiciera para comprobar su teoría. De ninguna manera.

Aparté al brujo de mis pensamientos y me dejé caer sobre el colchón. Ni siquiera me molesté en vestirme, sino que me acurruqué bajo la colcha aún envuelta en la toalla y con el pelo húmedo. No tenía fuerzas para más.

Apenas mi cabeza tocó la almohada, la inconsciencia me reclamó y me lanzó de inmediato a un perturbador sueño.

Al principio no tenía ni idea de que estaba soñando. Mis ojos se abrieron y todo en lo que pude pensar fue que el colchón ya no resultaba tan cómodo como unos segundos antes. Eché un vistazo alrededor, aturdida, y comprendí que estaba en mi habitación de Abbot. Recuerdo que me pregunté cómo demonios había llegado hasta allí, pero, de algún modo, era esa la academia en la que debía estar. Todo era normal. Absoluta y completamente normal.

Pero entonces giré la cabeza y... ¡Oh! Me topé con los impactantes ojos de Alexander, azul y negro, a tan solo unos centímetros de mi cara.

La cama de la que disponía en Abbot no era ni mucho menos tan fastuosa como la de Ravenswood, así que digamos que Alexander estaba tumbado muy muy cerca. Sabía que eso debería haber hecho saltar todas las alarmas, pero supongo que no tenía control alguno sobre lo que soñaba y la verdad era que me pareció bien. Más que bien.

Expectante, lo miré como si supiera que él diría algo que yo estaba ansiosa por escuchar. Sin embargo, fue su cuerpo el que se movió y no sus labios. Una de sus piernas se deslizó hasta quedar entre las mías. Mi cabeza descansaba sobre uno de sus brazos y el otro pasó a rodearme la cintura; la mano apoyada en la base de mi espalda.

—No deberías estar aquí —le dijo mi yo onírico, pero no había alarma ni temor en mi voz.

Estuve a punto de reírme. ¡Por Dios, todo estaba mal en aquel sueño! Y, aun así, su cercanía resultaba reconfortante y excitante a la vez.

Vale, puede que tuviera que empezar a preocuparme.

Alexander se acercó un poco más y su muslo presionó el lugar más sensible entre los míos.

¡Ay, madre!

Una oleada de calor me arrebató la capacidad de vocalizar y todo lo que pude hacer fue observarlo. No había nada en él que indicara que la oscuridad hubiera tomado el control, aunque en realidad no podía ver sus brazos por entero; quizás aquella red diabólica estaba creciendo ya en ese momento sobre su piel.

Su mano ascendió con lentitud por mi espalda. La camiseta que vestía evitó que entrara en contacto directo con mi piel, pero dio igual. La caricia, junto con la leve presión de su muslo entre mis piernas, me provocó un estremecimiento. Alexander debió de percibirlo, porque las comisuras de sus labios se elevaron y...

¡Madre mía! Así que ese era el aspecto que tenía su rostro cuando sonreía de verdad.

Yo ya sabía que Alexander era siniestramente hermoso, pero de esa forma, con los labios curvados en una sonrisa provocadora y aquella oscura mirada que prometía la clase de placer que yo no habría podido ni imaginar, dolía mirarlo. Los pómulos altos y bien formados, la nariz recta, mechones de pelo rubio cayendo rebeldes sobre su frente... La exquisita piel dorada, la sonrisa burlona y esa expresión de chico malo al que no le importaba otra cosa que conseguir lo que deseaba.

Y lo que deseaba Alexander... Lo que de verdad deseaba en ese momento era a mí. El anhelo abrasador de su mirada no dejaba lugar a dudas.

Enredó los dedos en mi pelo y me dio un ligero tirón. Juguetón, excitante. No se parecía en nada al Alexander que yo conocía.

Tampoco yo estaba actuando como se esperaría.

—¿Es que no te alegras de verme? —repuso con un tono grave y áspero que jamás le había escuchado emplear. Era como chocolate líquido derramándose en mis oídos, y cada célula de mi cuerpo vibró con el sensual sonido.

No esperó mi respuesta. En un segundo estaba tumbado junto a mí y al siguiente lo tenía encima; las manos a los lados de mi cabeza y nuestros cuerpos tocándose en todos los puntos adecuados, zonas que ardían como el mismísimo infierno, que dolían de una forma placentera. Su peso ejercía una presión deliciosa y abrumadora, y lo único en lo que pude pensar fue que había demasiada ropa de por medio a pesar de que yo tan solo llevaba una camiseta y la ropa interior.

¡¿Qué demonios...?! ¡Estaba teniendo un sueño erótico con Alexander Ravenswood! ¡Y lo peor era que estaba disfrutando con ello!

Una parte de mí era consciente de que tendría que haberlo empujado lejos de mí, donde sus manos no pudieran alcanzarme y sustraerme hasta la última gota de magia. La otra parte... La otra parte estaba teniendo los pensamientos más sucios que se me hubieran ocurrido jamás. Sucios y divertidos.

¡Dios! Era una pervertida.

No me moví. No lo rechacé ni hice nada que no fuera ahogarme en ese aroma primitivo que tan familiar me resultaba ya.

Alexander empujó su muslo un poco más. La tela áspera de sus vaqueros se frotó contra el fino y delicado encaje de mis bragas y la fricción me arrancó un gemido que probablemente me avergonzaría toda mi vida, no importaba que estuviera soñando y que aquello no fuese real.

—Desearía... —comenzó a decir en un susurro bajo.

Su otra pierna se coló entre las mías y sus caderas se balancearon y empujaron, embistiéndome sin compasión durante un breve instante.

Gemí al sentirlo duro contra mi centro y él no llegó a completar la frase.

¿Qué era lo que deseaba? Aparte de frotarse contra mí, algo que resultaba bastante obvio...

Un gruñido animal abandonó su garganta y creo que fue en ese momento cuando se me fundieron los plomos del todo. Quería que parara. Quería que continuara. Quería despertarme y a la vez quería permanecer en aquel sueño eternamente, lo cual resultaba bastante vergonzoso y ridículo. Y las cosas empeoraron cuando volvió a empujar. Mi cuerpo se arqueó contra el suyo y mis caderas salieron a su encuentro. Más, quería más. Lo quería todo.

Mis manos se agarraron a su camiseta hasta formar dos puños tan apretados que me dolieron los dedos, así que los estiré sobre su pecho al igual que había hecho en la cocina de su casa en Ravenswood.

—No imaginas las cosas que estoy deseando hacerte —murmuró, inclinándose sobre mi oído, provocándome con esa voz que era y no era suya.

¡Madre mía! Aquello estaba a punto de salirse de madre.

Sus labios se cerraron sobre el lóbulo de mi oreja y luego pasaron a la piel sensible de mi cuello. Fue descendiendo por él. Un rastro abrasador quemándome de fuera a dentro. Sus dientes se clavaron en la carne para, a continuación, lamer la zona y aliviar el dolor provocado por el mordisco.

¡Oh, Dios! Aquello estaba mal, pero se sentía tan bien...

Mis gemidos se convirtieron en una extravagante melodía. Me dejé llevar por el incendio que Alexander había desatado en mi interior. Por la necesidad. Le rodeé las caderas con las piernas y, para entonces, apenas si conservaba cordura suficiente para darme cuenta de que mis manos se habían deslizado bajo su camiseta y estaban sobre la piel de su espalda.

Alexander se irguió en ese momento sobre mí, sereno pero implacable. Los ojos arrasados por un deseo oscuro apenas contenido y una expresión fiera y perturbadora que dinamitó cualquier barrera que hubiera podido erigir para protegerme de él. Era aterrador; sombrío y hermoso como un ángel vengador. Y esta vez no tenía nada que ver con lo que había dentro de él.

Sus caderas empujaron una vez más. El deseo se arremolinó en su mirada y yo me sentí morir. Caía y caía. No había nada que pudiera hacer para evitarlo y no me importaba. Porque yo también lo deseaba.

Deseaba caer con él.

Tiré de su camiseta para alcanzar su boca. Quería sumergirme en él, perderme y encontrarme. Saborearlo hasta que doliera y aliviar así la acuciante necesidad de sentirlo más cerca. Más dentro. Sus labios estaban apenas a unos centímetros. La punta de su lengua asomó entre los dientes durante un instante y su aliento se derramó sobre mi boca junto con las lujuriosas promesas que sus ojos formulaban...

Me desperté de repente. Sobresaltada y jadeante, me senté en la cama antes siquiera de estar del todo consciente. Mi mirada frenética se movió por toda la habitación, porque de algún modo sabía...

Sabía que no estaba sola.

—¡Joder! —mascullé, y me lancé por el borde del colchón por puro instinto.

Caí enredada en la colcha, acalorada y con el corazón desbocado, aunque no estaba segura de si por la impresión o por todo lo que había estado haciendo en mis perturbadores sueños. Por todo lo que había sentido.

A duras penas atiné a sentarme en el suelo y eché un vistazo a la cama.

Desde encima del colchón, un lobo negro y enorme me observaba. Se alzó sobre las patas y un potente ladrido sacudió las paredes. Los brillantes ojos azules de Raven me atravesaron y estuve segura de que, de alguna forma, él sabía perfectamente que había soñado con Alexander.

Y también lo que el brujo y yo habíamos estado haciendo.

32

—¡¿Qué demonios, Rav?! ¡¿Es que quieres matarme?!

Me arrepentí de inmediato de haberle gritado, pero él tan solo se sentó sobre sus cuartos traseros, ladeó la cabeza y olisqueó el aire. Con la boca abierta y la lengua colgando de ella, casi parecía divertido por la situación; probablemente se estaba riendo de mí.

Espera, ¿podía olerlo? ¿Era consciente de lo excitada que estaba?

¡Madre mía! ¡Qué vergüenza!

—Murmurabas y estabas haciendo... ruiditos —dijo otra voz desde las sombras que se reunían en una de las esquinas de la habitación.

Alexander se adelantó y la luz que entraba por la ventana se derramó sobre su rostro. Mi corazón dio una estúpida pirueta al contemplarlo, tan altivo y distante como de costumbre. Casi esperaba descubrir en sus ojos la misma mirada salvaje, desesperada y anhelante de mis sueños, pero volvía a ser el mismo Alexander contenido de siempre. Aunque había algo... algo más. ¿Curiosidad? ¿Burla? ¡Ay, Dios! ¿Había estado allí mientras yo...?

La cara me ardió por el bochorno y deseé que el suelo se abriera y me tragara.

Raven, el muy traidor, eligió justo ese momento para saltar de la cama, dirigirse a la puerta y abandonar el dormitorio. Salió al pasillo sin pararse siquiera a mirar atrás.

Quise rogarle que no se marchara, que no me dejara a solas con el brujo, pero me di cuenta de que, aunque lo hiciera, él no podría escucharme.

Una tensión eléctrica se apoderó del ambiente de la habitación en cuanto Alexander y yo nos quedamos a solas. Él desvió la vista desde mi rostro hasta mi pecho y se entretuvo allí más de lo debido. Agarré el nudo que mantenía la toalla en torno a mi torso para asegurarme de no acabar desnuda frente a él, pero su mirada resultó tan intensa que bien podría arrancármela y agitarla frente a su cara y seguramente eso no cambiaría nada. ¿O sí?

Abrí la boca para decir algo, cualquier cosa, pero no salió nada de entre mis labios. Por norma general, no solía recordar mucho de mis sueños, pero este no era el caso. Todos y cada uno de los detalles de mi encuentro con Alexander estaban grabados a fuego en mi memoria, explícita y vergonzosamente grabados, e impresos en mi piel. No solo eso, sino que además era totalmente consciente de lo que había sentido en cada momento.

Me estremecí al recordar la suave fricción de su muslo entre mis piernas y mi temperatura volvió a dispararse.

—Gemías —insistió Alexander con la voz levemente ronca.

Ni siquiera sabía qué contestar a eso, así que preferí callarme antes que decir algo que me avergonzara de por vida. Que me avergonzara aún más, quiero decir.

Él se aclaró la garganta y avanzó hasta quedar en medio de la habitación, y yo me encogí un poco más, parapetada en el suelo al otro lado de la cama. Debió de darse cuenta de mi reacción, porque una leve mueca de disgusto atravesó su expresión, pero desapareció tan rápido que no tuve muy claro si me lo había imaginado.

—Sobre lo que ocurrió en el bosque... —comenzó a decir, pero yo negué.

No quería... No podía hablar de eso ahora, aunque tampoco podía dejar de mirarlo. En el sueño lo había tocado (acariciado más bien) sin ningún pudor, como si fuera algo natural entre nosotros. Como si nos hubiéramos refugiado juntos bajo las sábanas decenas de veces. No pude evitar pensar en lo que había dicho Dith. ¿Había llegado Alexander a tocarme con las manos en el sueño? Aparte de esas cosas deliciosas que había hecho con la boca...

«Bájate del tren de la perversión, Danielle. ¡Ahora!».

Solo había sido un estúpido sueño. Un sueño tórrido y bestial, eso sí, y ahora mismo era muy consciente de partes de mi cuerpo en las que no debería pensar con Alexander en la misma habitación. O en el mismo código postal siquiera.

Me dije que no podía controlar lo que sucedía en mi cabeza mientras estaba durmiendo, pero no tenía esa excusa ahora que estaba consciente.

—Quería... Quería pedirte disculpas —prosiguió con un titubeo.

¿Era su bochorno consecuencia de lo sucedido en el bosque? ¿O era porque sabía lo que había soñado? No, eso no podía ser. De ninguna manera.

Dio otro paso hacia delante y sus piernas rozaron el borde del colchón. El aroma a bosque primigenio que lo caracterizaba me rodeó y, sin darme cuenta de lo que hacía, inspiré hasta llenarme los pulmones con su olor. Su pecho se elevó también cuando tomó aire bruscamente. La mirada se le enturbió de repente y se lamió el labio inferior con la punta de la lengua, tal y como había hecho en el sueño.

Al contemplar el sensual gesto, se me disparó el pulso y casi cedí al gemido que se había formado en mi garganta. Apreté los muslos buscando un alivio que, por desgracia, nunca llegó.

¡Dios! Aquello era vergonzoso a un nivel totalmente nuevo para mí, lo cual ya era decir.

—No tienes que disculparte —me apresuré a decir para evitar el silencio. Apenas si reconocí mi propia voz, pero continué vomitando palabras lo más rápido posible—. Dith tiene una teoría sobre tu... poder. Puede que sea una tontería. Ya sabes como es Dith... Está un poco loca, pero ella cree que yo sí te puedo tocar. Que son tus manos las que no...

¡Por Dios! ¿Por qué demonios estaba diciéndole eso justo ahora? La teoría de Dith era absurda, una enorme tontería, y yo me estaba poniendo en evidencia.

—¿Es eso en lo que pensabas? ¿En tocarme? —replicó, inspirando de nuevo. Su mirada se volvía más y más oscura por momentos.

—¡No, qué va! —Sí, claro, muy convincente.

Tenía que callarme. Ahora. Ya.

Estar despatarrada en el suelo y con Alexander observándome desde arriba, después de haberme caído de la cama, no me hacía sentir muy segura de mí misma, así que traté de reunir la dignidad perdida, agarré el nudo de la toalla y me puse en pie. Claro que era difícil hacerle frente a alguien como Luke Alexander Ravenswood semidesnuda, más aún teniendo en cuenta que hacía unos minutos había estado revolcándome con su yo onírico.

Mientras me incorporaba, no me quitó la vista de encima en ningún momento. Si había dicho algo en sueños que me delatara, nada en su actitud ni su expresión lo dejó entrever.

—¿Qué hacía Raven aquí? —me obligué a preguntar, fingiendo una entereza que estaba muy lejos de sentir, y añadí—: ¿Qué haces *tú* aquí?

—He salido de mi habitación y la puerta estaba abierta. Raven estaba sobre tu cama, mirándote, y yo... Me preocupa que se haya transformado de nuevo justo ahora. Ya lo ha hecho esta mañana para ir a correr al bosque, y si hay algo que lo haya inquietado...

No terminó la frase, pero no me costó comprender lo que quería decir. Raven parecía tener problemas en revertir el cambio en ocasiones, sobre todo si este era provocado por una discusión o algo similar. Alexander solo estaba preocupado por su familiar; esa era la única razón por la que había entrado en mi dormitorio.

Aquel pensamiento, la idea de considerar esa habitación de invitados como algo mío, casi me hizo reír. No llevaba ni dos semanas en Ravenswood y ya había empezado a perder de vista el sentido de la realidad.

Suspiré.

—No parecía enfadado, ni tampoco afectado —intenté tranquilizarlo, y eso fue más raro todavía.

A mi llegada nunca hubiera dicho que iba a tratar de hacer sentir mejor a un brujo oscuro, menos aún al arrogante Alexander Ravenswood.

Él se limitó a asentir.

—Wood está preparando comida suficiente para un ejército. Tal vez quieras bajar y comer algo.

Su propuesta había sonado sorprendentemente amable, aunque había una extraña tensión en su postura. La verdad era que no recordaba un momento en el que Alexander se mostrara relajado; siempre parecía cargar el peso del mundo sobre sus anchos hombros. No era de extrañar. Debía de ser muy duro no poder acercarse a nadie y haber herido a su madre y a Raven. Estaba segura de que ese recuerdo era una auténtica tortura para él, por mucho que se comportara como un imbécil la mayor parte del tiempo.

«Se comporta así contigo. No con Rav».

—Alexander... —Al escucharme decir su nombre, ladeó la cabeza de un modo que me hizo tragar saliva antes de continuar—. Rav... Raven me contó lo que sucedió. Cuando se quedó sordo... —balbuceé, y de inmediato supe que no tendría que haberlo mencionado.

El horror se apoderó de su expresión y retrocedió un par de pasos, alejándose de mí como si acabase de abofetearlo.

¡Mierda! Era una auténtica bocazas, aunque al menos no había mencionado a su madre.

—Solo quería decir que... —me apresuré a continuar, pero ni siquiera sabía lo que estaba tratando de decirle. Sacudí la cabeza, aturdida—. No era mi intención irrumpir en vuestras vidas, y siento... siento que tengas que estar aislado...

¡Joder! Eso tampoco lo mejoraba.

Su mirada se enfrió y sus ojos se convirtieron en dos témpanos helados atravesándome.

—No quiero tu compasión —dijo, y comenzó a dirigirse hacia la puerta.

No sé en qué estaba pensando cuando rodeé la cama y me lancé sobre él para detenerlo. Seguramente, no estaba pensando en realidad.

Durante el tiempo que llevaba allí, Alexander me había tratado con una serena desgana y yo a él con un apasionado desprecio. Él era oscuridad, y yo, luz. Él hacía de la contención un arte; yo, por el contrario, cedía de forma constante a mi impulsividad. Pero tenía que reconocer que el hecho de que se hubiera encerrado en aquel lugar para no herir a nadie lo hacía merecedor de mi respeto. Su soledad autoimpuesta me resultaba más perturbadora que el hecho de que tuviera *algo* en su interior que apenas si podía controlar.

—No es compasión, sino comprensión —repliqué, justo en el momento en que mi mano se agarraba a su antebrazo desnudo para retenerlo.

Una suave y agradable descarga me recorrió los dedos en el instante en que lo toqué. Alexander se quedó tan quieto que prácticamente lo arrollé. Choqué contra su costado, mi mano resbaló lejos de su piel y la descarga se detuvo. No era la primera vez que lo tocaba, pero sí la única en que recordaba haberlo hecho en una parte de su cuerpo que estuviera al descubierto.

Inmóvil, y sin separarse de mí, Alexander bajó la barbilla y me observó a través de sus largas pestañas. El iris negro destelló con decenas de pequeñas chispas de luz, como si reflejara el brillo de cientos de estrellas, mientras que el otro se volvió de un azul más intenso y tormentoso. Tenía los labios entreabiertos; unos labios que yo había besado en sueños y que ahora parecían dispuestos a tentarme (o a torturarme) con su cercanía.

Ambos permanecimos muy quietos y ninguno dijo nada sobre el hecho de que mi pecho se encontraba apretado contra su costado, íntimamente apretado. Ni tampoco sobre el contacto accidental de mi mano en su brazo. Los segundos desfilaron ante nosotros con una lentitud perezosa, irreales a pesar de lo extraño que era estar en el umbral de la puerta, apretados el uno contra el otro, sin hablar y sin hacer nada por alejarnos el uno del otro.

Finalmente, fue Alexander el que se movió primero. Retrocedió hasta situarse en mitad del pasillo y yo me estremecí al dejar de percibir la calidez que irradiaba su cuerpo, la dureza de los músculos que tan bien se habían adaptado a la suavidad de mis curvas, como dos piezas encajando para formar un todo.

A tan solo unos pasos de él, me fijé en que abría y cerraba las manos de forma alternativa, como si no supiera qué hacer con ellas o temiera que estas encontraran de nuevo el camino hasta mi piel. Su expresión era indescifrable; no tenía ni idea de en qué estaría pensando o si lo estaba haciendo siquiera.

—Deberías vestirte y bajar a comer —afirmó en un tono sedoso pero inflexible. Aun así, fue más una sugerencia que una orden.

Por primera vez desde que había conocido a Alexander, no fui capaz de encontrar una respuesta ocurrente o sarcástica para replicarle. Me callé y lo dejé marchar con la sensación de que aquello no había cambiado nada entre nosotros y, a la vez, de que todo iba a ser diferente a partir de ese momento.

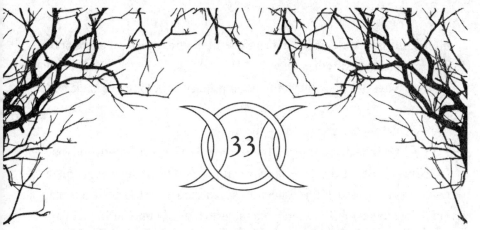

33

Era un hecho: Wood tenía un serio problema con la comida.

Había dispuesto un verdadero banquete en el comedor. Había asado, puré de patatas, varios tipos diferentes de carne en distintos puntos de cocción, verduras e incluso pasta... No fui capaz de comprender cómo podía haberle dado tiempo de preparar semejante festín hasta que Dith me hizo saber que mi siesta había durado varias horas y no unos cuantos minutos.

Y yo que creía haber dormido lo justo para viajar al país de la perversión de la mano de Alexander...

Todos estaban en el comedor, todos menos el brujo oscuro. Cuando me aventuré a preguntar por él, Wood comentó que estaba demasiado cansado y se había llevado una bandeja de comida a su habitación. Por la expresión del lobo blanco, era evidente que no le parecía bien.

Alexander no había parecido tan exhausto en mi habitación, aunque lo estuviera a nuestro regreso del bosque, así que supuse que tan solo era una excusa para no pasar más tiempo con Dith y, sobre todo, conmigo.

Alexander no me quería allí, lo había dejado claro desde el principio y era evidente que eso no había cambiado. Pero lo entendía, ahora lo entendía mejor que nunca. Por algún motivo, mi presencia desestabilizaba cualquier control que hubiera podido mantener sobre su poder; además, yo lo sacaba de quicio. Resultaba lógico que deseara que me marchase cuanto antes, incluso yo quería perderme de vista a mí misma en ese momento.

—Dith, ¿seguro que no puedes evadir las guardas y sacarme de aquí contigo? —Por un momento, quise olvidarme de todo lo que había descubierto, incluso de lo que había ocultado mi madre, y regresar a Abbot o a donde fuera, lejos de allí.

Tres pares de ojos se volvieron de golpe hacia mí y los lobos hablaron a la vez.

—¿Quieres abandonarnos? —dijo Raven.

—¿Y a dónde demonios se supone que vais a ir? —me interrogó Wood.

Ninguno de los dos parecía feliz con la posibilidad de que nos fuéramos de Ravenswood. Había esperado esa reacción por parte de Raven, pero que su gemelo también se mostrara molesto fue toda una sorpresa. Imaginé que no estaba preparado para separarse tan pronto de Dith de nuevo.

—Este no es mi sitio —afirmé, suavizando mi voz todo lo que pude y obligándome a mirar a Raven a los ojos para que pudiera leerme los labios.

Wood abrió la boca para intervenir, pero su hermano se le adelantó.

—Tu sitio está donde se encuentre Alexander.

Vaaale. Eso sí que era toda una declaración. Muy extraña en realidad, incluso viniendo de Raven. No quería herir sus sentimientos o parecer insensible, pero no pude evitar soltar una carcajada. Lo que acababa de decir era ridículo.

Esperé a que alguien dijera algo al respecto, pero tanto Dith como Wood estaban tan desconcertados que no abrieron la boca. Los dos observaban a Raven, inmóviles y en silencio. El tenedor de Dith estaba a medio camino hacia sus labios y ahí se quedó por lo que pareció toda una eternidad.

Finalmente, fue el propio Raven el que continuó hablando.

—No tienes magia, Danielle —comentó, y su tono perdió parte de la dureza que había empleado antes—. Nos necesitas cerca, y necesitas más aún a Alexander contigo. *Él* te necesita.

Las cosas se ponían cada vez más raras. Muy muy raras.

—Hermano... —lo llamó Wood.

Raven ni siquiera lo estaba mirando, por lo que era poco probable que hubiera escuchado la advertencia implícita en su voz, pero giró la cabeza en su dirección de todas formas.

—No —le espetó, y solo Dios sabe qué era a lo que se estaba negando.

Wood cruzó los brazos sobre su amplio pecho y se echó hacia atrás hasta que su espalda reposó por completo en el respaldo de la silla.

—Está bien. Entonces, díselo. Dile a Daniella la verdad. *Tu* verdad.

Las cejas de Raven se curvaron y su rostro adquirió un aspecto muy diferente al habitual. El lobo feroz e implacable que habitaba en él se asomó a sus ojos. Lo vi con claridad, agazapado en el interior de aquel chico bondadoso y gentil. Esperando.

—¿Como tú le has contado a Dith la tuya?

Ahora fue Dith la que taladró al lobo blanco con la mirada. Me pareció oírla bufar, como un gato a punto de saltar sobre un ratón de campo al que hubiera pillado distraído. Dispuesta a atacar en cualquier momento.

—¿De qué está hablando, Wood? —lo interrogó ella, y puede que fuera la primera vez que la veía tan cabreada con él.

Dith no solía perder los papeles, pero empezaba a darme cuenta de que el lobo era su punto débil.

Levanté las manos para apaciguarlos. Lo último que quería era que todos comenzaran a pelearse. Bastante teníamos ya con mi tensa relación con Alexander como para agregar más discordia a la situación.

—Vale, tranquilizaos. —Me volví hacia Wood—. Raven me contará lo que tenga que decirme cuando así lo desee —expuse, y me sorprendí a mí misma por mi repentina madurez—. No está bien que intentes obligarlo, menos aún si tú también guardas tus propios secretos.

Wood enrojeció de ira. Probablemente, la pequeña tregua que habíamos alcanzado después de nuestro intercambio de golpes en el sótano acababa de llegar a su fin, pero ya me preocuparía de eso más tarde.

Esperaba que replicase, pero no fue él quien me contestó:

—Es lo más inteligente que has dicho desde que estás aquí.

Todos nos volvimos para encontrarnos a Alexander apoyado en el marco de la puerta. No era un buen momento para recordar mi sueño, pero mi mente no parecía estar de acuerdo y comenzó a lanzarme imágenes de nosotros dos tumbados en mi cama de Abbot. Me mordí el labio inferior para evitar sonreír como una idiota, pero luego le di sentido a lo que acababa de decir y las ganas de reírme se evaporaron.

—Tú siempre tan amable —masculle, y el muy imbécil me guiñó un ojo. ¡Un ojo!

Resultó tan descarado como impertinente y fuera de lugar tratándose de él. Lo odiaba. Y lo detesté aún más por parecerme incluso más atractivo que horas antes. Estaba claro que Dith y sus insinuaciones habían causado estragos en mi salud mental.

—Corey estará aquí dentro de un rato, cuando acabe la reunión del profesorado para tratar la muerte de Abigail Foster.

El recordatorio de que una alumna había sido asesinada en Ravenswood ensombreció el ambiente ya de por sí enrarecido del comedor. El silencio nos arropó como una manta pesada y asfixiante durante varios minutos y nadie respondió, aunque la mirada de Alexander se paseó de un lado a otro hasta volver a recaer sobre mí.

—Espero que te ayude a descubrir lo que buscas —dijo por fin.

—¿Para que pueda largarme de una vez? —repliqué, incapaz de reprimir el impulso.

Maldije mentalmente. Era muy consciente de lo difícil que resultaba aquella situación para todos, especialmente para él; aun así, estaba claro que no lograba mantener mi lengua tras los dientes.

Alexander le dirigió una rápida mirada a Raven, una de esas en las que parecían hablarse sin necesidad de emplear palabras, luego giró sobre sí mismo y se marchó del comedor sin responderme.

—Bueno, eso ha ido realmente bien —señaló Dith, que de nuevo había recuperado su habitual buen humor.

—Jodidamente bien —intervino Wood, y se echó a reír.

Raven se unió a las risas de su gemelo y yo les dediqué a todos un bonito gesto con mi dedo corazón.

—Iros al infierno.

Las risas se redoblaron. Raven se inclinó en mi dirección y me acarició el mentón con la punta de los dedos, tan delicado como siempre. De vuelta a su yo más amable.

—Es posible que Alexander ya esté allí, Danielle, pero tal vez, entre todos, seamos capaces de traerlo de vuelta.

Raven no concretó qué demonios quería decir con eso y, aunque ya me había acostumbrado a sus explicaciones a medias, no dejaba de resultar frustrante. Ahora que sabía que el lobo negro albergaba también una buena cantidad de secretos, debería haberme sentido más recelosa respecto a él. Pero no podía; no importaba lo que Raven hiciera. Mi instinto me decía que su forma de comportarse tenía sentido, una razón de ser, aunque los demás no fuésemos capaces de entenderlo.

El profesor Samuel Corey se presentó en la casa cuando el sol ya se había escondido tras el horizonte. Yo había pasado el rato esperándolo sumida en un nerviosismo silencioso del que nadie trató de sacarme. Incluso siendo de noche, me hubiera gustado darme un baño en la piscina para relajarme, pero temía que Corey se presentara en cualquier momento y me encontrara en bañador y chorreando. No quería empeorar la opinión que ya debía de tener de mí, aunque solo fuera porque deseaba que me ayudase a conseguir algo de información sobre mi madre.

Fue Raven quien le abrió la puerta y lo hizo pasar al salón. Wood y Dith estaban en la planta superior cometiendo a saber qué clase de perversiones, ya que habíamos acordado no descubrir la presencia de mi familiar en Ravenswood, y Alexander había vuelto a encerrarse en su dormitorio.

Raven se ofreció a dejarme a solas con Corey, pero le pedí que se quedara. Confiaba en él, dijera lo que dijese eso de mi sensatez.

—Señorita Good —me saludó el hombre, dejando claro que sabía quién era yo.

Durante las clases, los profesores se habían referido a mí como una Beckett, así que entendí que ellos también formaban parte de la farsa que Wardwell había establecido sobre mi procedencia.

—Señor Ravenswood —agregó el profesor, observando brevemente a Raven, y añadió una respetuosa inclinación de cabeza—, siempre es un placer verlo.

Rav contestó con un leve asentimiento formal. No hubo sonrisa para Corey, tampoco amabilidad más allá de una cortesía neutral. El lobo parecía ahora, más que nunca, un verdadero Ravenswood. Casi podía ver en él algo de la serena contención de Alexander, y supuse que ninguno de los mellizos estaba contento con el escaso interés que los profesores parecían haber mostrado por ayudar a su protegido.

Nos distribuimos entre los dos sofás de la sala y tomamos asiento. El profesor era un hombre mayor, con algunos kilos de más y vestido con un traje de tres piezas pasado de moda. El pelo le clareaba en las sienes y el que conservaba estaba poblado de canas, pero nada de eso lo hacía menos intimidante. Al fin y al cabo, era un brujo oscuro y profesor en Ravenswood; no debía tomarme a la ligera ni una cosa ni la otra.

—Gracias por venir —me obligué a decir.

—Luke Ravenswood puede ser muy persuasivo, señorita Good. Él es el único motivo por el que estoy aquí, no usted. —Raven gruñó a mi lado. El hombre dio un respingo en el asiento y se apresuró a añadir—: Dígame en qué puedo serle de ayuda.

Mi cautela desapareció en cuanto me dio pie para comenzar con las preguntas.

—Por lo que sé, conoció a mi madre, Beatrice Good —añadí, aunque me dio la sensación de que él no necesitaba la aclaración. Corey asintió, pero no hizo comentario alguno, así que proseguí—: Antes de su muerte, ella venía aquí una vez al mes y hablaba con usted. ¿Qué era lo que buscaba?

El hombre desvió la vista hacia Raven primero y luego la clavó en sus zapatos. Decidí darle margen para responder, aunque mi paciencia fuera bastante limitada en lo referente a cualquier cosa que tuviera que ver con mamá.

—Su madre estaba interesada en la genealogía de los Good —comentó tras un largo minuto de agonía.

—Quería saber cuál había sido el destino de Mercy Good —apostillé.

Si mi conocimiento sobre dicho tema lo sorprendió, mantuvo muy bien las apariencias. Sin embargo, cuando volvió a hablar, su tono de voz fue mucho más bajo y cauteloso.

—Hay preguntas, señorita Good, para las que no debería buscar respuestas aquí en Ravenswood. Sea discreta...

—Alguien la mató por eso, ¿no es así? —No hubo respuesta, así que seguí preguntando—: ¿Qué fue lo que le dijo usted? ¿Qué descubrió mi madre sobre Mercy y nuestro linaje?

Los dedos de Raven se deslizaron entre mis manos apretadas. Los entrelazó con los míos y colocó nuestras manos unidas sobre su regazo. El gesto no pasó desapercibido para Corey. ¿Qué pensaría el profesor de nuestra inesperada alianza? ¿Le sorprendería? ¿O también estaba al tanto de la supuesta relación entre nuestras familias?

—No debería preguntar...

El ambiente de la habitación se volvió repentinamente espeso y se cargó de electricidad, y de algún modo supe que Alexander estaba a punto de hacer una de sus típicas e imprevisibles entradas en escena.

—Dígale de una vez todo lo que sepa sobre su madre. —La voz del brujo nos llegó desde la parte alta de las escaleras, donde descubrí también a Dith y Wood sentados fuera de la vista de Corey.

Una tensa inquietud invadió el rostro del profesor. Observó a Alexander mientras este descendía lentamente hacia nosotros. En apariencia, en ese momento no era más que un chico normal con una actitud hosca y algo perturbadora, y supuse que estaba haciendo su mejor esfuerzo por no perder el control frente a un extraño. A pesar de haber vivido en aquel campus casi toda su vida, supuse que el resto de residentes eran solo desconocidos para él, más incluso de lo que lo era yo.

—Señor Ravenswood. —El profesor le dedicó una inclinación de cabeza aún más profunda y deliberada que la que le había brindado a Raven.

—Dígale lo que sabe —repitió él con renovada dureza.

Cruzó los brazos sobre el pecho y se mantuvo de pie, muy cerca de nosotros, y la máscara en su rostro fue más visible que nunca. No había nada en él del Alexander de mi sueño, aunque tal vez fuera porque solo había sido eso, un sueño, y aquella no era una máscara en realidad.

Corey parecía a punto de sufrir un aneurisma o alguna clase de colapso nervioso. Empezó a tartamudear y nos llevó algo de tiempo entender qué demonios estaba diciendo.

—Mercy Good... no... no murió.

Al parecer, Alexander había tenido razón respecto a eso, pero no interrumpí las divagaciones del profesor. Todos permanecimos atentos mientras nos contaba cómo mi madre había acudido a él años atrás con esa sospecha. Corey no sabía si había sido algo fortuito o algo la había puesto en alerta, pero sí que mamá había encontrado una serie de cartas entre Benjamin Ravenswood y Sarah Good, cartas de amor.

—Pero Sarah estaba casada —comenté, desconcertada.

—También lo estaba Benjamin —añadió Alexander, y el profesor palideció, como si la posible infidelidad de nuestros respectivos antepasados fuese culpa suya.

—Lo estaban, pero eso no impidió que se... relacionaran.

Alexander y yo nos miramos. Aún no sé muy bien qué esperábamos encontrar en el rostro del otro, pero nos observamos durante un momento en silencio, hasta que Corey continuó hablando.

—Sarah le pidió a Benjamin que, si no podía evitar su condena, al menos salvara a su hija de morir en prisión. Él, a su vez, recurrió a Elijah Ravenswood para mantener a Mercy a salvo y lejos de los Good. Si conoce bien la historia de su linaje, sabrá que Dorothy, su hermana, fue inicialmente acusada junto a Sarah. Tenía solo cinco años cuando se la encarceló y, aunque nunca se la condenó y llegó a testificar contra su propia madre, pasó casi nueve meses recluida. —Asentí para que continuara. Conocía de sobra el hecho de que Dorothy había acusado a Sarah—. Cuando por fin la liberaron y se la entregaron a los Good que quedaban, estos ya habían renegado de sus orígenes oscuros y se habían cambiado de bando. Pero, para entonces, Dorothy estaba... muy afectada. Durante muchos años, lo único que se supo de ella fue que su propia familia tuvo que contenerla y reeducarla para que se la aceptase en la comunidad blanca. Sin embargo, según Beatrice me comunicó, en las crónicas de su linaje no hay constancia de que se recuperara del todo e incluso hay un lapso de tiempo de su vida en el que se le perdió la pista por completo. Nunca se la envió a estudiar a Abbot y tampoco existen pruebas de que los Good contrataran a ningún tutor personal para ella.

—Podría haberla educado su propio padre o alguien de la familia —sugerí, pero Corey rechazó enseguida esa posibilidad.

—Todo su aquelarre acababa de ser admitido en la comunidad blanca. Incluso los adultos tuvieron que ser... reeducados.

Era la segunda vez que pronunciaba la palabra «reeducar» y no sabía cómo sentirme al respecto, aunque al menos todavía no nos había llamado «traidores». Tampoco podría negarlo si lo hiciera.

—La cuestión es que Dorothy y Mercy se llevaban cinco años, algo notable mientras eran niñas, pero que no supondría una gran diferencia de edad una vez que ambas se convirtieran en adultas. Beatrice... Su madre parecía pensar que, al crecer, Mercy había encontrado la manera de hacerse pasar por Dorothy Good, la otra hija de Sarah, lo que supondría que todo el linaje Good desciende de esa niña. Puede que incluso sus propios antepasados participaran del engaño...

—Un momento... —Mi mente iba a mil por hora. Eso era justamente lo que había insinuado Alexander que podía haber ocurrido—. Aunque así fuera, ¿por qué le importaba tanto eso a mamá? Seguimos siendo Good.

Además de que pudiésemos proceder de una niña criada por un nigromante (lo cual era un poco inquietante), por aquel entonces la sangre de Mercy Good debía de contener la misma oscuridad que la de su hermana Dorothy.

Miré una vez más a Alexander, pero él contemplaba al profesor con los ojos entrecerrados, como si tratara de arrancarle las palabras de los labios antes de que este las pronunciara.

—Puede —terció Corey—. Y puede que también haya algo de Ravenswood en usted.

Tardé unos segundos en comprender lo que trataba de insinuar. La relación prohibida entre Benjamin y Sarah, la niña nacida en la cárcel y que ningún Good trató de salvar, y la necesidad de terminar acudiendo a Elijah, un miembro del linaje Ravenswood del que, en apariencia, nadie quería saber nada... El pulso se me disparó. ¡Santo Dios!

—¿Quiere decir...? ¿Está diciendo que Mercy era hija de Sarah y Benjamin?

Corey negó con tanta rapidez y vehemencia que me mareé.

—No, no, no. Nunca he encontrado pruebas de que así fuera —se apresuró a afirmar, sin atreverse a mirar a Alexander—. Se lo dije a Beatrice, pero ella no atendía a razones... No tiene por qué ser así...

Pero yo ya no lo escuchaba. ¿Eso quería decir que Alexander y yo estábamos emparentados, aunque solo fuera de forma lejana? ¿Era yo una Ravenswood además de una Good? En una unión, el linaje más poderoso predominaba sobre el más débil, y estaba bastante segura de que el de Alexander era, con diferencia, uno de los más importantes que existían; más que el de los Good.

Nadie dijo nada durante lo que se antojó una eternidad y yo no me sentí capaz de mirar a Alexander. ¿Qué representaba aquello para él? ¿Compartíamos linaje? De saberse, algo así hubiera supuesto una condena para los Good dentro de la comunidad de brujos blancos, una mancha imposible de borrar sin importar la rectitud que mostrara mi familia. Si éramos Ravenswood...

—Será mejor que se marche ahora, profesor —sugirió Alexander, aunque más bien se trataba de una orden—. Y olvídese de todo lo que se ha dicho en esta habitación.

Corey apenas tardó unos pocos segundos en levantarse y dirigirse a la entrada a trompicones. No lo culpaba por querer echar a correr y alejarse de aquella casa. De todos nosotros. De mí.

Sin embargo, se detuvo junto a la puerta.

—No debería hablar de esto con nadie, señorita Good. Pero... hay algo más.

Contuve el aliento. No estaba segura de querer saberlo. Ni siquiera había empezado a asimilar la bomba que había soltado, no creía poder soportar nada más.

—Le aseguré a su madre que no había nada que indicara que Mercy era una Ravenswood y que, por tanto, Chloe y usted también lo eran. —Me encogí al escucharlo mencionar a mi hermana—. Sin embargo, la última vez que estuvo aquí, Beatrice me pidió ayuda para realizar un hechizo sobre la totalidad del campus. De visitar este lugar, ni usted ni su hermana podrían hacer uso de sus poderes. No sé por qué lo hizo ni qué pretendía con ello... Aunque tal vez solo quería evitar que, si de verdad eran ustedes Ravenswood, se sintieran tentadas por la oscuridad que hubiera en su sangre.

—¿Mi madre... Mi madre me hizo esto? —balbuceé, incorporándome con las manos de Raven aún entre las mías.

De alguna forma, yo había hecho uso de mi poder en el auditorio para ayudar a Raven, pero, salvo en ese momento y cuando le había cerrado brevemente la boca a Ariadna al poco de llegar allí, seguía sin tener acceso a mi magia aun cuando se suponía que el castigo que se me había aplicado en Abbot desaparecería en diez días. Y mi madre había sido la responsable de que estuviera totalmente desprotegida. ¿Por qué? ¿Qué buscaba arrancándome mis poderes y dejándome a merced de la comunidad de brujos oscuros si llegaba a pisar Ravenswood? ¿Podía tener razón Corey y solo trataba de evitar que nos viésemos tentadas por la oscuridad? Si de verdad éramos Ravenswood, ¿sería eso posible?

Corey se limitó a asentir en respuesta a mi pregunta. Le dedicó una última reverencia a Alexander y salió de la casa a toda prisa. Cuando la puerta se cerró tras él, yo apenas si podía respirar.

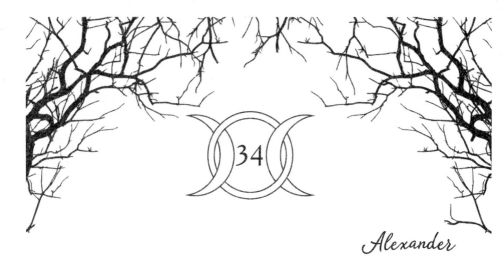

34

Alexander

No estaba muy seguro de cómo afrontar el hecho de que Danielle pudiera ser una Ravenswood. Para mi familia, en realidad, no tendría que suponer una gran diferencia; la parte dura de aquella revelación afectaba directamente a los Good, aunque tal vez el estatus de mi linaje fuera puesto en entredicho al estar relacionado con un aquelarre de brujos al que todos seguían considerando traidores, daba igual que hubieran pasado más de tres siglos de lo sucedido en Salem.

Pero nada de eso era lo que más me preocupaba en ese momento.

Era Danielle. Todavía sentía el roce de su mano sobre mi brazo como una caricia fantasma que se repitiera una y otra vez. Me había tocado tan solo un segundo, pero lo había hecho, y mi oscuridad no había asomado su fea cara en ningún momento para reclamarla. ¿Y si eso suponía la confirmación de que ella era... parte de mi linaje?

—¿Estás bien? —le pregunté, acercándome a ella.

Continuaba de pie en mitad del salón, inmóvil, con Raven a su lado sujetándole la mano como si de un preciado tesoro se tratase. El lobo negro había permanecido junto a ella todo el tiempo, y durante un momento envidié a mi familiar. Él no tenía por qué mantenerse alejado de nadie; no debía evitar tocar a ningún brujo a riesgo de drenarlo o algo peor.

Danielle parpadeó una, dos y hasta tres veces. La humedad en sus ojos le enturbiaba la mirada y su expresión era puro caos; sus emociones atravesándole el rostro en una sucesión infinita de dolor, angustia y perplejidad.

Estaba sobrepasada.

—¿Danielle? —insistí.

Por el rabillo del ojo atisbé la figura de Dith descendiendo por las escaleras, pero no aparté la mirada de Danielle. No solo acababa de confirmar que su madre probablemente no había sido asesinada en un burdo intento de robo, sino que había muchas posibilidades de que todo lo que era, lo que *creía* que era, representara una mentira.

Era mucho para asumir.

Si los Good pertenecían en realidad al linaje Ravenswood, nadie en la comunidad de brujos blancos los apoyaría. Es más, eso suponía que, de algún modo, el límite entre ambas comunidades era ahora más difuso que nunca.

—Lo siento —farfulló Danielle antes de que Dith pudiera llegar hasta ella. Luego salió corriendo en dirección al piso superior.

Dith la llamó y trató de detenerla. Raven, en cambio, la dejó ir sin decir una palabra. No me entretuve en ese detalle, aunque más tarde interrogaría a mi familiar sobre qué parte de toda aquella locura conocía; él siempre sabía más de lo que compartía conmigo.

—Yo hablaré con ella —sentencié, sin dar la menor opción a ninguno de los presentes.

Me dirigí a las escaleras a grandes zancadas, tras sus pasos, mientras Wood señalaba que no era una buena idea que fuera precisamente yo quien tratara de consolarla y Dith me gritaba algo sobre que no era asunto mío.

No les presté atención.

Alcancé el dormitorio que le había asignado a Danielle antes de que nadie pudiera detenerme. Dith, Wood y también Raven venían tras de mí. Pero yo solo pude verla a ella, junto a la cama, respirando con dificultad y luchando para reprimir las lágrimas.

Cuando nuestras miradas se cruzaron y su dolor se hizo aún más evidente, hice un gesto con la mano. La puerta se cerró a mi espalda, dejando a los demás fuera. Ni siquiera me planteé lo peligroso que resultaba hacer uso de mi magia; simplemente, fluyó a través de mí y bloqueó el acceso a la habitación de modo que nadie entraría allí hasta que yo así lo decidiese.

—Danielle, ¿estás bien?

No contestó. No asintió ni negó, ni siquiera parecía estar viéndome. Mantenía una mano sobre su pecho, que subía y bajaba con rapidez, con los labios entreabiertos y la respiración errática. Con toda probabilidad estaba teniendo un ataque de ansiedad.

Me abalancé sobre ella en el mismo momento en el que las rodillas cedieron bajo su peso. Enredé un brazo en torno a su cintura y, a duras penas, evité que se desplomara al tiempo que me aseguraba de no tocar su piel.

De ser una Ravenswood por derecho, mi poder no tendría por qué afectarle, pero no era algo que fuera a intentar comprobar en ese momento.

—Tranquila. Todo va bien —susurré, a pesar de que era mentira.

Nada iba bien.

La mantuve erguida con firmeza, pero sin ejercer más presión de la necesaria, y ella se refugió en mi pecho mientras permitía por fin que sus lágrimas fluyeran. Apenas tardaron unos segundos en empaparme la camiseta.

—Tienes que respirar más despacio, Danielle —la urgí. Si continuaba así, se desmayaría. Pero creo que ni siquiera me estaba escuchando—. Más despacio.

Traté de imprimirle una suavidad a mi voz que me era totalmente ajena, pero ni así conseguí llegar hasta ella. Su respiración se aceleraba más y más a cada segundo que pasaba. Cuando al fin alzó la barbilla y me miró, lucía aterrorizada como nunca la había visto.

Tiempo después, al pensar en ese instante, continuaría sin comprender qué me impulsó a hacer lo que hice, pero en aquel momento no titubeé ni me planteé razón alguna para proceder de una manera distinta.

La besé.

Capturé sus labios entre los míos mientras la mantenía apretada contra mí. En el segundo exacto en el que mi boca la tocó, sus labios se abrieron para mí y le franquearon el paso a mi lengua. Un nuevo apetito, uno muy diferente al hambre que me provocaba la magia, despertó en mi interior. Y entonces mi cuerpo tomó el control y ya no fui capaz de retroceder ni de alejarme.

Su sabor... Su delicioso sabor saturó mis sentidos. Me bebí el gemido que escapó de su garganta mientras la devoraba con un hambre feroz y recorría su boca presa de una imperiosa necesidad que me exigía que la tomara por entero.

«Más. Más. Toda. No es suficiente; nunca lo será».

El pensamiento me aturdió por su intensidad, pero no la solté. No podía. Continué agarrándome a sus caderas, buscando el aire que me faltaba en sus pulmones, en un intento de que mi lengua y mis labios se saciaran de ella si es que eso era posible.

Y entonces se desató el infierno.

Perdí la serenidad, mi entereza y la contención que había sido una forma de vida para mí desde que podía recordar. Perdí el control y se lo entregué a la oscuridad de mi interior, y esta nos envolvió en un capullo protector en apenas unos pocos segundos. Las lenguas de fuego lamieron la piel que yo no me atrevía a tocar y la sombra que nos rodeaba se expandió, acunándonos y aislándonos del resto del mundo. Nos consumimos el uno a otro de la misma forma desgarradora en la que nuestras bocas se estaban devorando.

Me perdí en ella. Totalmente y de forma irremediable.

La besé y continué besándola porque... no había otra cosa que pudiera hacer. Que *quisiera* hacer. Fue delicioso y terrible, y embriagador. Sublime y oscuro. Fue más de lo que nunca había imaginado o esperado. Fue... todo. *Todo.*

Pero en algún momento durante esa locura devastadora, en un instante y lugar no muy lejano, algo en mi interior aulló con fuerza, dolorido, como si los lobos que eran mis familiares me reclamaran de vuelta. Como si llorasen por mí...

Solté a Danielle de inmediato y retrocedí de un salto. Gruñí como un animal rabioso que se sabe acorralado, y entonces fui yo quien se vio incapaz de controlar su respiración o el latido desbocado de su corazón.

Danielle no parecía encontrarse en mejor estado. Estaba pálida y sudorosa, y sus ojos miraban sin ver, pero no me atreví a acercarme de nuevo para sostenerla, aunque tampoco creo que hubiera sido capaz.

Antes de que pudiera pensar en lo que había hecho, Danielle se desplomó sobre el suelo. Y un instante después fui yo quien perdió la consciencia.

De madrugada, esa misma noche, me desperté en mi cama con la garganta reseca y el nombre de Danielle en los labios. Alguien había montado una fiesta en mi cabeza y mi piel parecía a punto de desprenderse de los músculos y los huesos. El mero hecho de respirar dolía como el mismísimo infierno y, en mi pecho, persistía un vacío profundo, un hueco que no tenía ni idea de cómo se había producido ni si sería capaz de rellenar.

—¿Danielle? —la llamé de nuevo, aunque en un primer momento no comprendí por qué me sentía tan desesperado por escuchar su voz.

Traté de incorporarme, pero, por mucho que luché contra la debilidad que aflojaba mis músculos, resultó inútil. Solo cuando Wood surgió de entre las sombras de mi habitación y se aproximó a mí, recordé lo que había sucedido.

La certeza de que había drenado a Danielle hasta la muerte sacudió mi cuerpo de pies a cabeza y me arrancó un quejido de puro dolor.

—¿Dónde está, Wood? ¿Dónde está Danielle? —lo interrogué mientras el pánico se apoderaba de mí. La lámpara de la mesilla se iluminó y tuve que entrecerrar los ojos. Wood, de pie junto a la cama, me observó con expresión cautelosa—. ¡¿Dónde está?!

—Tienes que tranquilizarte, Alex.

Apreté los dientes. No ya debido al dolor, sino por la evasiva de Wood. Traté de controlar mi furia. No podía cargar contra él; Wood no era el culpable.

—¿Lo he hecho? Dímelo, por favor —rogué—. ¿Le he hecho daño a Danielle?

Wood movió la cabeza de un lado a otro, negando, aunque en realidad no parecía estar respondiendo a mi pregunta. Yo era muy consciente de que la oscuridad había aflorado de una manera explosiva al besar a Danielle. Si la había matado...

—No sabemos lo que ha sucedido. Rav cree que... te has transformado del todo. La puerta estaba cerrada cuando llegamos —se apresuró a continuar—. Dith la echó a abajo, literalmente. De una maldita patada.

Ni siquiera en aquellas circunstancias Wood pudo reprimir una pequeña sonrisa al mencionar a la familiar de Danielle. Íbamos a tener que hablar seriamente de sus prioridades cuando toda esta mierda se aclarara.

—Te has saltado tu propia regla de no hacer magia —intervino otra voz.

Mi mirada voló hasta la puerta para encontrarse con los ojos celestes de Raven. Casi esperaba descubrir el odio transformando su expresión, sus labios articulando la palabra «asesino». Pero en su rostro no había más que simple... curiosidad.

—¿Qué estabais haciendo Danielle y tú, Alex?

La pregunta de Raven me pilló tan devastado y aturdido que no pude responder con otra cosa que no fuera la verdad.

—La besé.

Las cejas de Wood salieron disparadas hacia arriba y esbozó una sonrisa taimada que me hizo poner los ojos en blanco. El rostro de Raven, en cambio, permaneció inalterable.

—¿Ella se encuentra bien? —insistí. Tenía que saber de una vez qué había pasado—. No está... Danielle no está...

¡Joder! Ni siquiera era capaz de decirlo en voz alta.

—Está descansando —dijo Raven por fin, y el alivio que me inundó fue tan liberador que me arrancó un suspiro agónico.

Mi pecho se expandió al deshacerse de un peso invisible y cerré los ojos un momento para dar gracias en silencio por la noticia, aunque no estaba seguro de que, incluso estando viva, Danielle permaneciera entera.

—Necesito verla.

—No. —La negativa de Raven fue tan tajante como inesperada.

¿Eran celos lo que le enturbiaba la mirada? ¿Preocupación?

Raven había insistido desde el primer momento en que me acercara a la bruja blanca, ¿por qué ahora se negaba a que la viera?

«¡Oh, mierda!». ¿Estaba Raven enamorado de Danielle? El cariño que le mostraba a la bruja no era normal, aunque nada en aquella situación lo era.

—Rav, no es lo que crees...

—Danielle necesita descansar y tú también —me interrumpió—. Podrás verla mañana.

Miré a Wood, que se encogió de hombros, y luego volví a centrarme en el lobo negro.

—¿Qué es lo que no me cuentas, Rav?

Él ladeó la cabeza, observándome en silencio, y se tomó su tiempo para contestar.

—Creo que por fin ha despertado.

No pude arrancarle una palabra más.

Nunca me había enfadado con Raven, ni lo había exteriorizado tanto, como durante esa noche. Pasé gritándole al menos media hora y le exigí que me contara lo que sabía, aunque era consciente de que presionarlo no era buena idea y que en cualquier momento podía transformarse y huir al bosque. Pero no lograba recuperar el control de mis actos y mucho menos mantener la calma.

Durante unos pocos minutos había creído muerta a Danielle, drenada por mis propias manos hasta arrancarle su último aliento, y eso me había desequilibrado de una forma que apenas si alcanzaba a comprender del todo. El recuerdo de mi propia madre marchitándose frente a mis ojos había ganado brillo y nitidez y de nuevo me había convertido en el monstruo que mi padre creía que era. En el que yo había luchado por no convertirme.

Había pasado por tanto para llegar hasta donde estaba... Para ganar control y mantenerme al margen de la tentación que la oscuridad representaba para mí.

—¡Tienes que decirnos algo, Raven! ¡Lo que sea, joder! —gritaba, pero el lobo negaba una y otra vez, aumentando mi desesperación—. Dinos de una vez lo que has visto.

—Alex —me advirtió Wood, interponiéndose entre su gemelo y yo.

Su prudencia era innecesaria. Jamás le haría daño a Raven. Además, aunque hubiera querido, mis piernas aún se negaban a sostenerme. Todo lo que había conseguido hasta ahora era sentarme en el borde del colchón y, aun así, mantener la espalda recta representaba un verdadero desafío para mí.

Raven se mantuvo junto a la puerta abierta de mi habitación. Ni siquiera se había atrevido a poner un pie en el interior. Exhaló un suspiro y le hizo un gesto a su hermano para que se apartara.

—Las cosas no son tan sencillas como crees, Alex. Las conexiones, las uniones y visiones son apenas pedazos de un futuro que podría o no tener lugar; a veces solo veo un objeto o un gesto, como una sonrisa o unos dedos enredándose en torno al brazo de alguien... Un suave roce de piel contra piel y luego... nada más.

—¡Lo sabías! —gemí, abarcando la habitación con un movimiento de mi mano—. Sabías que iba a tocarla en algún momento y que esto sucedería.

Asintió, y la sonrisa que acompañó a su confesión fue la del Raven de siempre, espléndida y cargada de inocencia.

—Sabía que Danielle vendría desde hace mucho, como también sé que hay una conexión que os une y de la que no estoy seguro si podéis escapar o no.

—La primera vez que nos viste juntos —me apresuré a preguntar—, ¿qué viste entonces, Rav? Creí que pensabas que seríamos amigos.

La noche que habíamos pasado encerrados en el dormitorio de Danielle, y tras la que ella había amanecido durmiendo en el suelo junto al lobo, recordaba que Raven había insistido en que había algo entre nosotros, que debíamos ser amigos. O eso había creído entrever en su mirada, dado que se hallaba en su forma animal.

—Vuestra conexión va más allá de algo tan simple como eso, Alexander. Ella te necesitaba y tú a ella; tenéis un destino común.

Peleé con la frustración para no volver a gritarle. No creía posible que Raven se explicara de una forma más enrevesada, aunque se lo propusiera. Me obligué a ser consciente de que lo que el lobo *veía* a veces carecía de sentido incluso para él; explicárselo a otra persona resultaba en ocasiones una tarea imposible.

Pero yo necesitaba saber.

—¿Qué hay de su linaje? ¿Es una Ravenswood?

—¿Te preocupa haberte tirado a tu prima? —se rio Wood, algo más relajado ahora que había dejado de gritarle a su gemelo.

—No me la he tirado, idiota —repliqué, y durante un instante temí la reacción de Raven.

Wood continuó sonriendo.

—¡Oh! Pero quieres hacerlo...

Miré a Rav. Su expresión no transmitía ninguna emoción al margen de una leve diversión por las pullas que me estaba dedicando su hermano.

—¿Es una Ravenswood? —insistí, ignorando al lobo blanco.

Raven se limitó a encogerse de hombros.

—No puedo verlo. Pero hay una imagen que no deja de aparecer en mi cabeza —aseguró, y cerró los ojos antes de proseguir—: Hay algo en el despacho de Wardwell que necesitáis encontrar. Algo que nadie busca, pero que otros quieren.

Mi frustración alcanzó niveles alarmantes. Me mordí la lengua para no empezar a soltar maldiciones.

—¿Qué es, Rav?

Abrió los ojos y me miró fijamente, como si fuera por fin a darme una respuesta clara, pero un segundo después frunció el ceño. Tanto él como Wood elevaron la barbilla y olfatearon el aire.

Tras un momento, Raven desvió la mirada hacia su gemelo y los dos dijeron a la vez:

—La muerte ha regresado a Ravenswood.

35

Cuando abrí los ojos, lo primero que vi fue el hermoso rostro de Raven. Se hallaba tumbado de lado en la cama, junto a mí, con las manos unidas bajo la mejilla y una sonrisa dulce que iluminaba gran parte del dormitorio.

—Hola —me saludó con una alegría evidente.

—Hola.

Raven se llevó un dedo a los labios para pedirme que no levantara la voz.

Eché un vistazo a mi alrededor y descubrí a Dith en una butaca, durmiendo en una postura imposible y arropada con una manta.

—No se ha separado de ti en todo este tiempo —susurró.

Me incorporé para sentarme y el movimiento trajo consigo algunas molestias musculares, aunque no llegó a resultar doloroso, nada en comparación con mi estado tras el accidente que me había llevado a Ravenswood.

Raven permaneció tumbado mientras me estiraba y trataba de desentumecerme.

—Lo siento —murmuró.

Giré la cabeza para mirarlo y me di cuenta de que ahora parecía avergonzado.

—¿Por qué?

—Te mentí.

¡Vaya! Hubiera esperado algo así de casi cualquiera en aquella academia, incluso de Dith, porque a veces mi familiar no jugaba limpio y me enredaba de mil maneras. Pero no de Raven.

Permanecí expectante. Quería que se explicase.

—Hay algunas cosas que... —Negó, bajó la vista y luego volvió a mirarme—. Tu madre no me dijo que ibas a venir. Fui yo quien se lo dijo a ella. Yo fui quien te vi en Ravenswood, pero temía que no me creyeras de habértelo dicho a tu llegada aquí. —Hizo otra breve pausa—. Y siento también haberme colado en tu cabeza. Ya sabes, tu sueño... —Abrí los ojos como platos al comprender a qué sueño se refería. ¿Había sido él?—. Hay un montón de cosas que tengo que contarte. Llevas dos días inconsciente.

—¡¿Dos días?!

Raven tiró de mí hasta que mi espalda quedó de nuevo contra el colchón. Pasó un brazo en torno a mis hombros y me acomodó de forma que mi cabeza reposara sobre su pecho. La sensación resultaba tan reconfortante que no pude resistirme.

Raven era suave y agradable, y sus abrazos se sentían tan hogar como los de Dith.

—Tranquila, te contaré lo que pueda.

Durante la siguiente media hora, Raven me confesó que no había sido mi madre la que me había visto en Ravenswood, sino él. Al parecer, contaba con otro poder del que yo no sabía nada. Él era el vidente. O algo muy similar, porque lo que en realidad veía eran conexiones entre la gente y apenas retazos de un futuro probable.

Desde hacía años, Raven había sabido que yo acabaría allí de una forma u otra. También me había visto cerca de Alexander, aunque no tuve valor para preguntarle cómo de cerca. De ahí que se hubiera empeñado en conseguir que nos relacionásemos para, según él, acelerar un poco las cosas.

Las *cosas*. Tampoco me atreví a preguntar qué clase de cosas.

—No parecía que os estuvieseis dando mucha prisa —se burló—, y el tiempo apremia. Así que tuve que colarme en tu cabeza y... soltar algunas imágenes de un posible futuro, mezcladas con otras de mi propia cosecha.

Me pregunté cuáles serían las que Raven había inventado y cuáles las reales. ¿Alexander y yo íbamos a liarnos? No. Ni de coña. Eso tenía que habérselo inventado.

—¿Sabe él algo de esto?

—No todo. Hay partes que ni yo consigo ver con claridad y otras que él no tiene por qué conocer. Por ahora. —Me dedicó una larga mirada antes de preguntar—: ¿Cómo te sientes?

—Bien, supongo. Solo algo dolorida. ¿Qué fue lo que pasó? Recuerdo a Alexander en mi dormitorio y... ¡Oh, vaya!

Hice una mueca al rememorar los detalles. Raven se esforzó para reprimir una carcajada que podría despertar a Dith.

—Nos... ¿besamos? —expuse, insegura.

Raven asintió.

—¿Sabes? Estoy bastante convencido de que a Alexander le gustó —señaló él a continuación, y yo deseé que la tierra me tragase. No necesitaba saber eso. No quería saberlo en absoluto—. Aunque no creo que vaya a admitirlo. Es más, creo que piensa que hay algo entre nosotros.

Bueno, eso era ser directo. También yo había llegado a creer que Raven albergaba ciertos sentimientos por mí. Y cualquiera que nos viera en ese momento, abrazados entre las sábanas de mi cama, seguramente pensaría que así era.

—Y tú, ¿qué le has dicho? —lo tanteé, cautelosa.

—Nada —rio, guiñándome un ojo—. Eres hermosa y me gustas mucho, Dani, y eres mi amiga.

La ternura con la que pronunció esa última frase lo hizo parecer mucho más joven, casi un niño, aunque bien sabía yo que había un lobo feroz agazapado en su interior. Quería preguntarle qué significaba exactamente lo que había dicho, qué implicaciones tenía esa amistad para él, pero desistí.

No importaba. Si Raven necesitaba decirme algo más en algún momento, lo haría. Y entonces yo decidiría cómo lidiar con ello.

—Vale. Así que eres vidente y manipulas los sueños de la gente. ¿Hay algo más que deba saber?

—Un montón de cosas. Pero... también hay mucho de lo que yo mismo no estoy seguro. No veo todo lo que va a pasar, Dani —admitió sin ningún tipo de reparo—. En realidad, no veo casi nada, y apenas consigo vislumbrar un atisbo de quién eres y de lo que se avecina.

La diversión desapareció.

Dith se revolvió en la butaca y murmuró algo en sueños, pero no llegó a despertarse.

—Raven, tú sabes lo que de verdad pasó entre Alexander y yo en esta habitación, ¿verdad?

Había habido oscuridad, una manta de sombras rodeándonos que nos había envuelto y aislado de todo. Y no estaba del todo segura, pero algo me decía que, lo que fuera que significase, era una de las partes de esta historia que Raven sí conocía.

Él me sonrió y luego frotó la mejilla contra mi pelo, un gesto casi más del lobo que era que de su parte humana.

Pensé en lo que me había llevado allí. No en el beso de Alexander, que bien podría haber sido solo un intento desesperado de evitar que siguiera hiperventilando, sino más bien en el descubrimiento de que podía ser una Ravenswood y no una Good.

Mamá, Chloe, la abuela... Tal vez ningún Good era Good de verdad. Y la magia, la familiar, ¿era entonces tan oscura como la de Alexander? ¿Dónde nos dejaba eso?

Pero lo peor, lo más horrible de todo, era saber que Mercy Good (o Mercy Ravenswood) había sido abandonada a su suerte al nacer porque posiblemente pensaron que no era parte de nuestra familia, que era solo el resultado de una relación prohibida. No había sido más que una niña, un bebé; ¿cómo podían haberla culpado de eso?

Tal vez los Good merecíamos cada muestra de desprecio que se nos había dedicado. Quizás merecíamos también lo que se diría de nosotros y lo que nos ocurriría si esto llegaba a salir a la luz.

—Antes que nada, será mejor que deje que te cambies y bajes a comer algo. Debes de estar hambrienta.

Mi estómago gruñó para mostrar su acuerdo, aunque lo que de verdad me apetecía era liberarme de la sensación de haber estado revolcándome entre aquellas sábanas sudadas durante cuarenta y ocho horas.

—Está bien. Iré a darme un baño, pero luego hablaremos.

La idea de sumergirme en la bañera apenas si logró hacerme sentir mejor, aunque casi podía imaginarme ya el agua derramándose sobre mi cuerpo y...

El pensamiento ni siquiera había terminado de formarse en mi mente cuando la cristalera de la habitación estalló en cientos de pedazos y, literalmente, toda el agua de la piscina entró en tromba por la ventana y nos cayó encima.

Raven reaccionó con unos reflejos envidiables. Se transformó en lobo en el mismo momento en el que el estruendo que provocó la rotura de los cristales despertó a Dith y alertó a todo el mundo en la casa. Me cubrió con su cuerpo para protegerme de las esquirlas que volaban en todas direcciones, aunque no logró evitar que acabase empapada.

—¡¿Qué demonios...?! —mascullé, acurrucada bajo el cuerpo compacto del lobo.

Dith ya estaba de pie y totalmente lúcida cuando Raven se retiró y saltó de la cama. Al mismo tiempo, Wood apareció en el umbral de la habitación en su forma humana, pero gruñendo del mismo modo en el que lo hacía su gemelo.

—¿Estáis bien? —pregunté, mirando alternativamente a mi familiar y al lobo negro.

Meredith asintió, desconcertada; por suerte, los cristales no habían llegado hasta la esquina en la que se encontraba. Y el hocico de Raven también se movió de arriba abajo con el labio superior totalmente estirado y todos los dientes a la vista.

Alexander irrumpió entonces en la estancia como el mismísimo diablo encarnado. Las sombras rodeaban su figura, llameantes y oscuras, con un tono púrpura que ondulaba con cada uno de sus movimientos. La red negra bajo su piel había alcanzado incluso la parte inferior de su rostro. Finísimas ramificaciones se extendían sobre su mandíbula y casi le rozaban los labios.

Resultaba un momento pésimo para pensar en ello, pero era la primera vez que nos veíamos desde nuestro beso (o lo que quiera que hubiera sido aquello) y no pude evitar preguntarme si ese había sido el aspecto que había tenido cuando sucedió. No sabía cómo sentirme al respecto. Era inquietante, perturbador y aterrador, pero continuaba pensado que también resultaba hermoso de una forma oscura.

Y yo probablemente estaba loca de atar.

—¿Qué demonios ha ocurrido? —preguntó Wood, mientras sus ojos revisaban el desastre en el que se había convertido la habitación.

Sus gruñidos menguaron al comprobar que no había ninguna amenaza inminente. Con Alexander ocurrió algo similar; en un segundo era la muerte reencarnada y al instante siguiente la oscuridad se esfumó por completo y solo quedó el brujo. Parpadeé porque pensé que me lo había imaginado, pero Wood, situado tras él, soltó un improperio al ser testigo del abrupto cambio, y tanto Raven como Dith también se quedaron mirándolo, aún más perplejos que un instante antes.

—¿Qué...? ¿Cómo has hecho eso? —se lanzó a preguntar Wood, y se adelantó para colocarse frente a su protegido.

Raven también trotó hacia él. Dith, en cambio, se acercó hasta donde yo me encontraba, aunque no apartó los ojos de Alexander.

—¿Hacer qué?

¡Joder! Ni siquiera se había dado cuenta...

—Has... Has vuelto tú solo —tartamudeó Wood.

Si el cambio de Alexander no hubiera sido lo suficientemente sorprendente por sí solo, sumado a la mierda de los cristales volando por todos lados y el agua regándonos, me habría reído al ver al lobo blanco balbuceando, su arrogancia natural perdida. Pero no era gracioso.

Bueno, quizás un poco sí.

Alexander murmuró algo en voz tan baja que no pude escucharlo y contempló sus manos como si esperase encontrarlas aún consumidas por las llamas. El resto las miramos también, pero no había nada allí. Nada. Solo piel dorada y limpia de cualquier rastro de oscuridad.

El aroma dulce a algodón de azúcar se extendió por la habitación y Raven apenas si esperó a estar del todo transformado para soltar una nueva bomba:

—Danielle ha recuperado su magia.

Entonces todos empezaron a hablar a la vez y ya nadie miraba a Alexander. Me estaban observando directamente a mí.

Por primera vez en toda mi vida le había ganado la batalla a mi maldición personal una vez que se había desatado casi por completo, aunque ni siquiera supiera muy bien cómo lo había hecho o qué había cambiado en mí para que eso fuera posible.

Al escuchar la explosión e imaginar a Raven, Dith y Danielle a saber en qué clase de peligro, no había dudado en ceder el control de mi cuerpo a mi poder. Lo había invocado a sabiendas del dolor que sería necesario luego para atarlo de nuevo y me había dejado arrastrar. Solo había conservado un pequeño hilo del que tirar, una pizca de conciencia para evitar que mi transformación fuese total, a pesar de que en el pasado eso nunca había supuesto una diferencia.

No había luchado contra el cambio. No me importaba lo que me sucediera. Si Raven estaba en peligro... Si algo lo estaba amenazando...

Pero entonces ya estaba en la planta de arriba y él se encontraba bien, y Danielle y Meredith también lo estaban. Empapados, pero a salvo.

—No sé cómo —murmuré, porque todos seguían contemplándome con el asombro reflejado en el rostro después de que Wood me interrogara al respecto.

Mi mirada buscó a Danielle sin que hubiera motivo para ello.

La bruja llevaba dos días inconsciente, dos días que yo había pasado torturándome por lo sucedido entre nosotros.

En el instante en el que mis labios habían tocado los suyos, tampoco había contado con ningún tipo de control. Había dejado salir mi lado más oscuro, pero esa vez no de forma intencionada. Podría haberla drenado hasta consumir su cuerpo y su mente. Su alma.

Aunque el incidente no parecía haberle provocado daño alguno, y Raven aseguraba que solo había *despertado* (significara eso lo que significase), los remordimientos habían campado a sus anchas por mi mente. El recuerdo del rostro de mi madre, de lo que le había hecho mi poder a su cuerpo, me torturaba tanto como lo hacía haberle arrebatado a Raven la capacidad auditiva.

«Otra vez no. Por favor», había rogado en las horas previas, atormentado, una y otra vez hasta que las palabras habían dejado de tener sentido. Pero ahora, al verla despierta, con el pelo chorreando y expresión atónita, incluso sin saber qué demonios había ocurrido ni por qué la ventana de su habitación había volado por los aires, el alivio se convirtió en una ola que atravesó mi pecho de parte a parte.

Todos me estaban observando después de que revirtiera el cambio sin ayuda, pero entonces Raven retomó su forma humana y aseguró que Daniella había recuperado su magia.

—¿Qué quieres decir? ¿Cómo lo sabes?

Señaló el destrozo que nos rodeaba. Había agua por todas partes. Charcos sobre el suelo de madera, que comenzaba ya a absorber parte del líquido; sobre los muebles, empapando la ropa de cama y las cortinas.

Raven se acercó a la ventana y echó un vistazo al exterior.

—Ha atraído la mitad del agua de la piscina al pensar en darse un baño —continuó elucubrando el lobo—. Era eso en lo que pensabas, ¿no?

Se giró hacia ella sonriente y aparentemente encantado con la situación. Raven hallaba la felicidad en los lugares y momentos más insospechados, eso había que concedérselo.

Mi atención se desvió de nuevo a Danielle, probablemente la de todos, pero yo solo me fijé en ella. Sentada sobre la cama, se encogió un poco al saberse el centro de todas las miradas. Cerró los ojos un instante y pareció concentrarse en algún punto tras sus párpados.

Yo sabía lo que estaba haciendo; buscaba el río de energía que, de llevar Raven razón, correría ahora libre de ataduras en su interior. Su poder, su magia. Y sí, estaba ahí, yo también podía sentirla. La sentía como nunca hasta entonces lo había hecho. Casi podía saborearla en la punta de la lengua.

Danielle abrió los ojos y esbozó una mueca de disculpa.

—Lo siento —dijo con un quejido avergonzado.

Muy a mi pesar, solté una carcajada. Me reí con auténticas ganas, aunque no tenía claro qué era lo que encontraba tan gracioso. La habitación era un jodido desastre, posiblemente tuviésemos que tirar los muebles y habría que avisar a alguien para que repusiera el ventanal destrozado. Además, la desaparición del bloqueo de Danielle seguramente resultaba una amenaza nada despreciable para mi autocontrol si ella permanecía en la casa. Pero, joder, me abandoné a la risa sin más. Fue una mezcla de alivio y... abandono.

A lo mejor estaba perdiendo la poca cordura que me quedaba. No recordaba haberme reído así desde hacía mucho tiempo. Tal vez desde nunca.

—¡Madre mía! Esto sí que es raro —farfulló entre dientes Danielle, pero pude oírla perfectamente a pesar de mi risa. Me miraba como si me viera por primera vez.

Meredith también comenzó a reírse.

—Estáis todos jodidos de la cabeza —señaló Wood—. Todos. Esto no tiene ni puta gracia.

El alivio también se reflejaba en su rostro, aunque se esforzara por aparentar que nos soportaba solo porque no le quedaba más remedio. Había visto su expresión cuando la casa retumbó con la rotura de los cristales y también él había temido por su gemelo.

Y que Dith estuviera aquí arriba había alimentado aún más su preocupación.

—Bien —intervino Raven—. Ahora que todos estamos donde tenemos que estar, hay cosas importantes que hacer.

El sonido de las risas se fue apagando, como si comprendiéramos a qué se refería, aunque no tuviésemos ni idea. En realidad, la verdad era en ese momento un puzle del que no todos teníamos las piezas. Pero sin duda Danielle era la que con menos información contaba para resolverlo.

Me adelanté un paso hacia la cama. Hacia ella. Mi cuerpo se estremeció al percibir el rastro de su magia ahora despierta y algo se retorció en mi pecho. De inmediato, me envolvió un intenso aroma a flores frescas, al rocío que las cubre justo en ese breve instante tras el amanecer, pero antes de que se abran y los primeros rayos de sol acaricien sus pétalos. Danielle olía a lluvia, a niebla deslizándose sobre el musgo húmedo, rozándolo con suavidad y retirándose, huidiza, cuando las nubes se despejaban y la luz encontraba el paso libre hasta caer sobre el suelo del bosque. El aroma era tan intenso que debería haberme hecho retroceder, pero también resultaba demasiado atrayente; era una llamada, un faro luminoso atravesando las sombras más profundas y oscuras de la noche. *Mis* sombras.

Era como... una canción.

Me rehíce como pude e ignoré el picor de mi piel. Tuve que aclararme la garganta antes de hablar. Mi voz, aun así, sonó áspera cuando hablé por fin.

—Ha muerto otra alumna. Tanto su cuerpo como el de Abigail Foster ya han sido entregados a sus respectivas familias, pero al anochecer habrá una ceremonia de despedida a la que vamos a asistir. Todos.

Danielle enarcó las cejas y supuse que estaría pensando en mi autoimposición de no abandonar la casa. No podía culparla. Últimamente no había hecho otra cosa que saltarme mis propias normas una y otra vez, justo desde su llegada a Ravenswood. Pero las cosas parecían estar yéndose al infierno con rapidez. Había mucho que debía explicarle.

Eché un rápido vistazo a mi alrededor.

—Será mejor que os pongáis ropa seca. Luego os contaré cuál es el plan.

—¿Tenemos un plan? ¿Un plan para qué exactamente? —desconfió Danielle, tal y como era de esperar.

Aquella chica...

Resultaba exasperante. El desafío implícito en su mirada me decía que nada de lo sucedido aumentaba su confianza en mí. Si acaso, era probable que hubiera empeorado.

Fue Wood quien se adelantó para darle una respuesta.

—Vamos a colarnos en el despacho de Wardwell —afirmó, y el lobo se asomó a su rostro, feroz y orgulloso. Tan temerario.

—Van a colarse. Ellos —lo corrigió su gemelo. Señaló primero a Danielle y luego en mi dirección—. Hay algo que necesitáis encontrar.

Meredith no tardó en mostrar su desacuerdo.

—¿Por qué demonios tenemos que perdernos los demás toda la diversión?

—No son ellos los que van a divertirse —repuso Raven, y también él se dejó arrastrar por su parte más salvaje. El azul de sus ojos relampagueó.

Mostró los dientes en una mueca más lobuna que humana y ladeó la cabeza. Nunca se había parecido tanto a Wood como en ese momento—. Nosotros seremos la distracción.

Suspiré.

Aquello iba a salir mal. Muy mal. No tenía ninguna duda de que acabaríamos en el infierno.

36

Todos empezaron a abandonar la habitación.

Alexander fue el primero en marcharse, de vuelta a su actitud huraña y contenida a pesar del espectáculo que había sido escuchar sus carcajadas. ¡Santo Dios! El tipo no debía de tener ni idea de lo que la risa le hacía a su rostro, a todo su cuerpo. Durante unos pocos minutos, la tensión había desaparecido de sus duras facciones e incluso habían reflejado cierta paz. El brujo prácticamente había brillado como una puñetera estrella; una estrella fugaz, eso sí. Pero, incluso así, yo había sentido el impulso de pedir un deseo.

Tras su marcha, Meredith sacó casi a empujones a Wood de la habitación. Ya en el pasillo, la escuché asegurar que se encontraba bien y, tras un vistazo furtivo, descubrí que él la revisaba de pies a cabeza con tal preocupación que me hizo sonreír.

Por último, Raven se marchó trotando alegremente de un modo casi más cercano a su forma animal que a la humana, a pesar de hacerlo sobre dos piernas.

A solas, contemplé el desastre que me rodeaba. Estaba claro que iba a tener que cambiarme a otra habitación. Por la ventana, ahora destrozada, se colaba la brisa fresca procedente del bosque de Elijah y las cortinas se mecían con suavidad. La conversación con Samuel Corey regresó a mi mente y con ella la posibilidad de que fuera descendiente directa de Mercy Good... Mercy Ravenswood. ¿Era eso posible? Mamá podría haber descubierto de algún modo que todos los Good descendíamos de ella y... ¿alguien la había matado por eso?

Pero ¿quién?

Un temblor me sacudió. Gracias al regreso repentino e impetuoso de mi poder, estaba calada hasta los huesos, aunque no creí que el escalofrío que se deslizó por mi espalda se debiera al frío.

Me miré las manos en un gesto muy parecido al que le había visto llevar a cabo a Alexander. Casi me daba miedo tratar de realizar algún hechizo. Instantes antes, con todos observándome, había echado un vistazo a mi interior y conectado con mi magia para descubrir que el arroyo de energía que solía discurrir tranquilo pero constante era ahora un río impetuoso. Salvaje.

Supuse que, después de tantos días reprimido, el núcleo de mi poder se había desbordado al saberse liberado, aunque probablemente se estabilizaría y retornaría a los niveles normales en cuestión de unas pocas horas.

Me puse en marcha para no tener que pensar más en todo lo que daba vueltas en mi cabeza. Solo había pretendido escapar de la soledad de Abbot, en busca de algo de normalidad, y había terminado inmersa en una locura que no hacía más que empeorar.

Lo primero que hice fue comprobar que el grimorio de mamá no hubiera sufrido daños. Por suerte, lo había guardado en el armario envuelto en la bolsa de tela en la que Dith lo había traído y esta estaba completamente seca. Me planteé sacarlo y comprobar si reaccionaba a mi tacto, pero me avergüenza confesar que no tuve valor para hacerlo. Me daba miedo que se mantuviera cerrado para mí y confirmar así que no había nada de la magia de mamá en mi interior. Nada que nos uniera.

Lo haría, *debía* hacerlo, pero no en ese momento. Necesitaba algo de tiempo para enfrentarme a ello.

La ducha eliminó solo parte del frío de mi piel y mis músculos. Me aseguré de atajar cualquier pensamiento que pudiera provocar algún otro desastre mágico. Supongo que funcionó, porque nada explotó y el agua fluyó a través de los diversos chorros de manera normal.

Al salir, tomé una toalla del estante y me envolví en ella. El escudo de la academia (de los Ravenswood) quedó justo entre mis pechos. Lo observé a través del espejo y me pregunté si no sería también el mío, si no habría escapado de Abbot y habría ido a parar a mi verdadero ¿hogar?

«Para. Ni lo pienses».

Era más fácil decirlo que hacerlo.

Había una bata de seda gris colgada tras la puerta, supuse que cortesía de Raven, o de Alexander, quién sabe. Era el brujo quien había surtido mi armario de todo lo necesario, incluso de ropa interior, algo en lo que no me había parado a pensar hasta ese momento. Imaginar a Alexander eligiendo algunas de las prendas que había llevado esos días desató un nuevo escalofrío, aunque en esta ocasión la piel me ardió en vez de enfriarse.

Deseché la toalla, cuyo escudo bordado parecía señalarme de forma acusatoria, y opté por emplear la bata. Mis manos se agarraban con fuerza a los bordes de la suave tela cuando, instantes después, me atreví a llamar a la puerta de Alexander.

Me dije que ir en su busca no tenía nada que ver con nuestro beso ni lo sucedido entre nosotros, y que solo estaba allí porque necesitaba saber qué habitación podía ocupar, eso si no me echaba a patadas de la casa ahora que de nuevo era una bruja de pleno derecho...

La puerta se abrió; Alexander ya estaba contestando a mis golpes antes de darse cuenta de quién estaba al otro lado.

—¿Qué pasa? —En cuanto sus ojos se posaron en mí, dio un paso atrás, como si hubiera recibido un empujón invisible.

¡Dios! Su expresión... Si antes parecía detestarme, ahora directamente me odiaba.

Desvié la mirada sobre su hombro hacia el interior de la habitación mientras me recuperaba de la bofetada mental de su tosca mirada. Hasta ese momento jamás había visto su dormitorio. Sentía curiosidad.

Una cama de caoba enorme, más incluso que la mía, presidía la estancia. El tipo podría invitar a media escuela a compartirla y aún le sobraría espacio. La idea, por alguna extraña razón, no me resultó tan divertida como pretendía haber sido.

Los almohadones se amontonaban en el cabecero; sábanas oscuras de aspecto sedoso yacían revueltas, como si hubiera dado vueltas durante la noche y las hubiera pateado hasta quitárselas de encima. Había libros amontonados en cada rincón, algunos de aspecto nuevo y otros ajados de forma que incluso algunas páginas asomaban, parcialmente desprendidas. Una chimenea se alzaba en una de las paredes y, frente a ella, había una alfombra tan mullida como el pelaje de los gemelos. Más y más libros se acumulaban en paredes repletas de estanterías que llegaban al techo. Nada de televisión y ningún equipo de música. Tampoco armas, como había sido el caso de Wood.

Alexander carraspeó y tuve que dejar mi curiosidad para otro momento.

—¿Necesitas algo?

Bajé la vista a sus manos pensando que tal vez encontraría su oscuridad allí, pero no había nada salvo su piel normal.

—Una habitación. La mía... —No terminé la frase, era obvio que el dormitorio había quedado impracticable.

Alterné el peso de un pie a otro y mis dedos se cerraron aún con más fuerza sobre las solapas de la bata. Me la había ajustado con el cinturón para evitar cualquier desliz y tapaba lo necesario; sin embargo, me sentía como si me hubiera plantado frente a él totalmente desnuda.

Los recuerdos de la escena que Raven había deslizado en mi mente no ayudaron en nada.

—Puedes usar la que hay libre junto a la de Rav —me dijo, y señaló la puerta sin apartar los ojos de mi rostro—. Aunque es algo más pequeña.

—No importa —me apresuré a contestar. Ambos estábamos tan tensos que ni siquiera resultaba divertido. Giré para ir en busca de algo de ropa y trasladarme al otro dormitorio, pero...—. Gracias. Por lo del otro día —murmuré por encima de mi hombro. ¡Ay, Dios! ¿Le estaba agradeciendo que me hubiera besado? Era patética—. Estaba a punto de perder el control. Sé que solo lo hiciste por eso. No... no tienes que preocuparte. Pero gracias por seguirme e intentar ayudar.

El ridículo, eso era lo que estaba haciendo. Un ridículo total y absoluto.

Alexander cruzó los brazos sobre el pecho y seguí el movimiento con la mirada. Los músculos de su estómago asomaron bajo el borde de la camiseta negra y la tela se tensó y se ciñó a su torso. No sé por qué se me ocurrió pensar que yo había estado justo *ahí* un par de días atrás, refugiada entre sus brazos y con sus labios sobre los míos.

¡Madre mía! Ahora sí que tenía que parar...

Pero mi cuerpo iba por libre. Mis ojos descendieron un poco más hasta tropezar con la cinturilla de sus vaqueros y de nuevo me subí al tren de la perversión. Destino directo y sin paradas: Luke Alexander Ravenswood.

¿Estaba mirándole el paquete? ¡Ay, Dios! Sí que lo estaba. Y ni siquiera me molesté en cerrar la boca. Mucho menos en disimular. Era una idiota pervertida. Como si no tuviera otras cosas más importantes en las que pensar que en lo que guardaba dentro de los pantalones. Estaba claro que la adolescente repleta de hormonas que se había pasado la vida encerrada en Abbot tenía más ganas de diversión que de drama.

—No te besé por ese motivo —dijo Alexander.

Levanté por fin la vista hasta su rostro. Su expresión no parecía la de alguien que se hubiera percatado de lo sucio de mis pensamientos. ¡Gracias a Dios!

—¿Eh?

Tardé un instante en comprender lo que había dicho. Si su beso no había sido un burdo intento para evitar que me desmayase, ¿qué entonces?

Unas estúpidas mariposas se apropiaron de mi estómago. Acto seguido, él mismo se ocupó de pisotearlas sin piedad al añadir:

—No era yo. No pude controlarlo.

Sacudí la cabeza de un lado a otro.

—¡Joder! Eres implacable, ¿eh? No dejas pasar ni una.

Alexander arqueó las cejas. Había cierta diversión en sus ojos dispares, y también otras muchas cosas que opté por ignorar. ¡A la mierda con sus emociones! No quería saber qué significaban.

—¿Qué pasa, ángel? ¿Tanto lo disfrutaste?

Me metí un dedo en la boca y fingí una arcada. Un poco sobreactuada e infantil para mi gusto, pero se lo merecía por capullo.

—En tus sueños.

Más bien en los míos, pero no pensaba contarle una sola palabra de lo que Raven me había mostrado. Además, ni siquiera era una visión real; a lo mejor lo que el lobo había *visto* era precisamente ese beso en pleno ataque de pánico y se había montado él solito una película aún más pervertida que la mía.

Alexander avanzó un paso hacia mí y quedó justo bajo el umbral de la puerta. Nuestros cuerpos estaban demasiado cerca. El aire entre nosotros vibró y se calentó, y el cambio en la atmósfera que nos rodeaba resultó tan evidente que me sorprendió no descubrir llamas oscuras brotándole de la piel.

—No tienes ni idea de cuáles son mis sueños, Danielle. Ni puta idea.

Su comentario desinfló un poco mis ansias de estrangularlo, la verdad. Si yo había soñado con liberarme de la cárcel que Abbot representaba para mí, no quería ni imaginar lo que ansiaba Alexander.

Sintiéndome como una idiota, hice un gesto con la mano.

—Lo que sea. Te veré abajo.

Y eso fue todo. Salí huyendo de la intensidad de su mirada y del sonido de sus dientes rechinando por la frustración. No sabía muy bien qué había esperado que cambiase entre nosotros.

Solo porque me hubiera besado...

Evité pensar en la forma en la que yo había correspondido a ese beso. En la necesidad y el anhelo. En el intenso deseo que había despertado en mí. El gemido que había dejado escapar Alexander y que yo, sedienta, me había bebido sin titubear. En todas las partes de nuestro cuerpo que habían estado en contacto y en lo bien que se había sentido.

No. Alexander no había drenado mi magia, sino que, al aparecer, me la había devuelto; pero al cabrón había que reconocerle que sabía cómo besar a una chica y dejarla con ganas de más.

Por supuesto, yo no era esa chica.

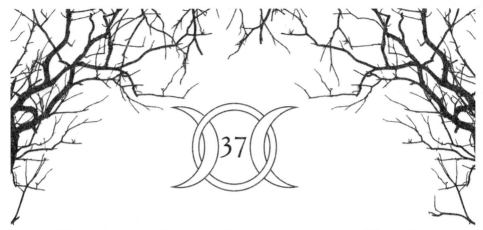

37

Resultó que el plan de Alexander y Raven para colarnos en el despacho de Wardwell no era tal. Al contrario, se suponía que íbamos a recibir una invitación de la propia directora para acceder a él.

—Wardwell se presentó aquí la misma tarde de tu... desvanecimiento —me explicó Dith mientras esperábamos que Alexander se reuniera con nosotros en el salón.

Wood ya se veía de mejor humor, y Raven... era Raven. Él siempre estaba de buen humor; en vez de dirigirnos al ritual de despedida final de dos alumnas, parecía como si nos dispusiéramos a realizar una alegre excursión por el bosque.

Todos, incluida Meredith, vestíamos de gris y borgoña, los colores de Ravenswood. Aunque mi familiar, si no había entendido mal, pensaba transformarse para pasar desapercibida y no revelar su identidad. La mayoría imaginaría que era un familiar, pero no habría manera de confirmarlo o saber de quién se trataba a no ser que nos preguntasen, y dudaba mucho que alguien fuera a acercarse a los Ravenswood para ello.

—Wardwell quería que acudieras a su despacho para interrogarte acerca de la muerte de Abigail Foster —continuó relatando Dith.

—¿Por qué yo?

—Eres sospechosa, claro está —apuntó Wood con una alegría ofensiva—. Eres una bruja blanca en el corazón de la magia negra, así que encabezas la lista de posibles culpables.

Eso era ridículo. Los brujos blancos no cometían esa clase de crímenes; al menos, no los brujos comunes y no sin provocación. Había unos que sí podrían hacerlo de ser absolutamente inevitable. Los consejos de ambas comunidades contaban con una guardia personal: dos brujos guerreros asignados a cada miembro de los cinco que componían el órgano que gobernaba cada comunidad. A dichos brujos, diez en total (veinte, si contábamos a los oscuros), se les denominaba «Ibis».

De los Ibis de nuestro consejo se decía que eran los únicos brujos blancos que portaban más muerte que vida, ya que se les empleaba no solo como guardianes, sino también como ejecutores. Pocos los habían visto en Abbot, pero su mera presencia se consideraba una señal de mal agüero. Si los blancos eran así, no podía ni comenzar a imaginar lo aterradores que resultarían los Ibis oscuros.

Pero, al menos los nuestros, actuaban siempre como último recurso. Matar a un brujo o una bruja era algo que no creía que hubiera sucedido prácticamente desde Salem.

—Alexander la mandó a paseo —dijo Dith, retomando el motivo de la conversación inicial.

Raven se adelantó en el asiento y se inclinó hacia mí con una sonrisita juguetona en los labios.

—En realidad, Alex básicamente le hizo saber que Ravenswood ardería hasta los cimientos si se le ocurría atravesar la puerta de esta casa e intentar hablar contigo. Le dijo que necesitabas descansar y que irías cuando estuvieras preparada.

¡Vaya! Eso sí que no me lo esperaba de ninguna de las maneras. Por cómo se comportaba, cualquiera podría pensar que Alexander estaría más que desesperado por lanzarme en brazos de la directora, lo más lejos posible de él. Y si de paso me ahorcaban o me quemaban en la hoguera, mejor.

—No quiero a Wardwell aquí. —La voz de Alexander me llegó desde algún punto a la espalda, la escalera seguramente.

Me estremecí.

¡Maldito fuera! Tenía el jodido don de aparecer siempre en el momento más incómodo para mí. Seguro que esperaba en la sombra hasta que podía hacer una entrada triunfal y humillarme todo lo posible.

—Tranquilo —repuse, girando la cabeza para contemplar cómo terminaba de alcanzar el piso inferior y se acercaba a nosotros—, nadie va a pensar que me estabas defendiendo.

Vestía en los mismos tonos que el resto: pantalones grises que se abrazaban a sus muslos y a sus estrechas caderas y un jersey borgoña de cuello alto y que ceñía cada músculo de su pecho con una precisión detestable. Se me quedó mirando más de lo necesario con las cejas levemente enarcadas y el rastro de una sonrisa sombría asomándole a los labios.

Idiota.

—Tú, Danielle, no necesitas que nadie te defienda.

No supe si tomarme eso como un cumplido o un insulto. Viniendo de él, seguro que se trataba de lo segundo.

—Bien. Procura no olvidarlo.

Le brindé una sonrisa tan amplia que me dolieron las mejillas.

Nos mataríamos, estaba segura de ello. Acabaríamos matándonos en algún momento de la noche y yo iba a disfrutar de ello.

Alexander no replicó. Se volvió hacia los demás y se aseguró de quedar frente al lugar que Raven ocupaba en uno de los sofás, supuse que para que no se perdiera nada de lo que iba a decir.

—A Wardwell no le va a gustar que aparezcamos en la ceremonia, pero quiere hablar con Danielle. Eso hará que se esfuerce por sacarnos de allí a toda prisa. Te llevará a su despacho para interrogarte en cuanto acabe —prosiguió, con sus ojos de vuelta a mi rostro. Serio y formal—. Yo iré contigo. Wood y Raven nos darán tiempo para llegar a la última planta de la mansión antes de atraer más miradas sobre su presencia allí.

—¿Qué vais a hacer? —inquirí, observándolos de forma alternativa.

—Ya se nos ocurrirá algo —dijo Raven, encogiéndose de hombros con ese gesto tan suyo.

Wood mostró una sonrisa repleta de dientes que me dio escalofríos.

—Obligaremos a Wardwell a regresar al exterior para poner orden —intervino Dith.

Ella también parecía demasiado emocionada por su papel en el plan. Casi prefería no saber qué se traían entre manos; mi familiar era una auténtica experta en provocar desastres y atraer atención indeseada.

—Y nos dejará a ti y a mí a solas en su despacho —prosiguió Alexander, justo donde lo había dejado Meredith—. Eso evitará que tengamos que saltarnos los hechizos que mantiene alrededor de la habitación para entrar.

Mi mirada iba de uno a otro según desgranaban el plan.

—Decidme la verdad. Habéis estado ensayando este discursito mientras yo me echaba una siesta de dos días —me burlé, porque..., bueno, porque era así de idiota y necesitaba librarme de la sensación de que estábamos a punto de meternos en un buen lío—. Os doy un nueve. Lo habéis encadenado bien, pero os quito un punto por Alexander. Demasiado forzado para mi gusto.

Raven reprimió la risa, Dith puso los ojos en blanco y Wood sacudía la cabeza de un lado a otro, resignado. Alexander fue el único que se mantuvo impasible.

—No tienes que acompañarme —le dije, aunque en realidad no me importaba contar con un respaldo—. Tengo mi magia de vuelta y me las arreglaré, pero ni siquiera sé qué se supone que debo buscar.

—Voy a ir contigo de todas formas. Quieras o no.

—¿Sabes? Casi me gustas más cuando se te va la cabeza y te conviertes en el puñetero míster Hyde. —Me arrepentí de inmediato de decir esa estupidez. Probablemente solo estaba resentida porque él había admitido que el beso no había sido cosa suya. ¡Dios! Eres una imbécil.

En el silencio posterior, ninguno de los lobos hizo el más mínimo ruido o movimiento, casi como dos depredadores, inmóviles, acechando a su presa el instante antes de saltar sobre ella. Dith, en cambio, emitió una especie de ronroneo bajo. Tal vez se estuviera atragantando con una bola de pelo. Cualquiera sabe.

Alexander hizo un gesto casi imperceptible con la cabeza y los gemelos abandonaron la habitación en un parpadeo, arrastrando a Dith con ellos, aunque tampoco ella opuso mucha resistencia.

Traidora.

Supongo que me había buscado aquello yo solita. Por bocazas.

Esperé sin saber qué esperar. Alexander cerró los ojos un instante, dejó escapar un largo suspiro y se pinzó el puente de la nariz como si le doliera la cabeza. Como si *yo* le diera dolor de cabeza. Seguramente, fuera así.

Poco después, sus ojos se abrieron de nuevo y se clavaron en mí. Oscuros y salvajes. Aterradores, pero, de una forma sorprendente, también comprensivos. Avanzó hasta el sofá y me tendió la mano.

Admito que la miré como si fuera una cobra a punto de lanzarse sobre mí para inyectarme todo su veneno.

—Pensé que no podías tocarme.

—Ya te he tocado. —Eso no aclaraba mucho; al fin y al cabo, de algún modo había conseguido invertir el hechizo que mi madre y Corey habían lanzado para bloquear mi poder y había traído mi magia de vuelta. Algo sí que había hecho al tocarme—. Además, ¿no quieres saber si eres una Ravenswood? —agregó con la mano flotando entre nosotros como una ofrenda de paz. La palma hacia arriba, esperando encontrarse con la mía—. Tal vez esto es lo único que necesitas para deshacerte de esa hostilidad mal disimulada hacia mi linaje.

—No me estoy esforzando por disimularla. Y no tiene nada que ver con tu linaje, sino contigo.

Alexander se rio. Soltó una carcajada y, durante un puñado de segundos, me olvidé de lo idiota y arrogante que era. Incluso olvidé dónde estábamos, quiénes éramos y lo que podía pasar si estiraba la mano y tomaba la suya.

Sonó tan profunda y real...

—Estás muy cabreada con el mundo, Danielle. Y sobre todo conmigo.

—No te digo yo que no.

Su expresión se tornó más amable, incluso divertida, si es que el brujo sabía lo que era la diversión. Las líneas de su rostro se suavizaron y sus iris hicieron esa cosa rara de chispear como pequeñas estrellas titilando en el cielo nocturno.

Un momento, ¿era diversión? ¿O burla? ¿Se reía de mí o conmigo? ¿Se habría sacado por fin un poco el palo del culo?

—Eres insoportable —le dije, solo para tantearlo. Ignoré su mano y me puse en pie.

—Lo soy. No acostumbro a tener invitadas en casa. Ninguna como tú, eso seguro.

—Voy a pensar que eso es un cumplido.

Una de sus comisuras se curvó. Su vista descendió por mi cuello hasta toparse con el escote redondeado de mi vestido; vestido que él también debía de haber elegido, como el resto de mi ropa. Era lo único en tono borgoña del armario que parecía adecuado para un ritual de despedida. Sobrio y elegante, y discreto también. En teoría.

Aunque ceñida, la tela alcanzaba casi mis rodillas, por lo que no debería de haber resultado en modo alguno inapropiado. Pero cuando los ojos de Alexander continuaron bajando por mi pecho y recorrieron la curva de mis caderas y mis piernas... El aire de la habitación prácticamente estalló en llamas a nuestro alrededor; de modo figurado, quiero decir. Alexander se estaba controlando bien y, por ahora, solo era un brujo.

Nada de oscuridad. Solo él.

—Tómalo como tal.

Hizo un gesto para cederme el paso y yo me adelanté, pero tras avanzar unos pocos metros eché un vistazo por encima de mi hombro.

—Lo has hecho solo para mirarme el culo, ¿verdad?

—Puede. —Fue todo lo que dijo.

No se molestó en añadir una excusa y me pareció que *quería* sonreír. Que de verdad lo deseaba.

No lo hizo.

—Pervertido.

Con la vista de nuevo hacia el frente, me dirigí hacia la puerta y puede que yo sí sonriera mientras permitía que mis caderas se balancearan un poco más que de costumbre.

Nuestra presencia en el ritual despertó el revuelo esperado. Todos nos miraban mientras esperaban que el acto diera comienzo en la explanada cercana a la zona de pequeñas y coquetas tiendas del campus. No había nada allí salvo tierra y hierba creciendo en ella, pero los alumnos de Ravenswood mantenían una actitud solemne y respetuosa. Al menos así había sido hasta que los gemelos, que precedían la marcha con Dith ronroneando cerca de sus pies, se detuvieron a pocos metros del numeroso grupo.

Alexander caminaba a mi lado, un poco por detrás de ellos, con las manos en los bolsillos y la barbilla alta. Por alguna estúpida razón, me sentí satisfecha al ver que avanzaba con paso resuelto y seguro, sin rastro de vergüenza a pesar de que todas las miradas estaban sobre él. Algunos lo observaban con admiración, otros, con temor; pero ninguno de los brujos y brujas que allí se encontraban se mostró indiferente o apartó la vista del heredero Ravenswood. Fue algo digno de ver, aunque ni loca admitiría algo así ante él.

Me pregunté qué verían los demás en mi rostro cuando era yo la que lo contemplaba, porque de ninguna manera podía imaginarme reverenciándolo o temiéndolo. Puede que me hubiera acostumbrado a él y a sus explosiones oscuras...

No. Ni de coña. Seguía siendo insoportable.

Se me escapó una risita de lo más inadecuada dada la naturaleza del evento y Alexander ladeó la cabeza hacia mí. Me observó por debajo de sus pestañas imposiblemente largas y de color miel, y luego sus ojos estaban de nuevo recorriendo mi figura con una lentitud perezosa. Se mordió el labio inferior de forma distraída antes de reemprender el camino de vuelta hasta mi rostro.

Bueno, ese repaso seguro que sí que había sido del todo inapropiado.

—Aquí —dije, tocándome la comisura del labio—. Tienes babilla.

No podía creer que estuviésemos bromeando en una situación como aquella. En ninguna situación, en realidad. Bromear con Alexander no parecía adecuado en ningún momento o lugar. No en esta vida al menos.

Tampoco en la siguiente.

—En tus sueños —replicó él, lanzando mis propias palabras contra mí.

Se me calentaron las mejillas al pensar de nuevo en mi sueño. Él había estado allí cuando desperté y me había escuchado gemir. Si Raven había hablado con Alexander sobre ello...

No, no iba a ir por ese camino ahora. Ni por asomo.

A pesar de que no era poca la distancia que se extendía entre la mansión Ravenswood y la explanada, los murmullos de la pequeña multitud de brujos murieron en el instante en que Mary Wardwell atravesó el umbral del edificio. Al igual que los alumnos, la directora tampoco consiguió esconder su sorpresa cuando nos descubrió a un lado, esperando para el ritual con los demás. No dijo nada ni se dirigió a nosotros, pero la mirada cargada de recelo que nos dedicó dejó claro que no nos quería allí.

Bien. Por mucho que me pesara, el plan de Alexander podía funcionar, aunque yo seguía sin comprender muy bien qué era lo que teníamos que buscar.

Las ceremonias de despedida no eran frecuentes en Abbot, pero yo había tenido que asistir a un par de ellas, y a una en concreto, la de mamá y Chloe, a la que hubiera deseado no tener que acudir jamás.

No me sorprendió demasiado que nuestras despedidas se parecieran a la escena que se desarrollaba en ese momento en los terrenos de Ravenswood. Algunos de nuestros rituales provenían de tiempos en los que ambas comunidades eran una sola y se habían mantenido inamovibles a pesar de la posterior escisión de las dos facciones. También algunas instituciones, como el director de cada escuela, encargado de supervisar la educación de los futuros brujos; el comité escolar, que le daba apoyo en sus funciones, o el consejo que regía y tomaba las decisiones relevantes para la comunidad. Todas eran figuras comunes a ambas escuelas y comunidades, y funcionaban de forma similar. Pero lo que sí me extrañó fue que dos miembros de dicho consejo se unieran a los presentes.

El silencio, solo roto por la voz de Wardwell relatando un pequeño resumen sobre las vidas de las fallecidas, se hizo más pesado en ese momento. Asfixiante, así era como se sentían las dos figuras encapuchadas que parecían observarlo todo desde un punto más elevado de la zona, una pequeña colina tras la explanada que lindaba casi con el inicio del bosque de Elijah. A pesar de que existían otras escuelas menores por el mundo, sus capas portaban el escudo de Ravenswood (al igual que las de nuestro consejo mostraban el escudo de Abbot), como un reconocimiento implícito a la primera academia oscura en ser fundada, y, sobre este, la estrella de cinco puntas que los identificaban como el poder último de la comunidad.

Un escalofrío me recorrió la espalda al advertir cuatro sombras, también encapuchadas, más allá de ellos, en la primera línea de árboles. Miré a Alexander, que también estaba observándolos, y murmuré:

—¿Ibis oscuros?

Él no apartó la vista del bosque, pero asintió con un leve movimiento de cabeza.

Las figuras fantasmales apenas si eran sombras entre las sombras, pero me pusieron los pelos de punta. Eché un vistazo a los gemelos y me percaté de que también ellos parecían tensos, casi como si fueran a dejar salir al lobo de un momento a otro. Como si la piel tirante de sus rostros y sus cuerpos apenas pudiera contenerlos.

—No cambia los planes —susurró Alexander, en voz muy baja, para evitar que nadie más que yo lo escuchara—. Se irán cuando la ceremonia llegue a su fin.

—¿Qué hacen aquí?

—Evelyn Foster, la madre de Abigail, es miembro del consejo. Habrán venido como muestra de respeto a su linaje.

Nadie de nuestro consejo había acudido a la despedida ni al funeral de mi madre y mi hermana, claro que no había ningún miembro de los Good que hubiera ocupado o fuera a ocupar jamás uno de sus asientos. Aunque aparentemente nuestra deslealtad y traición a la comunidad oscura hubiera sido aceptada e incluso aplaudida, los Good nunca seríamos considerados dignos del todo entre los brujos blancos.

El dolor corrió desde mi pecho a mi garganta y amenazó con robarme el aliento. No por ese detalle, no porque fuésemos *indignos*, sino porque presenciar este ritual me traía recuerdos demasiado dolorosos. Había echado de menos a Chloe y a mamá cada día de mi vida desde entonces, sin importar los años transcurridos, y lo continuaría haciendo hasta que me reuniera con ellas. Por lo que a mí respectaba, el consejo y su elitista concepción de nuestro mundo se podían ir a la mierda.

Observé de nuevo a los dos consejeros encapuchados y, de repente, se me ocurrió algo que justificaría la tensión evidente de los gemelos y más aún la de Alexander. Los contemplé con mayor atención, pero nada de sus rostros quedaba visible desde donde me encontraba; ni siquiera estaba segura de si eran hombres o mujeres.

Alexander apartó entonces la vista de ellos y, al mirarlo, me vi reflejada con claridad en su rostro, en el dolor que transmitía su expresión y que se parecía en cierto modo al que yo sentía al pensar en mamá y en Chloe. Tenía los labios apretados. La pena arrasaba sus pómulos altos, poco antes tan orgullosos, y la amargura se arremolinaba en sus ojos distintos en color, pero a la par en tristeza.

Como si él también hubiera perdido a su familia.

Me moví un poco en su dirección hasta que el dorso de mi mano topó con el de la suya, que le colgaba inerte junto al muslo. No pensé en lo que podría pasar si lo tocaba. Tan solo lo hice. Con la yema del dedo índice, tracé un pequeño círculo sobre su piel, y luego, ignorando la descarga que se precipitó por mi mano y ascendió por mi brazo (una descarga que no creía que tuviera nada que ver con la magia), me aventuré un poco más y enredé los dedos en torno a los suyos. Le brindé un apretón de consuelo que ni siquiera sabía si quería, pero que me pareció que necesitaba.

—¿Tu padre está en el consejo? —pregunté finalmente, a sabiendas de cuál sería su respuesta.

—Sí.

Estreché sus dedos aún con más fuerza al escuchar el tono amargo y desgarrador con el que pronunció esa única palabra. Con un movimiento de barbilla, señaló en dirección a las dos figuras que tanta atención despertaban, confirmando mis sospechas.

—Es el más alto de los dos.

Fuera lo que fuese que Alexander sentía respecto a mí, a pesar de que parecíamos odiarnos como los enemigos que se suponía que éramos (que *debíamos* ser), no apartó su mano durante todo el tiempo que duró la ceremonia; tampoco yo lo solté en ningún momento.

38

El ritual se alargó lo impensable. Varios compañeros y compañeras de Abigail Foster y Dianna Wildes, la otra alumna asesinada, desfilaron por el claro para rendirles homenaje. Cada uno de ellos se colocaba en el centro del círculo de antorchas que se había prendido por sí solo con la caída de la noche. Entrelazaban los dedos, apretaban sus manos alzadas durante unos pocos segundos y luego mostraban las palmas hacia el cielo dejando que pequeños chispazos de su propia magia escaparan de ellas.

Algunos convocaron el fuego, y entonces las llamas danzaban entre sus dedos y salpicaban el aire que los rodeaba; otros captaban parte de la humedad que flotaba en el ambiente para componer bolas compactas de agua del tamaño de un puño y hacerlas flotar hasta que caían al suelo y se deshacían sobre la hierba. El suelo se agitó, el aire arreció y algunas flores brotaron a sus pies y se marchitaron después para volver a ser parte de la tierra, como si fueran los propios cuerpos de las dos brujas fallecidas regresando al polvo.

Fue hermoso.

No podía dejar de pensar en mamá y en Chloe. En los cientos de gotitas de agua que yo había convocado en su ritual de despedida. Las había lanzado a través del aire con una rabia apenas contenida; también mis lágrimas, mis propias lágrimas flotando y alejándose de mí, como si con eso pudiera alejar mi sufrimiento.

Mientras las muestras de poder y respeto se sucedían, me repetí una y otra vez que aquello era Ravenswood y no era a mi familia a la que se despedía. Pero dolió igual.

Alexander, con mis dedos aún en torno a los suyos, asistió inmóvil al homenaje. Erguido en toda su altura y con el rostro carente de expresión. Los hombros tensos y el pecho subiendo y bajando con tanta suavidad que apenas si se movía. Casi como una estatua por cuyas venas no corriera sangre; solo piedra, eso parecía. Me pregunté cómo le afectaba aquel despliegue de magia o la presencia de su padre al otro lado de la explanada. Tan cerca y tan lejos a la vez.

Pero, si así era, no lo demostró en ningún momento. Tal vez la oscuridad respetaba lo que allí se honraba, o tal vez solo era él y su propia fuerza de voluntad luchando para demostrarle a su padre (a todos) que no era un monstruo. Que podía controlarse.

Los gemelos Ravenswood, situados a nuestra espalda, custodiaban a su protegido como dos guerreros, tan temibles como los propios Ibis. Feroces y leales. Cerca, por si los necesitaba, pero dándole espacio suficiente para hacerle saber que confiaban plenamente en él.

Y Dith... Mi familiar se hallaba en forma de gato y sentada junto a mis pies, casi sobre ellos. De vez en cuando rozaba el cuello y la mejilla contra mi tobillo. Yo sabía... sabía con total seguridad que conocía el dolor que el ritual había despertado en mí. Lo sentía. Y di gracias por tenerla a mi lado.

—¿Estás bien? —murmuré en voz muy baja, inclinándome un poco más cerca de Alexander.

Un movimiento seco con la cabeza, solo eso como respuesta. Tan concentrado en la ceremonia o en mantener el control que parecía no poder contestar con palabras. No me miró, y yo admiré su perfil estoico a pesar de saber que había muchos ojos puestos sobre nosotros.

No quería pensar en lo mucho que debía de estar costándole mantener la oscuridad encerrada en su interior; allí, rodeado de brujas y brujos, con la magia flotando en torno al claro y cantando una canción dulce y tentadora solo para sus oídos. Llamándolo. Lo duro que debía de ser sentir esa clase de atracción enfermiza por los tuyos.

No quería desconcentrarlo o ser yo la culpable de que cometiera un error, pero no pude evitar decirle:

—No me gustas, Luke Alexander Ravenswood, pero tienes todo mi respeto.

Una chispa se encendió en su iris oscuro, el único que veía desde mi posición. ¿Emoción? ¿Sorpresa? No tenía ni idea. Pero entonces volvió la cabeza con lentitud hacia mí y me miró. De verdad me *miró*. Sin desprecio ni esa actitud arrogante o irritada que yo sabía que no podía evitar emplear conmigo.

No era que yo se lo pusiera fácil.

—Tú tampoco me gustas, Danielle Good. Pero... —Una pausa, como si saboreara lo que quiera que fuera a decir a continuación o como si le costara pronunciar las palabras—. Gracias.

Y entonces fueron sus dedos los que apretaron los míos. Y la descarga que había sentido al rozarlo en un primer momento volvió a recorrerme entera; un rayo abriéndose paso por mi carne y, aun así, agradable. Cálido y reconfortante.

No quise indagar en lo que significaba que su toque no me estuviera arrebatando la magia, como se supone que debería de haber sucedido. Nos estábamos tocando, su palma estaba contra la mía y nuestros dedos entrelazados, y yo continuaba sintiendo el río salvaje de energía discurriendo por el centro de mi pecho. Inalterable. Claro que el férreo control que mantenía Alexander sobre sí mismo podía estar reteniendo esa parte oscura de su poder.

Tal vez sí que pudiera evitar drenar a los brujos ajenos a su linaje después de todo; quizás fuera eso. Quizás... yo no fuera una Ravenswood y él pudiera controlarse después de todo. O quizás lo era y todas sus precauciones conmigo resultaban innecesarias. No había manera de saberlo.

El plan que habíamos trazado no falló. Wardwell apenas si tardó un instante en dirigirse a nuestro grupo cuando la emotiva ceremonia llegó a su fin. No parecía contenta. En realidad, estaba furiosa, pero se cuidó mucho de desafiar abiertamente a Alexander frente al alumnado.

—Señor Ravenswood, no esperaba su asistencia al ritual. Danielle —dijo entonces, brindándome una sonrisa sin rastro de calidez—, quiero que me acompañe. Ahora.

Alexander intercambió una elocuente mirada con los gemelos mientras yo me aseguraba de dejar a Dith detrás de mí, lejos de los ojos de la directora, para evitar preguntas indeseadas.

La gata blanca se deslizó con su sigilo habitual hacia los lobos y pasó totalmente desapercibida.

—Yo también voy —afirmó Alexander con un tono que no daba lugar a réplica.

Por suerte, Wardwell no se opuso.

Dejamos atrás al resto de estudiantes, algunos de los cuales empezaban ya a regresar a sus habitaciones. Capté un fugaz vistazo de la melena rubia de Maggie entre ellos, junto a un muchacho que parecía ser Robert Bradbury. No había vuelto a verlos desde el desastre del baile de máscaras y me sorprendió darme cuenta de que echaba de menos charlar con la bruja.

Quizás, si no acabábamos encerrados en las mazmorras de la mansión esa noche (yo estaba bastante segura de que las habría), pudiera invitarlos a ambos a la casa. Raven también había hecho buenas migas con ellos.

Recorrimos en silencio todo el camino y, una vez en el despacho, la directora ocupó su lugar tras el escritorio. La melena cobriza de la mujer se derramaba sobre sus hombros y le confería un aspecto juvenil y desenfadado. Nada que ver con la realidad. El rictus serio y altivo que mantenía contradecía dicha impresión, aunque Alexander no parecía en absoluto intimidado.

—No era necesaria su presencia aquí, señor Ravenswood —señaló, y yo sentí deseos de reírme cuando, por segunda vez, se dirigió a él llamándolo «señor», pero me dije que no era lo más adecuado, dada la situación—. Su *invitada* y yo solo vamos a charlar.

—Haga las preguntas de una vez, Wardwell.

La mujer apretó las manos sobre la mesa al mismo tiempo que los labios, pero no dio más muestras de su irritación.

—Está bien. Había supuesto que tal vez usted quisiera pasar algo de tiempo con su padre ahora que está aquí. ¿Cuánto hace que no se ven?

Incluso yo pude sentir el latigazo que sacudió el cuerpo de Alexander ante la mención de su padre.

Abrí la boca para intervenir, ignorando el hecho de que me disponía a defender al tipo con el que no había hecho más que lanzarme cuchillos desde el mismo momento en el que había puesto un pie en Ravenswood, pero él se me adelantó. Con el cuerpo levemente inclinado sobre el escritorio y una serenidad espeluznante, apenas si entreabrió los labios para decir:

—Mi padre debe de estar bastante ocupado intentando averiguar por qué hay alumnos muriendo en Ravenswood. Una responsabilidad que, por otro lado, recae en realidad sobre usted. Quizás si hiciera su trabajo como es debido, yo podría pasar tiempo con él.

Alexander le dedicó una media sonrisa que prometía muerte y destrucción como mínimo. ¡Joder! Ni siquiera a mí me había sonreído de esa forma tan perturbadora, algo que agradecía; por una vez no era yo la destinataria de su furia.

—Esta es mi escuela y mi casa —prosiguió Alexander, con una seguridad y una ferocidad que me impresionó incluso a mí—. Es el legado de los Ravenswood. *Mi* legado, directora. Y si un alumno muere aquí, si usted permite que algo así suceda entre estos muros, tal vez no sea la persona adecuada para ocupar ese cargo.

Aquello cortó de raíz cualquier otro ataque que Wardwell hubiera planeado contra él.

Apenas si recobró la compostura, la mujer me cedió toda su atención. Sinceramente, me planteé ponerme en pie y aplaudir. Puede que Alexander fuera un idiota presuntuoso la mayor parte del tiempo, pero estaba impresionada. Incluso cuando debía aborrecer la otra parte de su legado, la oscuridad de su interior no había titubeado al pronunciar cada palabra.

Su lealtad resultaba admirable.

—Señorita Good, ¿puede decirme qué hizo la noche del baile tras el… desafortunado accidente sufrido por Raven Ravenswood?

No había sido un accidente, todos en esa habitación lo sabíamos, pero no dije nada al respecto por miedo a que eso enfureciera aún más a Alexander. Por su expresión, parecía estarse planteando si merecería la pena dejarse llevar y ver lo que sucedía, lo que su poder podría hacerle a aquella mujer. No auguraba nada bueno para ella, la verdad.

—Regresamos a la casa de los Ravenswood. Maggie y Robert Bradbury vinieron con nosotros, ellos pueden confirmarlo.

Las cejas de Wardwell se arquearon. Tal vez mencionar a los Bradbury no había sido buena idea; era posible que su credibilidad se cuestionase tanto como la mía.

—¿Y el resto de la noche? Porque tengo constancia de que el señor Bradbury regresó al auditorio poco después.

Fruncí el ceño. Maggie había dicho que se iban a dormir cuando se despidieron de nosotros.

—¿Y eso quién lo dice? ¿El propio Robert? —intervino Alexander.

También él parecía sorprendido. Supuse que nos había escuchado hablar desde la cocina, donde yo lo había encontrado rato después. Recordé que, esa noche, él me había acorralado y yo me había dedicado a sobarle un poco el pecho. Pero seguro que tampoco aquel era el mejor momento para pensar es eso.

—Tengo un testigo de la presencia de Robert en el exterior del auditorio.

—¿Quién? —exigió saber Alexander. Wardwell comenzó a negar, pero él insistió con ese tono exigente y autoritario que a mí tanto me sacaba de quicio—. ¿Quién. Es. Su. Testigo?

La mujer no tardó en ceder.

—Ariadna. —Ya, claro. Su hija, ¡qué casualidad!—. Y hay otros alumnos que también pueden atestiguar que la vieron hablando con él.

Vale, a lo mejor no era tanta casualidad. ¿Qué demonios hacía Robert con Ariadna después de lo que había sucedido con Raven? Él mismo se había mostrado dispuesto a declarar que Ariadna había volcado intencionadamente la lámpara de aceite sobre el lobo, y no me había dado la sensación de que la bruja y Robert fueran precisamente amigos. Además, Ariadna era una de las que se divertía a costa de humillar a su prima.

—Danielle pasó toda la noche conmigo —soltó Alexander entonces, y tuve que esforzarme para no retorcer el cuello y mirarlo, sorprendida por lo que su tono insinuaba. O a lo mejor era yo la que tenía la mente sucia y me estaba imaginando cosas—. Ella no pudo ser.

Wardwell resopló. ¡Resopló! Aquello se ponía cada vez mejor.

—¿Y sus familiares, señor Ravenswood? ¿Dónde estaban ellos si usted pasaba el rato con la señorita Good?

Tal vez yo no era la única que tenía la mente sucia, porque las palabras de la directora habían sonado como si Alexander y yo nos lo hubiéramos estado montando a lo bestia mientras una estudiante era asesinada.

—¿Qué está insinuando? —preguntó él, y el calor que desprendía su cuerpo se intensificó.

Bajé la vista hasta sus manos un segundo solo para asegurarme de que continuaba manteniendo el control. Si Wardwell lo presionaba con los lobos, aquello iba a acabar muy mal.

—Tanto Abigail Foster como Dianna Wildes fueron desangradas y sus gargantas estaban destrozadas, como si... las hubiera atacado un animal.

Aquella mujer debía de tener deseos de morir, seguramente era eso. Yo misma le estamparía la cara contra la madera de su escritorio si se le ocurría acusar a los lobos de algo. Más valía que Raven, Wood y Dith se dieran prisa en desatar el caos en el campus para atraer a Wardwell y dejarnos vía libre en su despacho. De no hacerlo pronto, era probable que pasara a ser algo innecesario; Alexander mataría a la mujer y yo lo ayudaría, y entonces ya no habría de qué preocuparse. ¿Por qué demonios estaban tardando tanto?

El brujo gruñó y se puso en pie.

—Mis familiares no son animales. Sería conveniente que recuerde eso.

Wardwell sonrió para señalar lo incoherente de aquella declaración. Al fin y al cabo, Raven y Wood podían adoptar la forma de dos poderosos lobos fieros y salvajes, con garras afiladas y una boca repleta de dientes como cuchillos, como yo bien sabía. Sin embargo, entendí lo que Alexander quería decir. A pesar del poco tiempo que llevaba en Ravenswood, apostaría mi magia a que ellos no habían tenido nada que ver.

Estaba claro que mis lealtades resultaban de lo más confusas en esos días, pero no me importó. No en ese momento.

—Ellos estaban en la casa —añadí yo para apoyar las palabras de Alexander—. Me da igual si nos cree o no. Raven y Wood no tuvieron nada que ver. Lo juro por mi linaje.

La expresión de Alexander, su mirada dispar, había sido la de alguien que estaba imaginando media docena de formas en las que podría acabar con la mujer frente a él, hasta que escuchó mi juramento. Entonces pareció olvidarse por completo de la presencia de la directora. Se desplomó de nuevo sobre la silla y se giró hacia mí. Sus labios se entreabrieron, pero ni una palabra los atravesó. Toda la seguridad que había mostrado hasta entonces se evaporó de su rostro y solo quedó el chico solitario, dolorido y exhausto. El que estaba cansado de luchar contra sí mismo, de huir de sus congéneres, de vivir sin su familia. Desnudo; su alma, sus temores y sus más profundos miedos expuestos por todo su rostro. Tan vulnerable que me rompió el corazón.

Una hoja de papel se materializó en el aire y cayó sobre el escritorio de la directora, casi entre sus manos. Los ojos de Wardwell recorrieron frenéticos lo que fuera que hubiera escrito en ella; con suerte, sería un aviso sobre el altercado que Dith y los lobos habían planeado provocar. ¡Por fin!

Mientras la mujer la leía, aproveché que no me prestaba atención para mirar a Alexander. Él continuaba inmóvil, observándome. Ido. No dijo una palabra ni siquiera cuando la directora apartó la nota a un lado y se puso en pie.

La mujer titubeó un instante, observando la puerta y luego a nosotros.

—Esperen aquí —dijo Wardwell, y de inmediato sus pasos la llevaron hasta la salida—. Tenemos más cosas sobre las que hablar.

Me encogí de hombros. Si ella supiera que lo último que queríamos era salir de la habitación, no al menos sin haberla revisado de punta a punta...

Alexander saltó del asiento en cuanto nos quedamos a solas, casi como si la silla le hubiera quemado su bonito y firme trasero. Rodeó el escritorio y comenzó a abrir cajones como un loco; ni siquiera creo que estuviera viendo en realidad lo que contenían.

—¿Por qué has hecho eso? ¿Jurar por tu linaje? —preguntó sin levantar la vista del mueble.

Suspiré. Tampoco yo lo tenía muy claro. O quizás sí, pero le di la versión corta.

—No creo que un Ravenswood sea responsable de esos ataques.

—Te sorprendería —murmuró para sí mismo, aunque yo lo escuché de todas formas—. Pero ¿por qué? ¿Por qué comprometer el honor de tu familia por Raven o Wood?

No podía ver su expresión. Continuaba centrado en revolver el escritorio de Wardwell con la mirada baja, lejos de mí.

¿Cuántos cajones tenía esa maldita cosa?

—Siento decírtelo, pero no tengo muy claro que el honor de los Good esté en auge en estos días —bromeé para restarle solemnidad a la promesa que había pronunciado.

No había jurado con mi sangre; eso hubiera sido lo que un brujo dispuesto a decir la verdad, y solo la verdad, hubiera hecho. Aun así, para los brujos jurar por su propio linaje ponía en entredicho el honor de todos sus antepasados si era una mentira lo que salía de sus labios. No era algo que nadie hiciera a la ligera.

Alexander por fin levantó la mirada.

El chico abandonado, repleto de un poder que incluso su familia temía, seguía en aquella habitación. En la forma en la que me observó. Roto, así era como parecía sentirse en ese instante. Quebrado en decenas de pedazos que a duras penas lograba mantener unidos.

—No es así, y lo sabes.

—Los Good... —comencé a decir, pero decidí dejar de andarme por las ramas. Busqué en sus perturbadores ojos algo de la amabilidad de Raven antes de decir—: Creo en lo que le dije a Wardwell. El único motivo que obligaría a Raven a hacerle daño a alguien, fuera quien fuese, sería que esa persona quisiera hacerte daño a ti o a su hermano. Es, con mucha diferencia, la persona más amable que he conocido jamás. Sé eso, no me preguntes cómo o por qué. Y Wood puede que sea tan molesto como un dolor de muelas y casi tan irritante como tú, lo cual es mucho decir, pero hay nobleza en él. No lo veo asesinando a dos alumnas a sangre fría, solo por diversión o por ningún otro motivo. De nuevo, solo lo haría para protegerte. Y tú…

Tomé aire. De repente parecía haber olvidado cómo respirar, quizás por la intensidad con la que Alexander me contemplaba, quizás por lo que estaba a punto de admitir.

—No me das miedo, Alexander. Lo que sea que tengas ahí dentro —lo señalé, y él se estremeció—, puede que sea algo verdaderamente aterrador, pero no define quién eres. Tú… Alguien que ha pasado casi toda su vida aislado para evitar lastimar a los demás, alguien que podría haber elegido abandonar este sitio y vivir entre humanos para no tener que permanecer solo, pero que en cambio ha optado por quedarse aquí. Porque este es tu legado. Tú mismo lo dijiste. Tu casa… Solo quieres estar aquí para protegerlos, ¿verdad? No deberías…

—Para.

Cerré la boca en el acto. Bien sabía yo que tenía tendencia a hablar de más y, por una vez, no buscaba fastidiar al brujo oscuro. Tal vez luego me arrepentiría de cada palabra, pero en ese momento solo estaba siendo sincera. Alexander no me daba miedo, significara eso lo que significase; seguramente quería decir que yo no era la persona más sensata del mundo.

Se frotó las sienes y sacudió la cabeza de un lado a otro.

—Eres una caja de sorpresas, angelito.

—No me llames así.

Sonrió. Un pequeño hoyuelo apareció junto a una de sus comisuras, uno que no había visto antes. Mi corazón dio una estúpida pirueta dentro de mi pecho y otras partes de mi cuerpo también se unieron a la fiesta. El muy idiota era demasiado guapo para mi propio bien.

Nos miramos el uno al otro mientras la temperatura de la habitación aumentó al menos un par de grados. Sus ojos (ambos) se oscurecieron, y el tono de su iris azul se enturbió. Y entonces Alexander ya no estaba tras el escritorio, sino frente a mí. En apenas un parpadeo sus manos sostenían mi cara con una delicadeza inusitada tratándose de él y su boca estaba a tan solo unos pocos centímetros de la mía. El aliento, y su aroma salvaje, besando mi piel.

—Lo que he dicho... No significa que me caigas bien —parloteé, porque era evidente que no podía estarme callada—. Ni que puedas tomarte toda clase de libertades...

—¿Sabes? —me interrumpió—. Cuando no estás protestando por algo eres encantadora de una manera absurda.

Su pulgar me acarició el pómulo mientras sus ojos se bebían las líneas de mi rostro con auténtica necesidad. Hambriento. Feroz. Terrible.

—No hagamos ninguna tontería —murmuré, y su sonrisa se amplió.

¡Santa madre de Dios! La curva sensual que arqueaba sus labios podría derrumbar ciudades enteras. Estaba perdida. Iba a arrepentirme, seguro, pero ser la destinataria de esa sonrisa... Dudaba que alguien hubiera visto a Alexander sonreír así. Nunca. Y era todo un jodido espectáculo, uno terrible y hermoso. Arrebatador. No creo que él tuviera la más mínima idea de cuánto.

Ya ni siquiera recordaba dónde estábamos o qué demonios se suponía que hacíamos allí. Y era muy probable que, si Alexander me empujaba un poco más hacia el escritorio, me tumbaba sobre él y se colocaba entre mis piernas, yo no opusiera resistencia alguna.

No era que estuviera deseando que algo así sucediese.

Para nada.

Lástima que se estuviera controlando. Él controlaba esa *cosa* de su interior y era evidente que yo, en cambio, no controlaba una mierda. Y todo por una simple sonrisa.

Resultaba de lo más bochornoso.

—No tenía planeado hacer ninguna tontería contigo —dijo Alexander, con la sonrisa aún llenando sus labios.

Apartó la cara y sentí una decepción aún más vergonzosa dando vueltas en mi estómago. Pero entonces su boca me rozó el lóbulo de la oreja y luego su nariz me acarició la piel y trazó una línea descendente por mi cuello. Suave, lenta. Más erótica de lo que nadie me había provocado antes.

—Deberíamos seguir buscando —aseguró. Sus labios emitían palabras mientras rozaban la piel de mi escote, y a mí me estaba costando una barbaridad concentrarme en ellas y entenderlas—. Pero siempre me pones las cosas difíciles, Danielle. —Me rompí un poco más al escuchar el tono abrasador con el que pronunció mi nombre. Sensual y a la vez tan dulce—. Todo es complicado contigo alrededor.

—Y tú eres como un jodido grano en el culo.

Al parecer, todavía conservaba la capacidad de insultarlo, aunque no fuera lo más imaginativo que hubiera dicho hasta ahora.

Las manos de Alexander se agarraron a mis caderas y sus dedos se me clavaron en la piel. Cuando movió una por mi costado y ascendió hasta la curva de mi pecho, se me desconectó algo en la cabeza. Una descarga sacudió mis músculos y fue a alojarse entre mis piernas. Mi corazón empezó a golpearme de forma furiosa las costillas; mi respiración se entrecortó. Y fui incapaz de moverme. Estaba tan aturdida como excitada. Era un hecho.

Y también lo era que no tenía ni la más mínima idea de cómo iba a terminar todo aquello.

Alexander

No sabía qué demonios estaba haciendo.

Sentía que a cada segundo que pasaba con Danielle en aquella habitación perdía más y más el control. Sin embargo, no había rastro de oscuridad en mis venas. Tal vez no fuera *esa* la clase de control que ella me estaba arrebatando; no en esta ocasión.

Mi padre se había presentado en Ravenswood, algo que de ninguna manera había esperado. Ni siquiera había valorado esa posibilidad al decidir que era una buena idea acudir al ritual para poner en marcha nuestro plan. Me había pillado tan desprevenido que había estado a punto de salir corriendo y regresar a la casa. Esconderme de él. Del desprecio que su mirada mostraría si llegaba a posarla sobre mí. El horror. Las acusaciones y los reproches no pronunciados.

Un monstruo, eso era yo para mi propio padre, y no podía culparlo por pensar así de mí.

Pero entonces Danielle había cometido la imprudencia de rozar mi mano y agarrarse a mis dedos. Ni siquiera había parecido que le preocupara lo que mi oscuridad pudiera tomar de ella. Solo había enlazado su mano con la mía y había apretado, y de alguna manera extraña y retorcida (a pesar de lo mucho que me había sorprendido no haber empezado a arrebatarle la magia de inmediato y lo que podía suponer) eso había sido lo único que me había mantenido en pie en aquel momento y que me había dado la fuerza para no ceder a mis demonios.

Pero esa no era la única sorpresa que la bruja me tenía preparada. Su mente era una pequeña (y malhumorada) cajita de la que nunca sabías lo siguiente que iba a escapar. Danielle me desconcertaba y me ponía a prueba de maneras en las que ni siquiera el poder de mi interior lo hacía.

Había jurado por su linaje para defender la inocencia de los gemelos. *Mis* familiares. Y quizás lo había dicho sin pararse a pensar en ello, dada esa incontinencia verbal que empleaba y que me desquiciaba tanto, pero había visto el horror en su expresión cuando Wardwell insinuó que los lobos podrían estar involucrados en las muertes de Abigail y Dianna; y eso, de ningún modo, había sido fingido.

Nadie, jamás, había dado la cara por mí o por Raven y Wood. Nunca en toda mi vida. Y Danielle no había titubeado siquiera. Todo lo que había dicho después, cada maldita palabra que alegó para justificar su proceder se había clavado en mi pecho y alcanzado mi corazón oscuro.

«No me das miedo, Alexander».

Seguramente era estúpida o estaba loca. Ambas cosas quizás. Pero no podía dejar de escuchar esa frase en mi cabeza una y otra vez, y sonaba como un maldito coro celestial. Nunca había creído necesitar tanto que alguien me dijera algo así.

Y ahora la tenía allí, de nuevo acorralada entre mi cuerpo y una superficie dura a la que estaba seguro de que podía encontrarle un uso mucho menos aburrido del que la directora le daba. Quería besar a Danielle. Besarla de verdad siendo solo yo, Alex, y no un brujo repleto de un poder que apenas si alcanzaba a comprender o dominar.

Sin oscuridad.

—Deberíamos seguir buscando —señalé, aunque ella no parecía estar escuchándome—. Pero siempre me pones las cosas difíciles, Danielle. Todo es complicado contigo alrededor.

Lo era. Muy complicado.

—Y tú eres como un jodido grano en el culo.

Sentí la necesidad de reírme. Había tratado de alejarme de ella desde el minuto en el que había aparecido en la casa. Incluso cuando no había contado con su magia para atraerme, yo apenas si lo había conseguido del todo. Pero ahora percibía el poder desenrollándose en su interior con tanta nitidez como si se tratase del mío, y una parte de mí quería tomarlo hasta que no quedara más que cenizas y polvo, lo cual seguramente debería haberme hecho pensar que, si así era, tal vez no fuera una Ravenswood después de todo. Pero la otra parte...

La otra parte quería tomarla a ella.

Agarré sus caderas y le clavé los dedos en la piel, pero luego dejé que una de mis manos ascendiera por su costado. Más gentil. La sensación de estar tocándola (no a alguien cualquiera, sino de tocarla a ella, aunque fuera a través de la ropa) apenas si me dejaba respirar. Todo en mi interior rugía por razones a las que no me molesté en encontrarles sentido.

Estiré una mano en su espalda, entre sus omoplatos, y alcé la mirada para observar su rostro. Encontré un deseo furioso arremolinándose en sus ojos, como si la cabreara estar sintiendo lo que sentía.

Apostaba a que así era.

—Estás tocándome y no ha pasado nada —señaló, aunque quise decirle que a mí sí que me estaban pasando muchas cosas, solo que no todas tenían que ver con la magia.

—Pero siento tu magia llamándome de todas formas. Y algo más que no es tu... magia.

Sabía que no debía acercarme más a ella, en sentido figurado, claro estaba. Si me apretaba más contra su cuerpo en ese momento, Danielle iba a ser muy muy consciente de partes de mí que yo casi había olvidado que existían.

—Tal vez no seas una Ravenswood, pero eres *algo*.

—Esto es absurdo —murmuró entre dientes. Olía tan bien, y lo peor era que su sabor era incluso más delicioso—. Tus ojos están chisporroteando.

Aquella afirmación me trajo de regreso al despacho de Wardwell, aunque no la solté.

—¿Chisporroteando?

Asintió. Sus mejillas estaban arreboladas, quizás por vergüenza o, seguramente, porque estaba cabreada conmigo y la forma en la que estaba actuando.

—Hacen eso a veces. El oscuro, sobre todo —explicó, bajando la voz, incómoda quizás por poner de relevancia lo diferente que eran mis ojos entre sí.

Aquel era un rasgo que había molestado a mi padre desde mi nacimiento. Creo que en el fondo siempre había esperado que me convirtiera en alguna clase de monstruo incluso antes de que mi poder brotara sin control. Antes de que tratara de matar a mi madre.

—Y... sigues abrazándome —canturreó, enarcando las cejas.

Ahora sí tuve que reírme. ¡Dios! Siempre encontraba la forma de hacerme sentir como un imbécil.

Me aparté de ella a regañadientes, todavía rumiando la idea de devorar su boca como un animal. Los años pasados con mis familiares probablemente habían hecho mella en mí.

La escuché carraspear para aclararse la voz mientras me retiraba y le daba espacio. Me pareció que respiraba casi tan rápido como yo y comprendí que también estaba afectada por lo que quiera que hubiera estado a punto de suceder entre nosotros.

«Porque la cabreas. Eso es lo que le pasa, Alexander. Deja de imaginarte cosas».

Bueno, ella me cabreaba a mí continuamente. Pero algo había cambiado en ese despacho. O tal vez un poco antes, en el momento en que decidió enlazar su mano con la mía durante el ritual; algo en lo que no quería pararme a pensar. En lo que no me *atrevía* a pensar.

Aquello no podía ser otra cosa que lujuria, concluí. Dadas mis circunstancias, no era de extrañar.

—Está bien —suspiré, luchando por rehacerme—. Hagamos lo que hemos venido a hacer antes de que Wardwell regrese.

Yo era un Ravenswood, y Danielle, seguramente una Good. Pero, al margen de nuestros linajes, lo que estaba claro era que, a pesar de ser terriblemente molesta, había una bondad en ella que no tenía derecho a arrebatarle. Y eso sería lo que pasaría; yo terminaría perdiendo el control en algún momento y la oscuridad se apropiaría de lo que creía que le pertenecía. Y en el caso de que compartiésemos linaje y no fuera así, no había duda de que Danielle jamás se mancharía las manos conmigo.

Yo ni siquiera debería estar considerando tal cosa.

Rodeé el escritorio para retomar la labor que había dejado a medias y tuve que volver a empezar. A pesar de haber estado trasteando un rato en los cajones de Wardwell, ni siquiera recordaba haber visto en realidad lo que contenían; había estado más pendiente de Danielle.

Ella se dirigió a las estanterías llenas de libros viejos y grimorios de brujos ya muertos. Se movía prácticamente danzado por la habitación, elegante y ligera. Fluyendo como el agua, su elemento. No recordaba haberme fijado antes con tanta atención en la forma en la que un vestido podía abrazar las curvas de ninguna otra chica, pero me resultaba casi imposible no mirarla mientras ojeaba los títulos de la biblioteca personal de la directora.

Me obligué a concentrarme en lo que estaba haciendo.

No sabía qué buscar y Raven tampoco tenía muy claro de qué se trataba, pero intuía que lo comprendería en el momento en el que lo encontrara. También esperaba que eso sucediera antes de que Wardwell regresara y nos sorprendiera curioseando entre sus pertenencias.

De cualquier forma, la atmósfera tensa y repleta de expectación que flotaba en la estancia no ayudaba demasiado a apartar de mi mente lo sucedido momentos antes, y supongo que fue eso lo que me forzó a hablar de un tema mucho más sombrío.

—Hay una cosa que no te he contado.

—¡No me digas! —replicó ella—. ¿Solo una? Nunca lo hubiera imaginado.

Traté de no resoplar, irritado, pero fracasé de forma estrepitosa.

—Tu sarcasmo es casi como una segunda personalidad para ti, ¿no es así? Hay mucha rabia acumulada en ese pequeño cuerpo, Danielle Good.

No levanté la vista del segundo cajón. Solo contenía objetos de papelería, al contrario que el primero, donde había encontrado algunos ingredientes para hechizos, pero nada que pudiera considerarse alarmante. Pese a todo, continué revisándolo de forma minuciosa.

—Tú tampoco te quedas atrás.

No, yo tenía muchas más cosas acumulándose dentro de mí que simple sarcasmo o rabia, pero no era de eso de lo que quería hablar con ella.

—El árbol de Elijah... Te dije que no se aparece ante cualquiera, pero no mencioné que tampoco aparece por sí solo. Si el árbol se manifiesta es porque Elijah Ravenswood no anda lejos de él.

—¿De qué demonios hablas? —inquirió, volviéndose hacia mí, perpleja—. Elijah murió, todo el mundo sabe eso. Bueno, desapareció. Lo que sea. Pero, ¡por Dios!, han pasado más de tres siglos...

—Wood puede ver fantasmas. —El lobo iba a matarme por contarle aquello, pero sentía que le debía a Danielle al menos una parte de la verdad después de que nos hubiera defendido con tanta vehemencia frente a Wardwell.

—¿Me tomas el pelo?

Negué.

—Los dones de los gemelos son diferentes. El poder de Raven es más emotivo, más... visceral. Él ve los lazos que unen a la gente o que podrían unirlos más adelante, y es por eso por lo que atisba incluso trozos de ese futuro.

—Y también manipula los sueños.

—¿Te lo ha contado?

Danielle apartó la mirada y la dirigió al techo. Me pareció que el rubor ascendía por su cuello hasta alcanzar sus mejillas, y me pregunté si Raven había empleado ese poder en concreto sobre ella y qué le habría mostrado. No tardó en sacarme de dudas, en parte al menos.

—Me dio una pequeña muestra de lo que puede hacer, sí. ¿Y Wood? —se apresuró a preguntar; su bochorno era evidente y me prometí hablar con Raven sobre ello. ¿Con qué la había hecho soñar exactamente?—. ¿Ve fantasmas?

—Su poder es más oscuro. En ese aspecto, está más ligado a mis propios dones, supongo.

—De no conocerlos en su forma animal, hubiera apostado a que Raven era el lobo blanco y Wood el negro.

No me sorprendió que se hubiera percatado de ello. Yo también había pensado alguna vez en la diferencia entre el pelaje de los gemelos y lo que podía significar, pero los conocía lo suficiente como para saber que las apariencias a veces solo eran eso, apariencias.

—Pero ¿qué tiene que ver con esto Elijah?

—Las veces que el árbol ha aparecido, Wood siempre ha visto a Elijah en el bosque. Y las heridas de esas chicas... —El rostro de Danielle se transformó, alarmada—. Sus heridas son las mismas que les provocaba mi antepasado a sus víctimas. Les destrozaba la garganta y luego esperaba a que se desangraran sobre las raíces de ese maldito árbol. Sé que el cuerpo de Abigail apareció en el dormitorio de Ariadna Wardwell, pero aun así...

La forma en que Elijah asesinaba a sus víctimas era un detalle que pocas personas ajenas a la familia conocían; ni siquiera creía que Wardwell estuviera al tanto. Aunque así fuera, dudaba que la directora pudiera pensar en él como el responsable. Pero yo sí lo hacía.

Y mi padre posiblemente también. Tal vez por eso estaba allí.

—Como ves, mi familia es un verdadero dechado de virtud y honor. —Y ella había comprometido el de la suya para defendernos.

Danielle sacudió la cabeza de un lado a otro. No creo que supiera qué decir. Los Ravenswood nos vanagloriábamos de ser la familia más poderosa entre los brujos, pero no había duda de que también éramos la que más secretos y oscuridad albergaba en su seno.

—Mi padre no suele visitar Ravenswood —solté sin pararme a pensar en la necesidad que sentía de hablarle sobre él. No era mi tema de conversación favorito, claro que tampoco tenía mucha gente con la que hablar—. Él... Creo que ni siquiera es capaz de mirarme a la cara después de... —Las palabras se me atascaron en la garganta—. Raven te lo contó, ¿verdad? Lo que sucedió con mi madre.

Danielle hizo un leve sonido apreciativo. Me estaba escuchando, pero seguramente no dejaba de pensar en Elijah y sus macabros rituales. No la culpaba.

—Casi la mato —confesé a bocajarro. Por algún motivo, estaba escupiendo secreto a secreto las miserias que acumulaba mi linaje.

—Pero no lo hiciste —replicó ella con suavidad. Ya no había rastro de burla o perplejidad en su voz, y tampoco nada de su hostilidad acostumbrada—. Y solo eras un niño, Alex, no sabías lo que hacías.

Creo que esa fue la primera vez que me llamó así, solo Alex. Y posiblemente estuviera perdido, porque me gustó mucho más de lo que esperaba y de lo que *debería* haberme gustado.

—Yo tampoco me llevo demasiado bien con mi padre —añadió un momento después—. Tras la muerte de mamá, él se limitó a empaquetar mis cosas y llevarme a Abbot. Me lanzó al interior de esa escuela como si yo fuera una maleta más —aseguró, con la voz repleta de amargura. Una confesión por otra, supuse—. Si no hubiera sido por Dith, me habría vuelto loca. Todos estos años sin apenas una visita de él, tan solo algunas llamadas de vez en cuando para que nadie pudiera decir que Nathaniel Good no cumplía como padre. Una escuela no es un hogar —murmuró, más para sí misma que porque fuese algo que quisiera compartir conmigo.

Le eché un vistazo. Se había movido hacia mi derecha y pasaba los dedos por los lomos de los libros, absorta, como si esperase que uno saltara a sus manos en cualquier momento.

Me arrodillé y continué con el repaso exhaustivo del siguiente cajón.

—Por eso huiste de Abbot —señalé, y ella se tomó un momento para contestar, aunque no fuera una pregunta.

—Sí. Lo último que pretendía era entrar dando vueltas de campana con el coche en los terrenos de Ravenswood, la verdad. Pero Dith dijo que cualquier cosa era mejor que continuar en Abbot y... creo que tenía razón. No podía quedarme allí ni un minuto más —admitió finalmente.

—Y, sin embargo, también acabarás por marcharte de Ravenswood.

Me convencí de que el comentario se debía al temor a lo que le sucedería a Raven cuando tuviera que ver partir a Danielle, solo eso, aunque aún percibiera un hormigueo fantasma sobre las palmas de las manos, entre los dedos, los mismos que ella había estrechado para reconfortarme.

—Debería... Debería volver a Abbot y hablar con mi padre. Tal vez mamá compartiera con él sus sospechas sobre nuestra procedencia. —Ahogó un quejido, pero lo escuché escapando de entre sus labios de todas formas—. ¡Dios! No diré que no voy a sentir cierta satisfacción al decirle que tal vez no somos tan *blancos* como él cree. Seguramente no lo hemos sido nunca.

Tampoco entonces me miró. El ambiente era aún más pesado que hacía un momento. Aunque normalmente eso no me hubiera molestado o preocupado, traté de aligerarlo con mi siguiente comentario.

—Raven te ha tomado mucho cariño y va a echarte de menos. Creo que incluso Wood lo hará.

No sabía cómo habíamos terminado hablando de su marcha de Ravenswood, pero no me sorprendió cuando por fin se volvió hacia mí, me mostró su rostro de nuevo iluminado por esa chispa de energía que le confería siempre un aspecto tan vital y dijo:

—Estás impaciente por perderme de vista, ¿eh, Alexander?

«Alexander. No Alex». Yo volvía a ser el brujo oscuro, y ella, la bruja blanca. Y seguramente volveríamos a odiarnos en cuanto atravesáramos la puerta del despacho o encontrásemos lo que habíamos venido a buscar.

Me permití sonreírle.

—No sabes cuánto. —Bajé la mirada cuando mis dedos tiraron del siguiente cajón, pero este no se movió—. Aquí hay algo.

El cajón contaba con una pequeña cerradura en el frontal. Acaricié el hueco de la llave con la punta del dedo y supe que no había hechizo alguno sobre ella ni ninguna alarma mágica que saltase si lo forzábamos.

Danielle se acercó a la mesa y se arrodilló a mi lado, muy cerca de mí, nuestras cabezas tan juntas que podía oler el perfume delicioso que desprendía su salvaje melena castaña.

—¿Cómo sabes que esa bruja no guarda ahí dentro una botella de *whisky* para tomarse un lingotazo entre castigo y castigo a sus alumnos?

—¿Para qué una cerradura? No la necesita. —Señalé la puerta—. Hay un hechizo que alerta a Wardwell si alguien cruza ese umbral sin su permiso. Lo he percibido al entrar.

—¿Percibes ese tipo de cosas?

Arqueé las cejas, tal vez con algo de arrogancia. O quizás era diversión y complicidad. Me sentía raro a causa de la cercanía de la bruja blanca, extraño en un sentido totalmente nuevo para mí; y *extraño*, en mi caso, era mucho decir.

Sin embargo, no pude evitar contestar:

—Percibo muchas cosas cuando se trata de magia, Danielle. Cosas que no alcanzas ni a imaginar.

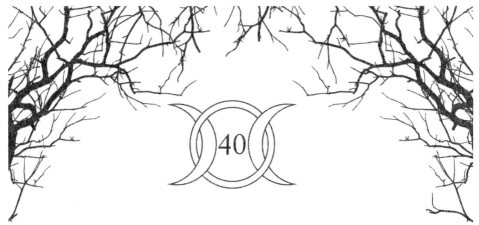

40

El comentario arrogante de Alexander me hubiera hecho poner los ojos en blanco si no hubiera sido porque aún seguía aturdida por todo lo que había confesado durante el tiempo que llevábamos en el despacho: los poderes de Raven, aunque ya los conocía; la capacidad de Wood para ver fantasmas; la crueldad de su padre, un detalle que me hizo sentir cierta afinidad con él; Elijah Ravenswood y sus... sacrificios. Estaba claro que su familia estaba aún más jodida que la mía.

Sin pensarlo, estiré la mano en dirección al cajón. La de Alexander salió disparada y sus dedos atraparon mi muñeca. Otro de esos impertinentes y molestos escalofríos me sacudió el brazo en cuanto me tocó.

Vale, tal vez no fuese tan molesto, y seguramente tampoco tenía nada que ver con su capacidad para drenar magia.

Levanté la barbilla y busqué su mirada.

—Nada de magia —exigió, pero luego su agarre se suavizó y su tono perdió parte de la seguridad de la que siempre hacía gala—. No sé si podré... mantener el control si empleas tu magia frente a mí.

A pesar de las recientes confesiones, me sorprendió que lo admitiera tan abiertamente. Su expresión era ahora mucho más vulnerable, menos provocadora, casi una disculpa silenciosa por ser lo que era.

Nuestras miradas se enredaron durante un instante que se alargó y se alargó...

«No quiero que la oscuridad se apodere de mí. Por favor», suplicaban sus ojos.

«No me das miedo», traté de recordarle yo.

Cuando me fue imposible sostener por más tiempo el peso de su mirada, desvié la vista hasta el lugar en el que sus dedos largos y elegantes sujetaban mi muñeca y me forcé a sonreír. Bromear parecía la mejor manera de salvar la situación.

—Lo de tocarme se está volviendo una mala costumbre, Alexander.

—No te hagas ilusiones —replicó, y percibí la sonrisa en su voz.

Deslizó los dedos sobre mi piel con una lentitud deliberada hasta retirarlos del todo. Seguro que lo único que buscaba era sacarme de quicio, así que me esforcé por ignorar el roce suave y la estela de calor que dejó a su paso.

Me erguí con rapidez y tomé un abrecartas del escritorio. Era de plata, afilado y lo suficientemente fino como para que pudiera deslizarlo entre el cajón y la madera.

Un par de movimientos, un golpe leve y...

—*Voilà!* —El cajón se abrió y él enarcó una ceja ante mis sorprendentes habilidades, así que me obligué a aclarar—: Dith es una pésima influencia como familiar. Agradéceselo a ella.

Alexander mantenía la palma de la mano contra la superficie del cajón. Cerró los ojos unos segundos y luego los volvió a abrir.

—Aquí dentro hay algo que sí está hechizado.

—Déjame a mí —le dije, pero él negó y tiró para abrirlo.

Los dos nos inclinamos hacia delante para asomarnos a su interior.

—¡Ja! ¡Te lo dije! —exclamé orgullosa.

En una de las esquinas había una botella de algo que parecía tener más años que él y yo juntos. Algo con un montón de grados de alcohol.

Alexander se limitó a mover la cabeza de un lado a otro como muestra de resignación. Tomó un fajo de papeles y varias carpetas y las apartó sin prestarles atención. Me dio la sensación de que sabía exactamente lo que buscaba, y no tardó en encontrarlo.

Tras retirar la última carpeta apareció un libro. El ejemplar era antiguo, más aún que el *bourbon* con el que Wardwell debía de compensar los disgustos que le provocaban sus alumnos. La cubierta de cuero llevaba grabados los símbolos de los cuatro elementos: fuego, tierra, aire y agua, todos ellos al amparo de la representación de un árbol cuya copa era tan frondosa como sus raíces.

Durante un momento lo único en lo que pude pensar fue en el árbol de Elijah.

—Vida y muerte. Cielo e inframundo. Es el árbol de la vida —murmuró Alexander, ensimismado. Lo sacó del cajón con cuidado, se irguió en toda su altura y lo depositó sobre la mesa—. Dame un momento.

Ni siquiera esperó mi respuesta.

Colocó las yemas de los dedos sobre el libro y cerró los ojos una vez más. El grueso volumen no contaba con un cierre que lo protegiera, por lo que no comprendí lo que se proponía hasta que la oscuridad estalló a su alrededor.

—¡Joder! —Retrocedí a trompicones hasta el lado opuesto del despacho y me parapeté detrás de la butaca que había ocupado durante la charla con la directora—. ¡Mierda!

Alexander estaba absorbiendo el hechizo que mantenía el libro cerrado. Las puntas de sus dedos se tiñeron de negro y, al momento siguiente, las venas de sus brazos ya estaban también impregnadas del veneno que portaba en su interior. Su figura parpadeaba, envuelta en llamas oscuras y violáceas que danzaban sobre su piel. Y el poder... ¡Joder! Tanta energía rodeándolo, brotando de él y ondulando a través del aire. Sinuosa como una serpiente que se desliza entre la hierba y a la que no ves hasta que se lanza sobre ti.

Y cuando ese poder me alcanzó...

—Algo no va bien. —Sentía mi propia magia desenredarse en el interior de mi pecho como nunca me había sucedido antes cerca de él. Claro que hasta entonces mi poder había permanecido atado.

El río de energía que discurría furioso en mi interior se desbordó. Y... me ahogaba. No podía respirar.

—Ya casi está —comentó él, y su voz solo fue un eco de la que yo conocía.

—Alexander... Alex...

Ni siquiera creo que estuviera escuchando mis balbuceos. Me estaba asfixiando de dentro hacia afuera. El aire entraba en mis pulmones, los empujaba y conseguía expandirlos, pero por algún motivo yo era incapaz de extraer oxígeno de él.

Me llevé las manos a la garganta por puro instinto. En realidad, la presión se encontraba más abajo, en mi pecho. Mi magia parecía a punto de explotar y abandonar en un torrente brutal mi cuerpo, y lo único que yo podía hacer era arañarme el cuello con desesperación.

Debí de emitir algún tipo de quejido, porque Alexander por fin alzó la mirada hacia mí. A pesar de que probablemente me estuviera muriendo, y de que esos iban a ser los últimos segundos de mi vida (y él, la última persona a la que iba a ver), recuerdo haber pensado en lo aterradoramente hermoso que era. Lo magnífico que se veía en ese momento. Alto, mucho más que yo, y el pelo de un dorado brillante; los músculos tensos y las sombras emanando de todo su cuerpo... Casi parecían estarlo acunando. Quizás... Quizás Alexander no debiera temer su oscuridad; quizás solo necesitaba abrazarla.

Yo... Yo también quería abrazarlo... O tal vez que él me abrazara a mí. Aunque más tarde concluiría que ese pensamiento solo había sido un efecto colateral de mi cercanía a la muerte. «Enajenación mental transitoria» creo que lo llaman.

Definitivamente, me estaba muriendo. Aquello era un mierda.

—¡Maldita sea, Danielle! —Se apartó del escritorio y se lanzó sobre mí.

Tan rápido como se había apoderado de él, la oscuridad retrocedió hasta desaparecer por completo. Cuando sus brazos rodearon mi cintura y me sostuvo contra su pecho para evitar que me derrumbara sobre el suelo, nuevas maldiciones brotaron de entre sus labios.

La energía de mi pecho pareció serenarse en ese instante y la presión también desapareció. Inhalé una profunda bocanada de aire y el alivio fue tal que apenas si pude evitar echarme a llorar.

—¿Estás bien? ¿Qué demonios te ha pasado?

—Me he atragantado con tu ego —farfullé con la voz ronca, tratando de recuperar el aliento. Él soltó una carcajada cínica y poco amable ante mi chiste; los ojos tan diferentes en color, pero ambos encendidos por la preocupación—. Si sigues... sosteniéndome así, voy a pensar que te importo.

Me enorgulleció comprobar que, incluso al borde la muerte, aún podía bromear. Aunque Alexander parecía no opinar lo mismo.

—¿Sabes? Eres tan idiota que ni siquiera resulta gracioso. —Se arrodilló sobre el suelo sin soltarme y su voz se volvió tan dulce que me recordó a la de Raven—. ¿Qué va mal? ¿Te duele?

Negué. Apenas sentía ya una leve molestia y el aire entraba y salía de mis pulmones con normalidad. Casi como si nada hubiera sucedido.

—Creo... —Tragué para contrarrestar la aspereza de mi garganta—. Creo que estabas... drenándome.

Lo último lo dije en un susurro; no estaba segura de cómo reaccionaría Alexander a mi suposición. Pero de todas formas su semblante se ensombreció. Echó un rápido vistazo al libro, ahora abierto sobre la mesa, y luego su mirada descendió una vez más sobre mí. La culpabilidad brotó de él con tanta claridad que lamenté haberlo mencionado.

—¿Estás segura de que te encuentras bien? ¿Puedes ponerte en pie? —Asentí y me ayudó a incorporarme, aunque me di cuenta de que de nuevo evitaba tocarme en las zonas de piel expuesta—. Vale, echemos un vistazo al libro y salgamos de aquí lo más rápido posible. Luego ya nos pararemos a intentar averiguar por qué casi consigo matarte. Otra vez.

Me encogí un poco al escuchar la amargura con la que pronunció la última frase.

Al parecer, el poder de Alexander, su oscuridad, cualquiera que fuese su origen, había pasado de afectarme con un roce a convertirse en algo que actuaba incluso a distancia. Me pregunté si aquello tendría que ver con el hecho de que nos hubiésemos morreado y yo volviese a disponer de mi magia. ¿Lo habría sabido mamá de algún modo y de ahí el hechizo para el que pidió ayuda a Corey? No me refiero a lo de que Alexander y yo... intimaríamos (algo que tampoco había sucedido exactamente), sino a la manera en la que funcionaría la magia del brujo conmigo. ¿O tal vez solo se trataba de que la propia oscuridad de Alexander estaba evolucionando?

¿Lo sabría Raven?

—Mira esto. —Alexander giró el libro hacia mí y comenzó a pasar las páginas. Todavía me observaba como si esperase que cayera redonda al suelo.

Me asomé al escritorio y contemplé las páginas amarillentas. Había nombres y más nombres, fechas de nacimiento y, en algunos casos, también de defunción. Símbolos junto a la mayoría de nombres indicaban cuál era el elemento del que tomaban su poder. Además, constaba la relación existente entre cada linaje de brujos desde la época de los juicios de Salem. Y no solo de brujos oscuros. Los linajes de brujos blancos también estaban representados.

Alexander se detuvo cuando el apellido Good apareció acompañado de nuestro escudo familiar (una especie de paloma blanca patética e insulsa, nada que ver con el poderío del de Alexander) y la genealogía de mi linaje se desplegó frente a mis ojos. Señaló el nombre de Mercy Good en la parte alta, un poco por debajo del de Sarah Good y del que fuera su segundo marido, Wiliam Good.

—No hay fecha de la muerte —comentó, mientras yo trataba de entender lo que veía.

Líneas más débiles e irregulares que el resto surcaban el árbol, uniendo a Mercy con prácticamente cada miembro de la familia. En apariencia, si ignorabas dichas líneas, la genealogía resultante era la que yo conocía, y casi parecía como si alguien hubiera tratado de borrarlas. O como si esta parte del libro no fuera más que un simple borrador.

Bajé por la página hasta encontrar el nombre de mis padres y sentí una punzada de dolor en el pecho al toparme con el de Chloe. Tanto junto al nombre de mamá como al de mi hermana constaba la fecha de defunción, y entre Chloe y yo había un símbolo que reconocí pero que no tenía sentido aislado: una medialuna en su fase creciente.

—¿Qué es esto?

Alexander también lo estaba mirando con el ceño fruncido.

—No lo sé. Pero aquí está completo —replicó, y su dedo se situó de nuevo junto al nombre de Mercy Good. Alguien había dibujado allí el símbolo de la triple diosa.

Alexander pasó más y más páginas hasta dar con su propio linaje. Un escalofrío me recorrió la espalda cuando mis ojos se posaron sobre el nombre de Elijah Ravenswood. En su fecha de fallecimiento se especificaba el año, aunque no el día o mes en el que había muerto, supuse que porque se desconocía.

—Mira. —Al lado del nombre de Luke Alexander Ravenswood había dibujada otra medialuna, en este caso menguante.

Nos miramos un momento, desconcertados. El símbolo de la diosa, pero dividido; doncella, madre y anciana, aunque en el caso de Mercy lo hubieran dibujado completo. Y la tinta de esos dibujos parecía más reciente que la del resto.

—¿Qué demonios significa? —inquirí, tratando de recordar lo que me había dicho Corey exactamente.

Podía entender que el nombre de Mercy se relacionara conmigo, si es que de verdad había suplantado a su hermana Dorothy y dado lugar a mi línea de sangre. Pero ¿qué tenía eso que ver con Alexander? ¿O era porque, de ser así, también yo era una Ravenswood?

—Deberíamos llevárnoslo —sugerí. Tal vez Dith o los lobos descubrieran algo que nosotros no estábamos viendo.

La directora no tardaría en regresar. Si nos largábamos ahora, podríamos escabullirnos sin que nos viera, aunque Wardwell seguramente descubriría la desaparición del libro en algún momento y sería inevitable que nos acusara de robarlo. Pero si la mujer volvía antes de que saliésemos del despacho, bueno, no era un libro pequeño que pudiéramos esconder bajo la ropa; y a no ser que Alexander activara el modo destructor infernal, estaba bastante segura de que la directora no nos permitiría llevárnoslo por las buenas.

—Robarlo, querrás decir.

Me crucé de brazos y apoyé la cadera en el borde del escritorio.

—No me digas que te vas a poner en plan santurrón. Te recuerdo que *esto* fue idea tuya.

Por su expresión, comprendí que no pensaba ceder en esto. Echó un último vistazo al árbol de su familia y cerró el libro.

—No nos conviene que Wardwell sepa que lo hemos visto. Lo dejaremos donde estaba. —Fui a protestar, pero él ya estaba de rodillas frente al cajón abierto. Alzó la vista hacia mí antes de deslizarlo de vuelta a su sitio—. Debería rehacer el hechizo de protección, pero...

—No. Ni se te ocurra.

No iba a prestarme a ningún otro experimento mientras no supiéramos por qué demonios ahora su poder me afectaba como lo había hecho; con una vez ya había tenido bastante.

—Recemos para que no se dé cuenta de que el hechizo ya no está.

Me daba igual si lo hacía. Prefería enfrentarme a la ira de la directora que a aquella sensación de asfixia que había estado a punto de matarme.

—¿Crees que lo que ha pasado es por... nuestro beso? —¡Ay, señor! No podía creer que le hubiera preguntado eso. Me apresuré a añadir—: Ya sabes, supongo que fuiste tú quien deshizo mi bloqueo. Tiene sentido que afectara también de alguna forma a lo que quiera... —Fui perdiendo seguridad mientras me dedicaba a divagar.

—No estoy seguro de que fuera yo quien te devolvió tu poder.

—¿Qué quieres decir? —lo interrogué, pero él negó.

—No importa. —Metió el libro en el cajón y comenzó a colocar las carpetas encima. Yo me dejé caer en una de las butacas; prácticamente, me desplomé sobre ella—. Umm... Dijiste que tu padre se llama Nathaniel, ¿verdad?

—Sí, así es. ¿Por qué?

Alexander se irguió al otro lado del escritorio. De nuevo, su expresión era sombría; la oscuridad más profunda en sus ojos, aunque lejos de su piel.

—Porque esto —replicó, y lanzó una gruesa carpeta sobre la mesa— lleva su nombre.

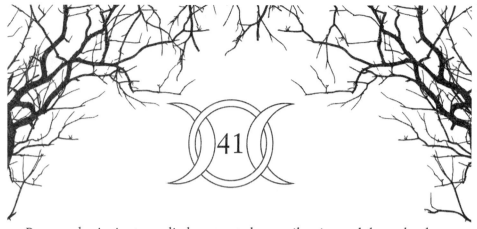

41

Pasamos la siguiente media hora sentados en silencio en el despacho de Wardwell fingiendo que no nos habíamos movido y que no habíamos revuelto la estancia para encontrar lo que Raven nos había enviado a buscar. Además de fingir también que no habíamos visto la carpeta con el nombre de mi padre.

Pero sí lo habíamos hecho.

Estaba nerviosa, enfadada y posiblemente unas cien o doscientas cosas más a las que no atinaba a poner nombre. Alexander me había obligado a dejar el libro en su sitio y también el contenido de la carpeta: un montón de fotografías de mi madre. En algunas incluso salíamos Chloe o yo, a veces ambas. Pero la mayoría eran de mamá, y ella no estaba precisamente posando. Eran fotografías robadas. Como si alguien la hubiera estado siguiendo en los días previos a su muerte. A su asesinato.

Tenía muy claro la época en la que se habían hecho antes incluso de ver las notas manuscritas con la fecha y el lugar detrás de cada una de ellas. Había algunas saliendo de nuestra casa en la ciudad; con Chloe y conmigo en una heladería y en el parque al que a mi hermana le encantaba ir porque disponía de un montón de columpios; por la calle, en el supermercado... Cada aspecto de su rutina estaba reflejado en esas fotos, menos los momentos que pasaba con papá. Él no salía. Tal vez porque, según las anotaciones del interior de la carpeta, mi padre era el cliente que las había encargado.

Y allí, entre todas aquellas imágenes, también estaba la prueba de las visitas de mi madre a Ravenswood. En varias de las instantáneas se apreciaba a mamá en un bosque, de noche. Supuse que habían sido tomadas con algún tipo de lente nocturna. Los colores aparecían apagados y su rostro apenas era una sombra, pero era mamá, estaba segura, y aquel bosque era el que rodeaba parte de los terrenos de Ravenswood. El bosque de Elijah.

Me había bastado una mirada a Alexander para saber que él pensaba lo mismo.

Mi padre sabía que mamá visitaba Ravenswood. *Él* lo sabía. Y todo parecía indicar que no se había enterado a través ella. Mi padre había hecho que espiaran a mi madre.

No estaba segura de lo que eso significaba, salvo que sospechaba de mi madre por algún motivo. Pero ¿qué había hecho mi padre con esa información? ¿Encarar a mi madre? ¿Pedirle explicaciones? ¿Delatarla? Lo último era poco probable; de ser así, toda la comunidad hubiera hablado de ello y los rumores hubieran terminado llegando a oídos del consejo.

Finalmente, dado que Wardwell parecía estárselo tomando con mucha calma para regresar al despacho, Alexander y yo decidimos largarnos de una vez y volver a casa.

—¡Oh, mierda! —exclamé al atravesar la puerta que daba a la parte trasera de la mansión—. Creo que la distracción se les ha ido un poco de las manos.

—¿En qué demonios estaban pensando? —maldijo Alexander, de pie a mi lado.

El campus de Ravenswood era un caos. La parte más cercana a la mansión estaba en calma, pero en la zona donde se había celebrado el ritual de despedida parecía que hubiera estallado una guerra. En mitad del terreno había un puñetero socavón del tamaño de una casa, casi como si un meteorito hubiera caído del cielo y se hubiera estrellado contra el suelo, hundiéndolo al menos medio metro de profundidad.

A través de él, y desde donde me encontraba, también distinguí una grieta en la tierra.

—Me juego lo que sea a que eso ha sido cosa de Wood —comentó Alexander al respecto.

Por si todo aquel destrozo fuera poco, la primera línea de árboles del bosque estaba en llamas. Avivado por la brisa, el fuego danzaba y saltaba de una copa a otra, propagándose frente a nuestros ojos. Humo y cenizas revoloteaban y lo cubrían todo.

Conocía bien a Dith y la creía muy capaz de las mayores locuras, pero aquello era demasiado incluso para ella.

Varios alumnos corrieron en ese momento hacia donde estábamos, pero, al descubrirnos justo en la entrada de la mansión, parecieron pensárselo mejor y dieron media vuelta para dirigirse al edificio Wardwell.

—¡¿Qué demonios?! —No salía de mi asombro—. ¿Están huyendo de nosotros?

—Esto no puede ser solo cosa de los lobos y Meredith. —Alexander se volvió hacia mí—. ¿Qué poderes tiene? Dith, quiero decir. ¿Cuál es su elemento?

Me encogí de hombros. Meredith basaba su magia en el agua, al igual que yo, pero todo lo que sabía era que podía levitar y mover objetos sin tocarlos; tal vez fuera capaz de apagar un fuego, pero no de provocarlo.

—Ella no ha hecho esto. Este tipo de destrucción no...

Alguien gritó desde el bosque, la clase de grito desgarrador que te pone los pelos de punta.

—¡Mierda! —Fue todo lo que dijo Alexander.

Los dos echamos a correr a la vez.

Conforme nos acercábamos a la explanada, que ahora no era tal gracias al cráter provocado por Wood (si es que Alexander estaba en lo cierto y había sido cosa de su familiar), el ambiente parecía más y más impregnado de energía. El aire prácticamente vibraba.

Sin aflojar el ritmo, le eché un vistazo a Alexander por el rabillo del ojo. Tanta magia flotando a su alrededor no podía ser buena para él. Si también el brujo perdía el control, todo iba a ir cuesta abajo rápidamente. Más aún.

Aunque había pocos alumnos a la vista, un grupo permanecía demasiado cerca de las llamas. Casi habíamos llegado hasta ellos cuando dos se volvieron hacia nosotros: Maggie y Robert Bradbury.

La bruja parecía aturdida. Una mancha oscura le cruzaba la mejilla, como si se hubiera pasado la mano por la cara para limpiarse y lo hubiera empeorado aún más. Su melena, tan rubia como era, también estaba repleta de restos de ceniza.

Robert estaba tan pálido que me planteé si no habría visto un fantasma. Y no, no era una forma de hablar.

—¿Qué ha pasado? —les pregunté sin aliento por la carrera.

Maggie giró a un lado y a otro, desconcertada. Creo que, como yo, tampoco ella sabía muy bien lo que había sucedido. O tal vez estuviera en *shock*.

—Ha habido una... explosión. O un terremoto, no estoy muy seguro —se lanzó a explicarnos Robert—. El suelo ha empezado a temblar y eso —prosiguió, señalando en dirección a la grieta de al menos un palmo de ancho— ha surgido sin más.

Alexander se inclinó sobre mí.

—Wood. La tierra es su elemento. Esa debía de ser la distracción —murmuró en voz muy baja, sin darle importancia al hecho de que estuviera susurrándome al oído delante de los Bradbury.

Si a ellos les molestó, no lo demostraron.

Robert continuó:

—La tierra ha empezado a volar en todas direcciones y ha habido una estampida de alumnos. Muchos ya se habían dispersado al acabar el ritual, pero otros seguían aquí. Algunos se han internado en el bosque antes de que los árboles se incendiaran; también varios profesores.

Aquello tenía mala pinta. Las copas de los árboles se agitaban presa de un viento invisible. Ascuas brillantes salpicaban la oscuridad que emanaba del bosque y el aire las arrastraba hacia el campus junto con la ceniza. Se escuchaban algunos gritos de tanto en tanto y también pequeñas detonaciones.

—¿Dónde está Wardwell? —preguntó Alexander, con la mirada fija en el infierno desatado más allá de nosotros.

La tensión emanaba de él casi con la misma intensidad con la que yo podía percibir el flujo de magia que rodeaba el bosque. Estaba erguido junto a mí, con la espalda tan recta como un cable de acero llevado al límite de su resistencia y que en cualquier momento podría romperse.

—En el bosque. —Fue Robert el que contestó.

Maggie continuaba en silencio, totalmente ida. Me acerqué a ella y la tomé de los brazos para obligarla a mirarme.

—¿Estás bien? ¿Maggie?

Sus ojos se aclararon y pareció salir del trance en el que se encontraba. Las líneas de su rostro reflejaban cansancio y parte del brillo de su pelo y su piel había desaparecido. Estaba aterrorizada.

—¿Estás bien? —insistí con suavidad, temerosa de que mi voz pudiera asustarla más.

Ella dirigió la vista un momento hacia Alexander y luego volvió a centrarse en mí. Asintió con una convicción que no parecía tener realmente.

—Será mejor que vayáis a vuestras habitaciones y esperéis allí hasta que las cosas se calmen.

No tenía ni idea de lo que estaba sucediendo, pero Maggie no parecía en condiciones de afrontarlo, y tener a más alumnos de Ravenswood rondando cerca del bosque, sabiendo que el fantasma de Elijah podría estar también ahí, era una temeridad.

—Sácala de aquí —le dije a Robert.

—Pero hay otros alumnos ahí —titubeó él, indeciso.

No pude evitar recordar lo que Wardwell había dicho sobre el brujo: él era la coartada de su hija. Robert había estado hablando con Ariadna después de marcharse de la casa de los Ravenswood a pesar de haber mostrado todo su desprecio hacia ella tras el incidente en el baile. Y eso sin contar con el acoso al que esa idiota sometía a su propia prima.

Tal vez solo había acudido a su encuentro para reprocharle su comportamiento, pero me dije que no era el momento para interrogarlo al respecto. El fuego se extendía con rapidez y muy pronto no nos permitiría internarnos entre los árboles. No sabía dónde estaba Dith, ni Raven y Wood, y tampoco estaba dispuesta a permitir que lo que fuera que acechaba en ese bosque cazara y matara a más alumnos. No me importaba que fueran brujos oscuros; aquello no estaba bien.

—Iremos a por ellos —le aseguró Alexander a Robert mientras continuaba escrutando la oscuridad creciente del bosque.

—Raven... —murmuró Robert entonces—. Raven también está ahí.

La expresión de Alexander se endureció. Me acerqué a él y también yo susurré.

—Dith estará con ellos. —No estaba del todo segura de eso, pero deseé que los tres hubieran decidido permanecer juntos. Si a alguno de ellos le ocurría algo...

—Vamos —me urgió Alexander.

Le eché un último vistazo a Maggie, y Alexander y yo dejamos atrás a los Bradbury y al resto de brujos. Recé para que Robert me hiciera caso y se llevara a su prima de allí y también para encontrar a los demás sanos y salvos. ¿Qué demonios los habría llevado a entrar en el bosque?

Mientras contemplaba el avance de las llamas, Alexander apretó la mandíbula con tanta fuerza que me extrañó no escuchar sus dientes rechinar. Había algunos troncos ya completamente quemados y otros se hallaban iluminados como teas ardientes. Si alguien no detenía el fuego, terminaría por consumir el bosque entero.

Agradecí haberme calzado unos zapatos planos. Bastante malo era ya tener que hacer frente a aquel lío con un ridículo vestido, aunque al menos era elástico y me confería cierta libertad de movimientos.

—¿Qué crees que está pasando? —le pregunté a Alexander mientras atravesábamos corriendo la primera línea de árboles.

—No lo sé. Ten cuidado, el terreno es muy irregular aquí.

Estiró la mano hacia mí, pero enseguida la retiró y apartó también la mirada.

Resultaba evidente que no se atrevía a tocarme después de lo ocurrido en el despacho de Wardwell; sin embargo, yo no podía dejar de pensar que nada había sucedido hasta que él había invocado su poder para deshacer el hechizo de custodia del libro.

Me planteé si lo que quisiera que fuéramos a encontrar en ese bosque requeriría que empleásemos nuestra magia; de ser así, estábamos bien jodidos.

Cuando ya habíamos avanzado un buen tramo, la zona del bosque en la que estábamos se iluminó de repente y una bola de fuego del tamaño de un puño atravesó la espesura directa hacia mi cara. Antes de que pudiera reaccionar y moverme, Alexander apareció frente a mí. Me envolvió con los brazos al mismo tiempo que giraba sobre sí mismo en una finta elegante, casi bailando. Mi espalda chocó contra algo, un tronco, supuse, y di gracias porque ese árbol en concreto no estuviera en llamas.

La masa ardiente y compacta se estrelló a pocos metros de nosotros.

Había alguien en aquel bosque, un brujo o bruja, recurriendo al elemento fuego para atacar. O para defenderse. Aquello era una locura. Yo nunca había empleado mi magia como un arma.

Aunque el peligro parecía haber pasado, Alexander no se retiró de inmediato. Lo tenía sobre mí; el pecho contra el mío y su aliento irregular rozándome la sien. Una de sus manos estaba estirada sobre la parte de atrás de mi cabeza, como si, a pesar de lo apresurado de su reacción, el instinto lo hubiera llevado no solo a protegerme, sino a asegurarse de que no me abría el cráneo contra la madera. Su otra mano reposaba sobre la parte baja de mi espalda.

Observó los alrededores a la espera de que el ataque se repitiera, pero, cuando no lo hizo, centró su atención en mí.

—Pareces empeñada en morir esta noche, Danielle Good —me reprochó casi con un gruñido.

En vez de alejarse, su agarre se incrementó de modo que no se sabía muy bien dónde empezaba su cuerpo y dónde acababa el mío.

—Para no querer tocar... —repliqué, enarcando las cejas. Busqué la turbia oscuridad de sus ojos y él hizo ademán de separarse, pero lo agarré de la camiseta para detenerlo—. Gracias. Por salvarme.

—Supongo que te lo debía.

Ambos respirábamos de forma irregular.

El calor que emanaba de él se filtró a través de la tela de mi vestido y las acostumbradas descargas que su roce me provocaba recorrieron todo mi cuerpo. El río de energía de mi pecho fluía, salvaje y feroz. Se enroscaba y tensaba de forma alternativa.

Vibraba.

Mis manos se deslizaron hasta sus hombros y le hundí los dedos en la carne, agarrándome a él como si temiera que tratara de apartarse de nuevo, pero Alexander no intentó moverse. Y puede que nos estuviésemos mirando de una forma en la que no nos habíamos mirado antes.

El mundo a nuestro alrededor parecía estar viniéndose abajo y alguien, o algo, había asaltado Ravenswood. Pero de repente el bosque parecía haber enmudecido. No escuché gritos o quejidos, ni siquiera el sonido de las llamas consumiendo la madera o quemando el manto de hojas secas que el otoño siempre traía consigo. Todo cuanto percibía era esa vibración de energía en mi pecho y el temblor que sacudía a Alexander, su propio poder respondiendo al mío en una sintonía perfecta pero imposible de explicar.

Los labios del brujo encontraron mi oído y su voz surgió en un susurro quebrado. Esa voz que era y no era suya, conocida y extraña a la vez. Joven, aunque antigua. Profunda como un pozo oscuro del que nadie ni nada podía escapar. Ronca pero también suave; un fuego destructor que, aun así, me calentó por dentro y desterró el frío de mi carne helada.

—Antes, en el despacho de Wardwell..., quería besarte.

—¡Ajá! —Fue todo cuanto me atreví a decir.

No era el momento ni el lugar para aquello, de eso estaba segura, pero tal vez, teniendo en cuenta quiénes éramos (lo que éramos), no lo sería nunca. Así que no me moví. No hice nada por quitármelo de encima o evitar lo que fuera que viniera a continuación.

—Pero no me besaste —añadí, lo cual resultaba una obviedad.

No podía verle la cara, pero juro que percibí cómo sus labios se curvaban. Aun cuando era poco frecuente que Alexander sonriera, imaginé la clase de sonrisa que sería. Similar a la media sonrisa de Wood, arrogante y maliciosa, quizás un poco perturbadora.

La mano contra mi espalda empujó y nuestras caderas se alinearon, y entonces él movió la cabeza. Su nariz trazó una línea ascendente sobre mi cuello. Despacio, muy despacio. Sus labios apenas rozaron la piel. Un escalofrío me recorrió la columna y luego palpitó entre mis muslos. El corazón me latía con rapidez y me faltaba el aliento.

Y nada de todo eso tuvo que ver con él desatando su poder oscuro.

No. Era algo muy diferente y no había manera de que yo pudiera negármelo a mí misma.

—No debo —prosiguió, aunque no estaba segura de que hablara conmigo.

—No —coincidí a duras penas.

¿Quería yo que lo hiciera? Luke Alexander Ravenswood ni siquiera me caía bien. Aunque en realidad eso no era del todo cierto. Sí que me parecía insufrible, pero ese día, con todo lo que había sucedido y lo que estaba sucediendo, tal vez...

Tal vez Alexander se merecía el beneficio de la duda.

Continuaba dándole vueltas a ese pensamiento cuando él retrocedió un poco para mirarme. Una de sus manos se movió hasta mi rostro. Delineó mi pómulo con la punta de los dedos y luego alcanzó la curva superior de mis labios. Se detuvo allí un instante, pero enseguida prosiguió hacia abajo y muy pronto los estaba deslizando a lo largo de mi clavícula.

Parecía totalmente concentrado en el movimiento de su mano, absorto en la sensación de la piel caliente bajo sus dedos; tan ensimismado y maravillado como un niño al que por fin le permiten tocar un objeto caro y precioso que ha pasado mucho tiempo fuera de su alcance.

Me pregunté cuánto habría transcurrido desde la última vez que se había permitido tocar a alguien que no fuera ninguno de sus familiares. ¿Qué era lo que estaría sintiendo? ¿Qué sentía alguien al que el contacto le estaba vedado? ¿Alguien que podía drenarte (matarte) con una simple caricia? ¿Sería esa sensación diferente por ser a mí a quien acariciaba?

—Tan suave —susurró para sí mismo—. Tan viva.

Algo sacudió mi estómago, algo mucho más mundano que el poder de la magia que corría por mis venas.

La mano que Alexander había mantenido todo el tiempo en mi espalda se arrastró por mi costado y presionó de una forma deliciosa. Exigente. Su otra mano regresó a mi barbilla y la impulsó hacia arriba. Mi boca quedó expuesta y mis labios entreabiertos. Nuestros alientos se unieron para formar una única nube de vapor.

—*Deseé* besarte —repitió, mientras sus ojos oscurecidos por algo feroz, algo hambriento, se posaban sobre mi boca.

Para entonces mis uñas se hallaban clavadas con tanta fuerza en sus hombros que bien podrían haber ya traspasado la tela de su camisa y arañarle la piel.

Se apretó aún más contra mí, si es que eso era posible, y uno de sus muslos se coló entre mis piernas hasta encontrar el punto exacto y la presión necesaria para hacerme gemir.

¡Por Dios! Estaba gimiendo en mitad de un bosque tétrico y maldito durante alguna clase de batalla... Aquello no podía ser real.

Pensé en Raven y en el sueño que él mismo había admitido haber manipulado. ¿Era esto lo que Raven nos había visto haciendo? Resultaría un poco bochornoso de ser así.

Y pese a todo no pude evitar decir:

—Bueno, no es como si no me hubieras besado ya antes.

No me refería al sueño, claro estaba, sino a ese primer y único beso real que habíamos compartido y tras el cual ambos nos habíamos desmayado. En honor a la verdad, no sabía muy bien si eso contaba.

—Esta vez quiero ser yo el que lo haga. Solo *yo*.

Al principio no tuve ni idea de qué hablaba, hasta que comprendí que aquel día, al besarme, la oscuridad había brotado de él de una forma salvaje y repentina. De que no era realmente Alexander quien me había besado. O al menos él no lo creía así.

Pero ahora, en ese instante, las cosas resultaban muy diferentes.

—No creo que este sea el momento más adecuado para firmar una tregua. O para experimentos —traté de bromear, a pesar de que, por muy mal que estuviera lo que hacíamos, y lo inoportuno del momento, se sentía demasiado bien.

—No, no lo es, pero voy a besarte de todas formas, Danielle —aseguró, y mi nombre no fue más que un suspiro tembloroso lanzado a las profundidades del bosque—. Si tú me lo permites.

¡Me reí! Pero no de él, como solía hacer. Solté una risita nerviosa y ridícula de la que estaba segura de que me avergonzaría más tarde.

Y, sin encontrar la más mínima resistencia, Alexander respondió a mi risa haciendo justo lo que había dicho que haría: besarme.

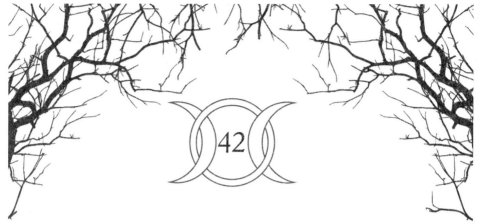

42

De inmediato supe que no estaba preparada para aquello, de ninguna de las maneras.

Los labios de Alexander cubrieron los míos con suavidad primero. Rozaron mi boca tan solo un segundo, tanteándome. Aun así, se me aflojaron las rodillas al sentir la caricia de su aliento. Con una mano sostenía mi barbilla mientras que la otra se hallaba apoyada sobre el tronco, junto a mi cabeza; todo su peso contra mi cuerpo. La presión resultaba deliciosa. Tentadora. Una provocación a la que una parte de mí estaba desesperada por sucumbir.

La otra parte seguramente alucinaba con lo que estaba sucediendo.

Hubo un segundo toque, suave pero todavía fugaz, y luego un tercero. Su respiración se tornó cada vez más rápida; la mía se volvió frenética. Y cuando su lengua se aventuró por fin a atravesar el umbral de mis labios, ya no hubo dónde esconderse.

Alexander acarició cada rincón de mi boca con exigencia y dedicación. Reclamó el control del beso, pero yo no estaba dispuesta a cedérselo; no del todo. No quería ceder ante él.

Supuse que había cosas que nunca cambiarían entre nosotros sin importar la situación en la que nos encontrásemos. Ni lo que estuviésemos haciendo.

Deslicé los dedos sobre su cuello hasta alcanzar su nuca y hundirlos en su pelo. Tironeé de un mechón y él... siseó. Si fue por placer o dolor, creo que ninguno de los dos lo supimos. El sonido reverberó a lo largo del bosque y también en mi pecho. Alexander abandonó mi boca apenas lo suficiente para mirarme. Su iris oscuro volvía a titilar con puntos luminosos que resplandecían en esa oscuridad que lo invadía todo; y el azul...

El azul era ahora tormentoso y eléctrico.

Un instante después, atacó de nuevo mi boca aún con mayor ferocidad. El beso se volvió profundo. Devastador. Se bebió mi aliento y yo me ahogué en el suyo. Pequeños gemidos escaparon del fondo de su garganta. La batalla de voluntades continuó. Tiré más de su pelo rubio, enredado entre mis dedos, y él se agarró a mi nuca y apretó el cuerpo contra mí. Éramos pura necesidad. Un ansia que se tornaba más y más feroz mientras, de algún modo, ambos intentábamos resistirnos al otro.

Alexander parecía sediento. Verdaderamente sediento. Y yo tampoco parecía mucho mejor.

Con un rápido movimiento, me alzó en vilo y mis piernas se enroscaron en torno a sus caderas. El vestido terminó arrugado en mi cintura, pero eso parecía carecer de importancia en aquel momento. Adelantó las caderas y su erección presionó de una forma perfecta en mi punto más sensible.

La cabeza me daba vueltas y, en mi interior, mi magia se agitaba en un descontrol idéntico. Fluía hacia mi piel para regresar luego a una parte más profunda; se enroscaba y luego se desplegaba.

El mundo entero parecía estar del revés.

—Incluso ahora... —farfulló Alexander a duras penas— eres incapaz de dejar de pelear.

Solté una carcajada contra su boca y, en respuesta, él cerró los ojos un instante. Luego, una sonrisa perezosa, y quizás también resignada, asomó a sus labios.

Estuve a punto de soltar uno de mis comentarios sarcásticos, pero no tuve ocasión.

—¡Vamos, hombre, no me jodas! ¡¿De verdad no teníais otro momento para esta mierda?! —El comentario de Wood, entre perplejo e indignado, fue como una bofetada en plena cara.

Prácticamente me lancé fuera de los brazos de Alexander. Por suerte, él no reaccionó con tanto ímpetu y me sujetó hasta que mis pies alcanzaron de nuevo el suelo. Incluso tuvo la deferencia de tirar de mi vestido para devolverlo a su sitio, algo que no pude más que agradecerle.

Al volverme, totalmente mortificada, me encontré con Wood cruzado de brazos junto a Dith y a tan solo unos pocos metros de nosotros. ¡Por Dios! Podría haber sido cualquiera y ni siquiera los habíamos oído llegar.

—¡Te lo dije! —exclamó Meredith, y estiró la mano hacia él—. Me debes veinte pavos.

—¡Dith! ¿En serio?

Mi familiar me dedicó una sonrisa maliciosa. Un silencioso «Sabía que esto ocurriría tarde o temprano».

—¡Maldita sea, Wood! —intervino Alexander, y en dos zancadas se colocó frente a él—. ¿Qué te ha pasado?

Mis ojos recayeron entonces sobre la camisa que vestía el lobo blanco y el agujero chamuscado del centro de su pecho. La piel ennegrecida asomaba entre los bordes quemados de la tela. Supongo que esa fue la señal definitiva para que la diversión y las pullas llegaran a su fin.

—No es nada. —Wood desechó la preocupación de su protegido con un ademán—. Pero hay brujos en el bosque.

—Alumnos. Lo sabemos. ¿Qué demonios habéis hecho? —exigió saber Alexander, pero Wood negó con la cabeza.

—No son brujos de Ravenswood. Bueno, tal vez unos pocos sí, pero hay *otros* brujos aquí.

Iba a preguntarle a qué tipo de brujos se refería cuando se me ocurrió echar un vistazo rápido a mi alrededor y el pánico se apoderó de mí.

—¿Y Raven? ¿Dónde está?

Wood también observó la oscuridad del bosque, entre los árboles. Lanzó un silbido corto al aire y, un instante después, su gemelo surgió de entre las sombras en su forma animal.

Me invadió un alivio brutal, lo cual decía mucho de lo importante que se había vuelto Raven para mí; puede incluso que Wood y Alexander también lo fueran, aunque respecto al brujo oscuro iba a reservarme la opinión hasta que fuera capaz de comprender qué era lo que estaba sucediendo entre nosotros y por qué demonios le había permitido meterme la lengua hasta la garganta.

¿A quién quería engañar?, tampoco quería que le sucediera nada malo a aquel idiota.

«¿Quién sonríe como una idiota ahora?», me dije al descubrir que eso era justo lo que hacía. Dith también parecía haberse dado cuenta de ello y me observaba, divertida pese a lo grave de la situación.

Raven dio una vuelta a mi alrededor, olfateó mis piernas y luego fue a frotarse contra las de Alexander.

Wood procedió a contarnos lo ocurrido tras nuestra marcha. El socavón de la explanada había sido cosa suya. Confesó que no había sido su intención excederse tanto al invocar su elemento y que ni siquiera había tratado de lanzar un hechizo. Fue todo poder bruto saliendo a través de sus manos y agitando la tierra hasta fracturarla.

—Está bien —lo tranquilizó Alexander con pesar y lo que me pareció cierta culpabilidad—. Habéis estado reprimiendo vuestro poder por mí. No es extraño que os haya costado controlarlo.

Pero no era solo que llevaran años sin practicar magia. Wood no lo dijo así, pero, leyendo entre líneas, comprendí lo mucho que le había afectado el hecho de que Tobbias, el padre de Alexander, no hubiera intentado acercarse a su hijo. Ni siquiera lo había mirado. Wood había estado muy cabreado al invocar su poder y eso le había hecho perder el control.

Para Tobbias, Alexander era un monstruo, algo a lo que temer y mantener lo más lejos posible. Y eso era algo que Wood, y seguramente tampoco Raven, le perdonaría jamás.

—¿Y el fuego? ¿Cómo ha acabado el bosque en llamas?

Raven emitió entonces un sonido lastimero. Alexander se arrodilló para quedar a su altura y le acarició el costado con cariño. Frotó su pelaje oscuro entre los dedos y suspiró.

—Puede que Raven también se excediera un poco... —terció Wood con una mueca—. Lanzó un par de bolas de energía pura para desviar la atención de lo que yo estaba provocando. Teníamos que asegurarnos de que avisaban a Wardwell.

—Pero yo lo apagué —se apresuró a señalar Dith—. Solo que luego alguien respondió con más fuego desde el interior del bosque. Ahí fue cuando todo se fue realmente a la mierda.

—¿Tenéis idea de quiénes son? —pregunté, y la expresión de Wood se endureció de tal forma que supe que no nos gustaría la respuesta.

—Van encapuchados.

—¡¿Miembros del consejo?! —Eso era malo, muy malo. Pero Wood negó.

—Más bien Ibis. No había estrellas de cinco puntas en sus capas, aunque tampoco pude verlos con claridad. Retrocedieron hacia los límites externos del bosque en cuanto los enfrentamos.

¡Dios! Seguramente eso era aún peor, aunque no tenía demasiado sentido.

Los había visto durante la ceremonia de despedida, a cuatro de ellos, custodiando al padre de Alexander y al otro miembro del consejo. Pero ¿por qué iban ellos a provocar el caos en Ravenswood? ¿Y por qué atacarían a miembros del propio linaje de Alexander?

—No estoy segura de que fueran Ibis oscuros —puntualizó Dith, bajando la voz.

Continuábamos allí parados, totalmente expuestos. Estaba segura de que, si alguien se acercaba, Raven podría detectarlo gracias a sus agudizados sentidos de lobo, pero teníamos que decidir qué íbamos a hacer y empezar a movernos.

—Creo que la guardia de Tobbias también está en el bosque, pero el ataque inicial... Ese no provenía de los Ibis de nuestro consejo —explicó Wood, y sus ojos recayeron en mí.

—¡¿Estás diciendo que son de miembros de la comunidad blanca?!

Dith aseguró que creía haber reconocido a uno de ellos y sugirió entonces una posibilidad que yo había descartado a mi llegada a Ravenswood por considerarla descabellada, la de que el consejo de Abbot hubiera decidido *rescatarme* a cualquier precio.

Negué, horrorizada por lo que eso podía suponer para las dos comunidades. Invadir Ravenswood, el centro mismo de la magia oscura (repleto de alumnos, algunos de ellos muy jóvenes), sería como declararles la guerra.

—¡Pero si ni siquiera saben que estoy aquí! Tú misma me dijiste que Wardwell mintió sobre pedir un rescate —señalé.

También había mentido sobre mi madre. La directora tenía fotos de mamá, una carpeta entera que no tenía ni idea de cómo ni por qué obraba en su poder. Pero estaba claro que sabía que había estado en Ravenswood, y Wardwell me había mentido a la cara cuando le había preguntado al respecto.

—El campus está protegido contra ciertos hechizos de localización, pero tal vez... —No necesité que Dith completara la frase. Nadie lo necesitó.

Un brujo de nuestro consejo podría haber encontrado la manera de descubrir dónde estaba; solo habría sido cuestión de tiempo que lograran dar con un hechizo lo suficientemente potente como para atravesar el de ocultación que cubría Ravenswood y saber que estaba allí. Y no quería ni imaginar lo que habría pensado mi padre si lo habían puesto al tanto de ello.

—Esto es un desastre.

Alexander me miraba. No estaba muy segura de qué era lo que veía o en qué estaba pensando, pero mantenía sus ojos fijos en mí.

Los alumnos de Ravenswood estaban en peligro por mi culpa. Si alguien salía herido solo porque yo hubiera decidido fugarme de Abbot, no creía que pudiera perdonarme a mí misma por ello. No me importaba si eran brujos oscuros. Maggie y Robert no habían elegido en qué linaje nacer, y habría otros como ellos; no todo era oscuro en aquel sitio. Y Alexander, Wood y Raven... ¡Dios! Rav era la última persona a la que quería que le sucediera algo.

—Al menos espero que hayáis descubierto algo en el despacho de Wardwell —dijo Wood, y las explicaciones se reanudaron entonces.

Fue nuestro turno para hablarles del libro con la genealogía de ambas comunidades de brujos; los símbolos junto a nuestros nombres, las débiles uniones entre Mercy Good y los miembros de mi linaje; la carpeta con el nombre de mi padre en la solapa y las fotos de mamá.

Dith maldijo de una forma imaginativa incluso para ella. Nunca se había llevado del todo bien con mi padre, pero ninguna de las dos lo hubiéramos creído capaz de hacer que alguien siguiera a su propia esposa.

—Si sabía que Beatrice visitaba Ravenswood regularmente, tuvo que preguntarle por ello, y dudo que mantuvieran una conversación agradable. Tu padre jamás permitiría algo así.

—Seguimos sin saber qué significa. ¡Joder, no tenemos ni idea de qué significa nada! —repliqué, frustrada.

Alexander, que había permanecido apartado y en silencio, se adelantó. No habíamos hablado a los demás acerca de mi *casi* muerte; no sabía muy bien por qué, pero ambos habíamos decidido no mencionarlo.

—Tenemos que movernos. Hay que sacar a los alumnos del bosque; no es seguro para ellos si hay Ibis blancos aquí.

—Sobre eso... —intervino Wood con expresión endurecida—. Los Ibis no son lo único que debería preocuparnos.

Alexander frunció el ceño, y un instante después la comprensión iluminó su mirada. Creo que ya sabía a qué se refería, pero, de todas formas, preguntó:

—¿Qué quieres decir?

—Elijah. Me ha parecido verlo cuando veníamos hacia aquí.

Raven emitió un gruñido bajo que me puso los pelos de punta. Aquello se ponía cada vez peor.

—Bien, lidiaremos con él si llega el momento —concluyó Alexander. Hizo una pausa y echó un vistazo alrededor. Luego su atención se posó de nuevo sobre mí—. Meredith y tú deberíais regresar a casa.

—No. Ni de coña. Esto... —Me atraganté con la culpa y la vergüenza—. Todo esto ha pasado porque yo estoy aquí. Déjanos ayudar.

Dith mostró su acuerdo con un efusivo asentimiento.

El rumor sordo del fuego devorando los árboles llegaba desde algún punto a nuestra espalda, pero ya no se oía ningún grito o lamento. Y ese silencio, la quietud, era aún peor.

—Por favor. Quiero ayudar.

Durante un momento pensé que el brujo no atendería mis súplicas y nos empujaría de vuelta a la casa. De nuevo estaba serio y contenido; más como Luke que como Alexander. Casi como el brujo al que había conocido el día de mi llegada a Ravenswood.

Al final asintió con un solo movimiento de cabeza y se dirigió a Raven. Hincó la rodilla en el terreno desigual y su cabeza y los ojos del lobo quedaron a la misma altura.

—¿Puedes rastrear a los alumnos, Raven? ¿Puedes encontrarlos?

Raven emitió un ladrido corto. Supuse que era un sonido afirmativo, porque enseguida se puso en marcha. Alexander y Wood echaron a andar tras él y Dith se colocó a mi lado para cerrar la extraña comitiva.

—¿Cómo estás?

—Bien —me limité a contestar.

Mi estado de ánimo era lo menos importante en ese momento, pero yo sabía lo que le preocupaba a Dith. Mi padre, al fin y al cabo, era lo único que me quedaba de mi familia, y creo que las dos estábamos tratando de encajar lo que habíamos descubierto en el despacho de Wardwell. Él tenía que haber albergado alguna sospecha previa para ordenar que siguieran a mi madre, y yo sabía que no se habría tomado nada bien el contenido de esas imágenes.

De llegar a conocerse por el consejo, este podría haber considerado las visitas de mi madre a Ravenswood como un acto de traición, y los Good no gozaban de mucha credibilidad en ese aspecto. Quizás hubiesen creído que mamá se había sentido tentada a *regresar* a sus orígenes. Quizás ellos habían ordenado su muerte.

—Todo irá bien —murmuró Dith.

Se apretó contra mi costado y me dio la mano mientras avanzábamos entre los árboles. No tuve valor para decirle que, en realidad, tenía el presentimiento de que aquello no había hecho más que empezar.

43

Raven nos llevó hasta dos alumnos de Ravenswood.

—Están... Ellos están... —Se me atascaron las palabras en la garganta.

Deseé apartar la vista, pero no era capaz de moverme.

Exhalando un suspiro de pesar, Wood se agachó junto a Raven. Alexander se detuvo tras ellos.

Había dos cuerpos en el suelo. Dos cuerpos inertes. Dos cuerpos destrozados.

Muertos, estaban muertos.

—Ni siquiera logro reconocerlos —dijo Wood, con la cabeza baja y un tono iracundo que haría correr en dirección contraria a cualquier persona sensata.

Yo ni siquiera podía hablar. La rabia y la vergüenza giraban en mi interior como un torbellino furioso.

Ambos chicos tenían la ropa quemada y gran parte del cuerpo ennegrecido, como si los hubieran golpeado una y otra vez con bolas de puro fuego. Sus caras... Sus caras no estaban. Algo las había derretido. No había más que carne informe en el lugar que tendrían que haber ocupado sus ojos y sus bocas.

Resultaba grotesco, y aun así me obligué a mirar.

—Yo he hecho esto.

La cabeza de Alexander giró en mi dirección de forma brusca. Había un dolor profundo y desgarrador en sus ojos; su mirada era oscura, sin rastro de brillo, pero también peligrosa. A pesar de vivir aislado en el campus, Alexander consideraba aquel lugar como algo suyo. «Mi legado», había dicho, y resultaba evidente que se sentía responsable de los alumnos que residían allí.

Aunque no hubiera sido así, cualquier persona con algo de corazón se enfurecería por un crimen tan espeluznante y macabro, y Alexander estaba realmente furioso. Sombras oscuras envolvieron su rostro y las puntas de sus dedos se tiñeron de negro.

—Tú no has hecho nada, Danielle. No te culpes por algo que escapa a tu control.

Resultaba curioso que fuera justo Alexander quien dijera eso, teniendo en cuenta que tampoco él podía controlar del todo su oscuridad. Acarreaba una carga muy pesada de la que no era responsable y estaba segura de que, de todas formas, se culpaba por ello.

—Esto... Esto no está bien —murmuró Dith, sobrecogida por la escena.

Me abracé a ella. El frío y la humedad del bosque me calaban los huesos, y el vestido que llevaba apenas si conseguía mantenerme caliente. Pero mis temblores y la sensación helada de mi interior no tenían nada que ver con eso.

Raven gruñó de una forma en la que no lo había visto hacerlo antes. Tan salvaje y violenta. A continuación, levantó el hocico y un aullido se elevó potente y doloroso hacia las copas de los árboles. Un canto al sufrimiento. Un lamento que brotaba de lo más profundo de su pecho y de su corazón roto.

El bosque entero pareció estremecerse con él y compartir su dolor.

Creo que todos, sin excepción, estábamos devastados; no importaba la clase de brujos que fuésemos ni a qué bando pertenecieran los dos chicos. No, aquello no estaba bien y no habría causa alguna que alguien pudiera alegar para convencerme de lo contrario.

Nadie merecía morir así.

—Hay que llevarlos al campus. Sus familias querrán... —Mi voz se apagó.

Me costaba encontrar las palabras. En ese momento, ninguna de mis preocupaciones anteriores parecía ya tan importante. Solo podía pensar en el sufrimiento que aquellas muertes provocarían en las familias de esos brujos. Yo había estado ahí; sabía lo que era que, de un instante al siguiente, las personas a las que amabas desaparecieran y que encima supieras que su muerte había sido tan brutal.

—Lo haremos, pero antes tenemos que seguir rastreando el bosque. Puede que haya más —dijo Alexander, aunque no especificó si esperaba encontrarlos vivos o muertos.

Wood se irguió para mirarlo.

—Sabes que esto no ha sido cosa de Elijah, ¿verdad?

Antes de que él pudiera contestar, Raven saltó y se colocó delante de nuestro grupo con el lomo completamente erizado y los largos colmillos expuestos. Un gruñido amenazador brotó de su garganta y reverberó a lo largo del bosque. Alexander se tensó y sus manos, poseídas por la oscuridad, se cerraron en dos puños apretados.

Una ráfaga de viento surgida de la nada nos azotó sin previo aviso. Wood se inclinó sobre el suelo y resistió junto a Raven, que se había agazapado y continuaba gruñendo. El resto salimos volando en diferentes direcciones.

No tenía ni idea de a dónde fue a parar Alexander, pero tanto Dith como yo nos vimos lanzadas hacia atrás y rodamos por el suelo. Mi costado se estampó contra un tronco y solo entonces nos detuvimos. Dith chocó contra mí con tanta fuerza que el golpe me arrebató todo el aire de los pulmones. Inspiré bruscamente mientras intentaba moverme para comprobar que Meredith estuviera bien. Ella emitió un quejido y, sobre el suelo, giró y se puso a tantear mi cuerpo como loca.

—¿Estás bien? ¿Te has hecho daño?

Aturdida y con un dolor punzante en las costillas, asentí de todas formas. Al menos no me había golpeado en la cabeza, y le había evitado a Dith lo peor del golpe.

Dos figuras encapuchadas emergieron de entre los árboles. La reacción de los lobos fue inmediata. Raven, con las patas flexionadas y listo para atacar, no dejaba de gruñir; Wood se posicionó a su lado, sin transformarse aún pero igualmente preparado para luchar.

Alexander no estaba con ellos. Giré la cabeza y lo descubrí varios metros más atrás. Durante unos segundos contuve el aliento al contemplar su cuerpo desmadejado sobre la tierra, inmóvil y boca abajo. La ráfaga de viento debía de haberlo golpeado de lleno.

Cuando un instante después por fin se movió, el alivio resultó abrumador.

Las dos figuras comenzaron a acercarse. Dith trató de colocarse frente a mí, pero yo me situé a su lado. La energía de mi pecho fluyó en lo más profundo de mi pecho y comenzó a desatarse; mi magia a punto para ser empleada.

Alexander se movió con rapidez. De un instante al siguiente pasó de yacer en el suelo a situarse junto a sus familiares. Los lobos trataron de protegerlo con sus cuerpos, tal y como había hecho Meredith conmigo, pero él los rodeó y se colocó en cabeza, erguido y altivo a pesar de los arañazos de su piel y del desgarrón en su camisa. Casi como un general en mitad de una cruenta batalla.

Esperaba encontrar llamas lamiéndole la piel, pero su poder parecía estar contenido.

Quise decirle que tal vez este no fuera el mejor momento para practicar el autocontrol a pesar de que, de emplearlo, quizás fuera yo la que no pudiera sobrevivir. Recé para que no me afectara mientras no decidiera drenar la magia de algún brujo; después de todo, eso era lo que había hecho en el despacho: absorber el hechizo de protección.

Esa tarde nos habíamos tocado todo el tiempo y no había pasado nada, así que tal vez esa fuera la parte de su poder que trataba de... matarme.

Los recién llegados se detuvieron a varios metros de nosotros. Sus capas lucían el escudo de Ravenswood, pero no la estrella de cinco puntas que los hubiera identificado como miembros del consejo. Así que eran Ibis oscuros entonces.

—Luke Ravenswood. No esperábamos encontrarnos con usted en el bosque.

El Ibis que había hablado alzó las manos y se descubrió la cabeza, pero el resto de su cuerpo continuaba cubierto por la larga capa. El otro, algo menos corpulento, permaneció con el rostro entre las sombras.

Alexander se adelantó un paso hacia ellos.

—No habéis dudado en atacar primero y preguntar después.

—Mis disculpas, señor. —El Ibis se inclinó en una reverencia formal a pesar de que su mirada mezquina indicaba que el respeto de su trato resultaba fingido.

Debía rondar los treinta años y llevaba el pelo negro como el carbón recogido sobre la nuca. Apenas sobrepasaba a Alexander en unos pocos centímetros de altura, aunque su constitución era más robusta. Los Ibis no solo eran brujos entrenados en múltiples disciplinas mágicas, también eran excelentes luchadores. Ninguno quería depender exclusivamente de la magia para proteger a los miembros del consejo o al resto de la comunidad; la magia podía agotarse, pero no así la fuerza bruta. Si vaciaban la fuente de su poder, o incluso antes de permitirse que eso sucediera, no dudarían en enzarzarse en una pelea cuerpo a cuerpo.

—Han muerto dos alumnos de Ravenswood. —El tono de Alexander fue acusatorio, ni siquiera se molestó en disimularlo. Resultaba obvio que no guardaba mejor opinión de los Ibis oscuros de la que ellos tenían de él.

El brujo, el único que había hablado, echó un vistazo a los cuerpos. Su mirada desprendía tal indiferencia mientras los observaba que sentí deseos de abofetearlo. Aquellos chiquillos eran brujos de Ravenswood, brujos oscuros, y aunque solo fuera por eso debería haberse mostrado al menos un poco afectado por sus muertes.

—Varios miembros de la comunidad blanca han sorteado las guardas de la escuela.

Me encogí al escuchar al guardia confirmar mis sospechas. Una invasión como aquella tenía que haber sido autorizada por el consejo y, desde luego, haberse meditado a fondo; acababan de iniciar una guerra abierta entre las dos comunidades.

—¿Y qué estáis haciendo al respecto? —les reprochó Alexander.

Wood, a su lado, apretaba tanto la mandíbula que podía escuchar sus dientes rechinar. Si Alexander se lo permitía, no dudaba que el lobo blanco les arrancaría la cabeza solo por no mostrar más respeto hacia los alumnos fallecidos. Y mi rabia era tal que no dudaría en unirme a él para ayudarlo.

El otro Ibis se descubrió al fin. No me sorprendió comprobar que se trataba de una bruja, ya que sabía que entre los Ibis también había mujeres, pero esta en concreto poseía una belleza impactante. Sus rasgos eran delicados y su rostro desprendía una dulzura muy alejada de la frialdad de su compañero. Tenía los ojos de un cálido color chocolate y mechones dorados escapaban del moño situado sobre su nuca.

Cuando retiró la capa también de sus hombros, dejó a la vista el cinturón que rodeaba sus caderas y en el cual se encontraba envainada una espada. La amenaza implícita en el gesto hizo gruñir a Raven.

—Dos de nuestros compañeros están rastreándolos y los *ayudarán* a abandonar los terrenos de la escuela, pero nosotros no estamos aquí para eso —dijo la mujer, con una voz suave y engañosa.

Estaba segura de que podía llegar a resultar tan letal como su compañero, y también de que no estaba hablando de guiar amablemente a los Ibis blancos a salir de Ravenswood; más bien, parecía que los ayudarían a abandonar del todo este mundo.

Alexander había movido las manos de manera que las palmas quedaran expuestas hacia los dos Ibis. Supuse que pensaba lo mismo que yo sobre la bruja. Además, me percaté de que Wood tiraba del faldón de su camisa para sacársela de los pantalones; un destello metálico fue lo único que necesité para comprender que también él estaba armado.

—Venimos a por la bruja blanca. Se nos ha ordenado escoltarla. —Las miradas de los Ibis recayeron sobre mí.

De inmediato, Raven avanzó y se situó por delante de Alexander. Chasqueó los dientes y se agazapó con los ojos fijos en los brujos.

—¿Quién os lo ha ordenado? —preguntó Alexander, aunque me dio la sensación de que ya conocía la respuesta.

No podía ser Wardwell, acabábamos de estar con ella y, si hubiera tenido órdenes de retenerme, se hubiera limitado a sellar su despacho para que no pudiésemos abandonarlo.

—Retira a tus familiares —intervino el hombre, y su desprecio resultó evidente al mirar a Raven.

—Vete a la mierda —contestó Wood—. No vas a llevártela a ningún lado. A ninguna de las dos.

La tensión del ambiente se convirtió entonces en una presencia más. Los tres Ravenswood, dispuestos en un triángulo por delante de Dith y de mí, formaban una fuerza a la que temer y parecían estar listos para pelear a la menor provocación.

—¿Quién lo ha ordenado? —insistió Alexander, con sus brazos ahora completamente poseídos por una red oscura; incluso alcancé a ver parte de ella trepando por su cuello—. ¿Y a dónde pensáis llevarla?

¿Me entregaría Alexander? Puede que no se sintiera inclinado a ceder ante los Ibis, más teniendo en cuenta que, seguramente, aquellos dos eran los guardias asignados a su padre. Pero era lógico pensar que haría cualquier cosa para proteger a los lobos.

Tampoco yo quería que Raven o Wood salieran heridos por mi culpa. No quería nada de aquello.

El guardia no parecía inclinado a contestar a las exigencias de Alexander, pero finalmente lo hizo.

—Tobbias Ravenswood. —Bueno, supongo que eso no era una sorpresa para ninguno—. La escoltaremos hasta el auditorio. Debe presentarse de inmediato ante él. Los demás miembros del consejo llegarán muy pronto.

Estaba claro que el desafío de la comunidad blanca no iba a quedar impune, y si todo el consejo oscuro había sido llamado a reunirse de urgencia, no tardarían en tomar una decisión sobre qué hacer al respecto.

Alexander soltó una carcajada que no tuvo nada de agradable. En realidad, resultó espeluznante. El eco de su risa reverberó a través del bosque, casi como un reclamo para otras *cosas* igual de oscuras que él.

—No va a ir con vosotros.

—Alex —murmuré, titubeante.

Lo mejor para todos era que los acompañase. Se trataba de dos Ibis. No era que desconfiara de las habilidades de los lobos o las del propio Alexander, pero no quería más heridos (o algo peor) en mi conciencia. No por mi culpa.

Además, aquello no le ayudaría en absoluto a mejorar la relación con su padre.

—No —contestó él, tajante, y esa única palabra me provocó un extraño escalofrío.

Su voz... Su voz era profunda y distante, como una piedra golpeando el fondo de un pozo.

Mi magia respondió a ella agitándose. Bulló en mi interior, lista para desplegarse. No sabía muy bien si era por la pelea más que probable e inminente o bien porque Alexander había comenzado a invocar su propio poder y el mío estaba respondiendo a él.

Hice amago de adelantarme, pero Dith me agarró del brazo y negó con la cabeza.

—Debería ir —afirmé, y mis ojos le transmitieron lo que no quería decir en voz alta.

«No permitiré que te hagan daño. A ninguno de vosotros».

Dith no me soltó, y el vínculo (esa unión que existía entre nosotras más allá del mero hecho de ser familiar y protegida) también le permitió a ella replicar con una mirada silenciosa: «Yo tampoco dejaré que nada ni nadie te hiera».

—La escoltaremos de vuelta —insistió el Ibis.

Wood rio, pero no fue diversión lo que resonó a través de sus carcajadas.

—¿Y la protegeréis como a estos alumnos?

El guardia se adelantó un paso en su dirección. Un odioso desprecio se reflejaba en cada uno de sus movimientos, como si apenas soportase mirar al lobo blanco. Parecía dispuesto a desafiarlo en cualquier momento y estaba segura de que, en el fondo, ansiaba que se desatara una pelea.

—¿De verdad crees que voy a justificarme frente a alguien como tú? —escupió el Ibis—. Si piensas que alguno de los nuestros ha olvidado lo que hiciste para convertirte en un familiar...

—Cállate —ladró Wood, y su furia era ahora aún más intensa, si es que eso era posible.

Pero el guardia no se amedrentó.

—Atentaste contra la vida de los fundadores de esta academia, tus padres. Y casi los mataste...

Raven gruñó y a mí se me escapó un jadeo. ¿Wood había intentado matar a sus propios padres? Eso, sin duda, era motivo más que suficiente para ser condenado a morir y convertirse en familiar. Pero, si Raven también había sido condenado con él, ¿significaba que también había participado en ello? No lo creía capaz. A ninguno de los dos en realidad. Wood no era mi persona favorita en el mundo, pero aquello...

No, tenía que haber otra explicación.

Miré a Dith y ella negó. No sabía si porque intentaba decirme que no era lo que yo creía o bien porque ella tampoco sabía nada de aquello.

—¡Basta! —intervino Alexander. Wood se había quedado lívido y en silencio. Había tanto dolor en sus ojos azules que no supe qué pensar—. Danielle no va a ir con vosotros.

La mano del Ibis se perdió en el interior de su capa, pero, aun así, ninguno de los Ravenswood se movió.

—No puedes enfrentarte a nosotros —terció la bruja.

Alexander ladeó la cabeza y su cuello crujió. Aunque apenas veía su perfil desde donde estaba, me dio la sensación de que la oscuridad empezaba a apoderarse incluso de su rostro.

—Tobbias os habrá contado de lo que soy capaz —dijo con la voz carente de emoción, dura y afilada como el mejor cuchillo—. Así que... sí, sí que puedo enfrentarme a vosotros y lo haré si no desistís.

—Alex, puedo ir con ellos. No me pasará nada —traté de disuadirlo, pero ni siquiera creo que me estuviera escuchando. Tampoco Wood, en realidad. Ni siquiera parecía ya que Raven me estuviese prestando atención. Aquello se había vuelto mucho más personal para ellos.

—Regresad por donde habéis venido —continuó advirtiéndoles, una de sus manos ya elevándose. Apuntó directamente a los Ibis—. Decidle a mi padre que, si la quiere, tendrá que venir él mismo a buscarla.

Y entonces, tal y como había temido, todo se fue al infierno.

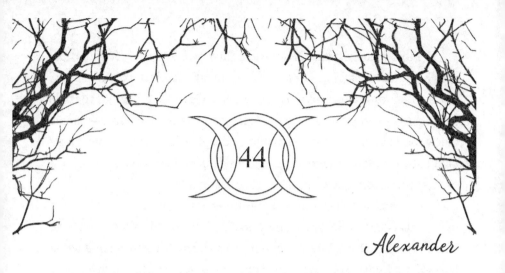

Alexander

La oscuridad se estaba apoderando de mí y yo se lo estaba permitiendo. Puede que fuera la primera vez que cedía de una manera tan perfectamente calculada cada centímetro de mi piel, que me rendía sin concesiones. Sin dejar atrás siquiera un delgado hilo que me permitiera regresar más tarde.

Resultaba... liberador, al menos en cierta medida.

Pelear continuamente conmigo mismo y con lo que habitaba en la parte más profunda de mi pecho era agotador. Pero, fuera como fuese, no pensaba permitir que los guardias de mi padre continuaran insultando a mis familiares y tampoco que arrastraran a Danielle hasta él; solo Dios sabría qué tenía preparado para ella.

En cuanto me moví, toda la tensión que se había ido acumulando en aquel rincón perdido del bosque explotó en mil pedazos. Wood prácticamente saltó sobre el guardia fanfarrón que había estado provocándolo. Ni siquiera se molestó en hacerlo en su forma animal. Disfrutaba demasiado con la lucha cuerpo a cuerpo e iba a aprovechar la ocasión para desahogar su frustración y años de represión forzada.

La bruja Ibis, en cambio, se centró en mí. Era más pequeña y ágil, y posiblemente más letal que su compañero. Se deslizó en mi dirección con gracia y me lanzó una nueva ráfaga furiosa de viento, pero esta vez estaba preparado. Giré sobre mí mismo y me situé tras un tronco que se llevó la peor parte del impacto. Apenas si hubo pasado, yo ya estaba otra vez frente a ella. Sabía que no invocaría su elemento de nuevo tan pronto.

Los Ibis, aunque poderosos, medían muy bien el uso que hacían de su magia para no agotarse. Por eso se les entrenaba tan bien para la pelea y, también por eso, jamás aparecían en público sin llevar sus armas consigo. Si las cosas se ponían feas, empleaban su elemento para dar el golpe de gracia, pero, mientras, atacaban con su cuerpo o bien trataban de lanzar algún tipo de hechizo ofensivo que no los desgastara en exceso.

Sin embargo, yo también me sabía unos cuantos.

A mi espalda escuché un murmullo repetitivo, un cántico. El aroma de la magia de Dith flotó hasta mí y no tardé en percibir cómo me cubría. Una delgada película me envolvió de pies a cabeza y supuse que había lanzado un hechizo de protección sobre mí; seguramente, también sobre los lobos.

Muy pronto, la voz de Danielle se unió a la suya y casi pude saborear la frescura de su magia sobre la punta de lengua. Pero a ella... A Danielle además podía *sentirla* con una claridad e intensidad inauditas.

Su magia era como un maldito faro en la oscuridad (en *mi* oscuridad). A pesar de que no se encontraba en mi campo de visión, era perfectamente consciente de que se hallaba varios metros por detrás de mí. Sus dudas, su preocupación, su miedo y, sobre todo, la energía emanando de ella con tanta fuerza que casi parecía que me pertenecieran. Un imán que tiraba de mi cuerpo, pero al que sabía que no debía prestar atención en ese momento.

No podía simplemente tratar de vencer a la Ibis drenándola. Aunque ese fuera el camino más corto para salir de aquella situación, no me arriesgaría después de lo que había sucedido en el despacho de Wardwell. Estaba claro que existía alguna clase de lazo entre Danielle y yo, entre mi oscuridad y su luz, y que el acto de absorber cualquier magia o hechizo tendría consecuencias sobre ella.

—Es solo una bruja blanca —murmuró la mujer—. Entrégala.

Me reí. O más bien la *cosa* dentro de mí lo hizo.

El veneno oscuro estaba en mi piel, sobre mi cara, ganándole terreno a mi voluntad. Si la pelea se alargaba, acabaría por transformarme por completo.

Canturreé entre dientes un viejo hechizo. Las palabras, en latín, atravesaron mis labios y fluyeron junto con parte de mi reserva de energía, una parte mínima en realidad. Pero no estaba seguro de cuánto de mi poder podía emplear sin poner a Danielle en peligro.

De igual forma, el hechizo surtió efecto y le arrebaté la vista a la bruja, que tropezó al intentar alejarse de mí a ciegas. Podía haberla rematado entonces, mi parte más oscura quería hacerlo, *ansiaba* hacerlo. Pero me dije que yo no era la clase de monstruo que mi padre creía que era y no le daría esa satisfacción.

—Vete ahora. No puedes ganar —le advertí.

La bruja se rehízo y dejó caer su capa al suelo. Sus labios se movían a toda velocidad; no tardaría en encontrar el modo de suprimir mi hechizo y recuperar la visión.

Eché un rápido vistazo a Wood. El muy cabrón portaba dos de sus armas favoritas, un juego de dagas gemelas que contaban al menos con un par de siglos de antigüedad. El guardia con el que estaba luchando había desenvainado también su elegante y afilada espada. Fintó a su derecha y lanzó un golpe, pero Wood llevaba siglos entrenándose y sus instintos eran los de un lobo, no lo engañaría con facilidad.

Raven rondaba en torno a ambos. Aprovechó que el Ibis se había centrado en su gemelo para escabullirse a su espalda y sus mandíbulas se cerraron sobre la pierna del brujo. El tipo ni siquiera se inmutó. Se limitó a resistir el tirón de Raven y a no permitir que lo desestabilizara.

Esa era otra de las múltiples particularidades de aquellos brujos guerreros: el dolor les era casi ajeno. Pelearían sin detenerse ante nada ni mostrar debilidad, hasta que sus huesos se fracturaran o sus músculos cedieran y no les permitieran sostenerse.

Resultaba enfermizo.

Mi atención regresó a la bruja; sus ojos se aclaraban segundo a segundo.

No quería tocarla. Pese a que en los últimos días eso no había sido un problema con Danielle, esa limitación estaba demasiado arraigada en mí. De todas formas, ella también se estaba ocupando de mantenerse a distancia. Mi padre debía de haberlos puesto al día de mis habilidades, sin duda.

Necesitaba inmovilizarla.

Era el único brujo de mi linaje que contaba con dos elementos como fuente de poder. Fuego y tierra. Quizás porque, desde mi nacimiento, había quedado ligado también con dos familiares en vez de uno y ellos a su vez empleaban dos elementos distintos entre sí.

Opté por usar mi afinidad con el elemento de Wood. Recité otro hechizo y raíces brotaron de entre la tierra. La mujer se movió entre los árboles sin aparente esfuerzo mientras los esquivaba, así que tiré un poco más de mi poder. La piel de la cara se me tensaba más y más por momentos, cambiando, transformándose en esa otra cosa que era y no era yo.

Nuevas raíces se alzaron y serpentearon en busca de las piernas de la bruja, pero ella las evitó una tras otra con una agilidad admirable. Fue hacia la izquierda, demasiado cerca de donde se encontraban Danielle y Dith, y yo giré con ella.

Danielle inspiró con brusquedad cuando mi rostro le quedó a la vista. La sorpresa fue patente en su expresión, aunque me desconcertó que no mostrara terror o, lo que hubiera resultado aún más lógico, repugnancia. Pero no me detuve a pensar en lo que estaría viendo. Yo ya sabía el aspecto que tenía, lo que *parecía* cuando el cambio se operaba por completo; Raven me había detallado de forma minuciosa lo sucedido con mi madre una vez que creyó que tenía edad para comprenderlo y aceptarlo.

Y ahora Danielle también lo sabía.

Avancé a grandes zancadas hacia la Ibis. Murmuraba de nuevo y no pensaba permitir que terminara de formular el hechizo que fuera que estaba invocando. Mientras me acercaba, Danielle se movió también hacia ella y Dith no pudo hacer nada por retenerla.

Raven apareció de la nada y se interpuso entre las dos. Saltó sobre la guardia, sus patas delanteras directas hacia su pecho y los dientes buscando su garganta. Pensé que la destrozaría; sin embargo, los colmillos del lobo no llegaron a alcanzarla. Raven emitió un quejido de dolor y cayó a plomo sobre el terreno. Wood gritó y también lo hizo Danielle, y yo perdí cualquier rastro de cordura y control al escuchar el lastimero sonido que emitió mi familiar. Mi visión enrojeció.

Era consciente de lo que eso suponía.

—Tú —hablé, pura furia y oscuridad brotando de mi garganta.

De todo mi cuerpo.

De mis entrañas. Mi pecho. Mi corazón.

Danielle estiró las manos en dirección a la bruja, dispuesta a luchar, y eso me empujó aún más allá de cualquier límite que me hubiera autoimpuesto con anterioridad.

—¡Drénala! ¡Hazlo ahora, joder! —escuché gritar a Wood desde algún lugar por detrás de mí.

El suelo comenzó a vibrar y supe que también él estaba perdiendo el control. Pero incluso devorado por la oscuridad, fui consciente de que no había hablado con Wood de lo sucedido en el despacho; él no sabía las consecuencias que eso podría traerle a Danielle.

—Hazlo, Alex —me exigió también ella. Al parecer, no le importaba lo que le sucediera.

Raven yacía inmóvil a los pies de la Ibis. La sangre manchaba su pelaje oscuro alrededor del cuello y también el suelo. Sangre Ravenswood. No había otra cosa que deseara más que ir hasta aquella bruja y arrebatarle hasta la última gota de magia de sus venas, de su carne, de su alma.

Pero incluso transformado por completo, con oleadas de una profunda y furiosa oscuridad rodeándome y el poder emanando de mi piel, una parte mínima de mí aún recordaba que no debía drenarla.

Sabía lo que mi poder le haría a la guardia. Lo que me haría a mí y en qué me convertiría.

Así que, durante unos segundos, titubeé y no fui capaz de moverme. Estaba paralizado y trataba de tomar una decisión imposible. Y, mientras yo dudaba, todo empeoró aún más si cabe.

La bruja se abalanzó sobre Meredith, le rodeó el cuello con un brazo y la colocó delante de su cuerpo como si de un escudo humano se tratase.

—Si os acercáis, le rompo el cuello. —Miró a Danielle—. Tú no querrías eso, ¿verdad?

Danielle bajó las manos muy despacio al tiempo que los sonidos procedentes de la pelea entre Wood y el Ibis también cesaban de forma brusca.

La atención del lobo blanco estaba centrada ahora en Dith y en Raven, que yacía en el suelo inmóvil, aunque su pecho subía y bajaba con suavidad. Demasiado despacio en realidad.

—No le hagas daño, por favor —rogó Danielle a la bruja—. Iré contigo. Haré lo que quieras.

—No —jadeó Dith, pero la Ibis afianzó el brazo que mantenía alrededor de su cuello y apretó hasta que su rostro enrojeció.

Colocó la otra mano estirada junto a su oreja. No la estaba tocando, pero en cualquier momento podría lanzar un golpe de magia y, si empleaba su elemento con suficiente fuerza, le volaría la cabeza a Meredith.

—¡Suéltala, maldita sea! —rugió Wood.

El Ibis lo golpeó en el estómago con tanta fuerza que lo dobló por la mitad, pero Wood no hizo nada para defenderse. Permitió que lo agarrara del cuello con una mano y lo sostuviera a un lado mientras que alzaba la otra mano y conjuraba un muro de fuego alrededor de su compañera. Muy pronto, las llamas aislaron a la Ibis y a Dith del resto de nosotros.

—No podrás escapar de mí —la amenacé con esa otra voz profunda, rica y oscura—. Te perseguiré y te cazaré, y luego dejaré que mi oscuridad disfrute de cada segundo que pase torturándote.

—Haré lo que quieras —intervino Danielle, desesperada. Había verdadero pánico en sus ojos. Se arrodilló junto a Raven sin apartar la mirada de Meredith y de la guardia—. Solo suéltala y déjame... deja que ayude a Raven.

Danielle me lanzó una mirada rápida y, de algún modo, supe lo que significaba. Iba a emplear su magia para tratar de curar al lobo. Incluso en esa situación, aterrada por la posibilidad de que le pasara algo a su propio familiar y por lo graves que pudieran ser las heridas de Raven... Incluso conmigo convertido en una criatura de aspecto horrendo, más lejos de mí mismo de lo que nunca lo había estado, su mirada me recordó lo que me había dicho pocas horas antes: «No te tengo miedo».

—Voy a retroceder —anuncié, para evitar que mis movimientos provocaran a la guardia.

Di un paso atrás. Luego otro, y otro más. No podía abandonar aquel sitio y no estaba seguro de lo que la magia de Danielle podría desatar en mí.

Incluso sin usarla más allá de un simple hechizo de protección, percibía el latido de un torrente en su pecho cantando para mí. Llamándome.

«Poder. Magia. Tómala. Tómala. Tómala. Es tuya. Te pertenece».

Recé para que darle algo de espacio resultara suficiente.

—No tenemos tiempo para esto —intervino el otro guardia, su mano aún en torno al cuello de Wood.

El lobo le gruñó, pero eso fue cuanto hizo.

—Por favor —suplicó Danielle.

Sin llegar a tocar a Raven, estiró poco a poco los dedos sobre su manto de pelo oscuro. Le temblaban las manos.

La Ibis cruzó una mirada con su compañero y, tras unos segundos de intercambio silencioso, este se movió para acercarse a ella arrastrando a Wood consigo.

—El lobo no es importante. No podemos esperar —sentenció la guardia—. Ponte en pie, tenemos que irnos ahora.

—Pero él... él es un Ravenswood —balbuceó Danielle. Rogando. Estaba rogando por Raven a pesar de que el daño físico no podía ser mortal para un familiar—. Está herido y yo puedo ayudarlo.

—Ponte en pie.

Danielle no obedeció. Deslizó una mano a lo largo del cuello de Raven hasta llegar a su pecho y la levantó para mostrársela a la guardia. Estaba llena de sangre.

La visión me hizo apretar los dientes y la cosa dentro de mí rugió como un animal acorralado. La piel me ardía de impotencia, literalmente supongo, y la oscuridad me exigía que actuara, que cediera ante ella. Ni siquiera sabía muy bien cómo estaba siendo capaz de mantener el control.

El Ibis estampó a Wood contra el tronco de un árbol y le advirtió que no hiciera ninguna tontería. En todo momento mantuvo el círculo de fuego en torno a su compañera. No podría hacerlo por mucho tiempo más sin agotarse, pero no parecía que lo fuera a necesitar. Mientras tuvieran a Dith, estábamos atados de pies y manos.

—Si no te levantas ahora mismo, tu familiar... —La guardia enmudeció de repente. Abrió los ojos como platos y su cuerpo comenzó a convulsionar. El brazo que mantenía sujeta a Dith resbaló por su hombro, liberándola.

Con un jadeo, Meredith cayó de rodillas sobre el suelo.

Escuché al otro guardia mascullar una ristra de maldiciones seguido de un fuerte golpe, pero yo no podía apartar la vista de la imagen de la Ibis.

Durante un momento, todo lo que pude ver fue el agujero en su pecho y... su corazón flotando en el aire, chorreando sangre y aún latiendo, como si hubiera decidido saltar fuera de su cuerpo por sí solo. Un instante después, unos dedos se materializaron en torno al órgano, una mano que lo mantenía sujeto. Luego un brazo y un hombro. Hasta que una figura completa tomó forma frente a mis ojos.

Su rostro... Yo conocía ese rostro, había retratos de él en la mansión.

—Elijah Ravenswood. —El nombre abandonó mis labios en una exhalación suave y temblorosa, apenas un susurro, y él desvió la vista hacia mí.

Ninguno de los presentes se atrevió a moverse, aunque resultó obvio que todos lo habíamos visto aparecer de la nada; también lo que le había hecho a la Ibis. Y, desde luego, todos escuchamos muy bien lo que dijo a continuación:

—La sangre de los Ravenswood nunca debería derramarse en este bosque.

45

No supe muy bien cómo estaba manteniendo la cordura a pesar de todo, pero me enorgulleció no ponerme a gritar en cuanto el fantasma de Elijah Ravenswood se manifestó frente a mí y le arrancó el corazón a la Ibis que retenía a Dith. Aunque, en realidad, primero había visto el corazón saltando fuera de su pecho y luego había sido la figura de Elijah la que había aparecido ante mis ojos.

Bien pensado, no tenía muy claro que un fantasma pudiera llevar a cabo algo como lo que él había hecho, pero eso no era algo de lo que fuera a preocuparme por el momento. Tampoco pensaba pararme a analizar el nuevo *aspecto* de Alexander; ya habría tiempo de plantearme todo aquello después, así como el hecho de que no era capaz de sentirme mal por el final que había tenido la bruja Ibis, me convirtiera eso en lo que me convirtiese.

La guardia no había dudado en herir a Raven, y la sangre, aunque manaba ahora en menor cantidad, continuaba fluyendo y ya había formado un charco bajo su cuerpo. Aparté la vista de Elijah y me centré en el lobo negro.

—No lo toques —me ordenó su antepasado, y tuve que levantar la vista de nuevo.

Elijah Ravenswood resultaba perturbador, y no me refería a que acabase de arrancarle el corazón del pecho a una bruja haciendo uso solo de sus propias manos, ni tampoco al detallito de que el tipo estuviese muerto; como tres siglos muerto.

Su expresión carecía de cualquier rastro de bondad. Compartía el color de pelo con Raven, pero ahí acababan las similitudes entre los dos. Y aunque su postura sí que me recordaba en algo a la pose exigente que Alexander adoptaba a veces, nunca el brujo, por muy irritante que me hubiera resultado, había sido tan condenadamente cruel y sanguinario como Elijah en ese momento.

Ni siquiera *transformado*, con toda aquella oscuridad rodeándolo, Alexander podía competir con su antepasado.

Pero eso daba igual, todo daba igual ahora. Raven no tenía tiempo. La daga que yacía ahora junto al cuerpo de la guardia estaba brillando, y eso solo podía significar una cosa.

—Me da igual quién o qué seas —dije, con una dura serenidad que nadie esperaría de mí, ni siquiera yo misma—. Esa daga está hechizada. Hay magia en ella y, por si no lo sabes, eso quiere decir que puede matar a un familiar. No vas a impedirme que ayude a Raven.

Nada de aquello tenía que haber sucedido. Raven no debería estar tirado sobre el fango de ese bosque, perdiendo la vida segundo a segundo a través de la profunda puñalada que la Ibis le había asestado en el pecho cuando él había tratado de defenderme. Ravenswood no era mi lugar y, de no haber huido de Abbot y acabado allí, Raven estaría bien.

Con las manos revoloteando a apenas unos centímetros del pelaje de Raven, miré a Alexander en busca de su aprobación. Aunque lo haría de todas formas, quería que él confiara en mí para ayudar a su familiar. De verdad que *deseaba* que lo hiciera.

Alexander se encontraba a varios metros, junto a un Wood que lucía como si fuese a él al que hubiesen acuchillado. El brujo oscuro continuaba con aquella... forma, pero me obligué a no parpadear siquiera mientras esperaba una señal por su parte. Le daría unos segundos y luego me ocuparía de Raven dijera lo que dijese, y me enfrentaría a cualquiera que intentara interponerse en mi camino. Tenía que arreglar el desastre que yo misma había provocado; de ninguna manera Raven (un lobo, un brujo con siglos de antigüedad, un familiar y la persona más buena que conocía), iba a morirse en mitad de aquel maldito bosque.

—Haz lo que tengas que hacer —aceptó Alexander mientras retrocedía varios pasos para alejarse aún más de mí.

Asentí con solemnidad.

Raven era para él algo más que un simple familiar, era su *familia*, y me estaba confiando su vida a pesar de ser la única culpable de que estuviésemos en esa situación. De todos los presentes, yo era la más cualificada y dotada para sanarlo, y supuse que Alexander debía de sentirse impotente y, más que nunca, frustrado por ser parte de un sistema que no le había provisto de medios adecuados para afrontar algo así. Alexander era más poderoso que yo, no tenía dudas; sin embargo, ahora mismo no tenía ni idea de qué hacer. Ni siquiera estaba segura de que, en su actual estado, pudiera llevar un acto tan desinteresado como era el de sanar a alguien.

Aquello requería de magia blanca y él era el vivo reflejo de la mayor oscuridad que pudiera existir en el mundo. Y por mucho que en ocasiones la magia fuera manipulable, dudaba que fuera a funcionar en su caso.

A su lado, Elijah me observaba con expresión desdeñosa, como si yo fuera alguna clase de bicho que desease exterminar. Ni siquiera había soltado el corazón ensangrentado de la Ibis.

Procuré no pensar en lo espeluznante de la situación mientras colocaba las manos sobre la herida del pecho de Raven.

Dith se arrodilló a mi lado.

—Ha perdido mucha sangre, Danielle, y la daga...

—Puedo ayudarlo —la corté.

La alternativa no era algo que desease plantearme.

Un sudor frío se deslizó por mi espalda cuando le tomé el pulso a Raven y me di cuenta de lo débil que estaba. Todo mi cuerpo tembló mientras tiraba del núcleo de mi magia y mis manos, hundidas entre su carne abierta, prácticamente destellaron por la intensidad de la energía que las atravesó. Casi esperaba que Alexander sufriera uno de sus ataques y se lanzara sobre mí para drenarme. O que también empezara a asfixiarse como había sucedido conmigo.

Nada de eso ocurrió, pero, aunque me concentré y empecé a murmurar el hechizo de curación más potente que conocía, no pude abstraerme lo suficiente como para evitar escuchar lo que Elijah les estaba diciendo a los Ravenswood.

—El verdugo se encuentra aquí. Está listo para comenzar su labor e instaurar un nuevo equilibrio. Es el momento adecuado para que la oscuridad resurja y reine por fin. Tú —prosiguió, y no supe a quién de los dos se refería, si a Alexander o a Wood, ya que no quise apartar la vista de lo que estaba haciendo. Lo que sí me quedó claro fue que su versión del equilibrio no tenía nada que ver con la mía— debías ayudarlo, pero has hecho *esto*.

El fantasma, o lo que quiera que fuera Elijah Ravenswood, continuó farfullando cosas sin demasiado sentido, al menos para mí. Tal vez lo de vagar entre mundos durante un par de siglos le había soltado algún cable en la cabeza o quizás solo era su afición por la magia de sangre lo que lo había convertido en un tarado, pero no había duda de que estaba divagando.

Ignoré el sonido de su voz y me forcé a tirar más rápido aún de mi magia para llevarla hasta mis dedos. Sin los ingredientes adecuados para potenciar el hechizo, y teniendo en cuenta lo profunda que era la herida (y que no sabía de qué forma estaba hechizada la daga), me estaba costando mucho unir los bordes y detener la hemorragia del todo, pero igualmente me empleé a fondo.

Contaba con todo un torrente de energía en mi pecho que fluía y fluía casi sin fin. Nunca en toda mi vida había dispuesto de tal cantidad de magia, de eso estaba segura. Alexander y yo íbamos a tener que sentarnos y compartir una larga charla para intentar comprender qué demonios me había hecho. Sin embargo, en ese instante, todo aquel poder estaba resultando vital para que el agotamiento no hiciera mella en mí, así que no pensaba quejarme.

—Lo estás consiguiendo —me animó Dith, que también susurraba un conjuro propio para reforzar el mío—. Lo estás haciendo.

No tuve que mirarla para saber que había lágrimas en sus ojos, al igual que estaba segura de que la humedad que cubría mis mejillas tenía el mismo origen. Tanto Dith como yo, de algún modo, habíamos acabado adorando a Raven y sintiéndolo como un miembro más de nuestro particular aquelarre, parte de nuestra familia; no importaba que eso, en nuestro mundo, no fuera posible bajo ningún concepto. Y, ahora mismo, tampoco me importaba lo que Raven hubiera hecho para convertirse en familiar.

Escuché un suspiro cargado de amargura y preocupación (Wood, seguramente) y eso me empujó a redoblar los esfuerzos y seguir extrayendo más y más magia de mí. Funcionaría, tenía que funcionar. Cerraría la herida y luego, cuando pudiésemos llevar a Raven hasta la casa, buscaría la manera de reponer la sangre que había perdido y de anular por completo los efectos de mágicos de la daga, si es que quedaba algún rastro de ellos. Raven se curaría porque era un lobo y un familiar, y una persona increíble que yo no estaba dispuesta a dejar morir. No *podía*. No hubiera sido justo.

Apenas fui consciente del tiempo que pasé encorvada sobre el cuerpo de Raven con las rodillas hincadas en el suelo húmedo y fangoso y repitiendo el hechizo una y otra vez, hasta que las palabras apenas si parecían tener sentido y mis manos eran poco más que dos garras que se agarraban a Raven sin control alguno. Tampoco estaba segura de la cantidad de magia que requirió, ni de si quedaría algo de mí después de aquello. Solo sé que, cuando la herida no fue más que un grueso pliegue rosado sobre la piel del lobo, los sonidos de lo que me rodeaba regresaron por fin y escuché a Dith llorando, rogándome que parara.

Me palpitaba la cabeza, estaba empapada en sudor y, posiblemente, a punto de perder la conciencia. Retiré muy despacio los dedos agarrotados del pelaje de Raven, cubierto en parte de sangre coagulada, y me desplomé hacia un lado, completamente exhausta. Unas manos me retuvieron antes de que mi cabeza golpeara el suelo y, un momento después, alguien me envolvió en un abrazo cálido y reconfortante. Dulce y cuidadoso.

A esas alturas, ni siquiera me hubiera importado que fuera Elijah quien estuviera cuidando de mí. Yo apenas era capaz de enfocar la vista y respiraba solo de forma superficial; además, las extremidades me pesaban una tonelada cada una y mi garganta estaba tan seca que no estaba segura de ser capaz de volver a tragar nada sólido.

En resumen, estaba hecha una auténtica mierda y, con mi reciente historial, eso era todo un récord.

—No puedo... más —masculló, dolorida y al límite de la consciencia.

—Shhh... Está bien. Raven estará bien —susurró esa voz que tanto me sacaba de quicio a veces pero que ahora me hablaba con suavidad y ternura—. Todo está bien, Danielle.

Quise creerlo, de verdad que sí, aunque solo fuera porque Alexander estaba siendo amable conmigo por una vez y eso era todo un acontecimiento que me hubiera gustado tener la oportunidad de celebrar.

Cerré los ojos, me permití hundir la cara en su pecho e hice un último esfuerzo para llenarme los pulmones con aquel aroma salvaje y antiguo. El olor de un bosque que casi parecía ser parte de mí.

Mientras Alexander me acunaba, había un montón de cosas que estaba deseando preguntarle. Lo último que pensé, justo antes de desmayarme, fue que debería haberme preocupado el hecho de que el tipo que me mantenía sobre su regazo, y que me estaba abrazando como si yo realmente le importase, tuviera el aspecto de algo salido del mismísimo infierno.

Y no, esta vez no era una forma de hablar ni uno de mis sarcasmos.

Por fin había visto en toda su gloria *eso* que había dentro de Luke Alexander Ravenswood, y la cuestión era que se parecía mucho a un verdadero... demonio.

Me despertaron demasiado pronto. Quería (necesitaba) seguir durmiendo. No me importaba dónde estuviéramos ni lo que había sucedido. El dolor en cada músculo resultaba atroz y perder el sentido era la única opción atractiva en ese momento.

—No podemos cargar con los dos... Y no podemos dejar a ninguno aquí solo y desprotegido —escuché que decía alguien, Wood tal vez. Estaba demasiado aturdida para estar del todo segura.

Traté de dejarme ir de nuevo, aunque sentía un suave zarandeo y escuché a otra persona llamándome. Quien quiera que fuese, resultaba un verdadero fastidio.

Todo lo que anhelaba era echar una cabezadita, ¡por Dios!

—Quiero... dormir —articulé con un hilo de voz—. Solo cinco minutos más, por favor.

—No puedes hacerlo aún. Vamos, Danielle, necesitamos que te levantes. *Yo* lo necesito.

Quise reírme. Aunque parecía ser Alexander quien había hablado, dudaba mucho que él necesitara nada de mí, por muy jodidas que estuvieran las cosas. Pero entonces recordé el bosque, los Ibis, a Elijah Ravenswood y la herida sangrante en el pecho de Raven.

«Raven».

La preocupación me obligó a levantar los párpados. Alexander se encontraba a mi lado y aún me mantenía rodeada con sus brazos. Aunque ya se había deshecho de la oscuridad, su expresión era sombría y estaba cargada de preocupación. Tiró un poco de mí para ayudarme a sentarme y los pinchazos de dolor se sucedieron en oleadas.

Tuve que cerrar los ojos durante un instante para evitar vomitar el contenido de mi estómago.

—¿Qué...? —Me puse a toser con tanto ímpetu que pensé que los pulmones terminarían saliéndoseme por la boca. Ni siquiera me molesté en abrir los ojos de nuevo.

—Tranquila, inspira despacio. —Eso era lo que intentaba, aunque resultaba obvio que no lo estaba consiguiendo—. Tenemos que llevaros a Raven y a ti a casa, pero... —Hizo una pausa y escuché unos susurros. Quería ceder al sueño y mandarlo todo a la mierda, pero me obligué a resistir—. ¿Danielle? Tienes que caminar. Raven sigue transformado en lobo y no podemos cargar con ambos.

—No va a poder andar. —Fue Dith quien habló esta vez, y había tanto sufrimiento e inquietud en su voz...—. Está demasiado débil, Alex.

—Lo arreglaré. Os he dicho que funcionará.

—¿Has hecho algo así antes?

No sabía de qué estaban hablando ni tampoco llegué a escuchar la respuesta a esa última pregunta. Lo siguiente que supe fue que una mano se extendía sobre mi estómago. El aroma a bosque se intensificó y una descarga de energía pura me recorrió de pies a cabeza, músculo a músculo. Célula a célula. Fue como si un rayo me atravesara y quemara cada parte de mí.

Y dolía, joder cómo dolía.

—¡Mierda! —gruñí, sintiéndome morir.

Aun así, me las arreglé para, de alguna manera, percibir la presencia de Dith junto a mí.

—Danielle, ¿estás bien?

—Estupenda. —Prácticamente, vomité esa única palabra.

Era mentira, claro. No había nada estupendo en mí en ese instante; sin embargo, de repente el núcleo de mi pecho destelló con fuerza a pesar de que juraría que lo había agotado casi por completo.

Abrí los ojos y eché un vistazo a mi alrededor. Raven continuaba en el suelo, aún en su forma animal e inconsciente, aunque su pecho subía y bajaba a un ritmo aparentemente normal. Wood estaba acuclillado a su lado y con una mano acariciaba sin pausa el costado de su gemelo. No había rastro del brillo burlón en los ojos del más gamberro de los gemelos; no quedaba nada de diversión ni de esa arrogancia innata que el lobo blanco exhibía siempre, y eso decía bastante de lo jodidos que debíamos de estar.

Cerca de ellos, el cadáver de la guardia Ibis yacía boca abajo. El agujero de su espalda se apreciaba con claridad. Su ejecutor, Elijah Ravenswood, no estaba por ningún lado. Debía de haber regresado a donde quiera que fueran los fantasmas en su tiempo libre. No lo sabía y tampoco me importaba.

El otro guardia continuaba inconsciente. Supuse que Wood lo había derribado en cuanto Dith dejó de estar bajo la influencia de su compañera.

—No tardará en despertar —dijo Alexander, al descubrir el rumbo de mi mirada—. Tenemos que irnos ya.

Volví la vista hacia él, pero Alexander evadió mis ojos en un rápido movimiento. A pesar de que mantenía una mano sobre la parte baja de mi espalda, no había ya ninguna calidez en aquel contacto. Tal vez, al arrancarme casi hasta la última gota de magia para sanar a Raven, me había dedicado a alucinar con un Alexander todo bondad y dulzura. Prueba de ello fue que, enseguida, le hizo un gesto a Dith para que me ayudara a levantarme y prácticamente me empujó en sus brazos para deshacerse de mí.

Estaba demasiado cansada para protestar o echárselo en cara; de no ser así, y no estar hasta el cuello de mierda, me hubiera asegurado de darle una patada en su pomposo y arrogante trasero.

46

Conseguir llegar al campus supuso toda una hazaña. El bosque estaba demasiado silencioso y sombrío, pero al menos tuvimos la suerte de no cruzarnos con nadie. Ninguno de nosotros olvidaba que había otros brujos allí (brujos que seguramente eran Ibis blancos) y no dijimos una palabra mientras nos arrastrábamos entre los árboles.

Tuvimos que dejar atrás los cuerpos de los dos estudiantes carbonizados. Dith, Alexander y Wood se las arreglaron para cargar con Raven mientras yo luchaba por no derrumbarme sobre el suelo y acurrucarme bajo un árbol hasta que el cuerpo dejara de dolerme. Cuando por fin atravesamos el umbral de la casa de los Ravenswood, todos estábamos agotados, cubiertos de barro, algunos también de sangre, y muertos de preocupación.

El largo trayecto me permitió cavilar acerca de las muchas consecuencias que podía tener aquello para todos. Aunque hubiera sido Elijah quien había asesinado a la Ibis, no estaba segura de que alguien fuera a creérselo, incluso teniendo en cuenta que el padre de Alexander, al parecer, conocía las idas y venidas como fantasma de su antepasado, así como sus macabras aficiones. Apostaba a que elegiría culpar a su hijo de aquella muerte. O a mí.

—Deberías ducharte y descansar un poco —sugirió Dith en cuanto hubieron acomodado a Raven en la cama de su dormitorio.

A decir verdad, sonó más como una orden, y su actitud había sido extrañamente distante después de lo ocurrido en el bosque.

—No. Raven necesita... Necesita... —Me froté las sienes y traté de recordar algún hechizo que pudiera ayudarlo a recuperarse con mayor rapidez. Su cuerpo estaba demasiado frío, seguramente por la pérdida de sangre que había sufrido, y no sabía si había conseguido sanar del todo los daños internos que la puñalada hubiera provocado. O los mágicos. No descansaría hasta que recuperara la consciencia—. Seguro que hay algo más que pueda hacer.

Wood se desplomó sobre un pequeño sofá en una de las esquinas de la habitación. Permanecía callado y no apartaba la vista de su gemelo; no podía imaginarme lo que estaría sintiendo.

Dith se plantó frente a mí y me sorprendió lo enfadada que parecía de repente. Había también una sombra cubriéndole la mirada que jamás había estado ahí antes.

—Nunca vuelvas a hacer eso —me espetó, tomándome de los hombros para obligarme a mirarla—. ¿Me oyes? Nunca, Danielle.

—Pero Raven...

—No —me cortó, y prácticamente me estaba zarandeando—. ¡Casi te mueres! ¿Cómo puedes haber sido tan inconsciente? ¡Te pedí que pararas! ¡Te lo estaba suplicando y no había manera de apartarte de él ni de detenerte! —continuó gritándome.

—¡Se estaba muriendo! —le grité yo de vuelta sin poder evitarlo—. ¡Es Raven! ¿De verdad querías que lo dejara morir?

Dith me soltó mientras negaba una y otra vez con la cabeza, y solo entonces me di cuenta de que no estaba furiosa, sino asustada. Muy asustada.

—*Tú* podías haber muerto —murmuró, dándome la espalda—. ¿Crees que eso es lo que querría Raven? ¿Que murieras para salvarlo a él?

Ni Wood ni tampoco Alexander, que permanecía de pie junto a la cama de Raven y seguía evitando mi mirada, intervinieron. Creo que no sabían qué decir.

—Dith, estoy bien. Yo no...

—No quiero oírlo —replicó sin volverse para hablarme—. Solo necesito que me prometas que nunca más te expondrás de esa forma. O te juro por nuestro linaje que te mataré yo misma.

Ni siquiera esperó mi respuesta. Le pidió a Wood que la acompañara y ambos salieron de la habitación un momento después; él llevaba consigo la daga de la Ibis, así que imaginé que tratarían de descubrir con qué tipo de magia la había hechizado.

—Van al sótano —dijo Alexander, cuando me quedé mirando la puerta como una imbécil, sin saber qué demonios acababa de pasar—. Hay un cuarto oculto con toda clase de ingredientes. No lo usamos nunca, pero lo mantenemos bien abastecido.

—¿Ya me hablas de nuevo? —señalé, aunque ni siquiera entonces se había molestado en levantar la vista y mirarme a la cara.

Alexander no respondió, y eso... eso me cabreó mucho. Sí, había sido una irresponsable al exigirme tanto, pero ¿qué demonios le pasaba a todo el mundo? No esperaba una palmadita en la espalda ni nada por el estilo. Lo único que había deseado era salvar a Raven, y lo haría de nuevo; había sido lo correcto. Comprendía la preocupación de Dith, su impotencia, pero yo estaba bien y Raven continuaba vivo.

—¿Qué me hiciste? En el bosque... No debería poder mantenerme en pie ahora mismo. ¿Qué fue esa descarga?

—¿No hay otra cosa que te gustaría más preguntar? —Aunque su tono era casi burlón, había mucho más detrás de sus palabras.

Sabía a lo que se refería, y puede que una parte de mí se estuviera volviendo loca al recordar el aspecto que había tenido Alexander al transformarse del todo. Si no era de verdad un demonio, al menos sí que se parecía totalmente a uno. El abismo en sus ojos, negros por completo; la red siniestra de su piel, que esta vez había cubierto la totalidad de su rostro y convertido su carne en otra cosa, algo liso, tirante y de apariencia tan dura como el granito; aquellas llamas púrpuras que habían emanado más allá de él en forma de lenguas de oscuridad, extendiéndose y arremolinándose en torno a su cuerpo. Sus dientes se habían afilado y el tono rubio de su pelo había desaparecido para dar paso a un montón de mechones blancos y negros que se entremezclaban sin orden aparente, y además...

—Tenías cuernos. —No era la forma más sutil ni elegante de mencionar aquello, pero ya estaba dicho. Mejor eso que hablar sobre lo que había ocurrido entre nosotros antes de que los demás nos encontrasen. Cualquier cosa antes que *eso*.

Alexander dejó escapar una carcajada desprovista de alegría y por fin se dignó a mirarme. Me estremecí en cuanto sus ojos se posaron sobre mí, repletos de una frialdad que no había atisbado en ellos desde mis primeros días en Ravenswood.

—Cuernos —repitió, tan sorprendido como resignado, quizás también un poco divertido—. Así que, de toda la mierda que me ocurre, lo que más te preocupa es que tenga cuernos.

El hielo en sus ojos se atenuó solo un poco y, envalentonada, me aventuré a continuar señalando obviedades.

—Como un demonio.

La tensión se apropió de él y la diversión se esfumó de sus rasgos con la misma rapidez con la que había aparecido. Yo no podía ser la primera que atara cabos y pensara que la oscuridad de Alexander provenía del mismísimo infierno. A ver, al tipo le habían salido unos puñeteros cuernos. Vale que no eran demasiado grandes, pero no dejaban de ser una señal bastante inequívoca de su posible origen. Elijah Ravenswood se había pasado a saber cuánto tiempo empleando magia de sangre y tonteando con fuerzas oscuras, no era muy descabellado pensar que se le habría exigido alguna clase de precio a cambio... Tal vez el pago hubiera sido su propia descendencia, aunque la razón de que la deuda no se le hubiera reclamado hasta varias generaciones después, solo él la sabría.

En el mejor de los casos, puede que solo estuviera montándome otra de mis películas mentales; imaginación no me faltaba y lo ocurrido durante las horas anteriores me había dado material más que de sobra para las más alocadas elucubraciones.

A la espera de una respuesta o alguna aclaración por parte de Alexander, miré a Raven. Estaba tan mortalmente inmóvil... ¿Por qué no se despertaba? ¿Al menos no debería haber vuelto a su forma humana?

—Los gemelos y yo hemos hablado muchas veces de esa posibilidad —dijo Alexander, consiguiendo llamar mi atención de nuevo.

Él tampoco tenía buen aspecto, ninguno lo teníamos en realidad. Me moría de ganas de lanzarme sobre cualquier superficie horizontal y perder la consciencia durante un día o dos, pero sabía que no sería capaz de descansar mientras no me asegurara de que Raven estaba fuera de peligro.

—¿Y bien? ¿Crees que estás... poseído? —lo tanteé con cautela.

Él negó de inmediato.

Las posesiones no resultaban frecuentes, pero tampoco eran algo excepcional, y a menudo las causaban espectros furiosos de personas que habían sufrido una muerte violenta. No era complicado expulsarlos si se tenían los conocimientos adecuados; conocimientos con los que yo no contaba porque me estaba perdiendo mis clases de último año en Abbot.

Pero las posesiones demoníacas... Esas eran muchísimo más peligrosas y deshacerlas requería un montón de poder y una férrea fuerza voluntad. Luchar contra demonios normalmente no acababa bien salvo para un grupo selecto de brujos que se especializaban precisamente en ese tipo de rituales. Cuando algún brujo blanco se tropezaba con algo así, normalmente acudía al consejo y estos enviaban a un brujo *daemonii* para hacerse cargo de ello.

Pero, al parecer, Alexander no creía que ese fuera su caso. O no quería creerlo.

—No necesitas saber nada de esto.

—¡Y una mierda que no! —le espeté, avanzando un paso hacia él. Alexander se irguió y pareció ganar altura, aunque contuvo la oscuridad.

Incluso en calma, su presencia parecía llenar siempre cualquier habitación en la que se encontrase.

—En el bosque, tan solo te traspasé algo de mi propia energía —afirmó, y no le hubiera permitido cambiar de tema si no fuera porque empecé a alucinar con su confesión.

Una cosa era que un brujo accediera al poder de otro y tomara algo para sí durante la realización de un hechizo. En realidad, era más como compartir parte de su magia, y no siempre funcionaba. Pero *donarla* voluntariamente, entregarla sin que le fuera reclamada..., bueno, aquello era nuevo para mí, claro que Alexander no albergaba lo que se dice «poderes normales». Empezaba a comprender que no había nada normal en el brujo oscuro; seguramente, tampoco en todo el linaje Ravenswood.

—Un momento, no lo habías probado nunca antes, ¿verdad? —Su silencio fue respuesta suficiente—. ¡Joder, Alexander! ¡No sabías si saldría bien!

—Pero lo hizo, y aquí estás.

Maldito idiota arrogante.

Apreté los dientes, furiosa, pero él simplemente se mantuvo frente a mí, desafiante de una forma en la que me dieron ganas de emplear su pecho de la misma manera en la que Wood usaba el saco de boxeo del sótano. Contuve los instintos violentos a duras penas.

—Podías haberme matado.

—Ya te estabas muriendo, Danielle.

—No lo creo —dije, aunque era muy consciente de que la cantidad de poder que había requerido curar a Raven me había enviado más allá de mis propios límites.

Sacudí la cabeza y decidí dar el tema por zanjado. De momento. Ese día habían pasado tantas cosas que aquella temeridad ni siquiera estaba en la parte más alta de mi lista de «cosas que son una mierda y en las que no quiero pensar».

Lo más contradictorio de todo aquello era que Alexander, en vez de drenar mi magia, hubiera podido entregarme parte de la suya. Al menos tocarme ya no parecía ser un problema.

Aunque no era como si yo deseara que eso volviera a ocurrir.

Nop.

Me puse los ojos en blanco a mí misma. Ni siquiera sabía por dónde empezar a plantearme nada de lo que había ocurrido entre Alexander y yo en el bosque. La forma en la que me había besado y el modo en el que yo le había correspondido. Cómo había sentido la caricia suave de sus dedos más allá de mi propia piel. El deseo consumiéndonos...

Me había gustado que me besara. No tenía sentido seguir engañándome a mí misma.

Se me calentaron las mejillas al pensar en lo que habría podido ocurrir si no nos hubieran interrumpido y me obligué a apartar el pensamiento de mi mente. Había cosas más importantes de las que preocuparse.

—Y Elijah, ¿lo dejasteis marchar?

—Es algo complicado retener a un fantasma —señaló, arqueando las cejas—, y más aún a uno como Elijah Ravenswood.

—¿Lo sigue siendo? Un fantasma, quiero decir... O un espectro.

Los fantasmas resultaban casi inofensivos. Se quedaban anclados a mitad de camino entre este mundo y el más allá debido a algún tipo de asunto pendiente, y su capacidad de hacer daño era mínima. Los espectros, en cambio, eran entes maliciosos y violentos, repletos de amargura, odio y un ansia vengativa que los hacía muy peligrosos. Apostaría lo que fuera a que ese era el caso de Elijah; la Ibis muerta era una prueba bastante concluyente de ello en realidad.

Alexander se encogió de hombros, como si no supiera muy bien qué era ahora su antepasado, pero acto seguido se lanzó a explicarme la teoría que tenía al respecto. Solo Wood debería haber sido capaz de ver a Elijah, y efectivamente el lobo blanco había confesado que se percató del momento exacto en el que su antepasado apareció entre los árboles y se acercó por detrás a la Ibis. Pero Elijah se había hecho visible para el resto cuando le había extraído el corazón del pecho a la bruja. Alexander opinaba que era la sangre de la guardia lo que le había permitido transmutarse, y la verdad era que eso tenía cierto sentido dada la afición de su antepasado por la magia de sangre. No era descabellado que el líquido vital le hubiera dado el poder necesario para manifestarse en carne y hueso.

—Las chicas asesinadas, ¿crees que fue él el responsable?

Habíamos hablado de ello en el despacho de Wardwell, pero ahora, tras verlo en acción... Ahora parecía algo real.

Alexander se pasó la mano por la cara en un gesto no exento de cierta desesperación, y por un momento se pareció un poco más al chico vulnerable y perdido al que yo le había apretado la mano durante el ritual de despedida. Me pregunté cuánto de él requería mantener continuamente el control y esa máscara con la que cubría su rostro la mayor parte del tiempo. No quería pensar en la posibilidad de que su verdadera cara fuera la que yo había contemplado en el bosque; de ser así, me había estado besuqueando con un maldito demonio.

¡Dios! A mi padre le iba a dar un ataque. A *mí* me daría un ataque.

—Lo más probable es que fuera Elijah, sí. Como ya has visto, no es muy tolerante cuando se trata de las ofensas a su linaje. Y a Abigail la encontraron en la habitación de Ariadna, por lo que es probable que la matara por error después de lo sucedido la noche del baile con Raven. Sobre Dianna no sé bien qué pensar, pero si la sangre le permite tomar una forma corpórea...

Ni siquiera quería imaginar para qué necesitaría Elijah transmutarse, aparte de para extirpar corazones a su paso, claro estaba.

—Mencionó a un verdugo o algo así —señalé, y Alexander asintió. Le lanzó una breve mirada a Raven y se apartó de la cama para acercarse a la pared. Tras apoyar la espalda junto a la ventana, resbaló hasta quedar sentado en el suelo—. ¿Sabes a qué se refería? ¿Os dijo algo más?

Verlo allí sentado me recordó a las horas que habíamos pasado encerrados juntos tras mi llegada. No hacía más que unos pocos días de aquello y parecía toda una vida.

La culpabilidad volvió a contraerme el estómago. Nada de esto hubiese ocurrido de no ser por mi presencia en Ravenswood. O tal vez aquello había sido inevitable, dado que Raven, de todas maneras, me había visto venir. Sin embargo, no podía evitar pensar en la posibilidad de que Abigail y Dianna podrían continuar con vida si yo no hubiera escapado de Abbot, y Raven no habría salido herido al tratar de defenderme.

La lista de mis malas decisiones no hacía más que aumentar y no parecía que las cosas fueran a mejorar en un futuro inmediato. Brujos blancos habían invadido los terrenos de Ravenswood y puede que siguieran aún en el bosque, además de alumnos que tal vez necesitaban ayuda o que podrían estar... muertos, como los dos que habíamos encontrado. El padre de Alexander podría venir a buscarme en cualquier momento y, de lo que no había duda, era de que el Ibis que habíamos dejado inconsciente en el bosque se despertaría e informaría a Tobbias de lo sucedido.

—No mucho —expuso Alexander, pero titubeó, como si dudara sobre lo que deseaba compartir conmigo—. Dijo que yo formaba parte del plan. Habló de instaurar un nuevo equilibrio. Y tú, al parecer, sea por el motivo que sea, eres una consecuencia no deseada.

—Chico, haces maravillas con mi autoestima.

Alexander suspiró, o más bien resopló ante mi burla.

—No tienes por qué hacer eso.

—No tengo ni idea de lo que estás hablando.

—Siempre empleas el humor para hacer frente a las situaciones que no sabes cómo manejar —dijo con tono sereno.

No era como si estuviese tratando de hacerme sentir mal, pero me crucé de brazos, a la defensiva, y estiré la espalda hasta erguirme por completo, aunque el movimiento me valió una nueva oleada de pinchazos de dolor.

Resultaba patético que, incluso cuando Alexander estaba mirándome desde el suelo, muy por debajo de mí, me hiciera sentir como si estuviera a punto de hacer que me encogiera y desapareciese.

Pero entonces sus párpados cayeron, ocultándole los ojos, y las largas pestañas le acariciaron la parte alta de sus pómulos. Era evidente que estaba casi tan exhausto como yo y que la preocupación por Raven lo estaba matando. Bajé la mirada hasta sus labios y contuve el estremecimiento que me sacudió al recodar la sensación de su boca sobre la mía, lo bien que habían encajado juntas. Lo... perfecto que se había sentido.

¡Dios! Seguro que había alguna clase de regla no escrita sobre lo mal que estaba pensar en algo así en una situación como aquella.

—No te he dado las gracias —añadió, abriendo los ojos y clavando su mirada dispar en mí—. Lo que has hecho por Raven... Dith tenía razón, no deberías haber forzado las cosas tanto, pero... gracias por curarlo.

Sonreí como una idiota, que es lo que probablemente era por sentirme tan bien al recibir su aprobación. Su opinión no debería importarme tanto. No debería importarme en absoluto.

—El infierno se ha congelado definitivamente. —Hice una mueca. Igual no era un comentario muy afortunado, dadas sus circunstancias.

Pero Alexander rio, y la atmósfera, aún sombría y saturada de preocupación, se volvió algo menos tensa. Escucharlo reír aún me resultaba extraño; el sonido era grave y profundo, y sonaba casi oxidado. Creo que él mismo se sorprendía cada vez que lo hacía. Pero también era agradable y bonito, como una gema preciosa a la que una pequeña imperfección convirtiese en algo realmente único.

—Sí, puede que así sea.

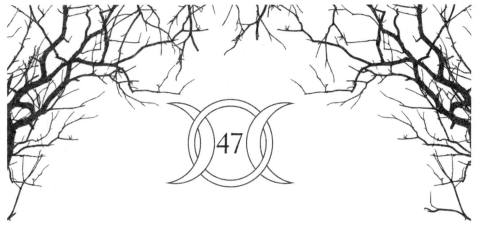

47

El silencio se apoderó de la habitación desde ese momento, pero no duró demasiado. Wood y Dith regresaron poco después cargados con lo que parecía toda una reserva de distintos ingredientes y varios libros. En cuanto los vio aparecer, Alexander nos informó de que iba a regresar al bosque.

—Ni se te ocurra —le advirtió Wood con la paciencia al límite. Parecía dispuesto a atarlo a una silla para retenerlo si era necesario.

—Puede que haya alumnos todavía ahí fuera y también brujos blancos. No voy a abandonar a los míos a su suerte.

Le echó un vistazo rápido a Raven y su mirada se enturbió por el dolor. Fui muy consciente de lo mucho que odiaba no poder hacer nada por él y de que, además de *cuidar* de su legado, aquello era también una forma de sentirse útil.

—Iré contigo —me encontré diciendo a pesar de que apenas si podía mantenerme en pie.

—Ni hablar —replicaron Dith y él a la vez.

—Todo esto lo he causado yo. Si hay algún herido, puedo ayudar.

No era mi intención recordarle a Alexander su incapacidad para curar y hacerlo sentir peor, pero pensaba hacer todo lo que estuviera en mi mano para arreglar aquel desastre. Además, si se tropezaba con algún brujo procedente de mi comunidad, estaba segura de que le iría mejor conmigo a su lado.

No podía creer que hubieran invadido los terrenos de Ravenswood, mucho menos que hubieran atacado a los alumnos solo para llegar hasta mí. No tenía ningún sentido.

El consejo debía de haber perdido la cabeza para autorizar algo así, sabiendo lo que implicaba. Cuando pusiera un pie de nuevo en Abbot, iba a tener que dar muchas explicaciones por mi huida.

—Tengo que ayudar. Vosotros podéis cuidar de Raven —les dije, aunque me dirigí sobre todo a Dith, y fue más un ruego que otra cosa.

Alexander se apresuró a intervenir.

—Olvídalo, Danielle. Si hay Ibis blancos atacando a alumnos de Ravenswood, puede que tenga que... drenarlos para incapacitarlos. No puedes estar cerca de mí si eso ocurre. —Le hice un gesto con la cabeza, negando, porque estaba bastante segura de lo que diría a continuación. Pero él no se detuvo—. Estuve a punto de matarte en el despacho de Wardwell.

«Hijo de puta».

Aquello, por supuesto, provocó un nuevo interrogatorio por parte de Dith y Wood. Para cuando Alexander terminó de explicarles lo que me había sucedido, estaba bastante segura de que a la que atarían a una silla para evitar que abandonara la casa sería a mí.

—Pudo ser una casualidad —comenté, aunque eso no me lo creía ni yo. Sinceramente, viendo que Alexander cada vez se controlaba mejor, tanto a mi alrededor como frente a otros brujos, y yo no me había visto afectada cuando me tocaba, parecía obvio que era su capacidad para drenar la magia de objetos o personas lo que sí tenía efecto sobre mí.

Meredith soltó una carcajada cínica.

—Estás loca. —Alternó la mirada entre Alexander y yo—. Lo que sea que os une, lo que tu madre hizo para evitar que emplearas tu magia en este lugar... —repuso, señalándome furiosa—. Tenía un buen motivo para ello.

—Yo te hice despertar —aseguró Alexander, como si eso tuviera algún sentido para mí—. No, no fui yo en realidad. Raven piensa... Él me dijo que mi *oscuridad* te despertó.

Wood avanzó un paso hacia su protegido.

—¿De qué demonios estás hablando? —exigió saber el gemelo, pero Alexander sacudió la cabeza, frustrado.

—No lo sé. Raven no me dio más explicaciones. Solo dijo que era algo por lo que Danielle tenía que pasar y que era bueno para... nosotros.

—¿Nosotros? —inquirió Dith.

—Para Danielle y para mí.

La discusión se alargó y se alargó sin que llegásemos a ninguna conclusión. En realidad, aunque parecía lo más plausible, ni siquiera estábamos seguros de que lo que me había sucedido en el despacho de Wardwell fuera a repetirse, pero Dith no quería escuchar una palabra al respecto. Le hizo jurar a Alexander que no volvería a tratar de absorber ningún hechizo (o drenar a nadie, ya que estábamos) hasta que supiésemos lo que eso podía hacerme. Nadie me escuchó cuando señalé que no habría manera de saberlo si no probaba a hacerlo de nuevo.

Lo único que había quedado claro después de la pelea con los Ibis era que Alexander podía lanzar hechizos sin que yo me viera afectada y que ahora era capaz de tocarme sin volverse loco y succionar hasta la última gota de mi poder. Al parecer, lo que fuera que me había hecho al *despertarme*, había cambiado la forma en la que su magia respondía a la mía.

—Percibo el poder dentro de ti y sigue *cantándome*. —Arqueé las cejas al escuchar aquella expresión saliendo de sus labios. ¿Mi magia le cantaba? Alexander debió de advertir mi incredulidad, porque añadió—: No me pasa solo contigo, me siento atraído por el poder de cada brujo de esta escuela, pero... —Me estremecí; un «pero» nunca traía nada bueno—. No sé cómo explicarlo. Es diferente ahora. Contigo, es diferente contigo. Tu magia encaja con la mía de alguna forma que no puedo comprender. Y me llama. Continuamente. En cambio, soy capaz de manejar muchísimo mejor estar expuesto a otros brujos, incluso cuando hay muchos de ellos, como en la ceremonia de despedida. Aún me cuesta, pero no es como antes.

—Da igual. Voy a acompañarte—insistí—. Estamos perdiendo un tiempo precioso hablando de algo de lo que no tenemos ni idea.

—Precisamente por eso, porque no sabemos lo que está pasando, vas a quedarte aquí —sentenció Dith.

Gruñí, incapaz de manejar la frustración.

No fui la única. Alexander estaba deseando marcharse, pero titubeó de todas formas. Creo que en el fondo le preocupaba el hecho de que, de encontrar a algún alumno herido, ni siquiera sabía si podría tocarlo para ayudarlo de alguna forma. Que su toque no me afectara a mí no significaba que hubiera dejado de afectar al resto de brujos ajenos a su linaje.

Sinceramente, eso no parecía probable, porque sería demasiado fácil y estaba visto que los hados del destino se habían empeñado en complicarnos la existencia.

—Tengo que ayudar —supliqué, finalmente.

Me aferré a la idea de que, a pesar de que la misión de Dith era mantenerme a salvo de cualquier peligro, también ella lamentaría que cualquier otro brujo sufriera. Había visto el horror en su expresión al contemplar a aquellos dos chicos destrozados. Si los nuestros habían cometido esa clase de atrocidad...

—Tengo que ir —insistí, ahora dirigiéndome directamente a ella.

Lo pensó un momento más. Juro que creí que se negaría, más aún cuando me hizo un gesto con la mano y me ordenó que no me moviera de la habitación. Salió del dormitorio y regresó apenas un instante después cargando con la bolsa que yo había dejado en mi armario, la que contenía el grimorio de mamá. Se situó frente a mí y me lo tendió.

—Solo si sacas el colgante y lo llevas contigo. Reforzará tu magia y te protegerá.

Arriesgarme a tirar del collar podía significar romperlo o desgarrar alguna página, y Dith era muy consciente de que no había querido hacerlo antes precisamente para evitar que eso sucediera. Ahora no me dejaba alternativa.

—Está bien.

—¿Qué es? —intervino Wood, acercándose para echar un vistazo al libro.

Alexander no se movió, pero también nos observaba.

Ignoré la pregunta de Wood y deslicé la yema de los dedos sobre la cadena que asomaba entre las páginas. El amuleto me ayudaría, Dith no se equivocaba en eso. Había pertenecido a mi familia desde mucho antes de los juicios de Salem; potenciaría mi poder y me brindaría la protección del linaje Good.

—Bien —repetí, y cerré los dedos en torno a la cadena.

Inspiré profundamente y contuve el aliento. Luego, comencé a tirar con suavidad sin permitirme respirar. Si alguno de los dos objetos sufría algún daño, no me lo perdonaría, pero menos aún quedarme de brazos cruzados mientras cosas horribles sucedían en el bosque.

El colgante se atascó, pero continué tirando de todas formas sin permitirme pensar en nada más que en conseguir sacarlo. Se escuchó un leve sonido de desgarro y no pude evitar encogerme. Dith maldijo entre dientes, pero, para entonces, el colgante con el símbolo de la triple diosa colgaba de mis dedos, y el anclaje que mantenía cerrado el grimorio de mamá... se había abierto.

Se me llenaron los ojos de lágrimas en cuanto comprendí lo que eso significaba: la magia de mamá acababa de reconocer a mi propio poder.

—¡Oh, Dios, Danielle! —masculló Dith.

Quise decir algo ocurrente, soltar una de mis absurdas bromas, porque ahora todos me observaban como si esperasen que me derrumbase en cualquier momento, pero no me salían las palabras. Había algo de mamá en mí, algo que me acompañaría siempre a pesar de que ella ya no estaba.

Dith me rodeó con ambos brazos y apoyó la cabeza en mi hombro mientras yo continuaba sosteniendo con fuerza la valiosa herencia de mi madre; el grimorio en una mano y el colgante en la otra. No dijo nada más y yo tampoco hablé, creo que ambas sabíamos lo que aquello significaba para mí.

Cuando me soltó y se hizo atrás, me aclaré la garganta y retuve las lágrimas. Me obligué a comprobar si el grimorio había sufrido algún daño irreparable. Lo abrí y pasé página tras página, todas repletas de hechizos redactados con la elegante letra que tan bien conocía a pesar de los años transcurridos desde su muerte. Apenas sabía dónde mirar, demasiado conmovida por tener acceso por fin a una parte tan importante de mamá. Cuando me encontré con una hoja desgarrada en su parte inferior, supe que era allí donde había estado el colgante.

—Esto... —murmuré, mientras comprendía la finalidad del hechizo que tenía frente a mis ojos. Levanté la vista y miré a Dith, que parecía totalmente aturdida mientras contemplaba también el grimorio abierto—. Así es como entras y sales de Ravenswood.

Repasé una vez más las palabras y el dibujo que había en el margen, el de un gato (una gata, más bien). Mamá había creado un hechizo para que Dith pudiera entrar y salir de allí en su forma animal y se las había arreglado para que ella pudiera emplearlo, aun no siendo suyo.

—¿Por qué no me lo contaste?

Ella elevó la barbilla y su expresión era de absoluta incomprensión, como si no tuviera ni idea de lo que le estaba hablando.

—Yo... yo... Ese es el hechizo que uso, pero ni siquiera recuerdo que Beatrice me lo diera —balbuceó, y su desconcierto fue genuino—. Solo... Conocía el hechizo y sabía cómo emplearlo, pero nunca llegué a plantearme de dónde lo había sacado. Es más, siempre he creído que fui yo la que lo creé.

Frunció el ceño y su mirada se tornó vidriosa, como si estuviera rebuscando en sus recuerdos a la caza del momento exacto en el que el hechizo había llegado hasta ella.

—¿Quieres decir que Beatrice te lo dio y luego te borró la memoria para que no recordases que había sido ella la que te lo había entregado? —terció Wood.

Dith pareció volver en sí al escuchar la voz del lobo blanco.

—Siempre que tú o Raven me preguntabais cómo lo hacía, sentía la necesidad de negarme a contestar. Era una especie de impulso irracional. Nunca le había dado importancia hasta ahora.

Alexander intervino entonces:

—Parece algún tipo de hechizo de compulsión.

Pensé en ello.

—¿Cuándo empezaste a aparecer por Ravenswood, Dith?

Ella miró a Wood y luego su mirada se posó de nuevo en mí.

—Tras tu ingreso en Abbot. Os conozco desde hace mucho —comentó, dirigiéndose al lobo blanco, y él mostró su acuerdo con un leve asentimiento—, pero, hasta ese momento, llevábamos sin vernos probablemente desde antes de que Alexander viniera a vivir aquí.

—Diría que tu madre quería asegurarse de que, si al final la visión de Raven se cumplía y terminabas en Ravenswood, Dith pudiera acompañarte para protegerte —señaló el brujo—. Quizás con ello trataba de compensar el hechizo de contención del que nos habló Corey.

Esa parecía la explicación más lógica. Al menos así sabría que Dith podría estar conmigo en todo momento para protegerme.

—Pero ¿por qué hacerle olvidarlo? ¿Y por qué no crear un hechizo para que yo también pudiera salir?

Fue Dith la que contestó:

—Yo solo puedo traspasar la barrera de Ravenswood en mi forma animal, Danielle. Puede que esa sea la única manera que encontró de que su hechizo funcionara. Supongo que darme al menos a mí la oportunidad de poder ir en busca de ayuda de ser necesario era mejor que nada. Sobre por qué eligió ocultármelo, no tengo ni idea. Quizás solo trataba de cubrir sus huellas y no implicarme a mí en sus investigaciones. Ella sabría que le haría preguntas.

Asentí, tal vez porque ya no había manera de conocer la verdad. Quise pensar que mamá había hecho todo lo posible para mantenerme a salvo incluso cuando hubiera sido ella la que me hubiera dejado sin magia en Ravenswood en primer lugar. Alexander podía tener razón en eso; tal vez fue la única forma en la que había podido compensármelo.

Dith articuló un «Lo siento, no lo recuerdo» y luego me dio un nuevo abrazo.

—Deberíamos volver al bosque —dijo Alexander, recordándonos a todos lo delicado de la situación en la que nos encontrábamos.

Le entregué el grimorio a Dith y procedí a pasarme la larga cadena por la cabeza. El colgante se asentó entre mis pechos, cálido y reconfortante, y mi magia respondió a él agitándose en mi interior, reconociéndolo como una extensión de mi propia energía.

—Es el mismo símbolo que aparecía junto al nombre de Mercy Good en el libro que ocultaba Wardwell —intervino Alexander.

En algún momento se había acercado y ahora estaba frente a mí. Me pareció que quería estirar la mano y tocar el amuleto, pero, aunque alzó el brazo un instante, enseguida lo dejó caer de nuevo. Sus dedos se cerraron hasta formar un puño apretado contra su muslo.

—¿Qué significa eso? —inquirió Wood, pero Alexander negó.

—No tengo ni idea, pero también se hallaba junto a mi nombre y el de Danielle, aunque no estaba completo.

—¿Qué tal si dejamos de especular con cosas de las que no tenemos ni idea y regresamos al bosque de una vez? —La sugerencia me salió con un tono más brusco del que pretendía y todos levantaron la vista del colgante hasta mi rostro.

Dith continuaba desconcertada y, además, no parecía convencida de dejarme marchar a pesar de que tenía el amuleto conmigo, pero no se atrevió a retenerme. Me obligó a jurar que no me haría la heroína de nuevo, no importaba lo mal que estuvieran las cosas, y Wood, a su vez, le lanzó una mirada severa a Alexander, aunque no puso voz a la advertencia implícita que contenía.

—Cuidad de Raven y ni se os ocurra dejar entrar a nadie en la casa. Ni siquiera a mi padre; *especialmente* a mi padre. Volveremos lo antes posible —les dijo a nuestros familiares. Di un respingo cuando noté sus dedos cerrándose en torno a mi muñeca—. Quédate quieta.

Cuando comprendí lo que se proponía ya era demasiado tarde. Su otra mano se posó sobre mi estómago y la descarga me atravesó la piel y la carne bajo esta. Músculos y huesos. El río de energía de mi interior, que se había serenado en buena medida desde que habíamos entrado en la casa, se agitó furioso de nuevo. Fue como si su caudal se duplicara y, con ello, se extendiera a cada célula de mi cuerpo. Los pinchazos de dolor que sufría se convirtieron en auténticas puñaladas durante unos pocos segundos eternos, pero de inmediato desaparecieron.

¡El muy idiota lo estaba haciendo otra vez!

—Alexander —farfullé, aturdida.

Su mirada se oscureció y el azul de su ojo se volvió casi negro. Durante un instante vi su otra cara, la de su oscuridad, pero al siguiente parpadeo había desaparecido junto con el tacto de sus dedos en mi pecho y en mi muñcca.

—Ahora ya no tengo que preocuparme de que te desmayes por el camino —masculló, evitando mirar a ninguno de los presentes. Luego, salió del dormitorio a toda prisa y sin mirar atrás.

—Jodido idiota —gruñó Wood, y no pude más que darle la razón.

Tras un último vistazo a Raven, eché a correr tras el idiota que era Luke Alexander Ravenswood, sabiendo que acababa de cederme parte de su propia magia para que me recuperase más rápido. No tenía muy claro qué pensar. En realidad, no sabía cómo sentirme al respecto de nada que tuviera que ver con él. Aunque supongo que no era el mejor momento para plantearme nada de aquello; tal vez nunca lo sería.

Alexander era un brujo oscuro que quizás albergaba un demonio en su interior, y yo... yo ya no tenía ni idea de quién era ahora. Mucho menos de lo que estaba haciendo.

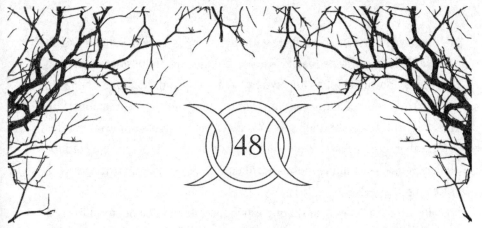

48

Alcancé a Alexander ya en el piso inferior. Se estaba poniendo un abrigo sobre la ropa húmeda y sucia con tal furia que bien podría pensarse que la prenda lo había sometido a alguna clase de afrenta personal.

Permanecí un instante a medio camino entre las dos plantas, en las escaleras, observándolo ahora que no lucía más que como un hombre. Sin sombras. Sin oscuridad.

Tenía manchas de tierra en la piel clara de la cara y las manos, y también restos de sangre en la sien. Pero el corte que había visto en su frente después de que la Ibis lo lanzara por los aires ya no era más que una línea rosada. Una herida vieja.

—Te curas —me encontré afirmando, incluso cuando el pensamiento no había llegado a formularse con claridad en mi mente.

Alexander asintió apenas, sin levantar la vista hacia mí, pero me percaté de que se estremecía. ¿Cuántas cosas más de él desconocía? ¿Cuántas me ocultaba por propia voluntad?

Una vez, cuando solo contaba trece años, en uno de esos periodos de vacaciones en los que apenas quedaban alumnos en Abbot porque se marchaban con sus respectivas familias, Cameron Hubbard le había sisado a su padre las llaves de algunas zonas restringidas de la academia. Nos habíamos colado en la biblioteca y habíamos podido acceder a una parte a la que a los estudiantes no se nos permitía entrar bajo ningún concepto. Queríamos ver qué nos estaban ocultando con tanto celo.

Habíamos entrado en la biblioteca ya de madrugada, cuando los pocos residentes de Abbot dormían, y nos quedamos el resto de la noche allí.

Rebuscamos entre un montón de volúmenes viejos y polvorientos, leyendo acerca de la historia de los brujos. Sobre males que habitaban el mundo entre las sombras. Sobre hechizos y pócimas prohibidas que apenas si comprendíamos para qué servían. Sobre maldiciones, invocaciones, fantasmas, espectros y también sobre los demonios infernales que las madres empleaban para asustar a sus hijos y hacer que obedecieran. Y recordaba haber pensado, en aquel momento, que parte de aquello no podía ser real, que no podía existir.

Resultaba irónico, puesto que eso era lo que el resto del mundo creía sobre los brujos. Pero, con trece años, y aun habiendo crecido rodeados de magia, Cam y yo nos habíamos señalado el uno al otro pasajes de diferentes libros mientras nos burlábamos de la idea del infierno, un lugar repleto de esa clase de mal, y de la existencia de todas esas criaturas perversas y retorcidas.

Había un más allá, sí, y algunos entes cargados de malicia como los espectros o nigromantes consumidos por las ansias de poder. Había un montón de cosas *extrañas*, pero en aquel momento jamás llegué a creerme del todo que los demonios estuvieran entre ellas. Incluso cuando yo sabía que en el último año se nos enseñaba a realizar exorcismos, resultaba más fácil pensar que los demonios no eran algo corpóreo y tangible; solo humo y sombras. Algo que podría llegar a encontrar la forma de manifestarse, pero no a plantarse frente a ti como una persona real.

Así que ahora no sabía qué pensar. ¿Estaba Alexander poseído? ¿Había algo oscuro que vivía dentro de él? ¿O era él la oscuridad en sí misma? El poder que albergaba, su capacidad para extraer la magia de otros brujos, el cambio que se operaba en su aspecto... Sus cuernos. ¡Cuernos, por Dios! Había bromeado con ello, pero las personas normales no tenían cuernos; los brujos no tenían cuernos. Ni siquiera los nigromantes los tenían. Solo había una cosa que podía lucir de esa forma, y no quería pensar que yo, o mi magia, estuviera ligada de alguna forma a *eso*.

A estas alturas, ni siquiera sabía si tenía importancia el hecho de que mi linaje procediera de Mercy Good. O quizás a eso justo se debía todo aquel lío. Quizás yo también fuera oscuridad como Alexander.

—No tienes que acompañarme —dijo él, y me di cuenta de que me había quedado observándolo con una intensidad descarada.

El brujo era un rompecabezas que yo no conseguía encajar del todo.

—Voy a ir.

Alexander exhaló un largo suspiro y levantó la vista por fin. Se veía totalmente agotado, al igual que yo, pero ninguno de los dos estábamos dispuestos a rendirnos.

—Elijah podría seguir ahí fuera. O podría haber más Ibis oscuros. Y mi padre te está buscando.

—Mi propio padre parece estar buscándome.

¿Estaría también él en el bosque? No, no lo creía. En todo caso, el consejo habría enviado solo a los Ibis. Ningún otro brujo estaba más preparado que ellos para adentrarse en Ravenswood. Ninguno estaba más preparado para desatar una guerra. Porque eso era aquello, una guerra entre dos bandos que habían pasado tres siglos caminando el uno en torno al otro; empujándose, pero sin acercarse demasiado. Desafiándose a distancia. Deshaciendo los avances del otro.

Los caminos de brujos blancos y oscuros discurrían paralelos y no solían llegar a cruzarse salvo en casos muy concretos. No había batalla abierta de los unos contra los otros, solo una especie de guerra fría en la que jamás se declaraba un ganador.

No había mal sin bien.

No había luz sin oscuridad.

No éramos si ellos no eran. Y no podríamos seguir siendo si dejaban de existir.

Invadir Ravenswood era una locura, pero tanto Wood como Dith habían visto a Ibis blancos en el bosque. Así que... sí, era una guerra. Atacar Ravenswood era lanzar un desafío a toda la comunidad oscura, y ellos responderían con todo lo que tenían. Con todo lo que eran.

—Debería... entregarme. —dije, ya que era lo más sensato. Algo, una sombra que no era producto de la propia oscuridad de Alexander, le veló los ojos durante un breve instante, pero no me contradijo—. Quizás no a tu padre... Dith no puede sacarme de aquí, pero tal vez tú podrías. Solo tengo que cruzar la carretera...

La idea de regresar a Abbot me hacía sentir mal y, sin embargo, aquello había llegado demasiado lejos. Con todo lo que había visto sobre Alexander, estaba convencida de que podría saltarse las guardas de aquella academia. Tal vez incluso pudiera hacerlo yo misma ahora que contaba con mi magia.

El río infinito de mi pecho se tornó aún más impetuoso cuando eché un vistazo a mi interior y me concentré en él. Su caudal parecía menor, pero en cuanto descansase un poco se recuperaría. Y tenía muy claro que lo que fuera que me hubiera hecho la oscuridad de Alexander solo lo había incrementado.

Despertado. Según Raven, me había despertado. Pero ¿despertado a qué?

Me miré la mano derecha y no pude evitar agitar los dedos. No ocurrió nada, no estaba invocando mi poder, pero me pregunté si ahora podría hacer algo similar a lo que hacía Alexander. ¿En qué me convertiría eso?

Cuando levanté la vista, él había cerrado los ojos y mantenía la cabeza levemente inclinada hacia un lado, como si estuviera escuchando.

—Te canta —dije, y no fue una pregunta.

Él mismo había admitido que mi poder le cantaba, así que no me sorprendió cuando afirmó:

—Con tal fuerza que resulta casi irresistible.

Había algo tortuoso en su voz. Desgarrador. Y un latido bajo y continuo. Una llamada tal vez. Como el aullido de un lobo que, aun lejos, espera obtener una respuesta de otro de sus congéneres.

—Pero no te estás... transformando.

Abrió los ojos y se encogió de hombros.

—Creo que he ido ganando control en estos días. O quizás Raven tenía razón después de todo; tal vez tú me calmas de algún modo.

Arqueé las cejas y mi humor regresó, no pude evitarlo. Supuse que él no había estado equivocado al decir que lo empleaba como un arma.

—Eso es lo más bonito que me has dicho desde que te conozco, Alexander.

—Pero no cambia el hecho de que podría matarte.

Las comisuras de mis labios cayeron.

—Eres un aguafiestas.

Hubo un breve asomo de sonrisa, pero la reprimió enseguida. Se pasó la mano por el pelo y mechones rubios salieron disparados en todas direcciones. Pensé en lo suaves que los había sentido entre mis dedos. Delicioso y agradable, algo que nunca hubiese creído que podría llegar a pensar de él.

—Iremos al bosque, pero luego... estoy de acuerdo en que lo mejor sería que te marchases de Ravenswood.

Traté de no sentirme herida, lo intenté con todas mis fuerzas porque..., bueno, yo misma lo había sugerido y esa era la mejor opción para acabar con todo aquello de una vez. Además, no creía que hubiera mucho más que pudiera descubrir allí acerca de mi madre. En realidad, tal vez mi padre fuera la única persona que podría aclararme lo sucedido. Pero, aun sabiendo que irme de Ravenswood era lo lógico, fracasé.

Dolió.

Dolió más de lo que había esperado o de lo que admitiría en voz alta.

No quería dejar atrás a Raven y, si era honesta conmigo misma, tampoco a Wood ni a aquel estúpido brujo gruñón. A Maggie o incluso a Robert, a pesar de mis sospechas sobre él. Supuse que este era uno de esos episodios muy poco frecuentes en los que los caminos de la luz y la oscuridad se cruzaban y sabía que, en cuanto me marchara de allí, se separarían para no volver a coincidir jamás.

Por primera vez desde la muerte de mi madre y Chloe, sentía que tenía una vida al margen de Abbot (aunque esa vida fuera una locura) y... amigos, que había alguien más ahí para mí al margen de Dith y, en todo caso, Cameron. Y seguramente negaría haber pensado así sobre los Ravenswood, sobre todo sobre Alex, pero había aprendido a apreciarlos.

—Debería, sí.

Y lo haría. Trataría de ayudarlo a asegurarse de que no había más miembros de Ravenswood en peligro en el bosque e intentaría minimizar en todo lo posible las repercusiones que mis actos estúpidos habían suscitado, y luego me iría para no regresar. Tendría que comparecer frente a Hubbard y mi padre, y también frente al consejo; me pedirían explicaciones y era más que probable que hubiera un castigo para mi comportamiento irresponsable. Uno que iría más allá de retirarme mis poderes por diez días como el último; uno en el que no quería pararme a pensar porque seguramente no preveía nada bueno para mí.

Pero yo me lo había buscado y era hora de afrontar las consecuencias.

Y, aun así, la certeza de una posible condena continuaba asustándome menos que la posibilidad de no volver a verlos jamás.

—Me iré.

—Bien. Está bien —replicó él con los ojos brillantes, repletos de esas pequeñas estrellas que a veces se apoderaban de su iris negro—. Está bien.

No supe si lo repetía para asegurarse de que yo lo entendía o estaba convenciéndose a sí mismo de que todo iría bien cuando por fin abandonara Ravenswood. Sentí la necesidad de acercarme y abrazarlo. Refugiarme en su pecho o darle refugio a él, no estaba segura.

Desde el primer momento, nos habíamos odiado y habíamos discutido sin tregua, así que no parecía que el consuelo fuese algo que Alexander necesitase de mí. Quizás era yo la que lo necesitaba.

De todas formas, no me moví.

Durante un puñado de segundos, nos contemplamos el uno al otro. Sus hombros estaban tensos; su espalda, erguida. Su mirada era pesada, exigente como de costumbre. Pero había más. O a lo mejor solo era yo queriendo ver algo que en realidad no existía.

«No te tengo miedo, Alexander Ravenswood».

Me obligué a sonreír y a no parecer afectada.

—Hazme el favor de no drenar a nadie ahí fuera. No quiero morir —traté de bromear, y le señalé la puerta mientras descendía los últimos escalones y me adelantaba hacia donde se encontraba.

Alexander me tendió otro de los abrigos que colgaban en el perchero de la entrada. Al envolverme en él, me di cuenta de que también era suyo. El aroma a bosque, a gel y ese olor masculino que era tan característico de él se agarraba a la tela y me hizo sentir cálida de inmediato.

No tuvo nada que ver con el grueso material del que estaba hecho.

Plantado frente a mí, me subió las solapas y las cerró hasta cubrir mi pecho. Sus manos se demoraron un poco más de lo necesario, agarradas a los bordes con tal fuerza que se le blanquearon los nudillos. Luego, retiró las desordenadas ondas de mi pelo hacia atrás y sus dedos rozaron la curva de mi oreja.

La delicada caricia me provocó un estremecimiento.

Aún me resultaba raro que me tocase después de todas las advertencias sobre lo que podía hacerme, y supongo que también porque se trataba de... él. Pero no era miedo a su poder lo que sentía. No era temor lo que flotaba en el ambiente a nuestro alrededor. Esta vez, no había ninguna hostilidad instalada en el aire entre nosotros y tampoco se parecía a lo que había pasado en el bosque, cuando habíamos perdido el control y nos habíamos enrollado como dos adolescentes cachondos.

Era algo extraordinario y nuevo. Y raro, tan raro que no tenía ni idea de por qué nos estábamos mirando así y no nos poníamos en marcha.

Pensé que, tal vez, se tratara de una incipiente amistad; tal vez algo más que eso. O quizás solo se trataba de una despedida.

49

—Puedo hacerlo —aseguré, aunque me temblaban las manos.

Alexander y yo estábamos plantados a pocos metros de la primera fila de árboles del bosque de Elijah. El campus de Ravenswood estaba desierto y sumido en una calma inquietante. No vimos a otros alumnos o profesores. Había algunas luces encendidas en el edificio Wardwell y también en la mansión, esa fue la única señal de vida que llegamos a apreciar.

El fuego continuaba extendiéndose. Saltaba de un árbol a otro sin control y, de seguir así, acabaría por arrasar el bosque por completo a pesar de que el suelo continuaba empapado debido a las recientes lluvias. Eso había ayudado a que el incendio no hubiera progresado con mayor rapidez, y esa misma humedad era también de la que yo pensaba aprovecharme para apagar las llamas. Algo de lo que bien podrían haberse ocupado los Ibis oscuros, o al menos algún otro brujo que contara con el elemento agua como base de su poder. Supuse que no habría muchos de ellos asociados a dicho elemento teniendo en cuenta que se consideraba el más reparador y curativo de los cuatro y, por tanto, más propio de los linajes de brujos blancos.

Mis pensamientos regresaron a los Ibis; tanto a los oscuros, a los que nos habíamos enfrentado, como a los blancos que podrían encontrarse todavía en el interior del bosque, aunque los primeros hubieran insinuado que ya había alguien ocupándose de ellos. Me pregunté cuál era el destino que me habría esperado si no hubiésemos luchado con los guardias del padre de Alexander y los hubiera acompañado. De ser así, tal vez ahora Raven no yacería inconsciente en su dormitorio... Aparté la preocupación de mi mente. Tenía un trabajo que hacer y la certeza de que Wood y Dith se emplearían a fondo para traer a Rav de vuelta.

—Está bien —murmuré, para repetir un momento después—: Puedo hacerlo.

Mantuve los brazos estirados y las palmas de las manos orientadas hacia los árboles. La magia danzaba ahora de un modo frenético en el interior de mi pecho, como si supiera que estaba a punto de reclamarla y dejarla salir de mi cuerpo.

El eco de la respiración suave de Alexander se entremezclaba con el crepitar de las llamas, pero había algo más, un sonido bajo y pulsante, casi como el latido apagado de un corazón, que cada vez parecía resonar con más fuerza en mis oídos. Lo había percibido en la casa y ahora, en mitad de la serenidad reinante en el campus y de aquella noche demasiado larga, descubrí que no solo continuaba ahí, sino que era más nítido e intenso.

—¿Lista? —preguntó Alexander, y me obligué a dejarlo ir.

Asentí y él retrocedió. Apretó los dientes de tal modo que los músculos de su mandíbula resaltaron sobre sus mejillas y la máscara de concentración y dureza cayó sobre su rostro.

Sabía que se estaba preparando para resistir el tirón de mi magia. Fortaleciendo las cadenas con las que controlaba *eso* que lo poseía. Habíamos discutido de camino al bosque de Elijah sobre cómo proceder al ver las llamas consumiéndolo y habíamos decidido que era necesario hacer algo para atajarlo; claro que eso conllevaba que yo empleara mi poder. Ya habíamos llegado a la conclusión de que Alexander bien podía resistir que yo realizara algún hechizo, ya que había ayudado a Dith a protegerlo horas antes mientras se enfrentaba a la Ibis. Pero yo iba a invocar el poder de mi elemento y, con ello, la atracción que sentía Alexander por mi magia crecería.

Finalmente, tras muchos argumentos y una firme negativa por mi parte a mantenerme al margen, Alexander había cedido. Así que inspiré hondo y...

—Quizás sería buena idea que retrocedas. Más —sugerí en el último momento.

Por una vez, no replicó. Se alejó otro puñado de pasos y arqueó las cejas con cierta exasperación. Reprimí el impulso de enseñarle la lengua. A veces podía llegar a comportarme como una chiquilla, y Alexander siempre conseguía sacar lo peor de mí.

Cerré los ojos para contemplar el brillo del interior de mi pecho y asegurarme de que continuaba ahí, y los volví a abrir enseguida. En cuanto tiré del núcleo de mi magia, las venas se me inundaron de un poder deslumbrante. Un río de luz blanca que muy pronto comenzó a extenderse a través de mis huesos y músculos. Viajó hacia mis piernas, hacia mi cuello y mis hombros. Se deslizó sinuoso entre cada célula de mis extremidades. Colonizó mis antebrazos y sentí cómo me hormigueaban los dedos conforme los alcanzaba uno a uno.

El proceso apenas duró unos pocos segundos, pero a mí me pareció que pasaban horas mientras tiraba y tiraba para darle forma a una energía tosca y casi indomable que debía ser capaz de focalizar en las llamas que se alzaban frente a mí.

Mi cuerpo vibró y también lo hizo el aire a mi alrededor. Flotando en él, minúsculas gotitas de agua comenzaron a reunirse y crecer. La humedad del ambiente acudió a mi llamada mientras el colgante de mi madre, escondido bajo mi ropa, se me calentaba contra la piel. Su peso entre mis pechos (la certeza de que estaba ahí) me calmó y me ayudó a centrarme.

Del suelo brotaron más y más gotas. De entre los árboles. Incluso del fondo del bosque, donde a esas horas de la noche el rocío había empezado ya a acumularse sobre las hojas. Toda la humedad que fui capaz de extraer se condensó en respuesta a mi magia, y se me ocurrió una idea que tal vez...

Desvié una de las manos en dirección a la casa de los Ravenswood, aunque seguramente estaba demasiado lejos, ¿no?

—¡Joder! —escuché jadear a Alexander en algún punto a mi espalda, cuando, tras un breve instante, el agua de la piscina se elevó a los lejos en el aire.

Estuve a punto de soltar una carcajada. Alexander no solía maldecir. Pero no quería perder la concentración, así que todo lo que me permití fue esbozar una sonrisita petulante.

Era la primera vez que conseguía hacer algo así; sin embargo, Alexander no lo sabía y me gustó que en esta ocasión fuera yo la que consiguiera sorprenderlo.

El agua cayó poco después sobre los árboles y un sonoro siseo reverberó en el bosque cuando entró en contacto con el fuego. Las llamas se apagaron casi por completo y columnas de humo blanco ascendieron hacia el cielo. Densas nubes de tormenta comenzaban ya a acumularse sobre el campus. Quise creer que también yo las había convocado, pero quizás eso sí que sería demasiado arrogante por mi parte.

—Estoy impresionado —admitió Alexander, acercándose hasta donde estaba.

Un pavo real hubiera sido más discreto que yo en ese momento. Pero él no pareció tenérmelo en cuenta. Tenía las manos hundidas en los bolsillos del abrigo y este le cubría los brazos, por lo que me era imposible saber si había perdido o no parte del control.

Al menos su cara era... normal. Y tampoco en su cuello había rastro de venas oscuras.

—Y eso que ni siquiera estoy al cien por cien —repliqué, sonriente y orgullosa de mí misma.

Me di cuenta de que, en condiciones normales, no debería haber podido atraer toda el agua desde la piscina hasta allí; mucho menos en el estado lamentable en el que me encontraba. Pero lo había hecho; ¿de qué sería capaz cuando durmiera y descansara lo suficiente?

Lo que fuera que me hubiera hecho Alexander (o su oscuridad) había mejorado mucho mis capacidades. Y no sabía muy bien si debería sentirme agradecida o inquieta por ello.

El sonido palpitante regresó. O quizás no había llegado a desaparecer y yo había estado demasiado perdida empleando mi poder como para percibirlo.

—¿Oyes eso? —inquirí, desconcertada.

Deslicé la mano por debajo del abrigo y, a través de la tela del vestido, agarré el colgante. Aún lo sentía caliente contra la piel.

—¿El qué?

—Es como... un pulso. Como una especie de latido...

Alexander frunció el ceño. Por su expresión, estaba claro que no tenía ni idea de a qué me refería. Igual me lo estaba imaginando todo y solo era producto del cansancio. Cualquier cosa era posible a esas alturas.

Y entonces caí en la cuenta de lo que era: magia, estaba percibiendo la magia de Alexander y, allí de pie, más cerca de donde se encontraban los alumnos, también alcanzaba a sentir la de ellos. ¿Era lo mismo que le pasaba a Alexander? ¿Era así como percibía a otros brujos? Y, peor aún, ¿por qué estaba empezando a hacerlo yo? Pero eso era justo lo que estaba sucediendo. Al margen de que los brujos pudiésemos percatarnos de cuando una persona era de los nuestros, ahora sentía ese poder de una forma mucho más clara. ¿Me estaba convirtiendo en *algo* como él?

Tuve que apartar esa nueva preocupación de mi mente. En algún momento tendría que contárselo, pero no sería ahora. Lo creía muy capaz de arrastrarme de vuelta a la casa y decírselo a Dith, y yo necesitaba que me permitieran arreglar al menos en parte el desastre que había provocado. Además, no era tan preocupante, ¿no? Solo lo sentía, no era como si también me sintiera atraída por dicho poder.

—Olvídalo. —Volví la vista hacia el bosque, ahora mucho más oscuro y siniestro por la ausencia del fuego—. Vamos.

Eché a andar hacia los árboles, pero la mano de Alexander salió disparada y se enredó en torno a mi muñeca. Un chispazo me recorrió el brazo en cuanto me tocó.

¿Dejaría de pasarme en algún momento? No parecía probable que me acostumbrara nunca a que me tocase y a lo que provocaban sus roces. Había pensado que, cuando me ocurría, solo era fruto del poder que había en él, pero muy el fondo era consciente de que, lo quisiera o no, Alexander le hacía cosas raras a mi cuerpo que no tenían nada que ver con que ambos fuésemos brujos.

—Mantente atenta ahí dentro y no te separes de mí —dijo, aunque luego pareció pensárselo mejor—. A no ser que me vea obligado a drenar la magia de alguien. Entonces, corre lo más lejos que puedas.

Resoplé para restarle importancia a su advertencia. De repente estaba mucho más serio de lo normal, lo cual parecía casi imposible. No estaba bromeando, eso seguro, y resultaba obvio que la posibilidad de verse obligado a llegar a ese extremo lo inquietaba profundamente. El peso de lo que le había hecho años atrás a su madre debía de estar anclado sobre sus hombros como un firme recordatorio de lo que podía llegar a hacerle su poder a otra persona, incluso si esta le era querida.

—Una cosa más, Danielle —añadió, sin soltarme. Pequeños y deliciosos chispazos de calor estallaron bajo mi piel—. Elijah... Él podría volver a aparecer en cualquier momento. Si lo hace, tal vez no seamos capaces de verlo. —«Hasta que sea demasiado tarde», fue lo que no dijo—. Dado que no es la primera vez que hay muertes de ese tipo en Ravenswood, creo que a lo largo de los años ha estado manteniéndose anclado a este mundo mediante sacrificios de sangre. —Hizo una pausa—. Mi linaje está plagado de sombras, Danielle. Hay mucho oculto en mi familia: maldiciones, profecías, historias sobre el destino, el deber y el equilibrio; historia de sangre y muerte. Algunas no son más que leyendas o rumores, otras tienen mucho de verdad. Y casi ninguna es buena. El de los Ravenswood siempre ha sido un linaje oscuro. Oscuro y maldito.

»El árbol de Elijah siempre es una mala señal y que lo hayas visto no puede traerte nada bueno —sentenció, y el tono lúgubre de su voz me provocó un estremecimiento—. Y este bosque es suyo. Si está ganando poder para transmutarse a base de sacrificios de sangre, tal vez la de una bruja blanca sea justo lo que necesita para conseguirlo.

Sabía que aquel era el último intento de Alexander para convencerme de que no entrara en el bosque, como también sabía que nada de lo que dijese me haría cambiar de opinión. Pero sopesé sus palabras durante un momento.

—A Abigail Foster la mataron en el dormitorio de Ariadna.

—Sí, así fue. Y no tengo explicación para ello. Elijah no debería poder salir del bosque ni alejarse demasiado del árbol...

—Bien, pero si pudo hacerlo con ella, podría encontrarme de todas formas en cualquier lugar de este campus.

No despreciaba su advertencia y, sinceramente, había visto de lo que Elijah era capaz y me aterrorizaba ser la siguiente en su lista de sacrificios. Pero eso no impediría que tratara de hacer lo correcto.

Los dedos de Alexander se aflojaron y resbalaron de mi muñeca. Dejó caer el brazo a un lado, pero sus ojos se mantuvieron sobre mi rostro, implacables y desafiantes. El pulso proveniente de su magia ganó intensidad durante un momento y me palpitaron los oídos y las sienes.

—Hagámoslo ya, Alexander —sugerí, cohibida por la severidad su mirada.

De nuevo, su expresión era más la del Luke que había conocido a mi llegada y menos la del Alexander al que había consolado en el ritual de despedida. Pero ahora yo sabía que había mucho más oculto bajo las líneas duras de su rostro, incluso bajo toda la oscuridad que albergaba.

Luces y sombras, eso era Luke Alexander Ravenswood. Y un montón de secretos familiares. Sin embargo, ¿no eran los Good también algo similar? Como un reflejo gemelo pero opuesto. Tal vez diferente, tal vez más parecido de lo que nadie hubiese creído. Algo como lo que les sucedía a Raven y Wood; dos iguales que no podían ser más distintos. Las dos caras de una misma moneda.

Finalmente, Alexander suspiró. Sus labios se curvaron, no exentos de cierta diversión, aunque esta no logró reflejarse del todo en sus ojos. No hubo ningún destello chispeante en sus iris y tampoco la tensión abandonó por completo su rostro.

—«Hagámoslo» no es algo que pensé que me dirías jamás.

De alguna manera, encontré el modo de atragantarme con mi propia saliva y hacer una serie de ruidos ridículos, avergonzándome una vez más a mí misma. Pero me recuperé enseguida.

—¡Oh, Dios! ¿Eso ha sido una broma? ¡¿De verdad sabes bromear?! —exclamé, y me llevé una mano al pecho con fingida afectación.

Alexander me dedicó un gesto exasperado, pero no pudo ocultar del todo cierto... aprecio. Como si en realidad mis burlas no le resultasen tan irritantes como quería hacerme creer. Decidí concederle una salida fácil. Le di un empujoncito y lo aparté de mi camino, mascullando palabrotas por lo bajo sobre lo arrogante e idiota que me parecía, aunque en realidad estaba sonriendo y más satisfecha de lo que pensaba admitir. También me ofrecí a patearle el culo en el sótano de la casa una vez que todo aquello acabara.

Claro que yo sabía que no tendría oportunidad de hacerlo.

Solo esperaba que, al menos, Raven estuviera despierto para cuando regresáramos y pudiera despedirme de él antes de tener que abandonar Ravenswood.

Alexander se apresuró a alcanzarme y me pareció escuchar que reía por lo bajo, quizás también tratando de ocultarlo como había hecho yo. Pero el sonido de su risa murió en cuanto nos adentramos en aquel bosque antiguo y oscuro. El silencio nos envolvió entonces junto con el olor a madera quemada y de algo más. Algo peor.

Algo que, pensé para mí misma, seguramente se parecía mucho al olor de la muerte.

50

Alexander

—¿A quién crees que se refería Elijah como al «verdugo»? —murmuró Danielle, mientras avanzábamos.

Restos calcinados de ramas y troncos carbonizados se hallaban dispersos por todas partes. El humo que desprendían hacía que me picara la garganta y también la piel, pero el hormigueo en las palmas de mis manos seguramente no tuviera nada que ver con los rescoldos del incendio. Cederle parte de mi poder a Danielle había debilitado mi autocontrol y avivado el hambre continua que me consumía, aunque alejarme del campus y, con ello, de los alumnos, hacía las cosas un poco más fáciles.

—No estoy seguro. Podría tratarse de cualquiera.

Lancé un rápido vistazo a mi alrededor para asegurarme de que mencionar a mi antepasado no lo había invocado de alguna forma. La única luz con la que contábamos era el reflejo pálido de la luna y no era de mucha ayuda. Ahora que Danielle había sofocado las llamas (de forma impresionante, he de añadir), estaba tan oscuro que resultaba complicado no tropezar con las raíces que asomaban del suelo irregular.

Le tendí la mano a Danielle en un acto reflejo y, al contrario que en ocasiones anteriores, la tomó sin protestar. Su tacto era frío y me apretó los dedos con fuerza, pero no dijo una palabra y yo tampoco me burlé de ella.

En las últimas horas, se había ganado mi respeto por multitud de razones. Seguía resultando irritante, pero estaba seguro de que, si las circunstancias no fueran las que eran, esa irritación que me provocaba se hubiera convertido en otra cosa; algo mucho más mundano.

—Si todo esto forma parte de alguna clase de plan —proseguí cavilando—, tal vez, durante todo este tiempo, no solo ha estado buscando ganar poder para sí mismo. Tal vez se trata de una venganza.

—Salem —dijo ella entonces con tono cauto—. Los brujos oscuros que fueron ahorcados. Con lo mucho que se nos insiste en Abbot sobre la necesidad de mantener el equilibrio entre la luz y la oscuridad, siempre he pensado que aquello debería de haber tenido consecuencias. ¿Qué? —preguntó, al descubrir que me detenía para mirarla.

—Nada. Es solo que... no creí que a la comunidad de brujos blancos le preocupara en absoluto lo que sucedió.

—Y no creo que lo haga. Nunca nos han dicho algo así. Pero yo... No estuvo bien —señaló finalmente, negando con la cabeza. Parecía incluso avergonzada—. Florence Good, mi abuela, también pensaba así. Aunque tal vez sea solo porque..., ya sabes, somos los traidores.

Compadecerse de sí misma no era algo que Danielle hiciera a menudo, y mucho menos mostrarse de tal modo delante de mí, lo que me llevaba a pensar que de verdad creía en lo que estaba diciendo. No se trataba de una afirmación lanzada al aire para congraciarse conmigo.

En realidad, tratar de agradarme era algo que la bruja había evitado a toda costa desde su llegada. Y, seguramente, eso reforzaba aún más sus palabras anteriores.

—No, los juicios de Salem nunca debieron tener lugar —coincidí con pesar—. Pero tampoco me pareció que Elijah esté buscando exactamente reestablecer ese equilibrio; más bien habló como si quisiera uno nuevo, uno que favoreciera a la comunidad oscura.

Casi esperaba que señalase entre burlas que aquella era la primera vez que estábamos de acuerdo en algo, pero Danielle se limitó a continuar avanzando con los ojos fijos en el terreno y los dedos aún entrelazados con los míos.

Después de eso pasamos largo rato sin hablar. No estaba seguro de cuánto. Solo sé que recorrimos incansables una amplia zona del bosque.

Su enorme extensión no nos permitiría revisarlo entero. Además, una parte de él quedaba fuera de las salvaguardas de Ravenswood y no creía que fuera buena idea tratar de cruzarlas.

En algún momento, sin embargo, retomamos la conversación y la convertimos en una charla sobre los temas más diversos. Creo que ninguno se sentía cómodo con el silencio tétrico y perturbador en el que se hallaba sumido el lugar. No habíamos escuchado más gritos, lo cual era esperanzador o inquietante, según el significado que quisiéramos darle, y no encontramos a ningún otro alumno de Ravenswood, ni vivo ni, por suerte, tampoco muerto.

—Esto no es lo que esperaba cuando me escapé de Abbot —comentó en un momento dado—. Ravenswood no es como lo había imaginado.

Ladeé la cabeza en un intento de vislumbrar su expresión y extraer de ella un indicio del rumbo de sus pensamientos. Cuando Danielle levantó la vista para mirarme, uno de sus pies resbaló. La sujeté a tiempo para evitar que cayera al suelo, pero, a pesar de que empezaba a gustarme demasiado el modo en el que se sentía su cuerpo contra el mío, me obligué a soltarla casi de inmediato. Tan solo mantuve nuestras manos enlazadas.

Las copas de los árboles eran cada vez más frondosas y la escasa claridad no hacía más que menguar al amparo de la oscuridad del bosque. Finalmente, me rendí y murmuré un hechizo. De la palma de mi mano libre brotó una llama que nos proporcionó un cerco de luz más que aceptable.

—¿Mejor? —inquirí, y ella asintió.

Barrió mi rostro con la mirada y luego la descubrí observando nuestras manos unidas. No hizo ningún comentario al respecto, pero supuse que se estaba asegurando de que no había veneno cubriendo mi piel.

—¿Qué creías que encontrarías aquí? —la interrogué cuando nos pusimos de nuevo en marcha.

—No estoy segura. Bueno, sí... —Hizo una mueca, como para señalar lo obvio. Oscuridad y malicia seguramente resumían muy bien sus pensamientos acerca de este lugar—. ¿Puedo preguntarte algo?

—Nunca has necesitado pedir permiso para eso.

Puso los ojos en blanco y exhaló otro de esos suspiros exasperados que tanto le gustaba dedicarme. La llama que bailaba sobre mi mano teñía su rostro de tonos anaranjados, púrpuras y rojizos, y creaba destellos sobre su piel y zonas de sombras oscuras que le afilaban los rasgos. Durante un momento lució como una reina siniestra y desprovista de humanidad y, aun así, cruelmente hermosa. De algún modo, me encontré contemplando el perfil de sus labios llenos, el arco marcado del superior y la curva tentadora del inferior, los mismos labios que había besado al principio de la noche con un anhelo desconocido para mí.

No me engañaba al respecto, Danielle Good me parecía preciosa y quería volver a besarla. Algo que no sabía si ella agradecería. Ambos habíamos peleado por el control de ese beso, como si fuera otra más de las batallas dialécticas en las que solíamos enzarzarnos. Una más dulce quizás, y también mucho más estimulante.

—¿Alexander?

—¿Qué? —repliqué, tratando de averiguar si había dicho algo más.

Me lanzó una mirada suspicaz, como si intuyera la clase de pensamientos que me habían hecho perder el hilo de la conversación.

—Te preguntaba cuáles son vuestras *órdenes* una vez que abandonáis Ravenswood. Es decir —se apresuró a continuar—, cuando un brujo blanco se gradúa, salvo en determinados casos como lo son los de los brujos que luego se especializan en ciertos rituales o los que aspiran a convertirse en Ibis o *daemonii*, se supone que debemos mezclarnos con los humanos y... ayudar. Guiar sin coaccionar. Bueno, ya sabes, hacer el bien.

Se me escapó una carcajada a pesar de que no había nada en la situación que debiera hacerme reír. ¿Eso era lo que creía de los suyos? ¿Que se dedicaban solo a ir por ahí haciendo cosas buenas para los humanos? ¿Arreglando el mundo? No quería parecer un gilipollas, pero desde luego había mucho de la realidad que no les estaban contando en Abbot. Tal vez fuera eso lo que hacía unos pocos brujos blancos, y seguramente era lo que el consejo de su comunidad quería que pensara la mayoría de lo alumnos. Pero no era lo único a lo que se dedicaban.

—Lo siento, no quiero sonar como un idiota, pero muchos de vosotros hacéis algo más que ayudar. —Me interrumpí cuando me pareció escuchar un crujido en algún lugar cercano. Alcé la mano y giré para escudriñar las sombras, pero era difícil ver más allá del arco de luz que nos proporcionaba mi hechizo. Cuando no escuché nada más, continué—: Abbot no ha dejado de perseguir a los brujos oscuros desde Salem, y en los últimos tiempos sus métodos se han recrudecido.

—¿Qué quieres decir?

Su voz se quebró por la duda, así que intuí que por una vez no iba a desechar de entrada mis comentarios.

—A los brujos de Ravenswood se les enseña a defenderse y se les dan las herramientas para ello, porque la persecución que tuvo lugar en Salem jamás ha cesado por completo —afirmé, esforzándome por no parecer demasiado asertivo, aunque no hubiera más que sinceridad en mis palabras—. Puede que durante mucho tiempo la lucha fuera menos encarnizada o directa, y que hubiera un momento en el que vuestro consejo creyese que no podía ir por ahí liquidando brujos oscuros sin alterar el equilibrio, pero hace años que la comunidad blanca ha redoblado sus esfuerzos para perseguirnos, condenarnos y someternos mientras, a cambio, gana más y más poder. Te puedo asegurar que no solo se dedican a *hacer el bien*.

Le hablé de los brujos oscuros que desaparecían para no regresar o de al menos dos aquelarres, que yo supiera, que habían visto disminuido su poder de forma drástica el año anterior, como si este les hubiera sido arrancado de su seno mismo hasta convertirlos casi en humanos corrientes. Todos esos detalles habían sido acallados para no provocar el pánico y apenas si había alumnos en Ravenswood que supieran lo que pasaba en el exterior; tan solo algunos linajes conocían la gravedad del asunto, y si los detalles habían llegado a mis oídos había sido gracias a Raven y su poder. Pero, de todas formas, a los alumnos se les estaba preparando mejor que nunca para hacer frente a cualquier amenaza, y eso requería emplear hechizos cada vez más oscuros.

Como no podía ser de otra manera, más luz conllevaba más oscuridad, aunque no parecía que eso preocupara a la comunidad blanca o a los que movían los hilos dentro de ella.

—No sé qué te han enseñado en Abbot, pero las clases a las que has asistido aquí en Ravenswood son las más inofensivas. Ni siquiera sé por qué

Wardwell te obligó a ir, pero te aseguro que esa mujer nunca permitiría que vieras lo que en realidad podemos llegar a hacer para... defendernos.

Danielle me miró. En un primer momento pareció desconcertada, pero enseguida sus ojos brillaron con la furia que solo podría dejar tras de sí una traición. La habían mantenido en una especie de burbuja de ingenuidad en la que no había espacio para ninguna zona gris. Para ella todo era el mal contra el bien, la luz contra la oscuridad. Y aunque una no pudiera existir sin la otra, estaba claro qué bando se suponía que debía ser el ganador en esa guerra.

—Mira, es verdad que hay brujos... poco ortodoxos y que algunas familias de brujos oscuros se han dedicado siempre a hacer todo el daño posible. Hay horror, malicia y linajes enteros que usan y abusan de la magia negra para conseguir cualquier cosa que crean que les pertenece por derecho. Pero las cosas no son tan sencillas. Nunca lo han sido.

Me hubiera gustado contarle más. Incluso, tal vez, hacerle ver que no estaba del todo equivocada y que existían brujos oscuros que se involucraban con los humanos y accedían a puestos de poder con la única intención de alimentar el caos. Pero no tuve oportunidad.

Un tirón en mi pecho me hizo saber que nos habíamos acercado de nuevo a la zona de bosque más cercana al campus. No habíamos hallado rastro alguno de otros alumnos o de ningún brujo blanco, tampoco de Ibis oscuros; ni siquiera encontramos el cadáver de la guardia a la que Elijah había matado, y no estaba seguro de si su compañero la habría arrastrado hasta el campus o su desaparición habría sido cosa de mi antepasado. Lo que sí tenía claro era que mi padre no habría cesado en su objetivo de dar con Danielle.

Lo mejor sería regresar a casa para comprobar si Raven había despertado y pensar en la mejor forma de sacar a Danielle de allí, por mucho que la idea de su marcha me provocara un intenso malestar en la boca del estómago y un desasosiego que no alcanzaba a comprender del todo.

—Regresemos.

Danielle no se opuso en modo alguno a mi sugerencia. Se había quedado extrañamente callada, muy probablemente, tratando de asumir lo que le había dicho y decidiendo si me creía o no. No podía culparla por dudar.

Atravesamos los últimos árboles del bosque de Elijah y la figura imponente de la mansión Ravenswood quedó a la vista, junto con el terrible socavón frente a ella y la grieta que dividía el terreno. Tendría que encontrar una manera de arreglarlo en algún momento. Estaba claro que mi regla de no hacer magia había quedado relegada al olvido, así que bien podría emplear mis habilidades con el elemento tierra y devolverle algo de normalidad al lugar. Wood podría ayudarme.

Dados los eventos de las últimas horas, la ausencia total de alumnos resultaba preocupante. Quise creer que Wardwell y el profesorado se habrían asegurado de que estuvieran todos a salvo en sus respectivas habitaciones. El tirón constante de su magia venía de todas partes y había ganado intensidad en cuanto nos habíamos acercado al campus, así que tenía la seguridad de que estaban ahí y de que seguían... vivos. Al menos en su mayoría.

Me di cuenta de que seguía agarrando la mano de Danielle y me obligué a soltarla. No había motivo para continuar sosteniéndola ahora que habíamos abandonado el bosque; ningún motivo que no me pusiera en evidencia.

—Soy una idiota —dijo Danielle, y pude ver cómo toda esa impetuosa seguridad en sí misma de la que normalmente hacía gala se había esfumado. De su garganta brotó un ruidito torturado y su cabeza giró hacia mí como un látigo. Sus ojos se abrieron por la sorpresa. O tal vez fuese terror lo que empañaba su mirada—. Mi padre mandó seguir a mi madre...

Eso había resultado evidente cuando habíamos descubierto la carpeta con las fotos en el despacho de Wardwell horas atrás... —¿De verdad solo hacía unas horas? Parecía que aquella noche no acabaría nunca—. Me pregunté qué clase de suposiciones estaría haciendo sobre su propio padre ahora que sabía que, fuera de los límites de Abbot y Ravenswood, las cosas eran muy diferentes de como se las habían contado.

—El consejo... Si se enteró de las visitas de mi madre a Ravenswood, si mi padre fue quien se lo contó... —farfulló, aunque ni siquiera parecía estar hablando conmigo. Exhaló un nuevo quejido—. Chloe. La mataron...

Me apresuré a sostenerla a sabiendas de lo que había hecho que se le aflojaran las rodillas. Teniendo en cuenta lo enconado del odio entre ambas comunidades, sabiendo que, en el pasado, se habían desentendido incluso de Mercy Good cuando solo había sido un bebé, no parecía excesivo aventurar que el propio consejo de la comunidad blanca hubiera dado orden de eliminar a la madre de Danielle al pensar que podría estar traicionándolos. Su hermana pequeña tal vez solo hubiera sido un daño colateral.

—Si él lo sabe... Si sabe lo que hicieron... Si fue por su culpa... —continuó balbuceando.

La sujeté contra mi pecho. Sus dedos se cerraron sobre las solapas de mi abrigo y tiraron de mí; sus manos transformadas en dos puños tan apretados que los nudillos apenas tenían color. La piel de su rostro también había palidecido y sus ojos iban y venían en un baile frenético, hasta que los cerró y hundió la cara contra mi pecho.

—No son más que suposiciones, Danielle. Tal vez tu padre no tenga ni idea —traté de calmarla, a pesar de no tener ningún interés en defender a un brujo al que no conocía. A un brujo blanco—. Quizás no fue él quien la denunció. Wardwell tiene esas fotos, puede que la acusación saliera de ella. Sería una forma muy inteligente de desestabilizar a la comunidad blanca sin mancharse las manos.

—No me habría abandonado cuando soy todo lo que le quedaba de mamá —replicó, y su voz no fue más que un susurro agónico exhalado contra mi pecho—. No me hubiera dejado en Abbot y se hubiera olvidado de mí de la forma en la que lo hizo. No me habría apartado como si yo también estuviera... contaminada.

Cada una de sus palabras fue pronunciada con tanto dolor que no pude evitar estremecerme. Fue como si se rompiera de dentro afuera y su piel estuviera a punto de quebrarse también para darle una salida al sufrimiento que la consumía.

—¿Por qué, si no, un padre sería capaz de abandonar a su hija?

Mis propios padres me habían repudiado porque creían que era un monstruo, pero resultaba obvio que eso no iba a reconfortar a Danielle. Claro que ella era inocente y no había cometido pecado alguno. Yo, en cambio...

—Habrá una explicación para todo —dije, aunque no estaba nada seguro de eso. Encontrarme mintiendo para hacerla sentir mejor fue... revelador. Sin embargo, odié verla sufrir—. Solo que no la sabemos.

La mantuve rodeada con mi brazo y pegada a mi costado mientras nos hacía avanzar en dirección a la casa. Me sentí mal al verla tan derrotada. Tan vulnerable.

Nunca, en todo el tiempo que llevaba en Ravenswood, la había visto así.

Siempre tenía ese brillo desafiante. Incluso cuando se mostraba impulsiva o temeraria. Cuando juraba por su linaje para defender el honor de los familiares de un brujo oscuro al que ni siquiera soportaba. O cuando conseguía sacarme de quicio sin intentarlo siquiera.

Ahora no había rastro de esa determinación salvaje. Nada salvo dolor.

Supuse que echar un vistazo a una realidad que había desconocido hasta ahora, una realidad mucho más dura y despiadada de lo que hubiera podido llegar a imaginar jamás, podía hacerle eso a una persona.

Podía romperla.

Pero Danielle aún era capaz de sorprenderme. Mientras regresábamos a casa, se permitió apoyarse en mí tan solo unos pocos metros. Luego, su cuerpo ganó vida de nuevo y se rehízo. Estiró la espalda, levantó la barbilla y se apartó de mí, con algo de torpeza al principio, pero mayor decisión un instante después.

La resolución que adquirió de un segundo al siguiente resultó sorprendente e inesperada. Me pregunté si no estaría acostumbrada a mantener sus propios miedos bien ocultos, de la misma manera en que lo hacía yo con los míos. Si todo ese arrojo que demostraba no sería más que una forma de paliar el hecho de que se sentía abandonada y sola.

Quizás Danielle Good y yo no fuésemos tan distintos.

Quizás, como había afirmado Raven, era verdad que nos necesitábamos el uno al otro.

51

Obligué a mis piernas a permanecer firmes mientras me deshacía del brazo que Alexander mantenía en torno a mi espalda. Sentí náuseas y la acidez me cubrió la lengua y llenó mi boca. Estaba mareada. Quería vomitar. Tal vez si lo hacía podría sacarme de dentro toda la amargura que me llenaba el pecho.

Aún estaba tratando de asumir las palabras de Alexander. Me parecía imposible reconciliar la idea del mundo que él apenas había llegado a esbozar frente a mí con el que yo había dado por sentado hasta ahora, uno que ahora resultaba casi ridículo. Como un cuento de hadas infantil o una historia de magia y brujas en la que supieras que el bien siempre prevalecería sobre el mal.

No podía creer que en Abbot nos mantuvieran al margen de lo que estaba sucediendo. De lo que llevaba años pasando entre brujos blancos y brujos oscuros. Siempre había sabido que nuestra misión última pasaba por deshacer el mal que ellos causaban, pero no quería ni imaginar a qué se refería Alexander al hablar de «perseguir y someter». El hecho de que hubieran sido capaces de asaltar Ravenswood seguramente fuera una prueba válida de que no me estaba engañando.

Los brujos que habíamos encontrado en el bosque habían muerto carbonizados; eran poco más que niños... Y los habían matado pese a todo.

Había sido tan estúpida... Solo una cría tonta que vivía ajena a la realidad de lo que yo misma era y del mundo que me esperaba ahí fuera. Y pensar que todo lo que había querido semanas atrás al marcharme de la academia había sido escapar del aburrimiento.

—¿Estás bien? —me preguntó Alexander, con una dulzura poco habitual en él.

Eso no me hizo sentir mejor, al contrario. Fue como recibir una bofetada. Casi como si tratara de deshacerse de las palabras que había pronunciado para que yo fuese capaz de soportarlas o no tuviera que enfrentarme a ellas.

No quería que lo hiciera. No quería que nadie volviera a endulzarme la verdad. Como tampoco podía apartar de mi mente la posibilidad de que mi propio padre fuera el responsable último de la muerte de mi madre y mi hermana.

—No hay problema —le dije—. Solo... volvamos a casa. Tengo que hablar con Dith.

Alexander se limitó a asentir, aunque no parecía demasiado convencido.

Apenas si habíamos avanzado unos pocos metros más por uno de los caminos adoquinados cuando escuchamos a alguien llamarnos. Al girarnos, descubrimos a Robert Bradbury corriendo hacia nosotros. No se molestó en bordear la grieta que dividía en dos la explanada, sino que la superó de un salto y avanzó a trompicones a través del enorme socavón que hundía el terreno. Parecía desesperado por alcanzarnos.

Cuando por fin lo hizo, le faltaba el aliento. Podía sentir con claridad el pulso de su magia, y me recordé que en algún momento iba a tener que contarle a alguien lo que me estaba pasando.

Robert se inclinó hacia delante y apoyó las manos en las rodillas, resoplando. Tenía el pelo revuelto y la cara sucia de hollín, también las manos y la ropa. Estaba hecho un desastre, pero nosotros no lucíamos mejor y al menos estaba vivo. Supuse que eso ya era de por sí un triunfo.

—¿Dónde está Maggie? —pregunté—. ¿Está bien?

Recé para que la hubiera llevado a su habitación. El campus permanecía desierto y los ataques parecían haber cesado. Esperaba que eso significase que los Ibis blancos se habían retirado.

—Mi prima... se encuentra bien. Aturdida —resopló a duras penas, y luego consiguió añadir—: Wardwell os está buscando. Y hay más... más brujos. En el auditorio.

Robert miró directamente a Alexander y comprendí que se refería a su padre. ¿Sabría ya Tobbias que uno de sus Ibis estaba muerto? ¿Me culparía de ello? ¿O haría recaer esa responsabilidad sobre su propio hijo?

Fuera como fuese, estaba claro que aquella noche aún nos deparaba más sorpresas.

—Tenemos que sacarte de Ravenswood ya —intervino Alexander.

Se adelantó para colocarse entre Robert y yo, casi como si esperase que este se lanzara sobre mí y tratase de evitar que me ayudara a escapar. Robert también debió de percatarse de las implicaciones del gesto, porque sacudió la cabeza en una negativa.

—No tienes que preocuparte por mí. —Hizo una mueca, y supe que había algo más que no nos estaba contando.

Rodeé a Alexander e ignoré su recelo, aunque aprecié un asomo de oscuridad en las puntas de sus dedos. No era el mejor momento para que perdiera el control; solo que a lo mejor esta vez era algo premeditado y en realidad se estaba preparando para defenderme.

—¿Quién más está en el auditorio?

—El otro miembro del consejo que estaba presente en el ritual de despedida y tu padre —dijo, dirigiéndose a Alexander, y luego me miró de nuevo—. Y gran parte del alumnado. También hay tres Ibis. No pinta demasiado bien para nadie. Y la directora viene de camino, así que si queréis salir de aquí será mejor que lo hagáis ahora.

Alexander recorrió con la mirada las ventanas del edificio Wardwell. Había varias iluminadas, pero no se apreciaba sombra alguna ni ninguna otra señal de que las habitaciones estuvieran en realidad ocupadas.

—¿Han reunido a los alumnos?

Robert asintió.

—A la mayoría. Faltan algunos.

Pensé en los dos chicos muertos. Quizás había más que no habíamos logrado encontrar. En nuestra búsqueda, ni siquiera habíamos dado con sus cuerpos o el de la Ibis asesinada por Elijah.

—Y al parecer el resto del consejo está de camino para una reunión de emergencia.

—¿Por qué nos cuentas todo esto? —pregunté, mientras Alexander permanecía pensativo y en silencio.

Robert no contestó de inmediato. Sinceramente, no estaba muy segura de cuál sería su respuesta. Me inclinaba a pensar que trataba de congraciarse con los Ravenswood más que de hacerme un favor a mí. Así que no pude evitar sorprenderme cuando dijo:

—Has sido amable con Maggie.

No añadió nada más ni intentó explicarse, pero la afirmación resultó contundente al atravesar sus labios. Los Bradbury habían sido humillados y despreciados a lo largo de los siglos por su propia comunidad; el paso del tiempo no había disminuido en nada el odio despertado por su antepasada al huir, yo misma había sido testigo de ello en las pocas semanas que había pasado en Ravenswood. Lo más probable era que la experiencia de Robert cuando había estudiado allí no difiriera en absoluto de la de su prima.

Me imaginé que ser el hazmerreír de la escuela y tener que soportar los continuos ataques de brujos como Ariadna Wardwell habría dejado una huella indeleble en él y le había enseñado a valorar a cualquiera que le brindase cierta amabilidad sin importar cuál fuese su procedencia.

—¿Por qué fuiste a hablar con Ariadna la noche del baile de máscaras?

La sorpresa se reflejó durante un instante en su rostro y resultó obvio que no había esperado que estuviera al tanto de ese encuentro. Eso me hizo desconfiar.

Alexander murmuró que no teníamos tiempo para aquello y debíamos marcharnos, pero yo necesitaba saberlo. Si tanto valoraba Robert que no hubiera despreciado a su prima, ¿por qué quedaría con la persona que la hostigaba?

—Yo la vi murmurando un hechizo esa noche. Estoy seguro de que fue ella la que volcó la lámpara. Y yo quería... —titubeó, y muy pronto la sorpresa se transformó en un furioso sonrojo—. Fui a pedirle explicaciones por lo que le había hecho a Raven, aunque Ariadna no hizo más que negarlo todo.

De repente parecía profundamente abochornado.

Al conocerlo, no me había dado la impresión de que Robert Bradbury fuese tímido y mucho menos el tipo de chico que se sonrojaba de buenas a primeras. Entonces caí en la cuenta de que, en la fiesta, había sacado a bailar a Raven y los dos habían pasado un montón de rato compartiendo confidencias de forma animada mientras Maggie y yo hablábamos.

No me costó mucho más atar cabos y comprender que la forma en la que Robert había mirado a Raven iba más allá de una simple admiración por lo que representaba y el linaje al que pertenecía.

—¡Oh! —Fue cuanto se me ocurrió decir.

A pesar de todo lo sucedido esa noche, el hecho de que Robert se interesase por Raven y hubiera tenido valor para encarar a Ariadna me arrancó una sonrisa estúpida. No debería haber tenido demasiada importancia, después de todo lo que había descubierto sobre mi propia comunidad, el ataque a Ravenswood y la muerte de alumnos; pero fue como atisbar un pequeño destello de luz en un lugar plagado de sombras. Como si, pese a todo, hubiera lugar para algo bueno entre tanta miseria.

Cuando miré a Alexander, me lo encontré contemplando a Robert con una mirada afilada y escrutadora. Sabía lo protector que era con los gemelos, sobre todo con Rav; si Robert estaba pensando en intentar ligar con Raven, no lo tendría fácil para demostrarle a Alexander que sus intenciones eran buenas, eso seguro.

—Tenemos que marcharnos —insistió él, sin hacer ningún comentario al respecto, lo cual pareció aliviar a Robert.

Este se ofreció a acompañarnos y hacer lo que estuviera en su mano para ayudarnos. Alexander dudó un momento, pero estaba tan ansioso por regresar a casa que no se molestó en pararse a sopesar si era una buena idea o no y permitió que viniera con nosotros.

La planta baja de la casa estaba tranquila cuando llegamos y supuse que tanto Wood como Dith continuarían velando a Raven en su habitación. Alexander le señaló uno de los sofás a Robert y le ordenó que permaneciese allí y no tocase nada. Traté de no poner los ojos en blanco al escuchar lo sucinto y autoritario de sus indicaciones. Estaba preocupado por Raven y supongo que también por mí, y llevaba tanto tiempo aislado de los suyos que dudaba que supiera cómo tratar a la gente de forma adecuada.

Tampoco creí que confiara del todo en nadie más allá de los gemelos. Deseé que también lo hiciera en mí, aunque no era como si fuera a permanecer mucho tiempo más allí y eso fuera a suponer alguna diferencia.

Antes de que pudiésemos acceder a la planta superior, Dith bajó al trote por las escaleras. Alexander y yo le preguntamos por Raven al mismo tiempo y de forma atropellada, y la leve negativa que nos ofreció con la cabeza fue suficiente para saber que no había habido cambios en su estado.

—Meredith, tienes que llevarte a Danielle ahora mismo del campus. Iré con vosotras para ayudaros con las guardas —le espetó Alexander.

La firmeza con la que habló casi daba a entender que era él mismo quien me estaba echando de Ravenswood. Dith pareció momentáneamente desconcertada por su tono exigente y comenzó a negar. Al deslizar su mirada hacia mí, la angustia que había acumulado por todo lo sucedido en las horas anteriores regresó aún con más fuerza y un nudo me retorció las entrañas.

Dith, mi familiar. Una hermana para mí, ya que había perdido a la mía. Una madre, ya que la habían asesinado. Casi mi única amiga. Confidente y guía. Mi apoyo durante todos los años que había permanecido en Abbot. Ella había sido quien me había sostenido en pie después de ser arrancada de mi hogar. Quien me había cuidado.

Ella, que contaba con varios siglos de edad y mucha más experiencia que yo.

Ella, que debía de saber cómo era el mundo fuera de la academia. Lo que éramos. Lo que hacíamos.

Me sentí traicionada.

—¿Lo sabías? —inquirí, y soné tan herida que incluso a mí me dolió escuchar la pregunta.

Me olvidé de que Robert estaba a solo unos metros de nosotros, convenientemente callado en el sofá, y hasta de la presencia siempre pesada y oscura de Alexander. Solo la miré a ella.

Dith tenía que saberlo y, aun así, todo lo que había hecho era animarme a cometer las mayores chiquilladas. A ser imprudente e impulsiva. Como si todo fuera un juego. Como si nada tuviera importancia. Me había instado a soñar incluso con la posibilidad de ir a una universidad y también a escapar de Abbot, aunque de esa decisión yo era la única responsable. Pero ¿cómo podía ser que nunca me hubiera contado nada de la vida en el exterior? ¿Cómo había podido ocultarme que los brujos blancos hacíamos mucho más de lo que todos en esa escuela nos decían? ¿Que deshacer el mal aquí y allá no era nuestra única función, sino que también debíamos *eliminarlo*? ¿Que los crímenes de Salem aún mantenían su vigencia y que la persecución jamás había cesado?

¿Qué demonios había sido de la máxima de que el equilibrio debía mantenerse a toda costa? ¿Que la existencia de brujos oscuros era tan necesaria como la de los brujos blancos? Los juicios de Salem eran el punto más oscuro en nuestra historia y se suponía que todo había empezado y acabado allí.

—¿Si sabía qué? —terció Dith con cierta cautela. Me conocía; sabía lo enfadada que estaba aun cuando no lo estuviera exteriorizando.

—Lo que hacemos. Lo que tenemos que hacer. —Señalé a Robert—. Lo que les hacemos a ellos ahí fuera.

Meredith hizo una mueca de dolor, pero no dijo nada. No fue necesario. Resultaba evidente que sabía de lo que le estaba hablando, tal vez incluso con mayor detalle de lo que Alexander era conocedor. Al fin y al cabo, él había estado tan aislado como yo.

—¿Los torturamos? ¿Los matamos? ¿Aún se les ahorca o eso ya se ha pasado de moda? —continué, levantando la voz cada vez más. Las preguntas salieron como ácido y me quemaron la garganta y los labios—. ¿Cuándo pensabas decírmelo? ¿Cuándo, Dith?

Tenía más preguntas. Cientos. Miles. ¿Por qué los conocimientos que nos brindaban en Abbot eran entonces tan... escasos? ¿En qué momento nos abrían los ojos y se nos ordenaba que no atacásemos el mal sino a quien lo provocaba? ¿Era cosa del consejo o lo sabían todos los adultos en la comunidad? ¿Todos los linajes participaban de ello? Y, sobre todo, ¿por qué? ¿Por qué poner aún más en riesgo el equilibrio si antes de los juicios habíamos podido convivir?

No sabía si estaba preparada para conocer las respuestas, pero de lo que estaba segura era de que no iban a gustarme.

Aun así, necesitaba saberlo.

52

Alexander intervino para recordarnos que no podíamos perder más tiempo, aunque no parecía que Dith fuera capaz de darme las explicaciones que yo tanto anhelaba. Tampoco creí que fuera a soportarlas en ese momento sin perder del todo los papeles.

Tenía que marcharme de Ravenswood de inmediato. Después de la intrusión de los Ibis blancos en los terrenos de la escuela, estaba claro que una reunión del consejo de brujos oscuros solo podía significar una cosa: habría represalias.

Yo estaba en el peor lugar posible en el momento menos adecuado. Y qué mejor oportunidad que aquella para Wardwell para hacerme valer como moneda de cambio; eso si no se decidían a usarme para darle un escarmiento a la comunidad blanca.

Dado todo lo que había descubierto esa noche, ni siquiera podía descartar que llegaran a ejecutarme.

Hasta ahora habría pensado que eso sería una locura, pero ya no estaba segura de nada. Todas las reglas que había creído que regían la relación entre ambos bandos eran solo una triste representación de la realidad. Las implicaciones de fugarme de Abbot y terminar en Ravenswood habían sido malas ya de por sí, pero en ese instante se volvieron espeluznantes y... muy peligrosas.

Alexander me envió a la planta superior para que recogiera lo que necesitase llevarme y me despidiera de un Raven aún inconsciente. No me atreví a discutir. Con la mayor rapidez posible, cambié el vestido que llevaba puesto por unos vaqueros y una sudadera. Además del grimorio de mamá, metí otra muda de ropa en una mochila, sabedora de que regresar a Abbot quizás no fuera una buena idea. Pero ¿qué haría entonces? ¿Huir también de los míos?

Si había desatado una guerra, no podía esconderme de ello.

¡Mierda! No podía pensar con claridad. Necesitaba el consejo de Dith, alguien que me guiara y me ayudara a tomar una decisión que no empeorara aún más las cosas. Sin embargo, no quería hablar con ella ahora. No saldría nada bueno de esa conversación con lo alterada que estaba.

Mientras terminaba de guardarlo todo y cerraba la mochila, percibí que alguien entraba en la habitación. Pensé que se trataría de Dith o quizás fuera Alexander para recordarme la necesidad de una partida inminente, pero era Wood.

Se apoyó en el marco de la puerta y cruzó los brazos sobre el pecho. Había arrugas de preocupación alrededor de sus ojos y su ropa continuaba sucia y quemada allí donde había recibido un golpe de magia de fuego en el pecho. Estaba claro que no se había separado de su gemelo ni siquiera para adecentarse un poco o cuidar de sus propias heridas.

—Dith me ha dicho que Alexander va a acompañaros hasta los límites de Ravenswood para ayudarla a sacarte de aquí —señaló, y yo asentí. No tenía sentido discutir nada de eso con él—. Os perseguirán.

—Lo imaginaba.

Parte de mi reticencia a regresar a Abbot no nacía solo del hecho de que tendría que afrontar las consecuencias de mis decisiones, sino del deseo de no lanzarlos de cabeza a un nuevo enfrentamiento con la comunidad oscura. Quizás... quizás si me marchaba lejos optaran por perseguirme a mí.

No, no podía engañarme. Irían también a por la escuela, aunque solo fuera para resarcirse de lo sucedido en Ravenswood. Buscarían vengar a los dos alumnos muertos y lo harían atacando a un montón de brujos blancos jóvenes e inexpertos que apenas sabrían cómo defenderse, porque les habían mentido todo el tiempo.

—No creo que debas marcharte. No sé si entiendes del todo cómo funciona el poder de Raven, pero, según él, Alexander y tú estáis conectados. Deberíais permanecer juntos.

Sus palabras flotaron entre nosotros, pesadas, casi como una sentencia. No tenía muy claro si deseaba que yo me quedase o lo que en realidad quería era no tener que separarse de Dith.

No importaba.

—Eso no es posible. Tenemos que marcharnos.

—¿Qué ha pasado con Dith? ¿A qué venían los gritos ahí abajo? —me interrogó entonces.

Sacudí la cabeza en una negativa mientras me colgaba la mochila a la espalda. Fui hasta la puerta y me planté ante él.

—Tengo que ir a despedirme de Raven.

Wood no se movió, pero un músculo palpitó en su mandíbula y su expresión se endureció. Abrió la boca para replicar, pero Alexander apareció tras él.

—Déjala pasar, Wood. Tiene que irse antes de que Wardwell aparezca por aquí y las cosas se compliquen aún más. —Al ver que no hacía amago de apartarse, añadió—: Dith también saldrá perjudicada si las atrapan.

Eso debió de convencerlo. Tras un momento más de duda, se hizo a un lado y yo me apresuré hacia la habitación de Raven.

Nada parecía haber cambiado para el lobo negro. La herida estaba aparentemente curada, solo el rastro rugoso y suave de una cicatriz rosada que se entreveía entre el pelaje indicaba que lo había apuñalado. El movimiento a intervalos regulares de su pecho era el único signo de movimiento, y este resultaba demasiado pausado.

Me acerqué a la cama y metí la mano entre el pelo espeso de su cuello. Con cuidado, deslicé los dedos entre varios mechones y luego le rasqué detrás de la oreja solo porque sabía lo mucho que le gustaba.

No obtuve ninguna respuesta.

No podía evitar pensar que había hecho algo mal al curarlo. ¿Y si no despertaba? ¿Me perdonaría Alexander por ello? ¿Me perdonaría yo misma? ¡Dios! Odiaba tener que marcharme y dejarlo así. No podría saber si despertaba y, si lo hacía, nada aseguraba que fuera el mismo. ¿Y si lo que me había hecho Alexander había provocado algún cambio en mi magia además del evidente aumento de poder? ¿O si esa maldita daga contenía una magia demasiado oscura como para permitirle reponerse?

La humedad se me acumuló en los ojos de un segundo al siguiente. Luché por no darle rienda suelta a las lágrimas. Llorar no ayudaría a Raven; no estaba segura de que nada lo hiciera.

—Despierta, Rav. Tienes que despertar —supliqué, ahogándome con las palabras.

Me incliné sobre él y besé el espacio entre sus ojos. Quise prometerle que volveríamos a vernos, pero tampoco estaba segura de eso. Es más, esa posibilidad parecía muy remota. Imposible.

—Tienes que irte —escuché decir a Alexander a mi espalda. Ni siquiera sabía que me había seguido hasta allí.

Aunque lo había repetido media docena de veces, en esa ocasión su tono fue menos duro y casi sonó como una disculpa. La exigencia había abandonado su voz.

—Lo sé. —Fue todo lo que dije, sin hacer nada por mirarlo.

—Escucha, lo que dijo ese Ibis en el bosque sobre los padres de Wood y Raven...

—No tienes que darme explicaciones. Yo ni siquiera sé qué error cometió Dith para convertirse en familiar. Y aunque estoy enfadada con ella por ocultarme la verdad sobre el exterior, lo que quiera que hizo hace más de un siglo y medio no cambia nada para mí. —Inspiré y añadí—: Así que supongo que lo que hicieron Wood y Raven tampoco es relevante ahora.

Cuando tras el accidente me había despertado en una habitación de la mansión Ravenswood, no tenía ni idea de nada de lo que sucedería, pero, sobre todo, jamás hubiera pensado que llegaría a encariñarme tanto con nadie que perteneciera a aquel lugar; había encontrado mucho más allí de lo que esperaba. No había previsto a Raven ni a Alexander, tampoco a Wood. A Robert o a Maggie.

¡Mierda! Tampoco podría despedirme de ella.

Volví a besar la cabeza de Raven y me obligué a darme la vuelta y separarme de la cama. Creo que algo se rompió en mi pecho al hacerlo.

—Os acompañaré al límite de los terrenos de Ravenswood para que puedas saltarte la protección. Puede que tenga que absorber parte de su magia para debilitarla —añadió, sabedor de lo que eso podría hacerme.

—Está bien.

No había nada que pudiera hacer en ese sentido. Dith bien podría tener que acabar arrastrándome inconsciente fuera de Ravenswood si la oscuridad de Alexander trataba de matarme de nuevo, algo que no podría hacer si dicho poder había evolucionado también en relación al resto de los brujos y no solo conmigo. Recé para que no fuera así; no ya porque esperase que Dith me salvara el culo, sino porque no soportaría que ella tuviera que sufrir. Daba igual lo enfadada que estuviera con ella.

Pero no teníamos demasiadas opciones al respecto.

Fui a pasar a su lado, pero Alexander me sujetó del brazo. La piel se me erizó por el contacto y percibí el palpitar de su enorme poder, casi como una melodía que latiera bajo su piel. Sus ojos buscaron los míos; el iris azul se le oscureció y la pupila del otro apenas si se distinguía del resto. Las llamas púrpuras envolvieron su figura, aunque parecían danzar con menor furia que en ocasiones anteriores y tampoco vi rastro de oscuridad en sus brazos.

Aun así, parecía alguna clase de dios oscuro y siniestro cuyo rostro no fuera más que humo y sombras. Hermoso y aterrador.

Y, sin embargo, no me estaba haciendo daño en absoluto.

Busqué en mi mente algo que decirle; una especie de cierre para el tiempo que había pasado en Ravenswood. Algo más que un simple adiós. Despedirme de él también resultaba raro. Se sentía diferente a hacerlo de Raven, pero casi igual de perturbador.

Estuve a punto de soltar una carcajada histérica al comprender que también lo echaría de menos. Que, a pesar de nuestras disputas continuas, de que él fuera un brujo oscuro perteneciente al linaje más poderoso que existía y yo la traidora de un aquelarre de brujos blancos... A pesar de lo que sea que fuera su oscuridad, me había acostumbrado a tenerlo cerca. A contar con él. Incluso había llegado a acostumbrarme al modo en el que ese halo oscuro se propagaba por su cuerpo en respuesta a mi presencia.

El recuerdo de nuestro beso en el bosque, la forma en la que me había tocado, acudió a mi mente. Me estremecí. El punto en el que sus dedos rodeaban mi muñeca se calentó y estoy convencida de que ese calor también se reflejó en mis mejillas.

—Cuida de Raven —le pedí, porque no se me ocurría qué más podía decirle.

Él me observó detenidamente y, por una vez, había tanta calidez en su mirada...

—Lo haré, Danielle Good —susurró, y sentí su agarre aflojarse. Pero luego sus dedos se apretaron de nuevo en torno a mi carne—. Escucha, hay algo... —Titubeó—. En tu habitación, el día que te *desperté*. Cuando te... besé y nos desmayamos. Nunca había hecho algo así.

Lo primero que pensé al escucharlo fue que, desde luego, no creía que la gente se desmayase a menudo después de besarse. Pero entonces me percaté de lo nervioso y azorado que estaba. Lo había visto pasar por muchos estados de ánimo, pero jamás me había dado la impresión de que nada lo pusiera nervioso. O que lo avergonzase.

Alexander tampoco era de los que rehuían una confrontación, pero bajó la barbilla, evitando mi mirada.

Y entonces lo comprendí.

—¡Oh, vaya!

¿Acababa de admitir que era la primera vez que había besado a una chica? ¿Eso era a lo que se refería cuando decía que nunca había hecho algo así antes?

Si me paraba a pensarlo, tenía su lógica. Al fin y al cabo, llevaba aislado en Ravenswood desde que era un niño. No había tenido oportunidad, dado que tampoco se mezclaba con los alumnos allí y, además, no podía tocar a nadie que no fuera de su linaje. Al menos hasta ahora.

Hasta mí.

—Solo quería que... lo supieras.

Me soltó de forma brusca, como si mi piel le quemase, y se escabulló de la habitación antes de que pudiera decir nada.

No supe bien qué sentir al respecto. Tanto por que yo fuese la primera chica a la que Alexander había besado como por el hecho de que hubiera decidido confesármelo.

Que necesitase confesarlo.

Al parecer, aquella era la noche de las revelaciones. Resultaba obvio que esta última no era tan relevante como las anteriores, o no debería serlo. Pero, al pensar en ello, se me encogió un poco el corazón y al mismo tiempo sentí de nuevo un estúpido aleteo en el estómago.

Y luego surgió una nueva revelación. Si nunca había besado a una chica, tampoco habría hecho otras cosas. Lo cual no debería tener ninguna importancia en ese momento, pero... No podía evitar que la tuviera para mí.

Aparté el pensamiento, a riesgo de que mi mente comenzara a divagar por caminos muy poco adecuados y que, además, no tenía ningún sentido recorrer, ya que iba a marcharme de allí. Le eché una última mirada a Raven y me forcé a salir de la habitación. Mi cuerpo se rebeló contra la idea de alejarme de él y prácticamente iba arrastrando los pies por el pasillo. Supongo que eso fue lo que evitó que pudiera percatarme de lo que sucedía hasta que alcancé el piso inferior.

Allí, junto a la puerta de entrada a la casa, estaba Mary Wardwell, la directora de Ravenswood. Y no parecía de buen humor precisamente.

Alexander se hallaba inmóvil en mitad de la sala, erguido y de espaldas a mí; las venas negras serpenteaban bajo su piel y la niebla violácea que lo rodeaba carecía de la armonía que había mostrado un momento antes al dirigirse a mí.

Desprendía hostilidad y violencia, las mismas que tantas veces me había mostrado y que ahora dedicaba a una de los suyos. El cambio en su actitud me sorprendió a pesar de que sabía que Wardwell no le caía bien.

Se estaba enfrentando a ella por mí.

—Señorita Good. —Las cejas de la directora se arquearon. Su aspecto no era tan pulcro e impecable como de costumbre, pero resultaba imponente de todas formas, aunque también más vieja de lo que me había parecido con anterioridad—. Tiene que salir de aquí de inmediato.

Incluso cuando la estaba mirando y vi sus labios moverse, por un momento creí que la última frase provenía de Alexander. No había dejado de urgirme para que abandonara Ravenswood y, visto lo visto, con razón.

Pero no era Alexander quien había hablado, sino Wardwell.

Todos debían de estar tan sorprendidos como yo, porque nadie dijo una palabra. Ni Robert, aún sentado en el sofá, ni Wood, que se había situado junto a Dith para protegerla de una posible amenaza, tampoco el propio Alexander o yo misma.

Teníamos que haberla entendido mal.

—Tobbias Ravenswood la está buscando —dijo a continuación, desviando la mirada un momento hacia Alexander—, y no es una buena idea que caiga usted en sus manos. Ninguno de los dos.

—¿Qué demonios quiere decir? —inquirió Wood.

Mientras trataba de entender qué estaba pasando, me adelanté hasta donde se encontraba Alexander. No me miró y tampoco hizo ademán de relajarse. Continuaba observando a la mujer como si fuese a saltar sobre ella para atacarla en cualquier momento.

—Años atrás, cuando Beatrice Good se puso en contacto con el profesor Corey y me enteré de sus investigaciones sobre el linaje de los Good, digamos que yo también hice las mías.

—Me dijo que no sabía nada de las visitas de mi madre —repliqué—. Me mintió.

Wardwell resopló, exasperada.

—Puede que haya venido aquí a ayudarla, pero no olvide que fue usted la que irrumpió en mi escuela en primer lugar. Y eso no importa ahora. —Pensé en decirle que sí importaba, pero decidí que sería mejor callarme y ver a dónde quería ir a parar y por qué parecía interesada en que huyera en vez de arrastrarme frente a su consejo—. Lo que ocurrió en los juicios de Salem desestabilizó el equilibrio entre ambas comunidades de un modo en el que nunca había ocurrido antes. Desde entonces, la comunidad blanca se ha dedicado a perseguirnos cada vez con más ahínco, lo cual solo ha provocado que todo vaya a peor. —Escuché un ruidito indignado proveniente de Robert. Imaginé que estaba pensando en su propio linaje y el desprecio que habían sufrido por parte de los suyos. No solo a la comunidad blanca le gustaba perseguir a ciertos brujos. Sin embargo, Wardwell no le prestó atención y continuó con su diatriba—: Pero la magia siempre busca su propia forma de restablecer el orden.

—¿Qué es lo que está intentando decirnos, Wardwell? —intervino Alexander, más tenso aún si eso era posible.

—Usted —dijo, dirigiéndose directamente a él— no es solo el resultado de los rituales que su antepasado llevó a cabo en su obsesión por acumular más poder, aunque puedo asegurarle que Elijah Ravenswood es en buena parte responsable de ello. Pero otras fuerzas más elementales y primitivas intervinieron también. La magia se sirvió de los deseos y los planes de Elijah y trató de equilibrar las cosas para los brujos oscuros. Entiéndalo como una manera de dotar a nuestra comunidad de una herramienta para compensar las faltas que se han cometido desde Salem contra nosotros por parte de la comunidad blanca.

Parpadeé, aturdida.

—¿Está diciendo que Alex es una especie de arma que pretende restaurar el equilibrio entre ambos bandos? Pero él... él...

—Puedo drenar la magia de otros brujos —terminó por mí Alexander—. Cualquier brujo, incluidos los brujos oscuros. ¿Cómo ayudaría eso a los nuestros?

—Bueno, resulta bastante obvio que solo debería emplear dicho poder contra brujos blancos —replicó, sin molestarse en disimular su desdén. Casi parecía esperar que Alexander estuviera ahí fuera drenando a sus enemigos—. Pero hay más. Ahí es donde voy. Su nacimiento podría haber venido a compensar el equilibrio, pero algo más tuvo que pasar entonces, algo de lo que no tenemos constancia, porque surgió una... profecía.

Fue el turno de Wood para resoplar.

—¡Cómo no! Siempre hay una maldita profecía.

—¿Qué dice la profecía? —la interrogó Alexander.

—Hay varias interpretaciones, pero menciona las tres representaciones de la diosa y las relaciona con el surgimiento de la luz, su reinado y la posterior caída del mundo en las sombras. Al parecer, esa caída será motivada por una comunión entre linajes que dará lugar a una oscuridad como nunca se ha visto.

Wood puso los ojos en blanco.

—¿Por qué demonios siempre tienen que ser tan crípticas?

La triple diosa se correspondía con las tres etapas en la vida: doncella, madre y anciana, cada una de ellas representadas por la luna en su fase creciente, llena y menguante. Nacimiento, vida y muerte. Pero, además, también solía identificarse con el reinado en la Tierra, Inframundo y Cielo. A lo largo de los siglos se le había dado un montón de significados a ese símbolo, y a la vez también constituía una representación habitual de Hécate, Deméter y Perséfone, cada una asociada a una de esas fases.

Esa profecía podía significar cualquier cosa.

Pensé en el libro con todas las genealogías de los linajes de brujos. Las marcas junto a mi nombre y el de Alexander. También había una junto a Mercy Good: el símbolo de la triple diosa al completo.

—¿Cree que Mercy era esa comunión entre linajes? Quiero decir, sería una manera de interpretarlo si era hija de Sarah Good y Benjamin Ravenswood. Si yo fuera descendiente de Mercy, y no de Dorothy como sospechaba mi madre, ¿está hablando de mí? —Mi voz carecía de convicción al formular la pregunta, aunque era sobre todo por temor a que fuera a mí de verdad a quien se refería la profecía.

—Mercy podría ser esa comunión entre linajes, pero Elijah dijo que Danielle era solo una consecuencia no deseada —nos recordó Alexander—. Si ella fuera a convertirse en la responsable de inclinar la balanza en favor de la comunidad oscura, ¿no sería eso perfecto para sus deseos? Tiene que haber algo que nos estamos perdiendo...

Si a Wardwell le pareció extraño que Alexander hubiera hablado en algún momento con un brujo que llevaba siglos muerto, no hizo ningún comentario al respecto. Tal vez eso fuera lo menos raro de todo aquello.

Lo que desde luego parecía seguro era que Mercy Good era una unión entre dos linajes, el mío y el de Alexander. Así que no había manera de negar que mi familia estaba involucrada en todo aquello de una forma u otra.

—Un momento. Ha dicho que la profecía habla del surgimiento de la luz. Eso podría interpretarse como un *despertar* de la luz —terció Alexander. De inmediato buscó mi mirada, y supe en lo que estaba pensando—. Raven dijo que mi oscuridad te había despertado... Una consecuencia no deseada... ¿Y si para compensar lo que yo soy, hubieras nacido tú? ¿Y si solo somos dos caras de la misma moneda?

No supe qué decir, pero tal vez este era un buen momento para confesar que ahora podía percibir la magia de otros brujos, aunque no sintiera deseos de drenar a nadie. Sin embargo, Wardwell tomó la palabra antes de que pudiera decir nada:

—Lo sospechaba.

—¿Perdón? —intervino Dith, que había estado callada hasta ahora.

Miré en su dirección y vi a Robert aún en el sofá. Tenía cara de estar alucinando con todo aquello casi tanto como yo.

—Corey me contó lo del hechizo que ayudó a hacer a su madre sobre sus poderes. Al principio no creí que hubiera manera de que ningún Good acabase en esta escuela, al menos no después de que su madre estuviera aquí, y con el transcurrir de los años casi olvidé el tema por completo. Pero cuando usted irrumpió aquí... Volvía a hablar con Corey y revisé el hechizo, y descubrí que no solo parecía bloquear su poder, sino también impedir que nadie más hiciera uso de su magia; es decir, su madre se aseguró de que Alexander no pudiera drenarla.

Casi me reí. Casi. Así que todo este tiempo creyendo que Alexander me mataría si me tocaba y resultaba que, en realidad, había estado protegida de él desde el principio. O al menos, hasta mi despertar. Después de aquello, Alexander había estado a punto de matarme en el despacho de Wardwell. De algún modo, mamá casi parecía haber querido que Alexander tuviera oportunidad para despertar mi poder antes de que él fuera capaz de arrancármelo. Pero yo había empleado mi magia para curar a Raven en el baile de máscaras y, antes de eso, con Ariadna.

—Usé mi poder en el auditorio —expuse. Wardwell estaba allí y me vio; debería recordarlo—. Me salté no solo el hechizo de mi madre, sino también las protecciones del auditorio.

—Eso solo habla de lo poderosa que es usted en realidad. Las protecciones de ese lugar no son suficientes para contener del todo a Alexander y, del mismo modo, tampoco deberían poder serlo para usted. Incluso bloqueada, su magia continuaba empujando para salir.

—Su hija también lo hizo —repliqué. ¿No era eso igual de sospechoso? Wardwell negó y sus labios se apretaron en una fina línea de disgusto.

—Le aseguro que mi hija no fue la responsable de lo sucedido. Raven Ravenswood estaba en lo cierto cuando afirmó que... de ninguna manera mi linaje es tan poderoso como para saltarse esas protecciones. —Se forzó a decir aquellas palabras de un modo que resultó evidente que lo último que deseaba era tener que admitir algo así, pero de todas formas no supe si creerla.

Alexander gruñó y todos lo miramos.

—A ver si lo he entendido bien. ¿Nos está diciendo que cuando Danielle apareció aquí simplemente decidió alojarla conmigo y sentarse a ver qué ocurría?

Wardwell no parecía en absoluto arrepentida. Nos había manipulado a todos desde el principio y ninguno habíamos sido conscientes de ello. Quizás había deseado comprobar si esa dichosa profecía le concedía por fin a los suyos la venganza que tanto habían anhelado. Y si yo estaba destinada a convertirme de un modo u otro en una especie de arma para mi comunidad, desde luego que no me devolvería a Abbot y mentiría al respecto. Incluso el hecho de haberme enviado a clases tenía sentido ahora; tal vez no me hubiera mostrado demasiado de lo que allí se aprendía, pero me había empujado a mezclarme con otros brujos oscuros todo el tiempo.

—Bueno, al parecer, funcionó. Ella despertó, lo que quiera que eso signifique. Y también creo que los días que ha pasado con ustedes han cambiado su forma de percibir lo que significa formar parte de nuestra comunidad —aseguró, como si hubiera sabido que yo también estaba atando cabos sobre su proceder—. Pero, de todas formas, la profecía habla de tres elementos. Tres. Como las tres caras de la diosa. Si ustedes son dos de ellos, aún queda un tercero por desvelarse.

—El verdugo —afirmó Wood—. Elijah mencionó un verdugo.

Todo aquello era... demasiado. Algo mucho más grande de lo que había creído al principio. Mi madre no había podido tener idea de lo que estaba tratando de descubrir cuando había empezado a investigar nuestros orígenes. No creo que hubiese sabido dónde se estaba metiendo. Y quizás cuando lo hubo descubierto fue demasiado tarde...

—¿Ordenó usted asesinar a mi madre? —solté, y me di cuenta de que estaba dispuesta a conjurar mi poder y lanzárselo a la cara a aquella mujer si admitía ser la responsable de la muerte de mi madre y de Chloe.

Para mi sorpresa, la mirada de Wardwell destelló con algo muy parecido a compasión.

—No. Y antes de que lo pregunte, no sé quién fue. Lo único que puedo decirle es que su padre contrató a un brujo de esta comunidad para seguir a Beatrice. —Pensé en las fotos. En la carpeta que Wardwell tenía en su despacho. El brujo debía de haber corrido a contárselo a la directora cuando mi padre reclamó sus servicios—. Debería preguntarle a su propio padre sobre ello.

No quise volver a pensar en lo que eso significaba, no podía permitirme el lujo de derrumbarme de nuevo en ese momento. Una vez que saliera de allí, tendría que enfrentarme a mi padre y pedirle explicaciones al respecto. Puede que ahora hubiera mucho más en juego, pero necesitaba saber la verdad sobre la muerte de mamá y Chloe; necesitaba asegurarme de que él no tenía nada que ver.

—Hemos perdido demasiado tiempo. Tienen que marcharse ya —dijo entonces la directora, y luego aclaró—: Los dos. Elijah no era ni es el único Ravenswood con ansias de ganar poder; estoy segura de que Tobbias conoce la profecía tan bien como yo y puede que crea que la señorita Good es en realidad la combinación de linajes o ese verdugo del que habla Elijah. Salgan del campus y busquen a una bruja llamada Loretta Hubbard; ella debería poder ayudarlos a detener todo esto. Fue quien vaticinó la profecía.

—¿Por qué ha venido a avisarnos? —inquirió Alexander, receloso—. Danielle ya ha despertado y supongo que eso es parte de esa maldita profecía. ¿Por qué no sentarse también a esperar que se cumpla y la comunidad oscura se alce por una vez sobre la blanca? Estoy seguro de que eso le encantaría.

Casi esperé que la directora reaccionara de forma airada a lo que, por otro lado, no dejaba de ser una conclusión lógica por parte de Alexander. Cualquier brujo oscuro desearía poder obtener una parte justa de venganza por lo sucedido en Salem

Pero Wardwell permaneció con la misma actitud tensa y alerta que había mantenido desde su llegada. Y cuando por fin se decidió a replicar, empleó un tono reverente que me dijo que no había más que una cruda sinceridad en sus palabras.

—Yo no estaba al tanto de todas las implicaciones de la profecía cuando ella llegó aquí. De haberlo sabido... —comentó. No era exactamente una disculpa, pero al menos esta vez sonó ligeramente arrepentida—. No creo que ustedes terminen de entender lo que está ocurriendo. Tobbias cree que puede controlarlo, pero la profecía podría no hablar del reinado de los brujos oscuros sobre la comunidad blanca. La balanza del equilibrio ha oscilado de tal manera que es posible que sea tarde para eso... De cumplirse, la oscuridad podría reinar para todos. Para *todo* el mundo. Incluidos los humanos.

53

Si había pensado que Alexander había sido insistente, Wardwell no dejó de presionarnos para que nos marchásemos. Solo le faltó empujarnos a través de la puerta mientras aún tratábamos de procesar las implicaciones de su afirmación. La posibilidad de alguna clase de cataclismo mágico que afectase también a los humanos sumado al resto de descubrimientos recientes era... Ni siquiera sabía qué palabras elegir para empezar a describirlo. Parecía irreal.

Eché de menos a mamá una vez más. Ojalá estuviera aún conmigo y pudiera decirme que todo aquello no era más que un enorme malentendido. Una broma de mal gusto.

Pero sabía que, aun de estarlo, eso no sería lo que saldría de su boca; ella había previsto al menos una parte de todo aquello. Y resultaba obvio que algo estaba pasando. Si no, ¿de qué otro modo se justificaría el ataque directo de la comunidad blanca al campus de Ravenswood? Aquello no era solo por una alumna díscola que se hubiera fugado y a la que estuviera reteniendo.

Alexander informó a la directora de que no pensaba marcharse del campus. No sin Raven, y este seguía inconsciente en su habitación y aún en su forma animal, lo cual no ayudaba precisamente a trasladarlo.

—Tendrán que cargar con él, pero tienen que irse ya. Si el consejo logra atraparlos... Los planes de su padre son más que cuestionables, señor Ravenswood. Y lo que está en juego va más allá de una simple revancha entre la luz y la oscuridad —sentenció la mujer, y luego se dirigió a Robert—: Señor Bradbury, ayúdelos.

El brujo había permanecido en silencio todo el tiempo. Casi había olvidado que estaba allí.

Robert se puso en pie y asintió, aunque había una sombra de duda en sus ojos. Quizás no quisiera alejarse de Maggie dada la situación del campus. Las dos escuelas habían sido lugares seguros hasta ese momento, pero estaba claro que las cosas habían cambiado por completo.

—Usen uno de los vehículos de la escuela —continuó ladrando órdenes Wardwell. Incluso cuando se suponía que trataba de ayudarnos, la mujer no conseguía sonar amable ni por error.

A partir de ese momento, todo se precipitó. Apenas si hubo tiempo para que los demás recogieran unas pocas pertenencias. Tendríamos que caminar hacia uno de los laterales del campus mientras que Robert se escabullía en el garaje de la escuela y se hacía con nuestro transporte. Nos recogería en la carretera, al oeste, una vez que atravesásemos las salvaguardas por nuestra cuenta.

Era un plan de mierda, la verdad. Había un montón de cosas que podían salir mal y yo acumulaba ya cierta tendencia al desastre. El hecho de que Raven estuviera herido no nos daba precisamente puntos a favor. Los Ibis podrían cazarnos con facilidad mientras tratábamos de llegar a la carretera.

Nadie sugirió que nos quedásemos y Alexander se enfrentara a su padre y al consejo, ni siquiera yo. A pesar de la tensión existente entre Tobbias y él, jamás se me hubiera ocurrido pedirle que desatara su poder y peleara contra su propio padre, además de contra otros brujos oscuros; no hubiera sido justo y tampoco creía que Alexander pudiera hacerlo sin un coste demasiado alto para su propia cordura.

Había pasado casi toda su vida aislado del resto del mundo precisamente para proteger a los demás de sí mismo. Ahora, todo lo que nos quedaba era huir y tratar de descubrir qué demonios estaba pasando y cómo enfrentarnos a ello.

Wardwell nos aseguró que intentaría darnos algo de tiempo distrayendo al consejo y se marchó en dirección a la mansión, donde se suponía que tenía que estar ya para darles la bienvenida, pero no sin antes recordarnos que debíamos buscar a Loretta Hubbard, la tía abuela del director de Abbot. Había oído hablar de la anciana y no en los mejores términos; los rumores que corrían por la escuela decían que se había vuelto loca años atrás, aunque nunca le había preguntado a Cam si esas habladurías contenían algo de verdad.

Que Wardwell nos enviara a encontrarnos con una bruja blanca me hacía sentir un poco menos recelosa; estuviera loca o no dicha bruja, al menos pertenecía a mi comunidad. Lo cual quizás careciera de importancia dados los últimos acontecimientos. Los límites entre ambos bandos se habían difuminado esa noche más que nunca.

Robert también partió para cumplir con su parte del plan y el resto nos reunimos en el dormitorio de Raven. Dith y yo apenas nos miramos y tampoco hablamos, pero supongo que la charla entre nosotras tendría que esperar hasta que saliésemos de allí y estuviéramos a salvo. Seguía dolida con ella por ocultarme la verdad, pero además estaba también demasiado abrumada por todo lo que estaba sucediendo.

En realidad, estaba hecha un lío, aunque no creo que nadie pudiera reprochármelo. Tan solo tener que lidiar con la posibilidad de que mi padre fuera el responsable último de la muerte de mamá y Chloe... No, no había manera de que algo así pudiera ser cierto. Mi padre hubiera previsto la reacción del consejo blanco; puede que no fuera un padre ejemplar, pero jamás denunciaría a su esposa.

Estaba segura de que había otra explicación y me reafirmé en mi decisión de descubrirla, pero primero teníamos que salir de allí.

—No sé si es seguro moverlo —señalé, contemplando el cuerpo inmóvil del lobo negro. Parecía tan frágil y desvalido...—. Puede que no haya restaurado del todo los daños internos...

—Lo hiciste —intervino Dith—. Y no hay rastros de magia en la herida. Lo comprobamos mientras estabais en el bosque.

Resultaba obvio que nuestra discusión no había afectado a su confianza en mí. Yo, en cambio, no estaba tan segura de mis capacidades.

—Está bien. Hagámoslo. —La voz decidida de Alexander me sacó de mis divagaciones, algo que agradecí.

Más tarde, cuando nos arrastrábamos entre las sombras con nuestras mochilas a la espalda, cargando con un lobo enorme entre los cuatro y temiendo que nos asaltasen a cada paso que dábamos o que Raven sufriera aún más por el traslado, ya no hubo demasiado margen para plantearnos si estábamos cometiendo un error o no al fiarnos de Wardwell y escapar.

Lo único que importaba era llegar hasta la carretera.

No podía imaginar lo que estaría sintiendo Alexander. No había abandonado Ravenswood durante años y ahora se veía obligado a huir de su propio legado y dejar atrás todo cuanto conocía. Su expresión se mantenía imperturbable, pero algo me decía que bajo su piel bullía una inquietud que apenas alcanzaba a dominar; la ligera bruma que emborronaba el contorno de su figura era buena prueba de ello. Sin embargo, después de haber visto su otro rostro, no podía menos que admirar el control de sí mismo que mostraba. Con hechizo para protegerme de él o no, mi respeto por él, desde luego, no había dejado de aumentar en las últimas horas.

Conforme avanzábamos, Wood no dejó de escudriñar los alrededores. No fue difícil comprender lo que buscaba. O a quién. Los Ibis no eran lo único a tener en cuenta en aquel momento. Aunque Elijah Ravenswood hubiera defendido a su descendencia horas antes, nada nos aseguraba que no fuera a atacarnos al tratar de huir de la academia, el único lugar en el que se suponía que tenía poder.

Si el árbol elegía ese momento para aparecérsenos, juro que me pondría a gritar.

A pesar de compartir el peso de Raven entre cuatro personas, avanzábamos con lentitud. Me dolían todos los músculos y el cansancio se había apoderado de mi cuerpo en cuanto habíamos salido de la casa. Solo bajar las escaleras ya había resultado todo un desafío. Pero dudaba que los demás estuviesen mucho mejor, así que me esforcé para no desfallecer y dejarlo caer.

Teníamos que conseguir salir del campus. Huir y encontrar algo de sentido a lo que fuera que se estuviera fraguando en el mundo mágico. Las décadas que los brujos oscuros habían pasado acumulando resentimiento, desde luego, no traerían nada bueno. La venganza siempre ha sido una emoción muy potente y la comunidad oscura tenía buenos motivos para buscarla. Y si Wardwell llevaba razón y esa búsqueda de venganza terminaba por desatar un armagedón bíblico...

—¿Creéis todo lo que nos ha dicho esa mujer? —inquirí en voz baja, rompiendo el silencio.

A lo lejos, apenas iluminado por la luz plateada de la luna, se entreveía el lindero del bosque. No quedaba demasiado para alcanzar el límite de los terrenos de Ravenswood. Wardwell había confiado a Alexander un hechizo que me permitiría atravesar las salvaguardas de la escuela. Tendríamos que detenernos un momento para que él pudiera llevarlo a cabo, pero mejor eso que vernos en la situación de que tuviera que drenar la magia de dichas guardas y yo padeciera las consecuencias. Eso sería más rápido, sí, pero también potencialmente mortal para mí.

—Tal vez tenga algún otro motivo para ayudarnos que no ha compartido con nosotros, pero podría habernos entregado —explicó Alexander, también entre susurros—. Lleva mucho tiempo deseando formar parte del consejo. Esto le hubiera allanado mucho el camino y creo que era justo lo que pretendía conseguir hasta que descubrió las posibles consecuencias de la profecía.

Supuse que tenía razón, aunque, tal y como habían transcurrido los pocos encuentros que había tenido con la directora, no me despertaba precisamente mucha simpatía. Que nos ayudara, cuando parecía haberme odiado desde el primer momento, me llevaba a pensar que la amenaza de lo que fuera que estaba por venir era muy muy real.

—Tuve que hablarle del fantasma de Elijah —intervino Wood, después de un momento—. Van a seguir muriendo alumnos si está buscando mantener poder en el mundo de los vivos. Me ha dicho que tomará precauciones al respecto. Va a declarar un toque de queda en el campus.

Eso pareció aliviar algo de la tensión en el rostro de Alexander.

Continuamos avanzando. El cuerpo inerte de Raven se volvía más y más pesado a cada metro que recorríamos y nuestro destino parecía alejarse cada vez más. Todos estábamos exhaustos y preocupados, pero nadie se quejó.

En un momento dado, Alexander volvió la cabeza y se quedó observando el camino a nuestra espalda. Tuve un mal presentimiento.

—¿Qué pasa?

No contestó.

Sus ojos estaban fijos en la oscuridad. Los bordes de su figura se difuminaron aún más y pequeñas lenguas de fuego púrpura le asomaron tras los hombros. No me quedó duda de que las venas de sus brazos estaban ya cargándose de veneno.

—¿Alexander? —lo instó a contestar Wood esta vez.

—Daos prisa.

Lo que fuera que había visto o sentido no lo compartió, pero no podía ser bueno. Tal vez Wardwell no había podía retener al consejo y los Ibis venían ya tras nosotros. O quizás fuera Elijah. Pero nos estábamos acercando al límite de Ravenswood. La carretera estaba solo a unos pocos metros e íbamos a tener que parar.

Y el coche que se suponía que Robert iba a traer hasta allí no se veía por ningún lado.

—Ya vienen —afirmó Alexander tan solo un momento después.

Sonó tan tétrico y alarmante que no pude evitar estremecerme. Y entonces yo también lo sentí. Magia. Había otros brujos en el bosque, no muy lejos de allí.

Buscamos una zona amplia y llana para acomodar a Raven en el suelo y, de inmediato, Alexander se dispuso a realizar el hechizo para eliminar temporalmente las salvaguardas. En realidad, solo crearía un pequeño túnel para que yo pudiera salir de Ravenswood. Yo era la única a la que retenía la barrera. Los alumnos de aquella escuela podían moverse con libertad, así que no debería afectar a Wood, Raven y Alexander, aunque no fueran alumnos en el sentido estricto de la palabra, y Dith contaba con el hechizo que mamá había creado para ella; solo tendría que transformarse y ejecutarlo.

Era yo la que estaba atrapada allí.

—Procura no transformarte a no ser que no quede más remedio —dijo Wood, acuclillado junto al cuerpo de su hermano.

Igual eso era mucho pedir, porque Alexander ya parecía estar a medio camino. Las últimas veces había podido regresar sin mediación externa, pero, de todas formas, lo último que necesitábamos era que alguno de nosotros tuviera que romperle una pierna para alejar la oscuridad de él y traerlo de vuelta.

Al pensar en ello, me di cuenta de que Alexander había ido ganando más y más control sobre su oscuridad mientras yo, a su vez, ganaba poder. Ahora más que nunca parecía evidente que había alguna clase de relación entre nosotros y nuestra magia... Ni siquiera podía empezar a imaginar lo que yo podría llegar a hacer si era de verdad su opuesto. Solo cabía esperar que Loretta tuviera las respuestas que necesitábamos.

Permanecimos junto a Raven mientras Alexander se adelantaba. Alzó los brazos al frente con las palmas de las manos expuestas. El entramado oscuro parecía serpentear bajo su piel, enroscándose en torno a sus dedos y sus muñecas, y el flujo de mi propia magia se convirtió en un torrente agitado.

Era como si respondiésemos el uno al otro. Como si yo despertase cada vez que él lo hacía.

Palabras antiguas y cargadas de poder atravesaron los labios de Alexander en un murmullo apenas comprensible. El ambiente se cargó de electricidad y el aroma a madera y bosque se intensificó hasta que todos quedamos envueltos por él. La piel de la nuca y los brazos se me erizó, y un nudo me apretó la garganta. Durante un instante creí que la historia se repetiría y comenzaría a boquear en cualquier momento, pero la sensación, aunque no se suavizó, tampoco llegó a arrebatarme el aliento.

Frente a nosotros, lo que había sido una barrera invisible comenzó a brillar y se convirtió en un muro traslúcido que se extendía a izquierda y derecha hasta donde alcanzaba la vista.

Wood, aún en cuclillas, se giró de repente y de su garganta brotó un gruñido más animal que humano.

—Date prisa —urgió a Alexander, mientras se incorporaba con el movimiento pausado y elegante de un depredador.

Rodeó el cuerpo de Raven y se situó frente a él en ademán protector. Ligeramente inclinado hacia delante y con las rodillas dobladas. Su postura no dejaba mucho margen para las dudas; quienquiera que viniera tras nosotros, estaba a punto de alcanzarnos. Yo también sentía toda aquella concentración de magia mucho más cerca.

No íbamos a poder escapar. No sabía cuánto le llevaría a Alexander completar el hechizo, pero no había ni rastro de Robert. ¿Y si nos habíamos equivocado al confiar en él? Quizás hubiera acudido al consejo en cuanto había salido de la casa; si existía una forma de que los Bradbury se redimieran después de años de ser señalados por los suyos, seguramente vendernos sería el modo perfecto para ello.

Mi corazón se desplomó al pensar en que a partir de ahora no íbamos a poder confiar del todo en nadie; ni brujos blancos ni oscuros. Ni siquiera sabía si podía confiar en mi propio padre...

Dith y yo nos colocamos junto a Wood, ambas alerta frente a cualquier sonido o movimiento.

—Ya casi está —afirmó Alexander, con esa otra voz más antigua y grave.

Una rápida mirada me bastó para comprobar que, incluso conociendo el hechizo necesario, aquello estaba requiriendo de él más poder del que había esperado necesitar.

—¡Oh, Dios! Los cuernos. Otra vez —farfullé, con una risita histérica y fuera de lugar.

Wood resopló, resignado, y casi pude escucharlo poniendo los ojos en blanco.

Percibí el momento en que él también comenzó a convocar su magia. El aire se estremeció a su alrededor y su aroma fue volviéndose más intenso. Dith se preparó y yo me esforcé para mostrar algo de autocontrol. Cerré los ojos y busqué en mi interior. El río de energía que discurría por mi pecho era ahora tan brillante como la barrera que nos mantenía allí; tonos dorados destellaban entre el caudal desbocado de un poder furioso y que apenas si reconocí como mío.

Cuando abrí los ojos de nuevo y volví a echar un vistazo sobre mi hombro en dirección a Alexander, él también se había vuelto en parte hacia mí. Sus labios continuaban moviéndose y las manos apuntaban en dirección a la barrera, pero sus pupilas..., su rostro...

—¡Joder! —Fue todo lo que se me ocurrió decir.

Daba igual que ya hubiera contemplado su aspecto esa misma noche, tan solo unas horas antes; seguía resultando sorprendente, impactante y tremendamente perturbador. Su piel, de aspecto inquebrantable y del color del carbón; los ojos, negros por completo. Sus labios eran ahora más finos y el superior se hallaba retraído de tal modo que pude contemplar lo afilado de sus dientes. Y entre el lío de mechones blancos y negros que era su pelo asomaban dos pequeños cuernos.

Un demonio. Un Dios tenebroso. Un ángel de la muerte.

Era como si el propio caos hubiera tomado forma humana (o semihumana) y se hubiera hecho carne.

Pero no había mentido respecto a él. No me daba miedo, y tampoco sentía nada de esa superioridad moral que nos inculcaban en Abbot respecto a la comunidad oscura. No me sentía mejor que él. Me negaba a aceptar que ser un Ravenswood convirtiese a una persona como Raven en alguien malo, ni tampoco que lo fuera Alexander. Al final, lo único realmente importante era cómo empleabas el poder que se te concedía.

Alexander había hecho su elección y se había condenado a sí mismo al destierro.

Y ahora mismo me estaba mirando con tanta intensidad que parecía capaz de atravesarme de parte a parte como una espada encantada que jamás errase el blanco.

Aparté la vista, obligándome a concentrarme en las sombras frente a mí.

—¿Puedes intentar despertar a Raven? —me pidió Wood.

—¿Cómo quieres que...?

—Inténtalo —me cortó—. O no saldremos de aquí con vida.

No discutí con él. No tenía ni idea de qué hechizo emplear para hacer algo así, pero de todas formas me arrodillé junto al lobo negro. Dith y Wood se recolocaron para cubrirnos con sus cuerpos y supe lo que ambos harían llegado el momento: sacrificarse para que nosotros tuviéramos al menos una oportunidad.

Escarbé mentalmente en las enseñanzas acumuladas durante todos mis años en Abbot, sintiéndome inútil, hasta llegar a la conclusión de que lo mejor era emplear mi elemento para tratar de sacarlo de la inconsciencia. El agua era el elemento con más potencial curativo de todos; quizás emplearlo al margen de un hechizo concreto lograría sanar lo que quiera que hubiera dejado dañado la vez anterior.

No me quedaba más remedio que intentarlo. Wood tenía razón. Si Robert no llegaba pronto con el coche, y con Raven en aquel estado, no teníamos demasiadas oportunidades de salir bien parados. Quizás pudiésemos vencer a tres Ibis, quizás Elijah hiciese otra de sus entradas triunfales para salvarnos el culo, pero si los miembros del consejo u otros brujos oscuros venían también a por nosotros... todo acabaría antes de empezar.

No quería que Alexander tuviera que enfrentarse a su padre, porque, además de lo obvio, esa posibilidad me hacía pensar en si yo tendría que enfrentarme al mío. Y eso me aterraba más que cualquier otra cosa.

Apoyé las manos sobre el costado de Raven. Metí los dedos entre su pelo negro y sedoso y cerré los ojos una vez más. Mi magia fluía ahora desplegada por todo mi interior, atravesando cada hueso y músculo, inundando mis venas y acudiendo hasta la punta de mis dedos.

Escuché un jadeo, pero traté de cerrar también mis oídos a todo lo que me rodeaba. Necesitaba concentrarme solo en Raven y en un poder que parecía haberse vuelto casi inabarcable. Indómito. Mucho más salvaje de lo que lo había sido nunca.

La humedad que flotaba en el ambiente se me pegó a la piel y se mezcló con el sudor. La empujé más allá de mí hasta que noté el pelaje de Raven humedeciéndose también bajo las palmas de mis manos. Imaginé que lo envolvía como una manta protectora y curativa, y que luego le calaba hasta alcanzar el interior de su pecho. Su corazón mismo.

Y deseé con todas mis fuerzas que eso rehiciera lo que estaba roto. Que tirara de la consciencia de Raven para traerlo de vuelta.

—Despierta —rogué en voz baja—. Despierta, Rav.

La piel se me calentó. El pecho comenzó a arderme. La energía fluyó de mi cuerpo al suyo y el aire se volvió más pesado en mis pulmones, pero luché para mantener mi respiración controlada y continué tirando de mi magia. El símbolo de la triple diosa que colgaba de mi cuello también ganó peso mientras rogaba a mis ancestros, aunque no tenía claro que escucharan mis plegarias y aceptaran potenciar mi poder cuando estaba tratando de curar a un miembro de la comunidad oscura.

Los músculos bajo mis manos se tensaron y el cuerpo de Raven se sacudió, y quise pensar que era una buena señal. Pero entonces el sonido de un montón de pasos logró atravesar el trance en el que me había sumido y llegó a mis oídos.

Y luego... el caos nos alcanzó.

Alexander

Oscuridad. Un mundo de oscuridad, terror y fuego. Sombras ganando terreno y extendiéndose hasta colonizar cada rincón. Sombras y algo más. Otras figuras. Otras *cosas*. Otros seres.

Una visión del infierno desatado en la tierra, eso era.

Eso podría llegar a ser.

Mis pensamientos vagaban, inconexos y abrumadores, mientras trataba de entender por qué un segundo antes me hallaba en los terrenos de Ravenswood y al siguiente el mundo parecía estar derrumbándose a mi alrededor.

Aturdido, parpadeé para eliminar la imagen de muerte y devastación y regresé del lugar a donde fuera que me hubiera ido durante unos pocos segundos. Todo lo que me rodeaba pareció enfocarse de nuevo, pero tonos rojos cubrían mi visión. Fuego púrpura me rodeaba y zarcillos de una niebla densa y oscura brotaban de mi cuerpo, azotando el aire.

Y poder. Tanto maldito poder.

A pesar de la advertencia de Wood, había sucumbido y me había transformado por completo, y eso de algún modo me había llevado lejos de allí.

—Despierta. Despierta, Rav —murmuró alguien, llamando mi atención.

Los huesos de mi cuello crujieron cuando giré la cabeza hacia ella.

Jadeé de la impresión y tuve que volver a parpadear varias veces, deslumbrado. Durante un puñado de segundos eternos, solo hubo luz. Luz clara, pura y radiante. Luz que lo llenaba todo y casi me quemaba las retinas y la piel.

Un momento después, el intenso brillo comenzó a atenuarse, el contorno de su figura se perfiló con mayor claridad y por un breve instante... la vi.

La vi de verdad.

La necesidad me golpeó en pleno estómago y se recrudeció hasta tal punto que apenas resistí la tentación de lanzarme sobre ella y tomar... Tomarlo todo. Cada gramo de poder. Cada chispa de su energía. Cada partícula de vitalidad que impregnaba su piel, su carne y su cuerpo. Su alma.

Hasta la última gota.

Hasta el último aliento.

Fue... desgarrador, y también una auténtica locura. Seguramente, no podía tratarse más que de una alucinación inducida por mi estado y la necesidad.

Me mordí el labio inferior y mis afilados dientes traspasaron la fina piel sin apenas esfuerzo. El sabor metálico de la sangre me cubrió la lengua, pero el dolor fue bienvenido.

Control. Necesitaba mantener el control a cualquier precio.

«No eres un monstruo, Alex. Para», me exigí a mí mismo.

Bajé la vista hasta el cuerpo que reposaba sobre el suelo y ver por fin los ojos abiertos de Raven, de algún modo, me ayudó a contener mis oscuros impulsos.

Sacudí la cabeza en un intento de ganar algo más de lucidez.

«El hechizo. Las guardas. Elimina las guardas», me recordé entonces, desesperado por encontrar un objetivo al que aferrarme. Ese había sido mi propósito un momento antes: conseguir que las salvaguardas con las que contaba Ravenswood la dejaran pasar. A ella.

A... Danielle.

Escuché a alguien acercándose a la carrera. Varios pasos. Había más de una persona.

—¡Tienes que sacarlos de aquí! —me gritó Danielle al descubrir que ya no estábamos solos—. Llévatelos.

Envueltos en sus capas, pero con las capuchas retiradas hacia atrás, tres Ibis aparecieron entre los árboles y se detuvieron a varios metros de Wood y Dith. Ya conocía a uno de ellos; era el guardia de mi padre al que habíamos dejado inconsciente en el bosque horas antes. Se veía pálido y desmejorado después de nuestro encuentro anterior, pero su expresión no había perdido arrogancia en absoluto.

Raven exhaló un quejido al tratar de incorporarse y acudir junto a su hermano, pero resultaba obvio que le costaba moverse.

Sin perder de vista a los guardias, mantuve una mano extendida hacia la barrera. Si no completaba el hechizo o hacía algo para eliminar las guardas, los demás tal vez seríamos capaces de huir, pero Danielle no iba a poder abandonar Ravenswood.

Se quedaría encerrada allí, a merced de los Ibis.

Un zarcillo de oscuridad se deslizó entre mis dedos y salió disparado hacia el muro brillante que nos cortaba el paso. Arañó la superficie y pequeñas grietas se extendieron en todas direcciones mientras mi magia luchaba por romper a la fuerza la burbuja de protección.

No fue suficiente.

Pero lo conseguiría. Por las buenas o por las malas. Con hechizo o con mi propia ira si era necesario. No pensaba dejar a nadie atrás.

—Nos volvemos a encontrar —dijo el guardia de mi padre.

Sus ojos estaban fijos en Wood y sus labios se curvaron en una promesa de venganza y dolor.

—Y no te va a ir mucho mejor que la última vez —replicó mi familiar—, así que ¿por qué no os dais la vuelta y os largáis por donde habéis venido?

—Llévate a los demás —insistió Danielle, ignorando el intercambio de amenazas y la intensa atmósfera de violencia que flotaba en el ambiente.

Ayudó a Raven a estabilizarse sobre sus cuatro patas e intentó empujarlo en mi dirección, más cerca de la carretera y, por tanto, lejos de los Ibis, pero Raven se negó a apartarse de su lado. Resignada, se movió para cubrirlo parcialmente con su cuerpo de los ojos fríos y calculadores de los guardias.

El instinto protector que mostraba hacia mi familiar avivó una calidez extraña y profunda en mi pecho. La emoción resultó del todo incoherente con el resto de las sensaciones que azotaban mi interior y consiguió mantener intacta la última hebra de mi cordura que aún no había sido poseída.

No estaba seguro de cuánto duraría. La sed de poder, el hambre, la necesidad..., todo estaba ahí, latiéndome bajo la piel y arañándome el pecho en busca de una forma de ser aliviado.

Continué lanzando mi oscuridad sobre la barrera al tiempo que peleaba conmigo mismo para evitar que esos mismos zarcillos se deslizaran hacia Danielle. Su magia cantaba para mí cada vez con más fuerza; una melodía suave, cargada de armonía, que hablaba de muerte y vida, de necesidad y poder y luz y oscuridad. Una potente llamada que resultaba también una advertencia.

Si todo aquello acababa bien para nosotros y encontrábamos la manera de escapar, tendría que reflexionar mucho no solo sobre la visión perturbadora de ese mundo apocalíptico que acababa de tener (o lo que quiera que hubiera sido aquello. ¿Una premonición? ¿Alguna otra clase de realidad? ¿El maldito infierno?), sino sobre... sobre todo lo demás.

Sobre ella.

Sobre su *luz*.

Sin querer, mis ojos volvieron a buscarla, y tuve que obligarme a dejar de mirarla para centrarme en los recién llegados. Mi oscuridad se retorció al perderla de vista, pero obedeció pese a todo.

—Marchaos —gruñí a los Ibis, y esa única palabra salió de entre mis labios, afilada y cargada de tanta crueldad que incluso yo me estremecí.

—Tenemos órdenes.

A pesar de que aflojar la correa con la que mantenía mi oscuro poder a raya no era buena idea, me permití sonreír. Y luego las palabras simplemente resbalaron de mis labios:

—Entonces... siento deciros que ya estáis muertos.

Todos nos movimos a la vez. El Ibis personal de mi padre, armado ya con el elegante acero propio de los suyos, saltó directo hacia Wood en busca de una compensación por el golpe que había recibido su orgullo horas antes. Los otros dos, por el contrario, parecían haber decidido emplear la magia. Por una vez me alegré de ser capaz de percibir el poder de cada brujo oscuro de Ravenswood, porque sentí el instante exacto en que lo invocaron para dirigir su primer ataque hacia nosotros.

No me senté a esperar para descubrir cuál sería su elemento y cómo lo usarían. Ni siquiera tuve que pensarlo. Mi reacción fue instintiva.

Dos látigos de oscuridad se desplegaron hacia delante y azotaron respectivamente a los brujos, a uno en la cara y a otro en mitad del pecho. Luego, se retiraron de inmediato. Los golpes no buscaban reclamar su poder para mí mismo; no, no cedería a la necesidad de drenarlos, porque, a pesar de estar consumido por la oscuridad, una parte de mí aún era vagamente consciente de que eso podría matar a Danielle. Así que no permití que se anclaran en su carne y recé para que eso bastara.

Salvo Raven, que aún luchaba para que su propio cuerpo le obedeciera, los demás tampoco permanecieron de brazos cruzados. Dith estaba murmurando un hechizo entre dientes, aunque no supe lo que trataba de conjurar. Mientras que Danielle... El aire se tornó seco y terroso y la humedad que flotaba en el ambiente se convirtió en una ola compacta con la que barrió a los guardias.

Ya heridos, ninguno de los dos consiguió mantenerse en pie. Pero no tardarían en levantarse de nuevo; ni siquiera se habían inmutado con los cortes que yo les había provocado.

Danielle me miró por encima del hombro.

—¡Tienes que sacar a los otros de aquí ya! —exigió con desesperación.

Era terca, eso era algo que había descubierto durante el tiempo que llevaba en Ravenswood, y supe que no dudaría en quedarse atrás si eso nos daba una oportunidad al resto.

«Los brujos blancos y su abnegada capacidad de sacrificio», pensé para mí. Todavía me resultaba difícil creer que un miembro de su comunidad eligiera sacrificarse por un Ravenswood o cualquier otro brujo oscuro, pero ella lo haría de todas formas.

—No vamos a irnos sin ti —le aseguré.

Para zanjar el tema y evitar enzarzarme con ella en una de nuestras absurdas discusiones, devolví mi atención a los Ibis. Juro que la escuché resoplar, ofuscada por mi negativa. Era un hecho que nunca nos pondríamos de acuerdo en nada y, a pesar de la situación, su obstinación me hizo sonreír.

Wood mantenía bastante entretenido al tercer guardia. Mi familiar había traído consigo las dos dagas y, sobre la espalda, llevaba enganchada también la funda de su espada favorita, aunque por ahora estaba empleando solo las armas cortas para rechazar los ataques del Ibis.

En ese momento, fintó y rodó por el suelo hacia un lado para alejarse y evitar un golpe. Wood no se levantó de inmediato, quedando en una posición comprometida, pero supe lo que se proponía en cuanto aplanó ambas manos contra el terreno.

La tierra comenzó a vibrar bajo nuestros pies y una grieta dividió en dos el claro. Sin embargo, su oponente saltó hacia él y Wood no consiguió ensancharla lo suficiente para que nos diera la ventaja que con tanta desesperación necesitábamos.

Uno de los otros guardias corrió hacia un lado. Centré mi atención en él y sonreí con malicia cuando comenzó a avanzar hacia mí. Una de sus manos agarraba con fuerza la espada mientras que mantenía la otra a un lado de su cuerpo, con la palma expuesta; listo para atacar.

Bien, que viniera.

—Yo que tú no lo haría —le advertí de todas formas.

No lo drenaría (si podía evitarlo), pero cada vez me sentía más cómodo en mi propia piel. Con mi poder. Tal vez la oscuridad hubiera empezado a apropiarse también de mi alma. Quizás resultaba inevitable. Quizás hubiera sucedido ya. O quizás rendirme por fin a lo que era solo había conseguido que se sintiera... natural.

Fuera como fuese, no había margen para que dudara. Tendría que enfrentarme a las consecuencias de mis actos más tarde. Si es que había un después para nosotros.

Con un solo pensamiento, la niebla oscura que me rodeaba se espesó. Dos zarcillos gemelos brotaron de la oscuridad de mis muñecas y serpentearon por el suelo hacia el hombre, como si de enredaderas venenosas se tratase.

El guardia reaccionó elevando la mano libre, pero, antes de que pudiera siquiera apuntarme con ella, uno de los zarcillos se estiró hacia él y le atravesó la palma de parte a parte. Ladeé la cabeza y la oscuridad clavada en su carne respondió a mi movimiento retorciéndose en forma de gancho.

Un tirón bastó para arrastrar al Ibis hacia delante y hacerlo caer de bruces. La sangre brotó de su herida y la magia que contenía envió una vibración a través de mi piel.

Sonreí sin darme cuenta de que lo hacía. Casi había sido demasiado fácil.

—Eso debería ser doloroso. ¿Quieres más? —gruñí, con una voz que no me pertenecía. Era consciente de que me estaba dejando arrastrar más y más profundo cada vez, pero no logré encontrar una razón válida para evitarlo. Me consumía en una crueldad que me resultaba tan ajena como familiar—. Porque podríamos jugar a comprobar cuánto eres capaz de soportar sin desfallecer. ¿Qué tal morir atravesado por decenas de estas cosas?

El otro zarcillo restalló como un látigo y se abatió sobre él, arrancándole la espada de la mano. Un segundo después, sus dos palmas estaban clavadas a la tierra por pura y maliciosa oscuridad.

Era un Ibis. Estaban entrenados de tal forma que conseguían mantenerse al margen del dolor; en apariencia, nada de aquello le afectaba. No había signos de sufrimiento en su rostro. Pero el daño era daño. Las heridas sangraban.

Y los Ibis podían morir.

Aún sometido y obligado a permanecer a cuatro patas sobre la tierra, levantó la barbilla y me desafió con una mirada cargada de odio. Mechones de pelo negro escaparon de la cinta que los sujetaba y le enmarcaron los rasgos endurecidos por años de entrenamiento.

—Estoy convencido de que esas órdenes que tenéis no contemplan que se me haga daño... —comencé a decir, pero me interrumpí al sentir la presencia de más brujos en los alrededores.

Otros brujos oscuros. Brujos de Ravenswood. Mi hogar. Mi legado.

Horrorizado, retraje mi oscuridad de golpe al darme cuenta de que había empezado a ahondar y enraizarse en la carne del guardia. Un instante más y era muy posible que lo hubiese drenado hasta dejar atrás tan solo una cáscara vacía.

Debería haberme ocupado de quebrar las guardas para que pudiéramos salir de allí y, en cambio, había estado a punto de sucumbir y convertirme en lo que siempre temí ser... Una bestia sedienta de poder.

Un monstruo.

Contemplé paralizado lo que me rodeaba. Un movimiento de la mano de Wood levantó una gruesa raíz que hizo tropezar al Ibis con el que luchaba. Danielle se había parapetado frente a Raven y peleaba cuerpo a cuerpo con otro de los guardias para evitar que llegara hasta el lobo. Ni siquiera sabía que fuera capaz de lanzar esa clase de puñetazos, pero no creí que aguantara demasiado frente a un Ibis bien entrenado.

Había arboles ardiendo cuyas ramas se agitaban, azotadas por violentas rachas de aire. Una mezcla de distintos aromas saturaba el ambiente, fruto de la magia de cada uno de los presentes. Todo era caos. El fuego se extendía. Alguien sangraba. Otro gritó. Mi oscuridad rugió. Y lo único que yo podía hacer era tratar de no ahogarme en ella. Porque si cedía... no estaba seguro de poder regresar. O de hacerlo como la misma persona.

Más figuras aparecieron entre los árboles. Mis ojos tropezaron entonces con el rostro de mi padre y el peso de su mirada me hizo retroceder. El velo rojo que cubría mi visión se aclaró y mis músculos se aflojaron. Me tambaleé hacia atrás, tropecé y a punto estuve de caer sobre mis rodillas.

—Luke —exhalaron sus labios. «Monstruo», dijo en cambio su mirada.

—¡La barrera, Alex! —gritó Danielle.

—¡Vuélala si es necesario! —me urgió Wood.

Raven aullaba, angustiado e impotente.

Mi padre apartó la vista de mí y miró a Danielle, que se hallaba ahora mucho más cerca de él que de mí.

Los siguientes segundos transcurrieron a cámara lenta y, a la vez, todo ocurrió demasiado rápido. Y aunque luego lo sucedido se repetiría en mi mente una y otra vez y llegaría a pensar que hubiera podido hacer un montón de cosas para evitarlo, no fui capaz de moverme.

Por segunda vez aquella noche me quedé paralizado y no hice nada en absoluto.

Nada.

Y por mi culpa... alguien murió.

55

La magia no era algo inmutable. Cambiaba todo el tiempo. Ningún brujo era igual a otro, ni su poder se comportaba de la misma manera. Cada elemento resultaba diferente. El agua, por ejemplo, se relacionaba con la curación, magia de creación. El agua era vida. Una parte intrínseca de cada uno de los seres que habitaban este mundo, pero también podía inundarnos los pulmones, asfixiarnos. O arrasar con su fuerza ciudades enteras. La tierra constituía el renacimiento; nos sostenía, nos anclaba, y a ella volvíamos al morir. Sin embargo, podía vibrar hasta derrumbarlo todo. El aire, incluso invisible, podía vencernos, doblegarnos bajo su fuerza impetuosa e imprevisible. Nos daba aliento, pero también podía ser destructivo. Mientras que el fuego asolaba todo a su paso, quemaba hasta convertir la vida en muerte; la carne en cenizas. Pero del mismo modo, nos calentaba, mantenía alejados el frío y las sombras.

Y al igual que la luz no podía existir sin oscuridad, ninguno de esos cuatro elementos podía persistir sin el otro. Ninguno podía imponerse, no sin desbaratar el equilibrio de toda magia conocida.

Sin embargo, en el momento en el que más brujos aparecieron en aquel rincón remoto de Ravenswood, juro que sentí cómo el mundo entero se estremecía y todo se puso del revés. Durante unos segundos, el aire se desvaneció y mis pulmones lucharon por expandirse para ser llenados con algo que no fuera el vacío. La tierra tembló, la madera de los árboles crujió con un lamento y la humedad del ambiente se evaporó. Y el fuego... Los pequeños focos dispersos por el claro se impregnaron de algo a lo que no supe poner nombre pero que hizo que las llamas se consumieran brevemente para luego rebrotar con más fuerza.

Alexander, erguido y rodeado por más oscuridad de la que jamás le hubiera visto convocar, trastabilló hacia atrás hasta casi atravesar la barrera protectora, repentinamente aturdido. En cuanto seguí el rumbo de su mirada, no tardé en comprender el motivo.

El hombre al que observaba farfulló su nombre entre dientes. No lo llamó Alexander ni Alex, sino Luke. Y aunque durante el ritual Tobbias Ravenswood había ocultado su rostro bajo la capucha de su capa, supe con certeza que se trataba de él.

El desprecio se reflejó durante un instante en su expresión casi con tanta claridad como una vergüenza amarga e incluso algo que no podía ser otra cosa que odio. Pero todas esas emociones desaparecieron enseguida. La suave sonrisa y el ademán conciliador que los sustituyeron cuando sus ojos se deslizaron hacia mí parecían genuinos, tanto que estuve a punto de creer que Alexander tenía que estar equivocado respecto a su padre.

En medio de toda la energía que inundaba el aire a mi alrededor, incluso cuando podía percibir con claridad el aroma tan característico de la magia de Dith y sabía que Wood continuaba peleando con uno de los Ibis, tuve un momento de extraña serenidad. Fue como estar en el mismísimo ojo de un inmenso huracán. En una calma total que sabes que solo es temporal y que en cualquier momento se transformará en devastación.

A pesar de lo mucho que trató de ocultarlo, detecté la amenaza velada en los ojos de Tobbias justo en el instante en el que el mundo retomó su ritmo furioso y el tiempo pareció acelerarse, como también lo sentí convocar su poder. No hubo más advertencia que esa fugaz mirada. Nadie exigió una tregua ni hubo palabras tranquilizadoras previas al ataque. Y me pregunté si así había sido siempre desde Salem. Si a la sangre y la lucha era a lo que habíamos quedado reducidos. Pero, más allá de eso, me pregunté si Tobbias había llegado a sentir alguna vez algún tipo de aprecio por su hijo.

Solo que no dirigió su ataque hacia Alexander, y tal vez esa fuera la respuesta a mi pregunta. O quizás a él lo necesitara de una manera en la que no me necesitaba a mí. Quizás estábamos equivocados y Alexander era el verdugo que vendría no solo a restablecer el equilibrio entre ambos bandos, sino que haría que la oscuridad reinara finalmente sobre la luz. A lo mejor Elijah tenía razón y yo solo era una complicación no deseada.

O no fuera nada en absoluto.

Con un rugido y un crepitar que retumbó en mis oídos hasta que no fui capaz de escuchar otra cosa, las llamas brotaron de entre los dedos de Tobbias y se extendieron hacia delante. El fuego llenó el espacio frente a mí. Ni siquiera sé si llegué a ser consciente de que había alzado las manos en mi dirección, pero tampoco me aparté, a sabiendas de que Raven estaba justo detrás de mí y no le daría tiempo a moverse lo suficientemente rápido en el estado en el que estaba.

Una racha de aire proveniente de uno de los otros brujos avivó aquel chorro de fuego puro y vibrante. La noche se iluminó hasta volverse día y la temperatura ascendió de tal modo que, incluso cuando dudo que pasasen más que unas pocas décimas de segundo, el sudor me cubrió el rostro y la piel de todo el cuerpo.

Hubo cánticos. Hechizos susurrados a media voz. Más gritos. Una advertencia gritada por Dith y un alarido que habría podido levantar a los muertos si hubiesen estado escuchando y que, si no me equivocaba, provenía de Wood.

Magia. Magia llenándolo todo. Magia que parecía cantarme también a mí. Y luego un violento empujón que trajo consigo un conocido aroma a papel y libros antiguos. La fuerza invisible de una oleada húmeda me apartó del camino de las llamas y me lanzó por los aires hasta el límite de la barrera, brillante y quebrada por los intentos de Alexander para hacerla ceder, y cuando rodé y mi cuerpo golpeó contra ella, de algún modo, terminó de romperse y me dejó pasar.

Un lobo aulló. El sonido fue descarnado y crudo. Fue un lamento y un sollozo y dolió; dolió tanto que durante un momento solo pude encogerme sobre la tierra, taparme los oídos y tratar de continuar respirando a través de ese dolor.

Cuando por fin levanté la vista, lo primero que vi fue otra barrera alzándose frente a mis ojos, un muro de oscuridad de tal envergadura que se elevó desde el suelo hasta alcanzar las ramas más altas de los árboles y que aisló a mis amigos del resto de los brujos. Que los protegía.

Alexander.

Su poder, aún siendo oscuro y retorcido, había encontrado una manera de ponernos a salvo. Pero comprenderlo no hizo remitir el hueco que se había abierto en mi pecho como tampoco disminuyó el dolor que lo atravesaba.

Raven volvió a aullar y desvié la vista hacia él. Wood, a su lado, estaba arrodillado sobre la tierra, con la espalda encorvada y sangre empapándole la camiseta. Las lágrimas le cubrían las mejillas mientras sus brazos se estiraban para acunar un cuerpo flácido. Restos de pelo castaño se deslizaron sobre unos hombros estrechos y piel ennegrecida, y el rostro de mi familiar quedó a la vista.

Llegó un coche por la carretera. Robert acudió a mi lado a la carrera, pero no aparté la vista de mis amigos. ¿Por qué aullaba Raven? ¿Cómo era posible que Wood estuviera llorando? El lobo blanco no lloraría, jamás. Se reía de todo. Wood solo peleaba y seguía adelante... Disfrutaba haciéndolo.

Mi mente no podía entender la imagen que mis ojos le estaban brindando. No *quería* entenderla. De ninguna forma.

«No. No. No».

El cuerpo quemado casi por completo. La piel derretida y humeante. La vida escapándosele con cada débil inspiración que apenas si podía llegar a completar. No era posible.

Aquella no podía ser Dith.

Me puse en pie y avancé a trompicones. En cualquier otro momento, no creo que hubiera sido capaz de mantenerme erguida por mí misma de ninguna manera, pero el horror y la desesperación tiraron de mí con tanta fuerza que en cuestión de segundos llegué hasta ellos.

Caí de nuevo sobre el suelo y mis rodillas se clavaron en la tierra quemada y carente de vida que los rodeaba.

—Dith. —Su nombre abandonó mis labios en un suspiro tembloroso.

Juro que me escuchó y trató de sonreír. Se me llenaron los ojos de lágrimas, pero no lloraría. No, no iba a llorar porque ella no iba a dejarme. De ninguna manera. Se curaría. Lo arreglaríamos de alguna forma. Había hechizos...

—Danielle —murmuró a duras penas.

—No hables. Voy a curarte.

Wood soltó un doloroso quejido al escuchar mi afirmación, y quise decirle que lo haría. La curaría así tuviera que emplear hasta la última gota de magia que corría por mis venas.

Permití que él continuara sosteniéndola mientras yo alcanzaba su pecho con las manos y convocaba todo mi poder. Maldije al darme cuenta de que el furioso caudal no era ahora más que un pequeño arroyo que discurría casi agotado. Había estado empleando tanto mi magia como los puños para enfrentarme a uno de los Ibis y había gastado... demasiado.

—Lo... siento —farfulló Meredith, y yo negué.

—No hables, por favor. —Tiré y tiré de los restos de mi magia—. Hazme caso por una vez.

Soltó una carcajada. Luego empezó a toser y gotas de sangre salpicaron alrededor de sus labios, pero, aun así, no dudó en ignorar mi ruego.

—Siento no habértelo contado. Solo... quería algo de normalidad para ti. No... —Volvió a toser y estuve a punto de taparle la boca con la mano para que no siguiera hablando, pero me daba miedo que la carne se le desprendiera de los labios quemados. O que su débil aliento no encontrara la forma de llegar a sus pulmones—. Ya habías visto demasiado horror... No podía dejar que crecieras así...

Sabía lo que trataba de decir y el motivo por el que creía necesitar disculparse conmigo. Había estado tan enfadada con ella por mentirme sobre el futuro que me esperaba fuera de los muros de Abbot... Le había gritado y lanzado reproches, y luego me había negado a hablar con ella del tema.

Había creído que tendríamos tiempo. Siempre había habido tiempo con Dith; era mi familiar, estaba ligada a mí. Era mi amiga, mi hermana, mi madre. Podíamos pelearnos porque siempre habría un después para nosotras. Siempre.

—Te pondrás bien —aseguré, e incluso mientras lo decía supe que no era verdad.

Algo se estaba rompiendo dentro de mí, como un hilo que se tensara más y más y, en cualquier momento, fuera a ceder más allá del límite de su resistencia.

Dith se estaba muriendo.

Mis manos temblaron y, de un modo irónico, no fui capaz de sacar de mí más energía que la necesaria para prolongar su agonía. La cabeza empezó a darme vueltas mientras continuaba tirando de ella pese a todo, decidida a no rendirme.

—Te quiero, Danielle...

—No, no se te ocurra despedirte —la amenacé, y una vez más ella intentó sonreír.

Hizo amago de girar la cabeza, pero el movimiento solo consiguió provocarle una mueca de dolor.

—¿Rav? Cuídala, por favor —le pidió al lobo negro cuando este se acercó para asomarse sobre ella—. Te... necesita.

Raven emitió un gemido bajo en respuesta; un lamento de agonía no menos doloroso que el que había lanzado al aire en el momento en que habían herido a Dith.

Seguí sacudiendo la cabeza en una negativa sin fin mientras una voz gritaba en mi mente. La sangre me golpeaba los oídos al ritmo frenético que mi corazón le marcaba. Aquello no podía estar ocurriendo.

Lancé una mirada en dirección a Alexander y le rogué sin palabras, le supliqué para que me ayudara. Él podría cederme más de su propia magia y darme el poder que necesitaba para curarla. Lo había hecho antes sin que yo se lo pidiera.

Sin embargo, al encontrarme con su mirada oscura atisbé en ella solo más sufrimiento. Sufrimiento e impotencia. Y no tardé en comprender lo que trataba de decirme: para ayudarme tendría que dejar caer el muro de oscuridad que nos mantenía a salvo.

—Está bien. Todo... está bien —escuché decir a Dith, pero ahora no me hablaba a mí, sino a Wood—. Todos estos años... Siempre fuiste tú.

Él llevó la mano hasta su mejilla, pero tampoco se atrevió a tocarla. Simplemente la sostuvo a pocos centímetros de su piel quemada. Apretó los dientes con fuerza mientras las lágrimas seguían deslizándose sin pausa por su rostro.

—No. —Fue todo lo que le dijo.

En esa única palabra, no obstante, había tanto implícito: «No me digas que todo está bien. No te vayas. No me dejes. No te mueras».

No. No. No.

—No quiero hacer esto sin ti —añadió él por fin, y supe que mis sospechas sobre lo que sentían el uno por el otro jamás habían llegado a alcanzar siquiera una ínfima parte de lo que en realidad compartían.

Se habían amado de verdad incluso cuando sus respectivos deberes los habían llevado lejos el uno del otro la mayor parte del tiempo. Y fue eso lo que me hizo comprender algo más: el motivo por el que Dith se había convertido en familiar. La supuesta traición a su aquelarre que le había valido acabar maldita no había sido otra cosa que su amor por Wood Ravenswood, el familiar de un brujo oscuro.

Si quedaba una parte de mi corazón que no estuviera rota, se quebró en ese mismo instante.

Todas las decisiones que había tomado y que nos habían llevado hasta aquel momento cayeron sobre mí. Había sido yo la que la había llevado a Ravenswood y había abierto la caja de los truenos. Yo me había enfrentado con descaro a Wardwell. Había elegido asistir a un frívolo baile de máscaras, y eso también había acabado con Raven herido. Había peleado con Alexander una y otra vez. Había alertado a Corey de que estaba siguiendo los pasos de mi madre. Había irrumpido en el despacho de la directora y había permanecido en el campus cuando debería haber intentado salir de allí desde el momento en que llegué. No había insistido en entregarme a los Ibis cuando Alexander se negó a que fuera con ellos... Tal vez, si lo hubiera hecho, si los hubiera acompañado sin pelear, ahora Dith no estaría allí, tirada sobre el suelo, muriendo...

Muriéndose.

Yo no estaría perdiendo a mi familiar, ni Wood al amor de toda su existencia.

—Todo esto es culpa mía.

—No, Danielle. Este siempre ha sido tu... destino. Necesitabas descubrir la verdad sobre tu madre. —Trató de tragar antes de continuar hablando, pero el dolor que debía sentir...—. Prométeme que seguirás adelante. No dejes de buscar esa verdad y... no permitas que nadie te diga quién debes ser ni cómo tienes que sentirte.

Me atraganté con los sollozos que me negaba a dejar salir, porque eso sería admitir que no había nada que hacer y yo no podía perder a Meredith. No podía perder a nadie más.

No podía.

—Hazlo —le supliqué de nuevo a Alexander, esta vez en voz alta.

Sus manos comenzaron a descender, y casi cedí a las lágrimas al comprender que no iba a negarse a mis súplicas a pesar de que con ello arriesgaría también la vida de sus familiares.

—Resiste, Dith. Voy a curarte... —seguí repitiéndole.

Dith entreabrió los labios una vez más, ya casi sin fuerzas.

Esperé y esperé a que hablara. Y luego rogué para que lo hiciera.

Estaba a punto de desmayarme; exhausta, deshecha y dolorida. No quedaba nada dentro de mí. No había luz ni magia, solo miedo. Y luego llegó la pena, la amargura, la tristeza. Y el dolor. Tanto y tanto dolor.

Dith no dijo nada más.

Y aunque no quería creerlo, lo supe.

El débil hilo que nos unía se rompió. Nuestra conexión se deshizo de un segundo al siguiente y entonces, con una sencillez que resultó aún más dolorosa y cruel, Meredith Good simplemente dejó de existir.

Parpadeé y luego volví a parpadear, entumecida; la humedad emborronó mi visión hasta que apenas si fui capaz de ver ya su rostro ni nada de lo que me rodeaba. Mi corazón se detuvo durante un segundo infinito y perdí el aliento. Cerré los ojos. Apreté los párpados. Y cuando el dolor dejó de ser solo un nudo que presionaba mi pecho y se apropió de cada rincón de mi cuerpo y mi mente, alcé el rostro hacia el cielo y grité.

Grité por el vacío en mi pecho, una parte de él que Dith había ocupado desde que tenía memoria y que yo no sabía que le había pertenecido hasta ese momento.

Grité por la certeza desgarradora y asfixiante de una nueva pérdida.

Grité hasta que mi garganta quedó en carne viva.

Grité porque no encontré otra cosa que pudiera hacer.

Grité y grité.

Y continué gritando.

No supe cuándo paré o si lo hice siquiera. Juraría que aún seguía gritando cuando alguien me rodeó con los brazos y trató de apartarme del cuerpo inerte de Meredith. Y que ese alarido infame proseguía escuchándose cuando, demasiado rota para oponer resistencia, esa misma persona me alzó en volandas. O quizás solo fuera el eco de ese grito lo que se negaba a desaparecer de mi mente porque entonces tendría que escuchar mis pensamientos y aceptar lo que había sucedido.

Lo haría real.

Lo haría definitivo.

Y de ninguna manera estaba preparada para eso.

Todo de lo que llegué a ser vagamente consciente fue que me metieron en un coche y luego estábamos abandonando Ravenswood, huyendo de las personas que me habían arrebatado una parte de mi alma.

Nos marchamos de la misma forma en la que todo aquello había comenzado, en mitad de la noche y pisando a fondo el acelerador. Solo que ahora éramos más, y a la vez, menos. Había descubierto al menos una parte de los planes de mi madre, y también algo que ni siquiera hubiera podido sospechar en un principio. Algo mucho más grande que todos nosotros y a lo que tendríamos que enfrentarnos si queríamos encontrar una forma de evitar que esa profecía se convirtiera en realidad y quienquiera que fuera el verdugo acabara desatando un reinado de oscuridad y sombras sobre toda la humanidad. Así que dejaba Ravenswood con algunas respuestas, sí, aunque también con otras tantas preguntas. Pero, sobre todo, lo hacía sin una gata en el asiento del copiloto, sin risas, ni olor a papel y libros antiguos.

Y, lo que era seguro, había muchas posibilidades de que el camino que nos esperaba no resultaría más fácil ni alentador. Que la oscuridad continuaba acechando pese a todo. Que la luz era ahora un poco menos brillante.

El equilibrio no parecía estar más cerca de alcanzarse. Había una profecía colgando sobre nuestras cabezas, pero, más allá de eso o de cualquier otra cosa que el destino tuviera preparada para nosotros, yo... yo quería venganza.

Los brazos que me sostenían me estrecharon con más fuerza, como si la persona que me estaba abrazando fuera consciente de que mi corazón se enfriaba segundo a segundo y se llenaba de amargura, rencor y odio. Levanté la mirada y me encontré con el rostro de Alexander. Sus ojos estaban repletos de estrellas y pena, dolor y arrepentimiento. Cariño y compasión. Y comprendí que estaba dejando aflorar sus emociones de una manera descarnada y brutalmente sincera solo para mí.

Su aroma salvaje me llenó los pulmones cuando inspiré, y su magia vibró a nuestro alrededor y me cantó una tranquilizadora melodía, casi una nana. Algo suave, tierno y tan precioso...

—Alex.

—Te tengo, Danielle —me dijo, con esa misma delicadeza impregnando también su tono—. Estaremos bien. Lo prometo.

Quise decirle que, incluso si el dolor que sentía llegaba a cesar y, de algún modo, conseguía estar bien de nuevo, pese a que ahora pareciera que éramos aliados y estuviésemos huyendo juntos, seguíamos siendo opuestos. Luz y oscuridad, concebidos para enfrentarnos de todas formas. Para compensar la existencia del otro y, por tanto, para pelear en bandos diferentes. Si lo que pudiera decirnos Loretta Hubbard sobre nuestro destino no cambiaba eso, nosotros nunca podríamos *estar bien*. Pero no fui capaz de articular palabra alguna.

Lo último que pensé antes de que mi mente decidiera que no podía soportarlo más y cediera a la inconsciencia fue que, en vez de a magia, el mundo entero apestaba esa noche a sangre.

A sangre, muerte y destrucción.

Apestaba a guerra y a venganza.

Agradecimientos

Esta historia nació de mis ganas de regresar a un género con el que disfruto más que con cualquier otro, como lectora y como escritora. Adoro escribir contemporánea y nunca me cansaré de hacerlo, pero la fantasía (o el *urbanfantasy* en este caso) tiene un encanto especial. Imaginar, crear, idear y llevar a término un mundo imaginario para hacer que el lector crea en él y lo viva como si de verdad existiese es... mágico. Y esta historia tiene mucha magia, literal y figuradamente. Magia entre sus páginas y también tras ellas, porque, si no fuera por todas esas personas que han estado para mí a lo largo del camino, nunca hubiera llegado hasta vosotros.

Y sois vosotros, lectores, a los primeros que tengo que daros las gracias. Por leerme y brindarme así una oportunidad para haceros soñar. Sin duda, gracias también a esas fieles lectoras que están ahí cada vez que una de mis historias se publica. Gracias por seguirme, por el cariño, los mensajes, las fotos... Sois lo mejor de todo esto.

A Tamara Arteaga y Yuliss M. Prieto, amigas y abnegadas lectoras beta. Me habéis acompañado en este viaje (y lo que os queda). Sois mi puerto seguro, ese al que acudo a desvariar y reír, pero donde también sé que puedo dejarme caer sin miedo porque vosotras estaréis ahí para ayudarme a levantarme. Gracias por empujarme cuando lo necesito. Os quiero.

A Nazareth Vargas, porque, incluso si no hablamos tanto como me gustaría, cuando lo hacemos es como si no hubiésemos dejado de hacerlo nunca. Te quiero y te echo de menos.

A Cristina Martín, por tu amistad, que nació del amor común por los libros y luego se convirtió en mucho más. ¡Por fin voy a cumplir mi promesa de ir a visitarte!

A Esther Sanz, mi editora. Gracias por volver a confiar en mí y por enamorarte de inmediato de mis brujos. Y a Luis Tinoco, que ha vestido esta historia con sus mejores galas, como siempre hace. A Berta, mi correctora en este proyecto, por ser tan puntillosa y no pasarme ni una (puede que te odiase un poco en el proceso, lo admito, pero también te estoy infinitamente agradecida por todos tus comentarios). A Patricia, Mariola y a todo el equipo de Urano con el que siempre es un placer trabajar.

A mi familia, por apoyarme en mis sueños y hacer de mí la persona que soy, y por no pensar que estoy loca por pasar tanto tiempo con la cabeza en las nubes. A mi hija Daniela. Te quiero; tú siempre serás la mejor historia que he escrito jamás.

A otras escritoras con las que comparto ratitos de charla (y algún que otro café) en las redes o fuera de ellas, por hacer de esto algo menos solitario: María Martínez, May Boeken, Martha Black, Clara Albori... Gracias también a Belén Martínez, por esa preciosa cita sobre la novela.

A todos los blogueros, *bookstagrammers* y administradores de páginas literarias por la labor que hacen para promover la lectura. Gracias por dar difusión y reseñar mis novelas. Y a los que, como lectores, también dedican su tiempo a compartir su amor por los libros y su opinión con los demás.

Gracias por esas preciosas fotos y por vuestros comentarios. Por el cariño.

Y gracias a ti, que estás leyendo esto. Ojalá haya conseguido llevar un poco de magia a tu vida y te haya hecho soñar.

¿TE GUSTÓ
ESTE LIBRO?

escríbenos y
cuéntanos tu opinión en

 /Sellotitania    /@Titania_ed

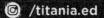 /titania.ed

#SíSoyRomántica